Nul ne sait
qui nous sommes

Nul ne sait qui nous sommes

ROMAN

Inspiré par Pierre Bellemare
Écrit par Grégory Frank

Albin Michel

Ce qui fait la valeur de l'homme,
ce n'est pas la vérité qu'il possède, ou qu'il croit posséder ;
c'est l'effort sincère qu'il a fait pour la conquérir.

Gottfried Wilhelm Leibniz.

Nadie sabe quién somos

Devise des anarchistes espagnols.

Voix off

Ton visage au-dessus du mien, tes cheveux qui se défont brusquement et ruissellent vers moi... C'est, je m'en aperçois, mon premier souvenir de toi vraiment net. Nous nous connaissions depuis douze minutes.

Jusque-là, je t'avais assez mal vue : sous les arcades à peine éclairées de jaune, nous avions échangé trois phrases. Ensuite, plus trop le temps de te regarder : les événements s'étaient précipités.

Ton visage penché, attentif, auréolé du déferlement de ta chevelure, reste ainsi ma première image précise. J'y distingue même trois gouttes de transpiration, perlant entre le nez et la lèvre.

Je crois que je t'aimais déjà depuis dix minutes au moins.

Donc, moi étendu, toi à genoux. Tu essayais d'évaluer ma souffrance, la gravité de ma blessure. De tes deux paumes jointes, tu appuyais sur ma poitrine pour comprimer la plaie et tu me parlais.

La douleur, la même, violemment, revient maintenant.

Chacune de mes cellules, dans la douleur d'aujourd'hui, retrouve cette fulgurance du premier soir. Un coup de poing venu de *l'intérieur* et qui se prolonge. Et la brûlure au premier plan. Mais cette fois, elle me fait un mal de chien.

Est-ce que Satka a eu mal comme ça ? J'espère que non.

Ma pauvre et brave et tendre bestiole : l'une de ses côtes lui a percé le cœur quand le cantonnier soûlographe l'a culbutée sous son tombereau... J'ai toujours voulu me persuader qu'elle n'avait pas souffert, qu'elle avait sombré instantanément. Mais on dérouille quand même !

Pas le moment de s'attendrir sur un clébard. Satka repart au paradis des chiens et je remonte le film un peu en arrière.

Toutes les séquences que nous avons franchies ensemble sont au rendez-vous, dans le désordre. Il y aurait du montage à faire. Je crains de n'avoir pas le temps : ce n'est pas pour en rajouter, ni pour me faire plaindre, mais, sincèrement, c'est comme si j'étais en train de mourir.

(Ce bon vieux William Holden, au fond de la piscine de Sunset Boulevard.)

Remarque, si ça m'arrivait aujourd'hui – de mourir, je parle –, il y aurait au moins un aspect positif : je ne verrais pas un autre mois d'août ! À bord du *Sagittario*, je t'ai expliqué pourquoi cette période de l'année me met mal à l'aise. Non, pardon, je me trompe, c'était au cours du dîner dans l'île Saint-Louis.

De toute façon, je plaisante : mourir, je trouve ça très con, Adélie !

Avant le soir de tes cheveux en cascade, cela m'aurait été indifférent. Maintenant, j'aime vivre : tu m'en as redonné la saveur.

Voici quelques jours, descendant le boul'Mich, j'ai croisé une gamine qui arborait, en grosses lettres noires sur un sac de toile fuchsia, une phrase terrible : « Je hais ma vie. »

Moi, c'est tout le contraire. J'aime ma vie.

Tiens, quand je prends la ligne de métro 14, celle qui joint la Madeleine à la Grande Bibliothèque et qui est automatisée, sans conducteur, je m'arrange pour me tenir juste à la proue du premier wagon. Par la baie panoramique, je vois s'ouvrir l'enfilade des tunnels, foncer sur moi les rames qui circulent en sens inverse. Je suis maître de la machine, responsable de centaines d'existences. Par la seule force de ma pensée, je peux ralentir ces tonnes de métal qui vibrent sous mes talons et les stopper pile poil à la station. Je gare mon train devant la forêt vierge souterraine dans son aquarium géant, parfaitement en face des portes de verre qui s'ouvrent sur mon ordre...

Si seulement je pouvais bouger, je...

Tes cheveux qui cascadaient autour de ton visage, moi qui t'aimais déjà et tout ce qui s'en est suivi, c'est maintenant que...

Non, pas maintenant ! Trop tôt pour le grand flash-back ! Ça ne m'arrange vraiment pas ! Encore tellement à faire ici, tant à te dire, ma petite belle...

Mais ce fichu projectionniste, là-haut, impitoyable, s'en fout de ce qui m'arrange : il cogne à la vitre et me montre un tas de bobines d'où la pelloche déborde. Il veut sa dernière séance, je n'y couperai pas.

Vas-y, *play it again, Sam*, laisse rouler !

Pour m'y retrouver, je joue la facilité, comme les Américains : j'écris la date au coin de l'écran.

C'était... il y a un mois.

Séquence 1

Vendredi, 2 juillet, 21 heures 42

Je tourne en carré depuis un moment sur la place des Vosges, probablement la plus belle place de Paris, donc du monde. Le square, au centre, est fermé. Autour, sous les maisons de pur style Louis XIII, briques rouges, pierres blanches et toits d'ardoise, les arcades qui forment un passage couvert commencent à s'éclairer. Des couples de touristes se donnent des baisers destinés à rester pour la vie dans leur album de souvenirs. Ce n'est sûrement pas eux qui m'aideront à trouver le 1 bis.

J'ai déjà fait deux fois le tour, vu et revu la boutique Issey Miyaké, les trois cent seize galeries débordantes de croûtes et de sculptures plagiant les artistes branchés d'il y a douze ans. Je suis repassé devant la synagogue, la maison de Victor Hugo. Toutes ces augustes demeures ont abrité des rois, des escrocs, des acteurs, des courtisanes, Georges Simenon, Jean-Édern Hallier, des ministres de la Culture, des pianistes virtuoses.

Mais pas de 1 bis. Dans ce carré d'architecture historique, on passe du pair à l'impair selon une logique qui m'échappe, la numérotation se mord la queue.

À l'angle proche de la rue de Turenne, à l'enseigne « Ma Bourgogne », des tables encombrées de dîneurs. Ça babille en anglais, japonais, hollandais. Un serveur, tablier long et chemise auréolée aux aisselles, virevolte sous un plateau débordant de salades estivales. Ce que j'ai faim ! Et soif. Tout en déposant des assiettes, il me renseigne par-dessus son épaule :

– Le 1 bis ? C'est Madame de Sévigné. Vous continuez du même côté, vous tournez sur votre main droite, c'est à cinquante mètres !

Je tourne « sur ma main droite », je quitte l'abri des arcades. Dos au square, j'examine les façades. Effectivement, une plaque de marbre indique :

DANS CET HÔTEL EST NÉE
LE 6 FÉVRIER 1626
MARIE DE RABUTIN CHANTAL
MARQUISE DE SÉVIGNÉ

Voilà donc la tanière de la fameuse Mangouste ?

Pas d'indication de numéro, mais un cadran de digicode. Ce genre de dispositif idiot ne gêne que les visiteurs honnêtes, mais mal informés, et les locataires à la mémoire encombrée. Les indésirables, eux, distributeurs de prospectus à la poignée ou cambrioleurs, entrent comme ils veulent avec un passe dupliqué sur celui des postiers. Je n'en possède pas et, dans l'état où je l'ai quitté, Julien ne pouvait pas me communiquer le code. Le mieux serait d'attendre que quelqu'un entre et passer sur ses talons avec un sourire charmant de remerciement. On me tiendra même la porte : je n'y peux rien, j'inspire confiance, j'ai une bonne tête.

Bonne n'est peut-être pas le mot : une gueule de vieux gosse qui a vécu des choses pas drôles.

Arrive une jeune femme qui tracte une valise sur roulettes. Elle arbore en bandoulière une sacoche de nylon gris, dans le style de la mienne. Sauf qu'elle la porte par-devant et moi sur les reins. Ce que notre génération peut être conformiste ! Elle farfouille dedans, finit par trouver un trousseau de clés, le coince entre ses dents, referme la glissière du sac tout en chuintant à mon intention :

– Vous *jallez* chez qui ?

– Cartwright… Adélie Cartwright.

Elle laisse choir le trousseau dans le creux de sa main.

– Je n'attends personne. Je ne suis même pas là avant lundi, en principe.

À cause du prénom, Adélie, j'avais imaginé un genre de vieille fille un peu sèche. Tout faux : ni vieille, ni sèche.

– Vous… vous êtes « Mangouste » ?

Petit sourire.

– Et vous, donc, un ami de Julien ?

– Oui… C'est-à-dire non…

– Oui, non… Ah, tonton Julius et ses relations…

– Voilà. Disons « une relation »… Je me nomme Stéphane Roy.

– Jamais entendu parler. Et que me vaut la visite de Votre Majesté ?

– En fait, je vous apporte quelque chose. De la part de Julien… Important.

– Ça a l'air, à voir votre air. Assez important, je présume, pour ne pas être remis sous une porte cochère ?

– Vous présumez juste.

La tête de la fille s'incline sur le côté. Comme celle de Satka quand elle jaugeait un nouveau venu. Résultat de l'examen :

– Venez.

Un porche voûté en arc, une cour pavée. Au milieu, un jardinet où trois arbres encadrent une fontaine à tête de dauphin doré, éclairés par des projecteurs dissimulés sous des fleurs. Sous le porche s'amorce un escalier de pierre, rampe de fer forgé, d'un envol si gracieux qu'il suffirait à faire classer l'endroit par les Monuments historiques.

– C'est au premier.

L'étage noble, le nommait-on. Celui avec les hauts plafonds et les balcons donnant sur le square. Mlle Cartwright n'est pas à plaindre… Je ne sais pas si ce que je transporte va seulement l'impressionner.

Au fond, j'ai peut-être eu tort de lui apporter ça. Trop tard pour changer de stratégie : je me suis promis d'aller jusqu'au bout de la mission que je me suis fixée.

« Mission »… Moi et mes grands mots.

Mais j'ai le sens du devoir et je n'en rougis pas. J'ai été dressé pour ça. Vous ne pouvez pas le savoir, insouciante Adélie, mais si vous m'aviez fermé votre porte au nez, votre vie de jeune privilégiée ne vaudrait plus un pet de mangouste. Les serpents sont partout.

J'ai passé mon voyage à bâtir une version simplifiée et cependant plausible de ma courte « relation » avec Julien Abestéguy : tout bien pesé, les deux enveloppes constituent mon seul prétexte valable pour m'être déplacé jusqu'ici.

– Permettez ?

J'esquisse un geste vers sa valise. Plus vive, elle l'empoigne gaillardement.

– Laissez. Je voyage léger.

Sur le palier du premier, je la laisse passer. Sol en damier de grès, porte à deux vantaux de chêne clair verni ciselés en volutes. Heurtoir de bronze patiné : une tête d'ange entre deux ailes. La clé ouvre en un quart de tour. La demoiselle peste, à voix basse :

– Zut ! Combien de fois il faudra le lui répéter ? C'est Lycinia, la gardienne du 3. Elle fait le ménage. Parfaite. Sauf qu'elle s'est contentée de tirer la porte en partant. S'il y a un vol un jour, les assurances ne couvriront pas !

Elle actionne un interrupteur. S'éclairent en même temps une entrée et, derrière une porte à petits carreaux biseautés, un salon à peine plus vaste qu'un hall de gare. La maîtresse de ces lieux huppés referme, dépose sa valise au pied d'une console japonaise, me désigne le salon. J'entre.

Et je prends le choc moitié sur le cou, moitié sur l'épaule.

Le temps de comprendre, je m'effondre en travers du seuil.

Vague vision d'un type qui m'enjambe pour foncer vers la sortie. Je lance les bras en arrière et je le plaque aux mollets. Stupide. Pourquoi je ne le laisse pas partir ? À quoi ça sert ? Stupide.

Mais qui a le temps d'être intelligent en pareil moment ? Le gars s'étale lourdement. J'agrippe son pantalon, je le tire vers moi pour éloigner le danger d'Adélie, soudée sur place dans l'entrée… J'entraîne ce poids lourd en roulant sur le plancher. Il me repousse d'un coup de genou. J'empoigne une chaise par le pied, je la balance par-dessus moi en un vaste demi-cercle. Elle s'écrase à deux millimètres de lui. Tout en se dégageant, il gueule à la cantonade :

– Barre-toi ! Je m'en occupe !

Du coin de l'œil, je capte une nouvelle silhouette qui arrive de la pièce voisine, hésite une seconde et fait marche arrière.

Pendant que je me remets debout, j'entends le bruit d'une fenêtre qui s'ouvre.

Le temps de faire face et toute la scène s'imprime sur ma rétine : mon cogneur s'est levé aussi. Un blond, massif. Cheveux en brosse. Costume froissé. Inconnu au bataillon.

Ses yeux se plissent comme s'il essayait de me passer un message télépathique. En même temps, j'aperçois la lame, sortie de je ne sais où. Sa main libre étendue me fait le signe impérieux de m'arrêter. Il grogne :

– On se fixe ! Déconne pas !

Au moment où je me statufie, l'acier balaie l'espace entre nous. Un trait brûlant me traverse, sous la gorge.

Je crois m'entendre crier vers Adélie quelque chose comme :

– Ouvrez-lui la porte !

Puis je me sens devenir tout drôle et je me laisse glisser.

Après, c'est tout gris.

Séquence 2

Après encore, c'est le gros plan sur le visage inquiet de cette jeune femme, les gouttelettes de sueur entre son nez et sa lèvre, et ses cheveux qui cascadent lorsqu'elle se penche sur moi.

Elle perçoit mon sursaut douloureux lorsque j'émerge. Et elle trouve cette idée, incroyable de tendresse : souffler doucement, parcourir ma figure d'un souffle lisse.

Elle demande :

– Vous êtes de retour ?

J'articule :

– Parti longtemps ?

– Un petit plongeon… Mais qu'est-ce que j'ai eu peur !

Apparemment, les méchants ont fichu le camp. Je bouge le menton vers ma poitrine.

– C'est profond ?

– Non.

Je redresse la tête. Assez pour voir mon T-shirt plein de sang et les mains de la fille aussi, rouges jusqu'au poignet. De ses paumes réunies, elle presse ma blessure.

Plus tard, un œil médical déterminera que, donné par le travers, plus bas que la gorge, plus haut que le cœur, ce n'était pas un coup destiné à tuer. Tout au plus à stopper mon élan. À impressionner, surtout. Le type était un professionnel, heureusement, pas un vulgaire petit voyou qui s'affole.

Pour l'heure, couché sur le plancher, un plafond à moulures inconnu pour horizon et, tout près, cette jeune femme ravissante mais tachée de mon sang, je peux me permettre de jouer le gars effrayé.

– Si, c'est profond ! Ne me mentez pas !

Elle ne se moque même pas. Juste un mouvement très lent des paupières, puis ses yeux droit dans les miens. Verts, ses yeux. Oh, oui, verts !

(Léa, protège-moi !)

– Je ne vous mens pas. Ça saigne beaucoup, mais la lame n'a pas pénétré.

Je dis ce que n'importe qui dirait dans ma position :

– Vous avez prévenu le SAMU ?

– Non. Je me suis occupée de vous et vous n'êtes resté que deux minutes dans les vapes. Mais je vais appeler.

– Attendez ! Je préfère pas. Puisque vous me dites que ce n'est pas grave...

– Attendez vous-même ! D'accord, ce n'est qu'une estafilade, mais vous venez quand même de vous faire poignarder chez moi par deux cambrioleurs, vous saignez comme un bœuf sur mon plancher... J'appelle la police et...

Oh là ! Le mot qui fâche !

– Je vous en prie... Cessez de vous affoler, miss ! Qu'est-ce que vous allez leur dire ? Vous seriez capable de donner le signalement de ces types ? Non ? Moi non plus !

L'argument est assez nul, mais dans l'émotion du moment, elle ne réfléchit plus très juste. D'ailleurs, je ne lui en laisse pas le temps :

– Et puis, il faut d'abord examiner ma plaie !

Une âme d'infirmière sommeille, dit-on, en toute femme. Je viens de réveiller celle d'Adélie Cartwright. D'une main, elle rabaisse mon T-shirt imbibé.

– Il faut continuer de presser sur votre boutonnière ! Prenez le relais, je vais vous aider à vous relever !

Elle me débarrasse de ma sacoche et la jette dans un coin. Vu son contenu, je n'aime pas trop l'idée de m'en séparer, mais je pense que, maintenant, ça ne craint plus rien. Pour me faciliter le passage, Adélie écarte une chaise aux pieds cassés, celle que j'ai voulu éclater sur le connard.

Le couloir est long jusqu'à la salle de bains, mais je n'ai même pas la tête qui tourne : le type a frappé juste ce qu'il fallait et où il fallait pour me coller sur place. Ce qui ne m'empêche pas de profiter de la situation : je m'appuie complaisamment sur l'épaule de ma secouriste. Laquelle me materne :

– N'allez pas trop vite… Ça ira ?

– Oui. Et vous ? Ils ne vous ont pas fait de mal ?

– Non. Je n'ai pas fait le tour de l'appartement, mais je crois qu'ils n'ont pas eu le temps d'emporter quoi que ce soit. Ils ne devaient pas être là depuis longtemps. Le vôtre est reparti par la porte. Il ne m'a même pas bousculée. Le deuxième, je ne l'ai pas vu : il a sauté par le balcon, je crois…

– J'espère qu'il s'est au moins cassé une patte ?

– M'étonnerait… Si on se laisse pendre à la rambarde, on a les semelles à deux mètres cinquante du trottoir. Facile. Je l'ai déjà fait.

– En tout cas, chapeau pour votre maîtrise : la plupart des gens, hommes ou femmes, se seraient mis à hurler ou à s'évanouir… C'est la première fois que vous vous faites agresser ?

Une vibration, comme une décharge d'électricité qui la parcourrait des talons à la nuque. Une demi-seconde d'arrêt. Pas même d'arrêt : deux pas au ralenti. Elle ne répond pas directement.

– Ils sont entrés comme ils voulaient, avec cette serrure mal fermée. Le vendredi soir, en plus, c'est le bon moment : dans cet immeuble, tout le monde part en week-end, domestiques compris.

– Vous, par contre, c'est le soir où vous revenez chez vous ?

– Totalement imprévu… C'était mon anniversaire hier et un ami m'avait emmenée célébrer ça à Florence. Joli plan, au départ…

– Mais à l'arrivée ?

– Il s'est cru autorisé à essayer de me sauter à peine les bagages posés ! J'ai repris le premier avion… Tenez, c'est ici.

Elle allume. Salle de bains. Double lavabo, jacuzzi dans la baignoire ovale en marbre et cabine de douche en verre bleu. Ben voyons… Je songe à la buanderie cimentée pompeusement rebaptisée « salle d'eau », où je me gèle en hiver, et pas seulement en hiver, d'ailleurs. C'est si loin de la civilisation, Amberzac ?

Elle me fait me tourner vers un pan de mur tout en miroir.

– Alors ? On ose regarder le carnage ?

J'écarte avec une visible répugnance le paquet de tissu gluant. Mon reflet a une sale tronche, mais je diagnostique :

– Je vais probablement survivre. Je crois même que ça saigne déjà moins…

– Retirez tout ça ! Le haut, je veux dire !

Je grimace en ôtant mon blouson et le T-shirt. Je les laisse tomber sur le dallage de caoutchouc noir.

– Ils sont foutus !

– Foutus de chez foutu ! Et vos jeans aussi, d'ailleurs ! Dites, vous avez des bleus partout et…

Elle vient de découvrir mes anciennes cicatrices.

– Oui, je sais… Je suis une sorte de collectionneur.

– Vous sauvez souvent les demoiselles cambriolées ?

– Trop rarement. Je cherche plutôt mes gnons d'anthologie du côté du sport. Et de la moto.

– Belle récolte.

Elle pousse le carrelage mural derrière moi. Qui pivote et démasque un placard absolument invisible, fondu dans la maçonnerie. Elle y glane un flacon de Bétadine et un paquet de gaze dont elle déchire l'emballage avec les dents. Elle nettoie la plaie, je dis ouille pour la forme. Elle fronce le nez.

– Hm, hm… Ça va nécessiter quand même deux-trois points de suture…

– Disons dix-douze…

– Bon, alors, mon bonhomme, la question ne se pose plus : police secours, hosto !

– Je ne *peux* pas, je vous dis ! Vous n'avez pas compris que je ne *peux* pas ?

– Ah… Vous avez des « embêtements » ?

– Ça se pourrait. Et je ne tiens pas à sauter dans les grosses emmerdes à pieds joints.

– Je suppose que ça ne me regarde pas ?

– Que si ! Ça vous regarde même en plein ! Vous et votre tonton !

– Julien y est pour quelque chose ?

– C'est le moins qu'on puisse dire ! Mais je n'ai pas envie de vous en parler maintenant. Ça demande du calme et, pour l'instant, je suis plutôt chamboulé, au cas où ça vous aurait échappé !

Je ne me sens plus du tout prêt à lui débiter mon histoire. J'avais pourtant soigneusement répété, dans le train. Mais je m'étais imaginé arrivant dans le salon d'une vieille fille, m'asseyant sur le bord d'un fauteuil, acceptant une tasse de thé et transmettant mon message en douceur. Les événements ont pris une tournure bien différente.

– Écoutez. Croyez-moi ou pas, ce que je fais ce soir est risqué. Et je le fais pour Julien ! Vous l'aimez ? Alors, laissez-moi souffler, sinon, je me taille carrément !

Mon ton péremptoire jette un froid. Elle accepte la trêve, cesse de me questionner et agit. Elle m'emmaillote le torse de trois tours de bande élastique. Tandis que j'écarte les bras pour lui permettre la manœuvre, je me prends à songer que je dois puer la transpiration, et ça me gêne. Je me lave les mains. Un peu dégoûté : toujours une drôle d'impression quand c'est un tourbillon de mon propre sang qui file dans la bonde…

Elle décroche d'une patère un kimono en nid-d'abeilles noir, me le tend ouvert, m'aide à m'y glisser.

– Pas trop juste ?

– Idéal. Je peux avoir un café ?

Nous reprenons le couloir, bifurquons à gauche. Dans sa cuisine, qui ferait fondre l'objectif blasé d'un photographe de *Maison et Jardin*, elle met en marche le Nespresso et me tire direct un ristretto, mon préféré, serré à mort. Sans sucre, évidemment. Un bon point.

Par l'échancrure du kimono, elle jette un œil vers ma poitrine : la triple bande commence à se tacher. Je confirme :

– Ça s'est rouvert. Il va vraiment falloir recoudre.

– Et je suppose que vous allez opérer vous-même, façon Rambo, avec une aiguille à matelas et de la ficelle à rôti ?

– Si vous n'avez pas de trousse à couture…

– Mais c'est qu'il est sérieux ! Ne me dites pas que vous l'avez déjà fait ?

– Vous sautez bien par les balcons, vous ! Il faut juste du fil solide, du lin de préférence. La marque Au Chinois, c'est le mieux et…

– Je crois que j'ai une meilleure idée. Je reviens… J'en ai pour trois secondes !

Je l'entends téléphoner d'une pièce éloignée. Sa chambre ? Je ne distingue pas ses paroles. J'en profite : avec le café, mon cerveau commence à faire le ménage.

Les femmes aiment se faire attendre : elle ne revient évidemment qu'au bout de trois minutes, pas trois secondes. Elle a eu le temps de changer son tailleur taché pour un pull blanc et un jean Ralph Lauren. Simple, mais chic, quoâ… Elle a aussi passé la tête sous le robinet et lissé ses cheveux avec les grosses dents du peigne. Débarbouillée de son maquillage, et avec le *wet-look*, elle ressemble à tout ce que je peux détester dans un tel moment : une fille absolument craquante. Elle est toute contente.

– Pour votre séance de couture, c'est arrangé. Quelqu'un arrive.

– Quelqu'un ?

– Jean-Yves, un copain.

– Un copain boucher ?

– Médecin. Enfin, presque. Il est en dernière année.

– Un charcutier !

J'ai bondi de ma chaise, mais avec mes jambes en flanelle, il lui suffit de m'appuyer sur l'épaule pour me faire rasseoir.

– Ne vous inquiétez pas ! Il fait ça très bien. Je l'ai vu repriser une amie qui s'était ouvert le genou dans un trekking, l'an dernier…

– Ce n'est pas ce qui me tracasse. Je ne voulais mettre personne dans le coup !

– Ce sera entre nous et lui.

– On n'est jamais certain.

– Là, si ! Pour tout vous dire… j'ai utilisé le mot *copain*, mais un soir de vague à l'âme et de mélancolie, je l'ai laissé être un peu plus… Juste un *tout petit* peu, d'ailleurs. Il était trop ému… L'erreur absolue, je sais. Jamais entre amis. Je ne recommencerai pas. Mais lui, il espère. Bref, si je le lui demande, il ne vous aura jamais vu.

Fière d'elle, elle croise les bras. Ça remonte ses seins sous son pull. Oups ! Je ne suis pas si cotonneux que je le craignais. Ou bien c'est le café.

(Léa, protège-moi !)

– Bon, d'accord... De toute manière, il est en route ?

– Il sera là dans l'heure. En attendant...

Je vois revenir les questions. Position de repli :

– En attendant, je vais m'étendre un peu, si vous permettez...

Je retrouve le chemin du salon et je m'étire sur un canapé de cuir bleu électrique qui a dû coûter la peau à douze vaches. Je fais semblant de sombrer.

J'entends mon hôtesse qui se déplace sur la pointe des pieds. Derrière mes paupières, je perçois l'affaiblissement de l'éclairage. Elle a dû mettre l'halogène en veilleuse. Merci. Tranquille. Maintenant, il s'agit de réétudier ma stratégie.

Samedi, 3 juillet, 00 h 55

Une sonnerie. Je sursaute. Je dormais pour de bon. Adélie hésite dans l'entrée. Elle chuchote :

– Ça doit être Jean-Yves, mais...

– Vérifiez avant d'ouvrir !

– Il n'y a pas d'œilleton !

– C'est malin.

– La porte est classée par les Beaux-Arts !

Pub : « Pour vous faire trucider chic, habitez un monument historique ! »

– Votre chirurgien amateur, il a un portable ? Appelez-le !

Elle compose les dix chiffres. Sur le palier, une musiquette électrique de Mozart lui répond. C'est bien le Jean-Yves.

Grand, un peu empoté, déjà dégarni pour un étudiant, les traits assez mous, mais l'air gentil à n'en plus pouvoir. Des lunettes, une mallette de cuir. Un prototype. Doit sortir d'un appartement dans le genre de celui des Cartwright, où les deux mètres carrés des toilettes valent le prix d'un F5. En plus, il ne doit pas se rendre compte que, d'avoir vécu une nuit avec une Adélie, c'est une chance unique pour un type comme lui.

Mais ne soyons pas méchant : à l'usage, il se révèle sympa, le grand garçon. Admirable de discrétion. Pas une question, même en apercevant les débris de la chaise et les meubles bousculés. Et très sûr de lui quand il entre dans l'exercice de son art.

Me fait étendre sur le canapé. Examine la plaie, rassure : on n'a pas cherché à me tuer. Pose une douzaine d'agrafes, presque sans douleur. Me confectionne un pansement enfin digne de ce nom. S'apprête à me piquer contre le tétanos. Je lui jure que j'en ai reçu une dose il y a deux mois, après m'être entaillé le pied sur une lame rouillée dans mon jardin. En fait, je suis vacciné en permanence contre toutes les saloperies connues de la planète. Et les autres. Voyages obligent.

Jean-Yves n'insiste pas, me file une plaquette de somnifères, une autre d'antalgiques, au cas où la douleur se réveillerait sur le matin. Me recommande de renouveler mon pansement toutes les vingt-quatre heures, propose gentiment :

– Les agrafes, je peux revenir vous les ôter dans une bonne semaine, au plus tôt. Si vous êtes dans les parages. Autrement, ce n'est pas trop difficile à faire soi-même, en cas de force majeure…

Pas plus que ça, toujours de sa voix tranquille, mais on s'est compris. Le bougre ! « En cas de force majeure… » Il a jaugé grosso modo mon besoin de discrétion et le caractère plutôt rustique du rafistolage sur plusieurs autres cicatrices ne lui a pas échappé : il sait que je peux me débrouiller tout seul. Il replie ses petites affaires, refuse le café, bise sa copine et trace vers la sortie. Sur le seuil, il se ravise, ouvre une poche sur le devant de sa mallette et me tend une paire de Levi's.

– Elle pense à tout, Adélie. Ils devraient vous aller, nous avons à peu près la même taille. Quoique… Vous êtes un peu plus costaud, non ?

Crois-tu, mon gars ?

– Essayez-les quand même. Et pensez à me les rendre, si vous pouvez…

Elle le raccompagne. Il est parti. Chapeau, l'apprenti toubib. La classe. Non. Très amoureux.

Qu'est-ce qu'il a dû se tordre les tripes : me trouver chez l'inaccessible belle, à une heure pareille, couvé par elle, mystérieusement blessé… Et il s'est retiré sans recevoir la moindre explication ? Moi, je dis que ce type-là, c'est un vrai héros !

Lorsque Adélie revient, elle me trouve en train de me contorsionner sur le canapé pour changer de pantalon sous le kimono, comme à la plage.

– Restez allongé ! Je vais vous aider !

– C'est que… mon caleçon a écopé, lui aussi. Je l'ai jeté.

– Bon… Ménageons votre pudeur…

Elle se détourne. Je préfère. J'essaie d'enfiler le futal du toubib, mais l'effort me plante des éclairs devant les yeux et j'ai le front huileux. Je retombe assis sur le canapé bleu.

– Cessez de vous tortiller, vous vous habillerez demain !

– Demain ?

– De toute façon, il va bien falloir que vous dormiez ici, non ?

Ma Swatch indique déjà deux heures du matin.

– Et puis, avant le gros dodo, vous avez encore des tas de choses à me raconter ?

– Je suis lessivé !

– Ah, non ! À d'autres ! Vous en avez vu de pires ! Vous avez dans le dos une vieille entaille, on dirait le Grand Canyon ! Le trou rond, à côté, je pourrais y loger mon pouce ! Et encore, je ne vous ai vu que torse nu : qui me dit que vous ne cachez pas une ou deux jambes bioniques ? Alors, ne venez pas me jouer les mauviettes ! Je vous écoute.

On n'y coupera pas : il va falloir donner dans le pénible. Pour elle, surtout. J'aurais tellement voulu ne pas lui gâcher sa nuit…

– Vous auriez la gentillesse de me passer ma sacoche ?

Elle la récupère, me la pose sur les genoux. Elle me sourit. Pauvre gamine. Si elle se doutait de ce que je vais être obligé de lui dire…

Pire. Si elle se doutait de ce que je vais être obligé de lui cacher… Navré, Adélie Cartwright. Je vais m'efforcer de procéder aussi doucement que possible.

– Julien m'a chargé de vous remettre de l'argent. Pas mal d'argent.

Je sors les deux enveloppes rebondies. Elle soupèse.

– Tant que ça ?

– Plus. Ce sont de grosses coupures.

Elle jette un œil à l'intérieur. Je précise :

– J'ai compté : il y a 650 000 euros…

Elle ne sourit plus du tout.

– Ça fait très beaucoup, pour un cadeau d'anniversaire ! Surtout apporté de nuit par une « relation »… Expliquez ?

– Julien est mort.

Séquence 3

On m'a souvent dit que, sur un abcès, un coup de bistouri est ce qu'il y a de moins douloureux. J'ai incisé franco. La fille a une réaction inattendue :

– C'est curieux...

– ...

– Oui, parce que... C'est arrivé quand ?

– La nuit dernière... On est déjà samedi ? Donc hier. Hier matin, vendredi, vers cinq heures.

– C'est ça qui est bizarre. Je n'ai rien ressenti. Je m'étais toujours imaginé que, si l'un de mes proches mourait, je le saurais à distance. Mais là, rien... Hier matin ? Vous étiez près de lui ?

– Oui.

– Tant mieux. Il était à Paris, alors ?

– Non. Dans le Périgord. C'est là que je vis. Je suis monté tout de suite, par le train. À cause de l'argent.

Sa pensée redémarre, lentement. Toutes les questions déboulent :

– Je ne comprends rien ! Qu'est-ce qui lui est arrivé ? Cet argent... Qu'est-ce que Julien faisait chez vous ?

Je rectifie très vite :

– Ce n'était pas *chez* moi. C'était *vers* chez moi. Je faisais du stop. J'ai rencontré Julien dans une station-service, un peu au-dessus de la frontière espagnole. Je venais de descendre d'un camion, je buvais un café. Il s'est approché du distributeur de boissons. Je lui ai signalé que la machine fonctionnait mal, qu'elle venait de m'escroquer deux euros. On a parlé, il remontait vers le nord. Il pouvait me lâcher sur la route de Périgueux. Ça me rapprochait nettement.

– Vous ne le connaissiez pas plus que ça ? Et vous vous pointez chez moi, avec deux enveloppes pleines d'argent, pour me dire qu'il est mort ?

– Je sais, c'est compliqué, et je n'y arriverai jamais si vous me…

– Mais merde ! Julien est mort et il n'avait que cinquante-six ans !

– Un accident… En fait, un malaise… Au début, la route se passait bien. Nous parlions beaucoup, ça le tenait éveillé. Je crois qu'il était recru de fatigue. Nous nous disions des choses assez intimes. Pas des confidences, mais mieux que ça : la manière dont la vie nous semblait la peine d'être vécue, la loyauté, le prix de la liberté… On n'aborde jamais ces sujets avec ses proches, mais on peut se le permettre avec quelqu'un que l'on ne reverra jamais… À un moment, il m'a dit… Comment, déjà ? Oui, que j'étais « un type selon son cœur ». C'est marrant, comme expression, vous ne trouvez pas ? J'en ai été touché, parce que je commençais aussi à tomber sous le charme de ce mec…

– Il est… il était magique, Julius ! Et puis ?

– Arrivait le moment où nos chemins n'allaient pas tarder à se séparer. Nous n'en avions envie ni l'un ni l'autre, je crois. Il a décidé de faire un détour pour me déposer plus près de chez moi. Je lui ai proposé, dans ce cas, de pousser carrément jusqu'à Amberzac et de faire une pause. Il avait conduit toute la nuit. Même de profil, je lui trouvais le visage de plus en plus creusé. Il a convenu qu'il avait besoin de se reposer. Vous savez, Adélie, il ne vient jamais personne chez moi, mais j'étais heureux comme un gosse à l'idée de montrer ma maison à cet homme-là. Il avait vraiment une sorte de…

J'ai de la peine à poursuivre. J'en arrive au moment difficile. Elle m'aide d'un regard.

– Nous nous sommes engagés sur une départementale… C'est arrivé très vite… Julien s'est mis à étouffer…

– Il était asthmatique. Les crises étaient rares, mais quand il était stressé…

– La route devient sinueuse, par là. J'ai essayé d'attraper le volant mais... La voiture est allée vers un ravin... Méchante glissade. Qui s'est terminée contre un arbre. J'ai à peine récolté quelques bleus, ceux que vous avez vus tout à l'heure. Lui, par contre, était salement amoché : le choc avait eu lieu de son côté et la portière lui avait... désolé... lui avait écrasé la jambe gauche. Vous tenez le coup ?

– Oui. Vous pouvez continuer.

– Si j'avais tenté de le décoincer, je lui aurais fait atrocement mal. J'ai composé le numéro des urgences sur le téléphone de la voiture, mais le réseau ne passait pas dans ce creux. J'ai dit : « Je vais remonter sur la route, il va bien passer quelqu'un ! » Il m'a retenu par le bras. Il ne pouvait presque pas parler. Il fallait que je colle mon oreille à ses lèvres pour entendre. C'était juste un souffle : « Dans la mallette. Pour... » Ensuite venait un mot que je ne comprenais pas. Je lui ai fait répéter. Il disait : « Mangouste. Pour Mangouste ! » J'ai demandé : « Qui est Mangouste ? » Il a réussi à articuler : « Adélie Cartwright. À Paris. Place des Vosges. 1 bis. » Il m'a agrippé le bras et il a ajouté : « Pas de flics ! »

– Vous êtes sûr que c'est ce qu'il...

– Ça aussi, j'ai dû le lui faire répéter. J'ai cru avoir mal entendu. Mais c'était bien ce qu'il voulait dire : « Pas de flics. » Et puis... et puis, il est mort... J'ai trouvé sa mallette sous le siège. En fait, un vieux cartable, pas même de serrure. Et pourtant, il y transportait les deux enveloppes. Quand j'ai vu ce qu'il y avait dedans, j'ai eu vraiment peur. Bien plus que pendant l'accident. Je n'avais pas eu le temps. Mais là... un mort et tous ces billets... Et les derniers mots : « Pas de flics ! » Ça virait au cauchemar... J'ai bien failli tout laisser là et foutre le camp rapidos... Mais n'importe qui d'autre aurait pu trouver la voiture et voler cette fortune.

– Et filer vous-même avec l'argent, ça ne vous a pas effleuré ? Vous ne roulez pas sur l'or, apparemment. C'était facile. Un simple auto-stoppeur... Vous ne lui deviez rien, à Julien.

– Vous n'allez pas me croire, mais j'avais trop peur. Je vais au cinoche, moi ! Vous n'avez pas vu *Petits meurtres entre amis* ? Ces colocataires qui trouvent une valise de billets près du cadavre d'un parfait inconnu... Ils croient pouvoir en profiter, pas vus, pas pris, et des tueurs leur tombent dessus. Il y a des dizaines de films sur ce thème ! Ma peau ne vaut pas très cher, mais je ne la risquerais pas pour ce prix-là ! Et puis... Non, ce n'est pas la peine, vous ne comprendriez pas...

– Dites toujours.

– Vous pensez que je ne devais rien à votre oncle ? Je n'ai pas croisé bien longtemps sa route, mais votre oncle était une personne comme on en rencontre peu ! Et il m'a donné sa confiance. Je ne peux pas passer à côté de ça. C'est une histoire d'hommes...

Elle me regarde droit dans les yeux.

– Je ne suis pas un homme, mais cette dernière explication, elle me parle... Je ne gobais d'ailleurs pas trop vos autres raisons : vous, suant de trouille, rien qu'à la pensée d'être repéré par la mafia ? Ça sonne faux, chez un type couturé de cicatrices comme les vôtres... Par contre, je sais comment on peut tomber en amitié avec Julien. Ça fait vingt-six ans que je l'aime.

– Et vous ne pleurez pas ?

– Vous croyez qu'il aurait eu envie de me faire pleurer ?

– Non. Mais il aurait préféré assumer ça, plutôt que de vous voir avaler une grosse boule de chagrin que vous n'arriverez plus à recracher.

– Vous le pensez vraiment ?

– Vraiment. Vous avez le droit.

– D'accord.

Elle se lève comme un brave petit soldat, et ce n'est qu'une fois dans le couloir qu'elle se met à courir pour aller se cacher.

Sa retraite dure à peine un quart d'heure. Moi, j'ai farfouillé par-ci, par-là. Elle revient, nez rouge et yeux brillants, mais calme.

– J'ai fini... Merci.

– Vous voulez la suite ? Il n'y a plus grand-chose. J'avais votre adresse. Le nom de famille n'avait pas été évident à saisir. Heureusement, la sonorité m'était familière, à cause du peintre, Adrian Cartwright.

– C'était mon père.

– Mince ! Si vous avez hérité ne serait-ce que du dixième de son génie, je vous admire déjà !

Elle met les mains en T.

– Stop. Sujet délicat.

– Excusez-moi… Mais j'aime infiniment son œuvre. Vous avez décidément été entourée de gens formidables.

– Ce qui n'implique nullement que je le sois aussi. Revenons à Julien, voulez-vous.

Le ton est presque cassant. Je ne sais pas sur quel point sensible je viens de mettre le doigt, mais il semblerait que j'aie gaffé.

– J'ai donc mis les enveloppes dans ma sacoche, je suis remonté sur la route. J'ai laissé la voiture dans ce ravin et je n'ai prévenu personne, puisqu'il semblait que c'était le souhait de Julien. Plus qu'un souhait : un ordre. J'ai marché presque vingt kilomètres avant de trouver une gare. Je ne voulais pas me faire prendre en stop, pour éviter que l'on puisse établir un lien entre moi et l'accident. Parce qu'il finira bien par être découvert.

– Donc, à l'heure qu'il est, Julien est peut-être toujours dans ce ravin ?

– Allez savoir. Il n'y a pas foule, dans ce coin… En tout cas, ça ne me regarde plus. J'ai fait ce que j'avais à faire…

– Un peu facile, non ?

– Vous voulez le prendre comme ça ? Alors maintenant, je vais vous dire : ce n'est pas l'envie qui me manque de comprendre dans quoi j'ai mis les pieds sans le vouloir, de savoir qui est vraiment ce fascinant Julien Abestéguy, lequel transporte des fortunes en liquide dans un vieux cartable… Qui est la remarquable Mangouste à qui l'on destine des milliers d'euros dans des enveloppes de papier kraft… Pourquoi, comme par hasard, elle reçoit *ce soir* la visite de cambrioleurs qui n'emportent rien… Non, ce n'est pas l'envie qui me manque, mais je vais procéder comme votre estimable ami le toubib : je ne vous poserai aucune question ! Aucune. C'est simple : je ne vous ai jamais vue, je ne suis jamais venu ici. Tout ce que je vous demande, c'est de m'oublier ! S'il vous plaît, laissez-moi retourner à ma petite vie sans intérêt ! Sans intérêt, mais sans problème. D'accord ?

– Mais comment voulez-vous que je…

– Non, plus rien ! J'ai été régulier, vous avez votre argent ?

– Mais ce n'est pas *mon* argent !

– D'après Julien, si !
– Je n'ai aucune idée de ce qu'il voulait que j'en fasse !
– Écoutez, Adélie Cartwright, ne vous fichez pas de moi !
– Vous n'allez pas m'engueuler, en plus ? Vous me faites peur, quand vous parlez comme ça !
– Je ne vous engueule pas, mais je ne veux rien savoir. Donc, ce n'est pas la peine de continuer à jouer l'oie blanche et à me prendre pour un gogol ! Je suppose bien que, si votre oncle tenait autant à vous refiler cette somme énorme « sans les flics », c'est que vous êtes au courant de ses affaires ?
– Les seules affaires que je lui connaisse, c'est son entreprise. Julien était patron d'une fabrique de métaux dans le Nord. Un industriel, c'est tout.
– Un industriel qui, la jambe écrasée, refuse les secours et préfère mourir au fond d'un fossé plutôt que de voir intervenir la maréchaussée ?
– Ça ne lui ressemble tellement pas ! Je… j'ai besoin de repenser à tout ça… Et lui, qui est peut-être encore dans ce ravin… Dites, vous n'allez pas me laisser maintenant ?
– Si j'étais raisonnable, c'est ce que je ferais !
– Si vous étiez raisonnable, vous ne seriez pas ici.
– Un point pour vous !
– Je serais incapable de dormir, toute seule dans cet appartement, avec l'idée que les types de tout à l'heure pourraient revenir… Restez, comme je vous l'ai proposé. Nous y verrons plus clair demain ?
– Plus clair dans votre histoire, je ne sais pas. Mais plus clair en général, c'est certain. J'ai les yeux qui se croisent les bras.
– Venez, vous prendrez ma chambre. Mon lit est très confortable et Lycinia a dû changer les draps.
– Ne vous dérangez pas, le canapé me convient très bien.
– C'est vous le blessé ! Et ne vous tracassez pas, j'ai aussi une chambre d'amis, avec un divan.
– Alors, j'y vais.
– Non. Pour l'instant, elle fait office d'atelier et je ne laisse personne y entrer !

C'est toujours émouvant, la première nuit que l'on passe dans le lit d'une fille. Même lorsqu'elle n'y est pas. Il s'avère que la femme de ménage n'a pas changé les draps. Je me garde bien d'en faire la remarque. C'est une erreur car, une fois couché, je flotte dans l'odeur des cheveux d'Adélie Cartwright et, plus diffuse, celle de son corps.

Pour la première fois depuis sept ans, Léa ne descend pas pour m'accompagner vers le sommeil. Je panique complètement. Je l'appelle de toutes mes forces, je crispe mes paupières closes pour voir son visage. Rien.

J'ai si peur que j'avale trois des cachets laissés par le prévoyant Jean-Yves.

J'en suis encore à crier sans bruit le nom de Léa lorsque j'ai enfin droit au trou noir.

C'était il y a un mois. Voilà le premier souvenir que cette douleur sur ma poitrine vient de rallumer ce soir.

Et, à sa suite, tout le film défile très vite et sans effort.

Séquence 4

Samedi, 3 juillet, 11 h 07

J'ouvre les yeux en sachant parfaitement où je suis. Il me semble avoir fait des cauchemars, pourtant je ne suis même pas brumeux. Décidément, les laboratoires ont accompli des progrès dans les molécules à calmer les mauvaises consciences...

Je m'oriente facilement dans l'appartement. Je ne souffre plus, sur le sternum, que d'un vague élancement, et encore, lorsque j'inspire trop fort. Dans la salle de bains, j'examine la coupure. C'est vraiment trois fois rien. Ce qui m'ennuie surtout, c'est de ne pas pouvoir me mettre complètement sous la douche. Il faudra que j'achète des pansements imperméables.

Je retrouve Adélie Cartwright dans la cuisine, devant une tasse de café, croquant une biscotte. Elle prend de mes nouvelles comme si j'étais une vieille connaissance qui se paie une gueule de bois. Sur le lave-vaisselle, elle a posé un T-shirt blanc.

– Il doit vous aller. C'est du XL.

Je le déplie et je siffle d'admiration. Un Prada agrémenté de strass figurant vaguement un feu d'artifice !

– Oui, je sais... Il ne fait pas très viril. Mais c'est le seul que j'aie dans cette taille.

Je me demande si nous allons continuer longtemps les mondanités, comme si rien d'important ne s'était passé. En me préparant mon double ristretto, la mangouste attaque par surprise :

– Vous êtes qui, exactement ?

– Pardon ?

– Stéphane Roy... Ça sonne joliment. Vous l'avez trouvé où ?

– Excusez-moi, mais je débarque, là ! Et manifestement avec un métro de retard. Sûrement un effet des somnifères de votre copain...

– Vous vous appelez Stéphane Roy depuis quand ? Hier ? Ou bien vous utilisez ce joli pseudo pour toutes vos magouilles ?

– Quelles magouilles ? Roy, Stéphane, c'est mon nom et mon prénom. Stéphane, Lucien, même, si vous voulez tout savoir. Je vous montre ma carte d'identité ?

– Ça coûte combien, une fausse carte ? Des clopinettes, j'imagine, pour un type qui navigue avec des paquets de billets ?

Elle me fait face, les mains appuyées derrière elle sur la cuisinière.

– Vous m'avez menée en bateau, cette nuit. Du début à la fin ! Qu'est-ce que vous êtes venu chercher ici ?

– Chercher ? Rien. Au contraire, je vous ai apporté cet argent et... Attendez, vous n'avez pas appelé la police, j'espère ?

– Ça, ça vous inquiète vraiment ! Sur ce point-là au moins, vous avez été sincère. Non, je n'ai alerté personne. Pas encore.

– Merci. Et pourquoi ?

– En premier lieu, parce que, d'après vous, c'était la dernière recommandation de Julien. D'après vous seulement, remarquez. Et il se trouve que ça vous arrange bien... Mais, juste au cas où mon oncle aurait vraiment demandé ça, j'ai préféré m'abstenir. Pour l'instant.

– Vous avez une deuxième raison ?

– Je ne veux nuire à quiconque. Et votre drôle de gueule me dit que je pourrais vous faire du mal en agissant trop vite. Mais vous avez intérêt à me cracher tout de suite la vérité. LA vérité ! Maintenant. Et cette fois, croyez-moi, je ne laisserai passer aucune contradiction, aucune invraisemblance !

Je comprends pourquoi Julien l'a surnommée Mangouste. Les éclairs verts de son regard, les canines pointant entre les lèvres... Si j'étais un serpent, je n'aimerais pas trouver cette bestiole-là sur ma route ! Elle a décelé une faille, elle mord et elle ne lâchera plus.

– Interrogez-moi, je vous répondrai.

– D'accord, Stéphane Roy, ou qui que vous soyez… Commençons par le plus important : Julien est-il vraiment mort ?

– Hélas, oui.

– Vous étiez auprès de lui, dans sa voiture ?

– Juste à côté de lui.

– Vous l'aviez rencontré dans une station-service ?

– Exact.

– Peu de temps auparavant ?

– Oui… Entre une et deux heures du matin.

– À quel moment, précisément, a eu lieu l'accident ?

– À cinq heures, dans la nuit de jeudi à vendredi… Hier au petit matin, donc.

– Il conduisait, vous causiez, il allait visiter votre maison, il a eu un brusque malaise et vous êtes partis dans le décor ?

– C'est bien ce que j'ai dit.

– Et vous avez menti ! Vous avez menti et j'en ai la preuve !

Elle m'entraîne vers une pièce fermée, probablement son fameux atelier.

– Attendez ici !

Elle entrouvre juste ce qu'il faut pour passer, ressort après dix secondes en tenant un téléphone.

– Je ne pouvais pas fermer l'œil. Mon répondeur était saturé par douze mille messages de mes amis pour mon anniversaire. J'ai pensé que cela me ferait du bien de les écouter. Au milieu, il y avait celui-là.

Son pouce presse une touche et la voix synthétique égrène :

> Vous avez un message sauvegardé.
> Message reçu. Jeudi, 22 h 16…

Ce qui va suivre, je ne le sais que trop bien. Le timbre grave de Julien, le souffle râpeux sur le fond de sa gorge :

> Mangouste… Il se passe des événements que je ne peux pas t'expliquer. C'est sérieux. Il se peut même qu'on ne se revoie plus… Si tu n'as pas de mes nouvelles dans les trois jours, je veux que tu ailles trouver Robin. Je lui ai confié quelque chose pour toi. Écoute bien. C'est pour *toi*, Adélie. Pour *toi* seulement.

Fais-en bon usage lorsque je ne serai plus là. Personne n'est au courant, mais toi tu comprendras, ma Mangouste futée...

Je viens d'appuyer sur le bouton « Stop ».

– Pas la peine d'écouter la suite. Julien vous a dit : « J'aurais tellement voulu te voir devenir une vieille dame... Je t'aime, je t'ai toujours aimée. Bon anniversaire. »

Je la regarde bien en face.

– Je connais ces phrases par cœur. Pour la bonne raison que je l'ai entendu les prononcer.

– Donc, vous m'avez menti ?

– Oui.

– Vous n'avez pas rencontré mon oncle par hasard, vendredi à une heure du matin ?

– J'étais déjà avec lui jeudi soir, au moment où il vous a appelée...

– Ce message, c'est un adieu ! Julien n'est donc pas décédé inopinément, puisque, à 22 h 16, jeudi soir, il savait déjà qu'il allait mourir !

– Est-ce que nous pouvons aller finir notre café ?

Dans la cuisine, elle choisit la chaise la plus éloignée de la mienne. Elle attend, elle surveille le moindre signe sur mon visage. J'ai eu le temps de faire le point. De toute façon, tout finira par remonter à la surface, un jour ou l'autre. Peut-être par les flics, lorsqu'ils auront retrouvé la bagnole. Autant que ce soit moi qui le lui apprenne. J'ai besoin de sa confiance.

Besoin de rester près d'elle.

Je dois lui montrer maintenant l'autre face de Julien Abestéguy, sa face obscure. Et la mienne.

– Je ne vous ai pas menti complètement, Adélie... Juste donné une version édulcorée... D'abord, pour vous ménager, et puis aussi, j'en conviens, pour me protéger. Je voulais m'assurer de votre fiabilité... Je ne vous connaissais absolument pas. Qui me disait que vous n'étiez pas déjà parfaitement informée de tout ce pataquès ? Comment savoir si vous ne jouiez pas les candides pour me laisser me découvrir, me mouiller à fond ? J'ai attendu que vous trouviez le message. Votre réaction a balayé mes craintes. Aucune comédienne n'aurait pu simuler avec cette sincérité. Je crois maintenant que vous ne savez rien… Il se peut que je me trompe. Je me fais peut-être piéger par votre charmant minois. Dans ce cas, tant pis pour moi…

– Accouchez, bon sang !

– Effectivement, je ne me trouvais pas en simple autostoppeur dans la voiture de votre oncle… C'est moi qui tenais le volant.

– Et vous avez tué Julien dans cet accident ?

– Ce n'était pas un accident. J'ai volontairement jeté le véhicule dans ce ravin, hier, à 5 heures du matin.

– Salaud !

À trois centimètres de ma figure, je bloque sa main. Et le cendrier en cristal.

– Je l'ai fait parce qu'à ce moment, à 5 heures vendredi, Julien était déjà mort depuis longtemps !

Séquence 5

Elle est à moitié au-dessus de la table, figée dans son élan, son regard planté dans le mien. Ses lèvres blanchissent. Je comprime son poignet sans faiblir, jusqu'à ce que les larmes lui montent aux yeux. Je récupère le cendrier au moment où elle le lâche.

Elle aurait pu m'éclater la tronche avec cette masse. C'est tout juste si j'ai vu partir son bras. Je ne sais pas où elle a appris à cogner, la demoiselle de bonne famille, mais il y a un sérieux entraînement là derrière ! Et je sais de quoi je parle.

D'une légère torsion, je la force à contourner la table et à s'asseoir près de moi. Tout en libérant progressivement ma prise, je commence à me livrer :

– Votre oncle et moi, avant même de nous connaître, nous avions au moins un point en commun : l'art de nous laisser embarquer dans des coups foireux. Je l'ai rencontré dans un endroit où ni lui ni moi n'aurions dû nous trouver. Et il m'a sauvé la vie. Et il en est mort !

Je ne sais plus très bien dans quel ordre je lui raconte l'histoire, mais je parviens à tout lui expliquer. Je donne, dès que je le peux, des précisions. Je mentionne même de menus détails, afin de ne laisser aucun doute, cette fois, quant à la véracité de mon récit.

Pour des raisons sur lesquelles je n'ai guère envie de m'appesantir (*Léa, protège-moi*), j'ai choisi, depuis quelques années, de vivre à l'écart de l'universelle compétition. « À l'écart », en l'occurrence, désigne Amberzac, un hameau paumé, à une heure de Périgueux. Pour subsister, il m'arrive d'accepter des petits boulots de courte durée. Pas forcément nets-nets, mais jamais rien de vraiment nuisible.

Mardi dernier, j'ai été contacté par un copain perdu de vue depuis longtemps, Loïc, dit « le Barde », parce que, maigre et chauve comme un chat gaélique, il imaginait se donner un atout de séduction en se laissant pousser un catogan derrière le crâne et une guitare dans le dos.

Il avait pensé à moi pour un job tout à fait dans mes cordes : convoyer une camionnette, à prendre en charge sur le parking d'un supermarché dans la banlieue de Rennes. Destination ? Loïc lui-même ne la connaissait pas encore. Je devais l'ignorer jusqu'à la dernière minute. Dans la boîte à gants, je trouverais un téléphone portable et mon itinéraire m'y serait indiqué par étapes.

Dans une autre voiture, Loïc me précéderait d'un kilomètre, pour s'assurer de la tranquillité du parcours. En tout cas, c'était du facile : nous n'aurions pas de frontière à franchir. J'avais déjà rendu des services de cette nature. Toute question eût été superflue. J'ai juste demandé au copain sa parole de ne pas être impliqué dans un transport de drogue. Son gros rire m'a rassuré : il savait non négociable mon refus de tremper dans ces saloperies et ce n'était pas non plus sa tasse de thé.

Pour quand, cette promenade ? Jeudi. Le surlendemain. Le Barde avait besoin de ma réponse sur-le-champ, pour pouvoir chercher ailleurs, le cas échéant. Pas trop le temps de réfléchir.

Je n'avais rien de prévu dans la semaine, ni au-delà, d'ailleurs. Mes finances étaient dans un état proche de l'Ohio et de la désolation. La rémunération pour deux jours de travail était convenable. J'ai accepté.

Mercredi soir, j'étais déjà au supermarché pour un petit repérage : la confiance règne, mais rien n'empêche la prudence. Une heure après la fermeture, le parking de la clientèle était vide. J'ai pris une chambre au Formule1 de la zone industrielle voisine et j'ai observé les allées et venues. À part les noctambules qui passaient faire le plein aux pompes automatiques, rien de notable.

Jeudi matin, le rendez-vous était fixé à six heures. La camionnette est arrivée à moins le quart. Un Daily turbo blanchâtre, juste assez sale pour ne pas se faire remarquer, châssis long, gros moteur de 3 litres, immatriculé dans le département.

Le chauffeur était un Noir maigrichon en salopette bleue. Il a fermé la portière, fait le tour pour vérifier le verrouillage des panneaux latéraux et arrière et il est parti sans se retourner. Vers la sortie du parc, un break Peugeot gris s'est arrêté deux secondes, l'a pris à la volée et a tracé vers la nationale. Probablement un brave gars recruté à l'aube devant un comptoir. On lui avait glissé la pièce pour effectuer un court transfert. On allait le larguer quelque part en ville et il disparaîtrait du circuit. Tactique ordinaire. On démultiplie les intermédiaires qui ne se croisent pas et chacun ne possède aucune information permettant de remonter la filière.

Une clé attendait dans une boîte magnétique collée sous la caisse. Rien qu'à voir son profil et celui des différentes serrures, j'ai compris qu'elle n'ouvrait que l'avant. La cabine était séparée du compartiment fret par une cloison aveugle : le contenu ne me regardait pas. Au pied de la banquette, un sac de sandwiches frais d'excellente allure (charcuterie bretonne, d'après le fumet), une petite glacière contenant eau, Coke et bière (sans alcool, bien vu !).

Une trousse de toilette renfermait de l'aspirine et un rouleau de billets représentant la moitié de mes émoluments. On y avait ajouté quelques centaines d'euros en petites coupures, pour d'éventuels imprévus de parcours. Élégant. De la monnaie pour les péages automatiques et une cartouche de Gauloises sans filtre. L'expédition avait été préparée par des pros.

J'en ai eu confirmation en constatant la présence d'une bonbonne vide et d'un entonnoir : lors d'un convoyage de ce genre, on doit pouvoir conduire sans s'arrêter si c'est nécessaire. On est donc censé avoir soulagé ses intestins avant le départ et, pour le reste, bouteille et entonnoir…

Dans la boîte à gants, des cartes routières de la moitié sud du pays, les papiers du véhicule et le téléphone. Qui a sonné aussitôt : « Salut. Tu sors, tu tournes à droite et tu enfiles la rocade. »

Tout le trajet a été guidé ainsi. Un classique du genre. Des appels laconiques, des indications balisant parfaitement mon itinéraire, mais incompréhensibles pour qui n'était pas à mes côtés. « La bretelle de sortie, à cinq cents mètres après la pub pour les tracteurs. Ensuite, vingt kilomètres tout droit jusqu'au prochain village, puis à gauche après l'église. » Je répétais mot pour mot les consignes. Loïc ponctuait : « Affirmatif » et raccrochait.

Je roulais effectivement vers le sud, mais avec des détours inopinés. Nous alternions grands axes et routes secondaires. On me baladait souvent au travers de patelins improbables, de campagnes désertes et dégagées à perte de vue. Ceux pour qui je conduisais voulaient contraindre d'éventuels suiveurs à se mettre à découvert.

Rien à signaler, tranquillité absolue depuis le départ. À aucun moment, pourtant, nous n'avons abandonné ce luxe de précautions : ou bien mes employeurs étaient complètement paranoïaques, ou bien ce chargement était réellement important ! Évidemment, j'étais résolu à ne pas m'interroger sur ce sujet et, évidemment, j'ai commencé à le faire... Les kilomètres aidant, et tout danger étant apparemment absent, j'avais tout loisir de gamberger. De plus, la radio avait été mise hors d'usage, probablement pour m'éviter un bruit de fond qui eût pu masquer un appel téléphonique. Les supputations ont donc commencé à s'insinuer malgré moi.

Loïc n'était pas un malfrat à proprement parler. Il vivait de peu en donnant des cours de musique folk à de rares jeunes gens qui s'intéressent encore à ce style dépassé. Sa femme bossait dur comme aide-soignante dans une clinique gériatrique. Ils élevaient leurs trois enfants dans la conscience politique, le respect d'autrui et le régime végétarien. Le Barde se livrait cependant à quelques trafics marginaux, non pour en tirer un enrichissement personnel, mais par principe, comme une sorte de sport, pour « emmerder les flics français ». Il considérait que la Bretagne colonisée courbe l'échine sous le joug de l'État central et il militait dans de vagues groupuscules séparatistes, emberlificotés dans leurs querelles internes et les contradictions de discours fumeux. Parfois, d'après ce que j'en ai entendu dire, ces révolutionnaires aigris purgent l'énervement accumulé dans leurs séminaires en se livrant à quelque action d'éclat : abattre des poteaux téléphoniques ou se coucher sur une voie ferrée pour retarder les trains de Paris. De petits bras, inoffensifs, avec de petits moyens. C'est sur ce point, à la réflexion, que m'apparaissait une légère contradiction : s'offrir les services d'un chauffeur extérieur était un luxe, même si je n'étais pas payé des milles et des cents.

Logique. La cargaison entassée derrière mon dos devait être plutôt « chaude ». Des Marlboro *made in China* ? D'après les réactions des amortisseurs, j'avais plus d'une tonne et demie sur le râble. J'inclinai pour de l'électronique. Ordinateurs, hi-fi ou DVD tombés du camion sur une aire de stationnement pendant que le routier s'empiffrait de saucisses de Francfort ? De toute façon, de la marchandise sans facture. Revendue cash dans la journée à des receleurs albanais au centième de sa valeur. Et si le Daily tombait sur un contrôle de la gendarmerie ou des douanes…, le délit serait pour ma pomme !

J'étais seul à bord, aucune escorte à des kilomètres à la ronde : les vrais responsables pourraient s'évanouir dans la nature, ni vus, ni connus. Je n'avais aucune accointance avec leur groupe, rien qui permette de remonter jusqu'à eux. J'écoperais du minimum syndical, vu que j'avais réussi jusqu'à présent à conserver à mon casier judiciaire une virginité de communiante. Et les amis ne seraient même pas tenus de me dédommager à la sortie : les risques du métier sont prévus dans le cachet de l'artiste !

C'était cela, la réalité : j'étais en train de jouer l'épisode le plus miteux de *La Triste Carrière de Stéphane Roy le Magnifique*. J'étais descendu au bas de l'échelle. Risquer la tôle à la place de Bretons trouillards pour quelques billets. Plus nase que ça, tu meurs !

Je commençais à piquer un vrai coup de blues. J'ai décidé de me traiter une bonne fois pour toutes d'imbécile et d'évacuer mes regrets tardifs. Je me suis appliqué à chanter à tue-tête tout le répertoire du père Gainsbard.

J'avais épuisé depuis longtemps les immortels du grand Serge, torturé Indochine, Bashung et remixé Édith Piaf. Je m'apprêtais à mettre à mal Benabar lorsque mon guide téléphonique m'a arrêté pour faire le plein dans la station-service d'un petit bourg avant Toulouse, choisie parce qu'elle n'était pas équipée de caméras de surveillance. Ensuite, j'ai été prié d'aller attendre au bord d'un petit bois. Je devais laisser passer la circulation de fin de journée pour contourner l'agglomération hors embouteillages et faire le moins possible de rencontres. Je calculai que les organisateurs du rallye m'avaient fait couvrir deux ou trois cents kilomètres de plus qu'un parcours normal Rennes-Toulouse. Je m'imaginais déjà en train de laisser la camionnette sur un autre parking anonyme ou dans un quelconque entrepôt de banlieue. En fait, je me suis retrouvé bien au-delà de Toulouse et j'ai compris la raison de l'approvisionnement en carburant : nous commencions à attaquer les Pyrénées.

J'ai parcouru pas mal de bornes sur des routes de plus en plus tortueuses et pentues. Je ne croisais plus personne. Le soleil frisait les cimes à ma droite. J'ai ouvert grand la vitre pour profiter de l'air des alpages. Ça sentait le caillou surchauffé. J'ai été envahi d'une grande nostalgie d'Amberzac. Je me suis arrêté quelques secondes pour déchiffrer un écriteau tombé dans l'herbe, truffé de plombs de chasse :

CIRQUE DE CALATAÏUD.

Ça me renvoyait aux années d'école. Comme tout un chacun, j'avais entendu ce nom-là en classe de géographie. J'allais enfin savoir à quoi ça ressemblait. Un petit logo promettait une vue panoramique.

Après s'être encore rétrécie, la route finissait en cul-de-sac. De loin, j'ai aperçu trois voitures stationnées avant un passage en V dans un mur de rochers. Loïc m'attendait, assis sur le coffre d'une vieille Renault. Nous nous sommes donné l'accolade. Il s'est rapidement assuré que je n'avais rien vu ni personne de suspect.

– Nickel. Tranquillos. Tu es tout seul ? Il y avait qui dans les autres bagnoles ?

– Des camarades. Ils sont déjà partis au rendez-vous.

– Quel rendez-vous ?

– En bas, dans le cirque. Des types… C'est à eux que tu dois livrer.

– Attends ! C'est quoi, ce micmac ?

– C'est juste nos acheteurs. Des mecs vachement corrects, en principe…

– En principe !

– Y a pas de lézard, Steph, je t'assure ! Simplement, comme il y a un paquet de blé en jeu, nous avons convenu d'un protocole précis, pour éviter tout malentendu…

– Ça, c'est vos petites affaires ! Dans notre accord à nous, entre toi et moi, il n'était pas prévu ! Ce n'est pas moi le vendeur. Je livre, un point c'est tout ! Votre « protocole », j'en ai rien à cirer !

– Écoute, vieux, ne me fais pas faux bond à la dernière minute, je t'en prie ! Ça va me retomber dessus ! C'est moi qui ai insisté auprès des camarades pour te mettre sur ce coup-là ! Je leur ai dit que tu étais fiable à 100 % ! Ç'a bien marché jusqu'à présent, non ? Ce qui reste, c'est trois fois rien !

– Dans ce cas-là, pourquoi est-ce que tu ne prends pas le volant toi-même ?

– Je ne peux pas, Steph ! Les types d'en face ne connaissent que ma gueule et il est prévu que c'est moi qui dois assurer le contact visuel ! Derrière le pare-brise, ils risquent de ne pas me reconnaître, avec le peu de lumière qui reste en bas à cette heure-ci ! Ça peut tout faire foirer ! Je ne te demande pas grand-chose !

– Tu sais que t'es chiant, Loïc ?

– Ah, merci ! Je savais que je pouvais compter sur toi !

Le Breton a désigné l'échancrure en V dans le roc.

– Tu continues par là. Tu fais gaffe, parce que c'est caillouteux, et derrière, ça descend raide. C'est du chemin à mulets, normalement. Mais ça passe, je l'ai testé. Juste après l'étranglement, tu pourras voir l'ensemble du cirque. Tu attends là. Nos correspondants arrivent en face, côté espagnol, par une route du même genre. On doit se rencontrer au centre. J'opère la jonction et, si tout est OK pour eux aussi, je te fais signe. Tu te laisses glisser jusqu'à moi. À ce moment-là, les autres doivent envoyer un véhicule vers nous. Vous stoppez face à face, tu descends de la camionnette. Sans couper le moteur, c'est important ! Tu remontes ici dare-dare, tu m'attends dans ma bagnole et on repart ensemble. Répète.

J'ai répété comme un grand.

– T'as tout bon, élève Roy. Tu me laisses trois minutes d'avance et tu y vas !

Il s'est éloigné en petites foulées en agitant la main au-dessus de sa calvitie.

– T'es un pote, Steph ! N'oublie pas de laisser tourner le moteur.

Trois minutes chrono après, je débouchais sur le cirque de Calataïud.

Écran panoramique et Technicolor ! Si un peintre osait une toile pareille, on dirait qu'il en rajoute : un entonnoir lunaire entre des sommets déchirés, léchés par les derniers rayons d'un soleil écarlate. Deux cents mètres en contrebas, une esplanade parfaitement circulaire baignant déjà dans un clair-obscur bleuté. On distinguait assez mal les contours, entre chien et loup. J'ai plissé les yeux pour observer la suite des opérations.

En trottinant, Loïc a rejoint une dizaine de silhouettes. Il y avait peut-être des femmes dans le lot, mais tous portaient parka et pantalon. Ils marchaient, sans se presser, sur l'arène plate, parsemée ici et là de rochers rassemblés en tas de diverses grosseurs.

Quelque chose bougeait, à deux cents mètres devant : un groupe de la même importance débouchait de la pente opposée. Comme des randonneurs qui allaient se croiser et se saluer avant de rentrer au gîte d'étape. Ils sont arrivés au centre presque en même temps. Ils sont restés à vingt pas les uns des autres. Le « protocole » pouvait commencer.

Loïc et l'un de ses compagnons se sont avancés dans le no man's land, imités symétriquement par deux des acheteurs. Poignées de mains et palabres, probablement pour confirmer les termes de la transaction. Tout devait être conforme, puisque j'ai vu le Barde se tourner vers moi et balayer l'air de ses longs bras, tandis que son interlocuteur faisait de même dans l'autre direction. Sur le versant d'en face, le ciel s'est reflété une seconde sur une surface métallique : une grosse voiture sombre émergeait d'un boqueteau et entamait la descente. C'était plutôt marrant. À distance, on n'entendait rien, j'avais l'impression de regarder un film en ayant coupé le son. Avec une seconde de décalage, je me suis souvenu que je faisais partie de la distribution. J'avais ma scène à y jouer. Maintenant.

J'ai relâché le frein et j'ai laissé le Daily partir en roue libre. La bande sonore a redémarré en même temps : le bruit des graviers qui ripaient sous les pneus m'a paru exagéré. Je me suis approché peinard. Loïc, la main à plat, m'incitait à y aller piano : du coin de l'œil, il surveillait la progression de la limousine qui venait à ma rencontre, elle avait plus de distance à parcourir. Une grosse Volvo, noire ou anthracite. Ils avaient les moyens, les acheteurs…

Nous nous sommes immobilisés en laissant une cinquantaine de mètres entre nous. J'ai serré le frein à main et laissé le moteur au ralenti, comme prescrit. Mon homologue et moi avons ouvert nos portières avec un synchronisme parfait. Séquence western : *La Volvo sifflera trois fois*. C'était presque comique : des adultes qui font joujou avec le plus grand sérieux. Pendant que je descendais de la cabine, l'autre quittait son siège. Parfait. Mission accomplie. C'est là que tout s'est détraqué.

Ça a commencé assez bêtement. Le Barde se dirigeait vers la voiture noire lorsqu'il a trébuché et s'est étalé de tout son long. Tout le monde a ri, moi compris. Je me souviens avoir pensé : « Loïc, t'es vraiment un branquignol ! » Une demi-seconde. Puis quelqu'un a crié : « Les salauds ! Ils l'ont plombé ! »

Le corps du Breton tressautait. De sous les parkas, des armes ont jailli. Ces abrutis étaient fichus de se canarder mutuellement à bout portant ! Et puis, tout autour, la grêle a commencé à tomber. *Ploc-ploc*. De petites gerbes de terre. Les grêlons rebondissaient avec des miaulements. C'est après seulement que les détonations sont arrivées à nous. De loin, sur les hauteurs. Dans les deux camps, ils se sont tous mis à glapir en même temps ! « C'est pas nous ! C'est pas nous ! » Deux autres personnes se sont effondrées sur place. Un flottement, et ils ont renoncé à s'entre-tuer pour faire front commun : ils ont commencé à mitrailler en pure perte vers les agresseurs invisibles.

Depuis la chute de Loïc, il ne s'était pas écoulé plus de sept à huit secondes. J'étais pétrifié. Tout juste si j'ai pu m'accroupir sur place. Je songeais vaguement qu'il serait sage de me glisser sous la camionnette. Oui, c'est ça, ce serait raisonnable, là, je pourrais attendre bien tranquille que tout revienne à la normale.

Et puis, je ne sais pas quel déclic s'est produit, mais au contraire, je me suis mis à courir, courbé en deux, le plus loin possible. Et j'ai été soulevé par le souffle de l'explosion. Le Daily venait d'être pris pour cible à la rocket. Une déflagration invraisemblable.

J'ai plané une éternité, roulé comme une boule de loto, bousculé, frappé, retourné. Mon esprit restait en complet décalage. Ma seule idée, pendant que j'étais en l'air, c'était : « Quel con, j'ai oublié mon fric dans la boîte à gants ! »

J'ai atterri sur le dos. Je n'entendais plus rien, les tympans bloqués. J'ai ouvert les paupières. Elles m'arrachaient les yeux comme du papier de verre. Des fantômes bougeaient dans de la fumée. Des débris de métal et des pierres retombaient autour de moi et sur moi. J'ai tenté de bouger, mais j'étais tellement cassé que je ne commandais plus mon corps. J'ai dû crier. Et l'une des formes mouvantes a obturé mon horizon, m'est tombée dessus de toute sa masse. Un homme.

C'est ainsi que j'ai fait la connaissance de Julien Abestéguy, votre oncle.

Séquence 6

Évidemment, ça change de la version soft avec gentil autostoppeur serviable... J'ai trouvé les détails réalistes, propres à convaincre : le personnage du Barde, le panneau indicateur troué... Elle est soufflée, la petite Cartwright ! Pourtant, elle résiste encore :

– Non ! Je ne peux pas vous croire !

Elle dit ça, mais elle ne manifeste plus la moindre velléité de me rectifier le portrait à coups de cendrier. Elle secoue farouchement de droite et de gauche sa jolie frimousse pointue.

– Vous voulez me faire avaler que le corps de Julien vous est tombé dessus ? Qu'il a été tué dans une bataille rangée entre je ne sais quels terroristes ?

– Je n'ai pas dit qu'il était mort là-bas ! J'ai bien reçu Julien, et de tout son poids, je vous l'assure ! Mais je n'ai pas parlé de son cadavre ! Il ne m'est pas *tombé* dessus, il n'avait pas été projeté, il s'est lancé volontairement sur moi pour me protéger !

Comment, dans ce bel appartement classé monument historique au cœur du vieux Paris, pourrais-je faire partager un moment pareil à une jeune femme que l'on invite à fêter son anniversaire en week-end à Florence ? Pour elle, le cirque de Calataïud et ce que j'y ai vécu ne peuvent exister que dans une autre galaxie ! Moi, je ne suis pas près de l'oublier, cette sensation !

J'étais en miettes, éparpillé sur dix mille kilomètres carrés. Et, d'un coup, éprouver la présence d'un corps humain m'a fait rassembler les morceaux de quelque chose qui devait être moi.

Ma tête sous son torse. Mon visage noyé dans une veste d'alpaga. Effluves civilisés, reposants. Souvenirs de conversations tranquilles dans des salons cossus. Habit rouge, de Guerlain. Surréaliste, dans ce merdier.

– Ne bouge pas !

Vous avez déjà entendu des voix lorsque vous êtes au fond d'une piscine ? La sienne m'est arrivée ainsi, comme à travers plusieurs mètres d'eau : mes oreilles étaient encore sonnées. La chute des débris de camionnette et de caillasse avait cessé, mais les ricochets de balles reprenaient. Là-haut sur la montagne, les snipers voulaient vraiment notre peau !

Pour l'instant, ils arrosaient au jugé, gênés par la poussière. Mais, plus elle allait se dissiper, plus ils pourraient ajuster leurs tirs. Ce type couché sur moi le savait, il avait compris que je ne pouvais pas remuer le bout d'un petit doigt pour l'instant et il mettait sa vie en jeu pour m'abriter ! Tout simplement. Sans même savoir qui j'étais. Quelqu'un en danger, ça lui suffisait.

Ce qui devait arriver est arrivé : j'ai perçu la vibration de son grognement, plutôt que je ne l'ai entendu. Il venait d'être touché à ma place. Pourtant, il a continué à me servir de couverture. Il devait méchamment souffrir, puisque je le sentais trembler.

Je parvenais petit à petit à coordonner à nouveau mes mouvements. J'ai réussi à le basculer sur le côté et à inverser la position.

– T'as morflé ?

– Ma jambe… Mais je ne crois pas ce soit une balle.

J'ai regardé rapidement : côté gauche, le pantalon de son beau costume était tailladé de la cuisse au mollet. Une rafale avait dû le frôler à quelques centimètres et expédier des éclats de silex. N'empêche, ils avaient peut-être bien pénétré jusqu'à l'os.

– Tu peux marcher ?

– De toute façon, il faut qu'on se déplace. Nous sommes en plein cœur de cible.

J'ai levé le nez de quelques centimètres pour m'orienter. À peu de choses près, nous étions effectivement encore au centre du cirque. Le squelette de la camionnette flambait. J'ai réussi à discerner la grosse Volvo noire, à même pas cent mètres de nous. Elle semblait entière et, avec un peu de chance, la clé serait restée sur le tableau de bord. Mon ange gardien avait la même idée :

– On la tente ?

– Bien forcés. À pied, on ne sortira pas de ce trou !

– On y va. La bagnole n'est pas à moi, mais si on la sauve, je dirai au loueur de t'envoyer une caisse de champagne !

Sacré gaillard, qui avait le moral de plaisanter avec la jambe mâchurée... Il a tenté de parcourir seul la distance, mais, après dix pas, il s'est affalé. Je l'ai pris à la taille, passé sur mes épaules, j'ai clopiné les derniers mètres en le trimbalant comme un ballot de linge. Je l'ai jeté sur la banquette de sa voiture. Le moteur tournait encore au ralenti ! Je n'ai eu qu'à embrayer et enfoncer l'accélérateur. Droit devant, ça nous faisait repartir par où j'étais venu. Pourquoi pas ? Nous avions la moitié du cratère à traverser, quelle que soit la direction. Les embusqués pouvaient à loisir nous dégommer comme à la foire... Au moins, par là je savais qu'il existait une sortie.

La chance a décidé d'équilibrer un peu la balance. À l'instant où nous avons démarré, une nouvelle détonation a secoué la montagne. La carcasse du Daily explosait une deuxième fois ! Encore plus intense que la première. Peut-être le réservoir ? Le chargement, plutôt, chauffé par les flammes.

J'ai failli lâcher le volant dans les zigzags qui s'en sont suivis, mais j'ai maintenu le cap à travers une sorte de suie qui masquait tout, nous y compris. Nous avions déjà grimpé à mi-pente lorsque j'ai vu clair à nouveau.

Miraculeusement, nous nous retrouvions juste dans l'axe de la passe où j'étais entré. Je m'attendais à tomber sur un tireur, au moins, dans cet étranglement, mais la voie était libre. J'ai compris pourquoi en passant devant les voitures du Breton et de ses camarades, ou ce qu'il en restait : des types étaient arrivés derrière moi pendant que je descendais vers le centre, les avaient mitraillées et finies au cocktail Molotov. Ils avaient donc estimé qu'ils n'avaient plus rien ni personne à démolir là et étaient partis en renfort au pilonnage. Ils n'imaginaient pas une seconde que quelqu'un ressortirait de ce chaudron. Coup de bol.

Nous roulions déjà depuis plusieurs minutes et avions franchi pas mal de bosses et de virages lorsque je me suis décidé à allumer les phares et à lever un peu le pied : trop bête de s'être tirés de ce guêpier pour finir dans le décor. Je me suis tourné une seconde vers mon passager. Il me regardait aussi.

Première fois que nous nous voyions pour de bon. Il m'a souri. Un type élancé, dans la cinquantaine, brun et hâlé sous la poussière. Ajoutez cela au costume à cinquante tickets et à l'eau de toilette de luxe : il ne cadrait pas du tout avec cette sauterie. J'ai dit sobrement :

– Merci, ami.

– Merci toi-même ! Nous sommes à un partout, me semble-t-il. Tu m'as bien sauvé la mise.

Qui parle encore comme ça ? Même son langage détonnait avec le lieu et les événements. Décidément, je comprenais de moins en moins.

– Un partout, ça me paraît beaucoup. Si tu ne m'avais pas protégé, tu ne te serais pas fait amocher.

– Bon, si tu tiens à m'être redevable... Sois reconnaissant et accélère !

– Il faut s'arrêter, voir ce qu'on peut faire pour ta guibole. Comment va-t-elle ?

– Elle a connu des jours meilleurs... Mais nous nous en occuperons plus tard. L'important, c'est de mettre un maximum de kilomètres entre ce cirque et nous. Dans une heure au plus, les autorités seront alertées et dresseront des barrages routiers. Nous devons passer avant. Sans compter que si notre fuite a été repérée, nous avons déjà une équipe sur les talons. Ils ne veulent laisser aucun témoin.

– Qui ça, « ils » ?

– Comment veux-tu que je le sache ? Mais quelle que soit leur étiquette, ils ont décidé d'anéantir aussi bien tes copains que les miens.

– Désolé, mais je n'ai pas de copains dans cette affaire ! Je suis là par hasard. Je devrais dire « par erreur » !

– ...

– Quoi ? Tu ne me crois pas ?

– Je réfléchissais... Si, justement, aussi bizarre que ça puisse paraître, je n'ai pas trop de difficultés à te croire. Parce que je pourrais dire la même chose. Les gens pour lesquels je suis venu ne sont pas mes amis et je suis ici à mon corps défendant ! Il se pourrait que nous nous soyons fait piéger tous les deux.

– Bon. Si nous faisions les présentations ?

– Je ne te demande rien.

– Je ne me sens pas forcé. Je suis Stéphane. Steph.

– Admettons. Moi, c'est Julien. C'est vraiment mon prénom.

– C'était qui, tous ces gens ? Ces deux groupes ?

– N'exagère pas ! Les tiens, au moins, tu les connaissais !

– Même pas ! Si, juste un, Loïc. Il m'a embauché pour convoyer cette camionnette. J'ai voyagé seul. Les autres, je ne les ai aperçus qu'en arrivant. Et ils se sont fait massacrer trois minutes après !

– Ben voyons !

– Je te le jure. Ça vaut ce que ça vaut, mais tu as ma parole.

– Et tu aurais transporté la marchandise sans savoir pour qui ?

– Ni même ce que c'était. On m'a choisi pour ce boulot parce que je sais ne pas me montrer trop curieux. Tu vois ce que je veux dire.

– C'est vrai, ça se monnaye, cette qualité… Cher, je suppose ?

– C'est pourquoi j'ai accepté.

J'ai omis de préciser que ma solde était partie en fumée. Je ne tenais pas à toucher le fond du ridicule.

– Mettre en jeu une vie pour de l'argent, j'estime que tu n'as pas le droit. Même si c'est beaucoup d'argent et même si c'est *ta* vie.

– Oh, pardon, m'sieur le curé ! Alors, selon votre Évangile, les convoyeurs de fonds iront mariner en enfer !

J'ai réussi à lui tirer un sourire.

– Et puis, n'exagérons rien : je n'ai pas décidé de *vendre* ma carcasse sacrée ! Il n'avait jamais été question que je tombe dans ce casse-pipes !

– Et les centaines de personnes que tu as croisées en route ? Tu transbahutais la mort à travers le pays et tu t'es baladé comme une fleur innocente ?

Aveuglé par l'appât du gain. Mais, après le double feu d'artifice de la camionnette, il fallait bien admettre la vraie nature de ma cargaison.

– Rectificatif, tu n'es pas une fleur, Steph, tu es une vraie pomme ! Tu avais bien entendu parler du cambriolage de Quimper, la semaine dernière ? Tu aurais pu faire le rapprochement quand ton Breton t'a contacté !

– Si je te réponds que non, tu vas encore m'accuser de jouer les idiots, mais je ne lis pas les journaux et je n'ai pas la télé.

Il a paru me croire.

– Alors, ton « copain » t'a couillonné en beauté ! Bref, nous avons été manipulés, tous les deux.

Séquence 7

À part moi, la France entière était au courant. Selon Julien, de mystérieux visiteurs avaient pénétré au cours du week-end dans l'arsenal de la gendarmerie de Quimper et étaient tranquillement repartis avec près de deux tonnes d'armes et d'explosifs. Pourtant, le dispositif de sécurité avait récemment été rénové à grands frais. Inviolable, grâce à des capteurs volumétriques canadiens reliés à un calculateur d'intelligence artificielle et importés de Silicon Valley, il couvrait en permanence tous les abords du terrain. Malheureusement, les malfaiteurs, déloyaux, s'étaient contentés… de démonter une fenêtre de la façade sur la rue ! Julien jubilait :

– Les ingénieurs n'avaient pas envisagé ce cas de figure. Le vol n'a été constaté qu'à la reprise du travail, le lundi. Gorges chaudes des journalistes et voie royale pour les interpellations de l'opposition à l'Assemblée, tu penses bien ! Le ministère de l'Intérieur a pris l'affaire comme un affront personnel et promis une résolution rapide et exemplaire.

Loïc et ses petits copains de jeu avaient fait fort, cette fois. Sans le vouloir, certes, mais fort !

– Le gros problème, c'est qu'ils se sont retrouvés avec une marchandise qui leur brûlait les doigts : des armes de guerre et leurs munitions de dernière génération. Quant aux explosifs, il ne s'agissait plus de pétards, d'une bonne vieille dynamite fauchée sur un chantier, mais de C4 et de Semtex. Du ravageur, de quoi volatiliser la ville entière et, moyennant un peu de technique, un bon bout de sa banlieue !

Dans les premières heures, les Bretons fantaisistes s'étaient réjouis de leur bon coup en éclusant force cruches de chouchen. Ils avaient rapidement dessoûlé en découvrant dans *Ouest-France* sur quoi ils étaient assis : un enjeu et un danger qui dépassaient le niveau amateur !

– Ils n'avaient qu'une alternative : se débarrasser honteusement de leur prise en jetant tout à la mer ou refiler rapidement la patate chaude à plus compétents qu'eux. L'ETA.

– Et c'est là que tu entres dans le circuit, Julien ?

– Par rebond, oui. Je n'avais ni ta touchante sottise, ni ton besoin d'argent. Et, à la différence de toi, j'aurais pu jauger dans quel engrenage je glissais le doigt. Pourtant, je me suis fait manipuler comme un bleu.

Julien vivait en Belgique, mais il était d'origine basque. Dans l'enthousiasme et l'inconscience de son jeune temps, il avait lié des amitiés avec des garçons (et surtout des filles) qui avaient déjà des convictions politiques marquées. Puis il les avait perdus de vue en partant mener ses études aux USA. Eux avaient poursuivi dans leur voie et étaient devenus les dirigeants du mouvement Patrie et Liberté. En basque : *Euskadi Ta Askatasuna*. E.T.A.

– La semaine dernière, ils ont été approchés en urgence par un olibrius bretonnant, Loïc, dont le groupuscule bradait un équipement d'une efficacité redoutable. Livraison sur le territoire, pas de douane à franchir. Affaire à saisir.

Seul inconvénient : la transaction devait être effectuée sous quarante-huit heures et payée en liquide. Les Pieds nickelés gaéliques allaient trop au cinéma ! Mais ils faisaient de cet échange leur condition *sine qua non* ! Dans la pratique actuelle, de tels achats se règlent par un transfert dans une banque panaméenne ou luxembourgeoise. Mais les Bretons fantaisistes ne disposaient que du compte chèque postal de leur association sans but lucratif, loi de 1901 !

Malgré la somme dérisoire en regard de la qualité, les Basques n'avaient pas sous la main un tel fonds de roulement. Leur couverture d'enseignant, d'employé besogneux ou de petit artisan ne leur permettait pas, en cas de visite policière, de justifier la présence d'argent liquide.

Ils parcoururent rapidement la liste des entreprises et des riches particuliers qu'ils pouvaient ponctionner. L'une des filles se rappela avoir vu récemment en couverture d'un magazine financier la photo d'un ex-petit ami. Julien. Outre le fait qu'il était encore plus beau qu'à l'époque, il était surtout devenu, à l'étranger, un industriel à la discrète prospérité. La dame s'était donc manifestée tout benoîtement par téléphone, s'était rappelée à son bon souvenir et lui avait demandé de cracher au bassinet illico. Sur l'instant, il avait cru à une plaisanterie. La belle du temps jadis avait roucoulé : « Tu n'as pas à te plaindre ! Nos compatriotes sont régulièrement sollicités, et toi, c'est la première fois qu'on te demande un service. Et ce sera la dernière, promis, juré ! »

Il n'en avait pas cru un mot, avait renâclé, puis fini par puiser sur ses fonds personnels et tenu l'argent à disposition.

– Mercredi, la copine m'a avisé d'un contretemps de dernière minute : durant la nuit, le coursier qui devait venir en Belgique s'était fait arrêter pour excès de vitesse en état d'ébriété avancé. Il fallait quelqu'un de confiance pour apporter les fonds, nul n'était mieux placé que moi.

Il avait carrément refusé. La voix de la fille s'était alors durcie, précisant que c'était une question de vie ou de mort. Pour Julien, s'entendait.

– Voilà comment je me suis retrouvé dans ce pétrin.

– Moi aussi, j'ai été roulé dans la farine par Loïc. Je croyais que c'était un pote, il m'a foutu tous les risques sur le dos. S'il n'était pas mort, je crois que je serais capable de l'étrangler !

Julien allait me poser une question, mais il s'est interrompu, s'est mordu les lèvres. Du coin de l'œil, j'ai vu qu'il palpait discrètement sa jambe. Quand il a remonté sa paume, elle était poisseuse de sang. Il a convenu :

– C'est peut-être plus sérieux que je ne le pensais. Il serait bon d'examiner les dégâts.

La voiture arrêtée en bordure d'un champ, j'ai fini de déchirer ce qui restait du tissu de son pantalon. À la lueur du plafonnier, le sang paraissait noir. De la cuisse jusqu'à la cheville, la chair était mâchurée comme après une chute de moto sur du gravier. On distinguait plusieurs plaies, dont une plus profonde, source d'une légère hémorragie. Rien de tragique, mais à surveiller. Nous savions tous deux qu'il eût été de la dernière imprudence de demander des soins dans un hôpital. J'ai improvisé un pansement de compression avec un morceau de doublure.

– Desserre-le de temps en temps et préviens-moi si ça s'aggrave. Où veux-tu aller ?

– Loin. Et toi, qu'est-ce que tu vas faire ? Tu disposes d'un endroit sûr ?

– Ma maison. Elle est isolée et mes voisins ne savent probablement même pas que je me suis absenté…

– S'il y a des survivants dans le cirque, et qu'ils se font cuisiner ?

– En principe, tout est cloisonné. Seul Loïc connaissait mon nom. Et il ne parlera plus, le malheureux.

– Alors, si tu es aussi peu impliqué, reprends ta vie normalement et fais-toi oublier. Dans quelle région, ta maison ?

– Du côté de Périgueux.

– Je te larguerai par là.

– Parce que tu comptes continuer tout seul ?

Ce disant, j'ai laissé mon coude heurter sa jambe. Juste une pichenette. Il a crié.

– Tu vois, tu n'es pas en état ! Tu te planterais au deuxième virage !

– Il est hors de question que tu m'accompagnes ! D'ici Paris, j'ai dix fois l'occasion de me faire arrêter ! Planque-toi au plus vite !

– Dans ce cas, c'est toi qui viens avec moi !

Je ne sais pas ce qui m'est passé par la tête : me voilà proposant à ce type quasi inconnu de venir au Cluzeau, mon refuge sacré, ma tanière !

– Tu te mets au vert, tu prends le temps de récupérer… Tu règles tes affaires par téléphone ou Internet… Après, on avisera.

Il a capitulé, en ajoutant toutefois :

– Tu ne devrais pas, Steph.

Nous avons repris notre cavale. Mais maintenant, nous avions un but. Julien pestait : le GPS était fichu. Les explosions ? Je m'orientais au radar, mais, nord nord-est, j'étais grosso modo dans la bonne direction.

– Si nous arrivons avant le jour, personne ne saura que tu es là.

De l'accoudoir entre nous, il a sorti un téléphone portable.

– Tu permets ? Juste un anniversaire à souhaiter… Je ne parlerai ni de toi ni de notre destination, ne crains rien.

Il a laissé le numéro se composer. Au bout de quelques secondes, il a raccroché avec agacement.

– Un répondeur… Je réessaierai plus tard.

Il restait nerveux, bien plus que pour un simple souhait d'anniversaire manqué. Pour le distraire, mais aussi parce que je subodorais quelque chose de pas clair, j'ai décidé de le questionner. Sans toutefois le braquer. J'ai prudemment lancé des considérations générales, puis j'ai progressé en spirale :

– Et l'embuscade ? Comment a-t-elle été possible ? Le lieu de rencontre n'a été fixé qu'en cours de journée ? Tu crois qu'il y a une taupe dans l'un des deux camps ?

– …

– Nous n'avons pas eu affaire à un troisième groupe qui tentait de s'approprier les explosifs, il n'aurait pas niqué la camionnette à la rocket…

– …

– C'est ton fric qu'ils voulaient ?

– …

– Ou toi, tout simplement ?

– Tu sais, Steph, un vieux renard peut avoir mal à la patte et baigner dans le coaltar, mais jamais au point de se laisser circonvenir par un jeune lapin…

D'ordinaire, je ne suis pas maladroit lorsque je veux obtenir une réponse. Plutôt très bon, sans me vanter. J'ai dû réviser mon jugement. Et renoncer à jouer.

– J'apprécie beaucoup ton choix de vocabulaire, sais-tu, ami belge ? D'accord, j'essaie de te *circonvenir*… Mais toi, tu n'as pas dit la vérité !

– Pas toute. Moins tu en sauras, mieux nous nous porterons. Je t'ai averti que je suis un colis encombrant et que tu ne devrais pas m'emmener chez toi…

– Oui. Mais nous y allons !

– Excuse-moi… Bien, j'en conviens, la cible principale de ce traquenard, c'était moi. Mais ceux qui me veulent ne font pas le détail. Pour eux, les pauvres gars qui se sont fait étendre n'étaient que des « dommages collatéraux ».

– Tu es du gros gibier, en somme ?

– Ne va pas m'imaginer en parrain de la mafia ! C'est plutôt l'inverse. Moi, je suis le gentil. En face, quelqu'un m'a pris dans le collimateur. Au sens propre du terme.

– Parce que tu es le banquier de l'ETA ?

– Bien involontairement, et juste pour cette opération. Cependant, à mon sens, ce n'était pas le motif véritable de ce piège. Pas le seul. Mon voyage forcé est survenu à point nommé pour fournir à certains de mes ennemis l'occasion de me supprimer, dans des conditions idéales. Ma supposée implication avec les Basques aurait justifié la présence de mon cadavre parmi les autres. L'enquête officielle se serait contentée de cette explication.

– Tu rechigneras, je suppose, à évoquer tes vrais ennemis, et leurs vrais motifs d'en vouloir à ta peau ?

– Oui. Je te serais reconnaissant de ne pas m'en demander plus.

– Mais puisque tu n'as pas été éliminé dans le cirque, « ils » ne vont pas te lâcher ?

– Aucune chance. Tu sais, quelque image que j'aie pu te donner de moi, je suis quelqu'un de normal, avec une adresse, un bureau, un club de sport… Ils connaissent tous mes points d'attache et, si je tente de remettre l'ombre d'un orteil dans mon petit monde, ou même d'aller retirer du liquide à ma banque, je recevrai, selon toute probabilité, une balle entre les yeux. Ou bien ils me pousseront sous l'autobus… Où que j'aille, ils seront là ! Tu te sens toujours disposé à me faire les honneurs de ton logis ?

– Plus que jamais. Nous allons bien te trouver une porte de sortie ! Examinons tes ressources et…

– Ami Steph, qui commets la généreuse folie de persister à m'aider, nous sommes, pour l'heure, dans la même galère. Certes. Mais ne la chargeons pas trop, sinon nous coulerons tous les deux.

– Ce qui signifie, en français ?

– Que je t'ai déjà fait trop de confidences et que, si tu cherches à en obtenir d'autres, c'est tout de suite que nous nous séparerons. Cesse de t'inquiéter pour moi : j'ai prévu tout le nécessaire pour disparaître et devenir quelqu'un d'autre. Quelqu'un d'autre *qui ne sera pas à plaindre*, crois-moi… Ça te rassure ?

– À peine.

– Parfait. Alors, point final sur le sujet. Il nous en reste des milliers d'autres. Car je t'avoue que, si je ne parle pas, je vais tourner de l'œil !

Il avait raison. Deux types qui se connaissent à peine peuvent converser pendant des heures sans parler de leur vie, pour peu qu'ils se sentent sur la même longueur d'onde. Les détails du quotidien et du matériel étaient bannis : vivions-nous seuls, mariés ? Avions-nous une famille ? Impossible d'aborder ces thèmes faciles. Il a fallu aller chercher en nous, en nos convictions intimes, dans nos sensations. Le droit à la vie et à la mort, sur soi et sur autrui… La fidélité à un idéal, la loyauté, les racines… La confiance… Peut-on respecter quelque valeur que ce soit quand on n'est persuadé ni de l'existence d'un dieu, ni d'une vie autre que celle du corps ?

Je crois que j'ai été guidé dans une plongée en moi, plus loin que jamais auparavant. « Un homme selon mon cœur »… C'est au cours de cette exploration à deux que Julien m'a ainsi nommé. Quant à moi, je ne savais pas lui exprimer ce que j'éprouvais. Ou plutôt je n'ai pas osé. Il émanait de cet être une séduction certaine, mais d'une telle qualité qu'elle forçait mon respect, ma pudeur.

Je me reconnaissais, pour la première fois depuis longtemps. Julien me permettait de me retrouver. Et puis, au fil des phrases, il m'est apparu moins présent. De plus en plus souvent, il esquissait un geste vers sa jambe. Le timbre de sa voix s'est voilé, son rythme s'est haché. Il a tiré de sa poche un flacon pressurisé dont il a aspiré une bouffée goulue.

– Ventoline. Mon asthme revient quand je suis stressé.

– Faisons une halte.

– Merci, non. Je préfère arriver au plus vite.

Il a repris son téléphone et, à nouveau, il s'est escrimé à rappeler le même numéro. Rappel, courte attente… Il raccrochait aussitôt et pestait. Plus il échouait, plus il s'angoissait. Plus son angoisse s'accumulait, plus sa respiration devenait sifflante. Ces accès de halètement pénible se succédaient à des intervalles de plus en plus courts. Après une multitude de tentatives, il s'est résolu à laisser un message. LE message, adressé à sa chère Mangouste.

Maintenant, je réalise qu'il se sentait vraiment mal, qu'il redoutait de n'avoir plus la conscience assez claire s'il attendait davantage. Mais, sur le moment, il gardait une telle contenance que je n'ai pas correctement estimé la gravité de son état. Néanmoins, j'ai arrêté la voiture et aidé mon blessé à passer à l'arrière. Je l'ai allongé sur la banquette, la jambe étendue, la tête surélevée par mon blouson roulé en boule. Il m'a demandé :

– Parle encore. Cela t'évitera de t'assoupir, et à moi aussi.

– Pour moi, ça ira. Toi, au contraire, tu devrais te laisser aller, tu oublierais ta douleur.

– Elle, j'arrive à la gérer. Mais j'ai peur de sombrer, Steph. J'ai peur de mes rêves.

Je lui ai raconté ma maison, les travaux que j'avais entrepris, toujours en chantier. Je lui promettais que nous y serions bien. Il voulait savoir, dans le cas où il pourrait s'arranger pour y revenir, si j'accepterais de lui confier un bout de jardin, rien qu'à lui, pour cultiver un potager. Il en avait toujours eu envie, jamais trouvé le loisir. La fièvre le faisait-elle délirer, ou était-ce l'approche du sommeil ?

Puis nous avons abordé une route que je connaissais.

– Nous allons contourner Périgueux. Nous sommes presque arrivés. Je vais pouvoir m'occuper de ta jambe. J'ai tout ce qu'il faut. En pleine campagne, on se doit d'avoir une armoire à pharmacie prête à toute éventualité ! Tu tiens toujours le coup ?

Il ne répondait pas. Je me suis retourné : il tentait de se redresser, clapant de la bouche comme un gros poisson. Le temps que je freine en urgence, que je me précipite à l'arrière, il suffoquait. Il devenait bleu, se griffait la poitrine pour arracher ses vêtements. J'ai trouvé sur le plancher le pulvérisateur de Ventoline, vide.

– C'est allé très vite. Il a agrippé ma main, avec une force effarante, tétanisé. Il était mort.

Séquence 8

Soudain, écrasant, inadmissible, stupide... Quand bien même je relate le moment avec toute ma présence, ma conviction... Quand bien même j'y mets tout ce que je trouve en moi de douloureux, je me rends compte que mon récit reste à des années-lumière de la réalité...

Pourtant, Adélie Cartwright me regarde bien en face et son front se marque à peine d'une fine ride. Elle cherche dans sa mémoire.

– L'asthme de Julien... Ma mère – sa sœur aînée – m'en avait parlé comme d'un épisode d'enfance. Les accès survenaient quand elle le disputait. En fait, elle le persécutait... C'est en réaction contre son handicap qu'il était devenu si sportif. Il a voulu essayer les activités les plus extrêmes...

– Moi, lorsque ma nourrice m'engueulait, je saignais du nez... Ça a disparu avec l'âge...

– Je croyais qu'il en était de même pour les étouffements de mon oncle... Je ne l'ai jamais vu recourir à un médicament.

– J'ai cru comprendre qu'il était assez discret... Secret ?

– Sur ses embêtements, oui. Généreux et plutôt expansif, au contraire, lorsqu'il s'agissait de partager ses joies, son affection... D'après votre description, on peut penser qu'il a été emporté par une attaque cardiaque ?

– C'est aussi mon avis... Je n'y connais pas grand-chose, mais j'imagine que les crises respiratoires à répétition peuvent entraîner des complications... Je vous l'ai dit, son visage devenait… Excusez-moi, mademoiselle Cartwright, je ne voudrais pas vous éprouver davantage !

– N'ayez crainte…

Il faut convenir qu'elle ne présente aucun signe apparent de détresse. Elle a juste ramené ses pieds sur la chaise, genoux sous le menton. Seul minuscule indice de nervosité : ce geste un peu trop fréquent de rejeter tous ses cheveux sur la gauche, en y passant les doigts.

Irrésistible.

(Protège-moi, Léa !)

– Je constate que le courage, c'est de famille, chez vous…

– Ce n'est pas du courage. Je refuse simplement les images inutiles et nuisibles. La souffrance de Julien est terminée. Heureusement, elle aura été brève. Me pourrir le mental avec ça maintenant n'aurait pour résultat que de m'empêcher de penser droit. Ce dont j'ai le plus pressant besoin, avec les hauts et les bas que vous me faites subir depuis cette nuit !

La femme bionique. Son cerveau serait-il bâti comme un ordinateur ? Dans les méandres de ses circuits, l'analyse méthodique continue en tâche de fond :

– Au moins, monsieur Roy, votre récit circonstancié a-t-il le mérite d'expliquer pourquoi mon oncle a pu enregistrer sur mon répondeur ce message d'adieu au milieu de la nuit. Il ne *savait pas* déjà qu'il allait mourir, il le redoutait, à cause de son malaise.

– Et il tenait manifestement à vous communiquer quelque chose d'essentiel. Il a essayé au moins vingt fois de vous parler en direct. Mais vous n'êtes en rien fautive si…

– Vous vous inquiétez décidément beaucoup pour moi ! Je sais que bien des gens, dans une telle situation, culpabiliseraient à mort, si vous me passez l'expression. Cela aussi, je le refuse ! Je menais ma vie, lui, la sienne. Ce n'est pas comme si j'avais négligé un rendez-vous… Je ne me sens nullement coupable. Être là pour décrocher le téléphone n'aurait rien changé au fait qu'il s'était déjà fourré jusqu'au cou dans un sac de nœuds !

Acier trempé et cerveau électronique, ou frime ? Il faudra voir si ce blindage tient la distance… Dans la seconde qui suit, j'ai la réponse. La Mangouste me cueille à froid en enchaînant :

– D'ailleurs, pourquoi avoir interrompu votre récit pour vous préoccuper de mes états d'âme ? Jusque-là, vous avez adopté le rôle pas très glorieux, mais plutôt sympathique, du brave garçon malmené par les événements. Vous n'êtes pas responsable de grand-chose. Soit. Maintenant, si vous en veniez à la suite ?

– Je ne me défile pas ! Je me demande si vous la supporterez, cette suite.

– Mieux. Je l'attends avec une certaine curiosité. Elle va peut-être expliquer vos incohérences ?

– ...

– Un, pourquoi n'avez-vous pas détalé à la seconde où Julien est mort ? Deux, hier soir, vous m'avez fourni un beau cliché du moribond qui prenait le temps, dans son dernier souffle, de vous confier une sorte de mission sacrée et vous déléguait vers moi. Or vous venez de me dire que son décès est arrivé en quelques secondes, le temps que vous passiez à l'arrière de la voiture. Alors, ce n'est pas Julien qui vous a donné mon nom et mon adresse ?

Bing ! Le moindre écart, le moindre relâchement, elle m'épingle. J'ai intérêt à redresser la barre fissa !

– Comprenez-moi. J'arrivais déjà vers vous avec des nouvelles épouvantables, j'ai un peu idéalisé dans le sinistre... Missionné par Julien, j'avais une chance que vous m'acceptiez... En fait, la réalité est beaucoup moins glorieuse.

Je glapissais. Dans la nuit assassine. Je tournais en aveugle dans un champ de blé. J'insultais les étoiles et je maudissais la terre que je bourrais de ruades enfantines. Et je vomissais Loïc et les assaillants invisibles qui avaient tué mon ami. Et moi qui n'avais pas su l'empêcher de mourir ! Et Julien, ce salaud qui venait de me faire entr'apercevoir quelque chose d'essentiel et se barrait aussitôt, bleu comme un Schtroumpf, alors que je lui avais offert de le laisser entrer dans ma maison ! Il me plaquait en me laissant toutes les emmerdes sur les bras ! J'avalais une fontaine de larmes et de morve qui n'allait jamais plus s'arrêter, sûrement. Je reniflais encore tandis que je fouillais la voiture.

J'ai commencé par ce qui me demandait le moins de courage, le coffre. Au fond, protégé par une housse, un costume

Armani, sur cintre, posé à plat. Une mallette ancienne, revêtue de galuchat vert d'eau, digne de la vitrine d'un antiquaire : un nécessaire de toilette. Des flacons de cristal étaient fixés par des brides sur le pourtour. Un miroir dans le couvercle. Dans le volume libre, au centre, deux chemises et des sous-vêtements. Le baise-en-ville classieux du bourge cultivé...

Je me suis risqué dans l'habitacle en essayant de ne pas regarder tout de suite vers l'arrière. La boîte à gants renfermait le manuel d'utilisation de la Volvo et un dossier de location : immatriculée dans la Haute-Marne, elle avait été réceptionnée mercredi soir dans une agence parisienne proche de la gare du Nord. Au nom d'Abestéguy, Julien, domicilié à Bruxelles.

Ainsi, ce frangin de quelques heures se nommait Abestéguy... Cela sonnait bien basque, mais avait-il loué une voiture sous son véritable nom, pour se rendre à un rendez-vous de terroristes ? Et cette adresse ? Il avait effectivement parlé de la Belgique...

Mes mains tremblaient trop pour que je puisse m'approcher déjà de lui. J'ai donc tâtonné sous les sièges. Bien m'en a pris. J'ai senti le cuir du vieux cartable. Un machin avachi qui devait dater des années d'université. Pas de serrure, de simples languettes dans des fermoirs en laiton. J'en ai extirpé les deux enveloppes de papier kraft, pas même collées.

Lorsque j'ai vu les billets, mes tremblements ont cessé à l'instant et la sueur, froide, a coulé entre mes omoplates. Évidemment, il s'agissait de l'argent destiné à payer les armes.

J'ai imaginé quelques secondes tout planter là et me retrouver tranquille jusqu'à ma retraite. Tranquille ? Avec, aux trousses, ceux qui avaient tué Julien et, pourquoi pas, les Bretons, l'ETA... Tous ceux qui pouvaient estimer que cet argent leur appartenait. Je ne voulais rien avoir à faire avec ces agités et leurs embrouilles de politique et de violence ! Je n'y ai jamais rien compris.

Oui, mais... Laisser ce magot dans une voiture au bord de la route, occupée par un cadavre ? Les prochains passants n'auraient pas mes scrupules et on m'accuserait de toute façon du vol !

« Pense à tout, Steph ! Pense à tout ! Bon. Si je peux encore penser, c'est que je suis encore vivant, moi ! Et je le dois au courage de ce type allongé là. S'il ne m'avait pas protégé sans même savoir qui j'étais, il n'aurait pas été blessé, pas été repris ensuite par ces étouffements mortels ! Et puis, il m'a fait confiance. Même s'il est mort, je lui dois quelque chose en échange. »

Mais quoi ? J'avais besoin d'autres éléments pour décider. Savoir au moins qui était vraiment ce Julien.

– Pardon, mon gars ! Il faut que je le fasse !

J'ai plaisanté à voix haute tandis que je palpais ses vêtements. Portefeuille : permis de conduire, passeport, même identité, même adresse bruxelloise que sur le bordereau de location. Deux cartes de crédit. Poches : un peu de monnaie, quelques centaines d'euros en billets, maintenus dans une pince d'argent. Un mouchoir de toile de Cholet. Un couteau suisse. Des clés d'appartement sur un anneau où se balançait un sujet en caoutchouc : Sylvestre, le chat rouspéteur du duo Titi et Gros Minet.

J'ai étalé mes trouvailles sur la planche de bord : à l'exception des deux enveloppes, il n'y avait là que les petites affaires du parfait honnête homme en route pour un banal week-end. On notait, par contre, l'aspect très impersonnel, comme soigneusement aseptisé, de cet ensemble : aucune photo, absence de tout agenda, de toute mention d'un ami ou d'un proche. Julien avait même pris la précaution de vider le répertoire du téléphone. N'y restait inscrit que le numéro appelé avec tant d'insistance au cours des dernières heures. Un indicatif parisien. La personne qu'il tenait absolument à joindre dans des conditions si extrêmes – cette « Mangouste » – devait avoir de l'importance. J'ai enregistré ce numéro dans ma mémoire et l'ai effacé de celle du téléphone. Je ne le savais pas encore, mais j'avais déjà un plan. Rudimentaire.

J'ai remis les affaires de Julien où je les avais trouvées.

Sauf les enveloppes.

Au fur et à mesure, j'essuyais tout avec son mouchoir.

Puis j'ai pris la direction du Creux d'Enfer.

Séquence 9

Le Creux d'Enfer.

Une route secondaire à une vingtaine de kilomètres de la ville. Elle fut baptisée ainsi dans des temps immémoriaux. Mais la lâcheté des hommes et des femmes qui cachent leur incurie derrière l'anonymat des services dits « publics » continue de justifier ce nom maudit.

Chaque année, plusieurs accidents graves ou mortels se produisent sur ce tronçon. Des familles endeuillées adressent en pure perte suppliques et pétitions pour quémander un aménagement. Elles viennent clandestinement jalonner les bas-côtés d'ex-voto pauvrement fleuris, que les cantonniers ont ordre de faire disparaître dès que repérés. Et le Creux d'Enfer continue à tuer.

À cet endroit, la route en dévers surplombe une boucle de la Vézère. Minée par les pluies et le gel, la chaussée s'effrite en toute saison. Le bitume s'effondre par plaques sur les bas-côtés instables, raides, puis glisse sur une pente boisée vers le fleuve. Je connais bien ces lacets et, depuis sept ans, l'un de ces virages en particulier. Il est précédé d'une descente qui paraît franche, sur plusieurs centaines de mètres. On croit voir loin devant et l'on pense pouvoir se laisser aller à l'accélération permise par le frein moteur. En réalité, le tracé est entrecoupé d'un dénivellement brusque, invisible à l'avance. Un virage s'y dissimule et la voie revient dans le prolongement apparent de la descente. Je ne sais pas si ma description est parlante, mais, en bref, c'est un piège merdique, de jour comme de nuit.

Le matin pointait son nez. J'ai garé la Volvo sur le seul replat en amont, feux éteints, moteur coupé. Je suis resté aux aguets : l'isolement aidant, on pouvait discerner le moindre bruit de civilisation derrière le pépiement d'éveil des oiseaux. Un camion est passé, loin, de l'autre côté de la vallée. Rien aux alentours.

Je n'ai pas tergiversé. J'ai glissé les deux enveloppes dans ma chemise et j'ai fini d'essuyer tout ce que j'avais pu toucher. J'ai installé le corps de Julien sur le siège du conducteur. J'agissais calmement, avec une lucidité méthodique. J'ai réussi à poser les mains inertes de mon ami sur le volant, le levier des vitesses, la poignée de la portière, imprimant partout ses empreintes. Je crois n'avoir oublié aucun détail qui corroborerait la thèse d'un accident.

J'ai murmuré une sorte d'adieu, un peu hâtif, un peu honteux. J'ai mis le contact, rallumé les phares, enclenché la boîte automatique.

Depuis la place du passager, il ne m'était pas trop difficile de contrôler le volant et la pédale de l'accélérateur. J'ai laissé la voiture prendre de la vitesse, aborder la dénivellation et le tournant caché avec suffisamment d'élan. J'ai dirigé la sortie de route de manière que le choc sur les arbres en contrebas se produise côté conducteur, pour justifier l'état de la jambe de Julien. J'ai sauté au moment où la voiture basculait par-dessus le petit talus. En roulant sur moi-même, j'entendais les buissons se briser sous le châssis. Puis le choc, plusieurs secondes plus tard. Encore quelques bruits de moteur, loin en bas...

Le silence revenu, j'ai regardé dans le ravin. On ne distinguait rien, pas même la lueur des phares. Peut-être s'étaient-ils éteints ? Il semblait que la végétation se fût refermée sur ce corps étranger.

Une silhouette croisée à l'aube, si loin de tout, se remarque trop aisément. Pour éviter d'être aperçu d'éventuels automobilistes matinaux, je suis parti vers Périgueux par les chemins forestiers.

NICE PRICES !
GÜNSTIGE PREISE !
PRIX SYMPAS !

Suivaient les mêmes mentions alléchantes en suédois et en japonais. Sur la pancarte orange fluo, des flèches agressives pointaient vers un cube de béton démoralisant, percé de fenêtres format timbre-poste. Le bloc était implanté sur un monticule terreux, hypothétiquement destiné à devenir un espace vert. Contre la façade pendouillait une banderole de plastique souillé qui remplaçait l'enseigne, déposée au pied d'un mur, ou jamais mise en place :

KILOMÈTRE ZÉRO
Le repos du routard

Le hasard m'avait fait aborder la périphérie de la ville par ce chantier défoncé, désigné « Zone d'Aménagement Privilégié ». Le seul aménagement visible alentour consistait en une esplanade complètement cernée de grillages, y compris sur le dessus, comme un poulailler ou une cour de prison : le parking. Ce secteur hautement sécurisé contenait quelques voitures, plusieurs dizaines de motos et de bicyclettes.

À couvert derrière les derniers boqueteaux, j'ai observé un bon moment. Des jeunes gens courbés sous des sacs à dos sortaient en file indienne par une porte à battants métalliques, qui paraissait être l'accès principal. Ils prenaient la direction d'une route à forte circulation que l'on devinait à l'autre bout de la zone. Je me sentais dans un état lamentable, fiévreux, crotté, contusionné, tenaillé par des besoins élémentaires : me laver, m'étendre, me nourrir. Et réfléchir, dès que mon cerveau serait à nouveau en mesure de fonctionner.

Le Cluzeau était à moins de soixante kilomètres. Je pouvais trouver un moyen de transport, me réfugier là-bas, tenter de m'y faire oublier, comme l'avait préconisé Julien. Mais, contre ma poitrine, je sentais le papier kraft des deux enveloppes gonflées de billets.

Le numéro de téléphone de cette Mangouste et l'adresse belge de Julien revenaient sans cesse : Paris ou Bruxelles, pas d'autre choix possible.

À mi-chemin entre le bois et le bâtiment, un rectangle de goudron bordé de parpaings indiquait l'emplacement d'une guérite ou d'une remise, projet laissé à l'abandon. Des orties y avaient jauni. J'y ai fait une halte. Une flaque d'eau brunâtre y stagnait, qui m'a permis de débarbouiller sommairement mes mains et ma figure, trop visiblement maculées par les cascades nocturnes. En arrivant au Kilomètre zéro, j'étais finalement tout aussi présentable que les garçons et les filles qui bavardaient dans le hall. Personne ne me prêta une attention particulière.

À l'intérieur, l'établissement était tout aussi navrant : matériaux bas de gamme, tablettes de bois blanc grisaillées par des centaines de doigts douteux, aménagements rudimentaires, parois de ciment brut de décoffrage où étaient scotchées des affichettes de concerts rock périmées. Sur un panneau de liège, des carrés de papier épinglés témoignaient de rendez-vous improbables :

For John : Kiki and Jean-Louis will be in Poitiers Monday 8.
Malika, pourquoi t'es pas venue ? Retour mardi !

Derrière le comptoir de briques, le réceptionniste semblait évadé d'un feuilleton des années soixante-dix : chemise à fleurs, gilet marron de tergal récupéré sur un costume trois-pièces, cheveux longs et barbe frisée. Le reste de son visage disparaissait sous des lunettes à verres teintés, monture en plastique à damier noir et blanc. Deux basketteurs hollandais cherchaient à lui négocier le tarif d'une nuitée. Il désigna sur un tableau la « Formule en chambre collective, 14 lits » et avec un énorme accent du Sud-Ouest :

– *It is* moins cher ! *But you have to pay for the shower ! Ze douche is payante, verstande ? I give you one jeton !*

Les Bataves se firent préciser à combien de temps d'eau chaude ledit jeton leur donnait droit.

– Six minutes, con !

Après consultation mutuelle et calcul minutieux, ils optèrent pour la Formule. Le chevelu exigea un paiement immédiat et leur tendit deux cartes perforées servant de clés, sans s'être enquis le moins du monde de leur identité. Détail intéressant, dans ma situation...

D'un mouvement de barbe, le néo-hippie me signifia que mon tour était venu et m'avertit que les dortoirs étaient maintenant complets.

– *But, if you take an individual room, ze jeton for ze shower is included !*

J'enchaînai en anglais, assaisonné d'une intonation australienne : de quoi brouiller les pistes si quelqu'un cherchait ma trace. Chambre individuelle, c'était parfait pour moi, si je pouvais disposer des lieux immédiatement.

– *Normally, not before ten...* Mais comme t'as l'air bien cassé, mon gars, je vais essayer de t'arranger les bidons, con ! *Just let me look ze computer !*

Une chambre au second était inoccupée. Je remerciai et réglai cash, rajoutant cinq euros.

– Hé, mec ! *Wait a minute !*

Il extirpa d'un tiroir quelque chose qu'il me glissa dans la pogne avec des airs de comploteur :

– *If you want to sleep now,* ça t'aidera, mon pépère !

Haschisch ou pilules ? En montant l'escalier, j'ouvris la main : j'étais l'heureux détenteur d'une paire de boules Quies !

Ni l'exiguïté de la piaule, ni la touffeur de l'air confiné, ni les cavalcades sans gêne dans les couloirs ne m'ont empêché de dormir.

Dès l'entrée, je me suis effondré sur le matelas épais comme un toast et je n'ai émergé que deux heures après, la conscience immédiatement affûtée : pendant mon sommeil d'animal, mon esprit avait tout mis en ordre, trouvé la porte de sortie et tout décidé. La panique m'avait quitté, je savais exactement ce que j'avais à faire.

Premier geste : vérifier la présence des enveloppes. Elles étaient bien dans ma chemise, imbibées de sueur.

Au rez-de-chaussée, j'avais repéré des distributeurs automatiques. Curieusement, ils n'étaient ni vides, ni en dérangement.

Pendant que je me revigorais avec délices d'une barre chocolatée ramollie et d'un gobelet de lavasse noirâtre, je m'intéressai à un attroupement au fond du hall : des routards se pressaient autour d'un étal de planches posées sur des tréteaux. Certains rapportaient à la réception des fripes que l'homme aux lunettes psychédéliques examinait sous toutes les coutures, avant d'énoncer un prix arbitraire.

Toujours dans mon rôle d'Australien, je m'enquis dans un français approximatif de la nature de ce souk.

– Tu es tombé le jour de la bourse aux vêtements, con ! Une fois par semaine, j'autorise les gens à faire du troc, ça fait partie de la couleur locale. Et tous les trois mois, je fourgue aussi mes otages !

– Otages ? *What do you mean ?*

– Mes prises de guerre, con ! Il y a des clients qui s'annoncent pour une nuit, ils la payent d'avance, mais ils vont te taper l'incruste des deux, trois jours. Et au moment de lever l'ancre, ils t'annoncent qu'ils ont plus un radis ! C'est surtout une tactique de gonzesse, con ! Avec ma gueule de désastre, elles s'imaginent m'avoir au charme : une petite turlute, et j'efface la note ! Seulement, polope : Gérard, il mélange pas le cul et le commerce ! (Gérard, c'est moi…) En plus, pas de bol, je suis pédé comme un phoque… Alors, je confisque leurs bagages ! C'est ça, mes otages !

J'étais fasciné parce que, dans sa véhémence, il découvrait sous la masse de poils deux palettes incisives à la Bugs Bunny, séparées par un bon centimètre de vide qui laissait fuser des gerbes de postillons. Il s'est mépris sur mon silence.

– Hé, l'Australopithèque, t'as pas compris le tiers du quart de ce que je te raconte, je suis sûr… Aucune importance, mais si tu veux profiter de ma boutique pour refaire ta garde-robe… *Help yourself*, con !

Je trouvai de quoi changer d'allure en vue de mon voyage. Un Japonais flasha sur mon jean immonde : du premier coup d'œil, il reconnut dans les taches et l'accroc au genou le style d'un célèbre designer de mode italien. Persuadé de me truander en finesse, le fils du Soleil levant échangea ma loque contre une sacoche de nylon gris acquise à San Francisco, idéale pour mes enveloppes.

Gérard me loua des serviettes, me vendit au prix pharmacie une brosse à dents publicitaire et des échantillons de dentifrice et de savon. Il me permit également d'utiliser le Minitel de l'établissement.

Par l'annuaire inversé, j'obtins le nom et l'adresse de la personne à qui Julien avait laissé son dernier message : Adélie Cartwright... 1 bis, place des Vosges...

Maîtresse ? Amie ? Associée ? Complice ? Adélie, un prénom désuet... Vieille tante ?

Dans le train qui roulait vers Paris, j'eus l'après-midi pour envisager toutes les hypothèses. J'ai bâti des stratégies pour répondre à chaque cas de figure, revu le plan qui s'était élaboré durant mon somme : j'allais remettre tout cet argent à qui de droit, agencer une version plausible et honorable de la mort de Julien Abestéguy ainsi qu'une explication à ma présence auprès de lui, puis m'éclipser.

– J'avait tout prévu... Sauf ce que j'étais incapable de concevoir : me trouver face à une personne aussi spéciale que vous, mademoiselle Adélie Cartwright...

Séquence 10

Samedi, 3 juillet, fin de matinée

J'ai parlé pendant plus d'une heure dans cette cuisine. J'ai vraiment mis sur la table tout ce qu'il m'était possible de révéler à propos des événements du cirque et de leurs suites. J'ai veillé à ce que chaque fait s'inscrive dans la logique la plus rigoureuse. Je savais que la moindre faille m'ôterait tout crédit auprès de mon auditrice attentive. Cela m'a obligé à une concentration dont je ne soupçonnais pas l'intensité. Cette « réécriture » attentive de la réalité me laisse le tournis.

Si maintenant cette fille à l'intelligence pointue ne croit pas à ma sincérité, je suis au bout de mes réserves. Je le regretterais profondément, mais je devrais lui dire adieu. Elle connaît mon visage, mon nom, l'emplacement de ma maison... Jamais je ne me suis scicmment exposé à ce point. Elle me tient sous sa patte.

Tout le temps de mon récit, je l'ai sentie tendue comme une corde de piano. Et là, je vois ses épaules se relâcher. Elle se laisse aller contre le dossier de sa chaise, regarde au plafond.

– Je vous remercie de m'avoir enfin dit la vérité.

Bon sang, ce que la Roche tarpéienne peut être proche du Capitole ! Traduction : « Ayo, Steph, tu viens de passer à deux doigts de la cata, mais t'as super bien rattrapé le coup... »

– Ce n'était pas évident de vous raconter cela, Adélie, mais je suis content d'avoir réussi.

– Qu'est-ce qui vous a laissé penser que vous pouviez me faire confiance ?
– La lueur de colère, tout à l'heure, dans vos yeux... D'une telle violence, elle ne pouvait être que sincère.
– De toute façon, votre première version était pleine de trous !
– À bien y réfléchir, elle ne tenait même pas debout. Nous devions être bien fatigués, cette nuit, pour nous en contenter, vous comme moi ! Là, je viens de me livrer entièrement. Reconnaissez que ce n'est pas sans risque. Vous pourriez continuer à gamberger. Supposer que j'ai tout inventé... Et me soupçonner carrément d'avoir assassiné votre oncle ! L'auto-stoppeur meurtrier, le tueur fou, c'est le profil idéal pour un road movie sanglant, non ?
– Vous innoveriez dans le genre ! Un tueur qui agit dans un lieu perdu, à l'aube, sans témoins, que rien ne relie à sa victime, qui trouve un million de dollars et fait cinq cents bornes pour rapporter l'argent à la famille ? Vous ne seriez pas un tueur fou, mais un tueur dingue !
– Bien vu. Mais qu'est-ce qui vous empêche d'appeler les flics et de leur dire : « Il y a chez moi un faux auto-stoppeur qui a jeté la voiture et le cadavre de mon oncle dans un ravin » ?
– C'est celâââ, oui... Et tant que j'y suis, je leur précise que le dangereux individu en question a été poignardé chez moi par deux cambrioleurs et que je n'ai pas porté plainte... Dans la foulée, je leur montre les deux enveloppes de billets léguées par mon défunt oncle, banquier présumé de l'ETA. Je suis coincée, vous le savez bien !
– Donc, vous ne me jetez pas dehors tout de suite ?
– Non. Je vous dois surtout des remerciements au nom de Julien. Grâce à votre mise en scène, on ne fera pas le rapprochement entre sa mort et les affaires terroristes.
– C'était le but... J'espère que je m'y suis pris correctement. J'espère aussi que personne n'était au courant de ce qu'il allait faire dans les Pyrénées... Il ne nous reste plus qu'à croiser les doigts.
– Très peu pour moi. Je n'ai pas pour principe d'attendre que les événements décident à ma place. J'avoue pourtant

n'avoir aucune notion de la manière dont je pourrais agir. Et vous ?

– Je suis mal placé pour vous conseiller… Mon rôle est terminé, je crois.

– Je vous en prie ! Je suis déboussolée. Soufflez-moi une idée !

– Peut-être serait-il bon que vous suiviez la recommandation de votre oncle ?

– C'est-à-dire ?

– Vous voulez bien réécouter le répondeur ?

Nous retournons dans le couloir et, accroupis auprès du téléphone, nous repassons le message.

– Julien a tenté au moins vingt fois de vous joindre, dans l'état où il était, pour vous demander d'aller trouver ce Robin. Cela ne me regarde plus, mais si j'étais vous, je commencerais par là.

Elle hausse les épaules.

– Côté stratégie, vous n'êtes pas un cador ! Je ne peux pas lever le petit doigt tant que Julien n'est pas mort « officiellement ». À moins que je ne révèle comment et par qui je suis déjà au courant. Vous y tenez ?

– Pas vraiment… C'est gentil d'y avoir pensé.

Toujours poli, Stéphane Roy. Quitte à passer pour un handicapé du QI.

En fait, cette impossibilité, pour elle, de bouger ne m'avait pas échappé. Cependant, j'ai lancé cette proposition naïve dans l'espoir que la demoiselle réagisse spontanément en me disant au moins qui est ce Robin. Raté.

Je n'ai relevé aucune trace de ce nom dans les affaires du défunt. J'ai pourtant bien cherché. Or Robin détient manifestement un élément d'une importance particulière, puisque Abestéguy tenait tant à le transmettre à sa nièce. Bien entendu, je brûle de savoir. Mais je ne peux pas me permettre de me montrer trop curieux.

Désolé pour ce coup par en dessous, petite Adélie. Ce sera le dernier. Je te promets que, lorsque nous nous connaîtrons mieux et que je voudrai savoir quelque chose, je te poserai franchement la question. Parce que nous nous connaîtrons mieux.

Qui peut l'assurer ?

Moi.

Je dois tout faire pour ça.

Je n'ai plus qu'une certitude : où que cette fille me demande de la suivre, j'irai.

(Léa, protège-moi.)

Samedi, dans la journée

Je tire le lourd vantail de la porte cochère. Une claque d'air bouilli et le roulement de la mer sur les galets m'arrivent en pleine face. Le square Louis XIII, encastré au centre de la place des Vosges, est couvert d'une nappe d'humains vautrés sur le moindre centimètre carré de pelouse. Leurs voix se répercutent sur les façades roses, s'entremêlent jusqu'à produire ce remous aquatique.

Adélie Cartwright a souhaité prendre un peu de champ et le temps de penser après notre marathon explicatoire (ou exploratif). Elle voulait aussi acheter le nécessaire pour changer mon pansement. Je tiens à une qualité précise de carrés adhésifs microporeux et imperméables qui facilitent la cicatrisation. C'est ce que j'utilise d'habitude. Chacun ses petites manies. Comme elle n'y connaît rien en fournitures médicales, je l'accompagne. Elle réfléchit, flâne sous les arcades. Je respecte sa méditation et j'observe.

Un type mince à barbe grise et lunettes noires, assis sur un ampli, balance du vrai bon blues en faisant chialer une Stratocaster *vintage* bleu électrique. Au fond de sa casquette, sur le trottoir, se morfondent quelques pièces qu'il a sûrement placées lui-même, histoire d'amorcer. Un grouillement de touristes passe devant lui dans une indifférence absolue, mais se précipite, caméscope en avant, vers un ensemble pseudo-classique d'une douzaine de violons aux accords più lento, mieux assortis au cliché du Paris historique.

Ma compagne me guide vers une porte étroite cachée dans un angle, suivie de trois marches. J'ai la surprise de descendre dans un jardin à la française, isolé du tintamarre, au cœur d'une demeure somptueuse, fenêtres hautes à linteaux sculptés.

– L'Hôtel de Sully. De l'autre côté du jardin, on traverse le bâtiment, on débouche dans la cour d'honneur et on en sort sur la rue Saint-Antoine.

Je suggère une pause, le temps de profiter du calme entre ces murs. Nous nous asseyons sur un banc de pierre chaude et nous écoutons les merles perchés dans le lierre.

– Mademoiselle Cartwright…

– Oui, monsieur Roy ?

– Comment envisagez-vous…

– Môssieur Roy… Sans vouloir vous offenser, et au risque de vous paraître outrageusement familière, ne pensez-vous pas que nous pourrions, après ce que nous venons de partager, et compte tenu de nos âges qui, ce me semble, ne présentent pas une différence obligeant à la solennité…, ne pensez-vous pas que nous pourrions, sans déchoir, nous accorder licence de nous appeler par nos prénoms ?

Elle a débité cette tirade d'un trait, sans une hésitation et sans l'ombre d'un sourire. Splendide.

– Si fait, Adélie… Or donc, comment envisagez-vous l'action à mener, puisque vous détestez la passivité ?

– Julien usait d'une formule qui me paraît tout indiquée : « Il s'avère urgent d'attendre. » Lorsque la Volvo et le… et le corps seront retrouvés, il se peut que l'on m'en avise aussitôt. C'est peu probable, je ne suis que la nièce… Par contre, si rien ne se passe d'ici lundi, j'appellerai le bureau de Julien à Bruxelles. Si le décès est connu, le secrétariat m'en informera et je pourrai prendre contact avec Robin… C'est un ami commun.

Je me prépare à profiter de l'ouverture pour en savoir d'avantage, mais Adélie enchaîne :

– Nous n'avons pas reparlé des cambrioleurs… Ils ont évidemment un lien avec votre venue chez moi. C'est l'argent de Julien qu'ils voulaient ?

– Impossible. Qui pouvait savoir que cet argent n'était pas resté dans le cirque ? Qui pouvait savoir que j'étais avec Julien, qu'il allait mourir en route, que j'allais récupérer les enveloppes ? Et surtout, qui pouvait savoir que j'allais chez la nièce de Julien Abestéguy, à Paris, et aurait eu le temps de m'y précéder ?

– C'est vrai, ça ferait beaucoup... Une coïncidence, alors ?

– Des voyous qui profitent des absences du week-end dans les immeubles bourgeois, comme vous l'avez dit vous-même. À ce propos, j'espère que vous n'avez pas laissé les enveloppes sur le canapé ?

– Le placard dans le mur de la salle de bains est assez invisible pour échapper à toute visite indiscrète, je pense. J'y remise mes bijoux.

– C'était peut-être ça. Vous possédez des bijoux de valeur ?

– Moyenne et pacotille. Aucun dont la renommée puisse motiver une bande organisée.

– Il me vient une autre hypothèse. Si ces gars avaient quand même un rapport avec les activités de Julien ? S'ils cherchaient quelque chose qui lui appartenait ?

– Chez moi ? Je n'ai rien qui appartienne à Julien !

– Il ne vous a rien déposé en garde, même momentanément ?

– Rien.

– Alors, peut-être les voleurs pensaient-ils que c'est vous qui étiez en possession de ce qu'il a confié de si précieux à votre ami Robin. Rappelez-vous ses paroles : « C'est pour toi, pour toi seulement. Personne n'est au courant, mais toi, tu comprendras. » Vous ne voyez pas ce que...

– Non.

Elle se ferme comme une huître et se lève.

– On y va ?

Tout doux, Steph... Tout doux.

Nous trouvons exactement les pansements et les antiseptiques dont j'ai besoin dans une pharmacie de la rue Saint-Antoine.

– Elle existait déjà du temps de Balzac. Lorsqu'il était fauché, il écrivait des notices publicitaires vantant des sirops et des onguents.

En sortant, nous tombons en arrêt devant un étal de fruits long de vingt mètres. Nous opérons une razzia, comme des gosses. Pour qui nous croise, nous semblons un jeune couple descendu faire ses petites courses du week-end avant de retourner s'offrir un après-midi de sieste et de câlins.

Néanmoins, revenus sur la place des Vosges, nous ne pouvons nous empêcher de jeter des regards un peu inquiets alentour. Pour surveiller nos arrières, mine de rien, j'échange quelques mots avec le bluesman, Jean-Pierre, inamovible et stoïque : sa casquette n'est pas plus garnie. Il me raconte l'histoire de sa guitare bleue et, dans un geste de confiance qui me touche, il me la met dans les bras. J'attaque *Rollin' and tumbling'* façon Muddy Waters. Je renonce au bout de trente-six mesures : la Strat tiraille ma blessure. Ça m'a donné le temps d'observer. Je n'ai aperçu aucun guetteur suspect.

Pendant qu'Adélie joue les infirmières, nous branchons la radio de sa salle de bains sur France Info :

> ... plane toujours sur la fusillade qui a eu lieu dans la nuit de jeudi à vendredi sur le site isolé du cirque de Calataïud, dans les Pyrénées. Pour l'instant, la situation reflète la confusion la plus totale : les autorités diffusent les informations au compte-gouttes et, jusqu'à présent, aucun témoin direct ne s'est fait connaître.

– Ça y est ! On dirait bien que vous faites la une !

– Dans les médias, ça va être le branle-bas. Ils vont ressortir l'épouvantail du Néo-Gal et on va voir se pointer la DNAT...

– Tiens donc... Pour quelqu'un qui affirmait ne rien savoir sur l'univers de ces activistes, vous paraissez soudain bien documenté !

– Ce que je sais provient surtout des propos de Julien pendant le début de notre fuite en voiture.

– Vous n'en avez pas fait mention.

– En m'en tenant à l'essentiel, c'était déjà copieux. Je n'ai pas supposé que les détails techniques vous passionneraient.

– Sait-on jamais ?

Puisqu'elle en redemande... Je guettais justement l'opportunité de lui donner un aperçu de ce qui plane dorénavant autour d'elle. Rien de vraiment machiavélique de ma part. Je n'ai pas l'intention de l'effrayer gratuitement : je vais seulement brosser un tableau réaliste. Mais s'il pouvait lui inspirer quelque prudence, et si cette prudence lui dictait de ne pas rester seule dans le typhon…, je serais volontaire pour lui porter assistance ! Alors, je lui en dis un peu plus sur notre cavale :

– Quand nous nous sommes sentis assez loin du cirque pour respirer, notre premier échange a consisté naturellement à tenter de comprendre ce qui avait pu se détraquer…

Séquence 11

Julien subodorait une embrouille majeure, du style trahison interne, vu la manière dont les coups de feu s'étaient déclenchés. Selon lui, des tireurs embusqués sur les hauteurs étaient informés du protocole prévu pour la rencontre. Ils avaient attendu que les deux groupes, Basques et Bretons, aient eu opéré leur jonction pour les mitrailler ensemble. La mise au point d'un tel traquenard indiquait que ce rendez-vous, pourtant secret, avait été éventé par une infiltration des groupes activistes. Les moyens et le savoir-faire pour réussir un tel noyautage ne sont l'apanage que des deux entités que j'ai nommées : la DNAT ou le Néo-Gal.

– Quelques précisions sur ces sigles hermétiques, Steph ? Ces dernières années, je me suis surtout intéressée à l'actualité artistique…

– Moi-même, je ne suis pas un érudit sur le sujet. Je n'en sais que ce que j'ai pu lire dans les journaux… La DNAT, la Division nationale antiterroriste, est un organisme policier français dont le nom indique précisément la vocation. Rappelez-vous : on l'a vu intervenir lorsqu'un certain groupe AZF a tenté de faire chanter le gouvernement en posant des bombes sur les voies ferrées…

– Effectivement… La correspondance par petites annonces de *Libé* entre Suzy et son Gros Loup…

– C'est ça… La DNAT a rapidement interpellé des suspects.

– Merci, professeur. Vous en avez autant à dire sur le Néo-Gal ?

– C'est loin d'être aussi clair. Il s'agit d'une organisation espagnole d'extrême droite totalement illégale, mais protégée par des intérêts puissants. Elle est née de la résurrection du GAL, le Groupe antiterroriste de libération, dissous en 1992 après des enlèvements et des assassinats perpétrés contre des leaders indépendantistes basques. Le Néo-Gal, pour autant que l'on puisse le savoir, est aujourd'hui entre les mains d'un homme redoutable et secret, Heinrich Widmer, d'origine suisse alémanique. Dans sa vie publique, il dirige une multinationale hispano-helvétique, dont le cœur d'activité est centré sur les produits pharmaceutiques et les fournitures médicales, Ibermedics.

– Dangereux, ce Widmer ?

– Son parcours est édifiant. Après des études brillantes à Harvard, il a rejoint son père en Espagne, en plein franquisme.

– Pourquoi l'Espagne ?

– Widmer senior avait eu son heure de gloire dans l'Allemagne du Reich, il était un ami personnel de Goering. En tant qu'« ingénieur en ressources humaines », il avait mis au point un certain nombre de techniques de « regroupement de populations ». Le Führer l'avait décoré pour cette réussite. Après la découverte des camps de concentration, il était prudemment allé s'abriter sous l'aile de Franco, à qui ses méthodes rendirent de signalés services dans le traitement des « populations dissidentes ». Il fut l'un des fondateurs du GAL.

– Et son fiston a pris la suite ?

– Dignement. Heinrich Widmer, jeune industriel prometteur, devint à son tour un protégé du Caudillo : il alimentait les brigades secrètes grâce aux énormes caisses noires qu'il a toujours su ménager dans ses comptabilités complexes.

– Où le trouve-t-on, ce type ?

– Nul ne le sait jamais exactement. C'est *lui* qui vous trouve. On le dit basé de préférence sur son yacht dans les eaux internationales, mais, grâce aux avions qu'il possède, il lui arrive de surgir sans avoir prévenu, dans n'importe quel point du monde, pour surveiller la bonne marche de ses entreprises ou signer un contrat important. Le reste du temps, il fait transmettre ses ordres par ses éminences grises ou ses avocats. De la légende du personnage, on retiendra aussi son amour du pouvoir et ses réelles convictions fascistes.

Je rappelle à Adélie que Julien se pensait personnellement visé dans le traquenard de Calataïud. « *On* voulait l'avoir. » Cela signifie qu'il se savait menacé soit par la DNAT, soit par le Néo-Gal.

Pourquoi pas des deux côtés à la fois ?

Je demande donc à mon tour à Adélie, histoire de comprendre, de me parler de son oncle.

Elle me décrit d'abord un homme passionné par la vie, par l'art (c'est de famille). De formation scientifique, il a ouvert dans le nord de la France une usine qui produit des alliages rares, destinés, à la base, aux industries aéronautiques et spatiales, Spéciméto. Petite surface, peu d'employés, mais technologies d'avant-garde.

– Pour des raisons probablement fiscales, Julien a choisi de résider à Bruxelles. J'ai su, voici deux ans, que son entreprise a traversé une crise. Récemment, il avait redressé la barre et les difficultés avaient disparu aussi soudainement qu'elles étaient arrivées.

» Julien voyageait beaucoup pour son plaisir. C'était un amoureux de voile et des rallyes automobiles. Il a aussi collectionné des tableaux avec un éclectisme et une sûreté de choix qui faisaient l'admiration des marchands, des critiques et de bien des conservateurs de musées.

» Lorsque son entreprise a battu de l'aile, il s'est dessaisi de la totalité de sa collection, apparemment sans l'ombre d'un regret. Son plaisir de dénicheur, il continuait à le satisfaire : il claquait ses derniers billets dans les ventes aux enchères, en cadeaux originaux pour ses proches !

Il venait assez souvent à Paris, passait de longs moments de complicité avec sa nièce. Il ne dormait jamais place des Vosges. Avec un petit rire charmant, Adélie précise que, bel homme comme l'était son tonton, il devait n'avoir que l'embarras du choix pour passer ses nuits.

– Il était divorcé. Officiellement, il vivait seul.

Son gros point noir dans la vie : il avait eu la garde de son fils Raphaël. Pour des raisons qu'Adélie ne précise pas, le père et le fils s'étaient fâchés.

– Depuis huit ans, Raphaël erre de par le monde. Il envoie de temps à autre une carte postale signée de sa seule initiale, comme pour braver Julien.

Adélie se prend à songer qu'il faudra bientôt avertir son cousin du décès de Julien. Elle ne sait absolument pas où le joindre.

– Peut-être le secrétariat de Bruxelles connaît-il sa dernière adresse ? ou le notaire ?

Ma délicieuse infirmière a terminé mon pansement. Elle range flacons et bandes dans le génial placard. Une fois refermé, ses jointures dans le carrelage sont indétectables.

– Pas besoin de forcer. Une poussée sur le coin supérieur gauche, vous entendez le petit clic de l'aimant qui se libère, et le panneau pivote.

Sur le seuil de la salle de bains, elle ajoute :

– Je vous laisse vous servir.

– Je vous remercie, mais votre pansement est parfait.

– Je parlais de l'argent.

– Pardon ?

Un peu gênée d'être forcée de mettre les points sur les i, elle rosit joliment et me propose... de prendre une partie des billets que j'ai rapportés. Décidément, on est loyal dans le clan Abestéguy...

Comme je refuse vertueusement, elle laisse entendre à mots choisis que je n'ai pas l'air de rouler sur l'or et que je devrais accepter sans manières.

– Dans ma famille, c'est l'usage. Lorsque quelqu'un a trouvé un objet de prix nous appartenant et qu'il a l'honnêteté de le restituer, on lui fait présent d'au moins dix pour cent de la valeur.

Pas question pour moi d'accepter une telle somme. Adélie a la délicatesse de conclure :

– La proposition reste ouverte, réfléchissez-y. Vous savez où sont les enveloppes et vous avez toute latitude d'y prélever ce dont vous aurez besoin.

Et elle s'éclipse en laissant le placard ouvert. « Y prélever ce dont *vous aurez* besoin » ? C'est bien ce que je viens d'entendre ? Elle prévoit donc du futur entre nous ? Pour un peu, je sauterais sur place en claquant des talons, comme Tintin. Trou la itou ! Et d'ailleurs, chiche, je le fais ! Et je m'étale dans la baignoire.

Samedi soir

Le journal de 20 heures annonce en tête :

> On commence à avoir quelques précisions sur la fusillade qui a eu lieu avant-hier dans le cirque de Calataïud. C'est un détachement de la DNAT qui aurait été pris à partie à coups d'armes automatiques, alors qu'il s'apprêtait à procéder à l'interpellation en flagrant délit d'activistes dangereux. Ceux-ci se livraient à un trafic d'explosifs, provenant selon toute vraisemblance de la mise à sac d'un arsenal de la gendarmerie à Quimper. Deux membres des forces de l'ordre ont été blessés. Par ailleurs, les corps de plusieurs agresseurs ont été trouvés sur les lieux. Selon les diverses sources d'information, il pourrait s'agir de cinq à neuf individus, au nombre desquels figurerait peut-être une femme. Le plan d'urgence a aussitôt été déclenché. Les autres malfaiteurs sont en fuite et auraient immédiatement franchi la frontière avec l'Espagne, toute proche. Aucune arrestation n'a pu être effectuée.

Vers les trois quarts du journal, dans la rubrique « Vie quotidienne », la présentatrice prend la voix en berne et la mine navrée de circonstance :

> Et puis, la route, la route de l'été a encore tué… Cet après-midi, tragique surprise pour les élèves du collège d'un quartier défavorisé de La Courneuve, qui participaient à un camp de vacances dans le Périgord.
> À l'occasion d'une sortie en kayak sur la Vézère, non loin du site préhistorique des Eyzies, alors qu'ils cherchaient un lieu de bivouac le long de la rivière, ils ont découvert la voiture accidentée et en partie détruite par les flammes d'un industriel français résidant en Belgique, M. Julien Abestéguy.

Images de gendarmes détournant la circulation, puis d'un camion-grue remontant la Volvo parmi les buissons écrasés.

> L'accident a probablement eu lieu voici plus de vingt-quatre heures. Le véhicule avait quitté la chaussée, située trente mètres plus haut, sur une portion de route qui porte, hélas, bien son nom : le Creux d'Enfer. Selon les premières constatations de la gendarmerie, le conducteur a été tué lors du carambolage, dû vraisemblablement à la fatigue ou à l'inattention. La sécurité routière tient à vous mettre en garde, pendant ces week-ends qui incitent à l'évasion, contre les dangers de la conduite nocturne et vous rappelle la nécessité absolue, lors de longs trajets, de prendre du repos au moins toutes les deux heures... Les sports, maintenant...

Le sourire bienveillant est réapparu automatiquement sur le visage tellement humain de la journaliste. Adélie la réduit au silence d'un coup de télécommande.

– Voilà. Tonton Ju a tenu la place de l'indispensable « chien écrasé » du samedi soir... Nous sommes officiellement au courant. Je peux appeler la gendarmerie.

Moi, je suis soulagé. Apparemment, aucun rapport n'est établi entre la fusillade et la mort de Julien.

Samedi, 21 heures

Adélie a apporté le téléphone dans le salon. Courtoise, elle enclenche pour moi le haut-parleur. Côte à côte sur le canapé bleu, nous tentons de joindre la gendarmerie. La plus proche des Eyzies doit être à Sarlat. Au numéro fourni par les renseignements, on n'est pas au courant.

– Ce n'est pas nous qui avons traité le cas.

On nous renvoie vers une autre brigade. Après une vingtaine de sonneries, quelqu'un décroche. Une voix jeune, un peu précipitée, environnée de sifflements et grésillements du plus mauvais aloi. Adélie évoque l'accident mentionné par le journal télévisé. Mots magiques.

– Ah oui ! La sortie de route du Creux d'Enfer ! Ça passe à la télé ? Sur quelle chaîne ?

– TF1. Mais c'est fini.

– Dommage, j'aurais bien regardé... Et vous, vous êtes qui, relativement à l'accidenté ?

– Sa nièce. Vous pouvez me dire...

– Je suis pas très au courant, je m'excuse. C'est effectivement des collègues à moi qui sont intervenus, mais ils sont en opération à l'extérieur, rapport à la rave-partie dans les champs, de l'autre côté de Montignac. Vous en avez entendu parler ?

– Pas vraiment, non...

– Pourtant, ils l'ont dit aussi à la télé, sur FR3 : « Les forces de l'ordre ont été dépêchées sur les lieux pour juguler tout débordement. » C'est nous. Ce qui fait que je suis tout seul, j'assure le central radio, vous comprenez...

– Pour mon oncle, vous pourriez essayer de poser la question par radio à un de vos collègues ?

– Je veux bien, si je trouve un canal libre. Mais je vous promets rien, le terrain est prioritaire, il y a le préfet et tout... Je vous pose sur le bureau et je vous reprends dans trois minutes...

Le petit gendarme a dû « nous poser » près des émetteurs. Nous baignons dans des crépitements, des bribes de phrases... Le réseau de communication semble souffrir de quelques défaillances. Enfin, l'une des unités parvient à établir une liaison un peu claire. Apparemment un gradé, qui hurle dans le vide :

– Autorité à Épervier ! Épervier, répondez ! À vous !

Friture, bourdonnements.

– Balutin, c'est toi, Épervier ! Tu vas répondre, bordel ?

– Ça y est, chef, je vous entends... C'est qui, Bordel, chef ? Ça fait pas partie de nos noms de code...

– Mais non, c'est toi que j'appelle, crétin !

– Je comprends plus, chef. Je suis Crétin, Bordel ou Épervier ?

Au milieu de ce cafouillage, le gendarmillon débordé reprend notre ligne :

– Écoutez, c'est pas trop le moment, là... Je crois avoir entendu dire que le corps a été transporté vers un hôpital, mais je saurais pas vous en dire plus. Moi, ce que je vous conseille, c'est de rappeler plutôt demain. De toute façon...

– Oui, de toute façon, mon oncle ne sera pas plus mort demain... À quelle heure ?

– Le matin, parce que l'après-midi, les collègues seront à nouveau dehors pour encadrer le concours des vieilles charrues...

Adélie raccroche et compose rapidement un numéro à préfixe international.

– Ma mère, à New York. Il faut bien l'avertir... J'aurais voulu savoir avant où ils ont mis Julien. Elle va me le demander...

La maman ne demandera rien : elle est absente et n'a pas branché son répondeur.

Adélie se penche pour poser le combiné entre ses pieds et demeure ainsi, courbée en avant. Elle marque vraiment le contrecoup du choc depuis que l'annonce télévisée a donné une consistance plus réelle à cette mort.

J'avance ma main au-dessus de son épaule, je n'ose pas la toucher. Elle a senti ma présence et c'est elle qui se redresse pour venir trouver le contact. Ses muscles sont de pierre. Je presse, par vagues douces. Ça se relâche un peu.

– Je me trouve pathétique. Mon carnet d'adresses vaudrait une fortune pour une attachée de relations publiques, je pourrais bavarder avec des centaines de gens. Mais je serais incapable d'y trouver quelqu'un avec qui j'aurais le droit d'être triste, juste triste toute la soirée. Il n'y avait qu'une personne avec qui je pouvais me le permettre. Pas de chance. C'était Julien...

– Je serais infiniment honoré, mademoiselle Cartwright, si, ce soir, vous acceptiez d'être triste avec moi...

Elle sourit. Un peu moins tristement. J'en déduis que ma proposition lui convient. Je l'invite à dîner.

Séquence 12

Nous pouvons nous y rendre à pied. C'est, au cœur de l'île Saint-Louis, un petit restau sans enseigne, cuisine familiale concoctée par Marie-Odile, une fille noble et désargentée, dans un appartement au premier étage. Une trentaine de couverts, lampes à petits abat-jour et bouquins sur les rayonnages. Ici, les célébrités peuvent retirer leurs Ray Ban et se curer les dents avec le petit doigt sans être observées en coin. Ce n'est même pas hors de prix. La sélection ne s'opère pas sur l'argent, mais à la tête du client. Ça me plaît. Je n'ai d'ailleurs pas puisé dans les enveloppes de Julien : je veux que ce qui nourrira Adélie ce soir vienne seulement de moi.

On nous place non loin de Jack Nicholson et Keanu Reeves, venus en garçons. J'ignorais que ces deux-là fussent copains. Je les ai vus ensemble dans *Tout peut arriver* et, au passage, je capte qu'ils évoquent le tournage, sur les quais de la Seine, qui a été perturbé par des grèves. J'apprécie que ces séducteurs blasés jettent un œil admiratif sur ma compagne.

Adélie aimerait comprendre comment un provincial, retiré du monde et du bruit, se débrouille pour obtenir une table ici, un samedi soir, sans réservation. J'élude, par la plaisanterie :

– C'est que je suis un VIP, que croyez-vous ? D'ailleurs, n'avez-vous pas remarqué la tête de Keanu, lorsqu'il m'a aperçu ? Il est tellement jaloux de mon succès qu'il fait toujours semblant de ne pas me connaître !

– Je vous posais la question sérieusement.

– Cela fait aussi partie de mes petits secrets. Je n'ai pas toujours été provincial. Je connais la phrase fatale qu'il faut glisser à l'oreille de notre hôtesse.

Laquelle vient fort opportunément faire diversion en nous susurrant le menu : ici, pas de carte, c'est comme à la maison, selon l'inspiration et les produits glanés sur le marché. Normalement, on a le choix entre deux plats, mais, comme nous nous sommes pointés au pied levé, ce sera aiguillettes de canard sur lit d'épinards. On aime, ça tombe bien. Marie-O, sans nous consulter, a déjà débouché une bouteille de madiran 96 de chez Duclot, mon favori.

Que faire d'autre, au premier souper en tête à tête, sinon en rester aux généralités ou parler de soi ?

Les généralités, nous en avons d'emblée dépassé le stade. Le vin et le cadre aidant, la réserve d'Adélie fond un peu. Elle ose prononcer le nom qui semblait tabou lorsque je l'ai évoqué : celui d'Adrian Cartwright.

Elle est la fille unique du peintre et de la grande sœur de Julien, Geneviève Abestéguy. Personnage marquant, semble-t-il.

– Notre famille produit, par tradition, un mouton noir à chaque génération... Dans celle des *beatniks and flower power*, Geneviève a été l'animal rétif. Nourrie au lait de Kerouac, elle est partie faire la route à seize ans avec son cinquième amant.

Après avoir épuisé les charmes de la Maison bleue sur la Colline à San Francisco (et ceux de ses habitants des deux sexes), Geneviève est passée sur la côte Est pour devenir l'une des égéries d'Andy Warhol. C'est lui qui, la trouvant tellement divine, l'a rebaptisée « Godélia ».

– Résultat, toutes ses bonnes amies appellent ma mère « Godzilia »...

– Pourquoi ? Elle s'est mise à ressembler au monstre japonais ?

– Physiquement, pas du tout. Elle fait toujours rougir les hommes et pâlir les femmes. Mais quand elle plonge sur la ville avec ses dents qui rayent le bitume, elle provoque la panique générale. Vous comprendrez si vous la rencontrez un jour...

Ce sont des petits riens de ce genre, au coin d'une phrase, qui rendent la vie si belle. Pour cacher la chaleur qui m'envahit, je demande avec l'accent africain :

– Et le « mouton de couleur », dans la génération montante, c'est vous ?

– Je vais vous décevoir, mais je suis horriblement banale. Je broute où on me dit de brouter ! Le soliveau, c'est du côté de Julien qu'il a poussé cette fois-ci.

– …

– Son fils, mon cousin Raphaël. Par bien de ses traits de caractère, il ressemble à ma mère. C'est un indomptable.

– Pardonnez-moi, mais c'est votre lignée qui m'intéresse. Parlez-moi encore de vos parents.

– Ils se sont rencontrés chez Andy…

Warhol, coqueluche mondaine et phénomène de galerie dans les années soixante-dix, vivait entouré d'une telle cour, tant de filles se targuaient d'être ses « muses », que ce seul titre ne suffisait plus à se faire remarquer des médias.

Adrian Cartwright jouissait d'une image potentiellement plus porteuse. Son talent, qui le propulse dans la galaxie des Klee, de Staël, Kandinsky ou Bacon, avait atteint sa maturité après de longues recherches, loin des projecteurs.

– Il commençait juste à être reconnu et, comme c'était un ours, il n'était pas pollué par une bande de nénettes en folie !

Godélia l'avait solidement harponné. Se faire épouser par ce génie, célibataire endurci, de trente ans son aîné, fut le vrai départ de sa carrière.

– Dans son sillage, elle s'est lancée dans l'art, elle aussi. Du moins, dans ce qu'elle osait nommer ainsi. Et rien ne résiste à « Godzilia » Cartwright.

De cette union bizarre, faite d'admiration sincère, d'amour et d'arrivisme, est née Adélie, pendant l'un des longs séjours parisiens du couple.

– Je dois la vie à l'humour de mon père… Lorsqu'elle a su qu'elle se trouvait enceinte, ma mère s'est affolée. Elle voulait avorter. Pour elle, les enfants, l'idée même d'un enfant, avaient toujours été *terra incognita*. Sans se démonter, papa a décidé : « Eh bien, explorons. Gardons ce bébé. Si c'est une fille, nous l'appellerons comme la terre Adélie, le mystérieux territoire blanc. » L'idée a séduit ma mère. Mais elle a eu un doute : et si c'est un garçon ? Mon père a réfléchi une demi-seconde : « Un garçon, ce sera Paul. Paul-Nord, évidemment. » Il était comme ça, Adrian (et vous avez ce trait en commun, Steph) : il sauvait toutes les situations par une pirouette. Cette fois-là, c'est moi qu'il a sauvée !

Adélie est restée le seul enfant du couple.

– Ma mère a fini par m'accepter, mais elle n'a jamais trouvé le goût, ni le temps, de s'occuper de moi… C'est mon père qui m'a élevée. Quant à Julien, sa femme l'a plaqué avec leur gamin de trois ans. Les deux pères célibataires se sont organisés. Raphaël et moi étions comme frère et sœur. Nous avons eu une scolarité hasardeuse, voire chaotique, et polyglotte, partagée entre les pays où nos pères avaient à faire. Lorsque nous habitions Paris, ils organisaient une sorte d'école indépendante, qui se tenait chez l'un ou chez l'autre. Ils avaient beaucoup d'argent, nous avons bénéficié des meilleurs précepteurs. De plus, sans aucune fausse modestie, nous étions plutôt doués. Non seulement nous nous sommes maintenus au niveau des enfants de notre âge, mais nous avons obtenu le baccalauréat avec deux ans d'avance pour moi, trois pour Raphaël.

Ensuite, cousin et cousine se sont perdus de vue, séparés par les études, les aventures amoureuses et les voyages.

Adélie a été très affectée par la mort de son père. Godélia a porté grand deuil pendant six mois. Au premier jour du septième, elle paraissait en blanc dans tous les magazines, pour son second mariage.

– Pas du tout un artiste, Marty. Un *businessman, un self-made-man*, tout ce que l'Amérique peut générer de poésie… Mais milliardaire en dollars. En dehors de cela, c'est un homme délicieux, effacé et très laid. Je le plains beaucoup : il est amoureux fou de ma mère. Le soir de leurs noces, il lui annonçait qu'il avait converti toutes ses entreprises en titres boursiers : désormais, ses courtiers travaillent pour lui et il peut consacrer tout son temps à suivre sa déesse, tel un caniche !

Adrian Cartwright, qui se savait condamné, avait judicieusement préparé sa succession. Il laissait l'argent principalement à sa femme, très douée pour le dépenser. Ses avoirs immobiliers nantissaient l'avenir de sa fille.

Pour ses tableaux, il avait constitué une fondation, gérée par des spécialistes, dont toutes les décisions importantes devaient être soumises à l'aval d'Adélie. Cartwright était persuadé qu'il confiait ainsi son héritage spirituel à la personne qui le comprenait le mieux.

Il ne se trompait pas, mais, ce faisant, il avait lourdement hypothéqué l'éclosion personnelle de la jeune femme : je découvre qu'elle est fascinée par l'œuvre de son père. Fascinée et bloquée, au point qu'elle ne peut supporter aucun de ses tableaux sur son lieu de vie.

– Leur place est dans les musées, pour que tous puissent en profiter !

Son rêve : organiser des expositions mobiles, dont l'entrée serait gratuite et qui porteraient des originaux de Cartwright jusque dans les contrées les plus privées d'art.

Après avoir fait les Beaux-Arts et séjourné en Italie, Adélie renonce à se prétendre « artiste ».

– Je n'ai pas l'inspiration suffisante... Je ne veux pas, comme ma mère, profiter de l'aura d'Adrian pour « fourguer du n'importe quoi ».

Sa souffrance est telle qu'elle la conduit à une autoflagellation permanente. Alors qu'elle n'a pas besoin de travailler, elle a choisi d'exercer un métier assez particulier : elle détecte, pour le compte de galeristes internationaux et de grands collectionneurs, les œuvres d'artistes qui méritent plus qu'elle de vivre de leur talent.

Je note qu'en dehors du gougnafier qu'elle a plaqué à Florence, elle ne fait mention d'aucun fiancé. Si elle n'en a pas, je ne saurais que m'en réjouir. Si elle en a un et qu'elle le passe à l'as..., je ne saurais que m'en réjouir.

Bien après minuit, des files d'attente encombrent encore les coins des rues de l'île Saint-Louis. Des gens viennent de l'autre bout de Paris, poireautent une heure devant les succursales d'un glacier renommé pour obtenir un cornet de sorbet, qu'ils engloutissent en trois minutes, pour éviter qu'il leur fonde totalement sur les doigts. D'autres, cantonnés dans leurs voitures à la recherche illusoire d'un emplacement pour stationner, défilent au pas et regardent avec jalousie ceux qui vont être servis.

Pour nous éloigner de ce bain de vapeurs d'échappement, nous bifurquons par des ruelles éclairées de lanternes en fer forgé. Le long des trottoirs étroits, nous marchons épaule contre épaule. Nous pourrions nous abstenir de paroles, mais, de ma part, ce serait impoli : au cours du repas, Adélie a assumé presque tous les frais de la conversation. La confidence semble lui être venue aisément.

Chez moi, c'est moins évident. C'est le moment de jouer franc jeu, comme je me le suis promis.

– Vous m'avez confié beaucoup de vous, pour un premier dîner...

– C'est parce que je suis triste, comme convenu. Et puis, je n'ai rien qui vaille la peine d'être caché.

– Moi, si... Vous voyez, si je voulais avoir l'air de vous donner autant en échange, là, tout de suite..., je devrais inventer, vous mentir, qui sait. Et je détesterais cela.

– Idem.

– J'évite d'aborder ce qui n'est pas indispensable. Par exemple, moi, je n'ai rien à dire de mes parents. Je n'ai aucune idée de leur nom ou de leur visage. Et je crois que, pas une seule minute de mon existence, ils ne m'ont manqué.

– Vous n'avez jamais ressenti le besoin de les rechercher, au moins pour savoir d'où vous venez, à qui vous ressemblez ?

– Ni le besoin, ni même la curiosité. D'ailleurs, si je les avais trouvés, je n'aurais pas vraiment eu envie de les remercier de m'avoir fait tel que je suis.

– Qu'est-ce que vous n'aimez pas en vous à ce point ?

– Joker !

– Vous avez le sentiment d'être nul ?

– Ce n'est pas un sentiment, c'est une constatation... Je refuserais d'appartenir à un club qui accepterait pour membre un type comme moi !

– Ce n'est pas de vous, c'est de Groucho Marx... Me brader un bon mot d'emprunt dès qu'on approche de votre territoire, *ça*, c'est nul !

– Il y a des aspects de moi dont j'arriverai à vous parler peut-être un jour...

– Et d'autres dont vous ne parlerez jamais. Je sais. Nous ne sommes pas là pour faire du troc. Donnez ce que vous pouvez. Ou ne donnez rien. Personne ne vous oblige.

– Merci. Aidez-moi.

– Commençons par quelque chose de facile : qu'est-ce qui vous fait le plus peur dans la vie ?

– Traverser un nouveau mois d'août.

C'est venu tout seul. Je n'avais jamais ouvert cette boîte à douleur devant qui que ce soit.

(Léa, ne sois pas fâchée !)

J'avais quoi ? Sept ou huit ans ? L'une de mes trop nombreuses nourrices de l'Assistance publique voulait « me faire honte » de mes épaules décavées, de mon gros ventre et de mes jambes grêles. Selon cette brave femme, je devais cette complexion rachitique à ma passion dévorante pour la lecture. Plongé dans mes illustrés, je refusais d'aller jouer avec mes petits camarades et de me muscler comme eux.

– Un après-midi d'août, elle m'a exposé au centre de la cour, tout nu, devant les autres gamins et gamines dont elle avait la garde. J'ai ensuite déliré pendant trois nuits et deux jours sous les compresses froides, censées réduire les cloques et faire tomber la fièvre. Mon corps entier a pelé, sauf la plante des pieds. C'est probablement ce souvenir cuisant qui a décidé plus tard de mon orientation vers des métiers physiques. Alors que j'avais eu la chance insigne, malgré mes origines incertaines et désargentées, d'être remarqué et sélectionné pour poursuivre des études, j'ai abandonné ma licence de philo pour aller recevoir ma formation dans les cadres spéciaux de l'armée.

Une fois lancé, je relate, sans me faire prier, quelques missions que je suis fier d'avoir menées à bien.

Adélie commet un deuxième lapsus charmant :

– C'est étonnant, je vous écoute me raconter cela, et je ne me suis pas encore enfuie en courant… Je n'aurais jamais pensé qu'un *militaire* pourrait me… Je veux dire… que je pourrais *m'intéresser* à…

– Ne vous sauvez pas. Je ne suis plus militaire.

– Qu'est-ce qui vous a fait quitter la carrière, si jeune ?

– Disons que la vie a été quelque peu féroce avec moi. J'aurais pu lui rendre coup pour coup. J'ai décidé plutôt de lui répondre par le mépris…

Les berges de Seine sont laissées aux promeneurs. Les édiles y ont fait répandre quelques centimètres de sable, planté de palmiers et de buvettes-merguez : Paris console son petit peuple, obligé à supporter la surchauffe, en lui offrant pour quelques semaines un ersatz de plage. Des brumisateurs vaporisent un brouillard impalpable. Nous restons dessous un bon moment et nous en ressortons ruisselants. Pour le reste de notre chemin, l'évaporation maintient autour de nous un cocon presque frisquet.

Sur la rive droite, les trottoirs sont plus larges. Pourtant, l'épaule d'Adélie ne s'éloigne pas de la mienne. Ce dernier bout de parcours et la montée de l'escalier, nous les accomplissons dans cette bulle de fraîcheur et de silence. La porte refermée, Adélie traverse l'appartement et s'arrête au seuil de sa chambre.

– Steph, j'aimerais réintégrer mon lit, cette nuit.

– Je vous le rends volontiers.

– Vous ai-je demandé d'en sortir ?

(Léa, je t'en supplie !)

– Non.

Elle me tend la main.

(Léa, pardonne-moi.)

Séquence 13

Dimanche, 4 juillet

Premier matin ensemble. Adélie me regarde m'éveiller. Elle pose l'index sur mes lèvres qui s'entrouvrent.

– Oui, nous avons grillé les étapes. Oui, c'était trop fort… Et je ne regrette rien.

La chambre embaume. Sautant les toits d'ardoise, les canards mozartiens, couinés sous les arcades par l'orchestre de marchands de soupe, pénètrent par effraction dans la cour. Ce matin si doux les rend presque attachants.

Nous installons le moment café-biscottes comme s'il devait devenir un rituel. Nos gestes sont lents, nous ne hâtons rien. Dès que nous replongerons dans la vraie vie, la soie si translucide tissée par notre nuit va se déchirer. Adélie suggère :

– Oublions de nous laver. Je voudrais garder le plus longtemps possible le *parfum de nous*…

Signal d'alarme. Je cherche un refuge :

– « Il ne faut pas dire ces choses-là. Vous m'en voudriez de les écouter. »

– Ashley, à Scarlett O'Hara. *Autant en emporte le vent*… Toi et ton cache-cache de citations… En attendant, tu as gagné, tant pis pour toi. À la douche !

Oui, effaçons au savon cette délicieuse inconscience. Une heure après, nous sommes sur un quai de gare.

Toute la fin de matinée, nous nous sommes usé le moral dans un parcours du combattant téléphonique. Nous lancer dans une telle quête un dimanche, ce n'était pas gagné d'avance…

Exemple, un gendarme périgourdin :

– Vous êtes de la famille ? Parce que, sans ça, on ne donne aucune information par téléphone. La nièce ? Bon, on va essayer de vous passer quelqu'un, mais ça va pas être facile, vu que l'unité se prépare pour une intervention extérieure. Je vous mets en attente…

Musique de film d'action, voix virile enregistrée qui vante les beautés et la stabilité des métiers de la gendarmerie. Arrivée en ligne et en direct d'un gradé qui semble un peu plus au fait de la situation.

– Je ne faisais pas moi-même partie de l'unité qui est intervenue au Creux d'Enfer. Mais j'ai eu connaissance de l'opération. Mes collègues ont dû faire appel à la grue des pompiers et déboiser à la tronçonneuse pour remonter le véhicule accidenté, qui était enchevêtré dans les arbres.

– Et le corps du conducteur ?

– Transporté à l'hôpital. Voyez avec eux.

– Bon, merci.

L'hôpital de Brive :

– Abestéguy ? Accident ? Vous êtes de la famille ? Autrement, on ne donne pas de nouvelles par téléphone. Non, même pas pour un mort… Donc, vous êtes de la famille ? Patientez, je regarde…

Étonnement du standardiste, vaine consultation du listing de l'ordinateur, rien qui corresponde à la demande. Insistance d'Adélie :

– La gendarmerie vient pourtant de nous dire que…

Mise en attente, petite musique de crécelle guillerette, idéale pour ceux qui recherchent un cadavre… Interrogation de divers services…

– Non, madame, pas d'accidenté de la route chez nous… Mais bien sûr que je suis sûr ! Les seules entrées enregistrées hier, c'est deux camés et un déshydraté de la rave-partie. Voyez avec les gendarmes.

Bon, merci.

Gendarmerie, le retour. Le gradé « au courant » est parti aux vieilles charrues entre-temps, et la radio ne fonctionne pas mieux qu'hier soir.

– Laissez votre numéro, on lui demande de vous rappeler.

Étonnant, il rappelle. Mais si, il en est certain, le défunt a bien été transporté à l'hôpital. Où d'autre voulez-vous qu'on l'ait mis ?

– Pourtant, l'hôpital de Brive vient de nous assurer que…

– Attendez, j'ai jamais parlé de l'hôpital de Brive, c'est celui de Périgueux !

Ah bon, merci.

L'hôpital de Périgueux :

– Quittez pas… (*Musiquette.)* Vous êtes de la famille, sans ça (etc.). Alors, oui, Abestéguy, accident, c'est bien ici… Oui, à la morgue… Non, rien avant le début de semaine, on l'a mis en attente pour examen.

– Ce qui signifie ?

– Qu'on va l'examiner. Voyez avec la gendarmerie.

– Mais à l'instant, la gendarmerie de Montignac vient de nous…

– On n'a rien à voir avec Montignac. Vous êtes à Périgueux, ici, madame.

Ah bon, merci.

La gendarmerie de Périgueux :

– Vous êtes de la famille ?… Oui, alors, ça tombe bien, parce que, justement, on va en avoir besoin, de la famille. Vous êtes ?… La nièce ? Il n'avait pas plus proche ?… Un fils ? Bien. Où peut-on le joindre ?… Comment ça, on ne sait pas ? On sait toujours où joindre ses gosses… Ah, c'est compliqué ? Bon, admettons. Sa femme, dans ce cas ?… Non plus. Qui d'autre, alors ? Une sœur ? Vous avez ses coordonnées ? Oui, je note… C'est quoi, ça, comme numéro ? New York ? En Amérique, quoi… Ça ne nous arrange pas… C'est qui, la famille la plus proche, point de vue distance ?… Vous ? Pourquoi vous l'avez pas dit tout de suite ? Vous êtes où, présentement ?… Paris ? Dans ce cas-là, veuillez vous présenter à nos locaux demain dix heures.

Lamentable marathon, infligé sans doute au quotidien à des centaines de familles angoissées… Mais la critique est facile. Au demeurant, les bourreaux sont de braves gens dans le civil, pris par leur boulot au point d'oublier qu'ils ont aussi une famille. Laquelle, un jour, connaîtra peut-être le même calvaire, édifié par de braves gens qui font leur boulot…

Je suis renvoyé sept ans en arrière, et je sens à nouveau cette pierre à l'endroit du cœur.

Adélie a eu un pauvre sourire courageux. Elle a composé le numéro de sa mère.

– Avec le décalage horaire, j'ai peut-être une chance : Godélia vit la nuit.

Personne. Pas de répondeur.

– Essaie son portable.

– Elle n'en veut pas. Elle craint d'avoir la cervelle cuite par les micro-ondes.

– Et toi, tu n'en as pas non plus ? Sinon, Julien aurait pu te joindre...

– Si, j'en possède un. Je ne le branche jamais. C'est idiot. Avec ses craintes, ma mère a dû me cuire le cerveau.

Nous avons décidé d'aller à la gare et de monter dans le premier train pour Périgueux. Il y en aura forcément un. Nous attendrons au buffet, cela nous épargnera de tourner en rond.

Adieu notre nuit.

J'ai quitté la place des Vosges sur un gros blues miaulé par Jean-Pierre et sa guitare. Je leur ai promis à tous les deux qu'un jour, nous ferions un bœuf de folie. Le super-pied d'acier bleu du Japon. Ça n'engageait à rien et ça faisait plaisir à ce gars d'imaginer que je reviendrais. À moi aussi.

Voyage morose. Je rentre chez moi. Adélie doit affronter les chagrins, la crainte face aux interrogations des autorités. Elle veut poursuivre ce que j'ai commencé : préserver l'image de Julien de toute compromission dans des activités illégales. Et m'en tenir aussi à l'écart. Elle va devoir ruser, mentir, simuler. Seule. Je ne pourrai l'aider en aucune manière. Lâchement, nous prenons prétexte de notre manque de sommeil pour dormir durant le trajet.

Lorsque le train décélère, nous restons blottis front contre front, doigts entrecroisés. J'adopte le ton détaché de l'autochtone pour conseiller à la voyageuse un hôtel, vieillot mais confortable. Et je meuble les dernières minutes par des détails vachement importants :

– Tu seras tout près de la gendarmerie. Mais ils n'ont pas l'air conditionné. Tu devras dormir fenêtre ouverte. Demande une chambre sur le jardin, pour ne pas avoir les bruits de circulation.

– Sur le jardin, d'accord…

Un silence.

Elle :

– Regarde, le soleil commence à peine à descendre… La soirée va être longue.

Moi :

– Je n'ai pas non plus envie de te quitter.

Elle, stoïque :

– Il le faut. Si la moindre relation était établie entre Julien et toi, tout serait fichu !

Moi, péremptoire :

– N'allons pas tout compromettre… Nous ne sommes plus des enfants !

Une demi-heure plus tard, nous sommes plus ensemble que jamais. Dans une Twingo de location. Nous la garons à deux rues de l'hôtel. Nous plongeons dans l'imprudence, au moins, limitons-la. Arrivons séparément et prenons chacun une chambre. Nous nous retrouverons dans une brasserie pour dîner.

J'ai laissé une avance suffisante à Adélie. Mais, lorsque j'arrive, elle est seulement en train de compléter sa fiche. Elle a été retardée par le client précédent, qui se fait indiquer sur un plan la position de l'hôtel.

La sexagénaire permanentée qui tient la réception revient vers Adélie, parcourt sa fiche.

– Souhaitez-vous être réveillée demain matin, mademoiselle Cartwright ?

Le client se retourne. C'est une femme. Une personne forte, courte sur pattes, flottant dans un costume d'homme et cravatée. Elle se propulse vers le comptoir et barytonne :

– Pardonnez-moi… J'ai entendu votre nom sans le vouloir… Seriez-vous parente avec M. Abestéguy ?

– Oui…

– Martine Claessens.

Elle tend une paluche d'haltérophile où scintille une chevalière de douze kilos.

– Je travaille avec lui depuis cinq années !

Elle prononce *voulouaire, loui, depoui, anneï*... Va-t-elle, comme souvent ses concitoyens, préciser sans tarder qu'elle est Belge, une fois ? Elle enserre la menotte d'Adélie.

– Ma pauvre petite... Il vous aimait tellement ! Il me parlait si souvent de vous, savez-vous ?

– Non, je ne savais pas...

– Ça est juste une tournure de chez nous. Je suis belge.

Elle l'a dit !

Je souris sous cape. J'ai une tendresse pour ce peuple.

Je me mets à l'abri d'un ficus qui orne le coin du comptoir et je me préoccupe de ma chambre, tout en laissant traîner une oreille. Très vite, les deux femmes sympathisent. Le temps que je remplisse les habituelles formalités, elles ont déjà échangé une flopée d'informations.

C'est une amie, qui regarde toujours la télévision française, qui a appris la tragique nouvelle à Martine Claessens, laquelle s'est aussitôt livrée grosso modo au même gymkhana par téléphone que nous.

– J'ai reçu convocation à la gendarmerie pour onze heures demain. J'arrive à l'instant par avion.

Elle empoigne une valise en peau de porc constellée d'étiquettes au graphisme Art nouveau : Riva Bella, Negresco, Alcazar.

– Tenez, ça est encore un cadeau de notre pauvre monsieur Julien. Il l'avait acquise pour moi dans une vente aux enchères. J'ai là fort besoin de me rafraîchir, mais je n'ai guère envie de passer la soirée à ruminer seule. Vous me feriez grand plaisir en soupant avec moi.

Le regard navré que me lance Adélie par-dessus la plante verte ne dure qu'une fraction de seconde, mais la virile Bruxelloise le capte et ajoute :

– Évidemment, votre ami est le bienvenu !

Elle a déjà fait deux pas à ma rencontre, main en avant.

– Martine Claessens. Martine tout court.

Extralucide, Mlle Claessens ? Ou alors, ce qui passe entre Adélie et moi est magnétique...

Je me présente, Stéphane tout court, en me laissant émietter les phalanges. La fille est d'emblée sympa, converser avec elle m'apprendra sûrement une montagne de choses sur Julien. Ce qui m'enchante moins, c'est de me trouver catalogué « fréquentation d'Adélie » par quelqu'un qui a rendez-vous demain chez les gendarmes…

Quitte à faire une croix sur mon incognito, autant profiter des avantages du lieu : le chef du restaurant de l'hôtel est renommé dans la région, pourquoi chercher ailleurs ?

Dessertes en merisier, bassinoires de cuivre aux murs, nappes empesées, fleurs des champs dans vases en faïence de Moustier, rien ne manque. La salle est très fréquentée. Des personnes d'âge mûr, d'apparence aisée, en tête à tête ou à plusieurs couples. La coiffeuse du coin doit faire florès : la plupart de ces dames sont permanentées à l'égal de la gérante. Celles dont la chevelure a blanchi arborent des reflets bleus ou violets du meilleur effet.

Notre province compte encore des gens qui s'endimanchent le dimanche.

Nous ne passons pas inaperçus. Mes compagnes se sont changées. Adélie, assise à mon côté, a choisi un ensemble de soie vert émeraude. Face à nous, Martine est tout en rose pâle, mais c'est un costume trois-pièces, sur chemise et cravate ficelle exactement dans la même nuance. Moi, je commence à faire clodo : je n'ai pu que me donner un coup de peigne. Demain, si je trouve un magasin ouvert, je m'achèterai au moins un T-shirt et des sous-vêtements…

Le menu justifie la réputation de l'établissement, au moins par son abondance. Si Adélie et moi le trouvons trop copieux, Martine lui fait honneur d'un bout à l'autre. Elle doit avoir acquis un sérieux entraînement dans les repas d'affaires, elle parvient à ingurgiter deux fois plus que nous et à tenir la conversation, sans jamais parler la bouche pleine.

Étonnante, avec sa belle voix grave, ses cheveux tondus haut sur la nuque et ses mains carrées qui ponctuent net ses phrases, elle a vraiment une présence de mec. Un de ceux que je ne détesterais pas compter parmi mes amis. Regard franc, parole sans détour qui sait jusqu'où elle peut aller pour ne pas avoir à user de la langue de bois. À un moment, je la charrie :

– Dites-moi, Claessens, vous n'avez jamais été dans l'armée ?

– Vous rigolez, mais c'était mon rêve de gosse. Mes parents ne me l'ont pas permis. Mon père me voyait religieuse, ma mère voulait que je lui ponde une tribu de nains… Malgré ma réussite dans l'entreprise, je les ai fort déçus ! Pourtant, je suis entrée à Spéciméto comme assistante commerciale et, en deux ans, je suis devenue la fondée de pouvoir de monsieur Julien.

Adélie choisit d'être directe :

– Vous devez donc être au fait de toutes ses activités ? Je ne connaissais mon oncle que dans la sphère privée. Il ne mélangeait pas les genres. Vous en êtes la preuve, puisque nous ne nous sommes jamais rencontrées. Quant à Stéphane, il en sait encore moins que moi. Vous voulez bien éclairer notre lanterne ?

Martine ne se fait pas prier. Elle est fière de son travail. En parler, c'est aussi une manière pudique de laisser cours à son admiration, voire son affection, pour cet homme rare qu'était Julien Abestéguy.

– À l'origine, Spéciméto produisait et usinait des pièces de haute résistance pour l'aéronautique. L'activité s'est étendue à la recherche spatiale, puis aux alliages nécessitant une technologie très avancée. Notamment pour la chirurgie, les implants et prothèses.

Cette branche, prometteuse d'avenir, avait connu le meilleur développement et générait les plus hauts profits.

– Elle a aussi attiré les pires convoitises. Voici deux ans, nous avons été l'objet d'attaques en règle et nous étions proches de boire le bouillon. Votre oncle a été épatant : il a sauvé l'outil de travail au prix de sacrifices personnels auxquels peu de patrons auraient consenti…

– C'est là qu'il a vendu ses collections ?

– Puisque vous êtes au courant… Oui. Il a réalisé la majeure partie de ses biens personnels. Il avait réussi à redresser la barre, mais il était exsangue. Ce que sachant, les autres rats n'ont pas lâché le morceau, tout au contraire !

La fidèle collaboratrice fulmine intérieurement. Je sens une piste.

– Les autres rats ?

– Je ne vois pas quel autre terme employer ! Le combat économique n'est jamais tendre, mais, même à la guerre, il y a les conventions de Genève, merde ! Et ceux dont je parle ne respectent rien ni personne ! Des voyous ! Des crapules qui disposent de milliards et qui les utilisent comme du napalm !

– Vous ne mâchez pas vos mots !

– Au contraire. Je me limite à de doux euphémismes. Je pourrais les qualifier de criminels de droit commun !

– Le moins que l'on puisse dire, c'est que vous ne portez pas vos adversaires dans votre cœur !

– Ils ne se comportent pas en adversaires, mais en ennemis ! Vous ne les chéririez pas non plus, si vous aviez déjà eu maille à partir avec Ibermédics !

Contre ma jambe, la pression de celle d'Adélie : Martine vient de nommer le cartel hispano-helvétique dirigé par Heinrich Widmer !

Séquence 14

La collaboratrice de Julien a suivi l'affaire de très près. Les difficultés apparues il y a deux ans ont été causées par les manœuvres d'étouffement du Cartel. Le géant a racheté en sous-main plusieurs fournisseurs, qui, tous ensemble, se sont mis à raréfier les approvisionnements à Spécimeto, tout en réduisant les délais de paiement.

– Nos prix de revient ont grimpé en flèche. Pour nous maintenir à flot, nous aurions dû répercuter la hausse auprès de nos clients. Dans un premier temps, ils avaient admis le principe. Mais ils ont alors reçu des propositions concurrentes à des tarifs de dumping.

– Ibermédics ?

– Pas directement. C'eût été tomber sous le coup des lois anti-trust. Ils ont utilisé des sociétés d'Europe de l'Est et de Corée, apparemment concurrentes entre elles, mais toutes soutenues par le Cartel.

– Joli.

– Comme vous dites, oui... Donc, nos clients sont partis là où était leur intérêt. Normal.

– Leur intérêt à courte vue : vous aviez l'expérience et la garantie de qualité, par rapport à ces nouveaux fabricants...

– C'est ce que nous avons argumenté... L'un de nos clients, un Suisse, nous a montré la partie « Garantie » du contrat qu'il signait à Belgrade : le paiement était repoussé à cent soixante jours et si les alliages fournis présentaient la moindre différence par rapport aux normes qu'il exigeait, la facture serait purement et simplement annulée ! Seules ses propres analyses feraient foi, sans contre-expertise ! Allez lutter contre ça…

– Vous étiez étranglés par tous les bouts : en amont par le tarissement et le renchérissement des matières, en aval par la fuite de vos marchés…

– C'est alors qu'Ibermédics a pu se permettre d'apparaître au grand jour. Pour que vous puissiez juger de l'exceptionnelle importance qu'ils accordaient à la manœuvre, il est bon que je vous glisse un mot sur le président Widmer… Dans nos milieux, il suffit de dire « le Président », et tous nos capitaines d'industrie se sentent mal à l'aise dans leurs mocassins Loebb. Leur fauteuil leur donne la pénible sensation d'un tabouret à deux pieds. Widmer est un type invisible en temps ordinaire. Or, là, il est apparu personnellement, à l'impromptu, chez chacun de nos principaux actionnaires ! Et il leur a fait le coup de… *(Martine imite à la perfection Brando en parrain)* « la proposition que vous ne pourrez PAS refuser ». Les actions Spécimeto ne valaient plus une peau de lapin. Il les leur rachetait à leur valeur précédant la dégringolade. À condition d'avoir leur réponse dans la semaine. Après, ils pourraient se torcher avec. Ce sont ses propres termes.

– Dingue ! Il la voulait, votre boîte !

– À un point inimaginable, que je ne m'explique d'ailleurs toujours pas. Ce type est l'empereur de la galaxie et il se met à découvert pour un astéroïde gros comme un pois chiche ! Nous ne représentons qu'un micro-marché… Je ne pige pas.

Pour Adélie et moi, une explication commence à se dessiner. Il nous faut des précisions.

– En langage boursier, ça s'appelle une OPA, je crois ?

– Pour un tel raid, on dit « une offre inamicale ».

– Cela se passait quand ?

– Il y a quelques mois, au printemps de cette année. Et là… (*une étincelle dans l'œil de Martine*) Zorro !

– Plaît-il ?

– Zorro est arrivé ! Votre oncle, Adélie ! Pardonnez-moi, ce n'est pas de l'irrespect, lui-même ne m'en voudrait pas, j'en suis sûre… Il a été… éclatant, sur ce coup !

Notre mec écrase une larme contre sa chevalière.

– Ça aura été sa dernière victoire. Grâce à lui, Spécimeto va vivre, et avec lui, les familles de centaines d'employés. J'aurai eu la joie d'assister personnellement à la rencontre. D'une férocité glaciale.

Julien et Widmer, assis chacun à l'extrémité d'une longue table d'acajou. Le Néron de l'industrie pharmaceutique adorait assister à l'agonie de ses victimes. Pour l'écrasement de ce moucheron agaçant, il avait tenu à être présent. Entouré d'un bataillon d'hommes de loi habillés de noir, il s'apprêtait à parapher les accords de cession et de passation de pouvoirs.

Il avait pris la parole d'autorité, de cette voix qui était à peine un souffle et qu'il ne faisait pas l'effort de rendre audible, dans un français parfait avec une pointe d'accent suisse alémanique :

– Je tiens à rendre hommage à votre belle et intelligente résistance, Julien... Vous permettez que je vous appelle Julien, maintenant ?

– Et moi, comment devrais-je vous appeler ?

– Vous pouvez m'appeler président.

– Je veux bien, mais je crains que cela ne fasse double emploi... Je suis président de Spéciméto.

– Encore pour les dix prochaines secondes, c'est vrai. Voulez-vous signer, je vous prie ? Prenez mon stylo, je vous l'offre.

– Très beau, mais un peu lourd pour moi, je vous remercie.

Julien avait calmement repoussé le volumineux contrat du vainqueur annoncé. De son vieux cartable de cuir, il avait sorti des dossiers. Un pour chacun de ses interlocuteurs. Les avocats s'étaient jetés dessus.

Widmer avait ouvert le sien d'un index dégoûté, avait parcouru des yeux la trentaine de pages, sans même s'avancer sur son fauteuil. Des colonnes de chiffres claires, concises, des photocopies de lettres à en-tête aux cachets complexes...

– Si ce bandit n'avait pas été, au naturel, déjà blanc comme un linge, il aurait pâli. Il s'est levé et a quitté la salle sans un mot, pendant que ses assistants ramassaient encore leurs papiers. J'aurais embrassé monsieur Julien !

– Martine, Martine, Martine... Vous êtes en train de nous dire que Julien avait trouvé de nouveaux capitaux, c'est bien ça ?

– Oui, et durant la nuit précédente, il avait convaincu *in extremis* ses actionnaires principaux de ne pas vendre à Ibermédics. Lui, qui détenait jusqu'alors la majorité des parts, les avait transférées à un groupe financier qui injectait dans la trésorerie assez de liquidités pour couvrir les prochaines échéances. Cela tenait déjà du miracle, mais, de plus, les nouveaux partenaires nantissaient le rachat par Spéciméto de deux sociétés en difficulté et des investissements dans la recherche avancée !

– Ça ressemble à un film avec Bruce Willis, ce sauvetage sur le fil du rasoir ! Je n'ai aucune idée, à cette échelle, de l'argent que cela représente, mais ce doit être colossal ?

– Ça confine au faramineux, Stéphane. Sans vouloir préjuger de vos capacités, je pense que ni vous ni moi ne verrons jamais de telles sommes !

– Je suis pour le moins surpris de la surprise des gens d'en face ! Avec leur puissance, ils n'étaient pas au courant de ce que Julien Abestéguy programmait ? Ça ne s'improvise pas, des manœuvres de cette envergure !

– Effectivement, le patron avait bien préparé sa riposte. Mais je crois pouvoir affirmer que j'étais la seule... je dis bien *la seule* à me douter qu'il gardait une carte dans sa manche... Et encore n'ai-je pas su, jusqu'au dernier instant, de quoi il s'agissait... Même les dossiers pour la réunion, il les avait photocopiés lui-même !

– Comment s'y est-il pris pour agir à couvert ?

– Depuis le début de l'année, il a souvent voyagé. Il me demandait d'inscrire des rendez-vous fictifs sur son agenda et il faisait seul ses réservations. De courts déplacements. À ses retours, pas moyen de jauger s'il était content des résultats : par définition, le chef d'une entreprise menacée se doit d'arborer une mine plus bronzée et plus optimiste que jamais, à destination de ses employés et de la presse financière.

– Vous ignorez donc où il a pris ses contacts ?

– Oui. Et, comme il a tout bien bétonné, cela restera, hélas, son secret. Tous le croyaient au tapis. D'où la tronche de Widmer ! Ce type est réputé pour son impassibilité absolue : à côté de lui, Buster Keaton semblerait démonstratif. Eh bien, quand il est sorti de cette réunion, je jurerais qu'il y avait de la haine dans ses yeux. Une haine bestiale. Mais j'invente sûrement...

Peut-être pas tant qu'elle l'imagine. Mais ne levons pas de lièvre : pour Martine, l'accident qui a tué son patron *est* un accident. Amen.

– Vous me semblez attristée, Adélie ?

– Un peu. Vous m'aviez fait entrevoir une victoire... Elle n'est que de principe. Julien sera mort en ayant quand même perdu son entreprise. Qu'elle soit passée aux mains de Widmer ou des investisseurs étrangers qui l'ont renflouée, vue de l'extérieur, la différence est mince...

Mine incrédule de la fondée de pouvoir.

– Adélie, vous plaisantez ?

– Je n'en ai pas le cœur. Expliquez-moi où est la nuance.

– Julien n'a *pas* perdu Spéciméto !

– ...

– *Alleï*, je ne trahirai pas le secret de Polichinelle... Il est de notoriété publique que le « groupe d'investisseurs miracle » a son siège à Turks ! Je ne vais pas vous faire un dessin, quand même ?

– J'allais vous en prier...

– Turks et Caicos, archipel au nord d'Haïti, colonie britannique... Avec La Barbade, Saint-Martin, les îles anglo-normandes, ce sont les nids des sociétés off-shore au travers desquelles on lessive les capitaux dont la provenance n'a pas à être divulguée.

– Mon oncle aurait « lessivé »...

– Il a cédé ses parts majoritaires à une entité de principe, constituée pour la circonstance et domiciliée dans ce paradis fiscal. Constituée par qui ? Motus. Ce consortium surgi de nulle part, inconnu des gens de notre branche, fait jaillir en quelques semaines des milliards en suffisance pour renflouer la boîte... À votre avis, qui est le jardinier extraordinaire capable de récolter la manne dans ce temps record ?

– Attendez... Ce que vous me dites, c'est que mon oncle s'est vendu ses parts à *lui-même*, sous couvert d'une société fantôme alimentée par *lui-même* ?

– Je ne l'ai pas dit... Mais c'est si transparent que je vous laisse en tirer vos conclusions... Pas un instant, Julien n'a perdu le contrôle sur Spéciméto !

– Impossible. J'affirme, impossible ! Julien avait vendu tout ce qu'il possédait d'un peu précieux pour le premier sauvetage, il y a deux ans.

– Pensez ce que vous voudrez, mais vous verrez bien que l'impossible, ce sera de découvrir le nom de quelconques « partenaires ». Le consortium de Turks et Caicos, ma main au feu que c'est votre oncle à lui tout seul, et cet argent, il l'a bel et bien trouvé, vite et d'un coup…

– Où cela ?

– Adélie, ce serait plutôt à moi de vous cuisiner là-dessus !

– Mais je l'ignore !

– Alors… si *vous* ne le savez pas, qui le saura ? Sur ce, mes enfants, avec votre permission, je m'éclipse… Je n'ai déjà eu la langue que trop pendue, mais je me sens bien avec vous. Et *poui*, demain est un autre jour, mais pénible, en perspective.

– J'ai une voiture, je vous emmènerai ?

– Volontiers. Ce sera moins dur à deux. La bise ?

Pendant que nous nous léchons la pomme, je glisse :

– Martine, je peux vous demander un service, en copains ?

– Si c'est dans mes moyens…

– Je n'existe pas, si vous voyez ce que je veux dire… Malgré tout, si, par hasard, *qui que ce soit* vous posait des questions, vous pouvez dire que j'habite dans les environs, ce qui est vrai, que ma maison est en travaux, toujours vrai, que je suis donc descendu pour quelques jours à l'hôtel et que nous avons sympathisé à la réception, ce qui reste exact, n'est-il pas ?

Adélie ajoute, en confidence :

– Il y a, à Paris, un jaloux que je ne veux pas énerver…

La rose Belge lui renvoie un coup d'œil complice assez appuyé.

– Vous pouvez compter sur moi. J'ai moi-même, à Bruxelles, une jalouse. Elle m'arracherait les yeux pour avoir passé la soirée avec une si charmante Adélie ! Même chaperonnée par un beau garçon !

Dans l'escalier, Adélie se frappe le front.

– Zut ! Avec tout ça, j'ai complètement oublié de lui demander si elle savait où joindre Raphaël… Remarque, ça ne serait d'aucune utilité à cette heure-ci, mais essaie de m'y faire penser demain, s'il te plaît.

Je l'accompagne jusqu'à sa porte. Elle ouvre et me pousse vers l'intérieur.

– C'est idiot, l'histoire des deux chambres. Qui va aller vérifier où tu as dormi ? Et puis, nous venons de recueillir des éléments qui valent la peine de faire le point, tu ne crois pas ?

Séquence 15

Selon une plaque apposée sur la façade de l'hôtel, Bonaparte y aurait passé une nuit. Si on se fie aux syndicats d'initiative de France et des pays limitrophes, le petit caporal, réputé pourtant pour son sommeil rare, a dû passer sa vie au plumard ! Quoi qu'il en soit, s'il a dormi ici, on n'a pas changé le lit depuis. À chaque mouvement, les ressorts du sommier se défendent par des grincements atroces. Nos éventuels voisins ont de quoi fantasmer. Pourtant, les montagnes de caresses que nous brûlions de partager sont quelque peu reléguées à l'horizon par tout ce qui nous trotte en tête.

Julien Abestéguy n'était-il que le banquier *occasionnel* de l'ETA ? Son engagement n'allait-il pas plus loin ?

Serait-ce le motif de la hargne du président d'Ibermédics ? Pourquoi un Widmer, aux pouvoirs démesurés, s'acharnerait-il sur une PME, un poids plume face au rouleau compresseur ? Caprice de prince, à qui rien n'est censé résister ? Non. Un monarque peste un moment, donne quelques ordres et s'en retourne fouetter d'autres chats, à sa mesure. Ça vaut cher, une minute de monarque.

Martine Claessens, elle non plus, ne s'explique pas ce harcèlement inhabituel dans les combats financiers. C'est que la vérité est ailleurs.

Ibermédics convoitait, certes, Spécimeto, mais c'est le pourvoyeur de fonds de l'ETA que Widmer a voulu abattre, au nom du Néo-Gal ! D'où la lueur surprenante captée par Martine dans le regard de Widmer. Elle n'a pas rêvé : si, dans les affaires, l'homme parvient à garder l'impassibilité du caillou, la haine animale se réveille dans la passion politique.

Sur le couvre-lit assorti aux rideaux rustiques (cretonne imprimée de grosses pivoines, un poème...), nous carburons à fond les manettes.

Voyons logiquement les étapes du combat :

1) Les gouvernements espagnols successifs sont jugés, par certains, trop mous dans leur attitude envers l'ETA. Des fanatiques d'extrême droite font renaître de ses cendres le sinistre GAL et ses méthodes expéditives, inspirées de celles mises au point pour l'Allemagne du Reich par un certain Widmer.

2) Le fils de Widmer, Heinrich, prend en main le Néo-Gal et le finance, grâce aux caisses noires de sa multinationale pharmaceutique. Il sait donc mieux que quiconque où est le nerf de toute guerre, fût-elle secrète, et décide d'assécher les ressources des activistes basques. Pour ce faire, il s'attaque aux industriels soupçonnés de sponsoriser l'ETA.

3) Il a repéré Julien Abestéguy et sa petite entreprise (qui ne craint pas la crise, puisqu'elle étend ses activités alliages médicaux et chirurgicaux, créneau porteur). La crise de Spéciméto, Ibermédics la provoque et l'orchestre. Prendre le contrôle de cette firme serait une double bonne opération.

4) Widmer ignorait que Julien disposait de ressources personnelles suffisantes à renflouer l'usine. Fureur du Führer.

Cette fortune soudaine de Julien... Je soumets à nouveau l'énigme à la sagacité d'Adélie :

– Tu disais bien que ton oncle était « magique » ? Cette fois, il a sorti un bien gros lapin de son chapeau...

Perplexe, la belle enfant.

– En dehors de sa boîte, il ne possédait rien.

– Un héritage ?

– La famille Abestéguy a été fortunée par le passé, mais il y a belle lurette que cette richesse a été dilapidée. Dans les années trente, un aïeul enthousiaste a joyeusement investi dans des valeurs fantaisistes... Il a acheté une société qui devait commercialiser, en boîtes de conserve, l'écume des chutes du Niagara ! Succès mondial garanti !

La génération de Julien et de sa sœur avait dû se lancer dans la vie poches vides et ne devait son aisance qu'à son travail, son astuce et ses talents.

– Celui de la séduction, en ce qui concerne ma mère. Après tout, c'est aussi un art…

Pourtant, Julien me l'a dit : il avait les moyens de disparaître, de devenir quelqu'un d'autre. « Quelqu'un d'autre qui ne sera pas à plaindre », c'étaient ses mots exacts. D'où lui venait ce pactole inattendu ?

– Tu sais ce que je dois à ton oncle, mais je suis forcé de tout envisager…

– Et tu subodores quelque chose de moche.

– Tu vas trouver ça monstrueux…

– Dis-le, va…

– Tu as une idée de la force de destruction que représentait le contenu de la camionnette ? Les fameux attentats dans les trains de Madrid ont été commis avec une centaine de kilos d'explosifs ordinaires, bêtement fauchés sur un chantier, dans les Asturies… Ceux que j'ai convoyés pesaient plus d'une tonne ! Il s'en est fallu de peu que je ne me retrouve dans le catalogue Ikéa, vendu en kit ! Alors, imagine que Julien se soit fait une spécialité d'investir dans ce genre d'opérations… J'avance une hypothèse…

– Tu avais raison, c'est monstrueux ! Pourquoi pas de la drogue, tant que tu y es ? Les trafiquants d'armes donnent aussi dans ce commerce, d'après les journaux. Julien respectait la vie, sous toutes ses formes ! Il nous aimait, il aimait ses employés. Il s'est dépouillé de tout pour eux !

– Pardonne-moi. Je n'avais pas l'intention de te choquer, ni de salir sa mémoire. Je serais mal placé pour le dénigrer…

Mais, croyez-moi, les églises de Sicile et de Colombie sont remplies d'hommes d'affaires très respectés et très pieux. Et je connais personnellement des types capables de monstruosités qui vénèrent leur famille. Je le garde pour moi, ça nous entraînerait trop loin. *Beaucoup* trop loin.

– Stéphane… si nous continuons à délirer, nous finirons par dire des sottises.

– J'ai déjà bien commencé, non ? Fâchée ?

– J'ai failli… Je suis certaine que nous trouverons des origines parfaitement honorables à ce retour de fortune… Mais pas ce soir. On arrête ?

Sans attendre mon accord, elle roule sur moi. Conspués par les hululements du sommier napoléonien, nous nous laissons tomber sur le plancher en entraînant l'édredon fleuri.

Et je ne me pose plus de questions.

À l'heure où dorment les honnêtes gens et où écrivent les poètes, je flotte encore dans l'oubli et les pivoines. Sortilège. Ma sorcière, évoluant en territoire conquis, établit la cartographie de mes cicatrices à coups de menus baisers.

– Tu sais quoi ? J'ai été élève dans une cour d'amour…

– Comme au Moyen Âge ? Avec des ménestrels ?

– Non, j'ai pris des cours pour *faire* l'amour… Tu ne vas pas te moquer, si je te raconte ?

Après son récit, je ne pense pas à sourire une seule seconde. En plus, c'est arrivé aussi il y a sept ans, mon année maudite.

Trois SDF campaient sous les arcades, place des Vosges. Adélie leur portait de quoi se couvrir, des cigarettes, un peu d'argent. Parfois, elle leur faisait chauffer de la nourriture, pour qu'ils mangent autre chose que des conserves.

– Le soir en question, ils n'étaient ni drogués, ni ivres. Ils m'attendaient. Ils avaient préparé un rouleau de plastique adhésif large, tu sais, pour les déménagements…

Ils l'ont bâillonnée, lui ont lié les poignets et l'ont jetée sous les couvertures qu'elle leur avait données.

– Je les avais fait nettoyer au pressing et j'avais mis de la lavande entre les plis. Maintenant, elles sentaient le vin et la pisse. Des gens sont passés. En voyant ce tas de chiffons en mouvement, ils ont ri grassement. Les types n'ont pas réussi à… Ils n'ont pas pu me prendre : j'étais tétanisée, aussi impénétrable qu'une planche. Ils étaient furieux, ils m'ont frappée au ventre, je ne sentais rien. En partant, ils m'ont craché dessus et, tu sais quoi ? Ils m'ont traitée de salope.

Elle est rentrée dans l'appartement vide. Elle n'a pas porté plainte.

– Je les connaissais. Jean-Jean venait de Nancy, Malik de Toulon, Bernard, le Black, était parisien. J'avais décidé de les trouver et de les tuer.

Elle est restée une semaine sans sortir, sans manger, à ressasser des plans. Et à étudier la meilleure façon de cacher des couteaux de cuisine dans son manteau.

– Un matin, je me suis dit que j'étais prête : j'avais envie de croissants. Quand je suis arrivée à la boulangerie, j'ai été incapable de les demander. Je ne pouvais plus parler. J'ai trouvé ça marrant, j'ai voulu rire, mais on n'entendait aucun son. La boulangère me regardait bizarrement. J'ai vu mon reflet dans la glace. Les films montrent toujours que le premier réflexe des filles violées, c'est de se précipiter sous la douche et de se récurer. Moi, de toute la semaine, je n'y avais même pas songé. Je portais encore l'imperméable et les lambeaux de vêtements que les trois types m'avaient laissés... Je me tenais debout au milieu de cette boulangerie, la bouche ouverte, les cheveux collés. J'avais l'air d'une folle. *J'étais* folle.

C'est Julien qu'elle a appelé. Au téléphone, elle ne pouvait que pousser de petits coassements. Il a su que c'était elle. Il est arrivé dans l'après-midi.

– Il m'a emmenée dans une clinique, vers Charleroi. Je crois que sa femme ou Raphaël y avaient été soignés... Pas désagréable, comme endroit. Des dingues friqués, des médecins compétents, du personnel assez bien payé pour être relax...

Tout ce que je trouve à faire, c'est de fourrager dans les cheveux d'Adélie, de lui gratter la tête. Un chimpanzé s'y prendrait mieux.

– Tu sais, tu n'es pas forcée d'en parler d'avantage...

– Ça ne m'est pas pénible. Je veux que tu connaisses mes coins sombres. Trois mois plus tard, je reparlais, je m'habillais, je me faisais à manger. J'étais même capable de retourner place des Vosges. Mais je ne pouvais plus prendre le métro ou aller dans un grand magasin, un cinéma. Aux heures d'affluence, j'évitais les trottoirs, je marchais sur la chaussée pour ne pas risquer de frôler un homme. Même Julien, je préférais qu'il ne se tienne pas trop près. Je me suis dit que ça ne pouvait pas durer. J'ai essayé cinq psys. La sixième pratiquait l'hypnose éricksonienne, on a eu le contact, j'ai commencé à pouvoir revivre en société normalement. En société seulement, parce que, sur le plan intime, c'était l'épouvante : j'avais rompu par téléphone avec mon petit copain de l'époque. Rien qu'à l'idée qu'on puisse me toucher, j'avais dans le ventre la douleur des coups de poing que je n'avais pas ressentie pendant l'agression... Je pensais être bloquée à vie. Godélia m'avait parlé d'une de ses amies qui tenait un centre où les femmes traumatisées par un viol ou une opération mutilante venaient réapprendre leur corps. Je suis allée à New York. La thérapie comportait quatre séances par semaine, pendant six mois... Ça s'appelait effectivement « une cour d'amour ».

J'attrape au vol l'occasion de dissiper les lourdes images qui planent.

– Ah, c'est donc ça ! Eh bien, je te le confirme et j'en suis témoin : ÇA FONCTIONNE !

– Tu parles ! J'en suis partie assez vite ! Ça commençait bien, pourtant : cette femme avait effectivement de l'expérience. Dans les entretiens privés, elle se permettait d'aborder sans hypocrisie des sujets dont personne ne nous parle dans notre civilisation. Je reconnais que j'y ai découvert des aspects inattendus de la sexualité, tant masculine que féminine. Hélas, ce n'était que l'enrobage : la vocation du lieu, c'était les... travaux pratiques. En groupe. Lesquels se résumaient à une relaxation de dix minutes, suivie d'une partouze chic de deux heures, cher payée à la maîtresse de cérémonie ! L'alibi thérapeutique la mettait à l'abri des poursuites pour proxénétisme... Elle comptait aussi parmi ses « patientes » plusieurs magistrates, qui trouvaient là un dérivatif à leur stress professionnel.

– Alors, tu t'en es sortie par toi-même ?

– Non. Tu vas voir que le pire peut conduire au meilleur. En quittant cette lamentable bacchanale, c'était tard le soir, je me suis trouvée seule dans l'ascenseur avec un Japonais. Je n'ai pas réalisé tout de suite, mais, après plusieurs étages, je me suis rendu compte que je n'avais pas peur ! Il me regardait droit dans les yeux et je me sentais bien. En arrivant au rez-de-chaussée, j'étais tellement époustouflée que je lui ai demandé si nous nous connaissions. Il m'a dit : « Non. Mais lorsque l'élève est prêt, le maître arrive. » Il m'a donné sa carte et il a tourné les talons. Il enseignait le kendo[1] à Paris. Il a été mon *sensé*[2] pendant cinq ans, et je retourne très régulièrement à son dojo[3]. C'est à lui que je dois d'avoir pu te tendre la main, hier soir.

Kendo. La Voie du Sabre… De tous les arts martiaux, celui dont les disciples m'ont peut-être inspiré le plus de respect, de crainte parfois… Tel a donc été le chemin qui a fait d'elle cette fille d'acier.

Je comprends maintenant sa maîtrise, face aux cambrioleurs, à ma blessure, à l'annonce de la mort de Julien… Elle vient se blottir contre moi.

– Je n'ai plus peur, parce que je sais que si je rencontrais Jean-Jean, Malik et Bernard, maintenant, je *pourrais* les tuer. Et j'ai aussi le pouvoir de ne pas le faire.

Elle s'endort ainsi, par terre, la joue posée sur mon ventre.

Notre deuxième nuit ensemble. Je suis conscient, plus que jamais, de mon imprudence à être ici, mais je la consomme avec tendresse et délectation. Le sommeil d'Adélie est agité, tendu. N'aie plus peur, petite belle : tant que je le pourrai, je te protégerai.

Tant que je le pourrai.

Peut-être encore demain.

---

1. Art martial japonais, où le sabre est fait de lamelles de bambou liées entre elles.

2. Maître et guide.

3. Lieu de pratique des arts martiaux.

Séquence 16

Lundi, 5 juillet, 7 h 45

En temps normal, la chute d'une plume sur le sol suffit à me réveiller. L'entraînement. Vivrais-je un temps anormal, ou Adélie a-t-elle reçu de son maître nippon une transmission non seulement dans la Voie du Sabre, mais aussi dans la Voie du Vent ? Elle s'est levée, a quitté la chambre, et je dormais toujours !

Je la retrouve attablée au restaurant. Baiser au jus d'orange.

– Je t'attendais pour le café. Je parcourais le journal :

PYRÉNÉES : LA TERREUR !

Photo du cirque et du cratère calciné parsemé de débris de tôle. Article à l'avenant, de quoi vendre du papier en mettant la pétoche au bon peuple, tout en le rassurant, sur le ton de « Nos forces de l'ordre maîtrisent la situation et, de toute façon, ça se passe loin de votre canapé. »

– Tu dormais si bien… Je suis descendue pour appeler ma mère sans te déranger. Je l'ai eue. J'ai été tellement surprise de l'entendre décrocher, j'ai oublié tout ce que j'avais préparé pour faire mon annonce. Même pas bonjour. J'ai dit : « Godélia, Julien est mort. »

– Comment a-t-elle reçu le choc ?

– Il paraît qu'elle est tombée assise par terre. C'est Marty, son mari, qui a repris l'appareil. Ils essaient d'attraper le premier avion pour Paris. Ah, Martine a laissé un mot à la réception. Elle n'a pas dormi, elle est allée courir.

– Tu crois qu'elle porte un jogging rose ?

– Arrête. C'est quelqu'un de bien.

– Oui. La preuve, elle t'adore !

– Finalement, elle se rendra à la gendarmerie par ses propres moyens. Elle doit rentrer à Bruxelles tout de suite après.

Il reste du temps avant l'heure du rendez-vous. Durant le petit déjeuner, et même pendant qu'Adélie prend sa douche, nous mettons au point ce qu'il convient de dire : le moins possible.

– Quand tu auras terminé, va dans le centre-ville. Il y a une grande brasserie, La Rotonde. Le premier arrivé attend l'autre.

D'ici là, j'ai deux ou trois questions d'intendance à régler. Surtout des contacts à reprendre.

Je me suis résolu à déjeuner seul, j'avais trop faim. Au troisième café, je commence à m'inquiéter. Adélie ne me rejoint que vers 15 heures. Elle est assez défaite et je comprends pourquoi.

Le gendarme qui l'a reçue lui a fait le récit de la découverte du corps de Julien par les collégiens kayakistes. Comme prévu, il l'a ensuite interrogée sur ses rapports avec son oncle, lui a fait corroborer les adresses relevées sur les papiers du défunt.

– Jusque-là, facile. Je n'avais qu'à suivre le fil de la réalité, en omettant l'épisode te concernant. Après, il a voulu savoir si je connaissais les raisons et le lieu exact du déplacement de Julius dans cette région.

Elle a répondu par la négative. Elle supposait qu'il avait pu prendre quelques jours de repos.

– Le pandore m'a demandé qui allait se charger des formalités et de la prise en charge du corps. J'ai confirmé que je m'occupais du maximum pour l'instant, que j'avais commencé à prévenir le reste de la famille. J'avoue que j'ai été heureusement surprise par sa prévenance, après l'accueil catastrophique au téléphone. Le jour et la nuit.

– C'était un gradé ?

– Oui. Le capitaine Daguet. Dans la cinquantaine. Tout en douceur et en compréhension, mais sans en faire des tonnes dans les condoléances. Juste bien. S'il n'avait pas porté l'uniforme, je me serais plutôt crue en face d'un psychologue.

Ce qui n'était pas prévu, c'est qu'il lui a ensuite proposé de se rendre à l'hôpital.

– Je savais que j'aurais à y passer, mais avant, je voulais reprendre du courage auprès de toi... Daguet semblait tenir à faire la démarche dans la foulée. Très diplomatiquement, il a d'abord avancé que sa présence était requise pour une identification en bonne et due forme. Quand il a vu que je renâclais, il m'a donné la vraie raison.

– Je crois deviner. La chaleur ?

– C'est ça. Avec cette température, même les tiroirs réfrigérés sont insuffisants. Plus on attendrait, plus ce serait moche. Dans le couloir, il m'a fait bifurquer vers un bureau pour prendre des papiers. Et dans ce bureau, nous tombons sur Martine, en compagnie d'un autre gendarme. Il lui posait à peu près les mêmes questions qu'à moi. Mais elle était moins gâtée : celui-là était nettement plus jeune et manifestement empatouillé dans la paperasserie. Il lisait les questions sur un formulaire et il exigeait des réponses circonstanciées qu'il notait au mot près. C'est là qu'il y a eu un petit couac, j'espère qu'ils ne l'ont pas remarqué.

– Sur quel point ?

– Le mobile de la présence de mon oncle dans le Périgord...

– Nous n'en avons pas parlé au dîner d'hier soir. Qu'a-t-elle répondu ?

– Que, à sa connaissance, Julien n'avait aucune occupation spéciale prévue dans la région. Elle le croyait d'ailleurs en Allemagne.

– Ça, c'est embêtant. Qu'un patron laisse sa collaboratrice penser qu'il est à l'autre bout de l'Europe, moi, je trouverais ça suspect.

– C'est dit, c'est dit. On n'y peut plus rien. Ensuite, le capitaine a invité Martine à nous accompagner. Elle, cela lui convenait, parce qu'elle avait un emploi du temps serré. En définitive, j'ai été contente de cette urgence, elle nous a permis d'être ensemble pour le plus difficile...

À la morgue de l'hôpital, elles se sont tenues par la main dans cette triste corvée. Le moment fut éprouvant. Julien Abestéguy était dans un sale état.

– Nous l'avons identifié quand même toutes les deux, mais non sans hésitation. La voiture a brûlé en partie. Lui aussi… Tu me permettras de te passer les détails…

Le gradé s'est montré parfait jusqu'au bout, insistant pour qu'elles l'appellent si elles ne se sentaient pas bien ou si la moindre question leur venait à l'esprit. Il téléphonerait à l'hôtel dès que les papiers seraient en règle.

Adélie voulait emmener notre amie à la brasserie, que nous soyons un moment tous les trois. Mais le jet attendait Martine pour la reconduire à Bruxelles. Je suis touché d'apprendre qu'elle a trouvé l'humour, en faisant une bise à Adélie, de lui glisser à l'oreille un petit salut « pour le beau mec qui n'existe pas ».

– Tu n'as pas pensé à lui demander l'adresse de ton cousin ?

– Si. Juste au moment de nous séparer. Je lui ai même fait beaucoup de peine, sans le vouloir. Elle était déjà dans le taxi. Je me suis penchée à la vitre : « Il faut que j'avertisse Raphaël. Vous savez où il est, en ce moment ? » Qui ça ? elle me demande. « Raphaël, le fils de Julien. » Elle a fermé les yeux, plusieurs secondes. « Monsieur Julien m'a souvent parlé de vous. Jamais il ne m'a dit qu'il avait un fils. » Quand le taxi s'est éloigné, elle pleurait.

– Qu'est-ce qui se passe entre ton oncle et son gamin ? Si je ne suis pas indiscret…

– Très dur… Une blessure béante, pour Julius. Pour Rafie aussi, je pense… Je te raconterai un jour. Maintenant, il faut que je te dise pourquoi je suis arrivée si tard.

À la sortie de l'hôpital, elle a été abordée par un type en costume anthracite, chemise de nylon et cravate en tergal, qu'il devait bichonner depuis trente ans.

– Il s'est avancé en me mettant sous le nez une carte de visite. C'était un démarcheur d'une entreprise locale de pompes funèbres. Il disait avoir été mis au courant du deuil par « l'un de ses parents dans l'administration ».

Quelle administration ? L'hôpital ? Peut-être même la gendarmerie, allez savoir...

– Ma pauvre douce ! Ces gens ont décidément un culot monstrueux !

– Je ne lui en veux pas. Il faut bien que tout le monde vive, même sur le dos des morts. La concurrence doit être rude depuis que les supermarchés ont envahi le créneau...

Il a entraîné Adélie vers un banc, sur lequel il a étalé un catalogue : ses propres tarifs et ceux de ses concurrents pour démontrer qu'il était le moins cher. Apprenant que le caveau familial des Abestéguy était situé au cimetière du Père-Lachaise, à Paris, il a assuré qu'il s'occuperait absolument de tout, de la conservation du corps par ces temps de chaleur jusqu'au complexe problème du transfert en cercueil plombé.

– Finalement, j'étais plutôt contente de rencontrer cette aide. Je lui ai tout délégué.

Matinée chargée, en effet... Je me fais le plus léger possible pour permettre à la pauvrette de récupérer. Elle avale une salade de fruits et je l'emmène promener à l'ombre des arbres du mail. Nous rentrons de bonne heure à l'hôtel.

Je constate qu'Adélie semble aller bien mieux, j'ose donc la relancer sur un point qui aiguise ma curiosité : le fameux Robin. Personnage important pour Julien, puisqu'il a constitué l'objet de son dernier coup de téléphone.

– Maintenant, tu es fondée à prendre contact. Comme il est encore tôt, pourquoi ne le ferais-tu pas tout de suite ?

Elle trouve l'idée bonne et, sans hésiter, compose un numéro qui lui est apparemment familier. Elle me fait signe d'approcher : nous partageons le combiné, joue à joue.

– C'est Adélie. J'ai un truc pas drôle du tout à t'apprendre...

– Je suis au courant, ma pauvre Mangouste... La télé... Je n'ai pas voulu t'appeler tout de suite pour ne pas t'enquiquiner... J'ai essayé hier après-midi, j'ai parlé à ton répondeur.

– J'étais dans le train. Je suis à Périgueux. Je sors des sous-sols de l'hosto. Je l'ai vu. Pénible.

– Comment tu supportes ?

– Pas trop bien... Et toi ?

– Pas trop non plus. J'essaie d'imaginer comment Julos aurait voulu que nous prenions la chose... Probablement que nous soyons ensemble pour lui offrir sa dernière flambée ? Tu sais déjà le jour ?

– Pourquoi me parles-tu d'une flambée ?

– Eh bien..., je crois que c'est le départ que Julien envisageait... Il ne t'en a jamais fait part ?

– Jamais. À toi, si ?

– C'était il y a quelques années. Julien avait été convoqué à Paris par l'administration du Père-Lachaise qui faisait du nettoyage dans les vieux caveaux pour récupérer de la place. Ce que l'on appelle la « réduction des corps » des ancêtres. Ta mère était injoignable, comme le plus souvent. Ton oncle a cru qu'il pourrait assumer ça tout seul... Il en est revenu verdâtre : c'est, paraît-il, abominable. Il s'est catapulté chez moi pour prendre une bonne muflée et il s'est juré de n'infliger cette épreuve à aucun de ses descendants, à douze générations ! C'est pourquoi il tenait à être incinéré. Pardonne-moi d'avoir abordé ce sujet...

– Non, non... Tu as très bien fait. J'aurais commis une grosse erreur sans toi. Je vais appeler le type des pompes funèbres pour changer les dispositions. Concernant la date, je te tiendrai au courant. Mais à part cela, je voulais aussi te signaler que, dans son dernier message, Julien m'a demandé de te voir *personnellement*, au cas où il lui arriverait quelque chose.

– Je sais. Une sorte de... mission qu'il m'a confiée.

– Quand ?

– Pas plus tard que mercredi soir.

– Tu l'as vu mercredi dernier ?

– Il est passé en coup de vent à la maison. Très tard.

– Comment était-il ?

– Pressé.

– C'est le moment de plaisanter ?

– Je ne plaisante pas. J'utilise ce terme parce que c'était inhabituel de sa part. Julos et moi, ou bien on ne se voyait pas durant des mois, ou bien nous prenions notre temps. Là, il a joué les courants d'air. En dehors de ça, impénétrable, comme il savait l'être si nécessaire. Dis-moi, Mangoustine... C'était bien un accident ?

Nous frémissons ensemble.

– Quelle drôle de question !

– Oui, bien sûr. Une idée idiote... Nous savons bien, toi et moi, que le vieux Julius n'était pas le genre à sortir de la route exprès... La vie avant tout... Mais on pourrait presque imaginer qu'il a eu une prémonition, il m'a laissé quelque chose pour toi « au cas où »...

– Quelque chose ?

– Ne m'en demande pas plus au téléphone. Les consignes de ton oncle, c'est « Motus absolu, à remettre les yeux dans les yeux et la main dans la main. » Je serai près de toi pour son dernier voyage. Là, je te transmettrai ce qui te revient.

Un silence, et il appuie les mots suivants :

– Tu me comprends ?

– Cinq sur cinq, Robin. Alors, faisons comme ça.

– Bise, Mangouste. Et courage.

Cet homme s'exprime d'une voix claire, franche. Puisque j'ai été invité à écouter, je peux maintenant interroger Adélie sur ce Robin, qui semble avoir mérité toute la confiance de Julien. Il détient, j'en étais certain, un élément clé. Et pour autant, je n'ai trouvé aucune trace de lui dans l'agenda du tonton.

J'aurais pu le chercher longtemps : Robin n'existe pas.

– Il s'appelle Étienne Desbois, maître Étienne Desbois. Il tient une charge de commissaire priseur à Enghien-les-Bains, près de Paris. Un ami de trente ans.

Julien adorait donner des surnoms et, du temps de leurs années d'études communes, il en avait affublé tous ses camarades.

– Avec « Robin » Desbois pour Étienne, Julien convenait s'être laissé aller à la facilité.

– Et « Mangouste », tu le lui dois aussi ?

– J'adorais, avant de m'endormir, qu'il me lise des histoires d'animaux. Surtout celles de Rudyard Kipling. Les deux *Livre de la jungle*, *Kim*... Comme j'étais très vive dans mes gestes, j'étais capable d'attraper une mouche en plein vol, il trouvait que je ressemblais à Rikitikitavi la mangouste.

Oui. J'ai pu apprécier : vive et silencieuse. Serpents, faites très gaffe !

– Raphaël, c'était « Papillon », parce qu'il était capricieux, et dans les *Histoires comme ça*, du même Kipling, on trouve celle du papillon qui tapait du pied.

– Et Julien, vous lui aviez trouvé un surnom ?

– Toujours chez Kipling. Le Chaki. « Je suis le *chat qui* s'en va tout seul, et tous lieux se valent pour moi »... Raphaël lui avait fait un dessin, où il le représentait comme Sylvestre, tu sais, le Gros Minet de Titi...

Julien, le Chaki, s'en était allé tout seul vers le cirque de Calataïud. Un Sylvestre de caoutchouc à son trousseau de clés.

Adélie a respecté le vœu de discrétion émis par Julien. Elle n'a pas cherché à savoir ce que le fidèle ami Robin avait à lui remettre. Nous éviterons donc de nous lancer dans des spéculations stériles avant qu'elle ne le rencontre. Ce qui ne m'empêche pas de penser. Est-ce de l'argent que détient Robin ?

En mon for intérieur, je suis persuadé qu'il s'agit de bien plus que cela. Abestéguy avait décroché un énorme jackpot, sans aucune commune mesure avec la cagnotte que l'on peut déposer chez un copain. Il se savait menacé, il s'embarquait dans une balade à risque et il ignorait où traînait son fils lunatique. C'est donc vers sa nièce adorée qu'il s'est tourné, pour lui communiquer l'origine de son pactole et comment y puiser. Patience.

De la conversation avec Robin, je tire un autre élément, immédiatement positif, celui-là : cette option de l'incinération m'ôte un poids !

Pour une improvisation forcée, à cinq heures du matin, ma mise en scène s'avère plutôt réussie, jusqu'à présent. Elle laissait cependant quelques incohérences, que je n'avais pas les moyens d'effacer. Par exemple, la blessure à la jambe de Julien datait de plusieurs heures avant « l'accident ». Je pouvais craindre une multitude d'embêtements : les avancées de la police scientifique rendent bien complexe le boulot des criminels et des auteurs de romans policiers ! Après la crémation, gageons que l'attitude suspicieuse des gendarmes... va faire long feu !

Juste avant le dîner, douche écossaise. Adélie reçoit un appel de la gendarmerie. On l'informe militairement qu'un « enquêteur spécial » est arrivé de Paris. Il s'est plongé dans le dossier. Il est allé voir le corps. Il semblerait qu'une autopsie va être demandée. Il y aura donc du retard dans les formalités. En conséquence, Mlle Cartwright est priée de bien vouloir rester dans les parages jusqu'à nouvel ordre. Salutations.

Enquêteur spécial… Quelle spécialité requiert donc la victime d'une sortie de virage ? Voilà qui relance vivement mon inquiétude.

Au cours de la nuit, je récite, approximativement mais avec le cœur : « Il y avait une fois, ô ma Mieux Aimée, il y avait dans la mer une Baleine, et qui mangeait les poissons… Elle mangeait le Mulet et le Carrelet, le Merlan et le Poisson Volant, le Turbot et le Maquereau, l'Anguille, sa fille et toute sa famille qu'a la queue en vrille… Tous les poissons qu'elle pouvait attraper dans toute la mer, elle les mangeait avec sa bouche… COMME ÇA ! »

Et je mange le cou de Petite Adélie, qui rit d'effroi comme à cinq ans, et qui n'en revient pas de m'entendre dire, rien que pour elle, ses chères *Histoires comme ça*, à trois heures du matin, dans un hôtel périgourdin… Ben oui, ma Mieux Aimée, c'est pas n'importe qui, ton Stéphane Roy ! Mais j'ai beau la bercer avec les mots venus de son enfance, la petite belle ne peut pas s'endormir. Que puis-je faire pour l'aider à fermer les yeux ?

– Tu pourrais, par exemple, me dire que tu vas m'emmener voir ta maison.

– …

– Elle n'est pas loin ?

– Non, pas très, mais, tu vois…

– Bravo pour l'enthousiasme. Je n'insiste pas. Je sais qu'on ne se connaît pas vraiment, après tout… On ne laisse pas entrer n'importe qui chez soi…

Je proteste que non, c'est pas du tout ça… C'est parce que Le Cluzeau n'est pas très confortable et que mon cadre n'a rien à voir avec l'environnement privilégié de la place des Vosges, et que…

Elle pose son index sur le bout de mon nez, appuie fort pour me faire retomber dans l'oreiller.

– Tu vois, quand j'étais petite, ma mère raffolait d'une chanson française yé-yé complètement idiote, *Pauvre petite fille riche*. Je sais que c'est ce pour quoi tu me prends. Je perdrais mon temps à tenter de te prouver le contraire. Mais cesse d'avoir des complexes. C'est juste que je peux ressentir les énergies des lieux, et je veux goûter celles où vit mon amoureux ! Tu ne peux pas me *refuser* ça ?

Non. Ça, je ne *peux pas* le lui refuser.

Séquence 17

Mardi, 6 juillet

– Je te sens crispé…

– Yes.

Inutile de mentir. Il est tôt, nous roulons vers Amberzac et, puisque nous voilà sur mes terres, Adélie m'a laissé le volant. J'ai cru pouvoir frimer et, forcément, je suis mal.

– C'est de m'emmener chez toi ?

– Pas du tout. Ça t'ennuierait de conduire ? Je n'aime pas trop.

– Pour quelqu'un qui traverse la France en camionnette…

– J'avais besoin d'argent. Et j'étais seul à bord.

– Et avec Julien ?

– Cas de force majeure. Et je n'ai jamais prétendu que c'était facile.

Nous intervertissons nos positions. De loin, je préfère la place du mort.

(Oh, oui, j'aurais tellement préféré. Virginie, Léa, pardonnez-moi.)

J'ai choisi un itinéraire qui évite tout spécialement les rives de la Vézère. Il nous fait arriver par le chemin qui contourne le village et permettra de découvrir ma maison sous son meilleur angle. Je joue le guide avec le plus d'entrain possible. J'explique qu'un cluzeau, c'est le nom donné par ici à une galerie secrète creusée par les anciens. Ma maison était une bergerie construite sur une voûte de pierre au-dessus d'une poche d'eau, ce qui permettait, en été, d'avoir toujours des réserves pour abreuver les bêtes.

– Voilà. Nous y sommes.

Je suis sûr de mon petit effet. En mettant pied à terre, ma visiteuse se trouve en pleins champs et, dans la direction que je désigne, elle ne voit qu'une butte herbeuse. Je lui prends la main, nous passons la butte et…

– Alors ?

– Ouiche ! C'est quelque chose !

D'ici, on surplombe le toit de tuiles romaines, on devine les murs de pierre massive et puis, à pic, à cent vingt mètres en dessous, environ huit kilomètres d'une vallée blanche, belle à couper le souffle. Et le ciel, le ciel à perte de vue. C'est exactement la tranquillité dont j'avais besoin.

La voûte romane, qui constitue le soubassement, recouvre un petit lac, sans cesse approvisionné par les infiltrations dans le calcaire. L'eau y est presque glacée et, lorsqu'elle comble à ras bord le bassin, le trop-plein jaillit en cascade au flanc de la falaise.

Adélie s'accorde le temps de profiter de l'horizon en silence. Elle remarque, contre les escarpements, les taches sombres indiquant la présence des grottes. Dans ces dédales troglodytiques, certains toujours inexplorés, vécurent les premiers hominiens.

Je ne suis pas pressé non plus. En fait, je croise les doigts et j'appelle toutes les protections auxquelles je crois encore, et même celles auxquelles je ne crois plus, celles qui m'ont lâché voilà longtemps. Insensé. Je suis chez moi et j'ai l'impression que je vais *commettre*… Oui, c'est le mot qui m'est venu : un sacrilège.

Merde, quoi. La vie continue, et *ça* c'est ma vie ! Je donne le signal en descendant vers la terrasse. Nous traversons le bout de terrain que j'entretiens plus ou moins. Les figuiers de Barbarie, cette année, vont donner à plein. Je me penche pour prendre la clé. C'est comme si je sentais le sourire d'Adélie dans mon dos.

– Quoi ?

– À peine cliché, la clé genre Fort Boyard, sous la pierre plate… Tu crois que c'est bien prudent ?

– Tu sais, si des gens veulent absolument entrer, sur un site aussi isolé, rien ne les empêchera. Il suffit de soulever quatre tuiles… De toute façon, il n'y a rien d'important.

Rien, sauf des souvenirs. Et personne ne me les volera, mes souvenirs. Hélas. J'ouvre. Je m'efface. Elle franchit le seuil. Cinq pas. Au sixième, la catastrophe se produit.

Dans ma maison, la porte d'entrée donne directement sur une vaste salle un peu biscornue, sans aucun angle vraiment droit, issue de la réunion de plusieurs petites pièces après abattage de cloisons et consolidation des poutres.

Sur les larges dalles, que j'ai eu tant de difficulté à aplanir, les pieds d'Adélie se sont posés six fois. Pas une de plus.

Et elle reste figée. Pas dans l'admiration.

– Ce froid…

Je souris jaune.

– C'est toujours comme ça. L'avantage des murs épais, en été. Et encore, tu n'as pas essayé la douche. Je t'avais avertie, c'est rustique. Je te fais visiter ?

– Je ne vais pas bien, Stéphane. Pas bien.

Je me précipite, je l'entoure de mes bras. Elle n'exagère pas. Son visage n'a plus de couleur. Elle grelotte, claque des dents.

– Je… je veux sortir.

Elle m'écarte et disparaît.

Je *savais* qu'il ne fallait pas l'amener. Pas elle. Je le *savais* !

Mais elle l'a dit, cette nuit : je ne pouvais pas le lui refuser.

Elle venait pour ressentir les énergies du lieu. Je ne peux pas dire que je n'étais pas prévenu. Je suis givré, ou quoi ? Faire venir ici la seule fille jamais rencontrée qui bouge selon la Voie du Vent.

Oui, cette maison est « chargée ». Elle l'a perçu. Elle ne *peut pas* connaître la nature de cette charge. Seuls les maîtres en sont capables, parfois…

Elle est debout sous le soleil. Il semble qu'elle se réchauffe à peine. Sûr qu'elle va me questionner, au moins attendre un éclaircissement. Je le lui dois. Et je n'ai aucune envie de m'exprimer là-dessus.

– Il faut que je m'éloigne un moment, Stéphane. Je… je vais aller faire des courses. Au village.

Sans me regarder en face. Elle file vers la voiture en se tenant les épaules.

Mon habituelle lâcheté : dans les premières secondes, je suis soulagé. Dans la minute suivante, je me dis que je ne couperai pas à une explication à son retour. Et puis, en entendant le moteur s'éloigner, je réalise : Adélie ne reviendra pas. Tout est foutu. Il n'y aura désormais plus de place que pour le pire.

Pour ce qui continue à refroidir les murs de ma maison.

Lorsque Adélie revient, je suis assis sur le banc de pierre, face à la vallée. Je brasse les perspectives les plus ténébreuses, je jongle avec le malheur.

La petite belle pose dans l'herbe sèche deux paniers pleins de fruits et de spécialités périgourdines que nous n'aurons jamais le temps de consommer. Elle s'approche de moi, prend mon visage entre ses mains et me fixe longuement. Les yeux verts noyés.

– Je suis désolée… J'ai dû vous faire de la peine.

– Tiens, on se vouvoie à nouveau ?

– Non. *Vous*, c'est toi et ta maison. Je vous dois des excuses. J'ai ressenti quelque chose de très dur, de très froid, de très mortel… Je ne pouvais pas me douter de ce qui t'est arrivé… Je te demande vraiment pardon. Je suis très émue, et très honorée, que tu m'aies permis d'entrer ici, avec tout ce que cela devait représenter pour toi.

À Amberzac, Adélie a parlé avec une commerçante, que l'on surnomme « la Grièche ». La pie curieuse s'est arrangée pour savoir ce que cette Parisienne faisait dans le pays. Une femme au Cluzeau, c'était un scoop. La vieille s'en est aussitôt réjouie pour « ce pauvre M. Roy, qu'est si gentil, bien qu'il soye pas très bavard, remarquez, on le comprend, après ce qui lui est arrivé ». Et comme Adélie n'avait pas l'air au courant, la Grièche s'est fait un plaisir de l'affranchir, sur le mode navré. Elle lui a tout raconté.

– Tu veux bien me dire le prénom de ta femme ?

– Léa. Elle avait les yeux noirs. Notre fille s'appelait Virginie.

– C'est arrivé il y a sept ans, c'est ça ?

– Sept ans, quatre mois et vingt-sept jours. Trois virages avant le Creux d'Enfer.

– Ce que tu as dû souffrir en basculant la voiture de Julien…

Souffrir ? Pourquoi ? Depuis ce soir de février, je ne sais plus ce que ça signifie.

– Il y avait du verglas. Mais je n'ai pas d'excuse, c'est vraiment ma faute.

Je rentrais d'une mission en Afrique, j'étais lessivé. Une semaine de sommeil en retard. Je n'aurais jamais dû prendre le volant sans me reposer. Mais la petite attendait mon retour. Je la revois près de la porte, ses bagages prêts : elle voulait partir à la neige sans perdre une journée. Ses copines y étaient déjà. Léa ne voulait pas voyager de nuit. Je croyais connaître la route. Mais il y avait du verglas. Je n'ai pas d'excuse. La place du mort, c'était pour moi…

– Chhh… Stéphane… Stéphane ! Arrête. Ça va aller !

– J'avais acheté cette ruine pour la retaper et y vivre *en famille*, tu comprends ? C'est tellement vide. Tellement vide.

– Je la trouve très belle, ta ruine ! Maintenant, je peux y retourner. Je n'aurai plus peur, puisque je sais la raison de ce froid. Tu me le permets ?

– Demande à la maison.

La maison a permis. Moi, je les laisse se débrouiller entre elles. Pas fier, mais soulagé. Dorénavant, j'achèterai toute mon épicerie chez la Grièche. C'est nettement plus cher qu'au supermarché, mais, avec ses commérages, elle m'a ôté une belle épine du pied. Jamais je n'aurais osé, de moi-même, évoquer Léa et la petite, pour expliquer la perception sinistre d'Adélie.

Il y a quand même des limites à l'abjection.

Je passe dans la grange donner un coup de chamois aux chromes de mon *Fat Boy*. « Dieu ne s'est pas reposé, le septième jour : il a créé la Harley Davidson. » Ma foi, s'Il existe, le Barbu n'a pas perdu son dimanche : le V-Twin ronfle à la première sollicitation. Mon « canot de sauvetage » prêt à toute éventualité.

Je retourne jeter un œil dans la maison. Courageuse Mangouste. Elle s'y aventure, en disant bonjour aux murs. Elle veut me faire plaisir. Je vois bien que son malaise n'est pas totalement dissipé, je ne vais pas prolonger la torture.

Je lui épargnerai la visite du sous-sol. Une prochaine fois ?

– Si on allait croquer une salade ? Je t'emmène dans une auberge avec une autre vue sur la vallée !

Avant de refermer, je fourre dans un sac quelques vêtements et le seul objet digne d'Adélie. Il n'y a pas de hasard. C'est aussi le seul auquel je tienne encore un peu. Je crois qu'elle aimera l'avoir : ils semblent faits l'un pour l'autre

À la réception de l'hôtel, un papier bleu pour Adélie. En notre absence, la gendarmerie a laissé une convocation pour demain première heure.

Mercredi, 7 juillet

Par rapport à l'entrevue précédente, où le capitaine Daguet était plein de prévenances et de compréhension, Adélie croit avoir ressenti cette fois une certaine tension. Compte tenu de l'expérience faite au Cluzeau, lorsque ma charmante compagne parle de ses sensations à fleur de peau, j'ai plutôt tendance à m'y fier.

– Il me mettait mal à l'aise. Comme s'il avait une idée derrière la tête.

– C'est parce que tu étais *déjà* mal à l'aise…

– Non, je t'assure… Moi, à la limite, j'aurais compris la froideur expéditive du fonctionnaire devant une affaire qui lui prend plus de temps que prévu… Pas du tout, au contraire, il pinaillait sur mes réponses, il me faisait préciser une phrase, il me reposait la même question qu'au début… Comment dire ? Tu as déjà tenté de passer une douane sans déclarer tout ce qu'il y avait dans tes bagages ?

– Si je te disais non, tu me croirais ?

– Moi, ça m'est arrivé. En revenant de Taïwan. Un guide nous avait emmenés chez des spécialistes de la contrefaçon et, aussitôt après le décollage, il nous avait dénoncés. Le douanier *savait* que je fraudais, il guettait le regard qui allait lui indiquer dans quelle valise j'avais planqué les Rolex… Avec mon gendarme, ce matin, j'ai eu la même impression. Pas quelqu'un qui t'interroge pour obtenir une information : il la possède déjà, et il attend que tu te coupes…

– Là, ça sent le roussi… Il t'a demandé, selon la formule consacrée : « À votre connaissance, M. Abestéguy avait-il des ennemis ? »

– Non. Rien qui laisse clairement transparaître un quelconque soupçon. Si l'on s'en tient à ce qui était énoncé, nous sommes restés dans le cadre d'un accident de la route.

– Et cet « enquêteur spécial » venu de Paris ? C'est lui qui me fait souci. Tu l'as rencontré ?

– Non. Je ne pourrais pas le jurer, mais je suis persuadée qu'il était dans les environs et que c'est lui qui téléguidait le capitaine.

– S'il est de la DNAT, c'est très possible : il ne se montre pas, pour ne pas dévoiler qu'ils ont fait le joint entre le cirque et Julien. Je ne sais pas comment, d'ailleurs…

Peut-être écoutait-il l'interrogatoire depuis une pièce voisine.

– Daguet m'a remerciée et m'a dit : « Les choses suivent leur cours, on en saura plus vers la fin de journée. »

Effectivement, nous en savons plus dès le milieu d'après-midi. Et, curieusement, les nouvelles arrivent… par l'entrepreneur de pompes funèbres ! Il annonce qu'une « autopsie de principe » a bien eu lieu. Qu'est-ce, au juste, qu'une autopsie « de principe » ? Une formalité courante, semble-t-il, en cas d'accident.

Conclusions du légiste : Julien est effectivement mort d'une attaque cardiaque, déclenchée par une violente crise d'asthme. Pas un mot sur sa blessure à la jambe, antérieure de plusieurs heures à l'accident, ni aucune autre incongruité résiduelle. Le corps de ce pauvre gars devait porter suffisamment de lésions pour que l'on ne s'attarde pas spécialement sur celle-là.

Le croque-mort assure être en possession du permis d'inhumer. Il est inutile que Mlle Cartwright s'impose une nouvelle visite à la morgue : comme promis, le professionnel s'occupe de tout et reprendra contact depuis Paris.

Adélie ouvre son sac de voyage sur le lit et plie ses vêtements.

– Tout baigne, dirait-on… Nous nous sommes inquiétés pour rien.

– Tu devrais t'en réjouir. J'entends comme un vieux chat dans ta gorge…

– Un peu normal, non ? *(Elle prend l'intonation des vieux westerns.)* Nos routes se séparent, à ce qu'on dirait, cow-boy ! On peut se revoir, si tu montes à la capitale de cet État ?

– Ouaip, sûr que ce serait une sacrément bonne idée, shérif ! *(J'expédie un jet de tabac à chiquer entre mes bottes.)* Y se trouve que j'ai justement une pouliche à convoyer au ranch du 1 bis, pas plus tard que c'soir !

– Tu veux dire que…

– Tout juste, Bill !

Pour pouvoir partir sans attendre, nous gardons la voiture. Nous la rendrons à la succursale parisienne du loueur. Adélie s'installe au volant avec un naturel parfait.

Merci. Il y a toujours du brouillard, sur mes routes.

Séquence 18

Dans la nuit du mercredi 7 au jeudi 8 juillet

Ma petite conductrice avait la clé hésitante devant sa porte. La fatigue de la route ou le trac de ce qui pouvait nous attendre à l'intérieur ?

Elle a allumé en grand et fait le tour de son appartement. Sans commentaire. Tout était à sa place.

Nous avons grappillé dans les provisions rapportées d'Amberzac et pique-niqué dans la chambre. Requinqués par la collation, nous avons trouvé plus passionnant à faire que dormir.

Quand elle se relève, le drap en guise de toge, pour aller « nous quérir un verre de vin à l'office », j'attends son exclamation. Ça ne manque pas :

– Qu'est-ce que c'est que *ça* ?

Depuis le lit, mains derrière la nuque, je réponds sur le même ton innocent :

– De quoi tu parles ?

J'avais déposé ma surprise en catimini sur la console japonaise de l'entrée, et c'était vraiment l'endroit idéal.

La belle étonnée revient, on croirait qu'elle porte le saint sacrement à plat sur ses deux mains tendues.

– C'est sublime.

– Ouais, assez.

– Et c'est vraiment pour moi ?

– C'est *à* toi.

– On t'a déjà dit que tu étais ouf ?

– Jamais aussi gentiment.

– Toi qui prétendais ne rien posséder de précieux...

– Je n'ai pas dit « précieux ». J'ai dit « rien d'important ». Je ne suis pas attaché aux objets.

– Je me demande si je ne rêve pas. Je ne les connaissais que par les reproductions dans les livres. Jamais je n'aurais espéré en voir une pour de bon, encore moins la toucher.

Pas surprenant. Il n'en resterait, selon les experts, qu'une vingtaine tout au plus. Aucun musée n'en compte à son catalogue, pas même Tokyo ou Guimet à Paris. Depuis le XVIe siècle elles sont celées dans des collections privées. Toutes répertoriées. Sauf celle-là.

Je l'ai marchandée dans un *emporium* crasseux, sur la frontière de Birmanie. Je venais de me tirer d'un pataquès où j'avais bien failli laisser ma peau, je méritais une récompense. À l'époque, je jugeais encore que ma peau valait quelque chose. Qui dira jamais comment l'un des chefs-d'œuvre du maître Mifuné Ishimori avait échoué dans ce bric-à-brac ?

– Tu connais son histoire ?

Adélie a pris goût à ma manière de conter, je ne me fais pas prier.

Autour du maître et de ses productions pullulent des légendes invérifiables, toutes assaisonnées des clichés sur le peuple du Soleil levant : cruauté et sens de l'honneur inflexible. Que les Nippons ne s'en offusquent pas, ce sont eux qui les ont répandues.

Mifuné Ishimori, maître forgeron, était vénéré pour son art, qu'il avait amené à un niveau sublime. Il possédait la science cachée du métal et du feu. Nul n'avait accès à son atelier, et chacune des armes qui en sortait constituait un trésor.

Son seigneur et suzerain savait quel prestige représentait le fait d'avoir un génie de cette trempe sous sa protection. Il exerçait sur lui une surveillance jalouse, ne lui permettait que de rares apparitions en public, ce qui ne faisait qu'accroître l'aura du demi-dieu. Dans son âge mûr, relate-t-on, Ishimori était encore vierge. Ne voulant probablement pas finir ses jours sans avoir connu les délices d'une présence féminine, il échappa une nuit à la vigilance des valets et se rendit dans une honorable maison de thé, afin d'approcher le mystère profond.

Il fut reçu par une geisha de haut rang et il eut avec elle un échange (intellectuel, bien sûr) d'une telle envolée que la dame perçut aussitôt que, devant elle, se tenait un être d'exception. Entre artistes, le courant passa si bien qu'ils surent que leurs destins devaient se rejoindre. Forcément.

Oui, mais forcément, les règles sociales complexes de l'Empire glissaient de sacrés bâtons dans les roues de leur passion. Ils firent donc serment de ne pas se revoir avant que leur union ne devienne possible à la face du monde. Cela pour éviter les tentations de la volupté, puisque, c'est bien connu, les geishas s'interdisent de pratiquer la cabriole à titre de plaisir perso.

Ishimori fit jouer le ban et l'arrière-ban de ses relations au sommet, mit dans la balance sa réputation et son statut semidivin. Le jour où il obtint de son seigneur l'autorisation de convoler, il courut annoncer à sa promise au visage de porcelaine qu'elle pouvait faire sa petite valise. Las, la dame était morte ! Tombée au champ d'honneur de sa noble profession : l'un de ses visiteurs l'avait assaillie sexuellement, alors qu'elle préparait pour lui un ikebana[1] de toute beauté. Afin de ne pas troubler la sérénité de l'honorable maison de thé aux parois de papier, l'héroïque hétaïre avait retenu ses cris et subi le déshonneur. Après quoi elle s'était empoisonnée. Ou bien ouvert les veines dans un bain brûlant où flottaient des fleurs de cerisier, selon certains auteurs.

Maître Ishimori retrouva le violeur et lui trancha ce par quoi il avait péché. Plus exactement : lui *fit trancher*, car il confia le boulot à des garçons bouchers, pour ne pas se salir les mains. Pendant ce temps, il tournait le dos à la scène, non par excès de sensiblerie, mais parce que c'était la manière d'exprimer au coupable le mépris le plus insultant.

J'ai l'air de plaisanter et de prendre tout cela au second degré, n'empêche, on me trouvera peut-être très midinette, mais les belles histoires où la fidélité à l'amour ose tout et permet tout, ça me branche, je n'ai pas de honte à le dire. Par

1. Composition florale, considérée comme un art majeur dans la tradition.

ailleurs, si l'épisode du maître et de la geisha est peut-être très enjolivé, la suite est attestée par les meilleurs historiens de l'art (*cf.* les travaux de Stanley Johnston, Linda Watanabé ou Aloysius Freitag).

Il est avéré que le célèbre forgeron passa le reste de sa vie dans la chasteté la plus absolue. Fût-ce en mémoire de sa belle ou par vocation ? Il consacra son énergie et toute son expérience à peaufiner les fameuses et rares *dagues de geisha*, aux vertus toutes spéciales. L'arme est portée dans la manche du kimono. Lorsqu'une femme est agressée, repousser l'assaillant est souvent illusoire ou dangereux. Au contraire, elle peut *utiliser* la force de l'attaquant : elle se laisse aller vers lui, tout en tirant le stylet. La lame du maître Ishimori est si fine, et le profil si particulier, qu'elle s'enfonce d'un trait, sans que l'agresseur réagisse. Lorsqu'il s'en rend compte, il ne peut plus ni bouger, ni émettre le moindre son.

C'est là le summum de l'art : la dame vise un point poétiquement dénommé « la Porte des Dix Mille Innommables Douleurs ».

Je n'ai jamais réussi à savoir précisément où elle se trouve, car la légende (encore !) veut que, à chaque génération, seuls cinq initiés puissent enseigner ce secret, et uniquement à des femmes.

Cette Porte, pour autant qu'elle existe, doit se situer quelque part entre la base du cou et le haut du sternum, j'imagine, vu ce qui s'y passe ensuite... Instantanément, tout le corps se paralyse, à l'exception des deux seuls muscles réflexes : le cœur et le diaphragme. Suprême raffinement, les fonctions vitales sont ainsi maintenues, le type est *déjà* mort, mais conscient. Il pourra profiter de chaque seconde d'une souffrance abominable. Car, grâce au dessin parfait de la lame, la blessure ne laisse pas sourdre la moindre goutte de sang. Par contre, celui-ci s'écoule totalement dans les organes internes. Il s'y infiltre jusqu'à faire exploser chaque fibre, l'une après l'autre. Et, selon les spécialistes, le processus dure vraiment, *vraiment* longtemps.

Les « dix mille douleurs ». « Innommables », car subies en silence, et proprement, afin de ne pas troubler la sérénité et la bonne tenue de l'honorable maison de thé.

Rien que d'y songer, je frissonne. J'ai vu mourir, hélas, bien des gens, dans des conditions pas très confortables. Mais une agonie pareille, parfaitement ressentie, dans l'impuissance la plus absolue, est, pour moi, la plus effarante qui se puisse imaginer.

Le stylet que contemple Adélie constitue l'un des exemples les plus aboutis de cet art mortel. Au premier regard, on pourrait le prendre pour un *solen*, ce coquillage surnommé justement « couteau », qui abondait voici quelques années sur nos plages. C'est une palette d'ivoire, gravée de fines silhouettes de femmes longilignes, évoquées d'un simple trait noir, pur, sans hésitation. L'une, dans le drapé de son vêtement, cache la séparation entre la poignée et le fourreau. La lame, à peine plus longue que le travers de la main, est d'une finesse remarquable. Elle porte la signature du maître. Sa section adopte l'ovale de l'amande. L'acier gris mat de ses faces est parcouru de lignes anthracite, des vagues. En fait, ces deux tons indiquent des centaines de couches de métal forgé, battu, replié, rebattu. Le martelage les a réduites chacune à une épaisseur de quelques microns et soudées en un tout indissociable. La souplesse qui en résulte et le polissage incomparable rendent perplexes les armuriers d'aujourd'hui : si la légende de maître Ishimori perdure, son savoir-faire s'est éteint avec lui.

– C'est une merveille, Stéphane. Il ne me vient pas d'autre mot. Tu me permettras de la montrer à mon *sensé* ?

– Elle est à toi. Tu en fais ce qui te semble juste.

– Juste ?

Elle retrouve soudain cet air perdu que je lui ai vu il y a peu.

– Alors, je voudrais remonter dans le temps pour me retrouver cette fameuse nuit, sous la couverture puante, avec Jean-Jean de Nancy, Malik de Toulon et Bernard, le black de Paris. Avec cette dague dans ma manche.

– Tu crois que tu t'en servirais ?

– Sans hésitation.

J'aime cette fille.

Jeudi, 8 juillet

Matinée dans la brume, vertige de l'amour *(air connu).*

Sur le coup de 12 h 17, entrée en scène remarquable de Geneviève Cartwright, dite « Godélia », dite « Godzilia », l'Artiste avec un grand A.

Précédée d'un grand tas aussi, de valises monogrammées trimbalées par le chauffeur de son taxi, et suivie d'un malle-cabine de chez le même Vuitton. Une malle montée sur pattes, qui cahote dans l'escalier.

Très belle encore, la maman, reconnaissons-le. Du moins dans une certaine esthétique années soixante. Mélina Mercouri qui serait passée par *Absolutely Fabulous.* Un cheveu noir, un cheveu blanc, les yeux sombres cernés de bistre. Des airs de pasionaria passant, sur un déclic, de la surexcitation à l'abattement le plus profond. Mais, qu'elle soit en haut ou au bas de l'échelle de Richter, chacun de ses mots devient la chose la plus importante au monde. Toutes les dix minutes, celle qui est née Geneviève Abestéguy lance : « Quelle horrrrreur ! » avec un accent plus américain que si elle était new-yorkaise depuis l'achat de Manhattan aux Indiens.

Elle incline la joue pour recevoir le baiser de sa fille et me tend sa dextre, poignet fléchi. Moi, j'empoigne la mimine à maman et la secoue avec chaleur et grand sourire. Faut pas prendre les enfants du bon Dieu…

La malle-cabine a réussi à passer l'entrée aux forceps. Elle choit en lourdeur et je découvre que ses pattes appartiennent à un bonhomme saucissonné dans un costume de voyage indéfroissable. La longue mèche qu'il rabat d'une oreille à l'autre pour masquer sa calvitie glisse sur le crâne gras de sueur. Marty Boyd, le second époux de la diva.

Il passe son temps à courir comme un petit rat affolé pour prévenir les moindres désirs de son dragon aux charmes ravageurs. Il semble que les seules phrases qu'il soit autorisé à prononcer sans être interrompu soient : *« Yes, darling. Of course, darling. Sorry, darling ! »*[1] Pourtant, dès qu'il sourit, on oublie son visage mou pour ne plus voir que la malice de son regard.

1. Oui, ma chérie. Bien sûr, ma chérie. Désolé, ma chérie.

En tant que pièces rapportées, nous nous éloignons pendant que mère et fille s'entretiennent de la tragédie familiale. Nous entamons une intéressante conversation. J'ai tôt fait d'apprendre comment ce petit monsieur flou a pu, de ses mains potelées, amasser des milliards : en distribuant au travers de la planète des hot dogs kasher préemballés.

Lorsqu'il embraye sur l'inévitable « *Well, Steve, tell me : how do you make money ?* »[1], je lui réponds en toute franchise. Il me demande depuis quand je suis malade : il a toutes les peines du monde à comprendre qu'un garçon de mon âge, en parfaite santé, puisse vivre sans travailler, sans avoir hérité. Et encore, un héritier se doit de bosser à faire plus d'argent avec son argent, non ?

Godélia me hèle et tapote le canapé près d'elle. La distance que j'ai prise par discrétion l'agace. Toute présence mâle dans un périmètre raisonnable doit demeurer en orbite tant qu'elle n'en a pas décidé autrement.

Après quelques considérations pour me faire sentir à quel point la mort de Julien est une *horrrrreur* bien plus horrible pour elle que pour qui que ce soit d'autre, la célèbre artiste aborde le sujet principal : elle. Il faut que je conçoive toute l'importance du tournant pris par son œuvre.

– Je suis l'initiatrice du *réalisme préconceptuel,* vous le savez !

En ce moment, elle publie des disques… de tennis.

– C'est dans l'énergie du sport que l'influx créateur a trouvé son dernier refuge, en ce siècle de machines !

Godélia Cartwright fait donc fidèlement reproduire sur des enregistrements digitaux le son original des plus belles parties de l'histoire du tennis.

– Je n'y ajoute aucun commentaire. L'énergie brute ! Tirage en nombre évidemment strictement limité et numéroté.

Et la signature Cartwright, garantie pour les acheteurs que leurs milliers de dollars ont été investis dans du solide.

---

1. Alors, Steph, raconte : comment tu te fais ton blé ?

Fort heureusement, l'heure avance et Adélie parle de repas. Marty aurait bien une petite faim de descente d'avion, mais la seule perspective d'avaler quoi que ce soit en milieu de journée soulève *l'horrrrreur* chez son dragon : Geneviève, qui a épousé quelques milliards issus de hamburgers, ne consent à ingérer de la nourriture *que* végétarienne, *qu*'accompagnée d'une tasse d'eau chaude, et *que* lorsque la nuit est tombée. Ceinture donc pour le mari aussi. Ils vont nous laisser à nos pratiques malsaines et cancérogènes.

Ils ne manifestent pas l'intention de s'installer dans l'appartement d'Adélie. Godélia ne loge *que* dans des hôtels de la chaîne Bristol. Elle ne transporte aucun bagage. Dans chaque ville du monde qu'elle honore de sa présence, elle possède la même garde-robe et les mêmes bijoux, confiés aux soins de l'établissement. Lorsqu'elle débarque dans sa suite, tout est en place dans les penderies, les tiroirs, jusqu'au moindre pinceau à maquillage sur la tablette de la salle de bains.

– Et les valises dans l'entrée ? demandé-je naïvement.

– Oh, *ça* ? Juste quelques tenues de deuil.

Pour ce genre de circonstances, elle n'avait prévu de vêtements dans aucun de ses points de chute.

– Stupide, non ? D'ailleurs, les valises sont presque vides. Je les ai prises pour remporter ce que je vais acheter à Paris.

La grande artiste est navrée de nous priver de sa présence. Nous l'en excusons avec une parfaite sincérité.

Dans l'après-midi, l'entreprise de pompes funèbres nous fait savoir que, vu le délai supplémentaire causé par l'autopsie, plus la journée perdue en transport, on a pris du retard. Suite à la chaleur, le Père-Lachaise est complet jusqu'au week-end. Les funérailles de Julien ne pourront pas avoir lieu avant lundi.

Se trouver pendant trois jours à la disposition de sa mère, c'est inenvisageable pour Adélie. Elle veut être *très* occupée. Et moi, il y a quelque chose que je veux savoir très vite, sans pour autant paraître trop curieux. Je saute à pieds joints sur l'occasion.

– Je te suggérerais bien une activité, utile, qui de plus nous tiendrait un peu loin du centre-ville… Si tu avançais ton rendez-vous avec Robin ?

– Bien vu. Moi non plus, je n’ai pas trop la patience d’attendre lundi !

Elle appelle le fidèle ami.

– Ça fera une semaine demain que Julien n’est plus là. On passe chez toi.

Séquence 19

Vendredi, 9 juillet

– Ça ne paie pas de mine, tu verras, mais c'est exprès. Stratégie marketing : sa marchandise est toujours de très bon niveau et les clients pensent faire des affaires parce qu'ils ne paient pas pour un cadre luxueux. Il tourne à plein !

Enghien-les-Bains, son casino, son champ de courses... À quelques kilomètres de Paris, un air de ville pour curistes. Un air qui, à certains carrefours, sent le soufre : sur le lac, des nappes de lentilles d'eau surchauffées dégagent des bouffées d'œuf avarié. La Twingo se faufile entre des jardins et des villas de meulière en perturbant la sieste de quelques chats.

L'étude siège dans une demeure bourgeoise, derrière un muret surmonté de grilles. Un vieil homme balaie la cour pavée de briques, où stationnent deux camions et une Mercedes, un modèle de 1974, rouge cerise.

Entre les pilastres qui marquent l'entrée, Adélie arrête la voiture et salue le vieux d'un affectueux « Bonjour, Philippe ! »

– Ah, c'est vous ! Vous avez une bagnole, maintenant ? Et un fiancé ? Bonjour, monsieur.

– En location. La voiture, pas le fiancé.

– Vous avez bien raison. Dans Paris, ça coûte et ça sert à rien. La voiture, pas le fiancé...

Ils rient ensemble. Manifestement, Adélie est ici chez elle. Et elle n'a pas dû y amener souvent des petits copains.

– Garez-vous donc à côté du patron, gamine. Il va avoir du plaisir à vous voir. Pour le moment, il est en plein boum. Il a déjà commencé.

Dans le prolongement de la maison, une aile moderne de plain-pied a été accolée, laide, sans style, rectangulaire et crépie du même jaune orangé que la nouvelle salle des fêtes d'Amberzac. Passée la double porte battante, nous voici enveloppés d'air frais, presque froid. La clim a été prévue, bienvenue par les temps qui courent. Tout ici, d'ailleurs, est agencé sur le mode fonctionnel, à défaut d'être gracieux. Des chaises par rangées de quatre, séparées par des travées larges, où peuvent circuler, sur le plancher lisse, des chariots et des chevalets sur roulettes pour une présentation aisée des objets. Des rampes de spots au plafond dirigés vers l'estrade et le pupitre, d'où le commissaire priseur a une vue immédiate sur toute l'assistance, une sono bien répartie, audible partout.

La voix bien timbrée que j'ai entendue au téléphone y résonne sur le mode jovial et un débit rapide : maître Étienne Desbois officie.

Robin, enfin. De loin, il en jette ! Le beau gosse dans la cinquantaine. Grand, bien découplé, en veste blanche et nœud papillon. À pois, le nœud, je parie ? Bingo. Et la pochette en soie coordonnée. La totale. Le cheveu, criant de bonne santé et de brushing coûteux, ondulant à chaque mouvement de tête. Cette allure de garçon de café chère aux médecins conférenciers et aux huissiers des jeux télévisés. Pour l'heure, il met en vente :

– Le numéro 24 bis. Ne cherchez pas sur votre liste, il n'y figure pas. Il s'agit d'une entrée de dernière minute. Le temps de faire arriver le chariot… Et vous découvrez avec moi… Pour collectionneurs avertis, ce lot *exccceptionnel* de boîtes de conserve métalliques, présentant quelques marques d'oxydation. Les étiquettes d'origine en état moyen. Quelques exemplaires particulièrement rares ayant contenu un célèbre potage, années 1930 à 1932 ! À signaler : deux containers de corned-beef *made in USA*, de 1943 et 1944. Jamais ouverts ! Une expérience culinaire à tenter, peut-être ? (*Rires dans le public.*) Je décline toute responsabilité, et aussi toute invitation à dîner ! (*Rires.*) Pour cet ensemble, provenant des recherches éclairées d'un amateur anonyme, la mise à prix sera de 650 euros !

Devant une telle galéjade, j'attends la troisième salve de rires, elle ne vient pas. Au contraire, bien que je ne voie personne bouger, les enchères démarrent avec le plus grand sérieux.

– J'ai 700 au milieu… 800 devant… Merci, Roger… 850, monsieur Renodot, on se réveille… 900 ? Qui va à 900 ?

Je me penche vers Adélie.

– J'ai cru qu'il plaisantait… Il y a vraiment des gens qui vont payer 900 euros ?

– Bien plus, fais confiance à Étienne ! Tu as remarqué, il en appelle certains par leur prénom. Ce sont des habitués, des marchands.

– À quoi tu les reconnais ?

– L'imperméable sur le dossier de la chaise. Ils n'en ont pas besoin pour se couvrir, ils l'ont posé pour réserver leur place, en arrivant avant les particuliers.

– Ils ne sont pas tous devant et au milieu ?

– Non, ça change, c'est toute une tactique, ils se positionnent les uns par rapport aux autres pour s'observer, tout en masquant les non-professionnels qui doivent lever le bras pour se faire voir du commissaire et donc réagissent moins vite. Une seconde perdue, et c'est une affaire qui s'envole !

Robin asticote les enchérisseurs : il en rajoute des tonnes sur la rareté actuelle de ces boîtes, que les gens ont jetées au fur et à mesure. Les amateurs se sont découragés, deux marchands luttent au coude à coude. On sent qu'ils approchent des limites qu'ils se sont fixées. Peut-être même les ont-ils atteintes, mais chacun veut enlever le lot à son concurrent, sans compromettre la future marge bénéficiaire. Ils montent prudemment, à coups de 20 euros maintenant.

– Nous en sommes à 1 480… 1 500, 1 500 ? J'attends l'arrondi… Ah, j'ai 1 500, grâce à une nouvelle entrée en lice ! 1 500 par la demoiselle là-bas au fond !

Toute la salle se retourne, et nous aussi. Mais il apparaît qu'il n'y a personne derrière nous, et que la seule *demoiselle là-bas au fond…*, c'est Adélie !

Nous avons à peine le temps d'échanger un regard, que Robin enchaîne très vite :

– Encouragés par ce regain d'intérêt, nous reprenons donc par cinquante. Je demande 1 550 euros !

Regards furibonds et grommellements de protestation chez les marchands outragés.

– Tu lui as fait un signe ?

– Aucun. Mais tu as remarqué, il a changé le programme de la vente à notre arrivée. C'est un numéro bis. Il a dit que ça venait de chez un amateur anonyme…

Le sourcil levé de l'acheteuse mystère me montre que nous avons la même idée : ces boîtes seraient ce qu'il avait à transmettre ? Robin Desbois est en train d'opérer en fanfare la passation voulue par Julien, au nez et à la barbe de tout observateur éventuel !

– Je l'ai averti hier de ma visite anticipée. Depuis, il s'est peut-être produit un imprévu. On nous surveille peut-être. Étienne improvise.

Quel virtuose ! Voyons la suite. Adélie se garde bien du moindre geste et, pour l'instant, il semble que nous nous soyons fait des idées. Les marchands reprennent les enchères et c'est vraisemblablement l'un d'entre eux qui va emporter le lot.

– 1 550 au centre… 1 600 à gauche ? Un effort ! 1 600, suivi d'un tacle immédiat à 1650 par M. Renodot, très en forme… En resterons-nous à 1 650 ?

Robin lève son marteau d'ivoire, mais le pointe aussitôt par-dessus les têtes. Et c'est bien dans notre direction !

– Non, voici 1 800 ! J'ai 1 800 direct par la demoiselle du fond… Roger, monsieur Renodot, vous vous laissez battre sur la ligne d'arrivée ? 1 800 une fois, deux fois… Adjugé à 1800 euros, bravo mademoiselle !

Maître Desbois, grand embobelineur au meilleur de son art, a réussi à éliminer les autres prétendants pour attribuer ces boîtes vides à Adélie. Que peuvent-elles bien représenter ?

– Attends, Steph, c'était peut-être un leurre !

Si c'est le cas, aurons-nous une autre surprise ? Nous rongeons notre frein. Nous sommes arrivés au numéro 24 et le catalogue porte cent cinquante-deux références ! À chaque nouveau lot, nous espérons, mais il ne se passe plus rien de notable jusqu'à la fin de la vacation.

Après le dernier coup de marteau, Robin, en bon cabotin, se fait applaudir et sort par une porte au fond de l'estrade. Nous attendons que la salle se vide, puis, discrètement, nous nous faufilons par la sortie de l'artiste.

Elle donne sur un hangar presque comble d'un empilement parfaitement ordonné d'objets hétéroclites. Des manutentionnaires en sarrau et pantalon de toile bleue, bandana rouge au cou, s'entrecroisent, portant les divers lots marqués à la craie. Ils vont les remettre, derrière le bâtiment, aux acheteurs qui font la queue en voiture.

Robin donne quelques consignes en s'épongeant le visage dans un drap de bain. Il y laisse des traces bistre. Ma parole, il était maquillé ! Il arrive bras ouverts. Accolade et baiser ému à Mangouste, regards curieux pour moi.

– C'est Stéphane. Étienne, Stéphane ; Stéphane, Étienne.

Poignée de main sportive. Adélie va droit au sujet :

– On peut parler ici ?

– Ça ne dépend que de toi.

Le sous-entendu est transparent. On peut parler si elle estime pouvoir le faire en ma présence. Elle passe son bras sous le mien et enchaîne :

– Tu dois me remettre quelque chose de la part de Julien ?

– Exact. Tu en es déjà propriétaire.

– Ton adjudication sauvage de tout à l'heure ?

Maître Desbois esquisse un petit rire.

– C'est bien ça. Ton oncle est passé en coup de vent me déposer le carton.

– Quand ?

– Mercredi soir, très tard.

Adélie presse mon coude : *Julien est venu à Enghien entre le moment où il a pris la Volvo à la gare du Nord et celui de son départ vers le cirque, pour cacher ces boîtes !*

La voix de Robin se noue :

– Il m'a demandé de te faire passer ça au cas où tu te pointerais ici dans les trois jours…

– Ça ne t'a pas paru singulier ?

– Sur le moment, non. Le vieux Julius était coutumier des visites impromptues. Mais après ce qui est arrivé, je n'arrête pas d'y repenser… Tu sais qu'on se donnait l'accolade, quand on se quittait ? Maintenant, j'en arrive même à me dire qu'il m'a serré plus fort que d'habitude. Tu crois, toi aussi, qu'il a pu avoir un pressentiment ?

– C'est possible. Tu as remarqué autre chose ?

– Forcément ! C'est tout lui, ça : prendre le temps de te préparer une blague à deux heures du matin...

– Une blague ?

– Il m'a laissé le carton ouvert. J'ai tout de suite reconnu les boîtes !

– Tu les as *reconnues* ?

– Évidemment ! C'est moi qui les lui avais refilées il y a quelques semaines !

Là, je ne saisis plus rien du tout.

– Excusez-moi, maître...

– Brassens a chanté : « Les plaît-il, maître, n'auront plus cours... » Je me prénomme Étienne.

– Excusez-moi, Étienne, mais c'est *vous* qui aviez vendu ces boîtes à Julien ? Ces *boîtes-là* précisément ?

– Si je vous le dis... Je les ai eues sous les yeux suffisamment longtemps pour les connaître par cœur ! En fait, je les avais réservées spécialement comme gage dans une partie du *jeu du vistemboire* contre Julien !

– Quèsaco ?

– Tu viens juste d'y participer, en toute innocence, Adélie ! *Vistemboire*, c'est un mot forgé par Jules Romains, si je ne m'abuse, pour désigner un objet informe et inutilisable... J'ai ainsi baptisé un match rituel, un genre de bizutage, auquel je soumettais ton oncle. Chaque fois qu'il mettait les pieds sur mon lieu de travail, j'essayais de lui refourguer le pire nanard de la vente du jour. Et Julien devait, bien sûr, tenter de faire enchérir quelqu'un d'autre en dernier, pour ne pas devoir remporter le vistemboire. Le jour des boîtes, il a perdu et il a dû les embarquer. Quand tu m'as averti de ta visite, j'ai pensé que ce serait plus drôle de te les faire passer de cette manière plutôt que de trimbaler cette quincaillerie au cimetière, comme prévu initialement. C'est une sorte d'hommage fraternel à Julos et à son esprit farceur.

Court silence, que Robin met sur le compte de l'émotion. Question : si ce *vistemboire* est bien celui-là même que le commissaire-priseur lui avait vendu, pourquoi le tonton l'aurait-il rapporté ici pour Adélie ?

Réponse : parce que ce n'est plus le même ! Il y a planqué ce qu'il voulait vraiment qu'elle détienne, *elle et elle seule*, comme il l'a scandé dans son ultime message.

Je sens le tremblement de ma petite compagne. Elle décide de se remettre sur la longueur d'onde anodine de Robin :

– Julien et toi, vous faisiez vraiment la paire ! Faux jeton, va ! Par ton ministère, me voilà donc héritière d'un tas de boîtes de conserve rouillées ?

– Fais-leur une place dans ton salon, ce sera du dernier chic ! C'est une affaire, non ?

– Pour 2 000 raides, avec les frais ?

– Quiète-toi donc pas, ma fille ! Je les remettrai dans une vente spécialisée, je t'en tirerai deux fois mieux !

– Et ça te fait marrer, toi ?

– Ma foi, oui. Ça faisait rire Julien aussi. Je ne vais quand même pas pleurer à cause de ce grand couillon ? Je lui en voudrais de m'avoir rendu triste pour la première fois de notre amitié.

Robin s'embarque dans une évocation des années de collège, des premiers canulars énormes d'étudiants. L'âge mûr venu, malgré les obligations professionnelles et familiales, les deux copains s'arrangeaient pour se retrouver et partir en de retentissantes virées qui les amenaient à déguster plus que de raison les vins de Touraine…

Au bout d'un moment, la voix se casse et il se détourne pour s'essuyer le coin de l'œil dans sa pochette.

– Et merde ! Putain ! C'est trop con ! Excusez-moi, ça me fait du bien de jurer…

– Je te comprends, j'ai fait pareil. En somme, avec ce coup du vistemboire, tu viens d'accomplir la dernière farce confiée par Julien ? C'est bien comme ça. Il aurait apprécié. Je te remercie. Il ne nous reste plus qu'à nous retrouver lundi pour lui dire adieu ?

Un dixième de seconde. L'œil du bon Robin, le franc et loyal Robin, se tourne un dixième de seconde à peine dans ma direction. Mais c'est un dixième de seconde que je n'apprécie pas, mais alors pas du tout.

L'instant d'après, il m'adresse un sourire lumineux et pose sa main sur l'épaule d'Adélie, juste assez pour l'écarter de moi.

– Vous permettez, Stéphane ? Je vous enlève ma petite Mangouste pour quelques minutes. Ne m'en veuillez pas, c'est une… histoire de famille.

Bien sûr que je ne peux pas lui en vouloir. Faux cul, va ! Une affaire de famille, tiens donc ? Alors qu'ils s'éloignent tous deux vers l'étude contiguë, je donnerais cher pour me transformer en petite souris et les suivre dans le bureau…

Cette mise sur la touche est peut-être providentielle. Elle me permettra d'être le premier à explorer le carton du tonton… Le ton léger, je demande l'objet au vieux Philippe qui s'affaire dans la réserve.

– Oh, là ! Le 24 bis, mais c'était le début de la vente ! Il est tout au fond, mon gars ! Les derniers numéros sont retirés en premier. C'est comme pour entrer au paradis. De toute façon, l'acheteuse, c'est la gamine ? Te bile pas. Je lui chargerai ça, direct dans son coffre, en temps voulu ! Mais tu vois, là, tu risques de te prendre un chariot dans les tibias, et j'aimerais pas en être responsable. Ça t'emmerderait pas, sauf ton respect, d'aller glander dans la salle au lieu de traîner dans les pattes des travailleurs ?

J'adore ce genre de franc-parler bien parigot : on n'en fait plus depuis les films d'Audiard ! Cher vieux Philippe ! Délicieux vieillard ! Si je te recroise dans un endroit moins fréquenté, mon pépère, je te fais avaler tes bons mots et ton dentier en prime…

Quoi qu'il en soit, on m'écarte. Puisque je n'ai rien de mieux à faire, j'avise un quidam qui rôde dans la salle déserte, tout triste, surmonté d'un feutre couleur taupe auréolé d'humidité autour du ruban. J'engage la conversation. On apprend toujours, dans une rencontre de hasard…

M. Paul Lagorce me confie qu'il assiste à toutes les enchères, mais n'achète désormais plus rien, depuis une aventure qui l'a dégoûté à tout jamais. Ce malheureux était un collectionneur acharné, et notamment philatéliste avisé.

– Un jour, je me suis trouvé en possession d'une pièce rarissime, un timbre qui n'existait qu'en deux exemplaires dans le monde !

Il a reçu une offre d'achat à un prix qui dépassait toutes les espérances possibles. Il s'est laissé tenter et a reçu son acheteur qui lui a remis la somme en liquide pour pouvoir disposer immédiatement de la précieuse vignette.

– Vous ne me croirez pas, il l'a prise en main, il l'a regardée un court instant et puis, calmement, posément, il l'a déchirée en menues paillettes !

Paul Lagorce a bondi au plafond en le traitant de fou. L'autre a eu un sourire d'une froideur totale.

– Au contraire, cher monsieur, je suis l'homme le plus avisé que vous rencontrerez probablement. J'avais dans ma collection *le deuxième* exemplaire de ce timbre. Qui se retrouve désormais *unique*. Par ce geste tout simple, je viens de multiplier sa valeur au moins par mille !

Depuis, M. Paul Lagorce est un homme triste. Je suis bien heureux de ne pas être attaché aux choses matérielles…

Adélie revient seule et m'entraîne vers la voiture. Le siège arrière a été rabattu et le carton des vistemboires est à bord. Nous démarrons très vite.

– Étienne me prie de te saluer. Il est navré de ne pas avoir pu te serrer la main. Un problème d'intendance urgent…

– Ne te fatigue pas pour couvrir ton copain. Il m'a dans le nez, j'ai bien compris…

– Non, il te trouve très sympa, je t'assure… Seulement, c'est un véritable ami, un homme de parole, et mon oncle a eu raison de compter sur lui.

– …

– Il me l'a dit sans ambages, vu qu'il me connaît depuis mon enfance : mes relations avec toi me regardent, je suis libre de te mettre au courant de toutes mes affaires, si je le désire. Mais lui, il tenait à accomplir sa dernière mission exactement comme il l'a promis à Julien. Moi et lui. « Les yeux dans les yeux, la main dans la main. »

– Devant trois cents personnes, dans une vente publique ?

– Non. Les boîtes de conserve, c'était du bidon. Mercredi soir, Julien a sorti ostensiblement ce carton de la Volvo. Il devait se sentir observé. Ce qu'il voulait me transmettre à moi et à moi seule était beaucoup moins voyant. Ça tenait dans sa poche. Robin l'a mis au coffre et il vient seulement de me le donner !

Adélie me désigne son sac à main, qu'elle a posé à mes pieds en entrant dans la voiture. Je le prends sur mes genoux, je fais glisser le zip et, tout de suite, je vois l'enveloppe.

Une enveloppe de papier kraft. Une enveloppe encore fermée.

Séquence 20

J'aimerais avoir un ami comme Robin ! Probité, dévouement, droiture. Des mots assurément démodés aujourd'hui, mais je les revendique sans complexe : j'ai toujours choisi mes hommes, mes compagnons, sur ces valeurs-là. Avant même leurs qualités de soldat. D'ailleurs, j'ai constaté que ceux qui les partageaient se montraient aussi les meilleurs au combat. Quand on défend les siens, on se bat pour une certaine idée de soi, et cela rend plus fort.

J'ai eu un tel ami. Manuel Lobos. La meilleure chose qu'il m'ait donnée, c'est ce grand coup de poing dans l'estomac. Auquel je dois d'être ici. Lobos est mort, *adios compañero*, mais j'ai peine à tourner la page. Et cela me fait chaud de reconnaître en Étienne Desbois l'un de ceux pour qui mes principes ont encore cours : il avait accepté une mission précise et il l'a accomplie sans faillir. Moyennant, à cause de ma présence, un grandiose numéro de haute voltige !

Lorsque la télé a annoncé la mort accidentelle de l'industriel belge, Robin a entendu un signal d'alarme : tous les détails de la visite de Julien prenaient un éclairage nouveau ! Abestéguy avait débarqué de nuit, rapportant en fanfare le carton de vistemboires. Puis, une fois dans l'intimité, il avait extirpé de sa poche une enveloppe, close, et donné des consignes précises et pressantes.

– Garde-la au coffre et, si tu ne me revois pas dans les trois jours, remets-la à ma nièce, mais à elle seule, les yeux dans les yeux, la main dans la main !

De quoi allumer, sinon la curiosité, du moins l'inquiétude. Pourtant, je suis certain que Robin n'a pas cherché à interroger son copain, qu'il a respecté le jardin secret.

Puis Adélie avance le rendez-vous pour cette transmission très personnelle, et il la voit se pointer avec un parfait inconnu ! Qui est ce mec, et pourquoi colle-t-il aux baskets de la petite ? Le commissaire-priseur n'a aucun élément pour le savoir. Donc, dans l'éventualité où je serais un quelconque rapace, il décide de me donner un os à ronger. La première idée qui lui vient, en pleine salle des ventes, c'est d'utiliser le même leurre que Julien : les boîtes de conserve !

Bien joué. Il ne pouvait pas savoir que la main d'Adélie est dorénavant résolument dans la mienne, et que nos yeux regardent dans la même direction… J'en ai d'ailleurs une preuve supplémentaire à l'instant. L'enveloppe est toujours close. Ma complice remarque que j'ai remarqué. Tout en surveillant la route, elle hausse les épaules avec un demi-sourire.

– Normal, non ? Étienne devait seulement me la remettre. Le contenu *me* concerne. Qu'est-ce que tu attends pour l'ouvrir ?

Si c'est pas de l'amour, ça…

Oui, je brûle d'ouvrir, mais j'examine d'abord. Une enveloppe beige, format A5, dos cartonné, face papier kraft, moelleuse, doublée de plastique-bulle. Du genre de celles qui servent à expédier des CD ou des bouquins. Un peu froissée. Elle a été pliée en son milieu. Pour tenir dans la poche portefeuille de Julien, j'imagine… Aucune indication, ni recto, ni verso. Elle semble enflée dans un angle par un objet de petite taille. Le rabat est fermement collé, la languette intacte. Je la tire et je décachette.

Une clé, attachée à un porte-clés, c'est tout.

Le porte-clés représente le chat Sylvestre, le minet mafflu et maladroit éternellement ridiculisé par Titi le canari. Le jumeau de celui que j'ai trouvé dans les poches du macchabée. La clé est d'un type peu courant : longue d'une dizaine de centimètres, épaisse, elle est passée dans l'anneau du porte-clés par sa tête en forme de rectangle adouci. De là part une tige cylindrique, aplatie à mi-longueur pour former le panneton, large d'environ deux centimètres, coupé droit à son extrémité, comme un burin. Le tout est forgé d'une seule pièce, lisse. Rien ne dépasse, pas de dents. Sur le méplat et sur ses flancs, ont été gravés, sans ordre apparent, une dizaine de creux d'environ quatre millimètres de diamètre. Chacun affecte la silhouette d'une tête de clown à chapeau pointu : un cercle d'où dépasse un triangle. Mais le triangle peut se situer vers le haut, le bas, la gauche ou la droite. La répartition des creux et la direction des triangles doit permettre quelques milliards de combinaisons, choisies sur le mode aléatoire par ordinateur, gravées au micron près par laser. De quoi décourager toute contrefaçon.

Ce qui m'excite bigrement : si Julien Abestéguy a eu recours à un tel instrument, c'est assurément pour protéger la source de sa fortune aussi soudaine que considérable. Nous touchons au but !

Je prends clé et breloque entre le pouce et l'index et je les élève dans le champ de vision d'Adélie en entonnant un jingle triomphal, genre Zarathoustra, *2001, l'Odyssée de l'espace* :

– Tan-tatan !

Réaction inattendue, Adélie jette un regard rapide ponctué par :

– Oui. Intéressant. C'est pour ouvrir quoi ?

Oh, oh… Il y a comme un os !

– Ben… C'est toi qui devrais nous le dire, non ?

– Comment veux-tu ? Première fois que je vois cette clé. Tonton n'a pas indiqué le mode d'emploi ?

J'explore de la main la poche rembourrée, j'écarte les bords de l'enveloppe et je la renverse.

– Rien d'autre que la clé. Donc, tu *dois* savoir quoi en faire ?

– Négatif.

– Mais si, sûrement ! Arrête-toi et regarde-la bien.

La Twingo pile net et s'enfile en marche avant dans l'emplacement que s'apprêtait à occuper une bourgeoise en Jaguar. Avant de filer plus loin, la dame nous traite d'enfoirés et nous tire un bras d'honneur de très belle tenue.

Nous sommes au bord du lac et, par la vitre, le soleil encore vif éclaire en plein la clé qu'Adélie tourne et retourne.

– Le Sylvestre, c'est le fétiche de Julien, son totem : le Chaki, je t'en ai parlé… Mais la clé… Inconnue au bataillon. Et si je l'avais déjà vue, je m'en souviendrais. Elle est tellement particulière...

– C'est une clé de coffre, non ?

– Je viens de voir celle de Robin, elle ne lui ressemble pas du tout. Sa section est en forme d'étoile.

– Ça dépend de la marque, du modèle... Réfléchis bien. Julien possédait un coffre ?

– Probablement, oui. Il avait du fric, il adorait courir les brocantes et, en dehors des vistemboires, il dénichait des objets d'art, des tableaux, des bijoux... Mais, s'il avait l'utilité d'un coffre, c'est à portée de la main, dans son appartement de Bruxelles ou à son bureau.

– Ou dans une banque.

– De toute façon à Bruxelles. Mais je l'ignore. Nous n'étions plus si intimes depuis qu'il s'était installé en Belgique.

– Appelle Martine Claessens.

– Je n'ai pas son numéro en tête. Rentrons chez moi.

Nous roulons à nouveau. Circulation fluide. Nombre de Parisiens sont déjà en vacances.

– Et si c'était la clé d'un casier de consigne ?

– Comme dans les polars ? Et comment serais-tu censée savoir où se trouve cette consigne ?

Nous échafaudons ainsi quelques hypothèses, qui tournent dans le vide. Nous sommes agacés. Une de mes nourrices avait une expression pour décrire notre situation : « se sentir comme une poule qui a trouvé un couteau ».

Moins de trente minutes plus tard, nous sommes place des Vosges.

Spéciméto Bruxelles doit être mobilisé en cellule de crise. À l'étage de la direction, un répondeur demande de bien vouloir laisser notre numéro, on nous rappellera dans les plus brefs délais. Précaution, j'imagine, pour éviter aux cadres d'être harcelés par les journalistes financiers, éviter faux bruits et fuites tant que la succession du patron n'est pas consolidée.

– C'est aussi bien comme ça. J'étais à côté de la plaque en te suggérant de consulter Martine. L'ultime préoccupation de ton oncle alors qu'il était en cavale, blessé, gibier dans une chasse à l'homme, c'était que tu entres en possession de cette clé sans que personne le sache. Il a pris des précautions insensées pour cela. Crois-tu que, dans son plan, il ait prévu que tu doives mettre une étrangère dans la confidence ?

– Juste. Ce serait incohérent. D'autant plus que je n'étais pas censée connaître Martine. Je ne l'ai rencontrée que par hasard et *après* la mort de Julien.

Côte à côte sur le canapé bleu électrique, concentrés, nous ressemblons à deux adeptes du paranormal essayant de lire dans cette fichue clé et son fichu Sylvestre, qui nous narguent sur la table basse.

– Bon sang, si Julos m'a laissé ça sans indication, c'est qu'il était *certain* que j'en saurais l'usage… Donc, je le sais, je le sais, je le SAIS !

Et de conclure, dépitée :

– Eh ben non, je le sais pas…

Je tape un grand coup sur mes cuisses et je me propulse debout.

– Bon. D'accord. Tu ne le sais pas. Alors, on arrête.

– On arrête de chercher ?

– Non. On arrête de se cogner la tête contre le mur. On le contourne. Et on reformule le problème tel qu'il se pose effectivement : dans l'autre sens.

– …

– Vas-y, reformule : « Je-ne-sais-pas… »

– Je ne sais pas à quoi sert cette clé.

– Continue. « Je ne sais pas à quoi sert cette clé, c'est donc… »

– C'est donc… c'est donc que Julos M'A LAISSÉ UNE INDICATION !

Adélie triture déjà le porte-clés, tire sur la tête et les pattes du chat Sylvestre. La babiole caoutchoutée résiste, ne révèle aucune faille, aucune cache secrète.

– L'enveloppe !

– Elle ne contenait rien d'autre.

– On aurait dû la dépiauter. Tu ne l'as pas jetée, j'espère ?

– Non, je l'ai laissée dans le vide-poches de la voiture. Je descends.

– Profites-en pour rapporter le carton de vistemboires : les boîtes sont vides, mais inutile de tenter les clodos, ils cassent des vitres pour moins que ça.

L'enveloppe ne porte aucune trace d'écriture. Je la présente même de biais à contre-jour : dans les films, le tonton américain et milliardaire dessine toujours la carte du trésor à l'encre sympathique. Pas cette fois.

– Il a peut-être écrit sur l'intérieur ?

Adélie glisse un cutter entre le papier kraft et le rembourrage, découpe l'enveloppe sur sa longueur. Une arête, puis l'autre. Elle retient la pochette de plastique-bulle et retourne la face de papier. Aussi nue dedans que dehors.

– Attends ! C'est là !

Entre la pochette et le dos cartonné.

Une carte postale.

Séquence 21

D'aucuns, à ma place, s'énerveraient : comment un type aussi intelligent, un industriel brillant, qui cherche à protéger un magot convoité par l'ETA d'un côté, et de l'autre par une redoutable multinationale… comment a-t-il pu avoir l'idée de nous embringuer dans un jeu de piste genre rallye de Pâques du comité d'entreprise ? Pourquoi ne pas avoir confié ses fonds secrets à un compte en Suisse, protégé par le tout dernier cri en matière de sécurité informatique ?

Moi, cela me rassure plutôt et me conforte dans mon intuition. Abestéguy a fait ce choix parce que la source de sa soudaine fortune n'est pas (ou pas encore) sous forme de capitaux qui puissent se gérer par une banque ou traverser aisément les frontières. Cette conjecture tient d'autant mieux la route qu'Ibermédics, tout comme les Basques, veut mettre *matériellement* la griffe sur ce pactole : ce serait inenvisageable s'il était constitué de données abstraites.

Adélie a parlé d'objets d'art, c'est un bon exemple. Si son oncle en possédait un stock, il n'en aurait, pour l'instant, converti qu'une partie en liquidités, suffisantes à renflouer sa société, mais le reste serait encore sous clé. Dans la cache que va maintenant nous indiquer la carte postale. Et c'est pas trop tôt !

Adélie, occupée à la lire, ne m'en laisse voir que la face. Elle a été imprimée en Inde, cette carte, à n'en pas douter. Sur un bristol de piètre qualité. Elle représente Ganesh, le dieu à tête d'éléphant et à quatre bras, assis, coiffé de sa tiare, comme un gros poupon bien calé sur son petit ventre rond. C'est une statue photographiée en noir et blanc, et le cliché est colorisé à l'aquarelle, dans des nuances acidulées, et enrichi de dorures d'un kitsch parfait.

Mais ce qui m'intéresse, c'est ce qui est écrit au dos. Tout comme cela semble captiver Adélie. Pour la douzième fois, son regard en zigzag, une fois parvenu au bas de la carte, revient au départ.

– Je n'y comprends que pouic !

– Je peux voir ?

La carte ne porte aucun cachet postal. Sur toute la diagonale, deux lignes, manuscrites, à l'encre bleue :

Ouste, la Mangouste !
Souris, donc ! Et va t'acheter tes friandises

Et, en dessous, un logo rudimentaire :

Encore une énigme. Il fallait s'y attendre. Un Julien Abestéguy n'allait pas mettre dans le même emballage la précieuse clé *et* la désignation explicite de ce qu'elle ouvre…

– Tu es étonnée ?

– Oui, mais pas par le procédé… Ce qui me surprend, c'est que la carte *n'est pas de Julien* ! Elle vient de Papillon !

– … ?

– Son fils, mon cousin Raphaël.

– Tu es certaine ? Tu reconnais l'écriture ?

– Oui, mais pas seulement. Raphaël ne signe jamais de son prénom, il trace son emblème d'un seul trait. Là, il signe même deux fois : « Ouste, la Mangouste ! », c'était son cri de guerre, quand il venait me déloger de mon lit ou me piquer une de mes poupées…

Les confidences d'Adélie, au cours de notre dîner dans l'île Saint-Louis, me reviennent.

Elle et son cousin ont été élevés longtemps ensemble. Les deux beaux-frères, l'industriel et le peintre, synchronisaient leurs emplois du temps et jouaient en alternance les pères au foyer.

– Ils ont été formidables. Ils réussissaient à nous emmener partout, en fonction de leurs contraintes professionnelles, sans que nous nous sentions déracinés ou trimbalés… Non seulement ils nous ont donné une éducation complète, mais surtout, malgré la désertion de nos mères, jamais nous n'avons manqué de présence ni de tendresse… Raphaël, pour moi, c'était… c'était…

– Vous étiez amoureux ?

Le rire d'Adélie part en trille.

– Moi, de lui, je ne dis pas… Mais avec Papillon, aucune chance ! De toute façon, nous avons été séparés par nos études. Je n'avais pas trouvé utile de te préciser la suite…

– Je sais que vous pratiquez la discrétion, dans votre famille. Et j'apprécie beaucoup.

– Là, il faut que je t'en parle. Sans nécessairement entrer dans les détails, pour la bonne raison que je ne les connais pas. Voici sept ans, Raphie a brutalement changé de vie. Il a rompu toute relation avec la famille. Moi y compris. J'ignore pourquoi. Depuis, il vadrouille autour du globe. J'aurais aimé avoir des nouvelles. J'ai demandé à Julien de transmettre, mais il m'a prié de respecter la volonté de silence de son fils. Il est le seul à avoir gardé un contact, si on peut appeler cela ainsi… Il reçoit assez régulièrement des cartes postales, dans le style de celle-là : quelques mots, et le petit dessin. Il les fait lire à ma mère et à moi, pour nous rassurer…

– Et où est-il, Raphaël ?

– Aux dernières nouvelles, qui datent de quelques mois déjà, à Kuala Lumpur. Apparemment, depuis, il est passé en Inde. Mais pourquoi m'a-t-il écrit du bout du monde ce message bizarre ? À moins qu'il ne soit revenu chez Julien en Belgique. Sa carte n'a pas été postée…

– Toi qui te demandais comment le retrouver pour lui annoncer le décès… Essaie de le joindre et demande-lui directement des éclaircissements…

Le numéro de l'appartement bruxellois d'Abestéguy sonne dans le vide.

– Pas étonnant. Si Raphie s'était repointé en Europe, il m'aurait appelée après l'accident. Donc, il est encore en Inde. Mais alors comment…

– Oh, là, là ! Ça me semble devenir trop complexe pour ma petite cervelle ! Si tu permets, simplifions, sinon nous allons nous noyer !

– Je le suis déjà. Je t'écoute.

– Nous pouvons tenir pour certain que la clé appartenait bien à ton oncle ?

– Indéniable. Le Sylvestre, le Chaki, c'est lui.

– Par contre, la carte émane de Raphaël ?

– Papillon. Aucun doute.

– Pour autant, Julien a joint cette carte à sa clé. On peut raisonnablement supposer que c'est pour t'en faire découvrir le mode d'emploi ?

– Je ne vois pas d'autre raison.

– Conclusion : faisons ce qu'a voulu ton oncle. Décryptons la signification du message et, du même coup, nous comprendrons pourquoi il l'a fait écrire par Raphaël.

– Motion adoptée à l'unanimité !

– « Ouste, la Mangouste », est-ce que ce serait pour t'indiquer que tu dois bouger ? Un voyage ? J'espère que le coffre-fort n'est pas en Inde !

– Non, je crois que Raphie a juste utilisé ce clin d'œil pour authentifier l'origine : le petit dessin peut être imité, mais personne ne peut connaître son cri de guerre.

– « Souris donc ! » Tu as la réputation, en famille, d'être renfrognée ?

– Pas particulièrement… Je crois avoir une heureuse nature. Bien sûr, j'ai des moments de blues, comme tout un chacun. Mais justement, je me suis fait un principe de les garder pour moi, et de présenter bonne figure à mon entourage.

– Pourquoi ton cousin, et Julien derrière lui, éprouvent-ils le besoin de te recommander de *sourire* pour utiliser cette clé ?

– Me montrer particulièrement aimable avec une personne ? Celle à qui j'achèterais des friandises ?

– Ce terme un peu vieillot… Ça évoque des confiseries… Julien vous emmenait dans une pâtisserie particulière ?

– Non. Nous étions des gosses assez spéciaux. Nos sorties favorites, dans toutes les villes où nous avons habité, c'étaient les musées.

– Il est écrit « *tes* » friandises… Tu es gourmande ?

– Non…

Elle semble troublée. Il y a quelque chose à creuser.

– Non… non ?

– En fait, je ne le suis plus…

– Tu l'as été ?

– On ne peut pas appeler ça de la gourmandise… C'est une période de ma vie dont je n'ai pas trop envie de parler…

– Je ne voudrais pas me montrer lourd, mais si Raphaël y fait allusion…

– Je veux bien essayer… Ce n'est pas facile… Pendant toute une partie de mon adolescence, j'ai été *plus* que gourmande… Dès que je me sentais contrariée, ou confrontée à une difficulté, je m'empiffrais de bonbons, de gâteaux à la crème… N'importe quelle sucrerie qui me tombait sous la main… J'étais capable de liquider deux kilos de chocolats ou d'avaler des poignées de nounours en gélatine et de fraises Tagada… Ensuite…

Adélie se détourne, s'éloigne de moi.

– Ensuite ?

– C'est horriblement gênant… Et ça ne peut avoir aucun rapport avec cette clé…

– S'il te plaît.

Sans transition, elle hurle presque :

– Oui, Steph, je ne suis pas bouchée ! J'ai compris ! J'ai compris que c'est par là qu'il faut chercher ! Mais tu sais dans quoi ça me replonge, moi ? Dans du vomi ! Parce que c'était ça, le système : quand je m'étais remplie de sucré jusqu'à ras bord… je débordais… Je me *faisais* déborder… Deux doigts dans la gorge. J'étais maigre comme un clou et je me trouvais toujours trop grosse. Ça me déprimait, alors je me remettais à goinfrer…

Anorexie, alternée avec la boulimie. J'ai vu des reportages là-dessus. Classique. Mais accablant. Rien qu'à l'évoquer, Adélie est tendue comme un arc.

– Je ne savais pas que Raphie était au courant ! Jamais je ne me serais montrée à lui dans cet état !

– Souvent, l'entourage proche devine. Il se tait, parce qu'il se sent impuissant, qu'il a peur d'aggraver le stress… Un tabou familial s'établit. Si ton cousin s'autorise à le briser, après tant d'années, ce n'est sûrement pas pour réveiller des souvenirs pénibles…

– Ce serait le seul moyen qu'il aurait trouvé de me guider à coup sûr vers un endroit précis ? Mais je ne pige pas sa démarche. D'abord, comment peut-il parler de friandises ? Des tonnes de machins gluants, que je bâfrais juste pour avoir le dégoût de les gerber dès que le paquet était vide !

– Il aura utilisé cet euphémisme justement pour te ménager ? Où les achetais-tu, ces sucreries ?

– N'importe où. Dès que quelque chose n'allait pas, il me fallait ma dose tout de suite. Dans un supermarché, une pâtisserie, le premier endroit venu… Je me souviens avoir harcelé des passants, un soir : je leur agitais un billet de cent francs sous le nez, ils faisaient un détour, en croyant à une arnaque. Tout ce que je leur demandais, c'était de me faire la monnaie, pour pouvoir vider un distributeur de barres chocolatées ! Dix mille endroits possibles, je te dis… Mais pas une seule banque !

Son sens de l'humour revient, c'est signe qu'elle reprend un peu de distance avec ses blessures. Tant mieux.

– En plus, j'achetais toujours seule, en catimini, comme une droguée. Jusqu'à aujourd'hui, je n'en avais parlé qu'à mon psy.

– Je suis touché de ta confiance. Je te prie de m'excuser si j'ai…

– Moi aussi, je suis désolée d'avoir crié comme ça… Tu ne pouvais pas savoir…

L'épreuve a été vraiment intense. La pauvrette va se passer la figure à l'eau froide. Elle revient, répétant entre ses dents serrées :

– Je dois trouver… Quand je regarde cette carte, c'est comme si j'entendais une voix, dans une pièce voisine, sans pouvoir distinguer les paroles… Ou quelqu'un qui s'adresserait à moi dans une langue que j'aurais sue, il y a longtemps… Qui serait là, tout au bord de ma mémoire…

Je ne suis pas du genre à torturer quelqu'un inutilement. Nous sommes dans un cul-de-sac, contournons l'obstacle, selon ma bonne vieille méthode : RE-FOR-MU-LONS !

– Si le libellé n'a aucune signification déchiffrable par toi…, c'est peut-être qu'il n'a *aucune* signification !

– Toi, je sens que tu as une inspiration !

– Ouaip ! Et toi, tu as une loupe ?

Séquence 22

Voici l'idée, pas sotte du tout, qui vient de me traverser l'esprit : Julien a authentifié la provenance de sa clé en y joignant son chat fétiche. Par contre, il a fait écrire et signer le message par son fils. C'est pour faire comprendre à Adélie : « Ce n'est pas *moi*, Julien, qui te dis cela. Donc, ce texte n'a aucun rapport avec *ma* clé » ! Un leurre, comme les boîtes de conserve ! Juste pour égarer un lecteur indésirable ! Quel tordu !

– Imagine que la clé se suffise à elle-même...

Adélie a rapporté de son bureau une loupe compte-fils. Fortement grossis, le panneton et la tige d'acier montrent des traces d'usure multiples, dont certaines, plus brillantes, témoignent d'une utilisation récente.

– On peut en déduire que Julien s'est servi de son coffre ces temps-ci, mais il le possédait depuis longtemps. Ça ne nous en rapproche pas.

J'ai beau scruter l'instrument sous tous les angles, aucune gravure, aucun marquage. Si la tête a pu, sur sa tranche, comporter un numéro, il a été abrasé par un outillage professionnel, la surface repolie ensuite. Cette clé a été rendue muette.

– Bon. Ni sur la clé, ni dans le texte. Il existe une autre possibilité.

Le bristol bon marché de la carte, gris clair plutôt que blanc, est verni côté image, mais l'envers est resté mat, d'une texture relativement tendre. Si le texte lisible n'est qu'un attrape-nigaud, le véritable message a pu être écrit au crayon, en appuyant légèrement, se marquant à peine en creux, puis effacé, masqué par les lignes à l'encre, qui, elles, ne nécessitaient aucune pression !

La carte aurait alors été glissée entre le fond cartonné de l'enveloppe et la pochette rembourrée, non pour être cachée, mais pour être *protégée*. Protégée de l'écrasement et même du contact avec la clé…

En me penchant sur l'oculaire, je capte une vague fragrance d'encens et d'épices, de celles qui imprègnent tous les objets venant d'Inde. Le menton me démange, comme à chaque fois.

Le compte-fils permet une exploration au millimètre. Aucune indication de lieu, d'origine ou d'imprimeur. Je vois parfaitement, larges comme des rails noirs, les quatre lignes pour l'adresse, le rectangle d'emplacement pour le timbre et le trait vertical qui sépare la zone de correspondance. Mais, ni sous les mots tracés en bleu, ni sous le papillon, ni alentour, la matière fibreuse du support n'est altérée par la moindre trace d'un message sous-jacent.

– Steph, hou hou… Je suis là… Tu veux bien me dire ce que tu espères trouver ?

Je ne tiens pas à lui faire partager ma déception.

– J'explore. L'écriture.

– Ne me dis pas qu'en plus, tu es graphologue ?

– Non, mais, durant ma formation, j'ai effectué un stage assez poussé au service du Chiffre. On nous faisait analyser des documents écrits par des témoins ou des indicateurs. Nous devions estimer la « spontanéité » de l'auteur, pour éliminer les faux renseignements, rédigés sous la contrainte ou venant d'agents retournés par l'adversaire.

– Et là, qu'est-ce que tu repères ?

– Un contraste qui m'intrigue, entre le texte et la signature. Ton cousin a utilisé un stylo à plume, et non une bille. Le tracé des lettres est régulier, sans hésitation, mais lent, plutôt appuyé. Par contre, le papillon est léger, souple, sans lever la plume. D'un seul trait, comme tu l'as dit.

– Il s'est entraîné pendant des heures, lorsque nous avions dix ans. Julien, lui, traçait son chat en deux fois… Moi, j'ai renoncé à signer de mon totem, je n'ai jamais réussi à styliser une mangouste ! Le texte est plus appuyé, moins spontané, parce que Raphie pesait chaque mot ?

– Ou bien il écrivait sous la dictée. Ou encore, il recopiait un brouillon. Quoi qu'il en soit, aucun message caché sous cette écriture.

– Si j'ai bien suivi ton enseignement, il convient de RE-FOR-MU-LER ?

– Ce serait le moment.

– S'il n'y a rien sur la clé, cette carte comporte forcément l'unique mode d'emploi ?

– Forcément.

– Il n'est ni dans le texte, ni dessous ? Donc il est… là !

Adélie retourne la carte côté illustration.

La photo colorisée du dieu éléphant est rehaussée de nombreuses fioritures dorées : la tiare, les bijoux, le harnachement du rat représenté à ses pieds, qui ronge une noix, les lampes à huile, les nombreux bols à offrandes et les encensoirs qui flanquent son trône.

– Tu ne vois pas une clé, dans tous les accessoires ?

– Non. Ganesh tient une sorte de massue dans une main… Une fleur dans une autre… Une coupe dans la troisième main… Remplie de fruits, dirait-on… La quatrième est présentée paume en avant.

– C'est un *mudrâ*[1]. Quoi d'autre ?

– Il porte un collier. L'une de ses défenses est cassée. Un trident est tatoué sur son front.

Mais la loupe est formelle : tout est imprimé d'origine, aucun signe n'a été rajouté. Décourageant.

Adélie contemple l'effigie, la caresse du bout des doigts.

– Parle-moi ! Qu'est-ce que tu veux me dire ?

S'adresse-t-elle au dieu ventripotent ? à son oncle, qui a aussi effleuré cette image ?

– Raphaël envoie toujours des vues de paysage qui situent clairement les endroits où il passe. Cette statue, on ne sait pas où elle se trouve. Elle n'indique pas un lieu où la clé pourrait être utilisée. Elle raconte autre chose…

1. Posture rituelle de la main symbolisant l'attitude mentale et les pouvoirs d'une divinité.

– Tu l'as déjà vue ?

– C'est étrange… C'est comme… Tu sais, quand tu fais un rêve, très précis, que tu sais en rêvant qu'il est important, qu'il va t'aider à comprendre un point essentiel… Alors tu te dis : il *faut* que je me souvienne de cette scène. Tu te réveilles, et tu te rappelles l'image, mais le contenu du rêve s'est évaporé.

– Je connais bien. Ça me panique. J'ai passé des heures à fermer les yeux très fort pour forcer ma mémoire.

– Malheureusement, ça ne fonctionne pas. J'ai beau serrer les paupières à m'en faire mal, je ne vois que la carte, et je ne sais plus quelle histoire elle raconte.

– L'éléphant, peut-être ? Un de ces contes que Julien vous lisait, dans lesquels vous avez puisé vos surnoms ?

– Rudyard Kipling ? Possible. Ce serait bien dans le style de tonton. Je dois avoir encore le livre, sur les étagères de l'entrée.

Le bouquin qu'elle rapporte doit peser dans les deux kilos.

– Je ne sais pas ce que j'ai fait du Kipling. Par contre, j'ai trouvé cet opus. Il appartenait à mon père.

DIVINITÉS ET RITUELS D'ASIE

D'après l'allure grisâtre de la couverture, un austère ouvrage universitaire datant des années soixante. Quelques migraines en perspective.

– J'aimerais creuser la signification symbolique de ce Ganesh. Puisqu'il ne désigne pas un lieu, il peut indiquer une démarche à suivre ?

Sceptique, je soulève le pavé. L'auteur est un certain docteur Ciego[1] et il publiait… aux Éditions Maillard et Colin ! Ça ne s'invente pas.

– Nous ne sommes pas sortis de l'auberge…

– Tu veux bien me faire la lecture ? Tu as une si belle voix…

– Je suis incapable de résister à la flatterie.

La table des matières me désespère : le Panthéon indien compte à lui seul des milliers de dieux, mais Ganesh semble célébré sur tout le continent. Et comme l'étude est abordée par régions, ce qui concerne notre éléphantesque copain est éclaté

1. Aveugle, en espagnol.

entre quatre-vingts chapitres dans le livre. Allons-y, au petit bonheur, la chance :

Dans l'hindouisme, Ganesh est communément désigné sous le nom de Ganesha, connu aussi sous plus de mille noms.
Dans le déroulement des *pûjâ (adoration du dieu par son image, statue ou autre représentation)*, la litanie est ordinairement limitée à la récitation de cent huit noms de Ganesh. Chacun est précédé du mantra « OM » et suivi de « namaha » (salutation à).

– Trouve quelque chose sur son histoire, ou ses représentations. C'est le mudrâ de sa main libre qui m'intrigue…

– Je pioche au hasard :

… l'un des dieux les plus importants, non par le rang hiérarchique qu'il occupe, mais par son omniprésence dans la vie quotidienne, en sa qualité de *Vighneshvara*, « Seigneur des obstacles »…
Selon la définition habituelle, Ganesh ou Ganapati est « Celui qui écarte les obstacles » et le « Dispensateur du succès ».

– « Celui qui écarte les obstacles » ? Nous devrions solliciter ses bons offices !

– C'est peut-être ce qu'a fait ton oncle… Je n'avais pas pensé à te poser la question : il était hindouiste, ou bouddhiste ?

– Chrétien. Croyant, mais pas pratiquant.

– J'essaie la page 605. Ah, l'histoire ! Apparemment, Ganesh n'est pas né avec sa tête d'éléphant :

… Fils de la déesse Pârvati et du dieu Shiva… Pârvati, « fille de la montagne », reine des lutins et des esprits errants… Shiva, « le divin danseur », représente le cycle perpétuel, à la fois le principe de destruction et celui de la procréation…

Pârvati, s'étant rendue au fleuve pour s'y baigner, avait demandé à son fils de veiller sur sa tranquillité et de ne laisser quiconque approcher.

Le puissant Shiva se présenta, exprimant le souhait de voir Pârvati. Ganesh lui interdit le passage.

– Tu peux résumer ?

– Il n'y a qu'à demander… En gros, pour rejoindre sa moitié, le papa mobilise le banc et l'arrière-banc des forces démoniaques, son rejeton les écrase comme des moustiques. Et il interdit toujours le passage. Shiva lui envoie alors un dieu réputé invincible, fort comme cent mille tigres, qui lui dévore la tête…

– Vous êtes terrifiants, vous les mâles, même quand vous êtes des dieux ! Tu imagines le désespoir de la mère, quand elle revient de son bain ?

– Elle signifie à Shiva que tout est fini entre eux. Là, tout grand dieu qu'il est, il baisse pavillon, il demande pardon et il assure qu'il va ressusciter le gamin. « Oui, mais mon fils n'a plus de tête ! » fait remarquer la déesse. « Qu'à cela ne tienne, répond Shiva, nous prendrons celle du premier animal qui passe… »

– Et ça tombe sur un éléphant ! À propos de cette apparence et des objets qui l'entourent, on a quelques précisions ?

– Tiens, là, une note sur le rat qui est à ses pieds… Ce n'est pas un parasite, c'est sa monture !

On représente souvent auprès d'un dieu son *vâhana* (animal-véhicule ou monture). Celui de Ganesh est la souris Mûshaka, nom qui dérive de la racine *mush,* qui veut dire voler, dérober.
En Inde, ce rongeur qui déjoue tous les pièges et se faufile partout, comme le renard des fables chez nous, représente la ruse, l'habileté, mais aussi le désir, l'avidité…

– On s'éloigne, là. Reste sur Ganesh.

– Sur lui et son environnement, ses figurations, j'ai une foultitude de précisions dans ce chapitre… Ses ornements, la défense brisée, la trompe, le gros ventre… Et ses postures.

– Oui… Et quel rapport avec la clé ? Il doit bien y avoir une clé quelque part… Dans ses mains ?

– Tu parles, il en a quatre !

– Et elles tiennent quoi ?

– Y en a une ouverte qui ne tient rien. Dans une autre, je vois une hache. Dans la troisième, une fleur de lotus, et dans la dernière, une coupe de fruits. Attends, d'après le bouquin, ce ne sont pas des fruits. Écoute bien ça :

> **… Le *modaka*, un gâteau de riz à gros grumeaux en boule, généralement présenté dans une coupe, constitue *la récompense du chercheur qui chemine patiemment en quête de la Vérité.***
> **On dit que Ganesh en raffole. Sa trompe est figurée courbe pour symboliser la faculté de contourner les obstacles, mais lorsqu'elle est recourbée vers la gauche, on prétend malicieusement que c'est pour être en contact avec cette *friandise*…**

J'ai imperceptiblement accentué les mots. Adélie ne pouvait avoir manqué la coïncidence avec le récit de ses abus sucrés. De fait, sa pâleur est réapparue.

– Nous y voilà : *ta* friandise, c'est celle aussi de Ganesh.

– Mais non ! Tais-toi ! Tu n'y comprends rien ! J'exècre le gâteau de riz ! En plus, Julien ne pouvait pas imaginer que j'allais lire ce vieux bouquin et tomber sur ce mot !

Là, pour le coup… je nage dans la semoule ! D'autant plus que la Mangouste vient de manifester à nouveau cette violence inopinée.

– Bon, je me tais…

– Au contraire, andouille ! Relis-moi le passage précédent… Sur l'animal-monture, le véhicule… J'espère que tu n'as pas perdu la page ?

– Attends… Le rat… le ratounet… Où est-il passé, ce coquin ? J'y suis. « On représente souvent auprès d'un dieu son *vâhana* (animal-véhicule ou monture). Celui de Ganesh est la souris Mûshaka, nom qui dérive de la racine *mush,* qui veut dire voler, dérober. Debout sur ses pattes arrière, elle semble grappiller parmi les offrandes laissées par les fidèles... »

Adélie ne m'écoute plus. Elle trépigne.

– Une souris ! Mûshaka n'est pas un rat ! Et Raphaël a mis une virgule !

Elle me fourre la carte postale sous le nez, pointe le texte d'un index frénétique : « Souris, donc ! »

Effectivement, une virgule sépare ces deux mots. Je commence à entrevoir.

– Il ne te demande pas de *sourire* : « Ouste, la mangouste ! Souris, donc ! » égale : « Finie la mangouste, *tu es* une souris !... » Tu es une souris ?

– Oh oui ! Je l'ai été ! Et une drôle de voleuse, comme Mûshaka ! Il n'y a que Julien, Raphaël et moi dans le secret ! Comment... mais *comment* ai-je pu oublier ? Les olives roses ! Les olives roses de Cartwright !

Elle agrippe mon T-shirt et m'entraîne le long du corridor.

Elle m'arrête pile devant la porte de son bureau.

Séquence 23

Le bureau d'Adélie. La seule pièce de cet appartement où je n'ai pas été admis jusqu'à présent.

La petite, toute défaite, me plante devant la porte, sans lâcher mon T-shirt.

– C'est là. C'est dedans. Julien a fait écrire par Raphie parce qu'il n'y a plus qu'eux et moi qui pouvions comprendre. Je vais devoir te dire un gros secret…

– Attends… Tu m'as l'air toute chamboulée… Si c'est tellement intime, tu n'es en rien forcée de me…

– Sans toi, je ne me serais jamais rappelé. Viens.

La pièce est plus vaste que je ne m'y attendais, et séparée en deux par une ligne invisible : deux personnes bien différentes doivent partager cet espace.

Près de l'entrée, une table de travail parfaitement rangée : un large écran d'ordinateur, 19 pouces, et une imprimante, connectés à une unité centrale sous le plateau de verre ; quelques stylos dans un godet de porcelaine ancienne, une rame de papier.

L'autre moitié, près de la haute fenêtre donnant sur la place, est un atelier de peintre. Y règne un désordre innommable. Murs couverts d'esquisses punaisées les unes par-dessus les autres, plancher jonché de feuillets piétinés, corbeille débordante, meuble à papiers aux tiroirs ouverts dégorgeant de tubes de gouache durcis, de pinceaux à long manche et de chiffons maculés… Sur un tabouret à vis, une palette, sèche. Deux chevalets que n'occupe aucune toile, squelettes désolants, repoussés dans les angles. Un divan au velours défoncé.

– Voilà. C'est chez moi.

– Et chez qui d'autre ?

– Chez moi. Et chez moi… Je ne me sers que de la table. Je ne vais plus jamais côté barbouille… Je n'ai aucun talent, et je l'assume.

Elle a beau fanfaronner, si elle en était persuadée, elle aurait viré tous ses outils et n'aurait pas gardé ce coin à chagrin…

Ce qu'elle ne parvient pas à assumer, c'est le génie de son père. Mais la vie est longue. En principe.

Adélie Cartwright croira en elle un jour, qui sait ? (*Je lui offrirai des peintures neuves.*)

En levant le pied, comme si elle franchissait véritablement une barrière, elle passe dans la zone atelier, vers le meuble à papiers. Dans le dernier tiroir, elle empoigne un paquet et revient le poser sur la table, précipitamment. À croire qu'elle vient de se risquer dans un champ de mines.

– Tu veux bien l'ouvrir ? Pour moi, c'est un peu dur…

Une enveloppe de papier kraft à soufflet, format 40 × 50, renforcée au dos. La grande sœur de celle qui contenait la clé, serrée par une ficelle rugueuse. Pendant que je dénoue ce lien, Adélie constate :

– Même l'enveloppe de Julien était choisie pour me guider vers ça !

Un tableau.

Sur l'instant, j'ai cru à une photo collée sur un support rigide, à cause de la surface parfaitement glacée et du réalisme du sujet. Mais il s'agit bien de peinture, sur carton entoilé. Une nature morte, toute simple. Un bol vide sur le coin d'un meuble de bois.

Et c'est là que se situe l'accès au fleuve de dollars qui a irrigué tout soudain le domaine asséché des industries Abestéguy ? Il faut que l'on m'explique.

– Tu tiens entre tes mains, en exclusivité mondiale, une œuvre non répertoriée d'Adrian Cartwright !

– …

– C'est un tableau de mon père. Le seul que j'aie gardé.

Ce tableautin ? Je ne peux y croire. Il n'est pas signé, mais surtout, l'univers visionnaire de Cartwright m'est assez familier pour savoir qu'il se situe à dix mille lieues de cette figuration pointilleuse du quotidien.

Un bol de faïence ébréché, vu en plongée, posé sur le coin d'une commode en chêne. Derrière, un sac de papier gras, multicolore, froissé en boule.

Au fond du bol, un peu de liquide. Un reste d'huile, cela saute aux yeux, tant le rendu en est exact. Les quelques gouttes tombées sur le bois ciré sont aussi de l'huile.

Seul élément curieux, qui procure un sentiment d'étrangeté : au premier plan, légèrement flou, comme oublié par la mise au point, un ruban jaune vif rayé de noir, dont l'ombre portée passe sur le bol.

– Mon père avait entrepris une recherche toute personnelle, dont ni ses agents, ni ses biographes, ni même ma mère n'ont jamais eu connaissance.

– Julien était dans la confidence, lui ?

– Et pour cause ! Il en est à l'origine. Avec moi, sans me vanter.

– Et la souris ? les friandises ? Je suis paumé. Raconte.

Adélie allait avoir neuf ans. Elle, son père et son cousin passaient une année en Europe. Adrian traversait une période de doute douloureux. Il remettait en question toute sa création. Dans les médias, son nom se trouvait associé aux scandaleuses manifestations « artistiques » orchestrées par Godélia, bien plus qu'à son œuvre à lui, patiente et profonde. Il était également affaibli (mais cela, Adélie ne le sut que bien plus tard) par les premières attaques du mal qui devait l'emporter.

– Ce soir-là, Julien est rentré de bonne heure. Il rapportait des surprises, comme presque toujours, pour nous, les enfants. Une partition de piano pour Raphaël et, pour moi, un sachet très coloré. Pour aiguiser mon impatience, il ne m'a pas révélé immédiatement le contenu. Il a tenu bien haut un bol. CE bol de faïence. Il y a vidé le sachet. « Hm ! Je crois que les mangoustes aiment le miel ? Non… Les bonbons, plutôt ? » Je savais qu'il me faisait bisquer. Depuis toute petite, je détestais les sucreries. Par contre, j'aurais fait des folies pour du salé ou du vinaigré. Je monopolisais les pots de cornichons ou de moutarde. « Ferme les yeux, ouvre le bec ! » Il a déposé sur ma langue quelque chose de rond, lisse, acide et épicé. J'ai croqué prudemment. Je sens encore les arômes éclater sur mon palais. Un ravissement. Alors seulement, il m'a permis d'ouvrir les yeux. Il a abaissé le bol avec une lenteur exaspérante. Et là, je les ai vues. Des olives. Quelques olives, mais géantes. Et roses ! Une variété inconnue. Des nuances allant du fuchsia au rouge sombre.

– Elles *ne sont pas* sur le tableau ?

– C'est tout le drame. Mon père est entré à ce moment-là, il a vu mon air extatique. Il a voulu prendre une olive. Mais comme il n'y en avait qu'une douzaine, je lui ai dit : « Ce n'est pas la peine. Regarde la couleur, c'est exactement le goût ! » Il est resté sidéré. « C'est ça ! C'est exactement ce qu'il faut que je maîtrise ! Le type qui réussit à obtenir cet effet atteint le sommet ! »

Jusque tard dans la nuit, Julien Abestéguy, Raphaël et la petite Adélie ont entendu l'immense Adrian Cartwright élaborer les bases de ce qu'il comptait nommer « *l'Art sensationnel* ».

– En toute simplicité… Il était conscient de sa supériorité, ton papa !

– « Sensationnel » doit s'entendre ici sous l'angle de la sensualité. Il envisageait la capacité de transmettre par sa peinture toute la gamme des *sensations*, d'exciter par le regard aussi bien le goût que l'ouïe ou l'odorat…

Je réalise l'infinitude du fossé qui séparera toujours cette enfant privilégiée d'un môme d'infortune, torché à la va comme je te pousse par des nourrices de hasard… Adélie me prend la main.

– Maintenant, je me rends compte de ma chance… Mais à dix ans… Sais-tu par quoi j'étais obsédée, pendant que mon fabuleux papa développait sa théorie ? Je reluquais le bol d'olives, *mes olives*, qu'il gardait devant lui pour étayer son inspiration ! À un moment, Julien a décidé, vu l'heure, de nous faire dîner et de nous mettre au lit. Mon père s'est retiré dans son atelier. En emportant le bol ! Je n'ai pas protesté. À cet âge déjà, je savais que tout doit s'effacer devant le génie… Nous avons eu droit aux spaghettis à la Abestéguy. Un délice, mais qui ne compensait en rien ma frustration. Je me suis couchée en suçotant le noyau de ma seule olive.

Je n'ai pas réussi à trouver le calme. J'ai entendu papa aller dormir. Il sombrait très vite, après ses séances de travail. Il fermait toujours son atelier à clé, mais il déposait son trousseau, avec sa monnaie et son briquet, dans un vide-poche de la salle de bains. J'estimais que les olives me revenaient de plein droit. Tu devines la suite.

– Assez bien… Mais je te rappelle que nous cherchons une *souris* et tes *friandises*… Sur ce tableau, je ne vois ni l'une ni les autres…

– Mon père avait commencé à peindre. Je lui ai mangé son modèle ! Quand il est venu me demander une explication, j'étais sûre de moi. J'avais jeté les noyaux dans les toilettes, refermé la porte et remis les clés en place. J'ai affirmé avec aplomb qu'une souris avait dû commettre le méfait. D'ailleurs, n'avait-il pas entendu des grattements suspects dans les placards ?

Papa s'est vraiment fâché, si je persistais à le prendre pour un imbécile, je serais punie sévèrement. « Je vais répéter la même question. À chaque réponse mensongère, tu seras privée de musique et de musée pour un mois de plus ! » La pire des pénitences. J'ai tenu mordicus une fois, deux fois… À la troisième interrogation, les larmes me coulaient, mais j'allais maintenir ma position. C'est là que Raphaël est venu s'interposer.

Le petit bonhomme s'est accusé à la place de sa cousine. Adrian ne l'a pas cru une seconde. Il a sommé sa fille de rétablir la vérité. Mais elle sentait l'importance pour Papillon de la protéger, d'être admiré par elle. Elle n'a pas protesté.

– La parole de Raphaël a été totalement prise en compte. Papa lui a appliqué la sanction : un trimestre de punition. Mais c'est moi qu'il regardait au fond des yeux. Il n'a plus évoqué l'incident. Raphie non plus. Mon anniversaire tombait deux mois plus tard. Je pouvais voir exaucer un souhait. J'ai évidemment levé le châtiment de mon cousin. Et, au repas, j'ai trouvé mon cadeau sous ma serviette. Ce tableau. La dédicace est au dos. Le titre aussi.

Elle retourne le carton toilé : sur le fond granuleux figure la signature du maître. De sa main, il a ajouté :

To my beloved mouse,
A Crime Scene[1].

1. À ma souris bien-aimée. Le lieu du crime.

– Tu comprends la présence, presque hors champ, du ruban de plastique jaune et noir ? Mon père a peint la « scène du crime », à l'américaine, telle que je l'avais laissée.

– Sauf le respect dû à sa mémoire, un brin sadique, ton paternel, non ? Tout ce binz pour une peccadille ?

– De ton point de vue. Moi-même, je considérais que mon geste était gravissime. La confiance en ceux que l'on aime primait, chez nous.

– Tu as encore toutes les indulgences envers ton père !

– Nul n'est parfait... Par ce tableau, il me disait son amour, par-dessus tout. Il ne me signifiait pas nécessairement que je *lui* avais fait du mal. En un sens, il avait raison. Si j'ai tué quelque chose, c'est en moi. Ma capacité à me considérer comme quelqu'un de bien. Toute mon enfance, j'ai eu sous les yeux ce rappel de mon mensonge, de ma gourmandise et de ma lâcheté envers Raphie.

– Une sévère leçon, effectivement. Qui t'a marquée. Je m'étonne d'autant plus que tu ne sois pas venue droit vers ce tableau à la lecture de la carte de ton cousin !

– À moi aussi, ça me paraît impensable... Mais j'avais *oublié*, figure-toi ! Comme si cela n'avait jamais eu lieu. Il a fallu que tu parles de la souris pour que la trappe s'ouvre. J'ai déjà connu ce genre de phénomène. Après mon agression par les trois voyous, entre autres... Mais, paradoxalement, l'histoire des olives est restée mieux enfouie, et beaucoup plus longtemps...

Pour ma part, je n'y vois aucun paradoxe : tout le rapport de la petite Adélie à la statue du père prenait des proportions gigantesques.

Et le trou noir absolu, j'y crois. Je le connais. Les psys le nomment « scotome », comme cette absence dans le champ visuel, lorsque la rétine devient insensible. Pour la conscience, c'est un mécanisme de protection, de survie parfois. On exclut une partie de la réalité. Un terme voisin est « forclusion », je crois. On rejette une pensée trop insoutenable avant même qu'elle ne touche notre inconscient. Ce qui m'inquiète, c'est que ce processus peut générer des troubles psychiques graves. Balancer un cendrier à la figure d'un visiteur ou lever le pied pour franchir un obstacle inexistant, par exemple ?

(*N'aie plus peur, Je te protège, maintenant, petite belle.*)

– Tu en déduis que, pour ton oncle, ce tableau devait te permettre de déterminer quel coffre tu dois ouvrir avec cette clé ?

– J'en suis sûre.

Ouf. Avançons.

– Julien connaissait bien cette peinture ?

– Ce cadeau empoisonné est resté exposé dans ma chambre plusieurs années. Après la mort de mon père, il est devenu encore plus inamovible. C'est tonton qui a osé aborder le sujet, quand nous avons refait la décoration. D'un ton léger, il m'a demandé si je tenais à me mortifier devant cette relique, ou si l'on pouvait mettre au placard ce témoignage d'un aspect de Cartwright que l'auteur lui-même avait renié.

– Ton père a désavoué ce tableau ?

– Pas celui-là en particulier. L'Art sensationnel en général. Il s'était donné du mal, pourtant. Il a voulu maîtriser les techniques des miniaturistes russes, ceux des icônes et des boîtes couvertes de scènes légendaires. Pour atteindre cette finesse sans pareille, il a fabriqué, comme eux, des pinceaux avec trois poils de queue d'écureuil !

– Sans rire ?

– Et je ne te dis pas les litres de blanc d'œuf et autres extraits gluants, déversés pour parfaire les quinze couches de glacis, qui donnent cette présence incomparable... Résultat : il a peint en gros plan des bouchons de vins millésimés sur lesquels on pouvait toucher les résidus de tanin et respirer l'année de mise en bouteille... Des feuilles d'artichaut si fraîchement croquées que l'on éprouvait le besoin de se passer la langue derrière les dents... Il a tenté aussi les excréments de chien, si puants à voir que l'on s'approchait de la toile pour vérifier dans quoi il avait trempé ses brosses... Un jour, il a décrété : « Ça ne sert à rien. Mieux vaut ouvrir une bonne bouteille, aller au marché ou adopter un clébard ! » Il a refait de la vraie peinture, et il a brûlé toutes ses croûtes hyperréalistes. Sauf celle-là.

– Que tu aurais pu brûler aussi, dans ce cas ?

– C'est tout comme. Lorsque Julien m'a, en quelque sorte, donné l'autorisation de cesser de me punir, nous avons emballé cette toile rescapée et je l'ai remisée dans le cartonnier. J'ai – oui, on peut dire ça – j'ai *brûlé en moi* le souvenir de la toile et de ce qui s'y rattachait. Le voile noir est tombé. J'ai cru que j'en avais fini avec ma culpabilité, c'était un peu facile. Je me suis trouvé une autre punition. C'est à mon anniversaire suivant, le premier sans papa, que j'ai commencé à me gaver en cachette de sucreries que je détestais... Aujourd'hui seulement, j'arrive à faire le lien.

– Le jour où... tu *me* charges de défaire celui qui fermait le paquet ?

– Bravo, docteur Freud. Merveilleuse plongée dans mes insondables abîmes intérieurs. Mais en quoi le fait de débrouiller ce pathétique fouillis nous éclaire-t-il sur l'usage de la clé, je me le demande toujours !

– Si on relie la genèse du tableau à la carte postale, tu es la souris. Tu as dérobé les friandises sans l'autorisation de ton père... Lequel serait alors symbolisé par Ganesh ?

– Trop alambiqué... Il faut mettre la carte de côté. Elle n'était là que pour me faire ressortir le tableau.

– C'est le sens que donnait ton oncle à cette toile qu'il faudrait déterminer.

– Attends ! Ce qu'il m'a dit, lorsque nous l'avons emballée, me revient : « Il y a aussi quelque chose à moi, là-dedans... »

– Les olives ? C'est lui qui les avait achetées.

– Elles ne *sont pas* dans le bol.

– Le bol ?

– C'était le mien.

– Dans ce cas...

Le compte-fils me fait plonger à l'intérieur du sachet froissé en boule. Le papier multicolore est si adroitement reproduit qu'on le sent, par endroits, gorgé de graisse. Les motifs, en couleurs primaires, se confondent entre les plis et replis. Non identifiables.

Mais voici trois lettres noires :

POR

L'amorce d'une quatrième lettre, peut-être la barre supérieure d'un T :

PORT ?

Encore du papier chiffonné, puis des chiffres, minuscules, mais le pinceau en poils d'écureuil les a détachés sur le fond rouge :

1 0 8

– Cent huit ! Nous avons vu ce nombre…

– Les cent huit noms de Ganesh énoncés dans les cérémonies !

– Un port… Un port indien en liaison avec Ganesh ?

– Regarde, là, au bas de la boule de papier, dans l'ombre !

BRADY

– « Port Brady » ? Toi, la voyageuse, ça te parle, port Brady ?

– Pas du tout. Mais en tant que Parisienne, je sais où Julien s'était procuré mes friandises !

Séquence 24

Vendredi, 9 juillet, fin de journée

Je vais finir par croire que tout est écrit : l'étude d'Étienne Desbois se situe à Enghien et le taxi nous dépose, en plein Paris, dans le Xe, au bout de la *rue d'Enghien*. À un jet de pierre de la Gare du Nord, par où Julien a débarqué.

La petite rue donne dans le faubourg Saint-Denis. Adélie me conduit vers un vénérable porche. Ce que l'on prendrait pour une entrée d'immeuble est surmonté d'un bandeau de tôle peinte, qui se confond avec le mur de la façade, estampé de lettres Art nouveau :

PASSAGE BRADY

– Il faut connaître... Tu peux traverser le pâté de maisons et ressortir sur le boulevard de Sébastopol.

Avant de quitter la place des Vosges, nous avons hâtivement consulté l'annuaire. Il indiquait au 108, passage Brady :

SATHJEETA, COIFFURE ET BOUTIQUE

Sur la base de ce prénom et de l'activité adjointe, Adélie a esquissé une supposition durant le trajet :

– Julien ne m'a jamais dit où il passait ses nuits lors de ses séjours à Paris.

– Et je suppose, discrétion familiale oblige, que tu ne le lui as pas demandé ?

– Je savais vaguement qu'il avait quelqu'un à Bruxelles, depuis un certain temps. Pas de vie en commun, sans cela il nous aurait présentées. Peut-être une femme mariée. Donc, bel homme comme il l'était, je lui imaginais une ou plusieurs fiancées ici… Pourquoi pas une coiffeuse ?

– Qui vendrait des olives roses ?

– Qui lui en aurait fait cadeau.

Pourquoi pas ? Nous pénétrons dans une galerie couverte d'une verrière typiquement parisienne. Mais les anciennes boutiques qui, tout au long, tiennent le rez-de-chaussée sont devenues… colonie indienne. Nous tenons le bon bout !

En trois pas, nous avons changé de continent. Des restaurants cachés derrière des rideaux, des bazars qui proposent marmites en aluminium, cassettes vidéo de films Bollywood introuvables, en version originale avec des sous-titres en six langues vernaculaires qui mangent la moitié de l'image, savonnettes et onguents fabriqués on ne sait où et avec on ne sait quoi. Les étiquettes, en images naïves aux couleurs violentes, vantent d'idéales beautés en tenues de bayadère.

À des tables alignées le long des devantures, des groupes passionnés jouent pendant des heures à des jeux incompréhensibles en s'invectivant dans une langue roucoulante.

– Tu as des puces ?

Sans m'en rendre compte, je me grattais furieusement, du menton jusque derrière les oreilles.

– Non. Des souvenirs. Liés à cette senteur.

Des encens, des eaux de Cologne fleuries, des currys et des piments, des graines et des poudres aromatiques, le tout mêlé, la cardamome en dominante…

– C'était au Pakistan. Un village de montagne. Le marché se tenait de nuit, les paysans risquaient moins les attaques au mortier, et la marchandise, aux deux tiers illégale, changeait de propriétaire avec plus de discrétion.

C'était aussi le seul moment où je pouvais m'allonger un peu, sur des sacs. J'avais été envoyé comme conseiller tactique auprès d'un groupe de combattants armés. Je ne parlais pas leur langue, nous communiquions en anglais. Mais devant les villageois, c'était impossible : certains renseignaient les Soviétiques. On m'avait présenté comme le cousin du cousin d'un colporteur. J'étais censé être simplet et muet depuis l'enfance, après avoir vu mon père se faire égorger, ma mère et mes sœurs violées. Ça passait très bien. Ce genre d'histoire n'étonne plus personne, là-bas. L'embêtant, c'est que je devais porter des lentilles de contact brunes et garder la barbe. J'ai écopé d'une conjonctivite carabinée et d'une colonie de poux. Depuis, quand je respire ce mélange, je cligne des yeux ou je me gratte le cou !

– Encore heureux que tu n'aies pas chopé des morpions…

Chez les mecs, les réparties corps de garde font vulgaire. Dans la bouche d'une fille, elles me ravissent.

Nous avons parcouru presque tout le passage et rien vu qui ressemble à un salon de coiffure. Échoppes et restaurants se pressent comme par crainte de perdre le moindre centimètre, sans numérotation apparente. Adélie repère le mur rongé de pelade au-dessus d'un café qui a réussi à s'insérer au chausse-pied dans un couloir : une plaque bleue émaillée y subsiste, qui porte le numéro 13. Elle ne déparerait pas dans une vente de Robin. Elle date probablement du Second Empire.

La sortie sur le boulevard de Sébastopol n'est plus qu'à quelques enjambées, nous avons avancé trop loin. Nous rebroussons chemin.

Nous flânons un moment le nez en l'air, jusqu'à un point où nous sommes passés en arrivant. La verrière se dégage en hauteur, au niveau d'un troisième étage, et s'épanouit en une rotonde opacifiée par la poussière séculaire et les crottes des pigeons, mais l'endroit est plus lumineux.

À une table, autour d'une théière pour famille nombreuse posée sur un réchaud à alcool, une vingtaine d'hommes de tous âges polémiquent et s'apostrophent. Cette fois, je suis plus attentif et je *la* vois.

Presque illisible, sous des couches de peintures diverses barbouillées à l'occasion de tentatives de ravalement. Peut-être la seule autre plaque du passage :

108

Elle surmonte l'un des plus gros commerces, à la fois épicerie, droguerie et salon de thé. Pas de coiffeuse. Par contre, à l'intérieur, voici une silhouette familière : l'établissement est placé sous la protection du dieu éléphant Ganesh ! Sa statue, en bois polychrome, haute d'un mètre cinquante, accueille les clients face à la porte toujours ouverte. Agitant ses quatre bras, il esquisse un pas de danse, son joli ventre rond en avant, entre des sacs de riz et des instruments de musique. La souris Mushakâ le regarde avec dévotion.

De derrière la statue émanent les notes étirées d'un *raga*[1] interminable. Un jeune homme, un Indien du Sud pour autant que je puisse en juger, accroupi près d'un combiné radiocassette, ne nous prête pas la moindre attention, absorbé qu'il est dans une activité requérant une intense concentration. Devant lui, un panier plein d'œufs emballés dans de la paille.

À sa gauche, un saladier de verre contenant des œufs.

À sa droite..., un saladier de verre contenant des œufs.

Le garçon extirpe *un* œuf du carton, le débarrasse d'un brin de paille.

Il élève l'œuf à la hauteur de ses yeux.

Il observe l'œuf.

Il l'observe toujours...

Il pèse une décision.

Puis il dépose l'œuf, soit dans le saladier de gauche, soit dans celui de droite, selon des critères qui m'échappent totalement.

Il s'octroie une pause, reprend dans le panier un œuf et l'observe...

Je présume qu'il doit être payé une misère, mais, même à ce tarif, avec le temps qu'il leur consacre, ses œufs doivent frôler le cours du caviar !

– Peut-être puis-je vous aider ?

Derrière la caisse surchargée de verroterie en vrac et de petits savons à la violette, une jeune fille en sari safran. Sa taille dénu-

1. Forme musicale indienne basée sur le chant.

dée laisse déborder un confortable bourrelet, gage de la prospérité de l'établissement. Adélie risque :

– Je cherche *Sathjeeta, coiffure…*

– C'est moi.

Quoique rondelette, la brunette semble bien jeunette pour corroborer la thèse de la coiffeuse clandestine pour industriel belge.

– Vous n'avez pas de rendez-vous, n'est-ce pas ?

Très professionnelle, elle diagnostique :

– Aucune importance, vos cheveux sont admirables et je n'attends personne avant une heure. Ce qui me laisse le temps de vous passer un henné.

Elle actionne un interrupteur sous le comptoir. Un néon grésille, éclairant une remise carrelée au fond du magasin : deux antiques fauteuils de coiffeur, chrome et moleskine, y subsistent, ainsi qu'un lavabo de marbre.

– Non, merci, mademoiselle ! Je ne suis pas ici pour… En fait, nous venons de la part de Julien Abestéguy. Vous le connaissez ?

Le sourire de la jeune fille se fige un peu. De l'inquiétude dans son regard ? de la méfiance ?

– Je crois que vous devriez vous entretenir avec mon papa.

Telle une danseuse, dans le tintement d'une vingtaine de bracelets qui couvrent son bras potelé, elle nous désigne le groupe assis à l'aplomb de la rotonde.

– C'est le monsieur là-bas…

– Lequel ?

– Celui qui parle en ce moment.

– Ils parlent tous.

– Celui avec le beau costume.

Pas de confusion possible : c'est l'homme qui semble conduire les débats.

La petite quarantaine, une élégance britannique luisant aux deux extrémités : coiffure calamistrée au gel à un bout, chaussures lustrées à l'autre. Adélie me pousse en avant.

– Il n'y a que des mecs. Vas-y, toi.

Je m'approche de l'élégant et, à voix basse, je lui adresse ma demande. Il ne m'accorde pas un regard et me glisse de biais :

– Vous devez faire erreur, monsieur.

– Vous n'avez peut-être pas bien saisi. Je parlais de Julien Abestéguy…

– Je vous avais parfaitement entendu. Et je ne connais personne de ce nom-là. Maintenant, veuillez vous éloigner, monsieur. Nous sommes en pleine séance.

Séance de quoi, je ne le saurai pas, mais le dandy s'y replonge comme si j'étais transparent.

Si j'insiste bêtement, je risque de perdre définitivement le contact. Et puis, je me rappelle que le message de Raphaël prescrivait d'aller *acheter la gourmandise.* Je toussote :

– Est-ce que vous… vendez des olives roses ?

Il se retourne lentement et me dévisage, semblant découvrir ma présence. Son français est aussi impeccable que celui de sa fille :

– Cela n'existe pas, monsieur, les olives roses… Et quand bien même, pourquoi vous en vendrais-je, à *vous* ?

– En fait, ce n'est pas pour moi… C'est pour la jeune femme, là-bas… Elle se nomme Adélie Cartwright, et elle se trouve être la nièce de ce Julien Abestéguy, que vous ne connaissez pas !

Instantanément, il demande aux participants de continuer sans lui et nous fait signe de le rejoindre à l'écart.

Adélie se présente et propose :

– Voulez-vous voir une pièce d'identité ?

– Ce ne sera pas utile. Les olives roses sont suffisantes : seul un proche de Julien pouvait savoir. Pardonnez ma défiance, mademoiselle Cartwright. Nous avons l'habitude de la discrétion.

Il la salue en joignant les mains à la hauteur de son front. Puis ses doigts manucurés vont cueillir dans sa poche deux bristols, qu'il nous distribue.

GANEXPORT

SINCE 1993

DELHI, LONDON, PARIS, ROTTERDAM

ÉPICERIE FINE, PRODUITS ALIMENTAIRES
EN GROS, ARTISANAT, TISSUS, VÊTEMENTS,
ENCENS, PRODUITS AYURVÉDIQUES,
DÉCORATION, ETC.

GUPTA J. ARMITRAJ
MANAGER

– Je vous prie de croire à mes condoléances réellement très attristées, mademoiselle Adélie. Je pouvais m'honorer de l'amitié de votre oncle, et ceci de longue date.

– Vous avez appris ? Par la télévision, j'imagine ?

– Non. Indirectement... Disons, le téléphone indien... Julien était très aimé chez nous. Cela dit, outre vous vendre des olives roses..., en quoi puis-je vous être utile ?

Adélie ouvre la main. Elle y tenait serrés le *Sylvester Cat* de caoutchouc et la clé. Le visage d'Armitraj s'éclaire.

– Je vois... Je suis heureux que ce soit vous qui l'ayez. Avec votre permission, je vais vous y conduire.

Il nous mène à travers une succession de cours étroites encombrées de poubelles d'où débordent des cagettes de bois et des bidons de tôle ayant contenu probablement des huiles exotiques. Il nous précède dans un escalier pauvrement éclairé. La volée se replie si étroitement sur elle-même que l'on se demande comment on a jamais pu entrer ou sortir le moindre meuble. Il se termine abruptement au troisième étage, juste devant une porte de chêne vermoulue, où pendouille une poignée de fer forgé hors d'âge.

Le coffre doit être caché dans ce cagibi.

L'Indien s'efface et laisse passer Adélie. Elle appuie sur la poignée. Qui joue dans le vide.

– La clef, mademoiselle Cartwright, je vous prie...

Armitraj désigne un emplacement, plus bas sur la porte, au tiers de la hauteur.

À cet endroit, le bois fait place à une plaque de métal carrée, brunie au brou de noix dans les mêmes nuances.

Au centre, un orifice : une fente verticale, élargie d'un cercle en son milieu.

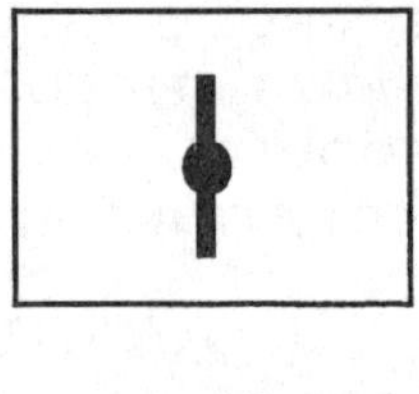

La clé s'y insère exactement.

Séquence 25

Deux tours de clé, un bref silence. Puis, du haut en bas de la porte, un, deux, trois, quatre, cinq claquements. Des pênes se dégagent. Des barres coulissent. La porte de bois recule imperceptiblement. Elle est montée sur un panneau de métal, qui vient de se dégager du chambranle, et pivote. Adélie pousse du bout des doigts.

Mazette ! Ça aide bien, les gros sous… Je commence à comprendre ce qu'Abestéguy voulait dire, lorsqu'il affirmait avoir les moyens de changer de vie. Là où je supposais un cagibi se révèle un volume considérable : tout l'étage semble constituer un studio spacieux, pour l'instant dans la pénombre.

Ainsi, Julien ne guidait pas sa nièce vers un coffre, mais vers ce bastion, protégé par un blindage, insoupçonnable au bout d'un dédale de couloirs sales, au sommet de cet escalier croulant.

– Vous êtes maintenant chez vous, mademoiselle Adélie.

– Je ne comprends pas…

– Ah ! Ce besoin de toujours tout comprendre ! En avons-nous eu des controverses sur ce sujet avec votre oncle ! Chez vous, c'est chez vous.

– Expliquez-moi quand même. Mon oncle était propriétaire de cet appartement ?

– Non. Il ne l'était pas.

– Depuis combien de temps le louait-il ?

– Il ne le louait pas non plus. Il y était chez lui. Comme vous maintenant.

– En clair, je vous prie, monsieur Armitraj.

– Mon prénom est Gupta. Si vous voulez bien en user, j'en serai honoré…

– Gupta, abandonnez la langue de bois et dites-moi ce qu'est cet endroit.

– Disons qu'il y a bien longtemps, dans une autre vie et sous d'autres cieux, Julien a rendu à mon père un service. Sans lequel je ne serais pas là pour vous parler aujourd'hui. À l'époque, tout ce que nous pouvions offrir en échange était une place dans notre famille. Notre maison ne comportait qu'une pièce. Nous avons réservé à Julien le coin le plus frais, avec le plus beau tapis que nous ayons pu trouver, posé à même le sol de terre battue. Lorsque mes parents ont émigré à Paris, avec nous, leurs sept enfants, nous avons eu deux pièces. L'une était dévolue à Julien. Ensuite, j'ai souhaité rendre à mes parents les bienfaits dont ils m'avaient couvert et leur permettre de finir leurs jours sur leur terre natale. Pour fonder ma modeste entreprise, j'ai eu le bonheur de trouver cet ancien salon de coiffure, au 108, chiffre aimé de Ganesha. Votre oncle s'est associé, pour m'aider à démarrer en important des olives de Madras.

– Les fameuses olives roses !

– À vrai dire, je n'en ai eu qu'une seule fois de cette couleur, au tout début. C'est pourquoi j'ai eu cette réaction de défense lorsque vous, Stéphane, un parfait inconnu, y avez fait allusion. Vous voudrez bien m'en excuser, mais cela concernait une époque dont seul Julien Abestéguy pouvait se souvenir… Bref, la tutelle de Ganesha, au 108, m'a permis une certaine aisance financière : je pouvais tenir l'endroit que voici à la disposition de mon ami.

Erreur et préjugé de ma part : cette cache secrète n'était pas une affaires de gros sous, mais encore l'un de ces hommages de fidélité qu'Abestéguy semble avoir eu le don de faire fleurir. Étonnant bonhomme.

Tout comme est étonnante la réplique d'Adélie, vu l'importance de pouvoir investiguer dans ce lieu :

– C'est très beau, Gupta… Mais il s'agissait d'un pacte entre votre famille et Julien. Dans ce cas, je ne devrais pas entrer ici.

– Votre oncle m'avait laissé des instructions. J'ai accepté de les exécuter.

– Des consignes au cas où il mourrait ?

Il a un regard en coin vers moi.

– La question, voyez-vous, entraîne une réponse délicate.

Adélie pose la main sur mon épaule.

– Stéphane est au courant de tout.

– Parfait. Cet engagement s'est conclu entre Julien et moi de manière orale, bien entendu. Le mieux est que je vous répète exactement ses paroles. Il n'a pas évoqué expressément l'éventualité de sa *mort*, il a dit : « Au cas où je viendrais à disparaître. »

– Je saisis la nuance.

– N'est-ce pas...

– Et que deviez-vous faire, en pareil cas ?

– Je le cite. Il a commencé par : « Je traverse un certain nombre de difficultés. Dis à ta famille que, ici, *je n'existe pas. Vous ne me connaissez pas.* »

– De quel genre, ses difficultés ?

– Je lui ai proposé mon aide. Il m'a répondu qu'il nous faisait déjà courir suffisamment de risques en continuant à utiliser l'appartement, qu'il y viendrait le moins possible. Rien de plus. Il a enchaîné : « Au cas où je viendrais à disparaître, tu laisseras *la personne qui aura ma clé* entrer ici comme si c'était moi. » Cette clé – le chat Sylvestre en témoigne –, c'est la sienne. Je ne sais pas dans quelles conditions elle est venue en votre possession, et je n'ai pas à le savoir. Vous entrez.

– Mais si je ne l'avais pas possédée ?

– Nous aurions seulement évoqué la mémoire de mon ami, je vous aurais servi du thé dans le magasin, et je vous aurais laissée repartir. Heureusement, il n'en est pas ainsi. C'est un privilège pour ma famille que de vous accueillir, mademoiselle Adélie. Cet endroit est maintenant le vôtre. Il sera celui de toute personne à qui vous le transmettrez, aussi longtemps que durera ma descendance !

Nous baignons dans un de ces romans de Kipling si chers à Julien et à sa nièce : « Ayant ainsi parlé, Gupta J. Armitraj, manager, plongea dans un nouveau salut respectueux et disparut par l'escalier dérobé... »

Adélie avait toujours cru que Julien séjournait à Paris au gré de ses bonnes fortunes. Elle découvre l'endroit où le « Chat qui s'en va tout seul » avait établi sa tanière. Et où il a probablement passé sa dernière nuit. A-t-il dormi ? Remuait-il des pressentiments oppressants ?

Confort, modestie, intimité. Dans le loft flotte un discret rappel d'Habit rouge *(Julien qui se plaque sur moi en plein mitraillage)* qui rompt avec la puanteur des poubelles de l'arrière-cour. Sa présence imprègne tentures et tapis. Les contrastes de sa personnalité se retrouvent dans l'ameublement : un bahut tibétain massif aux multiples ouvertures, un bureau de verre aérien et un fauteuil de travail design, un sofa recouvert de kilims digne des poètes opiomanes de l'époque coloniale… À même le plancher, une petite chaîne hi-fi et une pile de CD.

À l'autre bout de la pièce, deux portes. Une ancienne alcôve est devenue cabinet de toilette. Une cuisinette a été aménagée dans un bout de couloir.

Les persiennes des deux portes-fenêtres sont agencées sur le même principe que l'entrée : acier à l'intérieur, supportant les vieux volets visibles du dehors. En les écartant, nous nous retrouvons au-dessus du passage, tout près de la verrière. Une galerie de planches, bordée d'une rampe forgée à volutes, court sur la façade et surplombe les commerces.

Adélie regarde, renifle, frôle… Je me fais transparent, ombre de son ombre. Je conçois combien ce moment est ardu pour elle. Et je résiste.

Je résiste à une envie irrespectueuse, terre à terre. Mais plus démangeante que les grattouillis sur mon menton : tout de suite ouvrir, fouiller et *comprendre.*

Parce que moi, j'ai une conviction : si Abestéguy a tant protégé cet antre, c'est qu'il traitait ici des affaires à ne pas mener au grand jour. Je suis persuadé que si, dans ses dernières heures, il a pris autant de précautions pour envoyer sa Mangouste ici, c'est pour qu'elle y trouve l'accès à sa soudaine fortune.

Mais Adélie a-t-elle envie de savoir ? Voici qu'elle souffle bruyamment :

– Bon… Je crois que c'est assez d'émotions pour une première fois… J'ai besoin d'aller respirer… Cet endroit ne s'envolera pas d'ici demain… Ou d'ici lundi. J'ai bien envie de laisser passer les funérailles avant de farfouiller dans les affaires de Julien. J'aurais l'impression qu'il est encore là à me regarder…

Laisse le temps au Temps, dit le Sage. Qu'est-ce qu'il peut m'agacer, celui-là ! Quoi qu'il en soit, bon gré, mal gré, je dois mettre un bémol à mon besoin d'agir. Avant de sortir, j'adresse néanmoins une demande de secours à ma marraine la bonne fée.

Ceux qui ne croient pas aux fées sont des ânes. Moins d'une minute plus tard, la mienne exauce mon vœu.

Séquence 26

Samedi, 10 juillet

Nous nous éveillons dans les bras l'un de l'autre, sur le sofa, tout habillés.

Hier soir, la curiosité d'Adélie était, quoi qu'il en parût, aussi aiguisée que la mienne. Elle a renoncé assez rapidement à retarder nos investigations. Elle y a été aidée, j'en suis persuadé, par ma bonne fée.

Sa réponse à mon appel au secours rageur, mais muet, est arrivée plus vite que par Internet. Quelques coups frappés à la porte, sur un rythme bien particulier : un-deux-trois, un, un-deux, un… deux… trois.

J'ai fait signe que j'y allais. Je me suis plaqué dos au mur de l'entrée et j'ai demandé à travers la porte blindée :

– Qui est là ?

– Armitraj.

Une voix féminine. J'ai mis la chaîne de sécurité et j'ai entrouvert, en restant de côté. Des effluves appétissants se sont infiltrés.

Sur la dernière marche, Sathjeeta, en sari safran, présentait un plateau couvert d'une serviette blanche. Trop large pour l'escalier. Elle avait dû le monter au-dessus de la rampe.

– Mon papa et ma maman tenaient à vous souhaiter la bienvenue. Ils m'ont demandé de vous préparer deux-trois choses à grignoter…

J'ai ouvert le battant, elle s'est avancée. Et là, j'ai compris qu'elle était envoyée par ma marraine : elle a démasqué, derrière elle, les lutins !

Debout à la queue leu leu sur les marches suivantes, trois gosses. Deux autres filles, onze et huit ans environ, et un gaminou, pas plus de six ans. Chacun portait aussi un plateau, par taille décroissante. Ils sont entrés avec des mines cérémonieuses, mais en se retenant de pouffer. Ils ont déposé leur chargement au centre du tapis. Les filles sont allées prendre deux coussins sur le sofa et les ont disposés côte à côte. Puis les petits se sont rangés en ligne, mains derrière le dos. La sœur aînée tentait de les tirer vers la sortie, mais ils résistaient, jouaient les poids morts. Adélie a soufflé à la grande :

– Il faut leur donner quelque chose ?

– Non. Ils attendent que vous leur permettiez de découvrir les plateaux.

– Bon. Ils n'ont qu'à le faire.

Côté mômes, elle n'y connaissait rien la Mangouste. J'ai pris les choses en main.

– Attends, c'est pas comme ça qu'on fait, avec les lutins !

Je me suis assis avec emphase, elle a suivi. J'ai affecté un air de grand personnage, humant les fumets à grands renforts de « hm, hm » et de froncements de narines. Les gosses se trémoussaient d'aise. J'ai pris la grosse voix :

– Que le grand CRRRIC me CRRROQUE s'il n'y a pas là-dessous de quoi faire CRRRAC sous mes CRRROCS ! Marmitons, préparez-vous à nous régaler ! Pour les serviettes, attention…

Ils se sont précipités pour prendre chacun un coin de linge. Même la grande est entrée dans le jeu.

– Prêts ?

J'ai tapé deux fois dans mes mains.

– Découvrez !

Tous ensemble, ils ont fait s'envoler les tissus blancs. Et alors… Pardon les yeux ! *Deux-trois petites choses*, elle avait dit, miss Armitraj ? Des samosas, du raïta, des chapâtis, des boulettes de poisson au curry, du poulet tandoori, des carafes de lassi à la fleur et à la menthe, des sucreries à la carotte et une demi-douzaine d'autres affiquets gastronomiques, pour faire joli !

Adélie n'avait plus besoin de se forcer. Elle s'extasiait à chaque assiette. La petite troupe s'exclamait à chaque exclamation, ravie de notre ravissement. Nous avons distribué des bisous, sauf à Sathjeeta, qui était déjà près de la porte, beaucoup trop vieille pour ce genre de familiarités.

– Bon appétit, mademoiselle Adélie. Bon appétit, monsieur Stéphane. Lorsque vous aurez terminé, posez la vaisselle dans l'escalier. Les enfants, on s'en va !

Ils ont dévalé l'escalier sur-le-champ. Nous avons picoré dans tous les mets, dérangeant chaque préparation pour bien montrer que nous avions tout apprécié.

Après ces agapes, Adélie a estimé que c'était un signe. Nous avons investi les lieux avec respect, ils nous le rendaient, au point de nous retenir. C'est elle qui a donné le signal :

– On commence par le bahut ?

Nous avons trouvé tout de suite.

Un secret.

Aucun rapport avec ce à quoi nous pensions. Mais un secret poignant.

C'était rangé derrière l'une des portes du gros meuble tibétain.

Comme pour être vu immédiatement.

C'était préparé, dans l'ordre, pour mettre au jour la part obscure d'un être, sans avoir à la raconter.

Un album de photographies, un dossier marqué « Raphaël » et une boîte renfermant des cartes postales vierges d'une bonne dizaine de pays. Sur chaque page de l'album, quelques clichés d'amateur, accompagnés parfois d'un dessin, d'une date, fixés par des coins transparents et mis en valeur par un liseré fleuri peint à l'aquarelle.

Les premières photos montraient un grand garçon aux yeux clairs, souriant à l'objectif. À Paris, sur l'esplanade du Trocadéro. Jouant sur l'effet de la perspective, il faisait semblant de tenir la tour Eiffel sous son doigt.

À Étretat, avec en fond l'arche de falaise et l'Aiguille creuse d'Arsène Lupin, il croquait une gaufre, le visage saupoudré de sucre.

Sur la place Stanislas, à Nancy, il grimpait aux grilles, alors que la silhouette floue d'un agent courait vers lui pour le faire descendre. À côté, on avait encadré le bordereau de l'amende reçue pour sanctionner cette fantaisie.

Les destinations se sont faites plus lointaines. Le Maroc, la Turquie.

Au Sri Lanka, devant le temple de la Dent, crâne tondu, il avait encore plus l'air d'un adolescent.

Et puis, seule sur une page, une épreuve frappée dans un angle du cachet d'un studio de photographe à Berlin. Le portrait en noir et blanc d'un homme plus âgé. Un inconnu. Une ressemblance vague avec Anthony Hopkins, cheveu rare, demi-sourire cultivé. Sur cette page, Raphaël avait collé une marguerite, séchée avec soin, protégée par du papier de soie. Un prénom, calligraphié à la plume : « Björn ».

On voyait ensuite cet homme, en pantalon blanc, roulant un cordage sur un voilier. Plus loin, en blouson de daim et ganté, il changeait la roue d'un spider BMW jaune.

À la dernière page, devant un massif de roses, le grand garçon posait tendrement la joue sur l'épaule de l'homme. Ils se tenaient par la main, attendant avec un sourire un peu prolongé le déclenchement du retardateur de l'appareil.

La première pièce du dossier « Raphaël » était une lettre. L'enveloppe y était agrafée : elle n'avait pas été postée, ni close. Déposée sur un oreiller ? sur la table d'une cuisine ? À la place du timbre, dans un cœur au crayon rouge : « Lis, je t'en prie ! »

Mon Chaki, Julien, Papa,

Je ne sais plus comment te nommer. Tu m'as mis en miettes.

J'avais « oublié » l'album exprès, pour que tu comprennes. C'est ma vie, c'est comme ça.

Tu n'as rien fait de travers. Tu as fabriqué un Papillon. Et tu vas le chasser comme une sale mouche ?

Je m'envole donc.

Je ne sais pas si j'irai très loin, avec ce que tu m'as laissé d'ailes. Mais ça vaut la peine d'essayer.

Je serai pour toujours, mais je signe ainsi pour la dernière fois,

Ton fils très respectueux,
Raphaël Abestéguy.

Chronologiquement, le classement fait apparaître les notes d'honoraires d'un détective privé engagé par Julien, incluant des frais de déplacement au Danemark et en Suède.

Suit une pochette, renfermant une quinzaine d'autres enveloppes, timbrées, cachetées. Destinataire : *Monsieur Raphaël Abestéguy, c/o Mr. Björn Erckedahl.*

Une adresse à Göteborg.

Elles ont été postées à Bruxelles, une par mois environ, voici sept ans. Et retournées non ouvertes à l'expéditeur.

Des coupures de presse françaises et étrangères racontent la suite du drame. Il y a sept ans. Cette année maudite.

Au moment où Julien envoyait sa troisième lettre, un ferry-boat norvégien, dont le chargement de voitures était mal arrimé, a fait naufrage. Peu de rescapés. Les journaux parlaient de « nombreuses victimes, parmi lesquelles plusieurs touristes français ». La mer a refusé de rendre la plupart des corps.

Le ferry effectuait du cabotage dans les eaux territoriales : les passagers montent, descendent, comme d'un bus maritime. Aucune liste n'est établie.

Pour quelques-uns des disparus, l'identification a demandé plusieurs mois. Pour d'autres, ceux qui n'ont pas été signalés par leur entourage ou leur entreprise, on en est resté aux suppositions.

Julien n'a donc pas su que Raphaël et son ami Björn étaient à bord. Il a continué à écrire, pendant près d'un an, croyant que son fils refusait toujours de lui répondre.

La manière dont il a été mis au courant est affreuse aussi. L'année qui a suivi la catastrophe, s'était constituée en Norvège, entre les familles des victimes, une association d'entraide. Pour l'anniversaire du naufrage, elle a organisé une cérémonie. Des gens de bonne volonté ont effectué une recherche approfondie de tous les proches des disparus, même ceux qui ne faisaient pas partie de l'association. C'est en recevant l'invitation que Julien a appris que Raphaël était mort. Et son amant avec lui.

Julien s'est rendu au nord du cercle polaire, comme l'attestent les billets d'avion qu'il a conservés. Un article en première page d'un journal d'Oslo montre les familles, trempées par les embruns sur un promontoire dominant un fjord. Le recueillement devant un cénotaphe, seul lieu de mémoire possible pour les parents de ces disparus que l'on ne retrouvera jamais. Et c'est cela qui a dû être le plus lourd à porter : pas de clôture à ce deuil, pas de rédemption possible. Julien restait coupable pour toujours. Même de ce qu'il n'avait pas fait.

Alors, que s'est-il passé ensuite dans sa tête ? La boîte de cartes postales nous en donnait une vague idée. Le refus de la culpabilité, un déni dérisoire. Ce fils évanoui dans la nature, ce papillon envolé sans laisser d'adresse, Julien a continué de le *faire voyager* : il s'envoyait à lui-même ces cartes postales, par l'intermédiaire de relations à l'étranger ! Toujours et seulement les trois mêmes mots : « C'est ma vie »... Julien les copiait d'après le dernier billet laissé le jour du départ, comme un reproche sans fin adressé à lui-même. Il signait avec le papillon.

Pour son entourage, pour sa famille, il a préféré conserver à Raphaël l'image d'un rebelle, bravant son père depuis les quatre coins du monde.

Julien Abestéguy était-il fou ?

Chacun sa folie.

Qui a le droit de le clouer au pilori ?

Pas moi. *Surtout pas moi.*

Adélie tournait autour de la pièce, claquant du plat de la main le bureau, le mur. Dents serrées. De rage.

Je m'attendais à de l'abattement : une semaine après la mort de son oncle, apprendre celle de son cousin... Réaction plutôt vive :

– Quoi ? Quoi ? Tu me crois parfaite ? Eh bien non, désolée ! Je ne suis pas chagrinée, je suis FURIEUSE, *égoïstement* furieuse ! La mort de Raphaël me touche, bien sûr, mais elle ne cause pas un vide. Je ne l'ai pas vu depuis si longtemps. C'est comme s'il était encore en voyage. Mais ce que je n'arrive pas à digérer, c'est de m'être laissé abuser à ce point par Julien ! Julien et son grand cœur, Julien et son intelligence... Aveugle, j'étais ! Il s'est comporté comme le pire des fachos, comme le Dupont-la-Joie de base ! Ralph était gay, homo, pédé ? Bon, et alors ? Ça ne l'empêchait pas d'être brillant, subtil, sensible ! Ni de vénérer son père !

J'ai essayé de minimiser :

– Tu sais, il ne faut pas jeter le bébé avec l'eau du bain… Tu ne t'es pas trompée sur les qualités d'homme de Julien. Simplement, l'homme et le père sont parfois différents…

– Arrête, tu vas finir dans le burlesque ! Julien est ton héros, d'accord. Il t'a sauvé la vie, d'accord. Mais, sur ce coup-là, il est *indéfendable* ! Si Raphie n'avait pas été fichu hors de chez lui à dix-sept ans, jamais il ne se serait trouvé sur ce ferry-boat ! Et l'irréprochable, le vertueux Julien Abestéguy ? Il a tout planqué sous le tapis, même vis-à-vis de sa famille ! Il a continué à mener ses affaires, du haut de son intelligence supérieure, en se dédouanant avec son petit cinoche de cartes postales ! Alors, ses messages, sa clé, ses jeux de piste posthumes et son joli loft confortable, j'en ai rien à faire ! J'étouffe, ici ! Je ne veux plus y remettre les pieds. Je me tire !

Ça dérapait complètement. Urgence. Il fallait renverser la vapeur ! J'ai bloqué la porte au moment où elle l'ouvrait.

– Stop. Arrêt de jeu. Temps mort.

– Laisse-moi sortir ! Qu'est-ce qui te prend ?

– Je t'empêche de faire une connerie que tu regretterais un jour. Moi, dans tes histoires de famille, je n'ai aucun enjeu, aucun intérêt. C'est justement pour ça que tu vas m'écouter. Je garde le petit chouia de recul qui te manque. Ce que je vois, c'est que nous n'avons pas tous les éléments pour juger. Tu ne sais pas ce qui s'est passé réellement entre eux. Personne ne le sait. Qui te dit qu'il n'y a pas eu un quiproquo stupide ? Que ton cousin ne s'est pas enfui par peur d'être chassé, *avant* qu'un dialogue puisse s'établir ?

Une intuition. Le moment de grâce. Elle a cessé de me pousser. J'avais touché quelque chose, très loin en elle. Ce qu'elle espérait entendre, peut-être. J'ai foncé dans la brèche :

– Donne encore une chance à ton oncle !

– Et je la prends où ?

Une idée, vite !

– Dans ses lettres.

J'avais subodoré un quiproquo, j'étais loin du compte. Lorsque Adélie a osé décacheter les enveloppes, ce fut pour étaler un gâchis.

Toutes les lettres de Julien Abestéguy à son fils n'étaient qu'un appel, une prière. Il reconnaissait le côté excessif de sa première réaction. Mais elle ne portait pas contre l'homosexualité de Raphaël. Depuis un temps, il avait perçu les orientations de son Papillon. Et il lui en laissait le choix, sans jugement.

En fait, admettait le père, son attitude avait été guidée par la jalousie. Les voyages évoqués dans les premières photos, Raphaël et lui les avaient accomplis ensemble. Savoir que son fils partagerait dorénavant sa découverte du monde avec Björn était une frustration. Il l'avait mal supportée, et il en demandait pardon.

Mais, au-delà de ce réflexe mal contrôlé, Julien évoquait ce qu'il ne craignait pas de nommer son instinct *maternel*. Le désir de protéger son enfant lui faisait redouter ce départ précoce. Loin de vouloir chasser Raphaël, il lui criait à longueur de lignes que sa place était encore à la maison, jusqu'à ce qu'il soit mieux armé face à la vie, qu'il ait au moins poussé ses études. Björn serait le premier à abonder dans ce sens, puisqu'il l'aimait sincèrement. Il saurait attendre, Julien s'en disait convaincu. Mais il laissait Raphaël libre de sa décision.

Et c'est là que la muraille d'incompréhension atteignit des sommets : dès la fuite de l'adolescent, Julien disposait de l'adresse de Björn, grâce à la diligence de son enquêteur privé.

Il a écrit, faisant son *mea culpa*, disant sa tendresse et ses conseils. Mais Raphaël redoutait des reproches. Il a renvoyé les premières lettres sans les décacheter.

Le père aurait-il dû débarquer d'autorité à Göteborg pour dissiper la confusion ? Il a persévéré dans ses courriers « pour ne pas piétiner de ses gros sabots le jardin secret du Papillon ». C'étaient ses propres mots.

Rappeler de quoi l'enfer est pavé serait bien ridicule, en regard de ce désastre.

Minuit était passé quand Adélie s'est ressaisie. Mon T-shirt avait épongé ses larmes.

– Merci, Lancelot.

– ...

– Le chevalier blanc, défenseur de la mémoire de l'opprimé. Julien a trouvé son dernier ami, mais pas le moindre.

– Je suis content de vous avoir rabibochés.

Elle s'est campée au centre de la pièce, l'a parcourue du regard.

– Je m'y sens mieux. Je crois que je reviendrai.

– Je crois surtout que tu ne devrais pas en partir. Pas avant d'être allée au bout de ce que Julien attendait de toi. C'est clair, il a jalonné ta route. Méthodiquement. Il t'a conduite ici, où il avait tout préparé pour que tu saches *avant* tout le monde que tu es bel et bien sa seule héritière. Il te le dit dans son message, il te le fait répéter par Robin, puis par Gupta. Il te le prouve avec le dossier Raphaël. « Ce qui était à moi est à toi, et à toi seule. » À mon avis, cela ne concerne pas ton héritage officiel. Son notaire va le régler au grand jour dans quelques semaines. Mais le plus considérable, ce qui intéresse Widmer et compagnie, c'est ce qui ne peut pas être transmis par voie légale ! Je crois que Julien a voulu te donner une longueur d'avance. Ne la perdons pas. Ceux qui ont eu sa peau sont déjà en train de chercher, tu n'as pas le droit de les laisser triompher ! En tout cas, moi, je ne peux pas !

– Tu as raison, Stéphane. Nous le lui devons. Et ce qu'il voulait que je trouve est ici, nécessairement. Ou du moins, le bout du fil qui m'y conduira. On s'y met ?

Nous avons passé au moins trois heures à fouiller le loft, au son des musiques que Julien devait écouter.

Chou blanc total.

Le jour colorait la verrière lorsque nous nous sommes laissés tomber sur le sofa, endormis aussitôt dans les bras l'un de l'autre.

Avec la lucidité du matin, nous remâchons notre déconvenue. Outre les documents sur Raphaël, qu'y a-t-il ici ?

Un ordinateur, d'abord. Un portable dernière génération, posé sur le bureau de verre. J'avais flashé dessus dès l'entrée. Il ne devait pas se trouver là par hasard, vu les méthodes Abestéguy.

Adélie l'a allumé, elle n'a même pas réussi à afficher une liste de dossiers. Confessant sa méconnaissance de l'informatique, elle m'a passé le relais. Je m'y entends un peu mieux, je touche même ma bille.

L'engin a refusé obstinément de me laisser pénétrer au-delà de la page d'accueil de Windows. Comme si aucun programme n'était installé !

Hors cela, le témoignage des moments de relâche que Julien venait s'accorder dans son refuge : des disques, des livres aux reliures anciennes, un carton portant l'étiquette de la salle des ventes d'Enghien-les-Bains, où s'entassent de vieux papiers, une boîte de biscuits Lu cabossée et quelques jouets en plastique des années soixante, en piteux état. Manifestement, quelques-uns des « vistemboires » fourgués par ce farceur de Robin.

Tout démontre que, le mercredi soir, Julien se savait pisté.

Nous reconstituons son parcours : arrivée Gare du Nord, réception de la Volvo à l'agence de location, séjour dans le loft.

Le dossier Raphaël est prêt depuis longtemps. Il le met en évidence et il élimine d'ici tout ce qui peut donner à des étrangers la moindre indication sur son pactole caché.

Il vide son ordinateur.

Il fabrique l'énigme de la carte postale, compréhensible de la seule Adélie.

Il y joint la clé.

Il donne ses consignes à Gupta, puis file chez Robin.

Pour tromper ses suiveurs, il rapporte le carton de vieilleries, qu'il remet ostensiblement au commissaire-priseur.

Enfin, il prend la route des Pyrénées, vers son dernier rendez-vous.

– Et tout cela pour te ramener ici, Mangouste ! Donc, il y a laissé l'essentiel, ou alors il avait perdu les pédales.

Moi, je mise sur l'ordinateur. Je le glisse dans un sac du BHV qui traîne sous l'évier.

– S'il est verrouillé à ce point, c'est qu'il contient des informations et il les crachera, foi d'animal ! Avec ta permission, je l'embarque et je le soumettrai à un type que je connais, un cador.

Adélie, sentimentale comme tout, emporte un recueil des *Fables* de La Fontaine, qui a dû être la dernière lecture de Julien. À notre arrivée, il était posé sur le sofa et, aux deux tiers de l'ouvrage, reste inséré un marque-page doré.

Je laisse la belle rentrer place des Vosges, où elle doit retrouver Godélia et son mari.

De mon côté, j'ai de quoi m'occuper. Il faut que je sache ce que l'ordinateur a dans le ventre.

Séquence 27

Bien que ce soit samedi, le Labo de Marly-le-Roy turbine comme une ruche. Jean-Marc, dit « Toutoune », virevolte sur son fauteuil à roulettes entre des tables disposées en fer-à-cheval. Il a engagé le combat simultanément contre trois machines. D'une poussée de pied, il se projette de l'une à l'autre tout en engloutissant au passage des croissants et des gobelets de café posés sur le matériel au mépris de toutes les règles.

Ce type doit avoir un métabolisme de mutant. Il bosse vingt-cinq heures par jour, mange tant qu'il bosse, vissé sur son siège, et il reste maigre comme un hareng. *C'est* un mutant. Sans interrompre ses glissades, il me postillonne la bienvenue :

– Chalut, mon Chtef !

Je lui exhibe l'ordi.

– *Avé*, cybernétique morfale ! Urgent.

– Sorry, man ! On est surbookés. Une infestation par virus.

– Grave ?

– Ça promet de l'être. On lance la bestiole demain. Un vrai bijou. Très ciblé. Australie. Ils vont en chialer, les kangourous !

– T'es vraiment un voyou, Jihem…

– Tu peux causer, Rambo… Chacun ses armes. Moi, l'engagement physique m'a toujours collé la diarrhée. J'y peux rien, je suis un couard congénital. Ça ne m'empêche pas de faire avancer le schmilblick du fond de mon fauteuil. Et d'être très occupé.

Moi, ce qui me noue les tripes, c'est leurs méthodes : semer des saloperies invisibles, que vous ne détectez que lorsqu'elles ont déjà rongé la baraque. Mais cet enfoiré va dans le sens de l'histoire : pour les conquêtes d'aujourd'hui, les vrais généraux sont ici. Dans leur fauteuil. J'étais une sorte de dinosaure, dans le style des Polonais qui chargeaient sabre au clair contre les blindés d'Hitler. Heureusement, j'avais plusieurs talents à mon arc et j'ai su me reconvertir à temps.

– Je conçois la pression qui t'écrase, auguste citron du langage binaire, mais tu sais bien que tu me dois la priorité. Autorise-toi une récréation.

– Fais chier, Steph ! On n'a pas couché ensemble !

– Désolé, je vais réparer cet oubli impardonnable. Allonge-toi sur le clavier ! Il est temps pour toi de découvrir la vraie vie.

– Pauvre tache ! Allez, aboule ton bouzin ! De quoi est-ce qu'il souffre, le petit pépère ?

– Constipé. Ausculte-le, s'te plaît.

Tel que je connais mon Toutoune, qui passe ses jours et ses nuits à pénétrer par effraction dans des systèmes monstrueux et sophistiqués, en dix minutes il viendra à bout de ce jouet d'amateur !

Il le titille un moment et ses lunettes se mettent à scintiller d'une excitation du plus mauvais aloi.

– Ouh didondidoncdidonc… Tu vas me le laisser, hein ?

– Ça m'embête, il n'est pas à moi.

– Tu m'étonnes ! Allez, sois pas vache. C'est pas un bug qu'il y a là-dedans, c'est un alien ! Je veux me le faire !

– T'en as pour longtemps ?

– Faut en voir la queue, avant d'estimer. Pour l'instant, il est au fond d'un placard. Le verrou est meuh-meuh. Je vais y aller avec des pincettes : une fausse manœuvre et tu exploses le disque dur. C'est une pointure, celui qui a miné le système.

– Et toi, tu vas te le niquer, Jihem ! Mais vite fait, sur le coin du gaz. Priorité trois étoiles.

– Voui, chef. Merci du cadeau. Je t'aime, mon Steph ! Casse-toi.

Et il se propulse vers ses écrans, un croissant en travers du bec.

Je profite d'être dans la boîte pour monter faire un petit coucou à Gauthier. Ses collègues le tiennent en quarantaine et se fichent de lui à cause des pellicules qui neigent en permanence sur ses costumes étriqués. Et ils le traitent de peau de vache. Moi, il m'émeut, toujours seul dans son bureau sans air au bout du couloir. Il s'est laissé refiler la pièce dont personne ne voulait, sans protester. Je crois qu'il s'en fout, du moment qu'on le laisse faire son boulot. Opiniâtre à ce point, je n'en connais pas des masses. À part moi, peut-être. Peau de vache, non. Il exige des autres autant que de lui-même. Dans les étages, ses résultats sont appréciés : les joyeux drilles qui se gaussent dans son dos prendraient la crise de foie s'ils voyaient sa feuille de paye.

Sa première remarque concerne ma santé. Il me trouve petite mine. Je lui parle un peu de ma vie depuis que nous ne nous sommes vus. Il s'abstient de critiquer on d'approuver, mais je sais qu'il enregistre tout. Ensuite, il me demande si j'ai assez de blé, ces temps-ci. Je sais que ce n'est pas totalement désintéressé, et je n'ai pas envie de me laisser coincer par la boîte : trop besoin de ma liberté d'action. Je lui réponds que oui, pas de besoin urgent. Il n'est pas dupe, mais il n'a pas intérêt à trop me mettre le fil à la patte.

Quand je le quitte, il me glisse un bon pour une révision gratuite à l'antenne médicale, aux frais de la princesse. Je ne refuse pas. Ils mitonnent des cocktails de remise en forme à rendre jaloux les soigneurs du Tour de France. Gauthier m'aime bien, je crois.

Dimanche, 11 juillet

La petite a terminé la journée d'hier avec les nerfs en pelote. À chaque fois qu'elle et sa mère se croisent, elles finissent par se mordre le nez. Cette fois, le sujet était tout trouvé : Adélie tenait à être la première à révéler à Godélia la mort de Raphaël. Elle n'a pu s'empêcher de dire le fond de sa pensée : la « grande artiste » porte aussi sa part de responsabilité dans ces complexes secrets de famille.

– Si elle n'avait pas maintenu son comportement intransigeant et despotique, y compris avec son propre frère, tout aurait pu être tellement différent. Tu as pu t'en faire une idée :

sous ses dehors foldingues, c'est un bulldozer commandé par une machine à calculer !

Elle rêvait pour son petit frère d'une compagne à sa dévotion, qui consacrerait sa vie à faciliter sa carrière. Au lieu de cela, Julien est tombé raide amoureux d'Aurore, un oiseau ravissant aux nerfs pas très solides.

– Elle voulait que tout soit facile, elle dansait dans les fontaines publiques quand elle avait chaud, elle entrait dans un bon restaurant quand elle avait faim, sans se soucier d'avoir pris son sac à main.

Lorsque la vie devenait trop compliquée, Aurore partait, sans prévenir. Julien allait la récupérer, la ramenait, sans commentaire, et continuait à l'aimer comme si de rien n'était…

– Par bien des côtés, Raphaël tenait d'elle. Godélia poussait Julien à « prendre les choses en main ». Ne fût-ce que pour le bien de son enfant. Il s'est laissé influencer, il a pris sa femme entre quatre z'yeux et lui a fait la morale, comme quoi elle était en âge et en situation de se comporter avec un peu plus de stabilité et de sens des responsabilités.

Elle l'a écouté avec le plus grand sérieux. Elle a dit qu'en effet, c'était important, qu'elle devait envisager un changement, qu'elle allait sortir pour y réfléchir. Elle a demandé à Julien de faire dîner le petit. Elle n'a jamais remis les pieds chez elle.

– Ma chère mère a toujours nié la moindre responsabilité. J'ai tenté de la lui faire admettre, tout à l'heure. Je te donne en mille sa réaction : même si c'était le cas, elle en serait fière, car avec une Aurore dans les pattes, Julien n'aurait jamais pu atteindre une telle réussite ! Écœurant ! Je lui ai dit que je serais bien forcée de la revoir au cimetière, mais que je ne pensais pas utile d'en faire davantage.

Ce dimanche est donc coincé entre une mauvaise fin de journée, suivie d'une mauvaise nuit, et un lendemain qui promet sa dose de tristesse. Mais il est bien à nous. Nous choisissons d'un faire un jour de tendresse, tous téléphones éteints.

Voyant que je suis plutôt détendu et enclin à la confidence, ma douce ose une question sur la manière dont j'ai organisé mon existence. Je m'étais fait la promesse d'éviter les mensonges inutiles. Pas évident. Tant pis pour mon prestige.

Il y a sept ans, j'ai pété les plombs. J'ai présenté ma démission, elle a été refusée. Pour la faire admettre, j'ai démontré à mes chefs que ma fragilité mettait en danger la vie de mes hommes. Je n'étais plus capable de gérer une situation aiguë.

Je me suis enfermé au Cluzeau, dans la solitude absolue. La culpabilité est un sentiment irrationnel : j'étais coupable de n'être pas mort en même temps que mes chéries. Je ne souhaitais qu'une issue : les rejoindre de l'autre côté. Mais quel « autre côté »… ?

– Je ne crois pas à un monde meilleur… L'injustice, c'est que, même s'il n'y en a pas de meilleur, il y en a un pire.

J'errais dans un labyrinthe. Ma maison. Qui aurait dû être pleine d'amour et de rires. Je n'y reconnaissais plus rien. Je me cognais à tous les angles. Ça puait. Je laissais des vomissures au petit malheur la chance, et je m'en foutais. Je ne m'en rendais même pas compte. Je mettais le nez dehors une fois la semaine pour rentrer les caisses de pinard que la camionnette de la Coop livrait devant la grille. Le reste du temps, je me plantais accroupi dans un chambranle de porte, pour essayer de les voir passer et les attraper, les capturer et ne plus jamais les laisser repartir.

Léa et Virginie.

Mais ça ne marchait jamais. Elles n'apparaissaient que derrière moi, parfois sur les bords de mon champ de vision. Dès que je tournais la tête, elles s'évaporaient. Alors je tombais à genoux, je me démolissais les mains à frapper la pierre.

La solution, c'était de les rejoindre. Ça, je le savais. J'attendais juste d'avoir le geste plus sûr, l'esprit plus clair. Je voulais réussir ma sortie.

Le moment approchait. Un jour, j'étais dans la cuisine, mon 9 mm israélien en pièces détachées sur la toile cirée. C'était lui mon billet pour le dernier voyage. Même les yeux ouverts, je sucrais tellement les fraises que j'étais incapable d'assembler trois morceaux. Une voiture s'est arrêtée sur la route. À travers les rideaux, j'ai vu débarquer Manuel Lobos. Même pas eu l'envie de me lever. Pourtant, Manuel était un frère.

L'Espagnol était mon aîné. Il avait eu la chance d'atteindre la retraite en n'ayant perdu qu'un bras. Il continuait pourtant à trimer : il ne pouvait pas s'en passer. Nous nous entendions bien. Aucune rivalité entre nous, aucun besoin de prouver notre supériorité. Nous *étions* supérieurs.

Il est arrivé droit sur moi, qui mâchonnais un sourire, collé à ma chaise. Il m'a balancé son poing dans le ventre. Il m'a regardé me tortiller par terre en gerbant. De la bile et du picrate. Je n'avais rien d'autre dans l'estomac depuis je ne sais quand.

– Alors, c'est vrai ce qu'on raconte… T'es devenu une épave.

Il a attendu tout le temps qu'il fallait, sans intervenir. Quand j'ai été à peu près debout, il m'a poussé vers l'évier et m'a tenu la tête sous le robinet. Puis il a sorti de sa poche une bouteille de Rioja. Seul aliment que je pouvais ingurgiter. Quand elle a été éclusée, j'étais à même de comprendre ce qu'il disait :

– Je sais ce qui est arrivé à ta famille et ça me fout les boules rien que de penser à ce que tu endures. Je ne souhaite ça à personne. Mais ce que je vois, là, c'est un gâchis, Steph. Ta formation a coûté des millions au contribuable et tu te laisses pourrir ? Tu étais bon, dans ton domaine. Le meilleur. Tu peux le redevenir. Je suis passé dans le privé, maintenant. Les gens pour lesquels je travaille ont lu tes états de service. Tu commences demain, si tu veux. Bien sûr, au point où tu es descendu, la maison ne te fera pas crédit. Tu as quatre-vingt-dix-neuf chances sur cent d'y laisser ta peau. Mais au moins en étant utile. Il se peut aussi que tu t'en tires. Alors qu'ici, t'es déjà dans la tombe. Et tu ne sers vraiment à rien.

Il prenait un risque de faire confiance à un zombie tel que moi. Je ne sais pas si c'est le Rioja, ou l'idée d'être utile à quelqu'un, mais j'ai fermé la maison et suivi Lobos.

J'étais dans un état où je me foutais du danger. Il apportait même une solution à mon désespoir. Au bout du compte, je suis sorti vivant de la marmite où l'on m'avait expédié et dans laquelle on me pensait cuit d'avance.

Ma réputation avait repris son éclat. Les employeurs de Lobos m'offraient du travail à plein temps. Ça ne me chantait pas trop. Je venais de goûter à la liberté, et je n'avais plus envie de l'aliéner. J'ai donc opté pour un arrangement, une sorte de compromis helvétique : plus rien de fixe, je n'accepte que ce qui m'est strictement nécessaire pour vivre. Je peux me le permettre. Lorsque je prends un boulot, mes commanditaires sont certains que je le mènerai jusqu'au bout. Je suis « un bon », un très bon, même.

Mon seul coup foireux, genre amateur, je l'avoue, c'est bel et bien le traquenard du cirque de Calataïud. Mais à toute chose, malheur est bon, puisque ce ratage m'a permis de croiser la route d'Adélie Cartwright. Laquelle brûle encore de m'entendre m'étendre sur la vie passionnante de Stéphane Roy.

– De quoi d'autre veux-tu que je te parle ?

– Je n'ai pas d'idée précise. Choisis.

Une femme n'admet jamais qu'elle n'a pas d'idée. Sauf lorsqu'elle en a une.

– Ah… Steph et les dames ?

– Hm, hm…

Sur ce chapitre au moins, je suis parfaitement décontracté. Oui, pour avoir été blessé, je n'en reste pas moins homme. J'ai eu des aventures, depuis la mort de Léa.

– Juste le repos du guerrier. Mais il n'y a rien d'irrespectueux à dire cela. Je posais les règles du jeu dès le départ, sans faux-semblants pour la séduction. Aucune promesse, aucune liaison. Il suffit de trouver les femmes qui recherchent ce genre de relations…

Rien qui ressemble de près ni de loin à ce qui m'a submergé sans crier gare depuis ces derniers jours. Et qui me rend les idées beaucoup moins claires. Et les choses beaucoup moins faciles.

Séquence 28

Lundi, 12 juillet

Ce que je redoutais est arrivé. *Ils* sont sur la piste. Ils ont montré le bout de l'oreille en fin de matinée, aux funérailles de Julien. Adélie ne me l'apprend que le soir.

– Tu aurais dû m'avertir aussitôt !

– Et tu te serais fait du mouron tout seul une journée entière. Qu'est-ce que ça aurait changé ?

Allez savoir… Elle nous a fait perdre quelques heures de notre fragile avance. Je ne vais pas lui en faire reproche, elle pensait me ménager. Et ce lundi a été plus rude pour elle que pour moi.

Pour l'adieu à Julien, de très nombreuses personnes étaient présentes au crématorium du Père-Lachaise. Martine Claessens s'était activée : des autocars avaient amené le personnel de l'usine depuis le Nord, la plupart des collaborateurs du bureau de Bruxelles étaient présents, ainsi que de nombreux clients, les fournisseurs, un représentant du ministre de l'Industrie. Des amis aussi, venus parfois de pays lointains. Tous ceux dont Martine avait pu retrouver les coordonnées dans les carnets de Julien en si peu de temps.

Gupta Armitraj avait fait venir toute sa famille, non seulement de Paris, mais de Londres, d'Amsterdam et même de Delhi.

Robin Desbois avait réussi à joindre plusieurs anciens condisciples étudiants auxquels Julien avait attribué des surnoms…

De nombreux artistes avaient fait le déplacement pour soutenir Godélia Cartwright dans son deuil.

La cérémonie a été trop longue. Les officiels avaient préparé un laïus, les cadres de l'entreprise également. Les représentants syndicaux n'ont pas voulu être en reste, pour dire quel interlocuteur respectueux et toujours à l'écoute avait été leur patron.

Geneviève, admirable en tailleur de deuil (quatre tons de noir différents, création d'un jeune couturier croate dont elle assure l'ascension), tenait à l'audition intégrale d'une musique appréciée de son frère, les *Leçons de ténèbres* de Gesualdo. Nombre d'assistants se sont éclipsés après l'escamotage du cercueil derrière le rideau.

Adélie, sa mère et Marty Boyd ont été conviés à passer de l'autre côté du décor et à observer la mise au four. Geneviève a décliné l'offre. Elle se dévouait pour tenir compagnie aux courageux qui attendraient le temps de la crémation. Adélie et son beau-père y sont allés, main dans la main. C'était le maximum que la petite se sentait en état de supporter. Elle avait l'intention de partir aussitôt après, surtout pour ne pas se retrouver dans le périmètre d'influence de sa mère.

Marty s'est montré fin : il n'a pas cherché à la dissuader, il a juste mentionné qu'il ne quitterait pas le Père-Lachaise sans s'être recueilli sur la sépulture de Jim Morrison. Eh oui, confia-t-il, le crâne rosissant sous la mèche collée, il était fan des Doors… Toute son époque…

Adélie avait un doute : les restes du chanteur n'avaient-ils pas été retirés de la tombe, après quelques perturbations nocturnes causées par des admirateurs qui voulaient danser, pique-niquer et s'envoyer en l'air auprès de leur idole ? Marty tenait au moins à voir l'emplacement. Saurait-elle le lui indiquer ? C'est ainsi qu'ils se sont égarés dans les allées, s'exclamant devant des noms illustres ou des monuments surchargés.

Ils parlaient comme jamais ils n'en avaient eu l'opportunité. Quand il a senti Adélie moins crispée, Marty a intelligemment fait allusion à la nouvelle dispute qui avait opposé mère et fille :

– C'est fou les efforts qu'elle déploie pour masquer…

– Masquer quoi ?

– À quel point tu comptes pour elle… Comme si tu ne le savais pas !

Il ne l'a pas laissée protester et, comme la chose la plus naturelle du monde, il s'est mis à évoquer le respect de Godzilia pour les dons de sa fille, héritière du sens artistique d'Adrian Cartwright, pour son intégrité face à la création… Comme elle redoute, cette mère terrible, de n'avoir pas su mériter l'admiration de son enfant unique, de n'être perçue que comme un pantin médiatique, une baudruche de la jet-set, une usurpatrice médiocre ! Elle a toujours préféré provoquer l'affrontement : dans la bagarre, au moins, elle était à la hauteur !

– Évidemment, toi, par respect pour elle, tu ne peux qu'entrer dans son jeu, pour lui laisser l'illusion du combat… J'ai tant de peine pour vous deux… Mais si ton père, ce géant, n'a pas pu vous réconcilier, ce n'est pas moi qui peux espérer y parvenir… Allez, je parle, je parle… Tu connais mieux que personne ce lien caché, avec lequel tu te débats depuis ton enfance, n'est-ce pas ? Pardonne-moi de t'en rebattre les oreilles. Je te laisse partir, je retourne là-haut pour les condoléances… Tant pis pour Jim.

– Jim ?

– Morrison.

Ébaubie par cet éclairage que Marty venait de projeter, avec tant de subtilité, sur un pan de sa vie, Adélie en avait oublié le prétexte de leur flânerie.

Il ne payait pas de mine, le petit beau-père tire-bouchonné dans son costume synthétique aux reflets de hareng saur. Il n'avait rien de commun avec les bêtes bronzées de l'intelligentsia, au brushing léonin, qui tournoyaient autour de Godélia. Mais quelle délicatesse, quel cœur ! Elle le voyait, s'éloignant comme il s'était exprimé : modeste, presque invisible parmi les tombes grandioses, sans se retourner.

Elle est descendue, selon la pente de la nécropole, vers le grand porche, boulevard des Batignolles. Un troquet jouxtait l'enceinte, à la pointe d'une maison vieillotte. L'enseigne a semblé une promesse d'espoir :

« **LA RENAISSANCE** ».

– C'est là que ce type m'a abordée. Il s'est assis sur la banquette, à la table voisine. Il m'a semblé l'avoir aperçu, parmi l'assistance, au crématorium. Déjà là, fugitivement, j'avais eu l'impression de l'avoir rencontré auparavant. Un homme dans la quarantaine, l'élégance discrète. Des yeux gris qui ne laissent passer aucun détail. J'avais autre chose à faire qu'à m'intéresser à lui, mais j'étais agacée de ne pas me souvenir où j'avais croisé ce regard. Il s'est tourné légèrement vers moi, avec un sourire bref. « Permettez-moi de vous présenter mes condoléances, mademoiselle Cartwright. » Il a parlé très bas, j'étais la seule à pouvoir l'entendre. Je l'ai remercié, je lui ai dit que j'avais l'impression de le connaître, mais que j'étais désolée, je ne me rappelais plus dans quelles circonstances. À nouveau ce sourire rapide. « Rien d'étonnant. En fait, vous ne me connaissez pas. Mon nom est Trente. Jérôme Trente, comme le chiffre. »

– Il a dit cela ? Comme le *chiffre* ?

– Oui, ça m'a choquée aussi. Il a ajouté aussitôt : « Vous avez une redoutable mémoire visuelle. Vous ne m'avez aperçu que dans l'entrebâillement d'une porte. Une fraction de seconde. À la gendarmerie de Périgueux. Je suis enquêteur spécial à la Division nationale antiterroriste. La DNAT. À la crispation de vos mains, je vois que vous connaissez cette unité. Rassurez-vous, je ne vais pas vous interroger. Je l'ai déjà fait. Par personne interposée. Le capitaine Daguet, en l'occurrence. À la spontanéité de vos réponses, il m'a semblé que vous n'étiez pas au courant d'éventuelles fréquentations, disons… compromettantes, de votre oncle. Je me trompe peut-être, mais j'ai décidé de vous faire confiance. Sachez que l'on nous observe peut-être. On *vous* observe. Moi, personne ne connaît mes fonctions, en principe. Non, ne dites rien. Conservez la même attitude que lorsque je vous ai saluée. Disons, comme si j'engageais une amicale conversation avec une ravissante personne, à une table de café… Merci. Je dispose de très peu de temps pour vous parler seul à seule. »

Il a d'emblée déclaré que la mort de Julien semblait en relation avec des activités qui relevaient de sa spécialité. Sans détour, il a dit que le décès de l'industriel n'était pas survenu dans les circonstances officiellement admises.

– Vous insinuez que la mort de mon oncle n'est pas naturelle ? pas accidentelle ?

– Je n'affirmerais pas cela. Accidentelle, elle l'est sûrement. Cependant, l'autopsie a mis en évidence des incohérences entre l'heure supposée de l'accident et la nature de certaines blessures. Antérieures de plusieurs heures. De surcroît, ses vêtements et ses cheveux portaient des traces d'explosifs et de poussière.

– Des explosifs ?

– Oui, mademoiselle. Or, à ma connaissance, M. Abestéguy n'était pas artificier, non plus qu'exploitant d'une mine à ciel ouvert. On peut donc se poser quelques questions. Nous sommes bien d'accord. Malheureusement, Périgueux ne dispose pas d'un laboratoire de police scientifique. Il aurait fallu envoyer le corps ou au moins certains prélèvements vers les services de Paris, dont je dépends. Cela nécessitait des autorisations, d'autant plus longues à obtenir pendant un week-end. Et des fuites, toujours possibles, pouvaient alerter les individus auxquels je m'intéresse et les faire rentrer dans leur trou.

Il avait donc pris sur lui de ne pas empêcher la signature du permis d'inhumer, afin de permettre à son enquête de suivre son cours avec plus de discrétion.

– Dans quelques secondes, je vais me lever. Je vais oublier le journal que vous voyez sur la banquette. Emportez-le. J'y ai inséré ma carte. Il se pourrait que vous remarquiez ou que vous entendiez parler, dans les jours qui viennent, de faits qui vous paraîtraient inhabituels. Ou de personnes cherchant à s'immiscer, d'une manière ou d'une autre, dans les affaires privées de votre oncle. Je vous prie de me les signaler aussitôt, même si cela vous paraît insignifiant. Inutile de vous préciser, j'imagine, que vous pouvez me contacter, *a fortiori* si vous faites l'objet de menaces ou de pressions. Cela étant dit sans vouloir vous effrayer.

Il s'est levé, a posé une poignée de monnaie sur la table. Il a dit, en faisant signe au garçon :

– J'ai joué franc-jeu avec vous. J'espère que je n'aurai pas à le regretter.

Puis il a tourné son regard vers elle.

– Par ailleurs, ce fut une joie *véritable* de vous rencontrer, mademoiselle Cartwright.

Il est sorti du café et s'est engouffré dans une C6 noire qui passait le long du trottoir, juste à ce moment-là.

– J'étais complètement désorientée. Je l'ai été encore d'avantage en apprenant, juste après, que ce Trente n'avait pas menti. Julien était probablement menacé de mort depuis longtemps !

Séquence 29

En repassant devant l'entrée principale du cimetière, Adélie a failli heurter Martine Claessens, presque méconnaissable en tailleur sombre, les yeux gonflés. L'amie belge, elle aussi, échappait discrètement aux suites mondaines des funérailles. Geneviève se « sacrifiait encore » pour accueillir les personnalités chez Lasserre, que le brave Marty Boyd avait réservé dans sa quasi-totalité.

Les deux jeunes femmes se sont prises par le bras. Elles ont marché en silence en direction de Belleville, bousculées par le petit peuple cosmopolite sortant des boucheries halal et des solderies de textiles. Des odeurs de cuisine pulsaient par les aérateurs des cafés. Adélie a proposé :

– On croque quand même quelque chose ?

– Oui. Ce serait raisonnable.

– Vous avez une préférence ?

– Moi qui suis une gourmande, aujourd'hui, franchement, je m'en contrefiche. Le premier restau venu fera l'affaire, histoire de nous sustenter et de passer encore un moment ensemble.

Le premier venu fut un restaurant chinois gigantesque, gardé par une paire de chiens-lions en pierre artificielle, gueule menaçante, une balle entre les crocs. L'intérieur bruissait, vous téléportant aux antipodes. Des centaines de tables étaient dressées sur trois niveaux, semblant installées dans le décor d'un ancien bordel de luxe, auquel on n'aurait rajouté que des lanternes de papier et quelques dragons dorés, pour justifier l'enseigne. On se serait attendu à voir Bruce Lee surgir pour une cascade, s'élançant d'une balustrade vers une tenture cramoisie, tandis que les innombrables serveurs en veste blanche auraient sorti des pistolets armés de silencieux pour canarder le justicier à coups de plop-plop.

Sur une estrade officiait un quatuor électrique, guitare, synthé, basse, batterie. Une chanteuse sans âge, serrée dans une robe de soie vert canard, perruquée de noir violent, le visage figé sous douze couches de laque, enchaînait, avec la voix de Betty Boop, des variétés hongkongaises dans un micro saturé. Des jeunes filles circulaient entre les tables, poussant des chariots débordant de spécialités à la vapeur, où l'on pouvait se servir au passage. La carte, épaisse comme un annuaire, proposait les cuisines de toute l'Asie.

– Nous avons commandé, sans le lire, le menu recommandé et épinglé à la page de garde, puis vaguement picoré dans les plats, en laissant nos baguettes choisir pour nous.

Martine semblait avoir quelque chose à dire, qui ne passait pas.

Adélie a tenté de faciliter les confidences. Elles portaient peut-être sur un chapitre intime, dont Martine voulait lui glisser un mot ?

– J'ai été surprise d'une absence, à la cérémonie... L'amie de mon oncle...

– ...

– Vous ne l'avez pas avertie ?

– ...

– Ce n'est pas indiscret d'en parler, vous savez. Julien n'en avait jamais fait mention officielle, mais j'avais bien compris qu'il avait une femme dans sa vie. Pas une aventure, mais une liaison qui tenait depuis un certain temps.

Martine Claessens éluda, avançant que, d'une part, pour autant qu'elle ait pu en juger, cette relation n'était pas simple et que, d'autre part, si son patron n'avait pas jugé bon d'aborder le sujet en famille, ce rôle ne lui appartenait pas.

– Je voyais que ça lui coûtait de mettre cette barrière. Martine a beaucoup de sympathie pour moi. Par contre, j'avais pressenti juste : elle portait un poids sur l'estomac, et elle tenait à m'en faire part !

Pendant le week-end, l'appartement bruxellois de Julien avait été cambriolé. « Après l'incendie de janvier, ajouta Martine, ça fait beaucoup ! »

C'est ainsi qu'Adélie a appris que, déjà au début de l'année, une nuit, des flammes heureusement vite maîtrisées, avaient ravagé l'une des pièces donnant sur la rue. Julien était absent.

Une enquête avait été ordonnée, car les assurances soupçonnaient une mise à feu volontaire. Tentative de fraude ou malveillance ? D'après les traces laissées sur la façade, la police avait penché pour la thèse d'un engin incendiaire lancé depuis l'extérieur.

Grâce aux puissantes relations de Julien, et du fait qu'il avait offert de ne pas demander de remboursement aux assurances, l'enquête avait été étouffée.

Adélie écourte la fin de son récit :

– Tu penses bien que les suppositions tournaient très vite dans ma pauvre petite tête malmenée ! Par exemple, est-ce que ce Jérôme Trente n'aurait pas aussi interrogé Martine ? Est-ce qu'il l'aurait mise au courant des activités marginales de Julien ?

– Va savoir si elle n'en était pas déjà parfaitement informée. Elle était sa plus proche collaboratrice.

– L'idée m'a effleurée, figure-toi. Mais, franchement, je ne le crois pas. Il tenait son entreprise bien à l'abri de toute compromission. En tout cas, ça devenait très compliqué, et j'avais hâte de le mettre au clair avec toi.

– Pourquoi n'es-tu pas revenue plus tôt ?

– Coincée. J'ai passé le reste de la journée à faire des allers et retours vers les aéroports. D'abord, Martine m'a demandé de lui tenir la main jusqu'à l'avion. Elle était au trente-sixième dessous, je ne pouvais pas refuser. Lorsque son vol est parti, c'est moi qui ai eu un coup de blues. J'ai repensé à ce que Marty m'avait laissé entrevoir sur ma mère. J'ai eu envie de vérifier, de nous laisser une nouvelle chance, avant que l'Atlantique nous sépare. Une vague trouille que l'occasion ne se représente plus, tu vois ?

– Je connais. On s'en veut, quand il est trop tard, de ne pas avoir assez dit aux gens que l'on aime qu'on les aime…

– Il fallait que l'une de nous deux fasse le premier pas. Je l'ai appelée, elle était encore à son hôtel. J'ai donc fait un saut au Bristol. Nous avons pris un thé. Je ne sais pas trop comment te raconter ça…

– Ne raconte pas.

– Merci. Sache juste que j'ai bien fait d'y aller. Elle est encore moins douée que moi pour passer par-dessus sa fierté et trouver les mots. Elle m'aime, comme elle a aimé mon père, ou Julien, ou même Marty. Cruellement. Mais c'est la seule manière dont elle sache le faire. Et c'est la seule mère que j'aie.

Finalement, la petite courageuse a accompagné Geneviève et Marty à Roissy.

Nous nous sommes retrouvés à la « cantine » de la rue Saint-Antoine. Le *Jean-Bart*, du nom du café-tabac auquel il est accolé. C'est un estaminet breton en plein Marais parisien. Grand comme un timbre-poste, murs et plafond badigeonnés de bleu ciel bruni de nicotine. Pour horizon, des photos de phares armoricains battus de tempêtes ; sur des étagères, des livres traitant de magie celtique. On y mange, pour moins cher que chez soi, de grandes et bonnes assiettées servies à la volée par des étudiants inexpérimentés.

Ce soir de température tropicale, c'est la terrasse qui est bondée. À l'intérieur, nous sommes relativement tranquilles pour causer. Et de causer, nous avons grande urgence.

Prenons les nouveautés du jour dans l'ordre. D'abord, le dénommé Trente, comme le chiffre. J'essaie de vanner un peu ma douce, histoire de lui rendre plus détendue sa bolée de cidre bien méritée :

– La carte de visite laissée dans le journal, ça fait un peu film d'espionnage en noir et blanc. Il ne ressemble pas à Lino Ventura, par hasard, ton enquêteur spécial ?

– Rien à voir. Plutôt Richard Geere. Il aurait pu se faire passer pour un cadre dans une agence de pub. Costume, T-shirt noir ras du cou et lunettes en écaille fine Armani.

– Dis-moi, il avait raison. Ton sens de l'observation fonctionne à plein ! Tu es sous le charme, ma parole ? D'ailleurs, il t'a honteusement draguée !

Elle me répond sur le même ton :

– Forcément, tu as vu la meuf ? Je suis carrément irrésistible. Et je dois dire que si je n'étais pas déjà sous la protection d'un voyou… Un beau flic, ma foi…

Mon sens de l'humour aurait-il tendance à s'émousser ? J'abandonne la boutade et je demande à voir la carte de visite.

Sur le bout de carton blanc, pas de nom, pas d'indication de service. Deux numéros de téléphone, sortis par imprimante. Un fixe, un portable. À noter que le fixe renvoie, si je ne m'abuse, à un central du côté de Noailles ou d'Orléans. Rien qui permette de déterminer une adresse. Ça doit percher dans une zone industrielle, un hangar camouflé en réserve de nourriture pour animaux ou en garde-meubles, d'où on lui renvoie ses appels.

Une chose est certaine : le maquillage hâtif de la mort de Julien en accident n'a pas fait illusion très longtemps. À mon avis, la DNAT connaissait les relations entre Julien et les activistes basques *avant* l'embuscade de Calataïud. Trente nous l'indique involontairement par le fait qu'il s'est pointé à Périgueux dès l'annonce de la mort d'un certain Abestéguy : il savait qui c'était.

Il aurait très bien pu expédier au laboratoire de police les prélèvements effectués sur les vêtements du défunt. Il ne l'a pas fait. Il n'avait pas besoin de déterminer que Julien revenait du cirque de Calataïud, il le savait déjà.

Quels enseignements pouvons-nous encore tirer des déclarations de l'enquêteur spécial ? Il a dissimulé son passage en Périgord et laissé accorder le permis d'inhumer comme si la thèse de l'accident était retenue. Cela pour ne pas révéler que la DNAT s'intéresse à Abestéguy. Pour ne pas le révéler à qui ? À ceux qui sont vraiment recherchés.

– Je m'avance peut-être un peu, mais j'aurais tendance à trouver cela plutôt rassurant : *si* la division antiterroriste est mobilisée à 100 % contre l'ETA, elle pourrait cesser de s'intéresser à Julien maintenant pour se consacrer au gros gibier. Avec un peu de chance, elle pourrait même attribuer le faux accident aux « amis » de Julien ?

– Permets-moi de te dire, Steph, que tu raisonnes avec une mentalité de coupable !

…

– Oui, de coupable. Ne me fixe pas avec ces yeux de hibou pris dans les phares, tu fais peine à voir. Voyons, mon grand, toi, tu sais – et pour cause – que l'accident de Julien a été fabriqué. Mais qu'est-ce qui te fait croire que la DNAT pense à une telle éventualité ?

– L'autopsie, les blessures nettement antérieures au décès, les traces d'explosifs…

– Elles ne font que corroborer la présence de Julien à l'embuscade ! Le caractère *accidentel* de la mort proprement dite n'est pas remis en cause. Julien Abestéguy est blessé dans le mitraillage, il s'échappe du cirque de Calataïud ; il conduit sur plusieurs centaines de kilomètres et il est pris d'un malaise cardiaque au volant. Carambolage. Point barre. À mon avis, tu n'as rien à craindre.

J'en accepte l'augure. De toute façon, si mon arrivée dans la vie d'Adélie a été repérée et reliée à la mort de son oncle, il est trop tard pour me cacher.

Examinons maintenant les deux informations importantes fournies par Martine Claessens :

– En janvier, un engin incendiaire, lancé contre l'appartement bruxellois.

– Au cours du week-end dernier, cambriolage de ce même local.

D'abord ce feu. Il apporte de l'eau à notre moulin.

– Selon moi, cet incendie, en l'absence du propriétaire, porte la signature de l'ETA : se rappeler au souvenir du riche M. Abestéguy, lui faire comprendre qu'il aurait intérêt à partager son aisance, mais ne pas risquer de tuer la poule aux œufs d'or.

– Pas logique. Au début de l'année, Julien était au contraire au plus noir de ses difficultés. Il n'est sorti du trou que vers le mois de mai. Je penche plutôt pour une action de ses adversaires industriels. Ce président Widmer et son Néo-Gal ne reculent pas devant des méthodes expéditives. On épuise nerveusement un rival obstiné, on lui fait sentir que ce ne sont plus ses capitaux qu'il joue, mais sa peau… Cela aurait pu lui faire baisser les bras, et céder son entreprise à Ibermédics ?

L'hypothèse est intéressante, plausible. Adélie commence à se faire une idée de ses adversaires.

– Et le cambriolage à Bruxelles ?

– Également Widmer et sa clique. Et cela éclaire d'un jour nouveau l'intrusion place des Vosges ! On ne peut plus y voir un hasard.

– Si des gens de cette envergure pénètrent chez ton oncle et chez toi, ce n'est pas pour un album de photos sur Raphaël et un petit secret de famille ! Tu peux être certaine qu'ils savaient *avant toi* que tu es l'héritière de Julien et qu'il t'a légué son pactole planqué ! Et s'ils y mettent autant d'acharnement, c'est que l'enjeu est à leur échelle, c'est-à-dire en gros millions ! D'où le danger pour toi. D'où aussi, plus que jamais, la nécessité de trouver avant eux de quoi il s'agit.

Notre seule piste reste le contenu de l'ordinateur de Julien.

Dans la nuit de lundi à mardi

Adélie me secoue comme une peluche. Je m'étais endormi la tête posée sur son ventre. J'ai l'impression de n'avoir somnolé que quelques minutes. Elle saute sur le matelas comme une petite fille excitée.

– Steph ! Steph ! Regarde !

– Qu'est-ce que tu veux que je voie dans le noir ? Allume.

– Mais non, justement !

Elle me tire au bord du matelas. Dans l'obscurité, sur le kilim qui fait office de descente de lit, pulse une lumière bleue.

L'ombre du bras d'Adélie se tend vers la lumière et ramène quelque chose qu'elle pose sur le drap devant nous. La lueur est faible, mais suffisante pour que je distingue le gros bouquin. Le livre de La Fontaine rapporté du passage Brady.

La lumière bleue clignotante émane du marque-page doré qui dépasse de la tranche.

Séquence 30

Mardi, 13 juillet, 4 h 12 du matin

Je note l'heure. Avec les codages de Julien, tout est susceptible de prendre un sens.

– Tu crois que ça vient de se déclencher ?

– Non. Je naviguais entre deux sommeils, j'ai senti du bleu derrière mes paupières. Je t'ai réveillé immédiatement. Mais ça fonctionnait peut-être depuis un bon moment. L'intensité est très faible. On ne pouvait rien voir de jour, ni même avec la lampe de chevet. Regarde.

Adélie allume, et aussitôt la lueur bleue devient presque indécelable. Elle est produite par une diode du diamètre d'une tête d'épingle, incrustée dans le coin supérieur gauche du marque-page.

J'ouvre La Fontaine avec précaution et, comme pour l'heure, je mémorise. Le repère a été inséré entre les pages 163 et 164.

L'objet s'avère être un rectangle de métal, de la taille d'une carte de crédit, doré. Plaqué or, je le sens au toucher. Au centre, gravé en caractères sobres :

GOODMAN & SAMUELSON
Gibraltar

Dans le coin en bas à gauche, à l'aplomb de la diode bleue, une série de chiffres. Un numéro de téléphone ?

– Tu as entendu Julien mentionner ces noms ?

– Jamais.

– Et Gibraltar ?

– Pas davantage. Et si je composais directement le numéro ?

– Je te rappelle l'heure… C'est la même à Gibraltar. Sans savoir qui sont ces gens, ce serait risquer une bourde. Papy te conseille la patience. Dodo.

Nous avons du mal à retrouver le sommeil. Lovée en chien de fusil dans mon dos, Adélie tient à bout de bras la carte dorée et nous nous laissons hypnotiser par les pulsations bleutées. Et puis, d'un coup, elle me sent agité de secousses.

– Tu as le hoquet ?

– Non, je me marre. Je me dis que si Julien était encore de ce monde, je lui conseillerais de se reconvertir dans les relations publiques. Pour créer l'événement à partir de rien, il était doué, ton tonton ! Nous voilà excités comme des gamins découvrant les mystères de Harry Potter… Imagine… Non mais, imagine que ce gadget n'ait *rien* à voir avec ce que nous cherchons.

Adélie marque un long silence. Puis elle éclate de rire à son tour. Je crois que nous rions encore en dormant.

Mardi, 13 juillet, 9 heures

À peine avalé notre café, nous revoici autour du téléphone, haut-parleur branché, papier et crayon parés. C'est Adélie qui officie.

L'attente de l'international, puis une sonnerie, une seule, et la voix d'un homme jeune :

– *May I help you ?*[1]

– Bonjour… Je suis bien chez Goodman & Samuelson ?

– *May I help you ?*

– Parlez-vous français ?

– J'essaie, madame. Et si cela peut vous être agréable, j'essaierai au cours de cette conversation.

À peine quelques inflexions chantantes en fin de phrase. Ce type doit « essayer » huit ou neuf langues à la perfection…

---

1. Puis-je vous aider ?

– Puis-je toutefois, madame, avant de poursuivre cet entretien, vous demander de me communiquer votre code personnel ?

Il fallait s'en douter, le tonton verrouillait tout. On se croirait dans un jeu vidéo. Il a semé des clés, en métal ou non, à tous les tournants. Adélie sonde, de sa voix la plus charmeuse :

– Je voudrais simplement un renseignement…

– Votre *code personnel*, je vous prie, madame.

– À vrai dire, je ne l'ai pas sous la main, mais j'appelle de la part de…

– Il me faut un *code*, madame. Notre procédure ne m'autorise qu'à *trois* interrogations.

Adélie me lance des regards désespérés. J'écris très vite : « Mangouste ».

– Est-ce que… Mangouste vous dit quelque chose ?

– Madame, je vais vous demander une *dernière* fois votre code. Faute d'une réponse cohérente, j'aurai le regret d'interrompre cette communication.

– Attendez !

C'est moi qui viens de crier. Je tenais la carte dorée légèrement de biais et, au verso, la lumière du soleil a accroché quelques signes, comme grattés à la pointe d'une aiguille sur la surface lisse. Quatre lettres : « RIKI ». Que je montre à Adélie. Qui dit très vite dans le combiné :

– Rikitikitavi ! Oui, c'est ce que je voulais dire ! La mangouste… c'est le nom de la mangouste, chez Kipling ! Vous comprenez ?

– Absolument pas, madame…

Panique place des Vosges.

– Par contre, Rikitikitavi nous convient parfaitement. Bienvenue chez Goodman & Samuelson. Votre appel concerne, je présume, la réservation de M. Abestéguy ?

– Vous présumez bien.

– Compte tenu des… tragiques circonstances, s'agirait-il d'une annulation ?

Annuler quoi ? Pas la moindre idée, mais je fais signe que non, non, surtout pas ! Adélie enchaîne :

– Là, vous présumez moins bien… En fait, M. Abestéguy m'a remis une carte qui s'est mise à clignoter.

– Rien que de plus normal, madame. Nos cartes sont programmées pour se signaler une semaine avant le départ.

Départ ?

– Une sorte d'aide-mémoire. Bien que, sans nous vanter, nos adhérents et leurs invités oublient rarement un rendez-vous avec Goodman & Samuelson…

– J'imagine bien, oui… Mais il se trouve que j'ai… perdu mon agenda.

– Le bateau attendra dès vendredi 16, à Antalya, comme prévu. Aurons-nous le plaisir de vous avoir à bord, malgré l'absence regrettée de M. Abestéguy ?

– Je crois, oui, certainement…

Interrogation muette : « Et toi ? » J'opine.

– En fait, je viendrai avec quelqu'un… Pas de problème ?

– Aucun, madame, dans la mesure où cette personne sera munie d'un passeport en cours de validité.

J'opine encore. Adélie griffonne :

Autre chose ?

Non, prudence. Nous ne savons pas trop quelle porte nous venons d'entrouvrir et un mot, une question de trop risqueraient de la refermer.

– Bien. C'est tout ce que je voulais savoir. Je vous remercie.

– Un dernier point, si je puis me permettre, madame. M. Abestéguy nous avait exprimé ses desiderata concernant le contenu de la *cave*. Souhaiteriez-vous y apporter une touche personnelle ?

Une cave ? Nos plexus palpitent : on cache toujours des choses intéressantes, dans une cave.

– Une touche personnelle ? C'est possible, oui… Dans quel immeuble est-elle située ?

– J'apprécie beaucoup votre humour, madame. Je faisais référence à la cave des vins et des liqueurs du bord. J'ai cru comprendre que vous aviez un nouvel invité, désirez-vous que nous ajoutions un cru particulier à son intention ?

Déception.

En riant de notre méprise commune, j'écris :

Madiran 96.

Et tant que nous y sommes, je précise :

De chez Duclot !

Amusez-vous bien, Goodman ! Et vous aussi, Samuelson ! Si vous parvenez d'ici vendredi, depuis Gibraltar, à embarquer quelques bouteilles de ce gentil nectar à bord d'un bateau en Turquie, je vous tire ma casquette de yachtman !

Adélie transmet. Puis, d'un coup sec de la paume, elle se frappe le front et ajoute :

– Rappelez-moi juste comment vous épelez le nom du bateau ?

– S.A.G.I.T.T.A.R.I.O.

Séquence 31

Mercredi, 14 juillet

Dans le bourdonnement des machines, Jean-Marc ne m'a pas entendu approcher. Lorsqu'il capte mon reflet sur un écran, il est trop tard, je suis pile derrière son fauteuil. Le malheureux esquisse un geste de protection : Pas sur la tête, par pitié !

– Écoute, Steph, je te jure que je m'en suis occupé ! J'allais t'appeler !

Mes mains cachées dans mon dos ne lui disent rien qui vaille. Je mets fin au suspense et je lui tends, suspendue à mon index par une ficelle rouge, la pyramide de papier blanc.

– Tiens. Je suis passé chez Dalloyau te prendre deux religieuses et un millefeuille. Raconte.

Le morfale maigrelet se jette sur les douceurs. Il craignait une engueulade parce qu'il n'a rien de glorieux à m'annoncer. Il a bien réussi à pénétrer le disque dur de l'ordinateur de Julien, mais il l'a trouvé quasiment vierge.

– Attention, docteur Jihem ! C'est comme si tu annonçais à un père l'état de sa fille chérie. *Quasiment* vierge n'est pas un diagnostic que je suis prêt à entendre !

– Parlons alors de miettes de fichiers, de traces résiduelles… Tout a été effacé jusqu'à une couche assez profonde du système. Je ne peux en tirer aucune indication signifiante.

– Et si tu laissais s'exprimer ton légendaire pifomètre ?

– Ah ben, si on se lâche, c'est une autre dimension… On va chatouiller la poésie ! Quand un peintre se poste devant la toile d'un confrère, quand il laisse le regard flotter au-delà des couleurs, au-delà du support, il peut parfois se faire une idée des premières esquisses, des motifs qui ont été recouverts... Là, si je me laissais inspirer par l'allure des secteurs effacés, je mettrais ma main au feu que certains ont contenu des photographies, d'autres des listings de banque à l'étranger et des contacts avec des sociétés off-shore établis par le Net. Mais sans garantie. C'est le poète qui parle, donc pas la queue d'un nom ou d'une raison sociale à te fournir. Désolé.

– Ça ne fait rien. Je m'y attendais plus ou moins. Tu es un véritable artiste, Jihem. Dommage que la technologie soit toujours en retard sur l'intuition !

– Tu peux remporter l'engin et le remettre à sa place, si nécessaire. Le gars ne s'apercevra de rien, je n'ai laissé aucune trace de l'intervention...

– Et votre attaque de virus ?

– Trop tôt pour savoir. La bébête est sur le terrain, mais on l'a dotée d'un effet retard. Quand elle commencera les ravages, le nombre de contaminations simultanées sera tel qu'on ne pourra pas remonter à la source. Au fait, comment t'es-tu débrouillé pour t'extraire de la capitale un matin de fête nationale, avec les défilés et le plan Vigipirate ?

Moi, sérieux comme un pape :

– J'ai fauché un scooter.

Lui, déjà sur son clavier :

– Ouais, les deux-roues, c'est encore ce qu'il y a de plus pratique.

Puisque, à ma dernière visite, Gauthier m'a donné une entrée chez le toubib maison, je passe à l'infirmerie me faire retirer les fils de suture sur le bréchet. Puis je retourne vers le Marais sans me presser, pensif.

En résumé, notre seule piste immédiate, c'est cette croisière que Julien a préparée avec un soin particulier. A-t-elle le moindre rapport avec la transmission de ses sources occultes de revenus ? La seule manière de le savoir, c'est d'aller y voir. De plus, j'ai tout intérêt à m'éloigner de Paris où flotte une déplaisante odeur de roussi, depuis l'intervention à découvert du dénommé Trente (comme le chiffre), limier de la D.N.A.T.

Encore faudrait-il pouvoir se rendre à Antalya. Adélie a insisté pour prendre en main cette question d'intendance. Je n'ai pas voulu la contrarier, mais je suis curieux de connaître le résultat de ses démarches, un 14 Juillet dans ce beau pays.

Elle me trouve à la terrasse de la Fontaine Sully, sirotant un café glacé. Elle est tracassée. Et ulcérée. Elle a farfouillé une fois de plus sur Internet. C'est comme le marché aux puces, on y trouve tout, à condition de n'avoir besoin de rien de précis. Ni sur les sites des compagnies aériennes, ni sur ceux des voyagistes de dernière minute, elle n'a pu nous obtenir deux billets.

Elle a réussi à dialoguer en direct avec quelqu'un d'une agence. Un type marrant, de notre génération, très cool et tout ça… Deux places pour la Turquie, sous quarante-huit heures, en pleine saison ? *No problemo !* Et puis il lui a demandé pour quelle station de radio elle travaillait. Il a cru à un canular.

– Il nous a inscrits sur une liste d'attente. Mais il m'a conseillé de me poster à l'aéroport devant les comptoirs, pour sauter sur les désistements à la clôture des enregistrements. Ça arrive, surtout en business et en première. Tu te sens prêt à faire le pied de grue ?

– Ma foi, si nous voulons partir… Et puis, en votre compagnie, charmant oiseau, je suis prêt à aller… jusqu'au bout de la rue !

– Andouille !

Je ne m'en fais pas outre mesure. Sans prétention, je suis certain de résoudre l'équation en deux temps, même pas trois mouvements. Mais, ma belle venant d'essuyer un échec, je ne tiens pas à la vexer par l'étendue de mes pouvoirs magiques. Je lui rends donc sobrement compte de mes propres déceptions concernant la virginité de l'ordinateur et je suggère que, sans la commander, elle aille le rapporter passage Brady. Elle pourrait également vérifier si certains détails ne nous auraient pas échappé. Elle trouve l'idée excellente. Elle va marcher jusqu'au boulevard de Sébastopol, ça lui passera son énervement.

– Et toi, pendant ce temps ?

– Oh, je vais voir, à tout hasard, si je peux faire avancer l'affaire des billets…

Elle m'ébouriffe les cheveux. Elle me trouve touchant de bonne volonté.

Un coup de fil plus tard, c'est réglé. Je n'ai plus qu'à attendre le coursier en lézardant, un œil sur les journaux des jours derniers qui traînent sur les tables. Les survivants de la fusillade du cirque n'ayant toujours pas été appréhendés, malgré les rodomontades du ministère, ni même identifiés, le sujet a été stratégiquement mis sous le boisseau.

Ce qui ne signifie pas pour autant que les services concernés s'endorment. Au contraire, on doit leur mettre le feu aux fesses.

Lorsque Adélie rentre place des Vosges, je suis assis sur la marche qui borde la vitrine de Issey Miyakè, à torturer la Strat bleue de Jean-Pierre le bluesman.

Ce n'est pas pour me vanter, mais, en une heure, je viens de me faire trois euros et un demi-dollar… À faire figurer dans les annales : je m'étais lancé dans un son très *Mississippi blues*, bien gras. À un moment, mes impros avaient réuni quelques badauds. Un petit pépère chauve en survêtement, l'air las, est venu se joindre au groupe. Sa tête m'était familière. Le nom a fini par s'imposer : Michel Jonasz. Je crois qu'il est riverain. Il a écouté pendant deux bonnes minutes, puis il s'est éclipsé en m'adressant un clin d'œil. Jean-Pierre, que je juge pourtant un garçon réservé, voire introverti, n'a pas pu s'empêcher de commenter :

– Ben dis donc ! Toi en concert et Jonasz dans le public, ça me troue le cul !

Preuve que je touche quand même ma bille sur une gratte. Et encore. Lui qui est branché Fender, fenderophile jusqu'à la fenderolâtrie, il n'a pas entendu de quoi je suis capable sur une Gibson…

La Mangouste a mené une longue conversation avec Gupta Armitraj. Il lui a précisé que son papa tenait la maison mère de Delhi ; ses frères, qu'elle a croisés au cimetière, gèrent les succursales de Londres et de Rotterdam. Elle a appris des milliers de choses sur toute la famille, mais n'a pu élucider la nature du service mystérieux et capital, rendu autrefois par Julien, qui lui valait une telle reconnaissance.

Elle a passé un bon bout de temps dans le loft à feuilleter des livres anciens, en majorité des récits d'aventures et des mémoires de voyageurs. Elle n'a rien découvert de significatif.

– J'ai aussi listé les vols vers la Turquie de toutes les compagnies. Si tu es d'attaque, on commence demain matin à sept heures et on campe à Orly jusqu'à ce qu'on trouve.

– Ce ne sera peut-être pas la peine…

Je pose la pochette sur la table de la cuisine.

– Un coup de bol, tu sais…

Au sourcil levé, je vois que la belle n'en croit pas un mot. J'étais sûr que je finirais par l'énerver, à force de trouver à tout des solutions miracles grâce auxquelles, trente-six heures plus tard, nous atterrissons à Antalya

Séquence 32

Vendredi, 16 juillet

Suis-je influencé par Julien au point de copier ses manies ? Je commence à donner des surnoms à tout le monde. Sur ce chapitre, le skipper du *Sagittario* est un pousse-au-crime. Lorsque le haut de son corps apparaît au bastingage, moulé dans un débardeur, il propose l'apparence du torse de Schwarzennegger. L'acteur, pas le politicien… Quelque chose aussi du visage carré : Conan le Barbare en marin. Puis, pour venir à notre rencontre, le reste de sa personne émerge et là, saisissement : la moitié inférieure est plus courte que le haut ! Le type se dandine sur deux arcs de cercle musculeux. Un torse sur jambes torses… Comment éviter le sobriquet ? En ayant moins mauvais esprit que moi, d'accord. Mais quand on est moi, ce n'est pas facile.

Wim van Zuicker nous présente sa compagne, Shakeen. J'imagine que, lorsqu'elle se tient à l'avant du bateau, cheveux ras, longiligne et musclée, on doit penser à une figure de proue taillée dans l'ébène.

Aussi mal assortis que ces deux-là, j'ai rarement vu. Ils doivent cependant bien s'entendre car, à ce que je comprends, depuis une quinzaine d'années, ils assurent seuls la navigation et le service sur des croisières privées. Leurs sourires nous irradient. À croire qu'ils ont vraiment du plaisir à nous avoir à bord. Peut-être en ont-ils, après tout. Nous sourions aussi, nous sommes beaux comme des astres et sapés comme prince et princesse. Grâce à Julien.

Hier, Adélie a sorti les enveloppes de la cache dans la salle de bains. Elle y a puisé largement, en déclarant que son tonton nous offrait un voyage de… Elle a hésité, puis décidé : un voyage d'amour. Sans compter, elle a fourré une poignée d'euros dans ma poche, pour rembourser les billets d'avion. Puis elle m'a entraîné dans des magasins. Elle tenait à être « toute neuve » et à s'acheter, pour cette première escapade ensemble, quelques vêtements qui n'appartiendraient pas à sa vie d'avant. Dans la foulée, elle en a profité, mine de rien, pour me faire cadeau de quelques frusques de luxe qui me donnent l'air d'autre chose qu'un péquenot. Place des Vosges, elle a plié tout cela dans deux sacs jumeaux monogrammés Vuitton. Comme sa maman, simple mais chic, mon petit matelot !

Par la magie de leur réseau impeccable, Goodman & Samuelson savaient sur quel vol nous arrivions. Une limousine nous attendait et nous a conduits au port. En débouchant entre les murailles anciennes, nous avons immédiatement su, parmi les dizaines de yachts amarrés, lequel était le *Sagittario*. Il rayonnait. Un somptueux voilier de vingt-trois mètres, coque d'acajou datant des Années folles, parfaitement entretenu. Au soleil, son accastillage tout en laiton me semble d'origine. Un rêve flottant.

Van Zuicker s'avère décidément sympathique. Il nous fait les honneurs du bord en commentant chaque détail du bâtiment, devançant nos questions dans un français chuintant. D'après sa blondeur, son nom et ce léger accent, je suppose qu'il est sud-africain, famille boer. Shakeen doit être originaire de la même contrée, mais côté ghetto. Je conçois bien que ce couple mixte, au temps de l'apartheid, ait pu choisir cette vie sur les océans !

Nous entrons par le salon, à peine plus grand qu'un terrain de foot. Ameublement anglais, tout bonnement somptueux. Trois petites toiles de l'École de Fontainebleau s'y harmonisent avec un goût parfait. Nous passons au niveau inférieur. Shakeen et Wim logent à la poupe. Les passagers disposent des cabines avant. L'une, à bâbord, lit double et salle de bains, offre un camaïeu de blancs cassés et un tableau de Nicolas de Staël, une recherche d'atelier sur un alignement de bouteilles. La cabine tribord plonge dans les verts pâles, autour d'une gravure chinoise sur parchemin.

Nous nous apprêtons à nous concerter pour choisir laquelle sera la nôtre, mais Wim dépose diplomatiquement mon sac dans la pièce verte et fait entrer Adélie en face. Logique : *mademoiselle* Cartwright est la passagère en titre, je suis son invité, rien n'indique des rapports plus intimes entre nous…

La coquine me pince discrètement la fesse et mime : ceinture ! Ma moue féroce lui rappelle que la vengeance est un plat qui se mange froid, surtout en mer…

– Ce sera parfait, capitaine. Ah, pouvez-vous me redonner le programme de cette croisière ?

– Mais… Aucun, mademoiselle.

– …

– Nous croiserons selon votre bon plaisir. À part l'escale obligatoire de demain, évidemment.

– Obligatoire ?

– Du moins expressément demandée par M. Abestéguy.

– Dans quel endroit ?

– Une île, à quelques dizaines de milles.

– Très intéressant… Vous pouvez lever l'ancre immédiatement !

Étonnement du capitaine :

– Mais, voyons, ce ne sera pas possible !

– La marée n'est pas favorable ?

– C'est que… Je supposais que vous étiez au courant…

– Eh bien, non, comme vous le constatez…

– Nous attendons le dernier passager.

Encore un plan signé Julien.

– Qui est-ce ?

– Navré, mademoiselle… Je n'en sais strictement rien.

– Vous plaisantez, je pense ? Vous embarqueriez un individu sans savoir de qui il s'agit ?

– Je le découvrirai lorsque ce passager me déposera ses papiers. Comme je vais d'ailleurs vous demander de le faire également, en cas de contrôle des autorités maritimes… Mais jusqu'à cette minute, je n'ai pas à en savoir davantage.

– Surprenant, chez Goodman & Samuelson !

– Justement non. À ce niveau de prix, dissuasif pour le commun, de nombreuses personnalités et célébrités participent incognito à nos croisières. Les réservations sont très souvent passées sous des noms d'emprunt. Pour des motifs de sécurité, ou pour éviter les paparazzi. La règle de confidentialité de la maison nous impose d'accueillir quiconque possède l'une de nos cartes.

– La fameuse carte d'or.

– De platine, cette fois. Ce passager bénéficie de la carte platine.

Bigre. Wim devrait être blasé, mais son intonation laissait passer comme une note de respect.

– Une faveur exceptionnelle ?

– Certes. Je peux compter sur mes doigts les cartes platine que j'ai vues passer depuis que je sers cette compagnie. J'ai d'ailleurs dû transformer pour cette personne la cabine principale, celle de la proue.

– Et elle est cadenassée comme la Banque centrale, allez-vous me dire ?

– Pas du tout. Aimeriez-vous y jeter un coup d'œil ?

Le Torse paraît ravi.

– J'ai reçu des photographies de meubles, des échantillons de tissus et un crédit illimité pour consulter des décorateurs afin d'agencer exactement l'atmosphère… Je ne suis pas mécontent du résultat…

Et nous comprenons pourquoi, lorsqu'il pousse la porte au fond de la coursive : c'est un enchantement. Les bois cirés répondent aux soieries, les bronzes aux cristaux. Les murs sont tendus d'une étoffe que je n'ai jamais vue ailleurs que sur des gravures. Chaque détail est pensé pour se fondre dans l'harmonie de l'ensemble.

– Mon seul regret, c'est qu'un bahut que votre oncle comptait me faire envoyer de Bruxelles n'ait pas pu être livré à temps… Un détail… Pour le reste, tout est comme il le souhaitait.

Le moindre bibelot est digne d'un musée, mais, dans ce cadre, la rareté perd toute ostentation, pour devenir un objet de vie quotidienne.

L'invité mystère doit être quelqu'un de très bon goût.

Et de sacrément important ! Nous ne serons pas venus pour rien.

Nous attendrons donc.

Ce qui nous laisse du temps pour flâner un peu.

Séquence 33

À qui n'a jamais visité Antalya, je ne serais pas loin de conseiller qu'il s'en tienne aux guides touristiques.

Pour profiter des quelques maisons anciennes aux avancées de bois restaurées, du fût cannelé du *Yivli Minare*, de l'église byzantine du Ve siècle à six dômes et des colonnes en marbre blanc de la porte d'Hadrien, on doit louvoyer entre les centaines de commerces de tapis. Prévoir une bonne réserve de souriante fermeté, pour échapper aux incessantes sollicitations d'autochtones charmants : ils ont tous vécu dans votre pays, quelle que soit votre origine, et ils brûlent tous de mieux vous connaître en buvant le thé, là, juste à côté, chez leur cousin. Lequel, comme par hasard, vend des tapis.

Aucune critique de ma part. C'est le jeu du tourisme. Mais, sincèrement, aujourd'hui, nous n'avons pas la tête au marchandage. Nous rentrons donc assez vite au calme du *Sagittario*.

Alors que nous sirotons le délice local, *visne soyu*, le jus de cerises glacé, nous entendons grelotter le téléphone du bord et, peu après, Shakeen et Wim viennent guetter. Nous les rejoignons au bastingage.

Une limousine blanche, encore plus démesurée que celle qui nous a amenés, s'arrête au bord du quai. Elle reste ainsi, close, une longue minute. Derrière les vitres fumées, le détenteur de la « carte platine » se pose-t-il des questions quant à notre présence ?

Puis un chauffeur descend, ouvre une portière à l'arrière et nous assistons à une arrivée genre Faye Dunaway dans L'*Affaire*

Thomas Crown, première version, celle avec Steve McQueen : une chaussure à talon aiguille se pose sur le bitume, suivie d'une jambe qui n'en finit pas, ensuite d'un tailleur d'un blanc qui n'existe qu'à Hollywood, enfin d'une capeline assortie, surmontant des lunettes de soleil larges comme des soucoupes.

Après une infime hésitation, l'apparition se déplie. Dans le soleil couchant, c'est féerique : capeline et talons inclus, cette créature mesure dans les deux mètres !

Elle soigne ses effets. Un geste à peine perceptible de ses doigts gantés, et le chauffeur lui avance un étui ouvert. Où elle pique un cigarillo. Tel notre copain Ganesha, le chauffeur doit avoir quatre mains : il présente déjà la flamme d'un briquet tout en ouvrant une ombrelle !

Dans une lente bouffée de fumée, la capeline opère un tour d'horizon à 180 degrés et, enfin, daigne s'engager sur la passerelle. Le chauffeur lui emboîte le pas, portant de toutes ses mains, sous tous ses bras, et probablement avec sa trompe, cent douze bagages de cuir. De cuir blanc, cela va de soi.

Est-ce le balancement de la passerelle qui la fait onduler, ou son ondulation qui fait balancer la passerelle ? Le mouvement est parfaitement synchrone, nullement contrecarré par la hauteur des escarpins. À mi-chemin, le cigarillo voltige vers les poissons. Les paroles de bienvenue de Wim et de sa femme sont reçues avec une inclinaison de la capeline :

– Merci, capitaine Van Zuicker. J'ai entendu le plus grand bien de votre habileté à naviguer… Ainsi que de vos talents culinaires, Shakeen…

Son phrasé alterne le glissando et la cassure à l'angle de certains mots. Europe du Nord, dirais-je ? Elle sait manifestement mieux que nous ce qu'elle vient faire ici… Une infime rotation dans notre direction suffit pour que l'on sente l'interrogation : « Et vous ? Le personnel de bord ? » À peine Adélie a-t-elle esquissé une présentation, que la Nordique s'exclame :

– Mangouste ! *Gott* ! Si je m'attendais…

Elle se débarrasse de son ombrelle auprès du premier venu (moi) et prend la main de ladite mangouste étonnée, la garde longuement entre les siennes.

– Pardonnez-moi, mais je ne m'attendais pas… Vous êtes si différente en photo ! Je suis Mia !

– …
– Mia Varnstadt-Frédéricks…
– …
– Votre oncle et moi, nous… Julien était très… Vous devez avoir une piètre idée de… Vous m'en voulez terriblement, je suppose ?
– …
– De ne pas avoir été près de vous pour son… Je n'ai appris son accident que lundi soir, en rentrant chez moi, à Oslo. Je faisais une retraite, au nord du cercle polaire, coupée de toute communication. Je me ressourçais auprès de mon chaman, justement en vue de ce rendez-vous, ici… Nous étions convenus, Julien et moi, de ne pas nous reparler avant. Pour préserver la… Je vous expliquerai.
Elle se rappelle mon existence en reprenant son ombrelle :
– Monsieur ?
– Roy, Stéphane Roy.
– Julien ne m'a jamais…
Adélie me devance :
– Il ne connaissait pas Steph. C'est mon… invité.
Pendant la seconde de silence qui suit, j'ai l'impression que, derrière les verres sombres, le regard passe alternativement de la Mangouste à moi, et retour, comme s'il avait de la peine à nous associer. Ben quoi ? Faudra t'y faire, Mme Dollar. Même si ça choque ton sens esthétique, la nièce de M. Abestéguy, cette délicieuse petite sophistiquée, en pince pour un loquedu en jeans à gueule de baroudeur ! Et lycée de Versailles !
– Monsieur…
Ça doit vouloir signifier « enchantée de faire votre connaissance ». C'est accompagné d'un bras à demi tendu, poignet cassé. J'ai tout juste effleuré la main gantée qu'elle se retire, comme d'une casserole chaude.
– Capitaine, voulez-vous me guider ?
Précédée de Wim, suivie de Shakeen et du chauffeur-mulet, la géante en blanc baisse sa capeline pour s'introduire dans la coursive. En nous laissant dix mille points d'interrogation.

Dans la vie bruxelloise de son oncle, Adélie subodorait l'existence d'une femme de l'ombre. La grande absente aux funérailles. La voilà donc. Pourtant, celle-ci vient d'évoquer son domicile à Oslo. Et le fait qu'elle ne devait pas communiquer avec Julien avant de le retrouver ici.

– Après le Père-Lachaise, Martine m'avait laissée entendre que la relation n'avait rien de simple... En voyant la dame, je commence à imaginer.

– Et ce rendez-vous en mer ? Si l'on en croit Wim, il était planifié depuis longtemps. Or ton oncle s'est arrangé pour que tu puisses le remplacer, en quelque sorte, auprès de cette Mia...

– C'est elle, le commanditaire miracle de Spécimeto, alors ?

– Elle a l'air de nager dans le fric, et pas d'hier... Mais si cette femme était la source financière, les traceurs d'Ibermédics l'auraient repérée...

– Les traceurs ?

– Des analystes financiers, des enquêteurs spécialisés dans les arcanes capitalistes... Dans la guerre qui oppose les grands groupes, des entreprises sont souvent rachetées en sous-main, et leur politique commerciale orientée pour faire barrage à l'adversaire. Les opérations sont effectuées sous le couvert de sociétés-écrans, imbriquées les unes dans les autres de la manière la plus inextricable possible. Lorsqu'on ne sait pas qui tire les ficelles au sommet, il est difficile de prévoir les stratégies. J'imagine que le groupe Ibermédics emploie les meilleurs traceurs. Si Mia Varnstadt avait renfloué la boîte de Julien, ils l'auraient identifiée. C'est à elle que le président Widmer se serait attaqué, avec les moyens adéquats au monde des affaires. Il n'aurait pas lancé cette chasse à l'homme contre Julien.

– Sauf dans l'hypothèse où l'apport de fonds serait resté hermétiquement occulte...

– Précise ta pensée.

– Occulte par nécessité. Des capitaux qu'on ne pouvait fournir à Julien qu'en liquide, par exemple. De la main à la main. Pour que l'on ne puisse pas remonter en amont de lui.

– Des sommes de ce niveau en liquide ?

– Je n'y connais pas grand-chose, mais j'écoute les infos. L'argent trouble qui cherche des débouchés dépasse le produit national brut de bien des pays !

– Julien Abestéguy sponsorisé par une mafia ? Dont nous aurions à bord, non le parrain, mais la marraine ?

– Son émissaire, au moins. Aux valises de cuir blanc pleines de billets. Qu'elle va me remettre en pleine mer, au large de la Turquie, charge à moi de les faire entrer en Europe grâce à ma bonne mine ?

– Bon. On arrête d'extravaguer, et on essaie de savoir ce que tu as à voir avec elle. Enfin, *tu* essaies. Parce que moi, j'ai l'impression qu'elle me confond avec Alien ! Tout juste si elle n'a pas demandé un scaphandre avant de me serrer la main !

– J'ai cru remarquer... Eh bien, moi, je ne te trouve pas si moche que ça !

Le baiser qui ponctue la phrase me rassure. En descendant nous changer pour le dîner, nous entendons, en provenance de la cabine de proue, des sons bizarres. Je n'en jurerais pas, mais on croirait des hoquets. Ou des grognements étouffés.

Pourtant, personne n'est mort, apparemment : tout le monde est présent au repas. Tout le monde, c'est-à-dire Adélie, la Norvégienne et moi. Wim et sa femme assurent le service. La table est dressée sur le pont, dans la tiédeur diffusée par les murailles d'Antalya.

Libérée de sa tenue de star, Mia Varnstadt-Frédériks reste magnifique. Pieds nus, elle a revêtu un pantalon de toile et une marinière qui, malgré son ampleur, reste tendue par sa poitrine. Elle a laissé libre une masse de cheveux d'un noir corbeau, ce qui doit être assez rare chez une Nordique. J'ai d'ailleurs méchamment susurré à Adélie :

– Tu paries que c'est une fausse brune ?

– Tu as envie d'aller vérifier ?

– Nigaude ! En plus, ce serait inutile. Elle doit avoir poussé le déguisement jusqu'au moindre détail pileux !

Soit dit en passant, en d'autres temps et d'autres circonstances, et malgré la différence d'âge, si cette dame m'avait demandé gentiment, je n'eusse pas appelé police-secours !

Elle paraît avoir trente-cinq ans. Elle en a donc forcément dix de plus. Bien qu'elle se réclame d'un « retour aux valeurs essentielles de la nature », je miserais sur le tiercé gagnant : peeling, Botox et bistouri... Sa beauté somptueuse doit plus au savoir-faire des cliniques suisses qu'aux sudations sous un tepee avec son chaman... Débarrassé des hublots de soleil, le visage est long, les yeux presque violets dans la lueur du photophore posé sur la table. Je comprends que Julien ait succombé.

D'autant plus que la dame est attentive aux plaisirs des sens : Shakeen a élaboré quelques plats délectables, tout spécialement pour accompagner… *mon* Madiran 96 de chez Duclot ! Chapeau, mister Goodman. Ou Samuelson.

À la dégustation, Mia se révèle connaisseuse en vins de tous terroirs et me consent un mince sourire. Progresserais-je dans son estime ? Très petitement, je le crains. Alors qu'elle tutoie déjà Adélie, Madame persiste, les rares fois où elle m'admet dans la conversation, à me donner ostensiblement du « Monsieur Roy ».

Je sais qu'on ne peut pas plaire à tout le monde, mais quand même… Je ne lui ai rien fait, moi, à cette greluche à milliardaires ! D'ailleurs, pour être franc, malgré ses charmes, je ne la sens pas non plus. Et mon instinct me trompe rarement.

Faisons de notre mauvaise fortune un avantage : comme il semble que je gêne, je vais m'accouder à la rambarde d'acajou, à contempler les reflets du port et, de loin, je laisse traîner une oreille. Fine. Car je ne serais pas autrement surpris que, à mi-voix, l'on brisât un peu de sucre sur mon dos…

Séquence 34

Alors que, depuis le début du repas, nous nous en étions tenus à un bavardage poli sur les conditions climatiques comparées d'Oslo et de Paris, suivi de quelques commentaires touristiques sur les vieilles pierres d'Antalya, mon éloignement a facilité la conversation entre femmes. Et pour nous, les hommes, qui avons tant de mal à nous tirer mutuellement les vers du nez, même lorsque cela faciliterait la vie..., le nombre d'informations que deux nénettes peuvent échanger en quelques dizaines de minutes, sans aucune contrainte et sans avoir l'impression de se sortir les tripes, est proprement hallucinant ! C'est Mia – privilège de l'ancienneté – qui ouvre l'entonnoir à chuchotis :

– À mon arrivée, tu n'avais pas la moindre idée de qui j'étais ?

– Je me doutais vaguement de ton existence. Sans plus.

– C'est moi qui avais demandé le silence à Julien. Pour l'instant, je voulais que cela reste *notre* histoire. Sans plus.

– Tu es mariée, c'est ça ?

– Non. Veuve.

– Les conventions sociales ?

– Dans mon milieu, c'est moi qui les édicte. Je suis très, très riche. C'est juste une volonté personnelle : ce que je trouvais auprès de ton oncle était peut-être ma dernière occasion de flotter sur un nuage, et je tenais à ce que cela reste un nuage. Léger.

– Vous deux, c'était récent ?

– À mon âge, on pense que oui. Au tien, cela va paraître une éternité : presque quatre ans. Et toi, avec ton ami ?
– C'est assez frais. Mais il m'a déjà beaucoup aidée dans cette dure période.
– Tant mieux, tant mieux…
– Tu ne l'apprécies pas énormément, n'est-ce pas ?
– Je lui ai à peine parlé…
– C'est bien ce que je dis…
– Ce garçon m'a l'air d'avoir vécu… Indéniablement, il a un genre…
– Mais ce n'est pas le tien !
– Oh, moi, je suis d'une autre époque, d'une autre civilisation. Les « garçons » ne me concernent plus… J'ai plutôt du succès auprès d'hommes style « messieurs ». Les aventuriers des hautes sphères, costume anglais et souliers sur mesure… Ceux qui, en safari, font porter leur paire de fusils Purdey par leur majordome !
– Ça ne correspond pas du tout au portrait de Julius ! Ou alors, il avait bien changé !
– J'ai dit que *j'attire* ce genre d'hommes, pas qu'ils *me* plaisent ! Distinguo subtil. Ne t'inquiète pas. Ton Julius était resté conforme à ce que tu pouvais connaître de lui. *Exactement* l'inverse des messieurs à safaris. C'est-à-dire *exactement* le type à me faire tomber raide, alors que c'était hors de question, pour toujours et à jamais, depuis la mort de mon mari !
– Tu étais déjà veuve il y a quatre ans ?
– Depuis peu, c'est le plus incroyable, quand j'y pense !

Margrit Varnstadt, dite Mia, fille unique d'une ancienne famille norvégienne, était cultivée, d'une nature fougueuse et sensible, exigeante à l'excès. Jusqu'à la trentaine passée, elle n'avait jamais rencontré d'homme auprès duquel elle puisse envisager de passer plus de quelques mois sans s'ennuyer.
– Très vite, ils me laissaient voir le meilleur d'eux-mêmes. Sans penser qu'ensuite, il ne me resterait plus à découvrir que le moins bon, le pire, le banal. Je les quittais avant, par respect, pour garder d'eux un bon souvenir…
Sa famille et ses notaires, désespérant de la voir trouver un parti satisfaisant, avaient organisé une rencontre « raisonnable »

avec Birger Frédériks, de vingt-cinq ans son aîné, capitaine d'industrie suédois.

– Le piège énorme, visible à cent kilomètres, que je me réjouissais déjà de faire capoter. Exactement les termes employés par Birger, dès que nous nous sommes retrouvés voisins de table à ce dîner. Nous avons posé nos serviettes, et nous sommes sortis avant le potage. Nous nous sommes mariés quelques mois plus tard. Ni pour écouter la raison, ni par intérêt. Seulement de l'amour, enfin accepté, sans limites et… sans crainte de la lassitude.

Elle était allée vivre en Suède, à Göteborg, non loin des aciéries qui accaparaient son époux.

– Le peu de temps qu'il pouvait leur distraire, il me le consacrait, et je le goûtais avec reconnaissance. J'étais dans la vénération. Je n'espérais même pas l'avoir davantage à moi lorsqu'il prendrait sa retraite : je le savais infatigable, il travaillerait jusqu'à son dernier souffle.

Ce fut vrai, mais prématuré. Frédériks était en pleine négociation avec un patron de chantiers navals norvégiens lorsqu'un chargement de voitures mal arrimé fit sombrer le ferry-boat, à bord duquel ils signaient symboliquement leurs accords.

– Je n'ai même pas pu l'inhumer. Il faisait partie de ceux dont le corps n'a pas été retrouvé.

S'ensuivit un tourbillon de complications juridiques : la succession d'un disparu permet toutes les contestations, tous les atermoiements.

– Ses industries étaient menacées d'émiettement. Les anciens adversaires de Birger étaient à l'affût, comme des chiens de meute prêts à emporter chacun le plus gros morceau possible de la dépouille. Ma fortune personnelle était considérable. J'aurais pu laisser vendre aux charognards. J'aurais reçu beaucoup d'argent. Je me suis battue en mémoire de mon mari, pour que l'œuvre de tous ses efforts ne soit pas éparpillée au gré des arrangements affairistes. J'ai dû apprendre et comprendre. Je suis devenue une sorte de machine à déjouer les intrigues. J'ai obtenu gain de cause, finalement, plus vite que je ne m'y attendais. C'est ce qui m'a fait croiser la route de Julien.

Nous y voilà. J'aurais vu juste ? Une idylle au plus haut niveau dans la métallurgie, entre Abestéguy, patron de Spécimeto, et la veuve Frédéricks ? Sauvetage de Spécimeto par la fougueuse héritière des aciers suédois ?

– J'avais cédé le pouvoir à un triumvirat désigné par le ministère de l'Industrie et accepté un dédommagement très succinct, en échange d'un engagement du gouvernement. Le groupe fondé par Birger ne serait pas démantelé, quitte pour l'État d'y prendre les participations nécessaires.

» Les autorités se sont arrangées pour que l'annonce des dispositions concernant le groupe Frédéricks coïncide avec le troisième anniversaire de la disparition du chef charismatique. Un hommage vibrant et appuyé serait rendu à sa vue subtile de l'avenir industriel.

» Un cénotaphe avait été dressé en bordure de fjord, face au large où le ferry avait coulé. Le ministre a demandé ma présence auprès du monument, disant qu'il ferait lui-même le déplacement en Norvège. Il me dispensait bien volontiers de prendre la parole, mais me priait, au moins, de consentir à quelques photos en sa compagnie, pour accréditer le message de continuité avec la stratégie de développement initiée par mon mari. Je trouvais d'un goût discutable cette récupération, cette désinvolture des politiques à faire parler les morts. J'avais d'ailleurs décliné les invitations de l'association des familles, les deux années précédentes, à venir commémorer le naufrage devant une pierre levée qui ne représentait rien pour moi.

Ne pouvant fléchir Mia par les sentiments, le ministre l'a eue par la raison. Elle avait accompli les quatre-vingt-dix-neuf centièmes d'un travail de titan pour éviter le démantèlement. Elle n'allait pas négliger la touche finale devant le monde financier ? « Votre mari vous tiendrait *assurément* le même langage ! »

– Le pire, c'est qu'il avait *assurément* raison… J'y suis allée, relookée en veuve d'industriel par mes conseillers en relations publiques. J'ai tenu mon rôle, j'ai applaudi le discours et tenu le ruban de la gerbe de fleurs excessive devant les caméras. Et puis, dès que les objectifs se sont détournés pour suivre les officiels friands de photos, j'ai ôté mes chaussures à talon et je suis descendue vers le fjord par un petit chemin escarpé, à flanc de rochers.

Assis sur un promontoire surplombant les vagues, les pieds ballants dans le vide, Julien Abestéguy, le col de sa veste relevé sur le cou, pleurait, seul.

– Je me suis approchée, j'ai caressé ses cheveux. Ça m'a semblé la chose à faire à cet instant.

Impensable, pour la protestante, la veuve farouche de l'immense Birger Frédériks.

– Tu imagines ? Poser mes doigts sur les cheveux d'un inconnu dont je n'avais même pas vu le visage ! Lorsqu'il l'a relevé vers moi, j'ai su que j'allais l'aimer. Autant que l'on puisse aimer quelqu'un. Sans penser une seconde à le comparer à l'ombre du roi Birger. Ton oncle, lorsqu'il donnait son regard, c'était comme une flèche, lumineuse, droit au cœur !

Ils ont plongé, éperdument, dans une passion orageuse, romantique, entre Norvège et Belgique. Mia préfère l'expression « non-liaison ».

Dès leur rencontre, ils étaient convenus qu'il n'y aurait entre eux ni allusion au passé, ni engagement pour l'avenir. Pas de cadeaux non plus. Ils s'offriraient leur seul « présent » (le jeu de mots en français la ravissait) : le bonheur inespéré que la vie leur offrait.

– J'ai acheté un appartement à Bruxelles. Il allait de soi que la vie en commun, même pour quelques jours, était exclue.

Sa voix se brise un peu lorsqu'elle avoue que Julien est mort loin d'elle alors qu'ils étaient fâchés.

– Nous avions rompu après l'affaire dite « de la brosse à dents »…

Mia s'était laissée aller à garder Julien chez elle une nuit entière. Après le départ de son amant, elle avait trouvé ladite brosse à dents plantée dans un verre sur le coin du lavabo. Elle avait vu là non pas un oubli, mais une manœuvre de prémices à une installation sournoise.

– Lorsqu'il a sonné, le soir, arborant un charmant sourire et une gerbe de lys, j'ai laissé la porte close. Sur le paillasson, j'avais déposé, dans un joli paquet enrubanné… sa brosse à dents !

Depuis, Julien multipliait les lettres avouant qu'il n'avait effectivement pas laissé la brosse par hasard. Il demandait le pardon et la permission de faire sa cour pour reconquérir son implacable amante.

C'est dans ce but qu'il avait fait envoyer la carte de platine : cette croisière en terrain neutre devait sceller leurs retrouvailles.

– Si tu savais comme je me sens coupable, maintenant... Je m'étais préparée, j'étais partie dans le Grand Nord pour purifier mon corps, pour Julien... Et lundi, en rentrant, j'ai trouvé le message de son bureau de Bruxelles m'annonçant sa mort...

Tiens, tiens... Martine Claessens, qui avait laissé planer un flou artistique, savait donc parfaitement où joindre Mme Frédériks...

– Mia, tu n'es en rien coupable. Quand tu lui as rendu sa brosse à dents, tu n'as fait que rappeler à Julius les limites de ton territoire, et votre arrangement, librement consenti.

– Je suis au moins coupable de ridicule... J'ai agi comme si je pouvais me permettre de lui donner une leçon, de lui taper sur les doigts... Comme envers un garçonnet qui dépasse les bornes, à qui on file une grande frousse.

– Les hommes en ont parfois besoin...

– Mais pas la vie ! Si nous avions été lucides, nous aurions admis que nous étions juste aveuglés par une image factice de nous-mêmes : le couple fort, l'amour sans concessions, deux fières personnalités qui se croisent aux instants privilégiés, sans s'imposer mutuellement l'esclavage du quotidien, et toute la suite...

– C'est quand même idéal, si ça peut fonctionner ?

– De la daube, Adélie ! Des clichés aussi truqués que n'importe quels autres ! Une tentation pour gens riches qui ont de quoi payer deux loyers, et qui fait fantasmer les lecteurs des psychanalystes médiatiques ! C'est bien porté en société... Mais c'est archi-faux ! Pour les riches comme pour les autres, l'amour, *c'est* un territoire commun, *c'est* mettre des tas de rêves au rancart, parce que ça en vaut la peine ! Tout ce blabla à la mode sur l'indépendance devient si futile, quand il se casse la gueule contre l'unique réalité : l'ultime séparation, celle contre laquelle on ne peut rien, après laquelle tu ne peux plus prendre l'autre dans tes bras pour le consoler ! Depuis lundi, ma belle, si tu savais comme j'essaie de faire revenir le temps en arrière ! Comme dans les films américains à l'eau de rose, où l'on peut rattraper les désastres, revivre le moment où tout a dérapé…

– Qu'est-ce que tu ferais ?

– Je courrais à la pharmacie, je dévaliserais toute la réserve de brosses à dents, j'en ferais un bouquet géant dans mon plus beau vase et j'ouvrirais ma porte à deux battants ! Je crois même que j'aurais, en passant, acheté un pyjama en pilou et une paire de pantoufles, qui attendraient Julien au pied du lit !

Mia essaie de rire, mais elle renverse la tête en arrière pour empêcher les larmes de ruisseler.

– Mon Dieu… Quelle conne…

Adélie se glisse sur la chaise voisine et, sur la nappe, sa main avance timidement vers celle de la grande femme brisée. Qui s'ébroue, telle une cavale, et parvient presque instantanément à afficher un sourire.

– Et toi, petite Mangouste, comment va ta vie ?

Je me retire en douceur vers ma cabine.

À mon avis, la Norvégienne est loin d'avoir abattu son jeu. Ce voyage avait, certes, été préparé par son amant pour des retrouvailles… Cependant, je persiste à penser que les sentiments n'étaient pas le seul thème de cette rencontre en mer incognito. Sans cela, pourquoi Julien se serait-il arrangé pour qu'Adélie le remplace.

Plutôt que supputer dans l'abstrait, mieux vaut attendre que l'information descende à moi. J'ai besoin de récupérer, je me programme donc pour un sommeil profond.

Lorsque je me réveille, ma petite belle dort, lovée contre moi. L'inclinaison du lit indique la gîte prise par le voilier. Les sons alentour ont changé.

Nous avons levé l'ancre, nous sommes en mer.

Séquence 35

Samedi, 17 juillet, 6 heures

Par le hublot de la cabine, on apercevait un bout de rivage escarpé, mais en débouchant sur le pont, la sensation est saisissante : le *Sagittario* est ancré au centre d'une anse d'un kilomètre de diamètre enserrée dans un croissant rocheux, dont les deux cornes ne sont séparées que par un mince chenal. Une eau très claire, profonde, à la surface immobile. Wim annonce :

– Castel Horizonte !

Sur une desserte, il a déplié une carte. Il y pointe l'île, bien reconnaissable à sa forme incurvée, adossée au large, à quelques encablures de la côte turque. Je remarque cependant :

– Le nom indiqué semble être Mégisti…

– Je vous expliquerai pendant votre *breakfast*.

– Nous allons peut-être attendre Mia ?

– Mme Varnstadt a déjà déjeuné. Elle est restée près de moi, au poste de pilotage, toute la nuit. Pour l'heure, elle prend la lumière du matin sur le roof. Elle a souhaité ne pas être dérangée. Méditation, je pense…

Les jus de fruits ont été fraîchement pressés. Shakeen a cuit trois sortes de pains et quelques viennoiseries aux raisins de Smyrne. Je me demande si elle ne vient pas de baratter le lait de quelque vache clandestinement embarquée, tant le beurre est délicat…

Wim se mettait déjà en devoir de nous commenter notre situation en se tenant debout, à deux pas de la table. Nous le convions à passer outre ce genre de décorum, dorénavant. De même, nous indiquons à Shakeen qu'elle ne doit pas se sentir obligée de remonter de la cambuse pour nous resservir un jus d'orange… Léger flottement. Venons-nous de commettre une bourde ? Adélie rectifie très vite :

– Cela étant dit sans vouloir vous vexer, bien sûr… Nous apprécions votre accueil, mais c'est nous qui ne sommes guère habitués, et nous vous le demandons comme un service, pour nous sentir à l'aise…

– S'il en est ainsi…

Wim escalade un fauteuil. Ses jambes sont si courtes qu'il doit se hisser en appui sur les accoudoirs.

– Vous aviez raison, monsieur Stéphane, le nom de cette île, que vous trouverez aujourd'hui sur les cartes, est bien *Mégisti*. Je lui préfère celui qu'elle portait lors de son occupation par les Italiens. Il me semble plus conforme à sa personnalité : *Castel Horizonte*.

C'est exact. Les créneaux montagneux qui s'élèvent sèchement depuis le rivage et bouchent l'horizon évoquent assez bien un ancien château.

– Devenue grecque, elle a été rebaptisée Mégisti. Les Turcs, nargués par ce petit bout de territoire si proche, préfèrent l'appeler *Kastelorizo*.

Le Torse nous passe des jumelles.

– Fait remarquable, l'ancienne bourgade qui s'y dressait a été entièrement détruite par la guerre, à l'exception des églises et des mosquées. Quelques habitants sont revenus, ils ont nettoyé une à une les pierres qui constituaient leurs maisons et les ont empilées sur le lieu même. Puis ils sont repartis. Il reste une petite auberge, un poste militaire. Sans grand intérêt. Par contre, vous pourriez visiter les ruines de l'ancienne forteresse…

– Si nous avons le temps…

– Il était prévu que nous fassions relâche ici pour la journée. Comme je vous l'ai dit, c'était la seule demande expresse de M. Abestéguy. Cet endroit lui tenait très à cœur, je crois… En fonction de quoi, Mme Frédériks m'a demandé de ne rien changer au plan de navigation jusqu'à ce soir. Pour la suite de la croisière, elle entend consulter Mlle Cartwright…

Et allez donc ! C'est glissé en douceur, mais, si tu n'avais pas encore pigé que tu n'es qu'une pièce rapportée, mon vieux Steph…

– Vous plairait-il de descendre à terre pour quelques heures ? Shakeen vous a confectionné un petit en-cas. Je peux vous déposer, l'annexe est déjà à l'eau.

Mazette, *l'annexe :* un bijou italien de chez Rocca, tout bois, moteur à déchaîner les chevaux ! Je ne vais pas louper ça.

– Merci, Wim. Je crois que je pourrai m'en débrouiller seul !

– Oh ! Vous êtes donc *marin*, monsieur Stéphane ?

Caustique, le Schwarzy-bonzaï !

– Oui, *aussi*… Ça m'est arrivé…

Je n'avais jamais été frappé par la justesse d'une expression chère à ma nourrice : « curieuse comme une vieille chatte ». Là, je comprends. Alors que nous grimpons à l'échelle rouillée de l'embarcadère, au pied de l'ancien village, la plate-forme de planches au-dessus de nous semble soudain bordée de fourrure. Nous sommes guignés par une bonne centaine de têtes de matous ! Lorsque nous arrivons à leur niveau, pas farouches, les bestioles viennent nous renifler sans vergogne. Les nouvelles vont vite. D'autres minets se pointent à pas pressés, queue dressée en plumet. Nous voici entourés par une considérable population quadrupède. Des rouquins, en majorité, mais d'autres teintes aussi, tous mélanges imaginables témoignant d'une activité amoureuse sans sectarisme…

Le petit sac à dos que je porte doit fleurer bon la cuisine de Shakeen et, à en juger par les côtes apparentes de notre comité d'accueil, la manne touristique n'abonde pas. Certains entament une danse de séduction, frotti-frotta contre les jeans et ronron à tout va. D'autres croient davantage à l'intimidation : ils osent le miaulement rauque et le coup de patte revendicateur. Nous nous donnons un peu d'espace par quelques *pschh-pschh* assez peu convaincants et nous avançons, sous bonne escorte.

Les diablotins poilus sont la seule engeance vivante que nous semblons intéresser. Nous traversons un village fantôme, sans maisons. Seuls, les moellons méticuleusement entassés à l'emplacement de chaque ancienne habitation témoignent d'existences anéanties par la guerre. Silence et émotion.

D'après le plan succinct que nous a dessiné Wim, le chemin qui prend à la sortie mène vers les hauteurs et la vieille citadelle. Nous projetons d'atteindre l'un des sommets : la vue sur l'île et sur la pleine mer doit mériter l'effort. Grâce aux jumelles, nous apercevrons aussi la côte turque, si la brume s'élève. Adélie a emporté un appareil-photo numérique et me vise à tout bout de champ. J'ai ça en horreur, mais, comme dirait la Norvégienne : « Vive les gens simples qui se laissent photographier avec plaisir ! » Et comment empêcher une fille amoureuse d'engranger des souvenirs de son amoureux ? En lui expliquant que j'ai d'impérieuses raisons stratégiques ? Qu'un certain Jérôme Trente, pour ne citer que lui, pourrait faire ses choux gras de clichés prouvant ma présence assidue auprès de la nièce d'Abestéguy ?

Quand je vois ma petite randonneuse oublier un peu la lourdeur de ce qu'elle traverse, je n'ai guère le cœur à jouer les rabat-joie. Je me contente de composer d'abominables grimaces à chaque fois qu'elle appuie sur le déclencheur. Ça complique la reconnaissance par les fichiers anthropométriques.

C'est méchamment pentu, Castel Horizonte ! Nous nous octroyons une pause avant d'attaquer la grimpette. Une poignée de félins quémandeurs, les plus persévérants, sont encore à nos basques. Je les chasse, ferme et définitif :

– Foutez-moi le camp ! Vous n'aurez pas une *bouchée* de notre casse-croûte ! Pas une !

Ah mais ! C'est qui l'homme ?

Pendant que nous émiettons aussi équitablement que possible nos sandwiches de luxe entre les mistigris affamés, Adélie me résume la partie de la conversation qui m'a échappé hier soir. C'est-à-dire rien d'essentiel. J'ai peine à le croire.

– Enfin quoi ? Les atomes crochus circulaient bien, entre vous ! D'autant mieux, je suppose, une fois que je vous ai eu totalement débarrassées de ma présence ?

– Mia a effectivement ajouté quelques détails sur ses moments de vie avec Julien… De vie amoureuse, je veux dire. Seulement ça, ce sont des secrets de femmes. Je ne peux pas…

– Mais, ma chérie, lancé-je avec la voix cassée d'une rombière offusquée, sache que je me contrefiche des prouesses d'alcôve de la walkyrie ! Nous, les mecs, nous n'avons pas besoin de tant de précisions, je te signale ! Et même, je serais salement gêné par des images trop intimes de ce type que j'ai admiré ! Sérieusement, si Julien a eu du bonheur avant de passer l'arme à gauche, je remercie le Ciel pour lui. Je pensais que tu allais apprendre *l'autre raison* pour laquelle cette Frédériks et ton oncle avaient planifié de se retrouver sur ce bateau. Et pourquoi toi, maintenant.

– Je suis tout aussi désarçonnée. Leur seule programmation, c'était leur réconciliation. Et comme cela aurait dû être une fête à deux, Mia se demande aussi pourquoi je me suis retrouvée sur cette croisière.

– Oui, tiens, à ce propos, comment as-tu expliqué notre présence ?

– En tenant compte de tes leçons, mon cher maître ès langue de bois. J'ai respecté la vérité d'aussi près que possible, pour éviter les recoupements scabreux, mais en ne disant que l'indispensable. J'ai raconté la lumière bleue, la carte d'or trouvée dans un livre appartenant à Julien. Je n'ai pas fait mention du passage Brady, puisque Mia ne semblait pas connaître l'endroit. Et, bien entendu, je n'ai pas mentionné *ton* rôle.

– Alors, pas la moindre allusion à quelque chose qu'elle aurait apporté pour ton oncle ? ou qu'ils auraient projeté de *chercher* ensemble, que sais-je ?

– Pas la moindre.

– Et pourquoi n'est-elle pas venue en excursion ?

– Elle souhaitait autant que possible rester un peu seule aujourd'hui. Elle m'a juste assuré que nous avons encore beaucoup à parler.

Qu'est-ce qui fait tergiverser la Norvégienne ? Prend-elle le temps de peser l'opportunité de montrer son jeu à Adélie ? Ou est-ce ma présence qui la freine ?

Les chats, comprenant qu'ils ne pouvaient plus rien tirer de ces deux bonnes poires, nous ont lâché les baskets au bas de la pente. Pas fous, ils connaissent le terrain !

Nous avons eu beau prendre le départ avec le frais du matin, Frère Soleil nous cogne maintenant. Nous crapahutons sur le chemin en lacets agrippé au flanc de la côte et débouchons au sommet de l'épine dorsale de Mégisti lorsqu'un bruit de moteur, masqué jusque-là par l'à-pic de rochers, nous arrive plein pot. Tout juste si nous ne plongeons pas au sol : un petit hydravion passe au ras de la crête !

À travers la poussière, nous le voyons se laisser choir presque à la verticale, puis décrire une boucle serrée dans la baie. Le pilote a l'estomac solide, et grande confiance en sa mécanique ! Je n'aimerais pas me mettre entre les mains d'un tel kamikaze…

Encore des touristes qui paient pour des sensations fortes. Reconnaissons qu'avec ce voilier seul au centre du lagon, ils en ont pour leur argent. Je me demande quel trajet le biplan va choisir pour ressortir du croissant rocheux. L'échancrure du chenal ? Non, il ne sort pas. Tous gaz coupés, il amerrit ! Et, avec une précision millimétrique, il vient, sur son erre, stopper mollement au flanc du *Sagittario*.

À vol d'oiseau, nous ne sommes qu'à quelques centaines de mètres du bateau. Adélie s'est emparée des jumelles.

– Wim est sur le pont… Je crois qu'il parle avec un occupant de l'avion… Ah, voici un homme… Il reste debout sur l'un des flotteurs…

– D'autres gens, dans le zinc ?

– Je n'en vois pas…

– Et Mia ?

– Sur le roof… Tu as loupé le spectacle, elle était en tenue d'Ève ! Elle s'enroule dans son drap de bain… Elle dialogue aussi avec le pilote… Maintenant, elle descend vers les cabines…

Quelques minutes plus tard, Mme Varnstadt reparaît, dans un ensemble blanc.

– Elle porte un sac… Je pense qu'elle va partir avec l'avion…

– La vache ! C'est pour ça qu'elle est restée ! On s'est fait doubler !

– Attends ! Wim vient à la proue !

L'hémicycle rocheux résonne du meuglement d'une corne de brume. Trois coups.

– Il agite un linge blanc. Ça, c'est pour nous !

Nous débaroulons la pente, écrasons quelques matous imprudents et sautons dans le chris-craft.

Du haut de l'échelle de coupée, Mia hisse Adélie par le bras.

– Connais-tu un certain M. Khaïdi ?

– Pas que je sache.

– Moi non plus. Une relation de Julien, apparemment. C'est lui qui envoie cet avion. Il savait que le *Sagittario* serait ancré à Mégisti.

– Il ignore que Julien n'est pas à bord ?

– Non. C'est MOI qu'il envoie chercher !

– Pour t'emmener où ?

– Sur l'île de Rhodes. Mon premier réflexe a été d'accepter, mais, à la réflexion, je me demande si c'est bien Julien qui a organisé tout cela.

– L'escale, sans aucun doute… Le voyage à Rhodes, rien ne le prouve… Tu as demandé qui est ce M. Khaïdi ?

– Je cite le pilote : « *A very important person !* »

– C'est vague !

– Tout ce que le pilote a bien voulu me laisser savoir, et encore en hésitant, c'est : « *He is a tradesman… A kind of tradesman…* [1] » Ensuite, il m'a priée de ne pas le mettre en difficulté par d'autres questions…

– Rassurant ! Peut-on au moins parler à cet important commerçant par radio ?

– Pas depuis le centre de la baie, à cause des hauteurs, paraît-il…

– Wim le confirme ?

– Il dit seulement que si quelqu'un ne veut pas être joint, on ne le joindra pas…

– Que décides-tu ?

– Si tout a été arrangé par Julien, je ne voudrais pas faire faux bond… Viendrais-tu avec moi ?

– On emmène Steph, alors…

Pincement des narines nordiques, mais la notion de sécurité l'emporte.

---

1. « Un commerçant, une sorte de commerçant… »

Séquence 36

Samedi, 17 juillet, fin de matinée

> Rhodes, *Rodos* en grec, île en mer Égée, fait partie des quatorze Sporades du Sud, autrement nommées Dodécanèse, ce qui signifie pourtant « les douze îles ». L'archipel compte, entre autres, Kos, Knossos, Naxos, Mykonos, Ikaria et Samos...

À dire vrai, je ne connaissais vaguement de Rhodes que son légendaire Colosse, merveille du monde disparue. Je deviens un puits de science avec l'aide du disque diffusé dans nos casques.

Nous avons cent vingt kilomètres à couvrir : le petit hydravion, une pièce de collection parfaitement entretenue qui semble échappée d'un album de Tintin, mettra une bonne heure.

Pendant que Mia et Adélie opéraient leur transbordement, j'ai demandé haut et clair à Wim s'il pouvait me prêter une casquette. Comme je m'y attendais, celle-ci se trouvait dans le poste de commande. Là, j'ai expliqué au Torse ce que je désirais *vraiment* lui emprunter. Il s'est à peine fait tirer l'oreille, pour la forme. Il était aussi préoccupé que moi par l'intrusion inopinée de l'hydravion. Il n'avait pas été averti d'un tel rendez-vous pendant cette escale obligée, et ça, un capitaine n'aime pas du tout…

J'ai donc gaiement rejoint ces dames, coiffé de blanc. De manière moins voyante, j'emportais dans ma sacoche l'autre viatique, à moi confié par notre skipper : acier inox, marque Smith et Wesson, type Chief Spécial, calibre 38. Cinq coups seulement au barillet, mais discret et rapide à manier avec son canon court de deux pouces. Dans le doute, couvre-toi...

Mme Varnstadt joue les princesses lointaines. Elle s'est, d'autorité, installée à côté du pilote, nous laissant les places arrière. Protégée par sa position, elle ne semble pas décidée à nous faire l'honneur de sa conversation. Elle s'absorbe dans la contemplation des vagues. Adélie et moi, tête contre tête, écoutons le guide :

> Rhodes, qui bénéficie du plus grand ensoleillement d'Europe, est connue comme « l'île des biches, des roses et des papillons ». Elle serait née de l'union du dieu Hélios avec la nymphe Rhoda. L'ordre des Hospitaliers de Saint-Jean-de-Jérusalem...

Adélie me bouscule.

– Écoute ! Écoute ça !

> ... créé en 1113 afin d'assurer la sécurité et de soigner les pèlerins en Terre sainte, s'établit à Rhodes en 1306. Il gouverne l'île et, durant deux siècles, contrôle la Méditerranée orientale, au grand dam des Turcs ottomans.
>
> Jusqu'en 1911, Rhodes reste sous domination turque, puis les Italiens occupent l'île jusqu'en 1943, remplacés par les Allemands à la chute de Mussolini, puis par les Anglais à la fin de la Seconde Guerre mondiale.
>
> En 1949, l'île de Rhodes est rattachée à la Grèce.
>
> On peut encore visiter le palais du Grand Maître, l'hôpital des Chevaliers.

– Qu'est-ce qui t'accroche, là-dedans ?

– Je n'en jurerais pas, mais il me semble que l'un des vieux bouquins, au passage Brady, traitait de cet ordre des Hospitaliers.

– Malheureusement, le loft est à deux milles kilomètres et des poussières...

Lorsque nous amorçons une plongée sur l'aile, Rhodes explose au soleil. Barques aux flancs arrondis dans une rade où l'on passe entre des digues surmontées de colonnes d'albâtre portant des statues de biches… Un vrai paysage de l'École de Venise.

L'appareil descend comme une pierre, mais se redresse bien avant la côte. Un pic émerge, isolé, à quelques centaines de brasses au large. Un îlot, seulement rattaché à la terre principale par le mince cordon d'une route. Hors ce lien ténu, il baigne dans les vagues, plus battantes ici à cause d'un courant froid dont on distingue la traîne sombre. Un port artificiel en forme de U dépasse des rochers acérés. Structure industrielle de poutrelles zinguées. Adieu, École de Venise…

Selon la procédure que nous lui avons vue adopter à Castel Horizonte, notre pilote cabre au ras de la surface, et nous touchons l'eau avec une infinie douceur, glissant ensuite très précisément devant un appontement flottant.

Quelques pas sur ce radeau, et nous prenons pied sur le ponton métallique qui grince. Y sont amarrés deux énormes runabouts noirs, ces cigares de mer capables d'atteindre des vitesses de folie. Avec un engin de ce type, je me ferais fort d'arriver en Italie pour dîner…

Le comité d'accueil s'avère carrément glauque : quatre cousins de Monsieur Propre, quatre crânes tondus, recuits par le soleil, quatre cache-poussière noirs et longs malgré la chaleur. Je mise mes chaussettes qu'ils ne cachent aucune poussière, plutôt des Uzzi à chargeur double, sur bretelle. La « marchandise » de notre « marchand » mérite assurément protection…

L'un des costauds retient au bout d'une chaîne une paire de rottweilers dressés sur leurs pattes arrière. On nous fait passer devant, suivant la seule direction possible : la passerelle qui mène droit vers une entrée de tunnel. Nous suivons des rails : la marchandise si bien gardée doit parfois être lourde.

Parvenue sous la voûte, la voie ferrée bifurque à droite, on nous indique de prendre à gauche. Une galerie bétonnée, éclairée au néon, qui semble se terminer contre un mur. Les semelles de nos accompagnateurs résonnent derrière nous, et le souffle des chiens, étranglés dans leurs colliers. Une cinquantaine de pas, un virage à angle droit. Une grille barre le passage. Mauvaise surprise : trois mètres avant, j'avise un arceau d'aluminium encastré dans la maçonnerie, murs et plafond. Un portique de détection !

Trop tard pour faire demi-tour. Ma sacoche me paraît soudain très chaude… Si seulement j'avais emporté mon 9 mm en fibre de carbone ! Quel plouc d'avoir pris ce joujou de ferraille à cinq coups ! Surtout qu'il ne me sera pas d'une grande utilité face à l'artillerie lourde planquée sous les manteaux noirs… Je ne m'attendais pas à visiter un bunker. L'erreur qui tue…

L'un des sbires hâte le pas, nous précède et va vivement vers un clavier mural. Il tape un code.

Une ampoule rouge clignote, vire au vert.

Du haut-parleur voisin, une voix féminine synthétique scande :

« Attention… Système… Sécurité… Désactivé ! »

Je ne cherche pas à comprendre. Je me contente de m'autoriser à respirer.

Les quatre gardes et leurs molosses rebroussent chemin. La nappe de néon s'arrête à la grille. Au-delà, c'est un trou obscur.

Les barreaux coulissent et s'escamotent dans la paroi.

Adélie vient contre moi. Je tends la main à Mia. Pour la première fois, elle accepte le contact et me donne son coude.

Nous entrons dans l'obscurité.

Séquence 37

Grandiose, le mot s'impose. Ou grotesque, c'est selon.

À mesure que notre vision s'accoutume, les contours d'une grotte se précisent, éclairés par des torches, leur manche de fer forgé fiché dans le roc.

Alentour, des ornements surabondants accrochent des reflets : l'or de chandeliers et de coupes sur des tables massives, d'anges de la Renaissance italienne et de dragons chinois, le vieil argent d'encensoirs, le cristal de vasques et d'une collection de lustres éteints volés à quelque opéra, suspendus à un plafond invisible… La moire des tentures, des sofas et des coussins jetés dans tous les recoins, sur des tapis sultanesques. Des braseros pétillent près de hauts narguilés. Partout, des plateaux où s'empilent des fruits, des gâteaux dégoulinant de miel, des pyramides de loukoums pellucides saupoudrés de blanc…

Adélie se colle à moi, Mia ne songe pas à me retirer son bras. Nous essayons de distinguer les limites de cette rotonde naturelle. Il semble que des galeries en partent en étoile. Les accès en sont encadrés par des statues grecques admirables, uniquement de jeunes athlètes nus.

Nous sommes dans un palais troglodyte. Incongruité dans ce luxe : en y regardant bien, les flammes des torches ne sont pas réelles. Des imitations électriques, des loupiotes agrémentées de lamelles de plastique tremblotant au gré d'une soufflerie.

– Bienvenue dans la maison de Séphir Khaïdi !

Une boule de graisse bondissante emballée dans un chatoiement d'étoffes, de djellabas superposées, et montée sur d'invraisemblables babouches… à talons ! Même son visage semble faire partie de la sphère, englobé qu'il est dans la masse adipeuse. Pas de menton. Les escalopes roses et molles de ses lèvres sont soulignées par une ligne de moustachette, comme dessinée à l'encre de Chine. Plaquée au sommet de cette gélatine ambulante, une calotte de dentelle laisse dépasser un plumetis de cheveux roux. Une laideur intense. Le fils caché de la Castafiore et de M. Rastapopoulos.

– Pardonnez, je vous prie, de n'être pas rendu à votre encontre au débarcadère… Mais le pauvre Séphir ne sort de cette sombritude que lorsque impérieusement contraint : sa méchante peau très fragileuse, elle se crevasse dès que le moindre rayon du soleil !

Un joyeux cocktail d'accents, anglais et moyen-oriental. Si nous devons décrypter ce sabir pour appréhender ce qui nous amène ici, ça promet d'être coton ! Quoique… Quelque chose me laisse penser que, tout comme les flambeaux, ce langage est factice. Pendant que le bonhomme nous noie sous ses fantaisies grammaticales, entre les replis de ses paupières, des yeux d'obsidienne nous passent au scanner. Un regard aussi matois, j'ai rarement vu.

– Oh, mais, qu'est-ce que vois-je ces bagages ? Vous ne connaissez pas, il est vrai, l'usage dans la maison de Séphir. L'ami en visite doit n'apporter rien d'autre que sa personne précieuse ! Quoi que vous puissiez désirer d'avoir besoin, Séphir doit y pourvoir !

Il claque deux fois ses mains où, à chaque doigt, scintillent des pierreries. Les montures des bagues disparaissent dans le gras. Un garçon surgit à la seconde, éthiopien sûrement, d'une beauté saisissante, torse nu aussi lisse qu'un caramel et fesses moulées dans un collant de danseur.

– Najib, gracieux désespoir de mes vieux jours ! Pourquoi n'as-tu pas encore débarrassé de leur fardeau Mme Frédériks et M. Roy ?

L'éphèbe a déjà saisi le sac de Mia, je serais malvenu de ne pas lui passer ma sacoche. Notre hôte a eu beau faire poliment désactiver pour nous son portique de sécurité, je suis certain que son rayon X personnel a détecté ma quincaillerie. Et qu'il sait exactement qui nous sommes.

Premier round d'observation à son avantage. Mais il joue sur son terrain et nous conservons jusqu'ici le bénéfice du silence. Mia entame la deuxième reprise :

– Nous avons été très charmés de votre invitation, monsieur Khaïdi, mais très surpris, également. Même le capitaine de notre bateau n'avait pas...

– C'est une très remarquable erreur du chagriné Khaïdi, que ses amis lui pardonneront dans la généreuse bonté de leur mansuétude, lorsqu'il aura tout explicité ! Mais auparavant, qu'ils veuillent bien lui permettre un élan de son cœur, retenu difficilement depuis votre arrivage !

Avant que j'aie pu m'interposer, il a attiré Adélie et l'écrase contre sa bedaine.

– Chère, *chère* petite Mangouste ! Séphir est tellement émotionné de te revoir !

– Oui, non, mais... Nous nous connaissons ?

– Bien sûr, tu ne peux te rappeler pas ! Tu étais la si petite fille Mangouste, déjà bien jolie, et voici une femme ravissante que tu es devenue !

– Je... je suis déjà venue à Rhodes ?

– Non... Six années, tu avais, et notre cher Julius – que Dieu le reçoive en sa sainte garderie – t'avait menée avec lui et le Raphaël minuscule, dans le chalet de Séphir, à Gstaad, dans la Suisse ! Et toi, première fois tu vois Séphir, tu campes en face de lui comme trois pommes debout et tu dis : « Tu es vraiment très effrayant ! »

– Je vous ai dit ça ?

– Chaque mot ! Avec le sérieux total absolu ! Le pauvre Séphir était plein de peine, qui aime tant les enfants...

– Désolée...

– Ne le sois pas. Tu possédais la vérité ! Dans ce temps, le Khaïdi tout maigre, il portait la grande barbe noire, et noir aussi le costume ! Aujourd'hui, voici plus gai, n'est-il pas ? Tu n'as plus la frayeur ?

– Non, quelle idée...

– Alors, la bise de Mangouste à Khaïdi, c'est possible ?

Il lui avance le ballon laiteux de sa joue. Quel moyen d'y échapper ? Adélie s'exécute et pose un bec, avec une brièveté que l'on peut mettre sur le compte de la bonne éducation.

Pourvu que l'autre n'aille pas lui coller sa grosse lippe ! Non, il se contente d'étouffer sa captive. En plus, j'hallucine ou quoi ? Il a… Mais oui : il a son rimmel qui coule ! Il pleure ! Tout cela vire au surréaliste ! Il relâche la pression et caresse les cheveux d'Adélie.

– Julien t'aimait tant… Je m'attendais si peu à ce que tu viennes… Accompagnée, qui plus est, de ce charmant monsieur… Je pensais n'accueillir aujourd'hui que Mme Frédériks. Que je néglige, d'ailleurs, de manière très impolie !

En deux rebonds sur ses babouches talonnées, il atterrit devant la Norvégienne et plonge dans un impeccable baisemain.

– Madame, c'est honneur et enchantement. Vous apparaissez encore plus éblouissante que dans tous les portraits entendus de vous.

Mia en profite pour retenir la pogne potelée.

– Justement, monsieur Khaïdi, *vous* vous apprêtiez à me voir et *moi* je me demande encore ce que je fais ici. Vous avez promis de tout expliquer, il serait temps, je pense ?

– Avec volontiers… Mais si nous procédions devant quelque nourriture ? Je suis un lève-tard, voyez-vous. Je n'ai pas encore pris mon petit déjeuner. Je me suis permis l'intention de supposer que vous accepteriez le partage.

Il nous désigne, entre deux statues, l'entrée d'une galerie. En passant, il cueille un collier suspendu aux attributs virils de l'une des sculptures. Trois fois rien : onze rangs de perles sauvages.

Heureusement qu'il le partage, son petit déjeuner, il y aurait de quoi rassasier un plein autocar de touristes allemands. Sauf que les goulus Teutons n'auront jamais accès à une telle splendeur décadente.

La salle à manger est tout aussi emplie de trésors hétéroclites que la rotonde centrale. Elle en diffère cependant par sa taille, plus restreinte, et n'est qu'en partie creusée dans le rocher. Deux murs de béton devaient comporter des ouvertures donnant sur la mer. Elles ont été obturées, masquées par des tapisseries d'Aubusson. L'éclairage est fourni par une kyrielle de bougies encloses dans des photophores de toutes couleurs. On se croirait personnages d'un vitrail.

La « collation » nous est servie à l'orientale, sur un tapis caucasien qui pourrait recouvrir un court de tennis. Mais la vaisselle est française, bicentenaire, signée Sèvres et Baccarat. Des jeunes gens, originaires tant du continent africain que du bassin méditerranéen, vêtus de pagnes, apportent des plats, des plats, encore des plats, en une noria papillonnante. Plusieurs restent à trois pas de nous, une aiguière dans chaque main. Affectés au service des boissons, ils veillent à ce que nos verres soient approvisionnés en permanence.

Le gracieux Najib s'est joint à nous. Il a passé un kaftan lamé rouge et or, qui laisse entrevoir ses pectoraux épilés. Il consacre le plus clair du repas à décortiquer des viandes avec les doigts et à préparer des boulettes de semoule et de légumes, puis à glisser ses préparations dans la bouche de Khaïdi.

On aura noté, depuis le début de ces agapes :

• que le nabab ne parle plus de lui à la troisième personne. Il roule toujours les r, mais son galimatias cosmopolite laisse la place à un français de mieux en mieux maîtrisé. Il semble avoir renoncé à son personnage de métèque comique, destiné à endormir la méfiance... La méfiance de qui, d'ailleurs ?

• qu'il met à profit sa position d'hôte bienveillant pour nous faire lanterner à sa guise. Notre présence dans son antre reste toujours inexpliquée.

• que je n'ai encore pas moufté, et que je compte me départir le moins possible de ma place d'observateur. Si j'écoute entre les mots, le poussah finira bien par laisser filtrer une info utile.

De toute façon, il ne nous a pas attirés ici sans une intention précise.

– Pardonnez ma très directe curiosité, monsieur Roy...

Loupé, pour ce qui est de mon retrait silencieux... Il a des antennes, le Séphir.

– Voui ?

– J'ai légèrement connaissance des industrielles activités de Mme Frédériks, j'ai suivi avec admiration les études d'Adélie. Tout cela par les récits de Julien. Sur vous, jamais il ne m'a rien dit...

– Peu étonnant, nous ne nous sommes pas rencontrés.

– Ceci explique cela... Je vous avouerai que vous me posez un problème : d'ordinaire, sans me vanter, je suis assez perspicace pour estimer avec une faible marge d'erreur les occupations de mes interlocuteurs... Or je ne parviens pas à vous situer...

– Pourtant, vous n'avez pas eu besoin de présentations pour m'appeler par mon nom.

– Aucun mystère. Vous l'avez remarqué, n'entre pas ici qui veut. Je suis marchand d'art, monsieur Roy, et il m'arrive d'entreposer des pièces de grande valeur. Lorsque mon pilote a signalé qu'il amenait trois personnes, j'ai vite fait prendre des renseignements. J'ai quelques accointances avec des... fonctionnaires, à l'aéroport d'Antalya. Mais votre passeport français ne comporte aucune mention de profession. D'où ma question. Indiscrète, j'en ai bien peur.

– Nullement... Mais puisque nous en sommes aux jeux de salon, si vous tentiez de deviner ? Vous avez droit à trois essais.

– Voyons... D'après votre musculature et la rugosité de vos mains, on pourrait pencher pour un homme de la terre.

– Pas mal. J'y suis revenu. Je cultive mes choux. Et vous allez me demander : oui, mais auparavant ? J'ai été militaire. Vous voyez, j'évite de tourner autour du pot. Voudriez-vous avoir l'obligeance de faire de même ?

– Mais vous me voyez disposé à répondre à toutes les interrogations de ces dames.

En d'autres termes, Toi, ta gueule, va donc jouer dans la cour ! Parfait. J'obtiens ce que j'escomptais. Dès lors, je n'ai plus qu'à laisser faire « ces dames ». Leurs questions pleuvent et on peut leur faire confiance pour fouiller aussi loin qu'il sera possible. Mais, pressées par des motivations différentes, elles s'y prennent dans le désordre. Je vais essayer de classer.

Séquence 38

Pas évident de faire le tri. Autant ce renard rondouillard se montre prolixe sur une foule de vétilles, autant il escamote des détails importants.

Le rendez-vous en baie de Mégisti ? C'est Julien qui l'avait fixé, voici plusieurs semaines. Khaïdi est rentré tout exprès de Pékin avant-hier.

– Moi qui évite de sortir, j'ai été obligé de faire ce déplacement, moyennant force ombrelles et crèmes solaires. J'avais mis plusieurs années pour établir un accord avec les Chinois, mais ils refusaient de conclure avec quelqu'un qui n'aurait pas mis les pieds sur leur territoire et s'ils ne voyaient pas mon visage à la signature. Ce qui ne les empêchera pas d'essayer de me doubler à la moindre occasion...

En apprenant à son retour la mort d'Abestéguy, le marchand pensait que le rendez-vous de Castel Horizonte s'annulait *ipso facto*. D'où sa surprise lorsque, cette nuit, ses « correspondants » turcs l'ont avisé de l'appareillage du *Sagittario*, ainsi que de la présence à bord de Mme Frédériks.

Le but de cette rencontre voulue par Julien ? Khaïdi était au courant, presque depuis le début, de la liaison de son vieil ami avec Mia, de son intensité, mais aussi de ses difficultés. Il piaffait de connaître cette mythique fiancée. Abestéguy avait promis que ce serait chose faite lors de cette croisière.

– Je crois qu'il avait l'intention de vous demander en mariage. Il voulait que je sois le premier à vous voir ensemble...

Mariage ? Stupeur et tremblements de la Norvégienne.

Khaïdi, « vieil ami » de Julien ? Oui, ami de jeunesse. Ils ont effectué ensemble une partie de leur scolarité.

– Nos familles étaient très aisées… La mienne est d'origine yéménite. Et chrétienne. Autant dire une espèce en extinction. Des errants. Banques suisses et palaces londoniens. J'ai croisé Julien dans un collège britannique.

Bouboule passe aux aveux : en son jeune temps déjà, le Basque possédait un charme indiscutable.

– Moi-même – qui le croirait aujourd'hui –, je n'étais pas mal de ma personne… (Séphir eût bien aimé manifester à son camarade de chambre plus que de l'estime.) Autant vous le dire, j'ai lamentablement échoué ! Rien ne pouvait départir Julius de son attirance pour les demoiselles. Je me suis fait une raison et je couvrais ses absences, quand il faisait le mur pour flirter avec les petites Angliches… Lui me rendait la pareille, lors de mes visites un peu prolongées à notre professeur de mathématiques. Un homme passionnant qui m'a tout appris de l'astronomie. Entre autres… Jamais Julien n'a eu à mon encontre le moindre mépris, la moindre moquerie… Il a toujours respecté mes choix, il m'appréciait tel que j'étais et me considérait comme un homme à part entière. Partout, il se disait fièrement mon ami. À cette époque et vis-à-vis de son milieu, c'était une bravade assez exceptionnelle pour que je lui en sois gré toute ma vie…

Par association directe, il évoque Papillon. Étant donné l'ouverture d'esprit de Julien, Khaïdi a trouvé d'autant plus navrant le quiproquo avec Raphaël. Comment le garçon a-t-il pu imaginer que son père allait lui retirer son affection à cause de ses orientations sexuelles ?

– Et il est mort en se croyant banni, rejeté… Quelle stupidité !

– Vous étiez au courant ?

– J'ai été le seul confident de ton oncle… Il est venu à moi, fou de douleur. « Fou » est bien le mot, hélas : il avait bâti un scénario morbide. Il m'apportait une pile de cartes postales où il imitait l'écriture de son fils et il m'a demandé d'organiser leur envoi par mes mandataires à l'étranger. Il se raccrochait à cette bouée dérisoire. La peur lui faisait perdre tout bon sens. Peur de Geneviève, surtout. Tu sais comme ta mère peut se montrer impitoyable dans ses jugements… J'ai voulu le sortir de son délire. Rien n'y a fait. Il a commencé à émerger quand il vous a rencontrée, Mia… En parlant avec lui de la disparition de votre mari comme d'une réalité acceptée, vous avez été d'un secours immense. Voulez-vous que je vous dise ? L'amour est une folie qui nous sauve de toutes les autres !

Il effleure la joue de Najib. L'éphèbe roule vers lui ses yeux soulignés de khôl et, avec un mouchoir de fil, lui essuie ses lèvres huileuses.

– La folie ? Elle est en chacun de nous. Regardez cet ange… Il ne comprend pas un mot de notre conversation, il me donne la becquée et me bichonne sans paraître s'ennuyer… Vous pensez : « Le gros plein de soupe se paie cette beauté et ce dévouement avec ses millions… » Détrompez-vous. J'ai constitué à ce garçon un portefeuille des mieux investis, géré par un notaire luxembourgeois. Et pas un petit bas de laine : de quoi vivre confortablement plusieurs vies. L'ange est libre de s'envoler quand il le veut. Et il reste. Il m'aime. C'est sa folie à lui. De quoi le sauve-t-elle ? Peut-être de se fourvoyer en n'aimant que l'apparence d'un autre…

Pour un peu, il deviendrait attendrissant, le pansu ! Méfiance. Bien qu'il semble se laisser aller à un niveau très intime, il me laisse la sensation de rester en surface.

L'après-midi avance, le banquet digne de Sardanapale se poursuit et l'on n'arrive pas à passer le stade des bavardages. Notre transbordement par hydravion entre une baie isolée et un îlot fortifié n'aurait eu d'autre objectif que de faire connaissance avec la fiancée de l'ami disparu et de revoir la nièce chérie ? Le cher Séphir va finir par constater qu'il se fait tard et nous réexpédier vers le bateau en nous priant d'emporter une part de gâteau dans du papier d'alu. À d'autres !

Le genou d'Adélie contre le mien me fait comprendre : *Qu'attend-il ?* Je rends à la petite sa poussée, en insistant : *Attaque, Brutus* !

Mangouste sort les crocs. En douceur :

– Ainsi, Khaïdi, vous êtes marchand d'art ? Mon oncle a dû vous dire que c'était un peu mon domaine. Je ne suis encore que débutante, mais je n'ai jamais aperçu votre nom sur les annuaires de la profession. Vous êtes peut-être très spécialisé ?

– Au contraire. Je m'éparpille. Trop... C'est pour cela que je ne fais partie d'aucun circuit homologué...

– Vous vous éparpillez dans quoi ?

– Dans l'inatteignable.

Il aimerait bien demeurer dans le flou, mais ma pugiliste le recadre, question après question, gauche, droite, gauche, l'accule dans les cordes. Il n'est pas dupe.

– Je devine, à ton forcing, que mes activités t'intriguent vraiment... Aurais-tu plaisir à visiter mon lieu de travail ?

– Cela nous passionnerait tous les trois, j'en suis certaine.

Pas enchanté de nous avoir tous dans les pattes, il se lève, aidé par son mignon, rote un grand coup et nous précède dans une galerie. Puis dans un ascenseur qui descend à une profondeur considérable. Puis dans une autre galerie.

Chemin faisant, il résume, pour Adélie, son étonnant parcours.

La famille Khaïdi bénéficiait d'une position de prestige au sein des différentes diasporas engendrées par les bouleversements politiques au Moyen-Orient. Séphir a donc très tôt joué le rôle de monsieur Bons-Offices dans nombre de négociations complexes. Il assouvissait ainsi sa passion des voyages et des contacts humains. Puis, la trentaine passée, il a constaté quelques symptômes de santé alarmants : une combinaison génétique déficiente, restée en sommeil jusque-là, commençait à se manifester. Il devenait photosensible et enflait à vue d'œil. Il reste discret sur le traitement nécessaire, mais on devine que c'est contraignant et douloureux...

Pourtant, il aimait tant la vie qu'il s'était construite, qu'il ne voulait pas en changer. Il a tenu le coup autant qu'il a pu, puis vint un moment où ses médecins le mirent devant un choix. S'il voulait continuer ses déplacements incessants, et s'il persistait à s'exposer au soleil, on ne pourrait bientôt plus le soigner. Il devait envisager une complète réorientation.

– Julien m'a aidé à cesser de me lamenter sur ce que je perdais, à me réjouir qu'un Khaïdi nouveau puisse exister. En parlant avec moi des jours et des nuits, il m'a permis de me redéfinir, de ne pas *subir* le changement, mais de le *décider*...

C'est lui, Julien, qui avait entendu parler de cet îlot habité dans des temps immémoriaux par des troglodytes, utilisé comme poste de guet par les Italiens, puis fortifié en bunker par les Allemands…

– Il était encore miné. J'ai pu le racheter grâce à mon engagement de l'assainir.

Nous sommes arrivés à une porte métallique laquée de blanc. Une « porte », dis-je, parce que je la devine. Mais c'est une plaque parfaitement lisse. À hauteur de tête, dans le mur voisin, un ovale de silicone translucide, comme un masque de plongée. Khaïdi y insère son visage, qu'un faisceau balaie aussitôt en vert pomme. Identification de l'iris. Infalsifiable. Même si on prélevait les globes oculaires, l'engin repèrerait leur immobilité… La voix de synthèse déjà entendue à l'entrée égrène :

« *Recognition… Complete… Khaïdi Séphir… Access… Granted…*[1] »

La plaque blanche est aspirée vers le plafond.

« *Access… Five seconds… Four… Three…* »

– Je vous prie, passez vite !

« *Two… One… Access… Closed !*[2] »

---

1. Reconnaissance effectuée. Accès autorisé.
2. Accès fermé.

Séquence 39

Le panneau retombe derrière nous.

Les univers de Khaïdi s'emboîtent comme des poupées russes. Dans la forteresse rébarbative au milieu des vagues, la luxuriance d'une caverne des Mille et une Nuits ; dans la caverne moyenâgeuse, une bulle blanche de technologie futuriste bourdonne en sourdine.

Sensation d'apesanteur. Aucune ombre portée. Toutes les surfaces, de verre opalescent, diffusent une lumière égale. Une salle climatisée, en forme d'amande ou de goutte d'eau. Nous sommes entrés par la pointe. À l'autre extrémité, la paroi incurvée est tapissée d'écrans plasma, en veille pour le moment, seulement parcourus de lueurs fugaces.

Au centre de cette bulle, sur une estrade, un fauteuil pivotant en coquille, dont les accoudoirs comportent un clavier, de multiples boutons et voyants. Khaïdi monte s'insérer dans ce poste de commande à sa mesure. Un tantinet mégalo, captain Nemo ?

Sans transition, son expression change. Plus rien du gentil loukoum mollasson. C'est devenu un bloc de granite.

– Mon bureau... Comme il m'arrive d'y passer quinze heures d'affilée, je l'ai voulu confortable. Le moins possible de mouvements. Ton museau joli, Mangouste, frémissait de savoir à quoi s'occupe Séphir ? Contempler les plus belles créations de l'homme, les confronter à ses instincts les plus laids, voilà mon travail...

– Très poétique, cher Khaïdi, surtout dans ce décor impressionnant. Mais toujours bien abstrait...

– Oui, je sais, Adélie, j'agace, avec ma manie des périphrases. Mais je n'ai guère l'habitude de dévoiler mes activités. Je n'autorise personne, d'ordinaire, à pénétrer ici. Concrètement, ce que je fais est d'une grande simplicité.

Il appuie sur un bouton dans l'accoudoir. Le mur opalisé, derrière nous, est devenu transparent. Il révèle un espace aménagé comme un plateau de prise de vues. Trois caméras télécommandées peuvent se braquer sur des supports tournants.

– Cette salle est équipée pour des conférences en multiplex. Au sommet du rocher, des coupoles me permettent d'établir des liaisons par satellite avec des personnes situées n'importe où dans le monde, pour lesquelles j'organise des ventes. Quand elles concernent des objets, ils sont présentés dans ce petit studio.

– Et vous vendez quoi ?

– Des biens que j'ai acquis, d'autres qui m'ont été confiés. Grâce à ce dispositif, j'arbitre également des transactions entre des vendeurs qui veulent rester dans l'ombre et des acheteurs qui tiennent au même anonymat. Je les vois sur ces écrans, mais ils ne communiquent pas directement entre eux.

– En somme, vous avez réinventé le télé-achat, version luxe ?

– C'est un peu ça…

– Des enchères ?

– Oh, non. Beaucoup plus délectable pour moi. Je sélectionne les participants à l'avance, en fonction de leurs centres d'intérêt. Et de leurs moyens. Les connections sont établies à une seconde précise, simultanément, afin de n'avantager personne. Je reçois les offres pendant un temps strictement chronométré. Les prétendants ne se connaissent pas, ignorent quelles sont les réserves de leurs concurrents. Chacun est seul avec son envie, n'a aucun moyen de savoir ce que proposent les adversaires. S'il perd, il ne saura pas non plus qui l'aura vaincu, ne pourra pas espérer lui racheter. Je peux vous dire que, dans les dernières secondes, j'assiste parfois à des folies…

– C'est d'un parfait sadisme.

– Justifié, crois-moi, quand on sait comment ces gens ont pu gagner assez d'argent pour figurer sur mes listes. Je propose à ceux qui se prennent pour les maîtres du monde de satisfaire leurs fantasmes… Ils ont le pouvoir ou l'argent, le pouvoir de l'argent ou l'argent du pouvoir. Ils se bercent de l'illusion que tout leur est possible... Un jour, je leur fais voir leurs limites. Je leur fais miroiter l'inatteignable. Je les plonge dans le même état que les plus pauvres d'entre les pauvres : convoiter un objet derrière une vitrine sans pouvoir le posséder... C'est une sensation qui n'a pas de prix. Moi, je les regarde tirer la langue, puis je leur balance ce trésor, comme on jette un os dans la poussière. Et les chiens se battent. Celui qui emporte le morceau va parader un moment, puis s'apercevoir qu'il ne possède à nouveau qu'une illusion. C'est sans fin.

Mia est restée en retrait depuis un moment. Lorsqu'elle intervient, je lui trouve une voix bizarre, étranglée :

– Pourriez-vous nous donner une idée un peu moins vague de cet « inatteignable » que vous procurez ?

– Non, désolé : mon fonds de commerce, avant tout, c'est la discrétion. Vu les gens avec qui je traite, si le secret de leur identité venait à être rompu..., il n'y aurait plus aucun endroit du monde où je puisse respirer...

Adélie y va au charme :

– Khaïdi... On ne vous demande pas de noms... Juste un aperçu de ces marchandises si particulières... S'il vous plaît !

– La nature des transactions effectuées sous ma garantie fait aussi partie du secret...

La belle insiste. Elle n'a aucune chance, à mon avis. Mais, sur la face du marchand, je vois revenir l'expression matoise.

– Par contre, et seulement parce que la requête vient de toi, chère petite, rien ne m'interdit de présenter des objets que je n'ai *pas encore* mis en vente.

Son index bagué bouge à peine sur l'accoudoir. Une autre vitre disparaît. Une étagère de verre supporte une sorte de briquette rougeâtre dressée sur un support de plexiglas. Observée de près, la surface de terre cuite montre des petits traits plus épais à un bout, organisés selon un rythme irrégulier.

– Ces caractères dits « cunéiformes », en forme de clou, ont été tracés dans l'argile à l'aide d'un roseau taillé, un calame...

Adélie est déçue.

– Il y en a des milliers dans les musées. Et chez tous les antiquaires égyptiens...

– Pourtant, des personnes dont tu as vu le visage à la couverture de magazines internationaux, vont prochainement se ronger les ongles en cachette, prêtes à toutes les bassesses, et proposer des fortunes pour posséder cette plaquette-ci…

– Qu'a-t-elle de particulier ?

– C'est le premier exemple connu d'une écriture humaine.

Khaïdi se fend d'une courte leçon d'histoire :

– Il y a huit mille ans, la plupart des peuples de la planète étaient encore nomades, des chasseurs-cueilleurs. Entre le Tigre et l'Euphrate, en Mésopotamie, les Sumériens, eux, irriguaient déjà le désert pour le fertiliser. Sumer inventa toutes les bases des civilisations ultérieures : les mathématiques, l'urbanisation, l'administration, l'astronomie, le calendrier, les lois, l'économie, la médecine, la littérature… Grâce à un outil dont les Chinois se sont même inspirés : l'écriture. Cette tablette a été trouvée sur l'emplacement de la première cité du monde : Uruk, bâtie par le légendaire roi Gilgamesh, deux mille neuf cents ans avant l'ère chrétienne. Elle est en quelque sorte la « page d'ouverture » d'un ouvrage prodigieux, dont je garde la suite dans mes réserves. Il contient déjà les grands thèmes religieux ou philosophiques prétendument « révélés » par des plagiaires : l'Éden, le Déluge, la création de l'Homme, la Descente aux Enfers. Elle est antérieure de mille cinq cents ans aux plus anciens textes bibliques ou grecs !

Lorsqu'un nouveau coup de projecteur fait apparaître l'objet suivant, je ne peux pas retenir mon exclamation :

– La Harpe d'Ur !

– Bravo, monsieur Roy ! Vous n'avez pas que des muscles !

Non, je sais aussi lire, au moins les images… Et la photo de la Harpe a été publiée dans des milliers de magazines en avril 2003 ! C'est une grande lyre à onze cordes, incrustée de coquillages et de lapis-lazuli, et sa table de résonance se termine par une tête de taureau barbu en or.

– Elle a joué il y a quatre mille cinq cents ans ! On l'a retrouvée dans la tombe de la reine Puabi, au cimetière royal d'Ur.

Ur, la gloire des Chaldéens, le lieu de naissance d'Abraham…

– Sous la barbe du taureau, vous pouvez suivre la première fable politique jamais dessinée : des animaux qui parlent entre eux, manière détournée de critiquer le souverain et vous…

Khaïdi s'interrompt et tente de s'extirper de son fauteuil. Nous suivons son regard : Mia Frédériks est livide. Elle s'appuie contre la paroi de verre.

– Ça suffit ! Je veux sortir d'ici ! Maintenant.

Séquence 40

La Norvégienne serait-elle claustrophobe ? Elle n'a pas supporté de rester une minute de plus dans la bulle techno. Adélie l'a soutenue pour reprendre l'ascenseur.

Najib, prévenu par interphone, nous attendait dans la caverne aux torches. Il conduit Mia vers un sofa, lui fait respirer du jasmin et lui baigne le visage d'eau de rose de Damas... Elle retrouve un peu de calme, mais ne change pas d'intention :

– Je veux partir, monsieur Khaïdi.

– Voyons, vous ne pouvez pas faire ça...

– Pourquoi ? Vous comptez me retenir prisonnière ?

Le gros s'affole :

– Pas une seconde, voyons. Cette maison est votre maison !

– Dans ce cas, je sors.

– Mais quelle maladresse...

– Aucune. Vous venez de m'éclairer parfaitement sur l'homme que j'ai aimé. Que j'aime encore, pour ma plus grande souffrance... Je vous en remercie. Connaissant maintenant son vrai visage, il me sera plus facile de faire mon deuil !

Je crois avoir saisi, mais Adélie, impressionnée par l'effondrement soudain de la walkyrie, la presse de s'expliquer. Mia se détourne.

– Si je te réponds, je vais briser ton idole.

– Tu vas bien devoir le faire. Autant que ce soit maintenant.

– Lorsque ton oncle m'a envoyé la carte de platine, il a joint une lettre disant que, si je me rendais à cette invitation, j'aurais la réponse à certains de ses silences qui m'avaient tracassée. Je pourrais alors décider de la suite de notre relation.

Les interrogations de Mme Dollars ? En automne dernier, elle savait son amant dans une mauvaise passe financière : Spécimeto perdait à la fois ses marchés et ses fournisseurs. La veuve Frédériks avait alors proposé d'obtenir le soutien des aciers suédois. Mais pour Abestéguy, passer sous le contrôle d'un groupe ou d'un autre, c'était abandonner les rênes de son entreprise, vingt-cinq années réduites à néant. Mia avait mesuré son désarroi et, en toute simplicité, avait alors mis à sa disposition sa fortune personnelle. Il n'aurait qu'à y puiser et investir en son propre nom. Une fois sorti du creux de la vague, il rendrait l'argent. Julien avait refusé ce formidable gage d'amour. Il risquait de ruiner Mia, tant le redressement était hasardeux.

– Il n'avait plus, comme l'on dit dans l'art du combat, qu'une alternative : se soumettre ou se démettre. Et puis, au début de cette année, je l'ai vu transformé. Il avait trouvé la parade, « sans rien devoir à personne », affirmait-il. Il a ajouté, pardonnez-moi l'expression, mais elle est de lui : « Je vais leur tirer un bras d'honneur dont ils se souviendront ! »

» J'ai cru qu'il divaguait, j'ai même craint que, pour se libérer de ses dettes, il n'ait envisagé une sortie tragique. Mais à la fin du printemps, il a bel et bien opéré un rétablissement spectaculaire. Spécimeto recevait l'injection massive de capitaux en provenance d'une société d'investissement récemment apparue, basée aux îles Caïman. Cette entité ne faisait qu'apporter des fonds. Elle confirmait Julien à son poste et lui laissait les pleins pouvoirs. Personne n'a été dupe, surtout pas moi. Ce n'était qu'une structure-écran, constituée par lui, dans le seul but de racheter sa propriété !

Cela recoupe exactement ce que nous avons appris par Martine Claessens.

– J'étais tellement éblouie que j'en ai oublié nos règles de discrétion. Je l'ai questionné sur ce tour de magie. Il s'est refermé comme une huître. J'en ai perdu le sommeil à tenter d'imaginer d'où provenait cette masse d'argent. Qu'y avait-il de si inavouable, au niveau d'intimité qui était le nôtre, et après la confiance que je lui avais témoignée de mon côté ? Ensuite, il y a eu notre éloignement, puis la carte de platine et la promesse que ses silences trouveraient leur explication pendant cette croisière. C'est fait. Merci, monsieur Khaïdi.

À vrai dire, et pour une fois, je me sens cinq sur cinq en accord avec Mia Frédériks. Je sais pourquoi des collectionneurs milliardaires, parfois des musées et certains États font appel aux services de « marchands » tels que Khaïdi.

Le trafic d'œuvres d'art est le cinquième marché au monde par le chiffre d'affaires, en passe de surpasser le narcotrafic. Les spécialistes sont très pessimistes quant à la possibilité de le stopper ou même de le réduire de manière significative, car il est aujourd'hui parfaitement organisé.

Une source à la fois abondante et relativement facile d'accès : les grands musées des pays en guerre. Les vols sont planifiés sur une grande échelle, par des professionnels travaillant le plus souvent sur commande. Ils disposent de bandes puissamment armées et n'hésitent pas à recourir à des assauts destructeurs.

Aux côtés des hommes de main, ces groupes comportent des spécialistes érudits ; ils évitent ainsi de s'encombrer de copies pour aller droit vers les pièces de valeur. Ils emmènent également des informaticiens : le vol, aujourd'hui, ne consiste pas à seulement s'emparer du butin, mais à assurer aussi la tranquillité des futurs acheteurs ; lors de la mise à sac, les écumeurs de musées pénètrent les bases de données des ordinateurs et y effacent le contenu des catalogues et des réserves, ce qui rend impossible le traçage des pièces revendues.

L'Irak, l'ancienne Mésopotamie, fut l'un des berceaux de la civilisation. On y dénombrait environ 25 000 sites archéologiques, dont la légendaire Tour de Babel, Babylone, les palais de Nabuchodonosor, Ninive, Hatra, Ashur et Samarra, pour ne citer que les sites les plus connus. Le musée de Bagdad était au moins aussi riche que le Louvre et le British Museum. Lors de l'avancée des troupes de l'alliance anglo-américaine, en 2003, les pillages ont commencé le 9 avril, les chars ne sont arrivés devant le musée que le 16. Des milliers de pièces, peut-être des centaines de milliers, ont disparu. On ignore combien exactement, on ne le saura probablement jamais.

Interpol a missionné des enquêteurs dans les pays voisins de l'Irak afin de « mettre en place une procédure de surveillance et de recherche ». Néanmoins, des pièces universellement connues, considérées comme les plus grands trésors de l'humanité, sont toujours introuvables. On craint que, constatant qu'elles étaient trop célèbres, et donc rejetées par tous les receleurs, les voleurs ne les aient détruites. Parmi elles, les tablettes à cunéiformes du Livre de Gilgamesh et la Harpe d'Ur…

Depuis que Khaïdi a exhibé ces merveilles, Mia est persuadée que son amant comptait lui révéler ses activités illégales pendant la croisière, afin qu'elle se détermine en connaissance de cause.

Pas facile, la communication, moitié en français, moitié en anglais, entre le Yéménite et la Norvégienne. Le gros marchand s'agite, couine, essaie d'en placer une.

– Vous ne m'avez pas laissé vous raconter comment j'ai récupéré ces trésors ! J'en étais assez fier !

– Cela ne m'étonne pas. Mais je ne veux rien savoir de vos magouilles.

– Laissez-moi vous dire quand même ! Ces objets étaient bradés dans un site de vente sur Internet, entre des guitares d'occasion et des consoles de jeu obsolètes ! Ils avaient été rapportés dans leur paquetage par des soldats américains en permission. De pauvres gars complètement dégoûtés d'avoir été envoyés se faire exploser pour rechercher de prétendues armes de destruction massive. Ils avaient ramassé ça au hasard, au milieu du charivari. Ils n'avaient aucune idée de la valeur et pensaient se faire quelques sous en vendant ces « souvenirs d'Irak ». Les tablettes du Livre de Gilgamesh, par exemple, étaient proposées en vrac, à cent dollars l'unité, à négocier si on en prenait plusieurs !

– En somme, vous accomplissez une bonne action ?

– Je vais m'assurer de l'identité des personnes admises à ma vente, et permettre que ces pièces reviennent entre les mains de qui saura les protéger.

– Parfait. Et vous allez tirer quelques millions de votre mécénat éclairé, je suppose ?

– C'est *mon* métier, Mia. Et c'est ce dont je voulais vous assurer : votre Julien n'avait rien à voir avec tout cela !

La walkyrie se redresse de toute sa taille.

– Tu as compris, Adélie ? Que ton oncle ait voulu me dire la vérité, je n'en doute pas. Je ne l'aurais pas excusé pour autant.

Il s'est arrangé pour te mettre dans le circuit, pensant que tu prendrais sa succession, c'est clair ! Tu fais ce que tu veux... Mais moi, je tire une croix !

Khaïdi proteste. C'est une effroyable méprise.

– Petite Adélie... Tu ne vas pas...

– Je vous mets au défi de me jurer que ce n'est pas vous qui avez versé l'argent à Julien par l'intermédiaire d'une société off-shore !

Elle le fixe droit.

Silence.

Le marchand mordille la balayette filiforme qui borde sa lèvre.

– Je ne *veux* pas te mentir, et je ne *peux* pas parler...

Adélie pleure, mâchoires crispées. Les yeux verts mouillés de Mangouste à sa première visite chez lui... C'en est trop pour Khaïdi.

– Non, pas ça, s'il te plaît, petite fille ! J'ai la preuve que les fonds de ton oncle ne venaient pas de ces antiquités ou d'une quelconque de mes « marchandises ».

– Oui ?

– Puis-je te voir seule un moment ?

– Pas question ! Si vous avez une *preuve* – ce dont je doute fort –, Mia a autant que moi le droit de la connaître ! Quant à Steph, je n'ai rien à lui cacher.

– Adélie, je t'en prie... Quelques minutes...

La Mangouste renifle ses larmes, lève son petit menton pointu.

– Parce que je suis la plus jeune, et qu'il sera plus facile de m'embobiner en tête à tête ? D'accord. Allons-y. Mais je vous préviens, de toute façon, je leur répéterai mot pour mot !

Le gros chouchou emballé de soie a un air si malheureux qu'on aurait presque envie de le consoler !

– Si tu ne me laisses pas d'autre moyen... Voici : j'ai effectivement vendu, au printemps dernier, quelque chose... Quelque chose de grande valeur... Qui appartenait à Julien.

Mia et Adélie ne relâchent pas la pression. Jamais Julien n'a possédé un objet d'une valeur capable de remettre à flot, du même coup, un homme ayant son train de vie et son entreprise.

– Eh bien, tu te trompes.
– Qu'est-ce que c'était ?
– Si Julien ne te l'a pas dit, ce n'est pas à moi de le faire. Je t'ai expliqué le secret auquel je suis tenu autour des transactions...

Khaïdi semble fondre. Le brocart de son vêtement se trempe de sueur malgré la climatisation. Lui, qui doit la solidité de son fonds de commerce au bœuf qu'il a sur la langue, en a déjà beaucoup trop dit. Il est donc inutile que nous espérions en entendre davantage.

– C'est trop facile !
– Adélie, tu m'as demandé de jurer. Je le fais maintenant, sur la tombe sacrée de mes parents, que le sable a recouverte et que je ne verrai plus jamais !

Les deux femmes, d'un même élan, se récrient encore. Comment accorder la moindre foi aux serments de quelqu'un qui se dit lui-même trafiquant ?

– C'est cela que vous appelez une preuve ? Vous lancez des assertions pour sauvegarder la mémoire de votre ami. C'est louable, mais c'est vain.

Brusquement, le cher Séphir devient glacial. Deux claquements de mains et Najib se trouve à nos côtés avec le sac de Mia et ma sacoche.

– Mon cher garçon va vous raccompagner. Vous me pardonnerez d'en rester là. Malgré le peu de cas que vous faites de la parole de Séphir, sachez qu'il se considère comme honoré de votre visite.

Au moment où la grille s'ouvre devant nous, la voix du marchand nous parvient du fond de la rotonde :

– Sache aussi, Mangouste, que par mon silence, je ne tente pas de protéger le souvenir de mon ami défunt. J'essaie de protéger ta vie !

Séquence 41

Dimanche, 18 juillet

– Tu n'imagines pas une seule seconde que le Loukoum ait vidé son sac en ton honneur ?

– Je suis troublée par son attitude à la fin. Il nous a pratiquement mis à la porte, et pourtant, il avait encore des choses à nous révéler.

Nous prenons le petit déjeuner sur le pont du *Sagittario*. L'hydravion nous a ramenés tard hier soir. Le pilote a passé la nuit à bord, il est reparti au lever du soleil.

Aussitôt arrivée, Mia Frédériks s'est enfermée dans ses appartements. Shakeen a voulu lui porter un repas léger, elle s'est carrément fait jeter.

Nous sommes restés un moment en silence, puis, tous les deux en même temps, nous nous sommes mis à déverser ce que nous rapportions de notre incursion, brève mais dense, dans l'antre du nabab obèse. Nous n'avons réussi qu'à nous embrouiller dans des suppositions contradictoires. Suite à quoi nous étions convenus de laisser la nuit passer sur nos impressions premières, afin de prendre un peu de recul et de ne pas nous influencer mutuellement.

Ce matin, la veuve n'a toujours pas reparu, et ce n'est pas moi qui m'en plaindrai. Notre échange est plus libre.

Nos avis diffèrent quelque peu, sur des points de détail et de vraisemblance, mais ne divergent pas fondamentalement sur les conclusions : il y a du vrai dans les affirmations de Khaïdi.

Également des omissions énormes, il en est convenu lui-même, soi-disant dues aux obligations de sa « déontologie » de trafiquant.

Et du faux ? C'est là que nous ne sommes pas totalement d'accord. Adélie est persuadée, par certaines attitudes, certaines intonations, que notre hôte nous a menti sur plusieurs chapitres. Je pense qu'il crevait de trouille et qu'il se risquait jusqu'à l'extrême limite de la trahison vis-à-vis de ses clients, limite au-delà de laquelle aucune montagne creuse ne saurait le mettre à l'abri d'une sanction.

– J'ai été marquée par ses derniers mots : « Ce n'est pas l'image de mon ami défunt que je protège, mais ta vie... »

– Je crois que, par cette parole sépulcrale, proférée sur tes talons, il a trouvé le moyen de te refiler une partie de sa trouille, pour que tu ne continues pas à remuer la vase après ton départ...

– Non. Il craignait réellement pour ma sécurité. Tu l'as vu mouiller sa djellaba ? Aucun comédien ne saurait perdre trois litres de transpiration sur commande...

– Et s'il redoutait surtout que tu viennes réclamer l'héritage de ton oncle ? qu'il n'ait pas envie de partager ?

– Ce n'est pas exclu. Mais quel droit aurais-je ? Si Julien était l'associé de Séphir ou son employé, il gagnait sa part en échange de compétences, de marchandises ou d'un carnet d'adresses que je suis incapable de fournir... Khaïdi me croit bel et bien en danger. Imagine qu'il connaisse les motifs et les auteurs du traquenard contre Julien, et qu'il veuille m'éviter d'être la prochaine dans le collimateur ? Tu es d'accord avec moi, le cher Séphir ne nous a montré que le côté le plus « honorable », si j'ose employer le terme, de son petit commerce ?

– J'ai noté la formulation de sa phrase, dans la bulle : « Lorsque ces ventes *concernent des objets*, ils sont présentés depuis ce studio. »

– Il ne nous a pourtant parlé que de cette activité, ce qui a suffi à Mia pour se faire une opinion. Pour elle, Julien s'est renfloué en servant d'intermédiaire dans les filières illicites. La revente d'antiquités volées, c'est vilain, c'est pas beau, mais ça conserve, au fond, une certaine classe : le haut du panier de la délinquance, un petit côté André Malraux à ses débuts, les

Aventuriers de la Culture perdue… Et mon petit œil de Mangouste ?

– Donc, tu me rejoins : Khaïdi a menti.

– Il serait étonnant que son îlot blindé, ses émetteurs par coupoles satellite ne servent qu'à un télé-achat d'antiquités volées… Pour moi, tout ça pue le trafic, à haut niveau, de denrées beaucoup moins présentables à la famille du défunt…

– Comme par exemple ?

– La drogue ?

J'adopte le ton de la voix off dans les documentaires soporifiques d'après-midi :

– « *L'île de Rhodes… Dans ce coin de Méditerranée, lieu de rencontres de la jet-set internationale, carrefour entre la Turquie, son grand voisin l'Afghanistan, les pays récemment libérés du Bloc communiste et l'Europe, un rocher creux abritait les parrains du pavot, le couple infernal de la cocaïne…* » Franchement, tu imagines un Julien Abestéguy mettant la main sur un stock de coke et le balançant au plus offrant sur les satellites ?

– Les armes et les explosifs ?

L'allusion aux conditions de ma rencontre avec Julien est directe. Ça se tient. Si le Basque trempait dans ce genre de pataquès depuis belle lurette ? Cela éclairerait d'un jour nouveau le rendez-vous au cirque de Calataïud. Abestéguy se serait déplacé en personne non pour le simple achat d'une camionnette de pétards, mais pour surveiller la conclusion d'un contrat plus important… Il n'aurait pas été le banquier occasionnel et contraint que nous imaginions, mais le fournisseur de l'ETA et d'autres groupes activistes.

– D'où la hargne de Widmer. Parmi les rumeurs qui traînent sur lui dans les médias, on accuse son groupe d'abriter dans ses laboratoires l'étude de nouvelles armes chimiques… Il se serait donc retrouvé en concurrence avec ton oncle, non seulement sur le plan de leurs activités avouables, mais aussi dans la coulisse.

– Mouais… Julius avait besoin de blé, mais c'était un pacifiste à tout crin, depuis les années soixante-huit… Je ne le vois pas renier ses convictions les plus profondes. Par moments, je crois que, parvenu à la limite de ce qu'il pouvait dire, Khaïdi a voulu me faire passer un message *entre les mots* et que je le loupe lamentablement… Une formidable porte s'ouvrait avec cet avion qui venait nous cueillir, nous emmener dans un lieu insensé, vers un personnage sûrement essentiel, et nous avons trouvé le moyen de ne rien apprendre de plus !

– Je te trouve bien négative.

– Ou alors, Séphir nous a roulés dans la farine.

– Il t'a tout de même révélé que ton oncle n'a pas trouvé de l'argent, mais *quelque chose qu'il a vendu*. Et ça, c'est nouveau. Et ce n'est pas rien…

– Tu as l'impression d'avancer, toi ?

Moi ? Oh, que oui ! Même si tu as l'impression de faire du sur-place, Mangoustine d'amour, j'ai pris une petite avance… Je me trouve heureusement dispensé de t'en exposer les détails, par l'irruption sur le pont de la Tragédie antique !

Prenez Phèdre et Agrippine, un zeste de Cassandre, mettez tout dans le même verre, secouez sans ménagement, servez chaud !

Mia Varnstadt-Frédéricks n'a plus grand-chose de commun avec la sublime apparition de la veuve en blanc… Elle émerge en pyjama de soie froissé, arborant une tête de six pieds de long. Sa chevelure s'apparente à celle de la Méduse et, sous ses yeux, ce ne sont pas des valises qu'elle trimbale, mais des malles-cabines… Elle se catapulte droit vers le poste de commande et alpague Wim par le maillot à rayures.

Je capte des éclats de voix, auxquels tentent de répondre des apaisements du skipper. La Norvégienne rétorque. On croirait E.T., l'index allumé, tendu vers l'horizon : « Téléphone, maison ! »

C'était bien ça. Van Zuicker nous informe que Madame exige d'être débarquée au plus vite. N'importe où de préférence. Elle trouvera le moyen de rentrer. Il a bien entrepris de lui vanter les charmes de différentes destinations possibles, sans succès. Elle s'en est retournée vers ses quartiers et y restera jusqu'à l'accostage. Le capitaine est navré, mais « carte de platine » oblige… Il souffle à l'oreille d'Adélie :

– Elle a dit « n'importe où »… Choisissez dans quelle direction vous voulez aller.

– Merci, Wim. Vous nous laissez un quart d'heure pour décider ?

Ma yachtwoman est perplexe. Nous disposons du bateau pour encore près de deux semaines. Elle en profiterait volontiers pour oublier soucis et tribulations en continuant à deux un tendre voyage, offert par le tonton, et qui a dû coûter bonbon…

Je ne demanderais pas mieux. Mais, lui rappelé-je, nos cogitations, même si elles ne progressent pas à coups de bottes de sept lieues, ne sont pas très compatibles avec une flânerie sur les eaux bleues. Ceux qui cavalent après le pactole de Julien, avec des moyens autrement plus puissants que les nôtres, ne doivent pas chômer !

– Il serait imprudent de les laisser prendre de l'avance…

– Bon, alors juste huit petits jours ?

– Comme tu veux. C'est *ton* héritage… Mais si les autres apprennent ta visite chez Khaïdi, ils peuvent se mettre dans l'idée que tu as trouvé ce qu'ils cherchent. Et vouloir te le demander pas gentiment du tout. Un yacht en mer est l'endroit d'où il est le plus difficile de s'échapper…

– Wim.

– Mademoiselle Cartwright ?

– Cap sur Antalya.

Séquence 42

Lundi, 19 juillet

– Hélène ? Bonjour, c'est Adélie Cartwright... Merci, je suis très touchée... La vie continue, il faut bien... Oui, un petit voyage en Turquie... Juste un saut de puce... Oui, très beau... Et vous, c'est pour quand ? Vous n'en prenez pas ?... Vos chats ?... Effectivement, douze, c'est difficile de les confier à quelqu'un... Dites-moi, est-ce que votre seigneur et maître serait dans les parages ?

Adélie n'a pas tardé à se remettre au travail.

Nous sommes rentrés à Paris dans le courant de la nuit. Nous avons laissé Mia Varnstadt à l'aéroport d'Antalya. Elle paraissait totalement désorientée. Elle prendrait un avion qui la rapprocherait de chez elle, disait-elle. Le premier vol vers la Scandinavie ne décollerait pas avant plusieurs heures. Aucune importance, elle attendrait.

Par chance, nous avons trouvé deux places sur un charter qui partait presque immédiatement, mais nous avons failli nous raviser à la dernière minute pour tenir compagnie à la Norvégienne, tant elle était pathétique sur ce banc d'aérogare, le regard dans le vague derrière ses lunettes sombres.

Je suis allé feuilleter des journaux sur le tourniquet du kiosque pour laisser les deux filles ensemble, et ce fut vraiment un tête-à-tête : Mia avait ôté sa capeline pour poser son front contre celui de la Mangouste. Adélie lui parlait doucement, lui expliquait qu'il ne fallait pas peindre le diable sur la muraille. Khaïdi avait bien juré que Julien ne trempait pas dans le trafic orchestré depuis Rhodes... En réponse, des signes de dénégation, quelques paroles amères. Opinion faite, tirer une croix sur l'épisode Julien, ne plus souffrir pour un souvenir en allé...

Au moment de l'appel pour notre embarquement, Adélie a proposé que nous restions, quitte à prendre des chambres en ville, pour parler encore un peu, ne pas nous séparer sur ces conclusions désolantes. Mia l'a serrée contre elle puis l'a repoussée vers la file d'attente. Elle m'a gratifié d'un salut du menton. Vu son état, je ne pouvais même plus lui en vouloir.

Juste avant de prendre le couloir, nous nous sommes retournés. Par-dessus les groupes rieurs, nous l'avons aperçue, plantée dans ce hall. Au bout de ses bras ballants, son sac et son manteau blanc traînaient par terre...

Pendant le trajet, je me demandais ce qui pourrait bien remonter le moral d'Adélie, mais la petite bonne femme m'a surpris, une fois de plus. Elle a vraiment eu un coup de cœur pour la compagne de son oncle et de la voir ainsi abattue lui imposait de trouver du courage pour deux.

– Après cette fausse certitude sur la noirceur de l'être aimé, cette pauvre femme va se mettre à espérer que c'était une erreur. Puis, à nouveau, elle penchera pour la culpabilité de Julien... Elle va balancer ainsi, de doutes en doutes contradictoires. Rien de tel pour se pourrir la vie.

Adélie se sentait donc plus motivée que jamais pour se faire une certitude. Quelle que soit la vérité, elle la ferait partager à celle qui était désormais son amie. En vertu de quoi, malgré notre rentrée nocturne, le réveil a sonné tôt, ce matin, au 1 bis, place des Vosges.

Conseil de guerre, en kimono, dès le petit déj'.

– Stéphane Roy, mon bel ami, vous ne m'avez pas tout dit...

Allons bon !

– À la sortie du bunker, j'ai pensé que, par son mutisme définitif, Khaïdi coupait le seul fil que Julien nous avait laissé. Or... il m'a semblé voir frémir le bord de vos narines distinguées z'et sagaces. Signe chez vous, si je commence à vous connaître tant soit peu, que vous renifliez une piste.

Damned ! Me voici percé à jour !

– Me trompé-je, ou songes-tu ?

Je n'avais pas l'intention de dévoiler mes batteries avant d'avoir lancé quelques investigations. Cependant, ne me suis-je pas promis, dans cette même cuisine, de ne plus jouer à cache-cache avec la mignonne, tant que ce ne serait pas indispensable ? C'est le cas ici. Il suffit de présenter mes hypothèses avec tact.

– L'escroc, c'est ton oncle.

Eh ben, tu vois, Steph, quand tu veux...

– Mon grand, je sais que tu ne dis pas ça méchamment, mais je suis un peu sensible sur le sujet...

– Khaïdi ne nous a pas menti. Il a été abusé ! Juste avant de rompre le contact et de nous congédier, rappelle-toi ce qu'il jurait sur la tombe de ses parents.

– Qu'il avait vendu au printemps une chose de grande valeur pour le compte de Julien.

– Non. Que cette chose *appartenait bien* à Julien...

– Exact.

– Sur quoi Mia et toi avez lancé ce serment aux orties, dans la certitude que le tonton ne possédait rien qui vaille autant... Erreur. Sa boîte produit des métaux de haute technologie pour l'aéronautique, certaines applications concernent la chirurgie...

La petite plonge le museau dans son bol de café, comme si c'était elle que je prenais en faute.

– Je te vois venir, et je ne te crois pas.

J'enfonce le clou :

– Widmer veut mettre le grappin sur l'entreprise Abestéguy et il a bien failli réussir voici deux ans. Julien avait dû se séparer de tous ses biens personnels pour payer les salaires. L'autre gros requin accentue la pression sur les fournisseurs, les clients, il y adjoint les menaces physiques, la bombe dans l'appartement de Bruxelles... Suite à quoi Julien annonce à sa fiancée : « J'ai trouvé la parade qui ne doit rien à personne et je vais tous les laisser sur le cul. » À peu de chose près... J'ai cru comprendre que si Spécimeto – un pet de mouche dans le monde de l'industrie – a pu tenir la dragée haute au Cartel malgré les coups de boutoir, c'était grâce à ses secrets de fabrication exclusifs et très pointus.

– Tu crois que Julius a fait vendre par Khaïdi les brevets industriels de sa boîte ?

– Du moins une partie. Qu'est-ce qu'il lui restait d'autre à monnayer, d'aussi précieux ? Moi, je trouve ça splendide ! Quelle réponse du berger à la bergère ! Il cède sur le marché parallèle ce qui intéresse Widmer et, avec les fonds obtenus, il garde la propriété de sa boîte ! Je vois d'ici la tronche du président : les techniques qu'il convoite proposées à des enchères où étaient conviés les Américains, les Taïwanais, les Japonais et autres acteurs du marché… Sauf lui !

– Julien aurait bazardé ce qui faisait la force de Spécimeto ? Il aurait alors réussi une méga-entourloupe en « acceptant » de vendre à Widmer une coquille vide !

– Pas forcément vide. Il lui reste un autre lot de brevets juteux à négocier… Ce qui explique qu'il ait Widmer à ses trousses. Les brevets sont planqués quelque part, il t'a aiguillée vers eux. Ton ami Gras-Double sait de quoi il retourne, il a peur pour toi maintenant. CQFD !

– Dix secondes, et je te prouve que tu te plantes !

– Top chrono.

– Tout ton raisonnement est parti de ceci : Séphir a tenu à me jurer que l'objet de la vente *appartenait à mon oncle* ?

– La nuance lui paraissait suprêmement importante. Un gage d'honnêteté ?

– Il n'est pas né de la dernière pluie. Il n'aurait jamais pu gober que les secrets de fabrication d'une entreprise appartiennent *à son patron*, même actionnaire majoritaire ! CQFD.

Touché. Mais pas coulé. Le Loukoum a peut-être tourné la sauce à l'avantage de son défunt copain, histoire de ménager la nièce et la fiancée.

– Tu as mieux à proposer, miss Sherlock ?

– Ouaip… Mais c'est tellement… Tu vas te moquer.

– Petite, tu n'apercevras pas l'ombre d'un sourire sur mon visage marmoréen. Promis. Quelle que soit l'énormité que tu ne vas pas tarder à proférer.

– Salôôô ! En plus, c'est toi qui viens de me remettre sur cette piste… Tu m'as rappelé comment tonton avait réussi un premier sauvetage, voici deux ans : en liquidant ses objets d'art, ses collections… De la peinture, des antiquités… Il y avait consacré tous ses loisirs pendant vingt-cinq ans, les années fastes. Comme il achetait judicieusement, aux bons moments, ce qui n'était pas encore à la mode, il s'était constitué un joli petit musée... Qui avait pris une sacrée valeur !

– Assez pour payer quelques mois de salaire à ses employés. Pas pour racheter une entreprise au prix qu'en proposait le Cartel ! Et puis, Mia et toi avez bien affirmé...

– Qu'il avait *tout* bradé ? Officiellement. Tu joues au poker ?

– Ça m'est arrivé.

– Moi, j'ai ça en horreur, mais je sais qu'un vrai joueur ne révèle jamais à ses adversaires le montant de ses réserves. Et le Jules était engagé dans une partie féroce. Qui nous dit qu'il ne gardait pas des poires pour la soif, cachées pour tromper l'ennemi ?

– D'énormes poires, alors ! Sois réaliste. Il n'a jamais possédé le Musée du Louvre !

– Je me base sur des faits. Je sais de quoi je parle, c'est mon métier ! Tu veux des chiffres ? Alors, écoute, et fais tes calculs : un tableau d'Édouard Manet, *Les Courses au Bois de Boulogne*, de 1872, a été vendu 26 millions de dollars ! 82 millions et demi de dollars chez Christie's le 15 mai 1990 pour le *Portrait du docteur Gachet* de Vincent Van Gogh ! Chacun suffirait à renflouer une petite entreprise en perdition, non ?

– Bon, mais c'est Manet et Van Gogh. Oublie les spéculations sur les trésors enfouis dans les greniers.

– Et toi, remballe ton venin. Je vais te raconter une histoire. En 1905, un jeune peintre espagnol de vingt-quatre ans, récemment arrivé à Paris, rejoint le célèbre atelier du Bateau-Lavoir, sur la Butte Montmartre. Il peint une toile, pas très grande : un mètre sur quatre-vingt-un centimètres. Elle représente un jeune homme boudeur, habillé de bleu, une couronne de fleurs roses sur le front, assis jambes écartées, tenant entre deux doigts une pipe... Et ce *Jeune homme à la pipe* a été acquis chez Sotheby's, par un acheteur anonyme, pour 104 millions 168 000 dollars, taxes comprises. La plus haute enchère au monde pour un tableau !

J'applaudis bruyamment.

– Tu as juste omis de préciser que ton barbouilleur espagnol se prénommait Pablo, Picasso de son patronyme. Tu trouves l'exemple probant ?

La petite se laisse couler sur le tapis et ondule vers moi à quatre pattes, telle la féline, pour venir me mordiller l'oreille.

– Oui. Et j'ai aussi omis de mentionner que l'œuvre provenait de la collection du grand amateur américain John Hay Whitney, qui l'avait chinée à 30 000 dollars ! Et toc ! C'est ÇA le radar ! King Julius l'avait ! Et s'il s'était rendu compte tardivement de la valeur d'un objet ? Et s'il avait fait une trouvaille exceptionnelle en chinant ? Ça, ce n'est pas du détournement de biens industriels, et c'est autrement plus proche de la morale de Julos et du commerce que nous avons découvert à Rhodes ! Et je sais qui peut nous en parler !

C'est là qu'elle s'est catapultée vers le salon, a appuyé sur la mémoire du bigophone et commencé sa causette avec une certaine Hélène, la dame aux douze chats.

– Votre seigneur et maître serait-il dans les parages ?

– L'étude est fermée jusqu'en septembre, ma petite Adélie. Maître Desbois a pris son congé vendredi soir.

– Vous savez où je peux l'atteindre ?

– Il est parti sur la côte normande avec ses jumelles.

– J'ignorais qu'Étienne s'intéressât aux oiseaux.

– Pas aux oiseaux. Aux jumelles. Elles ont le même âge que lui à elles deux, 105 bonnet C chacune, sans ajout de silicone... De vraies blondes, j'en témoigne !

– Qu'en savez-vous ?

– J'ai vu. Elles assistaient à toutes les vacations du maître, au premier rang, équipées de jupes rétrécies au lavage. Et elles l'applaudissaient avec les genoux à chaque adjudication... Elles veulent lui faire connaître la villa d'Étretat de leur papa, qui est producteur de films, et absent pour la saison...

– Je vois... Maître Robin est donc injoignable ?

– C'est lui qui me téléphonera. Si ses bimbos lui laissent un peu de santé...

– Demandez-lui de me joindre, s'il vous plaît. Urgent. Je veux lui parler en direct, donc je vous redonne mon numéro, et si je n'y suis pas, notez celui-ci...

À mon étonnement, il s'agit du magasin Armitraj.

– Tu crois que c'est bien prudent ? Si tu es pistée...

– Sur l'annuaire, c'est un salon de coiffure. J'ai le droit d'aller me refaire une beauté. En fait, je veux rapporter le bouquin de Julien et farfouiner dans le loft. J'ai l'impression d'avoir encore quelque chose à y trouver. Tu viens ?

Gupta est absent. Il s'est envolé pour Delhi, où son père est souffrant. Radhya, sa femme, et la rondelette Sathjeeta nous convient à un déjeuner à la table familiale, dans l'arrière-boutique. Je crains quelque peu de me trouver au milieu du chahut enfantin, mais, tout comme lorsqu'ils nous ont apporté le festin sur plateaux, les gamins me ravissent par leur tenue, leur éducation. Il existe donc encore en France des familles où les gosses savent attendre leur tour pour parler et s'essuyer le bec avant de boire. J'apprécie. Quitte à passer pour un vieux réac.

Nous amenons la conversation sur les relations entre Gupta et Abestéguy. Radhya use d'une magnifique formule :

– Julien était l'ami de toujours. Bien plus. Une sorte de *frère choisi.*

Ils n'ont jamais été en affaires ensemble. Elle ignore même la nature du service hors du commun que Julien a rendu aux parents de son mari. L'un des garçonnets intervient, les yeux brillants :

– Eh ben, tu sais, Stéphane, Julien, il est mort maintenant pour très longtemps !

– Oui, Léon, je sais… Pour très longtemps.

– Mais un autre jour, il était même pas mort, et il nous a fait plein de cadeaux ! Hein, c'est vrai, *manman* ? Même que c'était pas Noël, que notre papa nous a dit qu'on pouvait les accepter parce que c'était donné avec de l'amour. Hein, c'est vrai ?

Sourire mouillé de la *manman.*

– Les enfants ne doivent pas recevoir trop de biens matériels, mais il s'agissait d'une fête exceptionnelle.

Voici deux ans, Gupta a su que Julien se trouvait en grandes difficultés financières et lui a proposé son aide. L'ami devait être aux abois, puisqu'il a accepté en toute simplicité comme on doit le faire entre amis. Peu de temps après, il remboursait largement et, avec sa générosité habituelle, couvrait les Armitraj de présents somptueux et parfaitement ciblés pour chacun.

Instructif pour nous. Lors du premier creux de la vague, Julien s'est laissé dépanner par de simples commerçants, alors que, au deuxième écueil, il a décliné l'aide de sa maîtresse, pourtant bien mieux nantie.

Donc, au début de cette année, il *se savait déjà* disposer de nouveaux moyens pour s'en tirer seul !

Sur ces entrefaites, coup de fil de Robin.

Et là, je dois avouer qu'il fait mouche.

Séquence 43

Adélie s'est éloignée au fond de la cuisine pour prendre l'appareil. Cela commence sur le registre de la plaisanterie la plus fine :

– C'est quoi ce bruit de cataracte autour de toi ?... Dans un jacuzzi ? Juste par curiosité, ça flotte debout, les poupées gonflables ?

Mlle Cartwright donne dans la dentelle. Ça m'éclate toujours.

Fort courtoisement, Sathjeeta enclenche un discret fond de musique indienne, afin d'offrir quelque intimité à la conversation, ce qui fait que la suite m'échappe. Le ton devient plus sérieux. Questions précises, silences attentifs. Puis je suis appelé, à grands tours de bras :

– Steph, viens écouter ! Si, si, je suis toujours là, Robin... Stéphane est à côté de moi, maintenant. Tu veux bien répéter pour lui depuis le début, et en donnant un maximum de précisions ?

– Bonjour, Stéphane. Je confirmais à Mangouste que j'ai effectivement conseillé Julien lorsqu'il a mis en vente ses collections. Quelques pièces mineures sont parties sous mon marteau, mais, pour l'essentiel, il sortait de la trop belle came pour mon étude... C'est qu'il achetait bien, le bougre ! J'ai réparti ce qu'il a bien voulu me confier entre Drouot, Christie's et Sotheby's.

– Ce qu'il a bien voulu vous confier ?

– Je sais qu'il tenait très spécialement à certaines œuvres. Il s'est chargé lui-même de les vendre. J'ignore par quel circuit.

Nous, nous les imaginons assez bien tournant sur des plateaux, devant des caméras, dans une certaine bulle blanche, au cœur d'un rocher creux de l'île de Rhodes…

– Adélie m'a aussi demandé si son oncle avait pu se remettre à acquérir de nouveaux objets de valeur dans le courant de l'an dernier. À ma connaissance, non.

– Mais vous n'en êtes pas certain ?

– Il venait de se séparer de toute une vie de chineur, par nécessité… Jusqu'à ce printemps, il était fauché de chez Faucheman. Il avait réduit la voilure de façon drastique… Sauf pour les cadeaux, vous le connaissez ! Comme je le disais à la petite, le seul endroit où il a encore claqué de la thune, c'était chez moi, avant les fêtes de fin d'année.

– De gros achats ?

– Broutilles en comparaison de son train de vie précédent ! Mais il a vidé sa tirelire pour faire plaisir autour de lui. À votre chérie, pour commencer ! Il lui a offert la belle carte de marine…

Adélie griffonne sur des tickets de caisse : « Encadrée dans l'entrée ».

– Elle faisait partie d'un lot venant d'une succession, sur lequel Julien avait jeté son dévolu avant l'ouverture de ma vente. Il y avait déjà des professionnels sur le coup, mais quand King Julius voulait quelque chose, c'était style Moïse : la mer Rouge ne l'aurait pas arrêté ! Ce qu'il visait, c'était un meuble. Il l'a enlevé à l'arraché !

Nous posons la question ensemble :

– Ce ne serait pas un bahut tibétain, par hasard ?

– Pas du tout. Il s'agissait d'un cabinet à fards cochinchinois du XVIIe siècle.

– Ça ressemble à quoi ?

– À un petit secrétaire, en deux parties : le piètement se sépare du corps. Très pratique pour les déplacements.

Robin se le rappelle nettement. Une pièce tout à fait originale, essentiellement composée de tiroirs. Les femmes de haut rang y choisissaient, chaque jour, le maquillage qui convenait le mieux à la lumière ambiante. Poudres et onguents étaient donc classés dans ces tiroirs très décorés, incrustés en façade de plaquettes de minéraux, d'ivoire et de nacre.

– Le compartiment secret était également très astucieux…

– Le comp…

– Ne t'emballe pas, Adèle ! Même par téléphone, je vois pétiller tes yeux ! Mais tu te doutes bien que, si je t'en parle, c'est que la cache était connue depuis longtemps ! C'est le notaire des vendeurs qui me l'a signalée. Je l'ai vérifiée et ouverte avant la mise à prix, comme le veut le règlement. Un petit casier où l'on pouvait planquer les billets doux. Il était vide.

Courte grimace de dépit, et Adélie relance :

– Ce « cabinet »…, on dirait qu'il t'a marqué, au milieu des milliers d'articles que tu vois passer. C'est parce que mon oncle l'a acheté, ou parce qu'il avait une histoire ?

– Les deux, mon capitaine ! Ce meuble, c'était Rambo !

Robin avait dispersé sans regrets, entre les marchands, les autres objets de la même provenance. Ils étaient en piteux état.

– Ils constituaient le reliquat de la succession Dubulluy-Magalon, un héritage à problèmes…

Une vieille demoiselle, décédée plus que centenaire et sans enfants, avait laissé un indivis litigieux. Trois vagues cousins s'accusaient mutuellement, qui de captation de legs, qui d'avoir emporté des pinces à sucre avant inventaire… Ils s'étaient fait procès sur procès, s'opposant à la liquidation des biens. En conséquence, le mobilier était resté trente années sous séquestre dans un hangar loué au plus bas prix et il y avait été rongé par les moisissures et les vrillettes ! L'ouragan Lothar avait endommagé le toit de l'entrepôt, qui, mal réparé, fut emporté dans un orage à l'été dernier. Au vu de la facture, le plus âgé des trois cousins fut aussi emporté, par un infarctus, lui. Les survivants convinrent enfin qu'il valait mieux tirer quelque argent du peu qui pouvait encore être sauvé.

– Voilà pourquoi je l'ai appelé Rambo, ce meuble ! Le rescapé de tous les périls ! Il a été abrité sous d'autres objets qui, eux, ont pourri. Le bois exotique et les huiles de beauté qui l'imprégnaient ont dû avoir un effet fongicide… Sans compter tout ce qu'il avait pu traverser depuis trois cents ans, il était resté très beau. Je suis content qu'il ait rencontré Julien…

– D'après toi, qu'a fait tonton de ce « cabinet » ?

– Il n'a pas dû le garder. Tu savais qu'il avait quelqu'un dans sa vie ? La belle de l'ombre... Même à moi, il ne l'avait pas encore présentée. Gros mystère. Elle n'était pas aux funérailles. Est-ce qu'elle est seulement au courant ? Mais ce n'est pas le sujet... Bref, il en était raide dingue et il voulait la choyer. Je crois qu'il lui destinait le meuble. Bon, c'est pas le tout, jeunes gens ! Mes devoirs de vacances m'attendent !

On distingue, par-dessus le bouillonnement du jacuzzi, les sons cristallins de verres qui s'entrechoquent, le pop d'un bouchon sauteur et des rires impatients. Il serait cruel de poursuivre l'entretien.

Nous remercions la tribu Armitraj et nous faisons quelques pas devant la boutique. Adélie s'adosse à la devanture.

– Mon intuition me dit pourtant que j'ai vu juste !

– Ce que Robin vient de t'apprendre devrait t'avoir remis les pieds sur terre. Et je constate le contraire. Rends-toi à l'évidence, Julien avait liquidé ses collections, ce meuble ne valait pas les milliards d'un Picasso période rose et, de toute manière, il a été donné à ta grande copine !

– Il reste ma carte de marine.

– La carte du trésor de Barberousse, allons-y !

– Tu avais promis de ne pas te moquer.

Néanmoins, je la vanne encore un moment sur ce ton. Le résultat ne se fait guère attendre : la belle prend le contre-pied et s'affirme d'autant plus convaincue qu'il y a quelque chose à creuser de ce côté-là.

Elle a besoin de prendre du recul et m'annonce qu'elle veut aller méditer auprès de son *sensé*, intention qu'elle a ressentie depuis la mort de Julien et sans cesse différée pour cause de péripéties. Je l'approuve avec toute la gravité requise.

L'avouerai-je ? Ma manœuvre n'est pas glorieuse. Elle confinerait à l'hypocrisie. Je continue à ne pas croire une demi-seconde à la chasse au trésor, mais, en aidant la petite cabocharde à s'y accrocher, j'ai obtenu quartier libre pour investiguer de mon côté sur la seule voie vraiment sérieuse.

Juste à la sortie du passage Brady, un taxi maraude. Je le frète pour le reste de la journée.

À la pâtisserie d'enfer, je fais emballer dans une boîte isolante deux religieuses dodues, une solide polonaise et un Paris-Brest débordant, pour le petit quatre-heures de Jihem. La culture du goinfre squelettique s'arrête à ses claviers et ses écrans, il ne s'intéresse en rien aux magouilles industrielles et cela m'arrange. La recherche que j'ai l'intention de lui demander doit absolument lui apparaître comme une curiosité de routine,

Je m'arrête ensuite au fin fond du XVe, à la boutique d'un disquaire spécialisé dans les introuvables. Je saute, sans le négocier, sur un rarissime coffret de 78-tours de 1943, la *Septième symphonie* dirigée par Wilhelm Furtwängler. C'est l'idole de Gauthier et, selon lui, 1943 fut l'une des dernières grandes années. Le monde était prometteur, alors. La suite a foiré à cause des Ricains. Il les hait.

Lui, par contre, les contrats et autres outils pour couillonner autrui, il s'y connaît. Si j'évoquais moindrement une histoire de brevets, il ne manquerait pas d'y voir anguille sous roche. Ses supérieurs sont à l'affût de tous les bruits de chiottes, et je ne tiens pas à leur mettre le feu à l'imagination. Donc, motus.

Avec les disques, je n'ai aucunement l'intention de soudoyer l'homme au bureau obscur : c'est Robespierre réincarné, l'Incorruptible. Qui tenterait de le stipendier serait bon pour la guillotine. Mais l'envie de lui faire plaisir me prend quand je l'imagine emmuré au fond de son couloir par ce beau soleil.

Tant qu'à penser à ceux qui triment au lieu de musarder, et puisque me voici dans ce quartier, je fais un crochet par la rue des Morillons : aux Objets trouvés, ma copine Marcelle ne peut rien me refuser, elle me cède à bon prix une adorable babiole en or, non réclamée depuis plus d'un an et un jour.

Je suis tombé sur un chauffeur de bon aloi. Un rasta antillais à gigantesque bonnet tricoté, rayé rouge-vert-jaune, photo de Bob Marley scotchée derrière le pare-soleil. Sa caisse schlingue l'herbe.

Sur le trajet vers Marly, je m'attendais à profiter de ses bavardages, en principe compris dans le tarif. Rien de mieux pour me tenir au courant de l'actualité, et j'ai négligé cette nécessité depuis trop longtemps.

Tout se perd, mon pauvre monsieur : Mister Taximan conserve un mutisme forcené. Il ne sait que secouer ses dreadlocks cradingues au rythme du flot tiède de reggae dégorgé par sa FM. Je le prie de changer de longueur d'ondes et de me caler sur France-Info. Autant faire utile.

Pour l'instant, ils en sont aux documents et reportages. Celui-ci est court, mais plein d'enseignements :

> ... et qui risque de faire jurisprudence dans le combat que mènent les peuples d'origine pour faire reconnaître leurs droits. En effet, cette plante ne pousse que sur un territoire limité, au milieu d'un désert qui ne bénéficie que de quelques millimètres de pluie par année. Elle se développe sous terre par des rhizomes. Or certaines de ses vertus sont connues depuis des millénaires par les Aborigènes : il suffit d'en mastiquer quelques bouchées pour fournir au corps les éléments nécessaires à son activité, sans apport de calories.
> Ces propriétés ont retenu l'attention des nutritionnistes, qui ont vu la possibilité de les utiliser dans la lutte contre l'obésité. Un marché en pleine expansion dans les pays occidentaux, jaugé à 34 milliards de dollars.
> Les recherches ont été conduites par des laboratoires européens avec l'aide et la participation active des tribus. Toutefois, les laboratoires ont isolé la molécule, l'ont baptisée d'un nom de code et en ont déposé la propriété.
> Le représentant du peuple du Bush vient d'annoncer son intention d'intenter une action, afin que le titre de co-inventeur soit reconnu à ses clients.

Comme quoi les brevets, ça vaut des sous. Moi, si j'étais un habitant du désert à rhizomes, je ferais dorénavant attention. À ce prix-là, un accident est si vite arrivé !

Quelques minutes plus tard, le bulletin national. Il relègue au cinquième ou sixième rang les suites de l'embuscade du cirque de Calataïud. Néanmoins, des informations nouvelles ont filtré, suite à l'autopsie des corps relevés après la fusillade :

... et ont pu être identifiés. Selon une source digne de foi, bien qu'anonyme, au moins deux des victimes appartiendraient bien au groupement espagnol clandestin d'extrême droite. Le Néo-Gal, disposant d'un armement de guerre, aurait tenté d'intervenir en profitant de l'assaut des forces de l'ordre, afin de s'emparer de la personne d'un mystérieux banquier occulte de l'ETA. Écoutez, à ce propos, l'interview de ce responsable de la DNAT (la Division nationale antiterroriste) joint ce matin au téléphone...

Un type presque timide, à l'intonation assez gênée, proteste contre d'inadmissibles indiscrétions qui risquent de compromettre l'efficacité des efforts déployés conjointement par toutes les polices européennes. Le journaliste lui demande s'il est vrai qu'un banquier de l'ETA a été identifié. Réponse :

Je ne peux ni confirmer ni infirmer cette rumeur pour l'instant. Néanmoins, si tel était le cas, sachez qu'aucune piste n'est négligée...

Etc. Bel exercice d'intox, complaisamment relayé par les médias. Rien n'a été dit, personne n'a parlé, mais voilà de quoi faire serrer les fesses à qui de droit...

Je vois de fortes chances pour que la fuite auprès des agences de presse ait été orchestrée par ceux-là mêmes qui protestent. Ces méthodes, je les connais. Mes propres services les pratiquent.

Je me demande, rêveur, si je viens d'entendre la voix de Jérôme Trente. Comme le chiffre...

Je plonge dans une glacière. La clim fonctionne à plein dans l'antre de Jean-Marc. Depuis ma dernière visite, des unités d'ordinateurs supplémentaires ont été installées et Jihem craint la chaleur : son corset et la prothèse métallique qui lui maintiennent le dos le torturent dès que la température s'élève.

Le goulu propulse son fauteuil, m'enlève à la volée la boîte de gâteaux, s'enfourne les trois quarts du Paris-Brest en une bouchée et postillonne :

– Alors, mon Chtefff... Ch'était bien, la Turquie ?

Là, je me prends la claque de la journée. De la semaine.

Séquence 44

Pour ce qui est de la discrétion, je peux faire une croix dessus. J'arrive, la gueule enfarinée, dans ce sous-sol de Marly, et Jihem, coincé dans son fauteuil, me parle de mon voyage ?

Le nez déjà souligné par la meringue de la polonaise, qu'il a attaquée dans la foulée, il me glisse un clin d'œil.

– Ta carte de crédit…

Effectivement, j'ai payé un supplément pour les billets de retour par ce moyen à l'aéroport d'Antalya. Mais cela ne me dit toujours pas…

– C'est Gauthier… Il se fait du mouron pour toi. Qui croirait que ce type a un cœur ? Il t'avait trouvé l'air d'un zombie. Ce qui n'est pas totalement faux, entre parenthèses, et si je puis me permettre… T'es pas en train de nous péter à nouveau un câble, mon Steph ?

– T'inquiète pas. La vie a repris le dessus.

– Gauthier t'a proposé du blé, tu as refusé, tu t'es montré « évasif » sur tes activités, selon ses termes… Ça l'a mis en souci.

– Pour ma carte de crédit ?

– C'est moi qui lui ai proposé l'idée, pour le rassurer. J'ai un petit programme qui me permet de localiser rapidement les gens qu'on aime bien.

– Tu as pénétré les comptes d'American Express ?

– Bien sûr. Et aussi Carte Bleue et quelques autres.

– Bien sûr !

– Interpol et le FBI font pareil, je te signale…

Évidemment, ça répond à toutes les objections…

– T'inquiète pas ! Je peux juste connaître le lieu et le montant des transactions, je ne peux pas en effectuer à la place de l'intéressé. Pas encore.

– Tu obtiens les données en temps réel, je suppose ?

– N'exagère pas. Les calculs provoquent un bon quart d'heure de décalage. Pour les miracles, il faudra attendre un peu. Disons... trois mois. J'aurai tous leurs algorithmes et je pourrai te suivre à la minute.

– Ouais. Et bientôt, tu sauras que j'achète un kilo de sucre avant même que je sois passé à la caisse ?

– Tu rigoles, mais tu sais qu'il y a maintenant des frigos reliés à l'ordinateur familial ? On pourrait prévoir qu'un gars va bientôt se faire livrer du lait et agir en conséquence.

– Si c'est un ancien espion encombrant, lui poser sur le paillasson quelques bouteilles farcies au polonium, par exemple ?

– Tu vois le mal partout. Parle-moi plutôt de la Turquie, histoire que je rêve un peu...

– Bon. Puisque te voilà au courant, Antalya, c'était un... voyage d'amoureux.

– Non ? T'es *in love*, toi ?

– Ben oui. Et le premier surpris.

– Tu peux pas savoir comme ça me fait plaisir, mon Steph ! Raconte.

– Trop tôt. Je peux quand même te confier que nous nous sommes offert une petite croisière jusqu'à l'île de Rhodes.

Plus j'en dirai, moins il aura envie de fouiller. De toute façon, il le saurait déjà que je n'en serais pas autrement étonné... Je le laisse un moment évoquer ma chance, la mer, le ciel, les rochers, et j'enchaîne sur le but de ma visite : les brevets. Si des procédés confidentiels ont été vendus aux enchères sur un circuit privé, et nécessairement informatisé, a-t-il les moyens d'en retrouver la trace ? Là, il devient d'un sérieux d'acier.

– Pour ce qui est du terme « évasif », Gauthier a été juste ! Je t'adore, Stéphane, j'ai plusieurs fois frôlé la faute pour te rendre service, tu le sais... Mais si tu veux me mouiller dans du grave, n'essaie pas de m'embrouiller ! Ou bien j'accepte d'agir en pleine connaissance de cause, ou bien tu te démerdes avec ton couteau suisse ! C'est clair ?

Au point où j'en suis, autant risquer le paquet, parce que seul avec mon canif, je n'irais pas loin.

– OK mon gars. Je te déballe tout. Mais si ça sort d'ici…

– Je suis mort, je sais. Tu n'as pas changé, toi. Allez, accouche.

J'arrive tard. Tracassé. J'ai appelé à l'appartement depuis dix-huit heures, Adélie n'a répondu que dans la soirée. Je la trouve dans la salle de bains, en train d'instiller du collyre dans ses yeux, rouges comme ceux d'un lapin russe.

Elle me fait grâce des alibis à base d'allergie à la pollution parisienne et convient avoir pleuré un bon coup. La visite au dojo et la méditation en présence de son maître l'ont si bien replongée en elle-même qu'elle s'est pris de plein fouet le contrecoup de la mort de Julien et de tout ce qu'elle avait verrouillé. Mais cela lui a procuré un vrai soulagement et maintenant, m'assure-t-elle, elle se sent parfaitement bien. J'aimerais en être certain.

Ce n'est pas le moment de lui faire partager ma déception après les recherches de Jihem. De toute façon, leur résultat se résume à « on peut pas savoir ». En gros, et si j'ai bien saisi : la vente de ce qui appartenait à Julien a eu lieu voici quelques mois, et elle a pu laisser des traces dans les fichiers informatiques du système de communications de Khaïdi. Pour tenter de les lire, il fallait s'y introduire. Or, cet après-midi, il n'était connecté à aucun réseau. Impossible même de l'identifier. Jean-Marc s'est énervé :

– Je suis pas le bon Dieu ! Si tu ne connais aucun indicatif, si tu ne sais pas par quel satellite il passe, c'est comme si ton super-marchand n'existait pas tant qu'il n'émet pas ! Est-ce que tu as au moins l'identité d'un client qui s'est déjà connecté avec lui ? On pourrait s'introduire dans ses archives pour remonter jusqu'à la source.

J'ai baissé le nez piteusement. Jihem m'a consolé :

– Je ne te reproche rien. De toute façon, on peut supposer que le système est masqué et qu'un programme de brouillage supprime toute mention chez les correspondants, dès l'interruption de la liaison. C'est ce que moi je ferais…

La seule solution était de mettre une ou deux machines en surveillance pour balayer le paysage mondial et attendre que le site se manifeste à nouveau.

– En admettant que mon scanner tombe dessus, au milieu de quelques centaines de milliards de données échangées à chaque seconde ! Et ça, même Interpol et le FBI n'ont aucune garantie d'y arriver…

Je n'ai pas envie de farcir la tête d'Adélie avec mes initiatives peu brillantes et qui risqueraient d'entraîner des tonnes d'explications. J'ai rapporté mieux que cela de mes pérégrinations.

– Ferme les yeux, ouvre la main ! Maintenant, tu peux regarder.

Elle contemple, sur la chaîne d'or, le délicat pendentif rehaussé d'éclats de marcassite et de grenats.

– Tu peux aussi le porter en broche.

Une larme au coin de sa paupière ? À moins que ce ne soit l'excès de collyre…

– T'es vraiment incroyable.

– Pourquoi dis-tu cela ?

– Parce que tu es… incroyable. Tiens, moi aussi, j'ai fait quelques achats. C'est beaucoup plus prosaïque.

Sur la table du salon, deux téléphones cellulaires jumeaux. Dernier modèle, douze mille fonctions, tout juste s'ils ne vous préparent pas les cocktails. Ils permettent la vidéophonie. La science-fiction dans ma poche.

– Mon rêve de gosse. Merci.

– Chacun le nôtre. Pour garder le contact en toutes circonstances. J'ai enregistré mutuellement nos numéros en première position de mémoire.

Le monde inversé : la fille offre un gadget électronique et moi, je me pointe avec un colifichet ! Qui n'a d'ailleurs pas l'heur de la fasciner outre mesure. Elle le laisse sur la table et m'entraîne dans son atelier. J'y trouve la carte ancienne que Julien lui avait offerte, sortie de son cadre.

– Robin avait parlé d'une carte de marine. Sa mémoire lui joue des tours.

En fait, il s'agit d'un planisphère. Il inclut l'Europe, le nord de l'Afrique, le Moyen-Orient, le sub-continent indien, tels qu'on se les figurait au XVIIe siècle. Les masses et les contours adoptent par endroits des formes approximatives, déroutantes pour un œil moderne. Il est orné de dessins représentant censément les dangers qui guettent le voyageur. Dans un océan, un monstre marin grimaçant ; vers la Chine, un éléphant aux proportions de mammouth semble étouffé par un serpent gigantesque. Dans l'angle supérieur gauche, Adélie me désigne quelques caractères presque effacés.

– C'est un monogramme, celui de l'auteur, M.T., je pense. Suivi de chiffres romains : mille six cents et quelques… Indéchiffrable. Ce qui est intéressant, ce sont les routes ajoutées pardessus. Comme quand on prépare un voyage.

Deux traits irréguliers, assez épais, ont été tracés à main levée. Deux itinéraires partant de Paris. Le premier, via Marseille, traverse la Méditerranée sous la Sardaigne, la Sicile, aborde l'Égypte par Alexandrie. Il remonte sur Alep, puis au cœur de la Perse, l'actuelle Syrie, à l'aplomb de Téhéran et de la mer Caspienne, à Ispahan. Le deuxième parcours joint lui aussi Paris à Ispahan, mais en empruntant la voie terrestre : la Suisse, l'Autriche, les Balkans, la Grèce, Constantinople et toute la traversée de la Turquie d'ouest en est. Mais ce n'est que la plus petite partie du trajet. Depuis Ispahan, il n'y a plus qu'un seul trait, qui descend vers l'extrémité du golfe Persique, Ormuz. De là, il file vers Surat, au nord de l'Inde. Il traverse ce territoire dans sa plus grande largeur, avec une étape marquée dans une ville nommée Hyderabad, parvient à la côte de Malabar, à l'ouest.

Du port de Masulipatam, le trajet indique le franchissement de tout l'océan Indien et aboutit enfin à une cité, au-dessus du royaume de Siam : *Denoncérim*. Selon mes connaissances en géographie, et par sa consonance assez proche, ce pourrait être l'actuelle Ténassérim, en Birmanie.

J'émets un sifflement.

– Diantre… Si un gus a vraiment réalisé ce voyage à l'époque, il a dû en voir des vertes et de pas mûres ! Elle te raconte quoi, cette carte, relativement à nos interrogations ?

– Au début, pas grand-chose. Je l'ai même sortie de son cadre pour examiner le dos. Rien, à part des taches de vieillesse. Et puis, j'ai relevé une anomalie. Les dessins, la signature, la date et le nom de la plupart des pays ont pâli avec le temps, au point de devenir parfois illisibles… Alors que, tu as pu le constater, on n'hésite pas une seconde sur le nom des villes qui jalonnent ce parcours !

Effectivement, l'encre du graphisme général, probablement noire à l'origine, a viré au brun, parfois au bistre pâlichon. Mais le tracé du gigantesque périple ainsi que le nom des étapes offrent un contraste. Rien d'excessif, juste de quoi permettre une lecture aisée.

– J'ai donc tenu compte de ton enseignement. Comme tu l'as fait pour la carte postale au Ganesh, j'ai regardé en lumière frisante. À toi de juger.

Elle incline la lampe au ras du bureau. Je me penche et je ne peux nier l'évidence : sous cet éclairage, les lignes pâlies restent mates, alors que les lettres faciles à lire présentent une brillance !

– Passe le doigt dessus, en appuyant un peu...

La pulpe de mon pouce entraîne une mince couche grisée sur le papier ancien.

– Du graphite ! On a repassé certains noms au crayon gras !

Je replace le cadre et je constate :

– Sous le verre, les ajouts sont totalement imperceptibles. Tu n'avais aucune chance de les détecter.

– Avant de m'emballer, j'aimerais savoir si Julien a acquis cette carte encadrée ou non.

– Robin ?

– Injoignable. Le renseignement figure peut-être sur le compte rendu de la vente, mais l'étude est fermée et je n'ai pas le numéro perso d'Hélène...

– Selon toi, ce trajet indiquerait quoi ? Que Julien a fort opportunément découvert un « trésor » au moment de ses revers de fortune, qu'il en a fait vendre une partie par Khaïdi, et qu'il a caché le reliquat entre la Birmanie et l'ancien royaume du Siam, la Thaïlande ?

– Ce trajet n'a été que *renforcé*, sur la carte... Il avait été tracé bien avant, par quelqu'un qui est mort depuis longtemps. Alors, traite-moi d'idiote, de romantique et d'entêtée, mais je continue à sentir un rapport entre cette « vieillerie », comme tu l'appelles, et la filière aux antiquités de l'île de Rhodes !

J'adopte mon sourire numéro trois, celui à base de mystère et de malice.

– Je ne vais te gratifier d'aucun nom d'oiseau, délicieuse déchiffreuse d'énigmes. Je ne faisais que tester ta détermination sur cette voie et je vais même l'encourager. Te souviens-tu de mon copain spécialiste en informatique ?

– Celui à qui tu avais confié l'ordinateur de Julien ?

– Celui-là même. Je suis allé le voir, pour explorer la piste des brevets détournés.

– Et il t'a prouvé que tu avais tort !

– Ça te ferait plaisir, hein ? Eh bien, non. Absolument pas. Mais, grosso modo, ça revient au même. Si quelque chose a été manigancé en ce sens, je n'ai aucun moyen aujourd'hui de le déterminer ! Donc, me suis-je dit, en vertu de ma bonne vieille méthode, inutile de s'acharner à défoncer un mur quand on n'a pas de bulldozer. Usons notre énergie à chercher dans une autre direction.

– La mienne ?

– Nous avons lancé une exploration sur Internet. Paramètres : « antiquités, vente, records ».

Je tire de ma poche, avec une lenteur agaçante, une feuille pliée en quatre.

– Et, entre autres passionnantes informations, j'ai retenu ceci...

Adélie se lance sur le feuillet, que je retire pour le lever hors de sa portée.

– Oh là ! Oh là ! Bisou d'abord et hommage au génie de Stéphane Roy !

– Pas question ! Comme chez Khaïdi, on ne paie que si on voit la marchandise !

Elle veut voir ? Elle voit.

Le meuble le plus cher du monde adjugé 27,5 millions d'euros

(De l'agence Belga) Le « Badminton Cabinet », un meuble unique conçu à Florence au XVIIe siècle, a été vendu aux enchères chez Christie's à Londres 27,5 millions d'euros (36,6 millions de dollars), un chiffre record qui en fait le meuble le plus cher du monde.

C'est le prince Hans-Adam II du Liechtenstein, un des princes les plus fortunés d'Europe, en compétition avec trois autres acheteurs potentiels, qui a en a fait l'acquisition.

Le « Badminton Cabinet » est une pièce d'art finement ouvragée et dorée en ébène et ivoire, haut de 3,7 mètres et large de 1,8.
Trente artisans ont travaillé à la conception de ce cabinet qui avait été commandé à Florence en 1726 par Henry Somerset, duc de Beaufort, troisième du nom, et propriétaire de Badminton House, dans le Gloucestershire, d'où le nom de ce meuble.
Le « Badminton Cabinet » sera placé à Vienne dans le musée Liechtenstein, l'un des deux palaces baroques appartenant à la famille du Liechtenstein, que le prince a ouvert en mars dernier.

Le tirage sur imprimante de Jihem est parfaitement authentique, piqué sur un site du Net. Il comporte même une photographie en couleurs. Que Son Altesse du Liechtenstein veuille bien ne pas s'en offusquer, mais, entre nous soit dit, je ne mettrai jamais 36,6 millions de dollars dans ce bahut sombre, lourdingue et surchargé de dorures jusqu'à la couronne de feuilles agrémentant le sommet. Opinion toute personnelle.

– Ce n'est pas le cabinet cochinchinois décrit par Robin, ni en taille, ni en style, mais avoue que…

– Ah oui, c'est troublant ! Même époque, et apparition sur le marché presque au même moment… Tu ne me prends plus pour une mythomane ?

– D'abord, ça n'a jamais été le cas, ensuite, devant de telles coïncidences et… de telles sommes, on est bien forcé de s'interroger…

– Imagine, que Julien, qui est doté d'un pifomètre hors du commun pour les objets d'art, tombe dans une banale vente sur un meuble du XVIIe siècle digne des musées. D'où vient cette merveille ? Quelle est son histoire ? Or la même famille a conservé une carte d'époque…

– Qui mène, à travers le monde, dans des villes au nom de rêve, vers le trésor de l'arrière-grand-père, un entassement de cabinets du même acabit ? Stop. J'admets qu'il y ait possiblement anguille sous roche à propos de cette vente, mais plusieurs détails ne collent pas : Primo, ce meuble a été offert à Mme Frédéricks…

– C'était *l'intention* de Julien, mais quand il s'est rendu compte de sa valeur, il aura pensé que Mia, avec sa fortune, avait moins besoin que lui de ce pactole ! Séphir nous a juré, sur ce qu'il avait de plus sacré, avoir vendu quelque chose appartenant à mon oncle et suffisant à le renflouer… Je parie que c'est plutôt à Rhodes qu'est allé le meuble.

– Plausible. À vérifier… Deuxio, cela impliquerait une colossale erreur professionnelle de maître Étienne Desbois, ce vieux roublard à l'œil d'aigle. Il aurait adjugé pour une misère un objet d'exception.

– Il s'est bien trompé sur la nature de la carte ! Autre possibilité… J'ose à peine l'évoquer… Je me sens devenir aussi tordue que toi…

– Merci du compliment.

– Si notre cher et loyal Robin n'a pas été *aveugle* devant une pièce de ce niveau, il a pu, malgré son éthique, se laisser tenter pour dépanner son ami. Profiter de l'ignorance des vendeurs et monter un coup avec Julius…

– Et toucher une commission sur la plus-value ? Bravo la morale, mais c'est possible. Passons.

– Si la pièce d'exception a déjà été fourguée chez Khaïdi, pourquoi Julius a-t-il monté tout un mystère à mon intention ?

– Parce que le meuble cochinchinois n'était que la partie visible de l'iceberg ! Il y avait plus… Beaucoup plus ! Mais un « plus » qui n'a pas transité par l'étude de Robin.

– Et la carte en indiquerait l'emplacement ?

– Qui promet un potentiel suffisant pour inspirer des méthodes violentes aux adversaires de ton oncle.

– Il a voulu que je le trouve avant eux ! Ça se tient parfaitement. Sauf si…

– Sauf si on se plante sur toute la ligne et qu'il n'a jamais revendu ce cabinet cochinchinois !

Adélie pianote déjà l'international sur son téléphone.

Séquence 45

Mardi, 20 juillet

Une heure et vingt-cinq minutes. Moins qu'il ne m'en a fallu, certains jours au milieu des embouteillages, pour gagner Marly. Et le TGV Thalys va nous déposer au cœur de Bruxelles.

Décision prise sur le coup de cinq heures du matin, après avoir tourné et retourné le problème en tout sens. Adélie, quoique visiblement fatiguée, ne voulait pas aller se coucher. Dommage, car je lui trouvais une séduction différente, sous ses traits tirés...

Elle avait, en premier lieu, appelé chez la veuve Frédéricks, à Oslo. Logique. Autant lui demander directement si Julien lui avait offert le cabinet précieux ou s'il l'avait revendu, pour savoir si cette piste, basée pour l'instant sur de seules suppositions, valait la peine d'être poursuivie. Une gouvernante, dans un anglais fortement teinté d'accent kenyan, nous apprit que « la lady était dans l'avion ». Elle refusa, dur comme fer, d'en révéler davantage à des inconnus. La Norvégienne était-elle rentrée de Turquie et déjà repartie ? Ou, désespérée comme nous l'avions laissée à l'aéroport d'Antalya, errait-elle au hasard des lignes aériennes ?

Le deuxième appel fut pour l'île de Rhodes. J'ignorais que tous ces numéros fissent partie de l'agenda de ma petite futée... Quand les lui avait-on communiqués ? Dans le dos de la pièce rapportée que j'étais, peu appréciée aussi bien de la walkyrie que de Gras-Double ? Question que j'évitai de soulever, l'essentiel étant qu'elle les possédât...

Malgré l'heure tardive, une permanence répondit aussitôt. Non, on ne pouvait pas parler, même brièvement, à Mr Khaïdi. Point. Le standardiste attendait, sans rien demander. Il devait être accoutumé à des correspondants qui omettaient de s'identifier. Lorsque Adélie se fit spontanément connaître, l'intonation changea :

– Oh, miss Cartwright ? Pour vous, il sera atteignable par son téléphone satellite, mais pas avant demain.

De quoi supposer :

– que le Loukoum était loin de chez lui et, peut-être, loin d'endroits civilisés ;

– qu'il s'attendait à un appel de la Mangouste.

Laquelle donna le numéro de son nouveau mobile, précisant qu'il serait allumé à tout moment. Je rigolais amèrement. Admirable avancée de l'humanité ! Au même instant, des millions de gogos dans notre genre étaient en train de se téléphoner pour se dire qu'ils allaient se téléphoner. Les communications progressent, la communication agonise.

À croire que le petit monde qui gravitait autour d'Abestéguy s'était fixé pour mission d'éviter non seulement la faillite des opérateurs de télécoms, mais aussi celle des compagnies d'aviation : le répondeur de Martine Claessens indiquait qu'elle se trouvait à Budapest et serait de retour mardi.

Ayant écumé tout ce qui pouvait faire sens dans le loft, il nous restait à explorer l'appartement bruxellois de Julien. Même si le tonton s'était réservé son ultime cachette au passage Brady, rien n'interdisait d'augurer que son cadre quotidien recélait des indications complémentaires. D'autres le pensaient sûrement. L'attentat du début de l'année et la tentative de cambriolage juste avant les obsèques en attestaient.

Des litres de café plus tard, Adélie avait consulté le site de la SNCF vers 5 heures du matin, réservé deux places et rappelé le répondeur de Martine pour lui communiquer l'horaire de notre arrivée.

J'ai toujours plaisir à retrouver cette odeur grasse et cossue qui marque le Parisien débarquant à Bruxelles-Midi. Le rythme, différent aussi, des chassés-croisés. La foule semble plus décontractée, débonnaire, et plus… efficace, je ne trouve pas d'autre mot. Mieux organisée ?

Je ne suis pas mécontent, bien au contraire, de l'initiative d'Adélie. Autrement, quel stratagème n'eussé-je pas dû inventer pour pénétrer l'univers intime d'Abestéguy et, surtout, pour me rapprocher de Spécimeto ? Car c'est là que je veux investiguer : même si j'ai paru accorder du crédit à l'hypothèse du « trésor caché », je reste convaincu que la vérité se trouve dans les dossiers industriels. Sur ce point, j'ai convaincu Adélie au cours du voyage. Il faudra sonder Martine, ne serait-ce que pour nous assurer que je me suis trompé. Après tout, ai-je fait valoir, n'es-tu pas l'héritière des parts de ton oncle ? Donc la patronne.

– Attends ! Ce ne sera effectif qu'après l'ouverture du testament. Les notaires ignorent le décès de Raphaël, ils doivent encore le rechercher.

– Certes… Mais, si tu informais ta copine belge, à titre confidentiel, du sort de ton cousin ? Mlle Claessens, qui sait nager dans l'entreprise, saura qu'elle va devoir dorénavant compter à plein avec toi. Son intérêt bien compris lui dictera de laisser effectivement traîner la succession, le temps de placer ses jalons… Tout en ne te refusant aucune entrée !

Si nous possédions l'adresse de Julien, il nous manquait ses clefs. Nous avions décidé, en attendant de pouvoir atteindre Martine, d'y aller au culot et de tabler sur l'existence d'une concierge, que la présence de la nièce d'Abestéguy et quelques billets pourraient peut-être convaincre. Un plan genre polar de quai de gare, mais comment trouver mieux dans un train ?

« Œuvrer pour la bonne cause parsème ton chemin de roses », affirme le vieux proverbe que je viens d'inventer. Dix minutes avant notre entrée en gare, c'est Martine qui se manifestait sur le portable. Elle venait d'atterrir et d'écouter son répondeur. Bien que ravie de notre présence, elle ne pourrait, hélas, pas nous accueillir : elle fonçait directement à son bureau. Mais elle nous envoyait voiture, chauffeur… et clefs, dont Julien lui confiait toujours un double ! Elle ne serait pas libre ce soir et nous proposait de déjeuner ensemble demain.

Nous repérons une pancarte brandie au-dessus de la cohue.

SPÉCIMÉTO

Si nous sommes filés, autant nous coller un gyrophare où je pense pour passer inaperçus ! Le chauffeur a tellement la tronche de l'emploi, dans son costard bleu sombre, qu'il semble porter une casquette bien qu'il soit nu-tête et dégarni. La soixantaine distinguée. Un gros nez piqueté de milliers de trous, comme vermoulu, et un sourcil remonté en biais par une ancienne cicatrice mal recousue. Ne l'avons-nous pas entrevu au Père-Lachaise ? Certainement, mais en « civil » : la tenue le transforme.

Il ouvre une portière. Ce n'est pas une Rolls que l'on met à notre disposition, mais presque : une Renault Vel Satis anthracite, banquette de cuir fauve.

– Bienvenue à Bruxelles, mademoiselle, monsieur. Désirez-vous une boisson fraîche ?

Je me trompe, ou il se donne des intonations britanniques ? Nous déclinons l'offre. Nous voulons nous rendre directement...

– Chez le regretté monsieur Julien, je présume. Puis-je vous présenter mes sincères condoléances, mademoiselle Adélie ?

– J'en suis touchée.

– Quelle perte pour nous tous, n'est-ce pas ? Je n'en suis pas remis, je l'avoue. Monsieur Julien était un homme qui... un homme comme...

Il hésite, cherche, renifle et conclut :

– Un homme.

Ce type est une perle. La grosse berline coupe à travers toutes les files et nous extirpe du flot de voitures comme si nous étions à vélo, sans un à-coup ni un coup de freins. Cadré dans le rétroviseur, le regard brun est embué d'un vrai chagrin. Adélie en profite :

– Vous étiez... Quel est votre prénom ?

– James. Je sais, cela ressemble à une plaisanterie, mais je ne projetais pas de devenir chauffeur de surcroît...

– ...

– C'est de l'humour belge, mademoiselle.

– Vous étiez... attaché à mon oncle ?

– Le mot est faible. Je dirais « lié ». Par presque dix années de services de ma part, et un service de la sienne. Sans lequel je ne serais pas ici aujourd'hui.

J'ai l'impression d'une rengaine. L'interprète change, les mots sont toujours semblables, le ton aussi.

Le corps de Julien plaqué sur moi au milieu des éclats de mort… Il ne m'a jamais vu, ne sait même pas si je suis dans son camp… Julien Abestéguy… Un homme.

– Les derniers temps, James, aviez-vous remarqué quoi que ce soit de… bizarre dans son comportement, ses habitudes ?

– Je ne saisis pas, mademoiselle.

– Comment vous paraissait-il ?

– Ainsi que je l'ai toujours connu, mademoiselle. Discret. Un point que je me flatte d'avoir en commun avec lui.

Une perle, le mot convient : lisse, plein de classe et… qui vous file entre les doigts. Adélie lui expédie dans le miroir un sourire à faire fondre un évêque anglican.

– Je comprends que mon oncle vous ait choisi. Pardonnez mon manque de tact. J'essaierai de respecter votre réserve.

– Je vous en saurai gré, mademoiselle. Le fait que monsieur Julien soit… ne soit plus des nôtres ne me délie pas de mon devoir.

– Voilà qui vous honore, James. De votre côté, vous voudrez bien comprendre que les circonstances du… départ précipité de Julien m'aient laissée dans le désarroi ?

– Je le conçois.

– Je vais donc vous proposer un jeu.

– J'espère qu'il ne s'agit pas d'un quiz, mademoiselle. Ma culture générale souffre de sérieuses lacunes.

– Plus de questions, c'est promis. Je vais procéder par affirmations. Si je me trompe, vous me le signalez simplement.

– C'est tout ?

– Absolument. Je commence. D'ordinaire, vous conduisiez mon oncle à la gare ou à l'aéroport lorsqu'il partait en déplacement.

– …

– Le soir où il est parti pour son dernier voyage, vous ne l'avez pas fait.

– …

– Vous ignoriez qu'il s'absentait.

– TUUUUT !

– Pardon ?

– C'est le *buzzer*, mademoiselle, comme dans ces jeux télévisés ! Vous m'avez demandé de vous signaler vos erreurs ?

– Donc vous *saviez* qu'il partait.

– …

– Mais pas pour le sud-ouest de la France. Il… il avait même parlé d'une autre destination !

– …

– Il s'est rendu à la gare par ses propres moyens.

– …

– Auparavant, il vous avait confié un message pour Mme Frédéricks.

– Je ne vois pas de qui…

– Tiens, on ne joue plus, James ?

– Vous m'avez embarqué, si j'ose le mot, dans un jeu de cons, mademoiselle Adélie. Je n'en suis plus. Du jeu, veux-je dire…

– Humour belge ? Bon, d'accord, on arrête et on cause pour de bon. Il y a certains points que je veux éclaircir sur les derniers jours, les dernières semaines de mon oncle. Mia Fredericks en fait partie. Vous voyez que je connais son existence, c'est même une amie. Vous ne trahirez rien en me parlant d'elle.

Dans le rétro, le regard du chauffeur jauge celui d'Adélie, qui ne se détourne pas. *Verts, les yeux… Que j'aime cette fille !*

– Monsieur Julien ne m'a rien confié pour Mme Frédéricks. Elle ne se trouvait plus là. En fait, ils ne se voyaient plus depuis plusieurs mois.

– À l'origine de cette brouille, un incident particulier ?

– Que je subodore, bien que je n'y aie pas assisté en direct. À dire vrai, ce soir-là, j'avais conduit monsieur avec, au passage, un arrêt chez le fleuriste. Monsieur s'était assis à côté de moi. La banquette où vous êtes était occupée par le bouquet. Il rayonnait. Il est entré dans l'immeuble de la dame. Quelques minutes plus tard, il me rappelait. Je l'ai récupéré sur le trottoir, qui répétait : « Une brosse à dents… Vous vous rendez compte, James ? Pour une brosse à dents ! » Je n'en ai pas su d'avantage. Mais des bouquets, j'en ai porté, par la suite ! Devant une porte close.

Donc la Norvégienne ne nous a pas menés en bateau sur le *Sagittario*. Du moins sur l'incident qui a fait capoter sa « non-relation ».

– Quant au dernier voyage de monsieur Julien, je ne cesse, moi aussi, de m'interroger. J'étais allé chercher à l'agence le billet qu'il avait fait réserver par son secrétariat pour ce soir-là. C'était un aller et retour Berlin. Qu'est-il allé faire dans ce Périgord de malheur ?

Martine non plus n'avait pas menti. Julien a bien tenté de brouiller les pistes. Il se savait surveillé.

– Mademoiselle Adélie, puis-je vous dire le fond de ma pensée ?

– Je sais autant que vous garder un secret.

– L'accident de votre oncle n'était pas un hasard… Il m'arrive d'aller jusqu'à imaginer que ce n'était pas non plus un accident…

– Je peux vous jurer, James, que si tel a été le cas, Stéphane et moi faisons ce qu'il faut pour le venger.

– Je vous y aiderai dans toute la mesure de mon possible.

– Tout ce que vous avez pu noter d'inhabituel peut nous être utile.

– Un type m'a questionné, au café où je déjeune souvent. Un Français. Beau garçon, beau costume, voix feutrée.

Trente, comme le chiffre.

Séquence 46

La DNAT à Bruxelles ? Le portrait du fouineur, dressé en quelques traits par James, correspond d'assez près à l'homme qui a suivi Adélie aux funérailles.

– Il m'a abordé en se présentant comme une relation d'affaires de Monsieur. Très affecté par cette disparition. Je ne le sentais pas et, croyez-moi, j'ai le flair : six années en centrale, dont une pour indiscipline, ça vous aiguise le tarin…

Plus du tout british, le James. Argot parigot pas piqué des hannetons et clin d'œil canaille dans le rétro.

– Vous n'êtes pas du tout anglais, alors ?

– C'te bonne ! Citoyen de Belleville, ma p'tite demoiselle ! Mais James, c'est vraiment le prénom que ma maman a choisi. Ça en jette, pas vrai ? Hommage à mon paternel. Si elle s'est pas trop gourée, y devait être l'un ou l'autre des lads de l'écurie de course, dans le château normand d'un milord chez qui elle était bonniche… À moins que je ne sorte de la cuisse au milord en personne, vu… Lorsqu'il l'a virée avec le gros ventre, l'aristo l'a nantie d'un petit pécule pour qu'elle aille me pondre à Pétaouchnock. Elle s'est arrêtée à Pantruche. Quoi qu'il en soit, j'ai vraiment du jus de Rosbif dans les veines.

– Et t'as fait de la tôle ?

– Ouais, m'sieur ! Et j'en suis pas plus fier pour ça ! Clairvaux, Fresnes, les Baumettes… Ils m'ont trimbalé partout, parce que je foutais le souk, mais malgré ça, les matons ne parvenaient pas à me détester complètement. Je suis plutôt de bonne composition et, si je ruais dans les brancards, c'est que je trouve la plupart des tôlards insupportablement vulgaires…

– Et Julien, dans tout ça ?

– Quand je suis sorti du ballon, j'avais pas un fifrelin. Histoire de me refaire, je suis allé taper le pied de grue autour d'un hôtel pour rupins. J'ai retapissé les plus chouettes pompes sur mesure qui en sortaient et, au premier coin de rue, j'ai pointé ma lame sur le bide du pékin en Berlutti, en requérant poliment son larfeuille. Y m'a refilé une mandale d'anthologie. La manchette crapuleuse. L'uppercut sournois, arrivé avant d'être parti.

– Des mœurs de voyou, en somme ?

– *Absolutely !* La botte secrète, façon vandale. Je me demande encore où Monsieur avait pu apprendre un coup aussi vachard.

Le tonton était-il flingueur ? Ou l'avait-il été ? Intéressante perspective sur les antécédents de M. Abestéguy, ignorés même de sa nièce… Trente doit être mieux rencardé que moi, et ça me chiffonne.

– Quand ma tête a eu fini de faire trois tours, j'étais à plat ventre sur le trottoir, le bourgeois me tordait le bras dans le dos en me demandant : « Tu préfères que je te le casse seulement, ou tu veux aussi que je te rende ton canif entre les omoplates ? » Je lui ai dit de faire à son idée, mais que surtout, il n'appelle pas les flics. Avec mon pedigree, si je replongeais, j'étais bon pour quinze ans. Il m'a fait raconter mon parcours. J'y suis allé franco, sans rien omettre. La seule chose que je n'avais pas volée, c'était bien ma condamnation. On a causé un moment comme ça, moi dessous, lui dessus. Quand je me suis relevé, avec mon bras ankylosé mais intact, le bourge était déjà loin. J'ai trouvé dans ma poche quelques biftons et sa carte de visite. Une semaine après, il m'engageait. Pour faire quoi, on ne savait pas, on trouverait. Sans me vanter, j'avais une certaine réputation comme conducteur, dans les équipes de braquage. Il n'avait pas vraiment besoin d'un chauffeur, mais je ne crois pas qu'il ait jamais regretté…

– Mon oncle savait s'entourer… Si nous en revenions à cet homme qui vous a abordé ? Un flic ?

– Plutôt les Services… Trop bien sapé pour la flicaille de base. Des phrases anodines, pour commencer : je devais regretter un si bon patron, tout ça… Je l'ai laissé venir, histoire de m'assurer si je l'avais mal jugé. Quand il est passé aux questions, je l'ai envoyé sur les roses, avec mon accent grand style. Il n'a pas trop insisté.

Voilà qui est étonnant. Trente devait avoir la copie du curriculum vitae de ce brave homme. Il n'avait qu'à le faire alpaguer par ses confrères belges, puis l'interroger à fond dans les locaux et avec les moyens de persuasion appropriés. Au lieu de cela, il se contente d'un essai plutôt naïf, dans le style de sa conversation avec Adélie, tout juste bon à impressionner une demoiselle au sortir d'une crémation… Et au premier coup de gueule d'un vieux malfrat, il décroche ? Non, pas ce type-là !

Donc, c'est qu'il tenait à ne pas faire de vagues.

Donc, il agissait à titre officieux, hors de sa juridiction, sans mandat !

Donc, l'annonce, lancée devant les caméras par le ministre de l'Intérieur, d'une « collaboration étroite entre les brigades de répression de toute l'Europe » était pur flan !

Je crois tenir une explication : voici belle lurette que j'ai cessé de suivre l'évolution de mes ex-collègues dans l'organigramme de leurs services, mais, si ma mémoire n'a pas trop fondu, le commandement des homologues de Trente en Belgique a été confié à Lucien Fuchs. Excellent leader, limier émérite, sincèrement investi contre le terrorisme. Mais juif. Or, ne l'oublions jamais, le président Widmer a planté ses racines espagnoles dans le terreau des résidus de l'ère franquiste. Puis en Suisse et en Allemagne, dans la pire extrême droite.

Il aura trouvé des sympathisants parmi les troupes de Fuchs. Pour les antisémites, la lutte contre le juif est une priorité, qui passe avant le service de l'État et la sécurité du citoyen.

Ils se seront fait une joie de paralyser l'action de leur chef : tracasseries, paperasseries, mauvaises transmissions et excès de zèle, la palette est vaste. Et efficace. Le Néo-Gal a encore les coudées franches de ce côté de la frontière. M. Trente peut remiser son insigne de shérif au recoin le plus douillet de son élégante anatomie.

– De quel genre, les questions de ce personnage ?

– Du même que les vôtres au début, mademoiselle Adélie. Sans vouloir vous offenser, celles de quelqu'un qui ne veut pas avoir l'air d'y toucher, mais qui a oublié d'enlever ses gros sabots : monsieur Julien s'était-il montré différent les derniers temps, avait-il changé ses habitudes...

– Et que ne lui avez-vous *pas* dit ?

– Par exemple, que Monsieur n'était plus le même depuis que cet engin incendiaire a été lancé chez lui... Vous êtes au courant ?

– Oui. Je suppose qu'il en a pris un fameux coup sur le moral...

– Un coup de fouet, vous voulez dire ! Dans la semaine, il avait fait repeindre et redécorer tout son appartement. Pour ne pratiquement plus y remettre les pieds, d'ailleurs. Il a passé ensuite le plus clair de son temps à voyager à droite, à gauche. Lui que j'avais vu plutôt abattu par les attaques contre son entreprise et le lâchage de plusieurs de ses actionnaires, d'avoir échappé à cette bombe, il s'était remis à croire à sa bonne étoile ! Il a repris du poil de la bête de manière incroyable ! Sur le plan sentiments, aussi !

– Il espérait reconquérir Mia rapidement ?

– Non... Un espoir, il en avait toujours un. Je sais que Mme Frédéricks comptait énormément pour lui... Il a fait l'impossible pour qu'elle revienne, mais en même temps...

Le chauffeur se mord la langue.

Nous sommes arrêtés à un feu rouge, devant une place ombragée. Au centre, un carrousel, tel un gâteau pour géant surchargé de moulures en crème chantilly, toupine au rythme de *Mon manège à moi* d'Édith Piaf. La machine à musique crache des jets de fumée entre des tuyaux brillants, des tambours mécaniques, des cymbales.

– Vous n'en avez plus des comme ça, en France ! C'est un authentique orgue à vapeur ! Vous devriez aller le zieuter de près, ça vaut l'os !

– Faites rouler la voiture et arrêtez votre char, James ! Que savez-vous des suites de la séparation entre Julien et Mia ?

– Bof ! Vous connaissez les hommes, mademoiselle... Enfin, j'imagine... Excusez-moi, je ne parle pas de monsieur Stéphane... Mais des hommes en général...

– Le général, je m'en tamponne le coquillard, mon petit James ! *Quid* de mon oncle en particulier ?

– Ne prenez pas mal ce que je vais dire, faut pas juger sans savoir… Il a trouvé quelqu'un d'autre… Faut le comprendre, après tous ces coups du sort…

– Je comprends. La réaction, la force de la vie…

Elle affiche quand même une bouille mitigée, la nièce du don juan !

– Je vois bien que je vous ai cassé la baraque, mademoiselle Adélie… Je vous ai pas raconté ça pour vous miner, mais pour que vous arrêtiez de penser qu'il était mort dans la solitude et la déception…

– Vous avez raison, c'est sûrement mieux pour lui. Cette… nouvelle personne, elle s'est manifestée, après le décès ?

– Je l'ignore. Je ne la connais pas.

– Vous savez au moins où elle demeure ? Vous avez bien y dû conduire mon oncle.

– Elle n'est pas de Bruxelles. Elle est sur Anvers. Monsieur s'y rendait toujours par ses propres moyens. C'est la porte à côté.

– Une adresse sur une livraison de fleurs, un numéro dans la mémoire du téléphone de la voiture ?

– Il appelait sur son mobile personnel. Je ne l'ai entendu qu'une fois parler à la demoiselle. Ça m'a bien fait sourire, d'ailleurs, il en était à la phase de conquête, il la vouvoyait encore, mais il lui demandait si elle avait apprécié le bijou ! Et il ronronnait littéralement en écoutant la réponse !

– Si vous ne l'avez jamais rencontrée, comment savez-vous qu'il s'agit d'une demoiselle ?

– Par lui. Un jour, Martine Claessens le cherchait partout pour une urgence. Je n'ai pas cru mal faire en répondant qu'il était à Anvers. Elle a paru surprise, vexée, même. D'ordinaire, elle n'ignorait rien de l'emploi du temps de son vénéré patron. Lorsque j'ai fait part à Monsieur de ma bévue, il a été contrarié une seconde, puis il a haussé les épaules : « C'est ma faute, j'aurais dû prendre davantage de précautions. Tant pis. Dorénavant, si qui que ce soit vous pose la question, vous pourrez dire que je suis avec une jeune personne charmante ! » Je pense qu'elle doit être commerçante…

– Sur quoi vous basez-vous ?

– Il ne la voyait jamais les fins de semaine, jours d'affluence. Par contre, il allait à Anvers le dimanche et y restait parfois le lundi. C'est tout ce que je sais. Et nous voici rendus.

Je ne m'attendais pas à un tel quartier pour le domicile d'un industriel aisé. La Vel Satis est stationnée en épi à l'extrémité d'une petite avenue en cul-de-sac. L'endroit semble en être resté « au temps où Bruxelles bruxellait » : les bruits de la ville sont assourdis, le trottoir bordé d'arbres et de bacs fleuris. De petits commerces ont survécu ici à la course au profit. Des tabourets en paille, des passoires d'aluminium et des rouleaux de toile cirée débordent la devanture d'un droguiste. Dans une échoppe ouverte sur la rue, un cordonnier travaille au marteau, environné de chaussures usagées, mais cirées à miroir. Sur la vitrine voisine, des lettres émaillées, collées en demi-cercle, indiquent :

HER ORIS ERIE

Elle n'expose que des bocaux multicolores où trempent dans le formol serpents, scorpions et autres réjouissantes bestioles, mortes sûrement avant la conquête du Congo.

Adélie va se poster droit devant un immeuble sans grâce, crépi – *dé*crépi, devrais-je dire – en vieux rose. Seul, le premier étage conserve un air de fraîcheur.

– C'est là, n'est-ce pas ?

James s'exprime à mi-voix :

– Oui. Monsieur avait fait repeindre la façade après… ce que vous savez.

– Mon Dieu, je reconnais à peine. J'étais encore toute gamine, la dernière fois que j'y suis venue. Ensuite, Julius a préféré se déplacer à Paris…

Elle se penche à mon oreille :

– Tu te rends compte, j'avais fantasmé qu'il menait des escapades coquines dans la Ville Lumière ! Et dire que c'était pour pleurer Raphaël et monter toute cette pauvre comédie des cartes postales, seul dans son loft…

– Ton oncle affectionnait décidément les endroits singuliers.

– Plus encore que tu ne l'imagines. Le rez-de-chaussée n'a pas changé, James ?

– Les édiles ne le permettraient pas, mademoiselle.

– Bien. À partir d'ici, je pense être capable de m'orienter. Vous pouvez rentrer. Laissez-moi juste le numéro du téléphone de voiture. Et les clefs, bien entendu.

Le tonton tenait à ses petites manies : sur le trousseau se balance un chat Sylvestre de caoutchouc qui nous est familier. Adélie le serre comme un talisman et me désigne une porte étroite, d'un rouge sombre écaillé.

– Ouvre. Mais doucement.

Je foule des pavés dans la pénombre d'une halle médiévale. Sous les voûtes flotte un relent de pierres humides et de tabac, et cette âcreté de talc et de vieux velours si spécifique aux coulisses des théâtres.

Nous *sommes* dans un théâtre ! En pleine représentation. Et d'un genre tout particulier. Sur la scène, presque assez vaste pour recevoir des acteurs, des marionnettes se trémoussent, nippées de costumes criards et fardées à outrance. Elles piaillent leurs répliques dans un patois totalement incompréhensible.

Sur des alignées de bancs, quelques spectateurs disséminés, solitaires ou par petits groupes de deux ou trois. Des gens âgés, qui s'amusent franchement et bruyamment.

– Julius aimait cet endroit. C'est une institution. Aussi intouchable que le Manneken Pis. Mais plus pour longtemps. Ceux qui comprennent le bruxellois authentique sont chaque année moins nombreux…

Satisfaite de mon étonnement, ma petite guide me fait traverser la salle entre les bancs. En face de nous, une arcade obscure. La main d'Adélie tâtonne, trouve un interrupteur. Un alignement de loupiotes jaunes s'éclaire, balisant le plafond d'un corridor.

– Je me souviens très bien. Quand je venais, je demandais à Julien de ne pas allumer. J'adorais jouer au vampire. L'escalier est au bout, après le tournant.

Il y est.

Et, adossée à la rampe, Mia Varnstadt-Frédéricks.

Séquence 47

Je l'ai reconnue à sa stature. La silhouette qui attendait – depuis combien de temps ? – dans ce recoin enténébré, est emballée dans un trench-coat mastic qui a dû traîner sur des carrelages pas nets et dans des casiers à bagages classe touriste…

Les splendides cheveux noirs pendouillent maintenant sous un bonnet enfilé à la va-vite. Peau blême et lèvres à la courbe amère griffées par les plis de l'âge : le chagrin et le doute ont eu raison des cures rajeunissantes. Mais Julien Abestéguy, homme d'exception, avait croisé son *alter ego*. Même ainsi malmenée, sans apprêt, cette créature a de quoi faire palpiter. Elle évoque l'égérie en cavale de quelque révolution oubliée…

Elle me vrille un regard de biais et embrasse Adélie.

– Je suis à Bruxelles pour déménager. Je vends mon appartement. J'ai préféré ne pas attendre. Plus rien ne me retient dans cette ville. À l'arrivée, un message de ma gouvernante m'a appris que tu étais aussi en chemin. Par Martine Claessens, j'ai su que tu irais directement à l'appartement. J'ai fait pareil. Je voulais te demander quelque chose… Je peux te parler dehors ?

Les yeux de la Mangouste vont vivement de sa grande amie à moi, et retour.

– OK. Ça tombe bien, moi aussi j'aurais un mot à te dire. Tu nous excuses, Steph ?

– Mais comment donc !

Oh, que je n'aime pas cela ! Que la veuve me tire la gueule, je m'y suis fait, mais qu'Adélie se…

L'éclairage du couloir s'éteint et me laisse dans le noir. Et la minuterie est introuvable ! Je ne suis pas parano, mais tout se ligue contre moi !

Je peste pendant à peine deux minutes, que déjà la lumière revient et, avec elle, les deux complices. C'est la Norvégienne qui se plante devant moi.

– Stéphane, je vais essayer de me montrer aussi directe que possible…

Qu'est-ce qui se trame ? Elle prend une profonde inspiration.

– Vous avez sûrement senti que je n'appréciais pas beaucoup votre compagnie. Ne dites pas non. Je n'ai rien fait pour le cacher… J'avais pour cela une excellente raison… Excellente, du moins, de mon point de vue… Cette raison, la voici : dès la seconde où je vous ai approché, Stéphane, j'ai ressenti très fortement *l'image même* de Julien. En vérité, c'était plus que cela. Chaque fois que mes yeux se posaient sur vous, c'était comme un hologramme qui se superposait à vous. Vos gestes, vos attitudes me faisaient penser à lui.

Mazette ! De sa part, c'est un compliment ? Elle continue :

– Cela atteignait une intensité insupportable dans les circonstances qui nous réunissaient. Sur ce bateau, il était impossible de mettre entre vous et moi une distance physique, j'ai tenté de l'établir d'une autre manière. Je suis tombée dans l'excès. Si je vous ai mis mal à l'aise, j'en suis navrée.

Voilà-t-il pas que j'aurais droit à des excuses ? N'exagérons rien. La walkyrie n'est pas du genre à s'écraser mollement. Mais elle lâche du lest.

– D'autre part, Adélie vient de me confier à quel point votre aide lui est précieuse dans sa recherche de la vérité autour de notre Julien. Je ferai en sorte, dorénavant, de ne plus lui mettre de bâtons dans les roues par une attitude négative envers vous.

Parfait. J'ai le triomphe modeste. Je hoche la tête, l'air pénétré.

– Sachez, chère Mia, que je ressens, quant à moi, beaucoup d'admiration pour votre courage. Non pas face à moi, qui ne suis qu'un petit bonhomme, mais face aux épreuves que vous traversez. Voilà. Les choses sont dites.

J'ajoute, en parfait gentleman, et faux-cul patenté :

– Et que cela ne vous empêche en rien de parler seule à seule avec Adélie ! Voulez-vous que j'aille boire un café ?

– C'est trop aimable, mais je peux maintenant m'exprimer sans gêne devant vous. Adélie, ma chérie, en fait, c'est une faveur que j'espère de toi. Sur le coup de la déception éprouvée chez Khaïdi, j'avais pris la décision de tout liquider dans ce pays et d'en repartir comme j'y étais venue. Sans rien. Cette nuit, dans l'avion, je me suis dit qu'une fois la brûlure passée, je m'en voudrais sûrement de n'avoir pas conservé au moins un souvenir tangible de Julien. Je voulais donc te demander la permission d'emporter un objet de chez lui et...

– Et en vertu de votre « non-liaison », tu n'as jamais eu ses clés ?

– Évidemment.

Évidemment ? Pour moi, ces conventions affectées, ce conformisme non conformiste ne tombent toujours pas sous le coup de l'évidence. Quand on s'aime, on doit avoir envie de passer chaque précieuse journée, chaque irremplaçable nuit, auprès de l'autre, non ?

– Tu peux emporter ce que tu voudras, Mia. Aucun problème. Je te l'aurais proposé de toute manière. Nous déciderons là-haut. Si, je t'en prie, monte avec nous ! Plus tu attendras, et moins tu oseras. Stéphane a souligné ton courage, c'est le moment d'y puiser. Allez, montre-nous le chemin.

Elle lui met le trousseau de clés en main et passe un bras autour de sa taille. L'une soutenant l'autre, comme une infirmière et sa convalescente, elles gravissent les marches usées.

L'escalier fleure bon l'encaustique. À mi-étage, des gravures anciennes décorent le mur opposé à la rampe de bois. Certaines représentent des scènes champêtres, d'autres des chiens anglais costumés qui jouent aux cartes et fument le cigare.

Sur le palier exigu, Mia hésite une demi-seconde, puis ouvre les trois serrures. Elle nous précède pour aller pousser des volets. Je m'apprête à recevoir de plein fouet la présence de Julien.

Habit Rouge, l'effluve suave imprégné dans ce costume, au milieu du tourbillon de poussière... Mon visage plaqué au sol, protégé de la mitraille par ce torse qui s'interpose... Sa vie contre la mienne, sans savoir qui je suis...

Rien.

Il n'y a plus âme qui vive ici.

Certes, l'appartement est superbe. Bien plus vaste qu'on ne l'imagine de l'extérieur. On entre directement dans un salon spacieux, dont les fenêtres donnent sur un jardin. Agencement impeccable, sobre et sans faute de goût. Meubles italiens assez coûteux pour allier design et confort. Planchers satinés soulignant le pastel des tapis chinois.

On a préservé la cheminée ventrue à la flamande, en carreaux de faïence émaillée composant un motif de fleurs grimpantes. De quoi remplir le cahier central d'un magazine de décoration. Point, à la ligne.

De présence, aucune.

Je me tiens en retrait, comme le veut mon rôle dans ce trio, à cet instant. Mia nous tourne le dos, mais nous savons qu'elle pleure. Adélie s'avance au centre, tourne sur elle-même.

– Je ne reconnais strictement rien. Dans mon souvenir, c'était biscornu, chaud, brun de fumée jusqu'aux plafonds et ça sentait le feu de bois...

– Le sinistre de l'hiver dernier n'a touché que la pièce sur la rue, mais Julien en a profité pour faire abattre des cloisons et réorganiser les surfaces. Il pensait que cela me plairait mieux ainsi...

La Norvégienne s'adresse à nous en regardant obstinément ailleurs. D'une inclinaison de la tête, Adélie me suggère de nous éloigner.

J'emprunte un couloir, j'ouvre une porte au hasard et je feins de m'absorber longuement dans la contemplation de la salle de bains, parfaite, du reste, avec ses vasques de marbre gris pâle.

Même impression dans la cuisine et la chambre à coucher. Ce logement est aussi irréprochable et impersonnel qu'un meublé de luxe.

– Steph, viens voir !

Une invite pressante, murmurée. Dépassant d'une embrasure, une main m'appelle. Je rejoins la Mangouste. Et je comprends pourquoi Mia sanglotait, une nuit, à bord du *Sagittario*.

Cette pièce est la seule côté rue. Les persiennes sont encore closes et, à la lumière du plafonnier, la similitude est saisissante : la réplique exacte de la cabine principale du yacht ! Ou, plus vraisemblablement, la cabine du voilier a été refaite à l'identique de cette chambre.

La cotonnade ancienne aux murs, le brocart des rideaux et du dessus de lit sont analogues. L'essentiel du mobilier est absent. Les fauteuils, la petite table ainsi que les bibelots vus sur le bateau ont dû être déménagés d'ici. Sur la paroi face aux fenêtres, subsiste un meuble de belle taille, masqué par un drap. Juste avant qu'Adélie ne fasse tomber le tissu, j'ai deviné.

Le cabinet cochinchinois.

Pour une surprise… Ce n'en est pas une ! Découvrir ici ce bahut conforte l'opinion que j'ai toujours défendue : puisque Julien ne l'a pas revendu, on ne peut plus fantasmer sur sa valeur faramineuse, et ma théorie des secrets d'entreprise détournés tient bon, plus que jamais.

Fin des illusions pour la nièce de l'industriel, qui se laisse choir sur le lit, bras en croix. Et qui se redresse aussitôt en entendant Mia, arrivée sur le seuil :

– Tu l'as trouvé, je vois… C'est lui que j'aimerais emporter.

Séquence 48

Les interrogations que cette petite phrase fait naître sont trop nombreuses. Nous nous taisons donc.

Ainsi, parmi tout ce qui a appartenu à Julien, la veuve Frédéricks se focalise précisément sur ce meuble… Voilà qui donne à celui-ci un sérieux regain d'intérêt.

Tandis que Mia s'en approche avec une sorte de ferveur, je me sens tel Terminator : mon œil devient un instrument de mesure au laser, projette son rayon fluo, amasse les données, les stocke dans un fichier sécurisé.

L'ensemble est d'un bois exotique, sombre. Ébène ? Palissandre teinté ?

C'est un meuble de voyage, qui peut se séparer en trois parties, pour les déplacements.

De bas en haut : premier élément, hauteur un mètre environ. Quatre pieds tournés, comme des bobines ventrues ou des toupies superposées. Reliés en diagonale par des barres en X, une près du sol, l'autre près du sommet. Ce système en croix, encore en vigueur sur nos actuelles tables de jardin, permet de plier le piètement à plat.

Deuxième élément : supporté par ces pieds, un plateau, dont on ne voit que la tranche. Il sert de socle à l'étage supérieur, le plus important, le cabinet proprement dit.

Du même bois au fil serré, luisant, un coffre rectangulaire, d'un mètre de large sur un mètre vingt de haut et cinquante centimètres de profondeur. Aucun ornement, si ce n'est, sur chaque flanc, une poignée mobile en argent, pour un transport aisé.

À la façon d'un secrétaire, c'est sa face avant, dotée d'une serrure en haut et montée sur charnières en bas, qui lui sert de porte.

C'est donc cela, un cabinet à fards cochinchinois du XVIIe siècle ? Je conçois que Robin ait précisé que ça ne vaut pas des milliards : ce n'est qu'un très lointain petit cousin de l'imposant bahut sculpté et doré qui a battu les records du monde aux enchères… Au moins sa taille et sa sobriété rendent-elles celui-ci logeable ailleurs que dans un musée !

Mia l'effleure avec un ravissement que j'ai quelque difficulté à partager. Elle fait tourner la clé, s'en sert pour amener à elle l'abattant, qui vient se bloquer à l'horizontale, en plan de travail. Il ne servait qu'à protéger la vraie façade, destinée à l'usager.

Là, mon opinion commence à fléchir. C'est mieux que beau.

Une multitude de tiroirs, toujours de ce bois noir, mais incrustés de petits morceaux de pierres dures polies, de nacre et d'ivoire.

Rien que pour voir l'étonnement d'Adélie, Mia les tire l'un après l'autre. L'intérieur de chacun est divisé en casiers. Certains, clos d'un couvercle, portent encore des traces de poudres végétales de toutes les couleurs. En bas, un seul tiroir occupe toute la largeur. Les casiers y sont doublés d'étain.

– Ceux-là contenaient les pommades et les onguents.

– Magnifique.

– Plus encore. Ce meuble est comme Julien : magique. Ne bouge pas.

La Norvégienne éteint le lustre, va vers la fenêtre et, lentement, commence à entrebâiller les volets.

– Continue à le regarder.

Un rai de lumière frappe le plancher, grandit, remonte sur l'austère bois noir. Et les tiroirs se mettent à étinceler ! Les pierres polies se colorent, l'ivoire devient laiteux, les nacres se changent en minuscules arcs-en-ciel !

– Ce meuble permet à une femme d'être mise en beauté… par le soleil lui-même ! Pour que la magie opère, le seul emplacement est celui-ci. Le meuble doit être orienté exactement à l'est. Les tiroirs paraissent semblables, mais, si tu regardes bien, tu constates que la face de chacun est légèrement inclinée selon un angle différent. Au lever du soleil, l'un ou l'autre des tiroirs reflète mieux la lumière. C'est celui-là qu'il faut ouvrir : l'assortiment des fards qu'il recèle – ou plutôt qu'il recélait – est le mieux adapté à la journée.

– C'est une légende, ou tu l'as testé ?

– Malheureusement, je n'en ai jamais eu l'occasion. Il aurait fallu trouver une femme qui détienne encore le savoir de la répartition de ces poudres…

– J'imagine bien que, depuis des siècles, ce doit être perdu.

– Détrompe-toi ! Cette tradition s'est transmise, paraît-il. Au cœur de l'Inde, dans quelques familles. D'après Julien, il était possible d'en retrouver la filière. Il m'avait promis de s'y essayer, mais…

– Après votre fâcherie, le sujet n'était plus d'actualité ?

– C'est plus compliqué que cela. En fait, avant aujourd'hui, je n'ai touché ce meuble qu'une fois. Il appartient à Julien, mais il est à moi et… Il vaut mieux que je t'explique.

Encore une conséquence de leurs arrangements à la « je te veux, oui, mais pas trop » : lorsque Julien, à la vente, l'a enlevé de haute lutte, le meuble était « dans son jus », comme disent les antiquaires. Il a été confié à un ébéniste pour un brin de toilette.

L'artisan s'est tellement passionné pour cette œuvre d'art, qu'il a suggéré de la présenter dans un environnement d'époque. Il connaissait un tisserand lyonnais qui fabriquait les tissus du XVIIe siècle selon les techniques du temps. L'idée a séduit Julien. Dans la plus grande discrétion, il a recréé une pièce entière dans le style Louis XIV, en guise d'écrin pour la merveille.

– Jusque-là, tout va bien, c'est après que ça se complique…

Tout était prêt pour la nouvelle année. L'amoureux invita sa princesse lointaine à un dîner mémorable, concocté au domicile bruxellois par un traiteur versaillais, spécialiste des nourritures « historiques et authentiques » : repas de vingt-quatre plats, incluant les entremets glacés.

– Les sorbets n'étaient pas pilés avec des morceaux de glacier venus des Alpes à bride abattue par charrette, mais les cépages des vins étaient garantis déjà connus à la table royale !

La classe.

À minuit, baiser passionné, puis traversée de l'appartement, encore dans son ancienne disposition : petites pièces et couloir avec virages.

La dame s'imagine que l'idée générale consiste à terminer le parcours sur un canapé plutôt que dans la trop classique chambre à coucher. Serait-ce même dans la baignoire, qu'elle n'a rien contre, bien au contraire…

C'est là que ça se gâte. Elle se retrouve devant une porte drapée d'un nœud de soie rouge. Qui ressemble furieusement à un paquet-*cadeau* !

Arrêtons un instant l'image, le temps de nous rappeler les conventions de ce « non-couple » : le seul présent entre eux devait être le moment à vivre ensemble. D'ailleurs, Mme Varnstadt est venue les mains vides, ce soir-là comme n'importe quel autre soir. S'en tenant aux termes de leur accord, elle n'a apporté que sa fabuleuse personne…

– Quand j'ai entendu Julien me prier de dénouer le ruban afin d'ouvrir la porte, j'ai senti arriver le piège gros comme une maison !

Mais, emportée par son élan, la curiosité et les vapeurs du vin historique, elle entre. Un peu rassurée, elle constate la présence du lit à baldaquin. Le fougueux amant voulait donc inaugurer « à l'ancienne » sa nouvelle chambre à coucher !

Que non point : il dirige la dulcinée vers le meuble, lui explique sa nature, son usage, sa légende.

– Je m'émerveille, je m'extasie, je félicite mon cher et tendre pour l'excellence de son goût et… j'attends qu'il me prenne enfin dans ses bras !

C'est là que ça se détériore. Il lui susurre que cette pièce est *pour elle*. C'est *chez* elle ! Elle pourra y venir quand elle voudra, comme elle voudra… D'ailleurs, il a pensé que pour les clés…

Ce qu'entendant, la walkyrie est saisie d'un grand frisson, mais pas celui qu'elle escomptait ! Il semblerait que leurs « arrangements » n'arrangent plus qu'elle, et que l'amoureux commence à préférer la pantoufle au romantisme. Elle amorce un mouvement de retraite précipitée.

Lui se rend compte qu'il a tout faux, se jette à ses genoux pour l'implorer de rester au moins jusqu'au lever du soleil, afin de voir le meuble dans son éclat. Et comme ce sacré bonhomme déborde de charme, qu'elle en est éprise bien au-delà de ce qu'elle ose s'avouer, et qu'elle préfère commencer l'année dans un bain chaud plutôt que dans la zizanie, elle reste.

– Le lendemain, il paraissait tellement heureux. En même temps, il tremblait de m'avoir peut-être donné envie de fuir, par trop d'insistance… Depuis des mois, les soucis causés par les attaques contre son entreprise l'avaient miné et j'étais celle qui pouvait lui redonner courage… J'ai trouvé un faux-fuyant, qui, sur l'instant, m'a semblé ménager son désir de nous rapprocher et ma crainte d'en souffrir. J'ai accepté d'avoir un endroit pour moi chez lui. Ce meuble. Pas l'appartement, ni la chambre, juste le meuble. Il ne m'appartiendrait pas : je viendrais l'ouvrir de temps à autre, et je regarderais le soleil se lever sur lui. C'était déjà beaucoup…

Quelques semaines plus tard, l'incendie ravageait cette pièce.

– Julien me l'a annoncé par téléphone, triste comme une âme en peine. Mon pauvre coffre magique était dans un état si lamentable qu'il ne fallait pas que je le voie ainsi. Mais il le ferait remettre en état ou bien, si cela s'avérait impossible, il en trouverait un semblable, quitte à remuer la terre entière !

Rapide échange muet entre Adélie et moi. Une idée saugrenue commence à germer.

La suite, nous en connaissons les grandes lignes, mais maintenant, elle s'explique mieux. Mia séjournait à Oslo, réglant les dernières affaires de son mari. Julien faisait réaménager l'appartement en fonction de ce qui pourrait plaire à l'élue. Laquelle, au contraire, à son retour, est prise de panique.

– Je sais que ça paraît ridicule, mais j'étais sensible comme une écorchée. J'avais tellement souffert de la perte de Birger, je ne voulais pas m'exposer à revivre cela. En marquant fermement mon territoire, je pensais…

– Imposer à Julius une sorte de quarantaine, lui rappeler les limites qu'il avait acceptées ?

– Nous devions nous retrouver sur le *Sagittario*, repartir sur des bases plus…

– Et ton meuble, pendant tout ce temps ?

– En soins intensifs chez l'ébéniste, qui en était tombé fou et voulait absolument le remettre en état.

– Tonton l'aura récupéré juste avant de partir pour Paris. Trop près de la date de la croisière, sans quoi il l'aurait fait installer sur le bateau… Tu le trouves bien restauré ?

– Encore plus beau que dans mon souvenir.

– Tu ne nous as pas montré le compartiment secret.

– C'est ma foi vrai, mais comment sais-tu…

– Oh, c'est classique, sur les meubles de cette époque… Un panneau à ressort, je suppose ?

– Exactement.

Mia enlève le tiroir inférieur de gauche, tire sur la cloison qui le sépare de celui de droite. Le fond se soulève.

On se demande comment les épouses volages pouvaient encore dissimuler leurs mots doux dans une cache aussi banale. Tous les cornards devaient connaître le truc… Adélie se recule de quelques pas.

– Superbe travail… Tu connais l'artisan ?

– Hélas, non. J'aurais aimé le remercier…

– Écoute, Mia… Je t'ai dit que tu pourrais emporter tout ce que tu veux… Je reste d'accord sur le principe, d'autant plus que ce meuble est à toi… Mais… vu ce qu'il a représenté pour mon oncle, j'aimerais en profiter quelques jours… Le voir au soleil levant, notamment…

– J'en serai heureuse. Garde-le autant que tu voudras, je le ferai prendre lorsque tu m'en donneras la permission. Je vous laisse.

Dès que son amie a quitté les lieux, Adélie donne libre court à un flot des questions. Nous nous posons les mêmes !

– La veuve joue-t-elle les éplorées pour nous égarer ?

– Connaît-elle le véritable rapport, qui nous échappe, entre cette antiquité et le retour de fortune de Julien ?

– Était-elle embusquée au pied de l'escalier avec l'espoir de profiter de l'ignorance de l'héritière et de s'approprier très vite le meuble ?

– S'est-elle résignée à le laisser ici pour ne pas nous montrer son trop grand intérêt ?

Adélie veut exclure ces éventualités et croire que le désir de Mia est sincèrement dicté par l'histoire qu'elle nous raconte. Admettons.

Dans ce cas, une autre hypothèse se fait jour, qui nous a effleurés tout à l'heure. Nous allons observer le coffre magique avec un œil aussi impartial que possible. Et là, on est forcé de s'interroger : comment imaginer que nous sommes en présence d'un meuble âgé de plus de trois cents ans, utilisé pour les voyages, et qui a connu tant de tribulations, de vicissitudes familiales et d'intempéries ?

« Encore plus beau que dans mon souvenir », a estimé la Norvégienne… Pas étonnant car :

- soit l'artisan est un grand artiste…,
- soit ce cabinet cochinchinois n'est *plus* celui qu'elle a vu la première fois !

Séquence 49

Khaïdi nous l'avait juré sur la tombe sacrée de ses parents, et nous n'y avions pas cru : il aurait bel et bien vendu un objet précieux appartenant à Julien.

Le cabinet à fards cochinchinois.

Le vrai.

C'est plausible. À condition d'admettre qu'un ensemble de morceaux de bois artistement assemblés et passablement anciens puisse valoir une montagne de pèze… Après tout, qui suis-je pour affirmer le contraire ? C'est moi qui ai déniché le communiqué de cette agence de presse belge, qui corrobore une telle possibilité ! Mais cela implique une sacrée chaîne d'improbabilités. Dans l'ordre, nous nous demandons :

• Comment une famille se transmet du mobilier pendant trois siècles, pour aboutir à une bataille entre cousins avides, arbitrée par un notaire… Et personne ne s'avise de la valeur de ce bahut ?

• Comment une pièce aussi exceptionnelle se retrouve dans une modeste salle des ventes, sous le marteau expert de maître Étienne Desbois et échappe à sa vigilance. Ou bien Robin et son ami d'enfance ont-ils commis un abus de confiance ?

Après avoir entendu Mia, nous pouvons estimer que :

• Vraisemblablement, le commissaire-priseur s'est planté dans son estimation. Sur quoi Abestéguy trouve ce meuble gracieux, l'acquiert en toute innocence, puisque, dans un premier élan, il l'offre à sa douce amie.

• PUIS (peut-être tout bêtement, comme moi, à la faveur d'une recherche sur Internet), il réalise qu'il est tombé sur l'affaire du siècle à l'insu de tous. De quoi reprendre la maîtrise de sa société. Seulement, le meuble ne lui appartient plus. Donné c'est donné. Il s'en mord les doigts.

• MAIS un hasard, au départ funeste, survient à point nommé : l'engin incendiaire lancé contre son domicile ! Julien prend prétexte des dégâts causés dans l'appartement pour annoncer à Mia que son cher meuble est en piteux état, qu'il vaut mieux qu'elle ne le revoie pas ainsi : « Ou bien on pourra le faire retaper, ou bien on en trouvera un équivalent... »

• En réalité, le cabinet (Rambo, comme l'a surnommé Robin) s'en est encore sorti intact. Abestéguy demande à son artisan d'en effectuer une copie et fait vendre l'original sur le réseau orchestré depuis l'île de Rhodes. L'argent est viré par des sociétés-écrans sur le compte d'une structure off-shore bidon, dont Julien est le seul maître, qui renfloue Spécimeto. CQFD.

Mais alors, cela signifierait que tout est joué. Nous arrivons trop tard ! Circulez, il n'y a plus rien à voir.

Sauf que ça ne colle pas avec les risques pris par le Basque pour transmettre une succession occulte à sa nièce. Ni avec l'acharnement du Cartel et des troupes du Néo-Gal pour mettre le grappin sur cet héritage inconnu.

Je maintiens qu'il y a autre chose derrière ce bahut !

Faire parler l'artisan. C'est dans mes cordes.

D'abord, l'identifier. Adélie s'active déjà à la recherche d'un bureau, d'un classeur, où serait conservée une facture. Je tente plus rapide, sur mon mobile tout neuf.

– James, auriez-vous, par hasard, connaissance d'un ébéniste qui...

– Bottieri. Attilio Bottieri. 6, rue du Pied-de-la-Mule. À quelques blocs de l'appartement. C'est moi qui ai eu l'avantage de présenter Attilio à monsieur Julien. Lequel a plusieurs fois recouru à son talent, pour retaper les vieilleries dont il était friand.

– Comme le meuble exotique dans la chambre sur la rue ?

– Oh, celui-là, ça a été toute une affaire !

– En deux mots ?

– Monsieur s'y montrait particulièrement attaché. Après le désastre, lorsque je suis venu reprendre mon service, Attilio était déjà là, auscultant le blessé. Ensuite, Monsieur a bouclé la pièce. Il s'en est réservé l'accès pour commencer à bichonner le malade. Mesures de sauvegarde en attendant les experts. Ordre du docteur Attilio.

– Apparemment, c'est le docteur Miracle !

– Après ce que la chaleur avait fait subir à ce pauvre bahut, un fermier n'en aurait pas voulu pour y faire dormir ses poules… Le voir revenir de l'atelier plus beau qu'avant aura été, je pense, l'une des dernières grandes joies de Monsieur…

Plus beau qu'avant… Refait à neuf ou contrefait ? Restauré, ou dupliqué ?

– Nous aimerions féliciter ce magicien pour son travail.

– Il y sera sensible. Voulez-vous que je vous conduise ?

– Notre emploi du temps est encore flou… Nous préférons y passer à l'occasion.

– Comme vous voudrez. Mais allez-y sur des œufs quand vous vous pointerez. Le gus vaut la peine d'être connu, mais… c'est un artiste ! Il travaille à l'inspiration et, pour les contacts, c'est pareil : il peut se montrer passionnant ; par contre, il est capable, à certaines périodes, de rester plusieurs semaines sans desserrer les lèvres. Mieux vaut tomber dans un de ses bons jours.

– Et comment deviner ?

– Facile. Un mauvais jour, vous ne franchirez même pas sa porte.

Nous partons sur-le-champ. En traversant la halle du rez-de-chaussée pour gagner la rue, je m'étonne que les marionnettes jouent avec entrain, alors que les bancs sont déserts.

– C'est la coutume. La représentation est permanente, un peu comme dans certains théâtres asiatiques. Elle se poursuit en continu, de sorte que les Bruxellois puissent entrer à tout moment, ressortir boire une bière ou déjeuner. Elle dure toute la journée et s'arrête le soir, pour ne pas déranger le voisinage par les éclats de voix et les allées et venues. Et pour ne pas distraire le bourgeois du devoir familial.

Nous nous avisons que nous n'avons rien mangé depuis Paris. Un petit croque serait bienvenu avant de passer à l'action.

À l'angle du boulevard voisin, un comptoir donnant sur le trottoir propose :

« *Le vrai Sandwich belge !* »

Un pain ovale, que l'on fait bourrer, au choix, de l'un des mélanges exposés dans des bacs réfrigérés. Adélie opte pour une tonne de bœuf émincé baignant dans une sauce brune, avec cornichons en saumure. Je ne résiste pas à une gargantuesque « mayonnaise de crevettes à la menthe », où la mayonnaise l'emporte par quatre à trois : quatre kilos de gluant, contre trois pour les crustacés décapodes…

Nous nous empiffrons, assis d'une fesse sur des tabourets hauts, en regardant vaquer à leurs occupations les gens du quartier : des dames aux épaules rondelettes dégagées par des robes à fleurs, et des hommes qui, à tous âges, n'hésitent pas à se rendre au travail en short, sandales et chaussettes.

Quelques minutes suffisent pour nous éloigner définitivement du trafic urbain.

La rue du Pied-de-la-Mule serpente dans un faubourg où chiens et chats peuvent profiter de la voie publique sans trop craindre l'écrabouillage. Nous sommes arrivés par les grands numéros et, plus nous remontons vers le 6, plus la chaussée se rétrécit. Au macadam succède le pavé, boursouflé parfois d'une plaque d'égout. Des maisons basses, aux fenêtres souvent fleuries, alternent avec des ateliers, devant la plupart desquels le rideau de fer est descendu. Chaleur ? Vacances ? Cessation d'activité ?

De loin déjà, nous apercevons Bottieri. Pourquoi sommes-nous certains que c'est lui ? Parce qu'il se tient devant le seul atelier ouvert aux alentours, et que nous ne voulons pas être venus pour rien ? Et puis, nous nous attendions plus ou moins à un personnage, or en voici un.

D'une envergure à soulever des buffets, mais si grand qu'il en paraît longiligne. Dos qui se voûte dans une blouse grise, ouverte sur une tenue hors saison : pull et pantalon de velours côtelé, ceinturé sous les côtes. Le grimpant de charpentier, le bénard double large des amoureux de *Casque d'or*. La tête ne dépare pas : peau olivâtre et tavelée, cheveux blancs nerveux balayant les épaules, moustache gauloise jusqu'au menton, sous laquelle pointe une pipe en terre.

Nous sommes les seuls passants, impossible qu'il ne nous ait pas vus approcher. Mais nous voici arrêtés à un pas de lui, qu'il n'a pas bougé d'un millimètre.

– Monsieur Bottieri ?

Il extrait la pipe de sous ses bacchantes et, du bout du tuyau, par-dessus l'épaule, il désigne le fronton de sa boutique :

Maison V. MITCHAÏEV

6 BOTTIERI ATTILIO 6

continuateur

Sur quoi, il se remet à fumer.

Je vois le genre. Autant ne pas finasser. J'annonce :

– Nous avons à vous parler.

Tel un échassier, il relève un pied en arrière. Il tapote le fourneau de sa bouffarde contre son talon, puis amorce un mouvement tournant vers l'intérieur.

– Vous êtes juste un mufle, ou vous manquez de curiosité ?

La flèche d'Adélie lui arrive entre les épaules. Il refait face, toise l'effrontée. Le coin de la moustache frémit.

La voix, comme une contrebasse sous l'archet, module :

– C'est un bon jour pour parler.

Séquence 50

Que n'ai-je rencontré cette belle futée du temps que j'exerçais dans les Services ! J'eusse pu l'engager comme assistante et m'éviter bien des séances d'un travail ingrat. Pour trouver la faille, établir la connexion et obtenir les confidences, elle a un don : après un premier contact râpeux avec un baba-cool mal embouché, nous voilà, depuis une heure et demie, assis au frais dans son atelier, baignés dans les odeurs de vernis, les pieds dans les copeaux, à boire de la grappa.

Le taiseux est devenu intarissable, surtout quand il a appris que la gamine qui venait de le moucher était la nièce d'Abestéguy. Il a sorti de derrière un tas de sciure cette bouteille, et l'a débouchée avec un léger tremblement :

– *L'ultima*. La dernière, non ? La dernière grappa de la *nonna* Emma…

Sa grand-mère. Elle était la seule à avoir gardé le contact avec lui. Son père, Pietro, avait interdit à toute la famille de jamais lui adresser la parole, à cause de l'affront :

– Il rêvait de me voir restaurateur, je suis devenu restaurateur. Mais de meubles. Marre des pizzas et de la pasta !

Et le voici, l'alcool aidant, qui se déboutonne…

À seize ans, au milieu des années cinquante, une nuit d'hiver, Attilio s'échappe de la petite auberge familiale dans les Abruzzes. Il a enfilé l'un par-dessus l'autre tous ses vêtements : il voyage à vélo et une longue route l'attend.

Derrière lui, dans une remorque à deux roues qu'il a construite, il emporte ses seuls biens : des outils. Des outils de menuisier. Scies, trusquin, ciseaux, riflards et varlopes. Une panoplie rassemblée pièce par pièce, en économisant sur les quelques lires versées au lance-pierre pour son travail de marmiton et d'homme à tout faire auprès de son père.

– Vous alliez vers Bruxelles, rejoindre cet homme, ce Russe, dont vous avez pris la succession..., pardon, la *continuation* ?

– Perspicace Adélia ! Oui, c'était mon seul but. J'étais prêt à traverser des montagnes pour l'atteindre. D'ailleurs, je l'ai fait.

– Racontez.

– C'est une longue histoire, je ne sais pas si...

– Je vous en prie. On est si bien ici...

L'Italien, lorsqu'il est lancé, s'avère un conteur des plus agréables. Et, qui sait, au détour d'une confidence, il peut lâcher une information insoupçonnée...

Revoici le jeune Attilio sur sa bicyclette, tractant sa petite remorque. Son objectif n'a pas encore de visage, mais il porte un nom : Vladimir Mitchaïev.

Né au tournant du XXe siècle, ce fils de riches marchands de Saint-Pétersbourg s'adonnait à la marqueterie. Il s'y montrait si habile que ses parents lui laissaient décorer tous les meubles de la maison, qu'ils exhibaient fièrement à leurs invités. Parmi eux se trouva l'un des architectes attachés à l'embellissement du palais de Tsarskoïe Selo, au sud de la ville. Sûr de tenir l'oiseau rare, il devint le protecteur de Vladimir et lui permit de se faire la main sur de menues retouches dans les appartements de l'impératrice. Beau début. Puis il lui confia des boiseries dans l'imposante salle de bal, réplique de la galerie des Glaces à Versailles, avant de l'affecter au fabuleux cabinet d'Ambre, offert à Pierre le Grand par le roi de Prusse en 1716, entièrement plaqué d'une mosaïque d'ambre.

À la révolution de 1917, Mitchaïev s'exile, voyage, avant de se fixer à Bruxelles. En choisissant de vivre dans ce modeste faubourg, il pourra passer son existence à pratiquer la discipline qu'il préfère entre toutes, l'ébénisterie, sans souci de profit. Pourtant, sa réputation s'étend à l'Europe entière, et le gratin des antiquaires et collectionneurs doit le solliciter longtemps à l'avance pour bénéficier de son savoir-faire. D'autant plus qu'il opère en solitaire. Tous les compagnons, même les plus considérés, se damneraient pour un séjour dans l'atelier du Pied-de-la-Mule, mais il n'a jamais accueilli d'apprenti, encore moins de second.

C'est pourtant vers cet antre mythique qu'Attilio, le fugueur, pédale avec toute la ferveur et la naïveté de ses seize ans. Durant tout cet hiver, resté dans les mémoires comme l'un des plus rudes du siècle, il remonte la moitié de la botte italienne, franchit les Alpes en poussant son vélo dans la neige…

Après avoir traversé la Suisse et la Belgique dans ces conditions d'épouvante, l'utopiste Abruzzais ose se présenter devant le sanctuaire de l'ébénisterie. La façon dont la suite se déroule tient vraiment du conte initiatique.

Le garçon, bien que perdu dans un songe, n'imagine pas qu'on lui déroulera le tapis rouge, mais il escompte se faire prendre à l'essai gratuitement : il estime que nul ne refuserait de bénéficier de son travail, sans débourser un kopek. Il lui suffira de convaincre Mitchaïev de l'intensité de sa vocation.

Il n'a oublié qu'un détail, si énorme que l'on a peine à y croire.

À sa première tentative, il aperçoit, derrière la poussière de la vitre, la figure émaciée – et fort laide – d'un homme de soixante-dix ans. La porte s'ouvre sur un tintement de grelots et le maître ébéniste lance une interrogation. C'est à ce moment seulement qu'Attilio réalise : il est incapable de comprendre une phrase en français ! Et encore moins en russe ! Tellement persuadé que son destin était là, il avait vécu dans un rêve. Et quand vous rêvez, tout le monde parle votre langue.

Il reste soudé sur place, clapant du bec, gorge bloquée.

L'artisan, d'après le vélo et l'attelage, pense à une livraison. Mais comme il n'en attend pas et que ce livreur semble muet, il le congédie vertement et ferme boutique.

Découragement ? Non. Le printemps pointe le bout du nez, la nuit ne s'annonce pas aussi glaciale que celles qu'Attilio a connues ces derniers mois, et il lui reste un quignon de pain. Il se glisse sous la bâche de toile cirée de la remorque.

Le lendemain, Vladimir Mitchaïev se rend à pied, comme chaque semaine, à l'autre bout de la ville, chez M. Max, émigré russe. Il fait provision de harengs gras de la Baltique.

– Dans ces années, il ne venait à l'idée de personne de fermer à clé. Je suis entré.

Au retour de Mitchaïev, l'adolescent de la veille, le gamin muet au vélo, est assis sur les marches. L'atelier a été méticuleusement balayé.

Le Russe se fait réchauffer de la soupe et en dépose une écuelle sur le seuil. Elle est vite nettoyée. Ce gosse était affamé. C'est seulement lorsqu'il a terminé, essuyé l'assiette et la cuiller avec le coude de sa vareuse, qu'il laisse échapper dans un rot sonore :

– *Grazie mille !*

Il entend alors répondre, en un parfait italien :

– Tu n'es donc pas muet ! Qu'est-ce que tu fais, à camper devant chez moi ?

Un flot de paroles déferle, où il est question d'une auberge, d'un père, d'un oncle, de la neige, et qui se termine par :

– … travailler avec vous !

– Je n'ai besoin de personne.

Le petit gars regarde le maître Mitchaïev avec un sérieux absolu.

– Vous, non. Mais vous êtes vieux. Quand vous serez mort, qui saura encore soigner le bois comme vous ? Moi, j'aime le bois.

Le vieux gratte sa barbe de huit jours.

– Prouve-le.

– Venez voir !

Sous la bâche de la remorque, le postulant dévoile ses outils neufs, protégés dans des chiffons graissés. L'autre grince :

– Et tu prétends aimer le bois ? Tu ne feras jamais entrer de pareils instruments de torture chez moi !

Bottieri tire sur sa moustache blanche.

– Toutes mes économies. Trente kilos, que j'avais traînés sur deux mille kilomètres… J'ai fait ni une, ni deux. De l'autre côté de la rue, il y avait une poubelle. Vous savez, une de ces cuves en métal gaufré… Ça roulait comme un tambour, pendant que j'y balançais ma précieuse quincaillerie !

Quatorze ans plus tard, la veille de son trentième anniversaire, l'apprenti Attilio est appelé dans le grenier.

– Je n'étais jamais monté sous les combles. C'était un volume aveugle, que je croyais juste destiné à isoler le toit. Quand la trappe est retombée derrière moi, dans le noir complet, mon maître m'a demandé : « Je veux que tu me dises exactement de quoi sont faits ces murs. Si tu te trompes plus de trois fois, c'est que tu m'auras fait perdre mon temps. Tu pourras repartir demain dans tes Abruzzes. » Entendre cela après lui avoir consacré toute ma jeunesse ! Ce vieux fou me savait pourtant devenu capable de reproduire les techniques oubliées des anciens génies, de fabriquer les mélanges et les décoctions les plus improbables pour obtenir l'exacte patine des meubles rares ! Et voici qu'il m'imposait une épreuve dont jamais il ne m'avait pas prévenu ? Avec une sanction définitive à la clé... Mais puisque telle était sa volonté, je m'y suis soumis sans protester, comme au premier jour.

» J'ai tâté les parois. Elles étaient lambrissées de planches jointives, lisses. Des bois différents. Au toucher, j'ai commencé à les percevoir. Je les respirais aussi. Il y avait là toutes les essences que j'avais jamais rencontrées. Je me suis mis à les nommer une à une, sans hâte. Sans crainte non plus. Une fois que j'ai eu achevé le tour, maître Vladimir a soulevé la trappe et descendu l'échelle. C'est là que j'ai commencé à avoir peur. Je l'ai rejoint en bas. « Tu as commis deux erreurs. Tu as confondu le citronnier et le poirier. Mais bon... C'est du poirier de Chine. On n'en importe plus d'aussi acide depuis cinquante ans. J'ai un cadeau pour toi. » Il ne m'avait jamais rien offert, à part son savoir. Il m'a tendu une vieille serviette de cuir vert, empaquetée avec de la ficelle à colis. Je ne devais l'ouvrir que le lendemain.

– Et le lendemain ?

– Maître Vladimir était parti avant mon réveil. La serviette verte contenait les documents, les titres de propriété attestant que tout ce qui était ici m'appartenait.

– M. Mitchaïev a pris sa retraite ?

– Je suppose. Je ne l'ai jamais revu.

– Vous n'avez pas cherché à...

– Ça l'aurait prodigieusement agacé. À quatre-vingt-sept ans, il avait droit à sa tranquillité. Mais j'ai voulu que son nom figure sur la façade, avec la mention « *continuateur* », et non « *successeur* », afin qu'il sache, s'il lui prend fantaisie de revenir, que cette maison est toujours la sienne.

Attilio Bottieri n'est jamais retourné au pays. Il n'a donné de nouvelles qu'à sa grand-mère Emma.

– Elle ne savait ni lire, ni écrire. Nous correspondions par l'intermédiaire d'un compatriote de Foggia, qui visitait chaque année sa famille et, en rentrant, faisait un détour par les Abruzzes.

Il emportait un peu d'argent pour la *nonna*. Elle lui confiait pour son petit-fils une bonbonne de la grappa qu'elle distillait, à nulle autre pareille. Elle est morte à cent huit ans, en 1980.

– Cette bouteille est la dernière. Je comptais l'ouvrir avec votre oncle. Buvons à la paix de son âme.

J'admire le travail d'Adélie. Si, après avoir forcé la retraite de ce vieil ours, nous n'avions pas eu d'abord la patience d'écouter, si nous avions abordé *ex abrupto* le sujet qui *nous* préoccupe, il n'aurait pas pipé mot. Surtout s'il s'est compromis dans une magouille de faussaire…

Je n'ai pas saisi par quel enchaînement subtil Adélie en est parvenue là, mais, sans lui donner l'impression d'une intrusion, elle l'a amené à situer sa rencontre avec James.

– En prison. À Paris. Au tout début du nucléaire, j'ai fait le déplacement pour participer à un *sit-in*, place de l'Odéon. Je me suis fait embarquer avec beaucoup d'autres. Mais votre police n'a rien à envier à la nôtre : une de nos camarades avait eu le cuir chevelu salement fendu par un coup de bouclier vicieux. Les cognes l'ont laissée pisser le sang dans le car et pendant tout le contrôle d'identité. Je les ai copieusement agonis et, quand ils ont relâché tout le monde dans la soirée, ils m'ont gardé pour un traitement de faveur. Pensez donc, un agitateur italo-belge qui vient insulter les forces de l'ordre tricolore !

Attilio s'est donc retrouvé en garde à vue prolongée, une dent cassée, un œil fermé par un cocard magistral, et plié en deux par l'arrivée accidentelle d'un genou dans son entrejambe… Tout occupé à gémir sur le carreau de la cage à poules, il a entendu un accent parigot rigolard : « Je vois ce que c'est. T'as sauvagement agressé le coin d'une porte de l'administration. Ça peut te coûter chaud ! »

Quelqu'un lui glissait une Gauloise allumée entre ses lèvres tuméfiées. James Barnier.

– Il s'était fait cueillir alors qu'il relevait les compteurs de deux ou trois travailleuses du bitume, entre Pigalle et Blanche. Un autre monde. Mais la mouise crée des rapprochements... Dans les brumes, j'ai juste dû lui confier que j'étais ébéniste à Bruxelles, mais, des années plus tard, il m'a retrouvé.

Le voyou s'était rangé des voitures. À force de courir les brocantes avec son patron, il avait contracté le virus. Il percevait des gages confortables et en investissait une bonne partie en objets d'art.

– Il m'a demandé de l'aider à former son discernement. J'aurais été mal placé pour repousser un autodidacte plein de bonne volonté. Le cadre dans lequel il vit aujourd'hui vous étonnerait...

Que voilà un honorable tableau ! Pour un peu, on leur décernerait une médaille, à tous ces braves gens. Où est la vérité ? Je la sens plutôt dans une image moins proprette, mais plus proche de ce que l'on lit couramment dans les journaux : un réseau ayant ses sources auprès de notaires de province et de commissaires-priseurs pillant les héritages. Qui recrute des petits truands pour les casses dans les demeures de famille. Et qui écoule le butin par le biais des antiquaires receleurs et des ateliers de faussaires répartis aux quatre coins de l'Europe.

Je risque :

– Tiens, c'est marrant. Vous, ramassé dans une manif sur la rive gauche, et lui, raflé sur la Butte Montmartre, vous vous êtes retrouvés dans le même commissariat ?

– Mon petit gars, on voit bien que tu n'as jamais passé une nuit en garde à vue. Tous les flagrants délits de Paris étaient centralisés à la Conciergerie, qui jouxte le Palais de justice, pour être déférés devant le juge à l'audience du matin...

C'est débité d'une traite. En bon français.

Le talon d'Adélie m'écrase l'orteil. Si je lui laisse le volant, je n'ai pas à intervenir et à lui scier la baraque ! Autant pour moi ! La grappa ne me réussit pas. Mais Attilio y fait honneur et m'oublie aussitôt pour attraper (sans vergogne, le coquin) la main de son interlocutrice.

– *Ma*, tu sais que tu as encore plus de charme que ton oncle, toi ?

Le soleil rougeoie et idem la trogne de Bottieri. La dernière bouteille de la *nonna* verse sa dernière goutte.

Fidèle à sa stratégie pointilliste, Adélie a enfin mené son admirateur, sérieusement beurré, vers ce qui nous réunit. Elle lui a passé une brosse à reluire éhontée pour la qualité de son travail sur le cabinet cochinchinois. Puis elle demande :

– On en voit souvent, des meubles de ce genre ?

– Celui-là est particulier par son décor et son usage spécifiquement féminin, mais le principe de sa conception en plusieurs parties est relativement connu : idéal pour le transport. Les voyageurs l'utilisaient couramment. Au XVIIe siècle, il n'y avait guère d'ameublement fixe dans les bateaux ou les demeures. On apportait ses meubles.

– Vous avez pu en déterminer la provenance ?

– Extrême-Orient, à coup sûr, d'après les matériaux et leur assemblage. En ce temps, les artisans de là-bas étaient en avance sur les nôtres pour bien des techniques. Surtout, ils disposaient sur place d'une plus grande variété de bois. Je pense à une commande sur mesure de quelqu'un qui se déplaçait beaucoup : un riche commerçant, ou un noble qui visitait ses territoires étendus. Et qui était accompagné d'une ou plusieurs femmes...

L'image de la carte du monde et de la longue route s'impose à nous. Et si, au lieu de partir de France, l'itinéraire y aboutissait ?

– Vous avez pratiquement *refait* ce meuble, après les dégâts subis ?

– N'exagérons pas mes mérites. Je l'ai sauvé, mais pas refait... Cet incendie était vraiment inhabituel. Ponctuel, violent... Heureusement, le cabinet était placé à l'autre bout de la pièce. Grâce à cela, les flammes ne l'ont pas touché directement. Le bois était gauchi, mais j'ai pu le redresser sans trop de peine. C'est comme au pressing, on l'imprègne de vapeur et on l'aplanit...

Par contre, l'intense chaleur avait affecté les jointures délicates, les ajustements en double queue d'aronde, qui avaient pourtant résisté à l'épreuve des siècles. Le plus navrant, selon Attilio, c'était la façade des tiroirs, complètement démise.

– Les goudrons de fixation avaient coulé partout. Quand je suis arrivé, ton oncle était à quatre pattes, à racler le plancher. Heureusement, il a pensé à trier les décorations qui pouvaient être récupérées. Il s'en est égaré quelques-unes, mais j'ai pu boucher les manques avec des nacres et des ivoires récupérés sur le cadavre d'un virginal de la même époque.

– … ?

– Un instrument de musique anglais pour jeunes filles, à mi-chemin entre l'épinette et le clavecin.

– Je vois le désastre. Mais si Julien trouvait ce cabinet si beau, ça n'aurait pas été plus facile, vu l'état, de faire carrément une copie ?

– Tu plaisantes ?

– Ben… vous avez dit que votre maître vous avait appris tous les coups de main, les patines, les popotes ?

– Mais un véritable amateur comme Abestéguy n'aurait pas supporté !

– Pourtant, quand on voit ce cabinet maintenant, jamais on ne croirait qu'il a trois cent cinquante ans…

– Je t'assure qu'en présence d'une copie, même sans être experte, tu sentirais la différence à vingt mètres !

– Pas moi. Je n'y connais rien. Du moment qu'il n'y a pas d'incohérence dans le style et que la patine est ancienne…

– La patine, c'est une chose, mais prends les bois, par exemple. Ils avaient peut-être déjà séché un siècle *avant* que le coffre ne soit fabriqué ! Des bois de près de cinq cents ans, c'est introuvable ! Sans compter que seul un fou s'aviserait de faire copier une pièce pareille : ça prendrait deux ans et ça coûterait plus cher que l'original !

– Vous en êtes certain ? Et le Badminton Cabinet ?

Bottieri se marre franchement.

– À ce que j'entends, tu t'es renseignée ! *Mal* renseignée. Le Badminton, c'est un monstre, à tous les sens du terme. Mais, petite… je veux bien que tu n'y connaisses pas grand-chose en mobilier ancien, mais tu l'as bien regardée, ta caisse à maquillage ? C'est une pièce touchante, exceptionnelle… Jusqu'à un certain point ! Bien retapée, elle peut aller chercher maintenant dans les quelques centaines de milliers d'euros, si on trouve le dingue friqué qui en tombe amoureux ! Pour autant, ne va pas te mettre en tête que tu as hérité de la huitième merveille du monde ! D'ailleurs, en constatant la somme de boulot qu'une restauration allait demander, j'ai failli conseiller à ton oncle de laisser tomber et d'attendre qu'il sorte une pièce du même genre dans une vente, chez Christie's, Sotheby's ou à Istanbul... Ça n'arrive pas tous les huit jours, mais avec de la patience... Seulement, c'est *celle-là* qu'il voulait, et pas une autre. Et prête avant le mois de juillet, en plus ! Il ne m'a pas dit pourquoi, mais ça paraissait essentiel pour lui...

Avant la croisière, au cours de laquelle il voulait demander Mia en mariage... Pour qu'elle trouve son meuble dans la cabine.

– J'ai pris trois semaines de retard... Quel boulot ! Ce qui m'intéressait, c'était le défi à relever et je trouvais amusant d'analyser et de réparer le système du secret. Il est vraiment astucieux.

– Bof... Il n'y a pas de quoi se relever la nuit. Le moindre secrétaire de vide-grenier... Même moi, qui suis une novice, j'ai trouvé la planchette sous le tiroir en dix secondes !

– La planchette ? Adélia... moi, je te parle du *deuxième* secret... Celui qui donne accès à la phrase gravée !

Séquence 51

Les explications d'Attilio devenaient-elles pâteuses, ou notre entendement défaillant ?

– *Ma*... C'est pourtant *semplice*, mes enfants. Vous mettez les mains comme ça... et comme ça. Vous appuyez ici... et là. Bien en même temps, attention, pour que le plateau, il ne s'engage pas de travers. Et vous tirez !

À la dixième reprise, nous n'entravions toujours que pouic à ses gesticulations dans le vide, mais le décider à nous accompagner au domicile de Julien fut plutôt aisé. Je ne peux pas en dire autant de notre cheminement.

Une faille tellurique passe-t-elle sous la rue du Pied-de-la-Mule ? Le sol était parcouru d'ondulations qui rendaient notre progression hasardeuse, pendant que les façades se rapprochaient dangereusement, au point que nous nous heurtions tantôt aux numéros pairs, tantôt aux impairs. À un moment, Adélie m'assura que des souvenirs d'enfance lui revenaient. Le quartier lui paraissait familier. À moi aussi. C'était la troisième fois que nous faisions le tour du même pâté de maisons ! À moins que ce ne fussent les maisons qui tournassent... L'Italien proposa :

– Asseyons-nous au bord du trottoir. Quand on voit passer votre immeuble, on repère l'entrée... et on grimpe en marche !

Il est à jamais trop tard pour confier un échantillon de la grappa grand-maternelle à un laboratoire pour analyse. Mais l'industrie des anesthésiques et des armes chimiques aurait pu faire un pas de géant... Ce qui n'était précisément pas notre cas. Un pied après l'autre, nous avons navigué à l'estime.

La marche et l'air du soir aidant, nous avons laissé le tremblement de terre se calmer et nous avons fini par retrouver l'escalier.

Attilio Bottieri, tel qu'en lui-même, à nouveau l'œil vif et le geste sûr, entre dans la pièce. Rapide effleurement de la cotonnade lyonnaise qui sert d'écrin au meuble. Grognement de doute devant le lit à baldaquin. Face au cabinet, il ouvre l'abattant, qui vient se positionner en tablette horizontale, et désigne le tiroir qu'Adélie avait enlevé.

– Assez chinois, le Cochinchinois qui a goupillé le système ! Il a intégré le compartiment à ressort classique. Tu trouves ce secret, tu te crois futé, tu ne vas pas chercher plus loin. Moi-même, quand j'ai donné un coup de propre à cette bébête, lors de son arrivée en Belgique, je me suis contenté de ça. Maintenant, *guarda* !

Il place une main de chaque côté du plateau, près des charnières. Les index appuient simultanément sur l'extrémité des tiges de métal. Légère traction sur le panneau : sans même un déclic, il avance d'un centimètre. Une deuxième pression et il bascule, tel un tablier, pour aller reposer contre le piètement.

– *Ecco* !

Là, il y a vraiment de la place pour les correspondances clandestines. Les princesses cochinchinoises devaient avoir de nombreux chevaliers servants... Habile escamotage : la tablette, en usage normal, est appliquée au bord inférieur du coffre, sous le tiroir le plus large, celui des pommades et onguents. Une fois effacée, elle démasque un espace insoupçonnable : un volume confondu moitié avec l'épaisseur du plan de travail, moitié avec celle supposée du fond.

– Comme sur une table de... comment dit-on ? *Prestigiatore.*

– Prestidigitateur.

– Illusion d'optique, non ? Si je n'avais pas eu à désosser complètement la carcasse pour la remettre d'aplomb, jamais je n'aurais trouvé le déclenchement !

– Et la « phrase gravée » ?

– Ici. Il faut le savoir.

La tranche maintenant visible de l'abattant est vernie, comme l'ensemble. Mais, *sous la couche satinée*, le bois est effectivement griffé de traits, trop appuyés et trop réguliers pour être le fruit du hasard. Une pointe résolue a gravé des signes, que l'on a voulu protéger par le glaçage.

– Impossible à lire, même en se contorsionnant.

– *Naturalmente*, Attilio, il a le moyen… Trouve-moi du papier, le plus fin possible. Sans te commander.

Adélie cavale vers le bureau de Julien, elle l'a déjà exploré. De loin, elle demande :

– Un bloc pour courrier « par avion », ça ira ?

– *Perfetto.*

De la poche de sa blouse, il sort un de ces crayons plats de menuisier. Il applique une feuille mince sur la tranche de l'abattant et frotte doucement avec la mine grasse. Comme la page est trop courte, il décalque la partie gravée en quatre fois. Puis il présente la feuille devant la fenêtre.

Sur le frottis grisé, les lettres en creux ont laissé une empreinte plus claire, sur quatre lignes :

Ad Mariam.
In tenebris,
luces a Sole
incognitae

– De quoi en perdre son latin. D'autant plus que Mitchaïev a oublié de mc l'apprendre ! Mais ton oncle me l'a traduite… Maintenant que mon cerveau a cessé de flotter, ça me revient.

– Vite !

– *Ad Mariam*, « À Marie », c'est la traditionnelle dédicace à la Sainte Vierge. Une sorte d'ex-voto secret. Les plus beaux objets étaient dédiés à la Mère du Seigneur, d'autres à un saint protecteur… Souvent aussi, au XVIIe siècle, les artistes ne signaient pas leurs œuvres, le droit d'auteur n'existait pas. Par contre, les artisans marquaient leur production, de préférence dans des endroits inaccessibles, et d'une formule personnelle, pour pouvoir confondre les plagiaires…

– Suite de la traduction ?

– *In tenebris :* « dans les ténèbres »... *Luces a sole incognitae* : « les lumières du soleil inconnues »... C'est bien ça, Adélia ?

– Si je ne m'abuse. Sauf que, d'après les puristes d'aujourd'hui, « *luces* » se prononce « *loukès* ».

Elle m'étonnera toujours.

– Tu as fait du latin, ma douce ?

– Oui mon cher... Au collège Sainte-Croix, à Fribourg, en Suisse... Pas longtemps. Je n'ai fait qu'y passer, et je rendais chèvre mon professeur, M. Schuwey. « Langues mortes », ça me faisait toujours penser à une tête de veau dans une vitrine de boucherie.

– Va pour *loukès*. Il faudra juste, à l'occasion, que tes puristes m'expliquent dans quel enregistrement « *live* » de Pline le Jeune ou de Jules César ils puisent leurs nouvelles certitudes...

La petite revient au sujet :

– Donc, cette maxime latine ?

– Elle est en harmonie parfaite avec le phénomène des reflets : on consacre à la Vierge ces lueurs. *Lumières inconnues*, et pour cause, puisque l'on ne peut jamais prévoir ce qu'elles seront, d'un matin à l'autre... Et, quoi qu'il advienne, elles s'allument pour vous dans le noir profond de l'ébène... Magnifique symbole d'espérance... Qui constituait peut-être aussi la devise de l'artisan. Ou de son riche commanditaire. Ça sonne bien, et il entrait dans la tradition des anciennes familles nobles ou chez les grands bourgeois de se transmettre ainsi, de génération en génération, une sorte de... philosophie, de règle de vie. Même les États, les provinces, les villes en ont adopté... Tenez, celle de Genève est : *Post tenebras, lux*... « Après les ténèbres, la lumière. »

– Si j'ai bien suivi, Attilio, c'est vous qui avez révélé la présence de cette phrase à Julien ?

– Cachée comme elle l'était... La nuit de l'incendie, Abestéguy se rongeait les ongles. Le gros du sinistre, le bâtiment, ne le chagrinait pas, les assurances paieraient. Mais ce cabinet..., pour sa fiancée, était irremplaçable. Il fallait un diagnostic immédiat. Je suis venu à l'aube, avec mon matériel d'urgence. L'abattant était plus ou moins coincé, je l'ai désossé pour évaluer les ravages internes. C'est là que j'ai découvert le double déclic. Tous les interstices étaient remplis de suie et de coaltar figé, mais c'était plus impressionnant que grave. J'ai pu rassurer ton oncle. Pour montrer que la réparation était faisable, j'ai dégagé les surfaces les moins atteintes, au chiffon doux imbibé de pétrole et non d'alcool, pour altérer le moins possible le vernis d'origine… Ce qui a fait apparaître la gravure…

– Et quelle a été la réaction de Julien ?

– Heureux comme un amoureux, puisque Attilio pouvait sauver le meuble de sa chérie ! Il m'a demandé ce qu'il pouvait faire en attendant les experts. Je lui ai conseillé de récupérer les petites plaques de nacre et d'ivoire, qu'il en manque le moins possible quand je commencerais la restauration…

– Et la phrase ?

– Elle l'a amusé. Elle donnait du caractère au meuble.

– Sans plus ?

– Tu aurais voulu quoi de plus ? Comme je te l'ai dit, cela n'a rien de rarissime… Sur ce, mes enfants, je ne m'attarde pas. Je vous ai montré tout ce que je pouvais, c'est l'heure de mon rendez-vous au club d'échecs. Je vous invite volontiers, on y sert une excellente bière forte d'abbaye. À volonté !

– Heu… Non, sans façons. On va dîner léger ! Mais, dès que nous passerons à Bruxelles, nous reviendrons vous voir. Si vous permettez.

– On dit toujours ça en se séparant. C'est une banalité. Je ne sais pas si tu reviendras, petite Adélia. Mais ce n'est pas primordial. L'essentiel, c'est que nous nous soyons rencontrés. C'était *tanto improbàbile*, non ? Et c'est déjà beaucoup.

Nous sommes entrés dans le premier bistrot. Moules et frites, pourquoi pas. Sans bière.

De toute façon, nous chipotons nos assiettes. Nous sommes abattus. Certes, nous nous sommes fait un nouveau copain. Une belle personne, sans aucun doute. Mais les questionnements prennent le dessus : la phrase latine tracasse la petite.

Julien l'avait traduite et semble n'y avoir accordé qu'une curiosité passagère.

Pourquoi, alors, n'a-t-il pas tenu Robin au courant de cette amusante découverte ? Le principal acquis de cette journée, c'est l'effondrement, cette fois sans appel, de l'une de nos deux pistes. Maintenant que nous connaissons Attilio, nous croyons en sa bonne foi : le cabinet cochinchinois est l'original. Alors, qu'a donc vendu Julien ?

Adélie consulte sa messagerie : aucun signe de Khaïdi, qui était censé appeler par satellite. Elle tente de le joindre.

Sur l'île de Rhodes, on ne décroche même pas. Il n'est pourtant pas aussi tard que la première fois.

Reste le détournement de brevets. La seule, parmi nos connaissances, qui pourrait en avoir vent, est Martine Claessens. Nous déjeunons demain avec elle, et je compte la passer sérieusement au gril.

Adélie a localisé l'armoire à linge de Julien, et voici le lit à baldaquin qui nous tend ses draps. Ma mignonnette me laisse l'inaugurer seul : la pensée que cette couche a accueilli les derniers ébats de Julien et Mia lui coupe, semble-t-il, tous ses effets.

Dommage : en toute confidence, l'image de la grande bringue norvégienne s'envolant hors contrôle sous ce dais du XVIIe aurait pour moi un côté stimulant…

J'entends la Mangouste qui furète quelque part vers la bibliothèque du salon, sur un fond de musique en sourdine.

– Steph, viens vite ! On parle de Khaïdi à la télé ! Il est peut-être mort !

Séquence 52

J'arrive en vue du téléviseur au moment où le présentateur annonce :

> Et nous développerons cette affaire dans le courant de ce journal.

Du coin de l'œil, Adélie constate ma tenue.

– Tu as le temps d'aller passer un caleçon. Je t'avertirai si le sujet commence.

J'arrive sur le canapé – décent – avant la fin des informations européennes. Comme chaque été, les ménages français vont avoir droit aux traditionnelles hausses du prix des services et produits de base, des transports et du tabac.

> À l'étranger, maintenant, revenons tout de suite sur cette nouvelle qui nous est parvenue juste avant l'ouverture de ce journal : l'enlèvement spectaculaire, en plein jour, à Bagdad, d'un homme d'affaires égyptien d'origine yéménite, M. Nahsmi al-Wazir...

– C'est ça. Regarde bien.

Je croyais qu'elle avait parlé de Khaïdi ?

> On le voit ici à sa descente d'avion, en compagnie de son secrétaire. Cette image a été prise sur le tarmac de l'aéroport

par des caméras de sécurité américaines, après l'atterrissage de son jet privé.

Dans le coin du décor, une photo est apparue, qui envahit maintenant l'écran. La vue est prise en plongée, au téléobjectif. Une image figée, probablement extraite d'une vidéo. Un groupe de huit hommes marchant sur un sol bétonné, derrière eux l'amorce d'une passerelle. Les cinq à la périphérie sont des militaires en treillis.

Zoom avant sur les trois personnes au centre, l'image perd de sa précision. En blazer et casquette plate, voici probablement le pilote. La régie du J.T. entoure d'un cercle lumineux le civil qui converse avec lui.

Et nous ne pouvons nous empêcher de quitter notre siège et de nous coller à la télé.

– C'est lui, n'est-ce pas, Steph ? C'est bien Séphir ?

Le nom arabisant qui a été mentionné m'est inconnu et je n'ai vu le gros marchand que flottant dans sa djellaba de soie, tel une énorme poupée de salon. L'homme montré ici est vêtu d'un costume blanc, à l'européenne, et coiffé d'un keffieh pied-de-poule. Mais cette silhouette de Bibendum… Le visage à triple menton, les lèvres épaisses soulignées de la moustachette, comme tracée à l'encre de Chine…

Lorsque le cercle s'élargit pour inclure le troisième civil, le doute n'est plus permis. Le secrétaire aux cheveux huilés, moulé dans un costume italien juste un peu trop étroit aux hanches, c'est Najib, l'éphèbe aux yeux de gazelle qui bichonnait Boule de suif !

Il ne reste plus aucun doute lorsque le présentateur parle des motifs de leur présence à Bagdad :

> L'appareil de l'homme d'affaires, en provenance d'Istanbul, avait reçu des autorités militaires l'autorisation exceptionnelle d'atterrir.
>
> M. Nahsmi al-Wazir avait demandé à rencontrer de manière urgente plusieurs personnalités du monde de la culture, dont, notamment, le conservateur du musée. D'après ces sources, une commission allait se réunir pour traiter de la restitution

> d'œuvres d'art de première importance dérobées au cours de l'avancée des troupes américaines en 2003.
> M. al-Wazir se faisait fort d'user de son influence, en tant qu'intermédiaire dans la négociation...

Et pour cause ! Il était bien placé. Ainsi, ce gros escroc s'apprêtait à « négocier » le rachat de ces trésors... avec lui-même !

> Quelques minutes après cette photo, le groupe prenait place dans des voitures, sous bonne escorte, assurée par une milice privée, en direction de l'hôtel où la conférence devait se tenir.
> Le convoi empruntait la route entre l'aéroport et la ville, route désignée comme « la plus dangereuse du monde » par les militaires américains. C'est sur ce trajet que l'accrochage a eu lieu.

On nous projette une animation, où l'ordinateur reconstitue le schéma en vue aérienne, avec des maquettes en 3D genre Lego.

> Un barrage non signalé, constitué de parpaings hâtivement jetés sur la chaussée, a surgi. Plusieurs véhicules ont bloqué la voie par l'arrière et des hommes puissamment armés, dissimulés dans des bâtiments en ruine, ont donné l'assaut.
> Une fusillade brève mais nourrie a éclaté, au cours de laquelle deux miliciens ont été blessés, dont l'un grièvement.

On voit fleurir de petites étoiles rouges et vertes. Quand je pense qu'à force d'être gavée, à longueur de semaine, de ces dessins édulcorés, toute une génération de mômes va imaginer que c'est ça, une « fusillade nourrie » : cette gentille décoration de Noël !

C'est si mignon... Pourquoi ne pas jouer à ça dès que vous trouvez la carabine de papa dans le garage ?

Maintenant, des Playmobils aux gestes saccadés sortent d'un joli camion carré jaune et vont chercher deux autres bonshommes dans une grosse limousine Dinky Toys verte.

> Les assaillants ont réussi à isoler la voiture occupée par M. al-Wazir et son secrétaire. Le chauffeur et les deux gardes du corps ont été couchés face contre terre, sous la menace des armes, tandis que l'homme d'affaires et son collaborateur étaient entraînés vers une camionnette blindée.
> À peine deux minutes plus tard, les agresseurs et leurs prisonniers s'éloignaient en direction de la banlieue de Bagdad, où leur fuite avait été, semble-t-il, soigneusement programmée. Ils n'ont pu être interceptés, malgré l'alerte lancée presque aussitôt par radio.

Un humain, en plan moyen derrière la table en plexiglas du studio. Bien maquillé, bien peigné, mine déjà vachement préoccupée, comme le lui recommande son prompteur.

> Ce soir, l'inquiétude est vive car, selon des témoins sur le trajet, on aurait entendu des coups de feu à l'intérieur des véhicules en mouvement. On craint que cette opération spectaculaire n'ait pas eu pour fin une prise d'otages, mais une liquidation pure et simple.
> Une affaire qui risque d'entraîner des complications internationales... À Washington, le département d'État exprime son profond regret pour cet acte de violence, mais nie toute implication des États-Unis...
> Toujours au Moyen-Orient, c'est vers la Syrie que se tournent maintenant...

Adélie coupe le son. Catastrophée. J'évite, quant à moi, des observations qui ne feraient que retourner le couteau dans la plaie et je replonge sous le baldaquin pour réfléchir.

Les choses n'ont pas traîné, c'est le moins que l'on puisse en dire. Quarante-huit heures après notre rencontre et ses cachotteries, le Gros tombe dans de gros ennuis. La Mangouste, elle aussi, fait-elle le lien ou n'y voit-elle encore qu'un sale coup du hasard ?

Je suis le premier étonné de cette annonce. J'aurais pensé que retirer Khaïdi du circuit ne serait pas du gâteau. Barricadé dans son île creuse, protégé par son bataillon, il n'était pas aisé à déloger. Or il quitte de lui-même son trou de taupe blindé, pour aller se fourvoyer à Bagdad, où nul n'est en sécurité ?

Quitte à paraître cynique, je l'en remercie. Cet enlèvement sert nos intérêts. Le cher Séphir va devoir répondre de son rôle exact dans les magouilles qui nous concernent. À moins que le Loukoum ne se soit déjà fait manger… Mais, j'en suis persuadé, ces intervenants inattendus et prompts à l'action œuvrent dans notre sens. Je m'endors confiant.

Mercredi, 21 juillet

Je déchante dans la matinée. Un signal d'alarme inconscient m'a réveillé tôt. Hier soir, Adélie s'était assoupie dans le salon et y dormait encore. J'ai pris ma douche à la volée et laissé un billet sur la table : « Descendu chercher café-croissants. Bisou. »

Calé derrière une colonne de la halle du rez-de-chaussée, j'ai regardé le marionnettiste hors d'âge aligner les bancs et balayer la scène avant de commencer son interminable représentation.

Pendant ce temps, depuis mon portable, je lançais un appel. En deux coups de cuiller à pot, je saurais qui a si rapidement détecté et mis à profit le déplacement impromptu du pseudo Nahsmi al-Wazir. Dans un pataquès comme celui de Bagdad, même si les services action verrouillent leurs communications, des bribes d'informations toujours exploitables s'en échappent forcément. Il suffit de les analyser, et de les recouper pour les rendre signifiantes.

Donc : Allô, Jihem. Mais pas sur la ligne du Labo, évidemment. Sur son mobile perso.

Plutôt laconique, le goulu :

– Rappelle-moi dans trois minutes.

Ce que je fais, à la seconde près. Un filet de voix chuchote, sur fond de cataracte :

– Magne-toi ! Je suis forcé de me planquer dans les chiottes pour te répondre !

Mon topo est dressé en trois phrases.

– Merde, Steph ! Arrête de me pomper ! C'est des infos classées niveau trois que tu me demandes ! Tu te comportes comme si tu décidais encore des opérations ! Mais t'es plus rien, depuis ton cafouillage ! Même Gauthier, qui t'a pourtant à la bonne, commence à en avoir ras-le-bol de couvrir tes fantaisies ! S'il me pince à bidouiller pour toi, je passe à la casserole ! Vu que mes jambes sont déjà foutues, c'est les deux bras qu'il me fera casser !

– Et moi, bougre de petit fumier ingrat, je te promets qu'à notre prochaine rencontre, c'est moi qui te remmène aux gogues pour te foutre la tête dans la cuvette. Et je tirerai la chasse sans aucun remords ! Choisis !

Le choix est vite fait. Jean-Marc sait que je suis de parole. Mais surtout, c'est le terme « ingrat » qui l'a touché au vif. Car lui aussi a cafouillé, fut un temps.

Sportif de haut niveau, il consacrait l'essentiel de son énergie à préparer des marathons, en bâclant ce qui lui servait de gagne-pain et qui, soit dit honnêtement, jonglait avec la légalité et beaucoup d'argent gris. Par négligence, il s'était vu soupçonné de grave forfaiture. Et confié aux bons soins de bouchers sans états d'âme, chargés de lui faire cracher le morceau. Au début de la séance, il tenait encore sur ses guiboles Formule Un. Au moment où j'ai fait irruption, elles étaient à ramasser à la louche. L'étape suivante visait, selon toute probabilité, ses parties viriles. Il les possède encore aujourd'hui. Pour en faire quoi, on se le demande, puisqu'il passe des journées de quarante heures devant ses écrans. Mais bref, il estime devoir beaucoup à mon savoir-faire.

– Donne-moi une demi-heure. Je te rappelle.

Selon Jihem, depuis cette nuit, ça piaille ferme autour de l'Irak sur tous les circuits codés.

– Il n'y a qu'à se baisser pour ramasser des miettes copieuses !

Cependant, il a beau les scanner dans tous les sens, c'est le pot au noir.

– Panique générale, tout le monde se renvoie la balle ! Les Américains, les Irakiens de tous bords, les Jordaniens, l'ex-groupe Abou Moussa al-Zarqaoui, tous se prétendent étrangers à l'enlèvement et s'accusent mutuellement d'incompétence ou de trahison. Sur un seul point, je suis formel : nos services n'y sont pour rien. Ils ont piteusement appris la nouvelle… par la télé ! Ça chie des bulles dans les étages !

Qui tient Khaïdi ? Un groupe de mafieux locaux, rencardés par hasard sur l'arrivée de ce gros plein de soupe et plein de sous, et profitant de l'aubaine ? Ce qui, d'un côté, serait plutôt rassurant quant à ces coups de feu entendus lors de la fuite. Ces gens veulent de l'argent et n'auraient pas exécuté des otages de choix dès le rapt. Mais j'ai de moins en moins tendance à croire au hasard.

Maintenant, l'évidence va sauter aux yeux (*verts, les yeux*) de ma Mangouste. Elle ne va pas manquer de s'interroger : qui a pu réagir assez rapidement au départ de Khaïdi pour aller le cueillir à l'arrivée ? Autrement dit, qui est si étroitement collé à mes basques pour profiter de l'information que j'ai dégottée, mais possède des moyens d'action largement supérieurs aux miens ?

J'aurais bien une ou deux idées sur la question, mais, pour l'heure, peu importe. Résultat des courses, si quelqu'un cuisine notre ventripotent ami et son petit secrétaire, leurs confidences nous échappent totalement !

Oh, que je n'aime pas me sentir doublé !

Adélie boude mes croissants et mes gobelets de café tout chaud. Elle en a eu marre de m'attendre et a trempé trois vieilles biscottes dans du thé.

À travers la porte de la salle de bains, elle me crie qu'elle se lave les cheveux et me conseille d'aller respirer l'air de Bruxelles.

– L'assistante de Martine a téléphoné. Rendez-vous à midi pile. L'adresse est sur le frigo.

Je trouve le papier coincé sous une demi-fraise aimantée et je ressors, assez content d'avoir le loisir de remâcher seul mes inquiétudes.

J'arrive avec cinq bonnes minutes d'avance pour étudier le terrain. Je veux une table à l'écart, où je puisse mettre la pression sur Claessens sans souci d'oreilles indiscrètes.

Brasserie chic et chère pour repas sur notes de frais. Le piège immonde… À l'entrée, rideau cramoisi, pupitre d'acajou et petite lampe en laiton doré braquée sur le registre des réservations. Le pingouin niché derrière m'alpague d'autorité, avec juste le coup d'œil en trop vers mon jean. Dans la foulée, il est fichu de me proposer une cravate. Je lui colle un pain avant ?

– Monsieur Roy, je suppose ? Voulez-vous me suivre, je vous prie. Ces dames vous attendent.

Il m'a donc identifié à ma tenue de péquenot ? Signalement donné par « ces dames ». Merci, les filles !

Elles sont au bar, perchées sur des tabourets. Encore plus en avance que moi. Toutes les deux.

Martine, en complet veston de cadre supérieur, pantalon sans pli, chemise gris perle. Elle me broie la main.

– Salut ! On arrive à l'instant. Ils finissent de dresser la table.

Deux ronds humides, laissés par des verres sur le comptoir, me disent que l'instant a été plus long qu'elle ne le sous-entend.

Adélie m'a bien donné le rendez-vous pour midi pile ?

Nous nous installons autour d'une nappe blanche empesée. Derrière chacun de nous, un serveur avance la chaise.

Le maître d'hôtel nous traduit en clair la composition des plats, baptisés de noms à rallonge puisés dans la ridicule poésie alimentaire qui remplace le talent du chef. On m'a attribué la carte ordinairement réservée aux femmes à séduire, celle où ne figurent pas les prix. Tant mieux, car sous d'autres latitudes, j'ai été convié par des familles qui devaient sacrifier leur budget de plusieurs mois pour m'honorer d'un cuissot de rat et, depuis, certaines sommes outrageuses en regard d'un plat me coupent l'appétit !

J'hésite sur l'entrée en matière qui mènera au plus court vers les thèmes qui nous intéressent, mais Martine m'évite cette peine. Tout en nous préparant maternellement des tartines de beurre salé sur pain aux cinq céréales, elle pousse un gros soupir.

– J'avoue que ça me fait plaisir de passer un moment avec vous, mes agneaux ! J'ai dû écourter mon voyage à Budapest et je n'ai pas dételé depuis mon retour ! Nous avons la Brigade financière sur le râble ! Suite à un « *signalement civique* ».

– Quésaco ?

– Une démarche qui permet à tout citoyen, soucieux du bien de la communauté, de dénoncer *de manière anonyme* un particulier ou une entreprise qui *pourrait* tenter de flouer le fisc ou de contrevenir aux lois du commerce. Il suffit aux fonctionnaires de faire état d'une lettre ou même d'un simple coup de fil pour intervenir ! Autrement dit, un moyen peu coûteux de pourrir la vie de ton voisin, même s'il n'a rien à se reprocher…

Nul besoin d'être devin pour imaginer quels sont les bons citoyens qui ont téléguidé les défenseurs de la morale et des deniers publics : Widmer et Ibermédics ont des correspondants belges.

– Les experts ont débarqué à six, avant-hier, à l'ouverture des locaux. Seule la standardiste était présente. Elle en a fait un malaise, tellement ils y sont allés à l'autorité. Ils occupent deux bureaux et ils se sont fait apporter tous les documents concernant les comptes de la boîte et aussi ceux du patron… Pardon, de monsieur Julien. C'est terrible, mais pour moi, c'est encore lui le boss… Ils se sont branchés sur le réseau informatique et ont posé les scellés sur plusieurs disques durs. Pour impressionner le personnel et le pousser à la faute, ils montrent d'autant plus d'aplomb que, manifestement, ils ne savent pas ce qu'ils cherchent.

– Entre nous, qu'est-ce qu'ils pourraient trouver ?

– Mais rien, c'est ça, le comble ! Après le retour en force de ton oncle, la trésorerie a été assainie, la comptabilité est toujours restée irréprochable.

– Mais tu dis aussi qu'ils contrôlent les comptes de Julien ? À Spécimeto ?

– Oui. Comme il détenait la majorité, mais désirait garder la confiance de ses partenaires et de ses employés, ton oncle avait voulu une transparence totale. Il avait donc confié la gestion de son portefeuille à notre propre service financier. Il communiquait également les doubles de tout ce qui concernait ses biens personnels. Je ne connais pas beaucoup de patrons qui ont ce culot !

C'est ce qui a d'emblée frappé les flicaillons contrôleurs : dès la première journée, ils avaient tout sous les yeux, absolument tout, clair et net, sans aucune hésitation ni rétention d'information de notre part. Genre : « Y a-t-il encore autre chose qui pourrait vous rendre service ? »

Ils sont fumaces, les vautours. La transparence, ce n'est pas leur domaine de prédilection, il faut croire qu'ils respirent mal dans une atmosphère non polluée ! Sur ce plan-là, je suis sur la brèche, mais confiante.

– Sur ce plan-là ?

– Oui, parce que ce raid, mes lapins, c'était seulement la *bonne* nouvelle !

– …

– J'attends que vous me demandiez quelle est l'autre.

– Quelle est l'autre ?

– Vous croyez aux coïncidences miraculeuses ? Moi, oui, mais pas dans les affaires. Imaginez-vous que, au moment où les Brigades du diable débarquaient au siège de Bruxelles, notre site de recherches et de fabrication en France recevait la visite sans préalable d'un bataillon d'audit.

– Pour vérifier les comptes français ?

– Non. Il n'est là plus question de finances, mais de technologie. Il s'agit d'un audit d'ingénierie, mené par un cabinet suisse indépendant. Il est mandaté par un groupement de certains de nos actionnaires.

– Qu'est-ce qu'ils cherchent, ceux-là ?

– Ils veulent déterminer s'il a pu se produire une fuite dans notre *know-how*.

– …

– Si certains de nos secrets de fabrication ont pu être détournés ou vendus à la concurrence.

Séquence 53

Le président lance l'offensive simultanée sur tous les fronts. Le groupement qui a commandité l'audit est constitué, ô surprise, des mêmes actionnaires déjà prêts à lâcher Julien lors des manœuvres d'encerclement qui avaient failli faire tomber Spécimeto sous la coupe du Cartel.

– Seulement, sur ce coup-là, ils risquent de jouer contre leur propre camp, ces crétins ! La valeur de notre entreprise, donc le montant de leurs dividendes, tient à l'exclusivité de notre technologie, qui échappe aux mastodontes de la concurrence. Or, si leur audit, par malchance, déterminait que d'autres possèdent maintenant des procédés équivalents, notre cote chuterait instantanément.

– Et, toi, franchement, tu crois à la possibilité d'une fuite ?

– Écoute, je ne vais pas te chanter de berceuse. Le risque existe *toujours*. Mais si divulgation il y a eu, elle ne peut en aucun cas compromettre une part exploitable d'un de nos brevets. Chez nous, le système de sécurité est établi et corrigé en permanence par un ancien colonel du Chiffre, les services de cryptage de l'armée. Il a entamé une carrière dans le privé après sa retraite. Un Français, d'ailleurs, Berthon.

– Jean-Charles Berthon ?

Maintenant, je comprends pourquoi l'ordinateur de Julien était si bien nettoyé !

– Berthon, Jean-Charles, soi-même. Tu le connais, Steph ?

– Pas personnellement, mais il serait difficile d'ignorer sa réputation. Un monstre, une légende. C'est lui qui a fait dépenser au Trésor américain quelques milliards de dollars non votés au budget, en mettant en échec les « grandes oreilles » de la CIA ! Il a attendu que tous leurs satellites soient opérationnels, leurs paraboles bien en place, leurs méga-computers en phase, et il leur a annoncé : « J'envoie un message, trouvez-le. » Il a appuyé sur le bouton devant eux. Le message, ils le cherchent toujours ! Tout était à recommencer !

Selon ce qu'on m'a raconté, le texte commençait exprès par les mots les plus sensibles, que le système prétendait filtrer de manière imparable. Ça donnait quelque chose comme : « Les Fous d'Allah ont fourré une bombe de gaz Sarin dans le cul de Bush. Si votre Président pète, l'Amérique, terre du Malin, sera dévastée. »

– C'est bien lui. Il tenait monsieur Julien en grande estime et, pour lui, il a concocté un protocole de sécurité normalement très au-dessus de nos moyens.

– Basé sur le fractionnement, je suppose ?

– Exact. Les dossiers chauds sont répartis entre des techniciens de haut niveau, dont chacun ne possède jamais une part suffisante pour définir une formule, ni une étape complète d'un processus de fabrication. Ainsi, même si une ou deux, voire trois personnes autorisées se laissaient tenter par une offre, ou si on essayait, comme dans les romans, de leur extirper de force leurs connaissances, on n'obtiendrait jamais un ensemble cohérent… Je simplifie, évidemment. Mais c'est le principe.

– Je comprends. Mais imaginons un scénario : l'un de vos chercheurs criblé de dettes, ou ayant un énorme besoin d'argent pour faire opérer son enfant aux USA… possède une certaine portion d'un dossier… Ne pourrait-il pas se débrouiller pour consulter en interne les documents complémentaires, les mémoriser ou prendre des notes, et reconstituer quelque chose de vendable ?

– Tu n'as pas une vue très poussée de ce que représentent des fichiers de ce calibre. Ce n'est pas une formule un peu longuette que l'on peut griffonner au creux de sa main, comme une antisèche pour un examen ! Dans notre domaine, très pointu, une donnée achetable au niveau industriel consiste en des milliers de lignes, de schémas, de comptes rendus de tests quantifiés et justifiés…

– Auxquels strictement personne n'a pu avoir accès globalement, tu en es certaine ?

– Absolument.

– Même mon oncle ?

La fourchette, chargée de légumes étuvés vendus au tarif du caviar, reste suspendue à mi-chemin. Si Martine ne ferme pas rapidement le bec, sa langue va descendre dans l'assiette !

Au bout d'un siècle, elle reprend conscience et ose :

– Je… j'ai… Non, dis-moi que j'ai mal entendu, Adélie…

– Tu as très bien entendu.

Mains claquant la nappe, la Belge propulse son buste opulent au-dessus de la table, tel le bouledogue qui voit passer le facteur.

– MAIS T'ES CONNE, OU QUOI ?

Deux cents yeux offusqués nous fusillent. Le loufiat chef arrive déjà en une gracieuse glissade.

– Un problème, mademoiselle ?

Il claque des doigts et trois larbins se précipitent pour redresser la carafe et éponger le vin qui a inondé les légumes.

– Je vais faire changer votre assiette.

– Merci, ça ira comme ça.

– Mais vos petits légumes du jardin…

Martine lui décoche un sourire de toutes ses dents tout en chuintant :

– T'as pas compris, casse-toi !

Elle se rassied, pendant que le pingouin file, la queue-de-pie entre les jambes.

– Font chier, quoi ! Au prix où ils affichent leur rata, on pourrait s'engueuler tranquille… Où en étais-je ? Ah oui, ça va pas, la tête ? Ton oncle ? Tu ne vas pas le soupçonner de brader son fonds de commerce ? Il n'est pas aussi con que ses actionnaires, pour scier la branche où il est assis ! Et zut, je parle encore de lui au présent… De toute manière, Berthon a fait en sorte que le protocole s'applique aussi au patron, qu'il ne puisse pas sortir suffisamment de données exploitables, même par erreur, pour bosser chez lui. Il était forcé de venir dans les locaux, en présence au moins d'un cadre autorisé et…

Elle devient pâle, siffle ce qui reste de vin et allume un cigarillo torsadé.

– J'ai décidé d'arrêter. Ma fiancée trouve que je pue le cendrier.

– Tu finis ta phrase, s'il te plaît ? En présence d'au moins un cadre autorisé et... ?

– Non, une absurdité... Je n'aurais même pas dû y penser.

– Dis toujours...

– Si Widmer était persuadé que ton oncle pouvait transporter des... Mon Dieu ! Alors son accident ne serait pas... Il serait lié à... Mon Dieu !

– N'y pense même pas, Martine !

– Bordel de Zeus ! Alors, il m'a eue dans les grandes largeurs, le beau flic !

– ...

– Un type des services français, qui travaillait en collaboration avec notre police... Il est venu me voir chez moi, soi-disant pour ne pas faire de vagues dans la boîte qui était déjà sens dessus, dessous. J'ai trouvé ça d'une rare délicatesse, je lui ai offert du thé ! Il m'a interrogée sur les relations de monsieur Julien, sur ses difficultés. S'il avait reçu des menaces, si je lui connaissais des ennemis... Il m'a affirmé que c'était la routine, quand un décès par accident survenait sans témoins. J'ignore tout de la loi française, j'ai parlé en confiance, comme une poire ! À ma connaissance, le seul affrontement qu'avait eu le patron, c'était avec Widmer. Et encore n'étaient-ils pas ennemis, plutôt adversaires : leur conflit ne présentait en principe rien de personnel, il se plaçait sur le plan des affaires. D'ailleurs, c'était de notoriété publique... J'ai mis le doigt sur un sacré furoncle... Si jamais l'enquête creuse de ce côté et que ton oncle a vraiment déconné avec des travaux financés par Spécimeto, je nous ai mis dans la panade ! Quel enfoiré, ce poulet !

– Attends, ne panique pas... Il était beau, dis-tu ?

– Classieux ! Si j'étais une nana, je l'aurais gardé à dîner... Avec ses airs de grand garçon bien élevé, il m'a quand même eue au charme !

– Trente. Jérôme Trente ?

– C'est ça, comme le chiffre. Comment le sais-tu ?

– Nous... Il nous a aussi interrogés... Le même genre de questions, n'est-ce pas, Steph ?

– Euh… Oui, absolument.

Où veut en venir la Mangouste ?

– En fait, tu n'as pas trop à t'inquiéter, Martine. Ce flic ne t'a pas dit toute la vérité, mais ce n'est pas ce que tu crains. Effectivement, chez nous, c'est la routine. Il appartient à la DNAT, une brigade qui enquête sur les terroristes. Elle vérifie en permanence si certains groupes ne s'en prennent pas de nouveau à des industriels, comme c'était la mode pendant un temps… C'est mené discrètement, pour ne pas créer d'effet de panique dans le public…

– Ah bon ? Donc, l'accident de ton oncle…

– N'a aucun rapport avec le conflit industriel. Ni avec cette histoire de vente de brevets qui, je te le rappelle, n'était que pure spéculation de ma part.

– Tu me le jures ?

– Je te l'assure. Je dis n'importe quoi, ces temps-ci ! Alors, si tu veux me faire plaisir, oublie mes élucubrations et continue à te battre en confiance pour l'avenir de notre entreprise !

– Ça me remonte le moral de t'entendre comme ça ! J'avoue que j'avais l'impression que le sol se dérobait tout d'un coup et…

Un bourdonnement acide au poignet de Martine.

– Zut ! J'avais complètement oublié. Sandrine a retenu un court de tennis pour 14 heures. Il faut que j'y sois, sinon, elle m'assassine. Le climat est à l'orage entre elle et moi. Elle trouve que je la délaisse pour le boulot et… Mes poussins, il va falloir que vous buviez le café sans moi ! Ne vous occupez pas de l'addition, je signe la note en sortant.

Elle passe derrière nous pour nous plaquer des bises affectueuses, se dirige vers la caisse, s'arrête trois pas plus loin et se retourne, genre Columbo, l'index sur le sourcil.

– Ah, au fait, on se revoit quand ?

– Je ne peux pas te dire. Nous reprenons le train pour Paris cet après-midi.

– Déjà ? Dommage. Il faut qu'on se reparle vite, il y a plein de paperasses à régler. Appelle-moi, ma belle. Ciao.

Encore trois pas, nouvel arrêt.

– J'oubliais, après votre départ, je vais envoyer une femme de ménage à l'appart… Repasse-moi les clés, je t'en ferai faire un double pour la prochaine fois !

Adélie plonge la main dans son sac et lance le chat Sylvestre. Martine le manque, le ramasse au sol et revient vers nous.

– Ce n'est pas le bon matou !

Effectivement, c'est le porte-clés du loft qu'Adélie a sorti.

– Erreur compréhensible. Ton oncle était entiché de ces babioles. Mais ça, c'est la clé de son coffre à Paris !

Les filles échangent les trousseaux et, cette fois, Martine se sauve pour de bon.

Amusant. Elle fait la même confusion que nous lorsque nous sommes sortis de chez Robin. Elle ignore la nature de la porte qu'ouvre la clé de Julien. Elle n'a donc pas pu parler à tort et à travers du passage Brady. Au moins un élément rassurant, après cette avalanche de nouvelles potentiellement catastrophiques !

Direction Paris, donc.

À propos, depuis quand et par qui a-t-il été décidé que nous rentrions aussi vite ?

Séquence 54

Une tablée de Suisses alémaniques en goguette a pris possession de tout l'espace sonore de « notre » bistrot, le Jean-Bart. Le vacarme sans gêne de rires gras couvre par vagues le son du téléviseur casé près du plafond, sur une étagère d'angle.

Cathy la Bretonne vient de nous servir enfin nos crêpes lardons-fromage. Elle pointe du menton les gueulards vautrés.

– Le cuir ne sera pas cher, cette année, les veaux s'étalent...

Tout en nous sustentant, nous essayons de suivre les nouvelles du monde. Nous ne parvenons à entendre qu'un mot par-ci par-là.

> ... que le gouvernement australien en appelle à l'aide internationale... cadavres de moutons... dizaines de milliers... Le virus, d'origine inconnue... mutation d'une souche en sommeil depuis les années cinquante... résiste à toute forme de remèdes connus... propage... rapidité terrifiante...

Je demande poliment aux fêtards de nous laisser écouter. Je me fais carrément huer.

> Concernant maintenant... Bagdad... spectaculaire coup de force qui... homme d'affaires... nouvelles dans la...

J'empoigne ma chaise par l'extrémité d'un pied (toujours impressionnant, essayez et vous comprendrez pourquoi), je la passe au ras des casquettes Puma ou Adidas, et je grimpe pousser le son à plein pot. Je dois avoir un regard si aimable, et les muscles tellement à l'étroit dans mon T-shirt, que les gros bœufs s'écrasent mollement.

> Du côté des chancelleries, tout en condamnant unanimement cet acte, on marque un silence prudent sur la nature des négociations qui pourraient être envisagées, en vue d'obtenir la libération de M. al-Wazir et de son secrétaire. Silence dû vraisemblablement à l'ignorance quant à l'identité des ravisseurs, puisque, rappelons-le, aucune revendication n'a encore été posée...

Me voici donc ce soir nanti d'une double certitude. D'une part, des prédateurs dégueulasses étendent leur pouvoir sur tous les continents ; d'autre part, notre recherche du pactole de Julien ne repose pas sur des rêveries infantiles. À telle enseigne que les gros loulous qui flairent notre piste nous collent de près. Et l'insinuation d'Adélie que je redoutais fait enfin surface :

– On ne me fera jamais croire que l'enlèvement de Khaïdi, dans la foulée de notre passage chez lui, soit le fruit d'une « tragique coïncidence » ! Il y a du Widmer là-dessous !

Elle réfléchit quinze secondes. C'est long. Puis un regard vers le coin du plafond.

– Ce que je me demande, c'est de quels moyens cet enfoiré dispose pour agir au cœur du pot-au-noir irakien...

Encore quinze secondes. Interminables. Puis un regard vers moi.

– Et comment il a pu savoir aussi vite que Séphir détenait un élément charnière ?

– Sur les moyens, je peux te répondre : le Cartel les a tous ! À commencer par l'approvisionnement des protagonistes de tous bords en fournitures de première nécessité.

– Le nerf de la guerre ?

– Le fric, pas seulement. Les produits pharmaceutiques sont un besoin essentiel pour les combattants de tous les camps, leurs familles, les populations qui les protègent. Une denrée aussi stratégique que les armes. Mais quel lobby bien-pensant oserait demander l'embargo sur les médicaments, avec une opinion publique gavée d'images d'hôpitaux, pleins d'enfants embobinés de bandages crasseux, mourant faute d'antibiotiques ?

– Un groupe comme Ibermédics peut donc tout manipuler ?

– Pas tout, mais beaucoup...

– « Je te livre un avion de gélules, tu me retires Untel de la circulation » ?

– Un avion ? Tu plaisantes, tout au plus quelques caisses d'un vieux stock... Une vie de plus ou de moins dans ce merdier, c'est quantité négligeable...

– Ouaip...

Juste le temps d'admettre cette cynique évidence, et la Mangouste revient à la charge :

– Et sur ma deuxième interrogation ?

– ...

– La promptitude de Widmer et consorts à repérer Khaïdi.

– Ah, là-dessus ? Que veux-tu que je te dise ? Ça m'assied autant que toi.

Oh, bon sang ! Retour à la question qui tue ! Surtout, ne pas avoir à y répondre, puisque je me suis juré de ne plus mentir à cette fille ! Vite, une issue de secours !

– D'abord, rien ne prouve que le Cartel soit à l'origine de cet enlèvement...

Pauvre échappatoire... Mais elle laisse le temps à mes cellules grises en panique de trouver la sortie :

– Et même dans ce cas, je ne comprends pas leur tactique. S'ils supposent que nous avons reçu de Khaïdi une révélation essentielle, pourquoi ne pas s'en prendre à nous ?

– À moi, tu veux dire ?

– À toi, effectivement. Tu es moins protégée que Boule de suif !

– Sauf par toi...

– Ben, voyons ! Ils ont la diarrhée devant Steph le Redoutable ! Ne rigolons pas. Ils m'effacent comme une mouche à la seconde où ils le décident. Tiens, le vieux, là, derrière moi...

– Celui avec un parapluie ?

– Juste. Un parapluie en pleine canicule. Tu ne trouves pas ça suspect ?

– Bulgare, le parapluie, tu crois ?

– Va savoir. Un petit coup de pointe empoisonnée en passant et… adios moi !

– Sérieux ?

– Pas impossible.

– Arrête. Tu me files les boules. Paie, s'te plaît. On se casse d'ici !

Pour aller où ? Nous ne sommes en sécurité nulle part, gamine. Et je sais de quoi je parle.

Parce que… Si c'est Widmer qui a voulu mettre la patte sur Khaïdi en laissant courir Adélie…, cela veut dire qu'il a su que le Loukoum ne nous *avait pas* livré le secret de Julien.

Il l'a su en vingt-quatre heures.

Et la vraie question… celle à cent millions de dollars…, elle tient en un mot : comment ?

La soirée est belle, pourtant Adélie rentre la tête dans les épaules comme si l'orage était imminent. Je ne tiens pas à la rendre parano, mais il n'est peut-être pas mauvais d'avoir ravivé une saine inquiétude. Cela peut pousser à l'action, et j'apprécierais fort que Mlle Cartwright voie soudain revenir un souvenir oublié, un indice jusqu'ici négligé. Qu'elle ressorte dare-dare quelque élément sciemment conservé par-devers elle. Car je reste intimement persuadé que c'est elle, en définitive, qui détient le je-ne-sais-quoi qui nous sortira des impasses successives sur la piste de la fortune cachée de Julien Abestéguy.

Nous avons parcouru sans un mot, par la rue de Turenne, les quelques centaines de pas qui nous ramènent place des Vosges. Au moment où nous plongeons sous les arcades, un raffut nous arrive aux oreilles. Comme les grognements d'un gros animal, accompagnés de coups sourds qui résonnent dans l'asphalte.

Devant nous, les promeneurs traversent pour poursuivre leur chemin en longeant les grilles du square. Un voisin, avec qui j'ai déjà échangé quelques mots, balade deux petits chiens blancs au bout d'une même laisse. Il les tire entre les voitures, vers la chaussée.

– Vous devriez faire le détour ! L'autre dingue recommence à tout casser !

Un immense gaillard tout noir, torse nu, vêtu seulement d'un bermuda effrangé, mais chaussé de godillots montants. C'est lui qui pousse ces beuglements et martèle le sol de coups de pieds, comme saisi d'une sorte de danse de Saint-Guy.

Crise de fureur alcoolique ? Non, en y regardant de plus près, il s'avère que son manège vise un résultat précis. Pendant des siècles, ce passage sous les maisons a été un vrai coupe-gorge. Dans un louable souci d'esthétique et de sécurité publique, on a maintenant inséré dans le bitume, au pied des vénérables arcades, des lampes protégées par des dalles de verre épais. Ces éclairages, dirigés vers le haut, soulignent les ogives de pierre et de briques rouges. Mais ils restent allumés jusqu'à l'aube. Or le colosse a décidé de passer la nuit ici. Il a apporté un matelas et quelques packs de bières. Cette lumière le dérange, il va donc la faire disparaître. Les pointes et les talons de ses godasses de chantier sont renforcés de coques d'acier. Arme discrète, mais potentiellement mortelle dans une bagarre de rue. Il s'en sert pour marteler systématiquement la dalle de verre blindé, faisant à chaque coup sauter quelques éclats. Lorsque la plaque cède enfin, il parachève sa victoire : il saute à pieds joints sur le spot qu'il fait éclater. Trente mètres de voie publique viennent de plonger dans la pénombre. Comme un grand fauve mâle de la forêt, l'olibrius se bat les côtes des deux poings, pousse un rugissement vainqueur en direction de la voûte. Ensuite de quoi, soudain calmé, il va s'affaler. Je l'entends ricaner.

– Hé, les bourgeois ! Le spectacle vous a plu ? Faudrait voir à pas oublier l'artiste ! Un p'tit billet par ici ! Ou c'est vos gueules que je vais exploser !

À cet instant arrive un couple, manifestement des habitants de la maison. Pour entrer chez eux sans risquer l'agression, ils se laissent rançonner. Je grince :

– Ça, c'est un comble !

Je me tourne vers Adélie. Même sans éclairage, son teint cireux et ses mâchoires crispées me font peur. Je l'attrape sous mon bras et je lui fais traverser la rue.

– Mon pauvre chou ! Cette grande gueule t'a impressionnée ? Ne t'inquiète pas, ceux qui font du cirque ne sont pas les plus dangereux ! Et puis, je suis là, de toute façon…

Je lui fais faire un large crochet sous les lampadaires.

En montant l'escalier, je la sens raide et comme absente. C'est seulement sur le palier, pendant qu'elle cherche ses clés, qu'elle murmure, les yeux au fond de son sac :

– Jean-Jean… Le type, en bas… C'était Jean-Jean…

À coup sûr, la pauvrette a dû subir un sacré choc ! Voir resurgir l'un de ses trois violeurs au pied de chez elle, à l'endroit même du forfait, se conduisant en maître des lieux…

Elle s'est précipitée vers la salle de bains… J'entends la douche qui n'en finit pas de couler… Au bout d'un très long temps, l'eau s'arrête. Encore de longues minutes, la porte s'ouvre… Un rai de lumière dans le couloir… Un filet de voix :

– Tu m'excuses… Je vais dormir dans l'atelier…

Peut-être qu'un grand câlin très doux aurait pu constituer un remède… Peut-être justement surtout pas… Je n'insisterai pas. Nous, les mecs, on ne peut pas comprendre, on risque de casser la porcelaine, en arrivant avec nos gros sabots…

Un peu plus avant dans la nuit, j'ai l'impression d'entendre craquer le plancher… Je me pousse pour faire une place dans le lit. Personne. Je finis par me lever. Je ne pourrai plus dormir.

Quand je pense que l'autre grand abruti est en train de ronfler tranquillement en bas, à cuver sa bière…

La porte de l'atelier est close. Je colle l'oreille, je n'entends rien. L'image de la petite capturée par Jean-Jean et deux autres bêtes en rut. Jetée sous les couvertures, étouffant sous les corps, dans l'odeur fétide de…

C'est insoutenable. Il faut que j'aille prendre l'air…

Jeudi, 22 juillet, 9 h 25

Au matin, je dois convenir que la nature humaine est imprévisible. J'ai dormi quand même. Et profondément. Je m'en aperçois parce que je suis réveillé par des sons inattendus : « on » sifflote et « on » ouvre et ferme des tiroirs. Ma parole, Adélie fait du rangement ! Elle passe le museau, guillerette.

– Il ne reste plus de biscottes… Ça te dirait, un petit déj' à une terrasse ?

Quand je parlais d'imprévisibilité...

Sous le porche, Lycinia, un seau et un balai en main, est en conférence avec la gardienne de l'immeuble voisin et un ex-ministre au bronzage permanent, qui aurait fait, ma foi, un président assez présentable. Il approuve, convaincu, l'indignation des deux dames.

– Je vous rejoins parfaitement. Les mesures actuelles sont inadéquates. Voire insuffisantes. Il en faudrait prendre de mieux adaptées, peut-être plus drastiques. Tout en respectant les droits de la personne et notamment ceux des plus défavorisés, cela va de soi...

Lycinia traduit à notre intention :

– Ça ne peut plus durer ! On est envahis ! J'avais dit que ça finirait mal. Résultat : il y avait tellement de sang que ça a traversé le matelas et que Mme Pinhero et moi, on a dû frotter le trottoir une demi-heure et verser cinq litres de grésil pour empêcher les mouches !

Quelques mètres plus loin, Jean-Pierre le bluesman, assis sur son ampli, nous appelle. Assis, ou plutôt effondré.

– Dites, les amoureux, vous pourriez aller me chercher un café ? Je n'ose pas m'éloigner de mon carré de bitume, on me le piquerait aussi sec. Mais j'aurais besoin d'un remontant.

Nous apprenons qu'il s'est pointé vers 5 heures du matin pour réserver sa place sous les arcades. La concurrence est rude entre les musiciens, sur le passage des touristes.

– On doit respecter un minimum d'espace entre nous, sous peine de cacophonie. Je suis arrivé avant le lever des clochards. Et j'ai remarqué la flaque gluante qui sourdait d'un matelas. Je n'ai pas eu besoin de soulever la couverture pour comprendre, va ! J'ai appelé les flics depuis mon portable. Le ramdam a dû vous réveiller, non ?

J'admets avoir vaguement entendu des sirènes.

– Mais j'étais dans le cirage. Je me suis endormi tard.

Idem pour la petite, qui précise :

– Et puis les chambres donnent sur la cour.

Jean-Pierre ôte sa casquette et passe les doigts dans ses cheveux gris.

– Bordel ! Le mec avait la gorge ouverte d'une oreille à l'autre. D'après la maréchaussée, c'est sûrement un règlement de comptes entre SDF… De toute façon, ils ne chercheront pas plus loin… Je le connaissais un peu. Il avait beau être une vraie saloperie, ça fait quand même quelque chose ! Vous l'avez sûrement croisé : un grand Black… Jean-Jean…

Réaction de ma compagne ? Elle propose juste au pauvre gars d'aller lui-même au troquet boire son kaoua et se rafraîchir la tronche. Il est vert pomme.

– Prends ton temps, on te garde ton matos.

Il ne se fait pas prier, me tend sa Fender et se trisse illico. Je passe la bretelle et je mouline distraitement *Cold sweat*[1] de James Brown. Tout en pointant un regard parfaitement neutre, vide comme une page blanche, droit dans les yeux d'Adélie.

Ça, je sais bien faire. Et j'en tire ordinairement d'excellents renseignements.

Elle me renvoie *exactement* la même non-expression.

Adélie Cartwright, dite Mangouste, et Stéphane Roy, le fortiche, restent debout, face à face, en ce clair matin, sur le trottoir nettoyé.

Ni ma douce ni moi n'apprendrons quoi que ce soit dans cette confrontation. Et ni moi ni elle ne poserons LA question.

C'est la sonnerie du mobile d'Adélie qui nous sort de ce trou. Dès que s'affiche le nom de l'appelant, un franc sourire vient dégeler le visage fermé de la belle.

– Robin !

1. Sueur froide.

Séquence 55

D'autorité, je viens coller l'oreille.

Appel probablement juste amical, mais le précédent nous avait révélé l'existence du cabinet cochinchinois. On peut toujours espérer.

– Alors, beau gosse, toujours vautré dans le stupre ?

– Mieux que ça, Mangoustine ! La virée de folie, avec les jumelles ! Je ne peux pas te raconter, tu croirais que je me vante !

– Qu'est-ce qui t'amène à suspendre tes ébats rabelaisiens ?

– L'autre jour, dans le jacuzzi, je n'avais pas vraiment ma tête à moi… Et donc, j'en ai oublié un petit détail. Trois fois rien, sûrement. Mais puisque tu voulais connaître précisément les dernières acquisitions de ton oncle…

– Il avait acheté autre chose ?

– Non, pas acheté… C'est pour ça, d'ailleurs, que je ne l'avais pas mentionné… C'est un cadeau que je lui ai fait. Tu te rappelles cette vente, juste avant les fêtes de fin d'année ? Le meuble pour sa dulcinée et la carte qu'il te destinait ?

– Si je me rappelle !

– Mon étude avait reçu un livre à vendre. De la même provenance, la succession Magalon. Et de la même époque. Des récits de voyages… Tu savais que Julos en raffolait ?

– Je sais. Et donc, ce livre ?

– Je l'ai fait acquérir discrètement par Hélène, ma secrétaire, et j'en ai fait présent à Julien en janvier, pour la nouvelle année…

– Tu peux m'en dire plus ?

– Pas tellement, à ma courte honte. Mais, tu t'en doutes, je vois passer tant d'objets… En plus, l'édition, c'est très compliqué… Je travaille sous le contrôle d'un expert pour les pièces importantes…

– Et ce n'en était pas une ?

– Pas du tout. C'est juste que l'ouvrage nous parvenait en bel état, la reliure charmante était d'époque, ainsi que des annotations marginales d'une écriture élégante…

– Tu te rappelles l'auteur, au moins ?

– Je cherche depuis tout à l'heure… Un nom facile, courant… Connu des spécialistes, en tout cas… Ça va me revenir… Tavernier ! C'est ça ! Tavernier. Le XVIIe ce n'est pas ma tasse thé. Je me passionne plutôt pour la période Art nouveau, Art déco… Mais je peux me renseigner, si tu veux ?

– Tu serais un amour.

– Je *suis* un amour.

Et aussi, je le confirme, un type d'une discrétion exemplaire. Rappelons qu'il ne sait toujours pas ce qu'ouvrait la clé si précieuse qu'il a cachée pour son ami défunt et qu'il n'y a pas fait la moindre allusion à ce jour. Avec un tel sens de la bouche cousue, c'est notaire ou curé, qu'il aurait pu être.

Vingt minutes plus tard, dans le loft, nous enlevons les livres aux reliures anciennes de l'étagère où ils étaient regroupés, puis, assis sur un tapis, nous nous les partageons pour déchiffrer titres et auteurs. Adélie les avait déjà feuilletés, mais considérés comme des objets de collection ou de décoration.

Cette fois, l'intérêt de leur contenu nous apparaît mieux, cohérent en tout cas : mémoires de corsaires, explorateurs, gentlemen défricheurs de colonies, livres de comptes d'anciennes exploitations minières, austères mais parfaitement calligraphiés…

– Tiens, regarde. Il a même gardé une édition en livre de poche des voyages de Marco Polo ! *Le Devisement du monde ou le Livre des merveilles*. Ça fait rêver, non ?

Plusieurs de ces ouvrages pourraient correspondre à la description sommaire esquissée par Robin, mais aucun ne porte la signature de Tavernier. Pourtant, Adélie croit dur comme acier spécial à l'importance de ce bouquin :

– Il venait de la même famille et des mêmes années que le cabinet à fards et la carte ! Et comme eux, il a échappé à la destruction !

– Un hasard ? Il aurait suffi d'un coup de vent plus fort pendant la grande tempête, de quelques tuiles en plus emportées du toit d'un hangar, pour que la pluie, les champignons et la pourriture viennent à bout de ces trois vénérables reliques.

– Oui, mais le même hasard les a portées toutes les trois entre les mains de Julien. Il s'est arrangé pour que j'en trouve deux. Pour l'instant, je te le concède, telles quelles, elles ne signifient rien. La troisième pourrait leur donner un sens… Et puis, c'est bien déjà dans un de ses livres favoris que tonton m'avait laissé la carte d'or qui nous a menés au *Sagittario* et à Khaïdi ? Est-ce que mon intuition nous a jamais trompés ?

– Si on se place sur le terrain de l'intuition, je m'incline…

– Ce que je dis, moi, c'est que Julos, sachant sa vie menacée et sa fortune secrète convoitée par des étrangers, a établi ce jeu de piste *dans un ordre logique*, mais en éparpillant les éléments dans des endroits où moi seule pourrais aller et venir pour les rassembler successivement dans le bon ordre… *Moi seule*, comme il l'a dit dans son dernier message.

– Et d'après toi, la futée, où serait-il, ce fichu bouquin ?

– Ni chez moi, ni ici… À Bruxelles ?

Je suis déjà debout.

– À quelle heure, le prochain TGV ?

– On peut peut-être s'économiser le voyage.

Elle tire à elle le téléphone et pianote un numéro. Cette fois, elle met le haut-parleur. Un accent parigot pur jus nasille :

– Chauffeur de M. Abestéguy, j'écoute…

– Bonjour, James.

– Ah, mamzelle Adélie ! C'te bonne surprise ! C'est-y que vous êtes par chez nous ?

– Non, je vous appelle de Paris.

– Dommage, je me serais fait une joie de vous voiturer… Mais laissez-moi juste respirer l'air de Paname par le bigophone… Jésus, que c'est bon ! Je vous envoie une bouffée de friture, en échange ? Je suis au restau.

– J'apprécie, James, mais quand vous serez rassasié, pourrez-vous me rendre un service ? Une mission de confiance.

– J'esgourde.

Une heure plus tard, nous partageons un trop grand plat de spécialités pakistanaises, attablés sous la verrière du passage Brady, au milieu du va-et-vient des commerçants, des familles venues aux provisions et des touristes qui encombrent en s'arrêtant à tout bout de champ pour prendre des photos.

On nous apporte le thé, accompagné d'une coupelle de graines digestives parsemées de minuscules bonbons colorés, lorsque James rappelle.

Il s'est rendu à l'appartement de Julien. En s'assurant de ne pas être suivi.

– J'en sors à l'instant, mamzelle Adélie. Chou blanc sur toute la ligne ! Nib de nib ! Que dalle !

– Vous avez déjà eu le temps de tout fouiller ?

– Là, vous me faites offense ! J'ai pas les quinquets qui se croisent les bras ! Si votre fameux livre avait été dans la place, je serais déjà sur la route pour vous l'apporter. Il n'y avait d'ailleurs aucun grimoire de cet âge-là. J'ai même déshabillé les ouvrages modernes de leur jaquette, histoire de contrôler que Monsieur n'aurait pas camouflé l'antiquaille que vous cherchez… Ce serait bien un coup à lui, ça…

– James, vous êtes plus qu'un amour, vous êtes précieux !

Je jette un billet sur la table et nous regrimpons l'escalier tortueux.

Le désordre fait peine à voir, et notre déception aussi. À l'instar de notre ami ex-cambrioleur, nous avons systématiquement « déshabillé » les livres récents. Nous avons même rouvert les anciens, pour voir si une reliure faussement titrée ne dissimulerait pas un autre contenu… Que pouic, comme dirait James, nada… Adélie soupire.

– Bon… Ne reste plus qu'à remettre tout comme c'était.

Pas trop difficile. La petite me laisse les contemporains, Julien avait opté pour un classement alphabétique des auteurs. Elle se charge de regrouper les vétérans. Là, il faut plus d'attention. Ils étaient rangés par ordre d'ancienneté, les plus vieux à gauche. Je note qu'avant de les replacer sur leur étagère, elle leur passe un coup de chiffon. En somme, elle en profite pour les caresser. Ils devaient être les préférés du défunt. Elle recule de deux pas.

– Voilà… Retour à la case départ… C'est comme avant…

Quelque chose me chatouille. Me grattouille.

– Pas tout à fait comme avant.

– …

– Le Marco Polo en édition de poche. Tu l'as mis à l'extrémité de droite.

– Normal. Il a dix ans au maximum.

– Certes, mais quand nous sommes arrivés, il n'était pas au bout de la rangée.

– Exact. Il était même quasiment au milieu.

– *Quasiment*, ce serait où, selon toi ?

Elle prend le livre glacé à bras tendu, lui fait parcourir le rayonnage, revient, et décide :

– Ici ! À un chouia près.

Elle écarte deux anciens et insère le petit moderne. Je me penche.

– En plein dedans !

Marco Polo, sous couverture souple pelliculée, se retrouve entre une biographie d'Abraham Duquesne, corsaire, et un missel du voyageur.

– Tous les deux du XVIIe !

– Or Marco Polo nous a rapporté de Chine le billet de banque, la porcelaine et les spaghettis au beau milieu du XIIIe siècle ! Il n'a aucune raison d'être classé ici. Pas plus que cette réédition populaire qui, elle, date de 1997…

– Par contre, ce serait la place exacte pour le livre offert par Robin ?

– Que tonton aurait donc retiré et remplacé par cet « étranger » incongru pour me signaler son absence ?

– Souhaitons qu'il en ait aussi profité pour t'indiquer où il l'a planqué !

Nous feuilletons, nous retournons, nous secouons le *Livre des merveilles* pour en faire tomber un hypothétique billet. Marco ne cache rien.

– Mais regarde ce qui s'est passé sur l'étagère !

J'effleure l'alignement des dos bien cirés. Depuis que le livre de poche a été ôté de la rangée, ses voisins ont pris leurs aises, chacun a basculé de quelques millimètres et l'espace laissé libre a pratiquement disparu.

– Le papier respire, dirait-on... Quelqu'un qui ne saurait pas où était le Marco Polo voici trois minutes aurait bien du mal à en retrouver l'emplacement... Imagine que ce ne soit pas ton oncle qui ait retiré le Tavernier de la file, mais une personne qui aurait voulu l'emprunter...

– Cette personne aurait réservé la place, pour ne pas se tromper en le remettant ?

– Julien aurait admis un visiteur dans sa tanière ?

– M'étonnerait... Il avait pris tellement de précautions... Sans me vanter, s'il avait souhaité dévoiler l'existence de ce lieu, j'aurais été la première à y entrer, je crois. C'est tout près de chez moi.

– Mia ? Rendez-vous d'amoureux ?

– Elle préfère les hôtels de luxe. Et puis, le geste serait illogique. Si une personne est là et que, pour une raison quelconque, Julien lui prête le livre, il sait où le ranger. Pour lui, aucune nécessité de placer un repère.

– Donc, celui ou celle qui a emprunté ce volume l'a fait en l'absence du maître des lieux avec l'intention de le remettre dans les mêmes conditions... Qui a pu entrer ici, avec cette porte blindée, cette serrure qui nécessite une clef si particulière ?

Un même nom s'impose à nous.

Séquence 56

Dans le magasin protégé par la statue du dieu éléphant ventru, Gupta J. Armitraj, *manager*, en costume à 12 000 dollars, trône derrière la caisse. Il converse au téléphone, en hindi, avec l'un de ses fournisseurs. De l'autre bout du monde ou du coin de la rue ?

Dès qu'Adélie franchit le seuil, il abrège la communication, hèle Sathjeeta, sa fille aînée, pour qu'elle prenne sa place et se hâte au-devant de la visiteuse, qu'il salue à trois pas en joignant les mains devant le visage :

– *Namasté* !

Adélie s'enquiert de la santé et de la prospérité de chacun des membres de la famille, en commençant par les vieux parents restés en Inde, chez qui il vient de faire un aller-retour. Elle continue par les frères que la diaspora marchande a fait essaimer en Australie, ensuite par ceux des côtes africaines, puis par les Londoniens. Elle termine avec le cercle rapproché en nommant l'épouse et chacun des rejetons. Et, puisque voilà notre intérêt ramené sur Paris, elle entre dans le vif du sujet :

– À votre connaissance, Gupta, est-ce que mon oncle aurait reçu des visites dans le loft ?

– Votre question me surprend… C'était sa tour d'ivoire. Il se claquemurait là-haut parfois avec des provisions pour plusieurs jours. D'autre fois, il venait de Bruxelles juste pour la nuit. Il lui est sûrement arrivé de passer sans que nous le sachions… Il tenait essentiellement au secret. D'ailleurs, rappelez-vous, à notre première rencontre, comment je vous ai envoyée sur les roses avant de savoir qui vous étiez ! Mon « locataire » n'existait pas. Notre arrangement s'était établi sans aucune trace écrite. Nous avions des consignes très strictes, y compris les enfants...

– Mais les aménagements ? l'ameublement ? Il ne les a pas réalisés tout seul ?

– C'est moi qui ai fait venir les ouvriers, j'ai supervisé leurs travaux selon ses ordres. Après leur départ, j'ai nettoyé et c'est Julien qui a apporté ses meubles, ses objets. Nous les avons montés ensemble. De nuit. C'est la dernière fois que je suis entré.

– Le ménage ?

– J'ai proposé que Sathjeeta vienne le faire, ne fût-ce qu'en présence de Julien. Il a préféré s'en occuper lui-même.

– Donc, pas de visiteur et, pour parler franc, ni vous, ni personne de votre famille n'avez pu emprunter un objet dans le loft ?

– J'en donnerais mes deux bras à couper.

Bon. Nous voici renvoyés à l'hypothèse précédente : c'est bien Julien qui a glissé le Marco Polo entre les anciens livres.

Gupta danse d'un pied sur l'autre.

– Pardonnez-moi, Adélie, vous savez mon horreur de la curiosité intrusive, mais... Oserais-je ? Si vous me demandez ces précisions..., serait-ce que quelque chose a *disparu*, là-haut ?

– Disparu, pas à proprement parler. Disons qu'il est possible que quelque chose... manque.

– Ah, cela m'ennuie ! C'est très inquiétant... Penser qu'un malveillant puisse s'introduire chez Julien... Enfin, je veux dire, chez vous... C'est à désespérer, avec la petite fortune que j'ai fait dépenser à votre oncle pour la sécurité !

– Tant que ça ?

– Vous imaginez bien que ça n'a pas coûté trois sous pour faire construire la porte à fermetures multiples et surtout cette fichue serrure *à partir* de la clé !

– Vous... vous voulez bien répéter ?

La clé au chat Sylvestre ouvrait aussi une autre porte ! En la lui faisant parvenir, Abestéguy voulait qu'Adélie pénètre dans deux endroits ?

Non seulement Gupta répète, mais il développe. C'est ainsi que nous reconstituons, cette fois en entier, l'histoire tarabiscotée de la transformation d'une ancienne réserve sous la verrière en loft confortable et blindé :

– Lorsque, grâce à la bienveillance de Ganesh, j'ai pu acquérir le magasin, ce volume en étage servait de remise sèche. Depuis ce que votre oncle avait fait pour mes parents, je vous l'ai dit, ma famille considère comme un devoir sacré de conserver pour lui le gîte et le couvert, quoi qu'il arrive. Je lui ai donc aménagé ce que vous appelez aujourd'hui « le loft ». Pour des motifs que je n'avais pas à éclaircir, Julien voulait que l'accès en soit particulièrement sécurisé. J'avais fait établir un devis pour une porte renforcée et une alarme. Il a écarté le tout d'un geste. « Les alarmes, m'a-t-il affirmé, ça se détraque. Et quand ça se déclenche par accident, ça attire l'attention sur un lieu ! Le meilleur moyen de voir arriver la police en votre absence… Je veux que cette petite bulle en haut de l'escalier se fasse oublier… Qu'elle n'existe plus. » Puis il a stipulé, en scandant les mots : « Je veux une porte avec des loquets partout, et que l'on ne puisse ouvrir qu'avec ceci. » Et il m'a tendu une clé.

– CETTE clé ?

– Il y avait déjà fixé la breloque en caoutchouc mousse.

Je complète *in petto* : « Ayant appartenu à son fils, Raphaël. Dont le souvenir douloureux serait entretenu dans le loft. » Ça se tient.

– À elle seule, elle m'a permis de vous identifier à notre première rencontre. Pour répondre à la question qui vous brûle les lèvres, Adélie, non, je n'en ai jamais possédé de double.

La bouche de la petite n'a pas le temps de s'entrouvrir, que Gupta enchaîne :

– Quant à la seconde question, je sais que vous ne la poserez pas, puisque, en nièce avisée de cet oncle à mystères, vous vous doutez bien que Julien n'a pas jugé utile de me préciser l'usage premier de cette clé. Et que je ne le lui ai pas demandé.

– Vous me surestimez, j'allais le faire. On peut rêver…

– Romantique gamine… Je ne crois pas que vous en ayez conscience, mais vous touchez du doigt des réalités très… terre à terre ! J'ai tout lieu de penser que des intérêts puissants étaient en jeu, et que Julien luttait en sourdine contre des ennemis féroces !

Pour être clair, concernant sa mort dans cette période précise…, la thèse de l'accident m'est d'emblée apparue bien commode, pour bien des gens. Mais ce n'est pas à moi d'ouvrir le débat, n'est-ce pas ?

– Je vous en suis reconnaissante, Gupta…

– Maintenant, pour en revenir à cette clé… J'ai peut-être… En fait, quand je disais que la porte et la serrure ont effectivement été construites « autour » d'elle, ce n'était pas une formule en l'air. Vous avez du liquide sur vous ?

Interloqué, je fais signe que oui. Avant de quitter la place des Vosges, sans trop savoir pourquoi, j'ai empoigné une des liasses de Julien, dans la cache derrière les carreaux de la salle de bains.

– Parfait. Parce que le type que je vous emmène voir adore palper la monnaie. La grosse, de préférence. Sale défaut. Que vous lui pardonnerez sûrement. C'est lui le génie qui a réalisé la machinerie de la porte.

Séquence 57

Vous avez déjà vu un fakir ? En photo, probablement. Un de ces individus si décharnés que leurs côtes s'entrechoquent et que leur estomac frotte contre la colonne vertébrale.

Je n'aperçois ni le torse, ni le ventre de l'homme derrière le comptoir : il est en chemise à manches courtes, fermée au col. Mais, rien qu'à l'aspect squelettique de ses phalanges et de ses avant-bras, je présume que, pour voyager, il lui suffit de se mettre sous enveloppe, on le glissera sous la porte à l'arrivée ! Ajoutons le visage émacié, perdu dans une barbe abondante et surmonté d'un turban. Nul besoin d'une imagination feuilletonesque pour lui trouver un surnom…

Nous sommes dans un passage voisin du Brady, à un jet de pierre. Pareillement, il prend par une porte cochère sur la rue du Faubourg-Saint-Denis et s'enfonce sous les immeubles. Il dessine un coude et j'ignore donc s'il rejoint aussi le boulevard de Sébastopol. Mais ici, pas de grouillement perpétuel, pas d'agitation. De nombreux fonds de commerce sont abandonnés, leur vitrine fêlée, tapissée d'affiches sauvages vantant des soldes mirifiques ou des concerts *underground.* La plupart de ces placards sont illisibles, déchirés et plus ou moins chevauchés par de plus frais, lacérés à leur tour.

Vers l'entrée, un Tamoul, nus pieds, nous a sollicités sans conviction. Il proposait, étalées sur des journaux, une trentaine de paires de godasses recroquevillées, recuites de soleil, probablement sauvées de la poubelle après une liquidation. Lorsque nous nous sommes éloignés, il a eu le pauvre sourire de la fatalité.

Quelques pas plus loin, l'échoppe de celui que Gupta proclame virtuose suprême de la lime et de la chignole. Une cellule cimentée, tout en longueur, d'une vingtaine de mètres carrés. Du mur de façade ne subsiste que la partie inférieure, coiffée d'une poutre qui sert d'étal. Un volet roulant métallique, relevé pour l'instant, doit clore le tout en dehors des heures ouvrables. Le long des parois, des machines-outils et des panneaux où s'alignent des modèles de clés.

Le fond du goulet devrait être masqué par un rideau, que l'on n'a pas pris la peine de tirer. Un lieu d'habitation ? Sur une chaise de jardin, une cuvette en plastique orange, un savon et une serviette-éponge brune. Sur une boîte en carton, un réchaud de camping à gaz, où mijote, dans une marmite d'aluminium, un frichti aux vapeurs d'épices. Au sol, une couverture kaki recouvre ce qui doit être un matelas. Ou une planche à clous ? Me reviennent, en flash, l'ambiance chaleureuse de l'atelier de Bottieri l'ébéniste et l'arôme de sa grappa. Autre artisan, autre univers…

Gupta échange avec le Fakir quelques phrases dans un idiome roucoulant, puis annonce :

– M. Vyabji accepte de dialoguer, à condition que l'on n'empiète pas sur ses secrets de création…

– Assurez-le qu'il ne risque rien et que je suis la nièce et l'héritière de son client. Je lui demanderai juste…

Gupta toussote.

– Rappelez-vous que son seul client, c'était moi. Et, sans vous vexer, Adélie…, il préfère avoir M. Roy pour interlocuteur… Dialoguer avec une femme serait indigne.

Vexée, je ne sais pas, mais pragmatique, la Mangouste se place en retrait.

Gupta, diplomate, s'éclipse.

Me voici donc face à face avec M. Vyabji, séparé par la seule largeur du comptoir. Je me sais, par expérience, réfractaire à l'hypnose, et c'est heureux. Sous les sourcils à la rebrousse, deux billes d'obsidienne dardent vers moi des énergies capables de me sonder jusqu'au fond des chaussettes. Averti du mode de fonctionnement du bonhomme, avant même d'entrer en matière, je pose sur la poutre un billet et la clé du loft par-dessus. Il ne les regarde même pas.

– Que puis-je pour vous ?

Combien de temps pour prononcer ça ? Une seconde ? Je n'ai pas vu le moindre geste, mais le billet s'est volatilisé. Et la clé n'a pas bougé. Il est vraiment magicien, du moins quand il s'agit d'argent…

– Vous vous rappelez cette clé ?

– C'est bien possible…

– Vous avez réalisé un fort bel ouvrage dans la remise de M. Armitraj.

– Je suis sensible à votre compliment.

Vocabulaire châtié, sous le turban. Encore un exemple de parfaite intégration.

– J'envisage de faire faire quelque chose de semblable chez moi. Qu'est-ce que ça représenterait ?

Le malin n'est pas dupe une seconde de la finalité de mon interview. Si je venais pour une commande, je n'aurais pas besoin de le soudoyer. Mais il joue le jeu et se lance dans une description détaillée du blindage, du dispositif d'ancrage multiple et de son incidence sur la maçonnerie alentour, avec une abondance de détails techniques, des épaisseurs exprimées en millimètres. Puis il stoppe brusquement, comme si l'on avait actionné un interrupteur. Et son regard se perd par-dessus mon épaule. Je rétablis le contact par un billet, qui s'évanouit aussi vite que le premier.

– Je voudrais que vous exécutiez exactement le même genre de travail qu'au passage Brady.

– Une serrure sur mesure pour une clé ?

– C'est ça.

– Je peux la voir ?

– Hmm… Je ne l'ai pas encore, mais c'est une affaire de quelques jours.

– Alors, je ne peux rien vous assurer. J'espère qu'elle sera moins complexe que celle de M. Armitraj…

– C'est-à-dire ?

Silence radio. Regard flou. Je sacrifie un billet. Motus. On commence à aborder le vrai but de ma visite.

Cent euros de plus font l'affaire. Il redémarre.

– La clé de Gupta était infalsifiable. C'est un programme informatique qui établit sa combinaison, puis pilote une machine à tailler au laser, au millième de micron près... Impossible de reconstituer la serrure d'origine, mais j'ai pu concevoir un mécanisme simplifié qui fonctionne *à partir* du profil général de l'objet.

– Comment retrouver la serrure d'origine, à laquelle était destinée la clé d'Armitraj ?

Sous la barbe, une moue amusée.

– Pourquoi ne pas le demander à l'intéressé ?

Je ne mens pas tout à fait en répondant :

– Il l'ignore. Il tenait beaucoup à la réutiliser parce qu'il l'avait trouvée dans les affaires d'un ami... décédé. Elle a une énorme valeur sentimentale.

– Je comprends, ça n'a pas de prix, l'amitié...

En même temps, le brigand élève trois doigts interminables. Plus on chauffe, plus les tarifs grimpent !

J'aligne trois des biffetons de tonton. L'escroc susurre :

– C'est une clé de coffre.

Grosse claque. Telle avait été notre première intuition en sortant de chez Robin ! Et Martine Claessens pensait la même chose ! Mais nous avions définitivement jeté cette éventualité aux orties, aussitôt que nous avons cru résolue l'énigme de la clef au chat Sylvestre : elle ouvrait le loft, point à la ligne ! Par contre, pour le génie du pêne et de la gâche, l'évidence de la réponse est telle qu'il ne peut s'empêcher de sourire de mon ahurissement... et à la pensée de tout le blé qu'il m'a soutiré pour en arriver là. Du coup, pour ne pas sombrer dans la malhonnêteté absolue, il me précise gratuitement :

– Coffre de banque, selon toute vraisemblance, vu le matériel sophistiqué nécessaire à sa fabrication.

– Quelle banque ?

– Aucune indication. Et ces gens-là n'étalent leurs modèles ni sur mes murs, ni dans des catalogues. Vous allez devoir chercher un grain de riz dans un sac de riz... Je vous souhaite bien du plaisir. Ravi de vous avoir connu. Ce fut un entretien très... riche.

J'apprécie le trait. La cynique crapule commence à baisser le rideau de fer. Je soupire, je fais mine de rebrousser chemin, la tête dans les épaules, en parfait vaincu.

– *Hey, my friend !*

Me trompé-je, ou vient-il de m'appeler son « ami » ? Je me retourne. M. Vyabji s'étonne :

– Pourquoi tu t'en vas déjà ? Ta poche n'est pas vide !

Je reviens sur mes pas, tel le pigeon idéal. Et, dès que je suis près du maigrichon, je change de registre. Je le saisis par la barbiche et je le colle contre son comptoir. Avec ses os proéminents, il est déjà en train d'attraper des bleus.

– Tu sais que tu commences à me plaire, toi ?

– Doucement, *my friend* ! Les clients qui me commandent des travaux spéciaux me paient aussi pour oublier, tu comprends ?

– Retrouve très vite la mémoire !

L'aigrefin déplie huit doigts.

– Pas question.

– Dommage. Ça les vaut, je te jure !

Sans lâcher ma prise, je sors le reste de la liasse, j'en fais un rouleau que je lui passe sous le nez.

– Tu parles d'abord. Si c'est de la roupie de sansonnet que tu essaies de me fourguer, je te jure que non seulement tu fais ceinture pour ceux-là, mais je récupère les autres et je t'envoie chez le dentiste pour une révision complète.

– S'il te plaît, tu peux me faire confiance ! J'ai déjà vu un spécimen semblable. Un système de sécurité mis au point par des Finlandais… La PTB s'est équipée chez eux…

Je tiraille la barbichette.

– La quoi ?

– La PTB… La Pondichéry Trading Bank.

– Le coffre serait à… Pondichéry ?

– Peut-être…

Pondichéry… Merci, Julien Abestéguy ! Sûrement quelque peu agacé, j'étire malencontreusement l'ornement pileux. Viabji couine :

– Attends… Ils ont une succursale… rue du Château-d'Eau !

Je fourre les billets dans la poche de chemise du larron.

– Si tu t'es foutu de moi, je te conseille de fermer boutique avant que je revienne. Si c'est du solide, joie et bonheur sur ton karma, *my friend* !

Adélie me jauge, semble-t-il, assez froidement.

Quoi ? Je ne lui ai pas fait vraiment mal, ma belle ! Et puis, c'est lui qui m'a un peu poussé à sévir, non ? J'ai presque envie de dire : « Je ne lui ai quand même pas tranché la gorge, moi ! » Mais je ravale tout ça. N'effleurons pas les sujets qui fâchent.

Je prends ma compagne par le bras. La rue du Château-d'Eau est à deux cents mètres d'ici.

Ça me convient assez bien. Merci, Julien Abestéguy.

Séquence 58

PTB

Un discret rectangle de cuivre gravé, vissé dans la pierre. Une grosse porte double laquée en blanc et, devant, une grille de fer forgé à ramages. Pas d'interphone. Au bas de la plaque, des pattes de mouche indiquent :

Du mardi au jeudi de 9 à 16 heures, vendredi jusqu'à 13 heures.
Et sur rendez-vous.

Commode. Les horaires type d'une banque d'affaires !

La fouille du loft et ses suites nous ont pris un temps que nous ne soupçonnions pas. Demain est un autre jour.

Nous n'avons rien mangé depuis ce matin. Pour dîner si tôt, Adélie choisit une brasserie face à la gare de Lyon. Derrière sa grande salade aux poissons fumés, la délicate fronce le nez en me voyant assaisonner moi-même un tartare géant.

Les récapitulations vont bon train. Comme moi, l'héritière d'Abestéguy regrette d'avoir si vite considéré la clé au chat uniquement comme celle du loft.

– Ne te fustige pas. Il aurait fallu une tournure d'esprit vachement vicelarde pour conjecturer un système de sécurité conçu *autour* d'une clé ! De toute façon, nous avons peut-être perdu du temps, mais si maillon manquant il y avait, le voilà ressoudé !

Je lance cette affirmation pour requinquer la petite, mais en suis-je bien certain ? D'abord, qui nous dit que Vyabji n'a pas sorti n'importe quoi pour quelques billets de plus ? Ensuite, il a pu se tromper en croyant reconnaître le modèle de la clé.

– Admettons même que le coffre existe. Une banque te permet-elle de regarder dans le coffre appartenant à une tierce personne, de surcroît décédée, simplement parce que tu te pointes avec la clé ?

– Je n'en sais fichtre rien. On voit ça dans tous les polars, mais il se peut que ce ne soit qu'une facilité d'auteur...

– Et si cette PTB n'avait été choisie que pour sa commodité ? L'agence à proximité, mais l'argent à Pondichéry ?

– Ce serait bien un coup à la Julius !

– Il est aussi très plausible que, comme bien des gens aisés, il se soit ouvert un coffre près de son refuge parisien, mais qu'il n'y ait rien déposé qui te concerne.

– Si ça n'a aucun rapport avec ce qu'il me lègue, pourquoi tout ce toutim coûteux pour que la *même* clé ouvre les *deux* serrures ?

– Caprice de riche, qui n'aime pas déformer ses costumes en trimbalant de la ferraille ?

Et si... et si... Un milliard de suppositions y passent, aucune n'est invraisemblable...

Lourds de tous ces possibles, nous rentrons en marchant sans hâte. Le soir fraîchit à peine. Convergeant vers l'Opéra Bastille, des planchistes à roulettes nous doublent, nous frôlant exprès.

Après la douche et rasé de frais (ma douce a la peau du cou fragile), serviette autour des reins, je bloque la mignonne dans le couloir.

– Péage ! Bisou !

Elle esquive, passe sous mes bras étendus.

– Faut que je mette de l'ordre dans des paperasses. Même pas ouvert le courrier, ces jours-ci.

Direction l'atelier, porte close.

Notre intimité se distend, depuis quelque temps. Elle me manque. Pas pour le crac-boum, pour la tendresse.

Pour le crac-boum aussi, hypocrite !

Morose, en pagne, affalé sur le canapé bleu électrique, je joue de la zapette devant la télé.

Pas grand-chose à se mettre dans le cerveau. En revanche, des couleurs criardes et des voix ridicules à tire-larigot : l'été, les diffuseurs écoulent leurs vieux restes de dessins animés asiatiques et de séries usées jusqu'à la trame.

Dans ce désordre, je tombe par hasard sur une chaîne belge : Y raconte-t-on des histoires drôles sur les Français ?

À cette seconde, regardant ces mêmes images, côte à côte, la copine Martine et sa concubine Sandrine, en pantoufles de feutrine, épluchent des mandarines ?

Je me fais marrer tout seul. Les nouvelles rabattent ma joie :

> Répondant à l'appel au secours des autorités australiennes pour lutter contre la pandémie qui ravage le cheptel, un groupe pharmaceutique européen annonce qu'il détient un stock d'un vaccin qui serait efficient contre l'agent pathogène incriminé. Toutefois, le gouvernement de Canberra, réuni en cellule de crise, élève une protestation et n'hésite pas à parler de chantage. En effet, les industriels assortissent leur offre d'une condition : que leur soient reconnus les droits sur une molécule capable de lutter contre l'obésité.
>
> Cette molécule, extraite d'une plante à rhizomes du désert, avait été isolée grâce à l'aide des Aborigènes, détenteurs ancestraux de ce territoire aussi bien que de la connaissance de l'usage médical de ces rhizomes.
>
> Un contentieux juridique international existait, rappelons-le entre le laboratoire et les Aborigènes...

Quand on suit le fil de l'histoire entre les lignes, c'est plein d'enseignements...

> Les cambrioleurs sont-ils en train de moderniser leurs méthodes ? Ce matin, dans une ruelle tranquille de notre capitale, un livreur a découvert un artisan gisant inanimé dans son atelier, les mains liées derrière le dos.
>
> L'homme, un ébéniste d'art renommé, d'origine italienne, âgé de septante-trois ans, a été victime d'une agression d'un genre assez inhabituel : il n'a pas été frappé, mais on lui a injecté une

forte dose d'une drogue complexe, que les médecins tentent d'analyser.
Rien n'a été saccagé, ni l'atelier ni le logement ne semblent avoir été fouillés.
Selon la police, la victime gardait peut-être des sommes importantes ou des valeurs et les malfaiteurs lui en auraient fait avouer l'emplacement grâce à cette injection.
Le malheureux pourra-t-il donner des éclaircissements ? Il a passé plus de douze heures sous l'emprise des toxiques.
Pour l'instant, il a été placé en réanimation au centre anti-poison, dans un état jugé critique...

Les salauds ! Le nom n'a pas été rendu public, mais après Khaïdi, c'est notre brave Attilio qui trinque ! Clair que ce ne sont pas de simples malfrats qui en voulaient aux économies de l'ami Bottieri !

Clair que, dès notre passage, les clébards de Widmer sont intervenus, bavant après le moindre indice qui nous aurait échappé !

Si Adélie n'en est pas avertie par la presse française, je vais tâcher de la tenir dans l'ignorance de ce nouveau malheur, la chérie...

Avant de m'endormir en solitaire, je demande aux renseignements le numéro de la Pondichéry Trading Bank.

Séquence 59

Vendredi, 23 juillet

Quand je songe qu'hier soir, nous trouvions notre tête encombrée de trop nombreuses hypothèses… Que dire après notre descente à la Pondichéry Trading Bank ? Vyabji avait employé une expression savoureuse : « chercher un grain de riz dans un sac de riz ». Maintenant, j'ai l'impression de chercher ce grain dans une rizière… Mais revoyons dans l'ordre.

Nous nous figurions, pour avoir un peu pratiqué les Indiens, que les choses demanderaient « un certain temps ». Or, nous allons devoir abandonner ce cliché.

Neuf heures et trois minutes, Adélie téléphone à la PTB.

Un standardiste répond. À la première sonnerie. Mémorise aussitôt l'identité de sa correspondante.

– Puis-je m'enquérir du motif, mademoiselle Cartwright ? Confidentiel ? *No problem.* Apprécieriez-vous un entretien avec l'un de nos sous-directeurs, *mister* Govinat, par exemple ?

– Assez rapidement, si possible.

– *No problem.* Dix heures quinze, cela vous conviendrait-il ?

– Aujourd'hui ?

– Cela va de soi, mademoiselle Cartwright.

Le temps d'avaler le café, de nous habiller chic et de fréter un taxi…

La grille forgée a été retirée. Nous ne stationnons qu'un instant devant la porte blanche. Venue de la plaque de cuivre, une voix interroge :

– Quel nom, je vous prie ?

Deux secondes pour vérifier, un déclic.

Derrière la porte laquée, nous voici dans un sas de verre. Il faut avoir refermé derrière nous pour que le panneau transparent cliquette à son tour et nous laisse pénétrer dans un hall presque trop frais. Marbre blanc, colonnes, palmiers en pot. Ici et là, un fauteuil club assorti d'une table basse et d'un cendrier chromé sur pied. Un paravent de bois de santal ajouré sépare chaque coin-salon du voisin.

L'un de ces points d'attente est occupé par un gros rouquin, transpirant malgré l'excès de climatisation, costume de voyage froissé. Sur les genoux, un attaché-case pelé, relié à son poignet par des menottes. Un *boy* en livrée blanche à boutons dorés, plié à angle droit, lui présente le thé sur un plateau. On croit rêver. Ça existe encore ?

Coup d'œil circulaire : pas de comptoir, pas de caisse, pas d'accueil. Juste, sur le pourtour, des portes capitonnées. L'une chuinte sur ses gonds et livre passage à un gaillard haut comme une tour, qui vient droit sur nous.

– Mademoiselle Cartwright ?

– Oui, et voici M. Roy.

– Mademoiselle, monsieur, bienvenue à la Pondichéry Trading Bank.

Il nous tend à chacun une carte de visite. Même geste que Gupta.

D'ailleurs, mis à part le gabarit de rugbyman, tout évoque un fac-similé de notre ami : cheveu calamistré, visage lisse, complet hors de prix, cravate rayée aux couleurs d'un collège britannique où vous devez être inscrit trois mois après votre naissance. Souliers de chez le bon faiseur, luisants, mais sans lustrage vulgaire.

Un léger retrait sur le côté, et il nous indique, non pas la porte d'où il est venu, mais la seconde sur la gauche.

Un lieu parfaitement impersonnel. Le premier entretien à la PTB ne vous donne pas le privilège d'un accueil en bureau sous-directorial. Le minimum fonctionnel. Table et armoire basse en teck, ordinateur sur une desserte, deux fauteuils droits pour les visiteurs, siège de bureau pour le consultant. Seule, la qualité des matériaux rassure quant à la solidité de l'établissement.

Mister Govinat pose ses belles mains à plat sur le plateau nu devant lui.

– Or donc, mademoiselle Cartwright, quel type d'opération souhaiteriez-vous réaliser avec nous ?

– Je suis la nièce de Julien Abestéguy. Est-ce que ce nom vous est connu ?

– Comme à toute personne qui s'intéresse aux affaires, n'est-ce pas... Les médias m'ont appris la fin affreuse de ce brillant industriel. Je vous présente nos sincères condoléances.

– Merci, monsieur. Mon oncle était bien client chez vous ?

– Malgré toute notre sympathie dans ces pénibles circonstances, vous comprendrez bien que, n'est-ce pas...

Sans plus chercher de détour, Adélie fait glisser vers lui la clé.

– Il m'avait confié ceci. Est-ce que ça vous parle davantage ?

Le banquier considère rapidement la chose, mais n'y touche pas.

– Elle vous appartient, mademoiselle. Notre règlement stipule que vous devez être seule à la manipuler. Mais, simple formalité, n'est-ce pas...

Il extirpe de sous le bureau un boîtier gris, de la taille d'un paquet de cigarettes, relié à l'ordinateur par un câble et doté d'une échancrure mince à l'avant.

– Voudriez-vous être assez aimable pour la glisser ici ?

Aussitôt la tige de métal enfournée, une lumière verte la scanne. Govinat consulte l'écran de son terminal.

– Il s'agit effectivement de la clé d'un de nos coffres.

– Parfait. Serait-il possible d'y accéder ?

– Possible, certes... Votre oncle est décédé, n'est-ce pas... Pourtant, à ce jour, le coffre n'est pas placé sous scellés : les autorités n'en connaissent probablement pas encore l'existence parmi les biens de M. Abestéguy... C'est un peu le but de ce genre de précautions, n'est-ce pas...

– Donc, je peux ?

– Dans la mesure où il vous y aurait autorisée, par exemple par une procuration...

– Je n'en possède pas.

– Puis-je voir un papier d'identité ?

Un œil sur le passeport, l'autre sur l'écran, il annonce :

– Je vous rassure. Vous avez mieux qu'une procuration : il vous avait inscrite sur sa liste des ayants droit.

– *Des* ayants droit ? Je croyais…

– Je ne pense pas trahir la déontologie en confirmant que vous êtes la seule. Cependant…

M. Nespa laisse sa phrase en suspens pendant un temps bien trop long. Adélie n'a pas dû souvent négocier avec un banquier, a fortiori pondichérien : elle tombe dans la brèche.

– Vous semblez gêné. Quelque chose s'oppose à ma demande ?

– S'oppose… Je n'emploierai pas ce terme, mais, avec le décès récent de votre oncle, la situation requiert une attention toute spéciale, n'est-ce pas…

– Le locataire du coffre m'a bien inscrite sur votre liste ? Je suis en possession de la clé, quoi de plus ?

– Je relève une singularité. D'ordinaire, la première donnée que nos clients énoncent pour accéder à un coffre, c'est son numéro. Or vous…

Mince ! Le grain de sable de dernière minute : nous avons regardé cette clé à la loupe, aucune gravure, aucun marquage !

Devant l'air pincé d'Adélie, le sous-directeur éprouve le besoin d'ajouter :

– J'imagine bien que ce n'est qu'un oubli. Votre oncle avait tellement insisté pour se faire attribuer ce chiffre-là !

La Mangouste cligne juste des paupières et lâche, avec un parfait aplomb :

– Cent huit.

– Je vous remercie. Ne m'en veuillez pas. On n'est jamais trop prudent avec les biens qui nous sont confiés !

– N'est-ce pas. Pouvons-nous y aller ?

Quel calibre, cette nana ! Et moi qui l'ai crue en état d'infériorité devant ce grand pendard en costard ! Elle l'avait vu venir, et elle l'a laissé s'empêtrer dans les politesses, jusqu'à ce qu'il lâche *la* bribe d'information nécessaire : ce numéro, Julien tenait à l'avoir ? 108.

Le nombre de Ganesh. Le numéro du passage Brady. Les trois chiffres inscrits sur le sac à olives froissé, dans le tableau d'Adrian Cartwright.

L'ascenseur, cage sans boutons, sans indication visuelle, répond à la commande vocale. Govinat ordonne :

– *Level four*[1] !

Notre descente lui laisse à peine loisir de souligner que la majeure partie du volume de l'établissement se situe en sous-sol, et de nous vanter avec conviction l'inviolabilité absolue du système de sécurité…

– Finlandais !

– C'est tout dire, approuve Adélie, le plus sérieusement du monde.

Un garde en uniforme anthracite coiffe sa casquette à notre approche et se joint à nous.

Couloir beige.

Grille coulissante. Horizontalement.

Couloir beige.

Grille coulissante. De bas en haut.

La salle des coffres.

Finlandaise, je veux bien, mais très franchement, à première vue, elle ressemble à tout ce que l'on nous montre dans les films : trois parois constituées, du sol au plafond, de compartiments métalliques contigus.

À deuxième vue, je révise mon jugement. Les façades d'acier sont absolument anonymes et lisses, pas de numéro, ni de charnière, ni de serrure. Le sous-directeur jubile.

– Impénétrables et non identifiables.

Il tire de sa poche une sorte de télécommande.

– Seuls trois responsables en ont l'usage. Elles sont sécurisées à un autre étage.

Et il l'avait sur lui depuis le début, ce rat ? Ne me dites pas qu'il nous a fait tout ce cinéma en sachant d'avance pourquoi nous venions !

Il pianote sur six touches.

– Le code est changé chaque matin.

Lorsqu'il pointe la commande vers un coin de la salle, un clapet démasque un panneau carré. Les voilà, les serrures, prévues pour l'ensemble du système : deux ouvertures, dont le

---

1. Niveau quatre !

profil nous est familier, de part et d'autre d'un mince cadran à cristaux liquides.

Govinat prononce :

– *One, o, eight..*

Les trois chiffres s'inscrivent sur l'écran.

– Cent huit. Clé.

Le garde répète :

– Cent huit.

Il étire une chaîne attachée à son ceinturon, farfouille dans un trousseau, sélectionne une clef, l'entre dans la fente de gauche.

– Mademoiselle, je vous prie.

Adélie introduit la clé de Julien à droite, attend un signe de tête de Govinat et, synchrone avec son vis-à-vis, donne deux tours d'ouverture.

Sur la paroi du fond, à hauteur de poitrine, un casier vient d'avancer de dix centimètres. Le garde va l'extraire, comme on retire un tiroir de ses glissières, invite la destinataire à vérifier le numéro frappé sur le flanc. Après approbation, il nous précède vers une petite pièce adjacente.

Ameublement cossu, de style colonial. Par une fausse fenêtre, un judicieux éclairage en lumière du jour fait oublier l'enfermement du lieu.

Le gardien pose le caisson sur la table et sort, le sous-directeur se retire à reculons.

– Vous avez tout votre temps. Nous fermons à treize heures.

Il tire la porte. Une seconde après, l'héritière de la fortune Abestéguy soulève le dessus du casier. Qui révèle un coffret d'acajou rectangulaire.

Quarante centimètres sur trente. Vingt d'épaisseur.

Deux fermoirs à l'avant.

Au centre du couvercle, une plaquette de laiton poli gravée de deux initiales en lettres anglaises :

« *J.A.* »

Adélie élève l'objet, tel un reliquaire sacré. Déjà, ses pouces touchent les fermoirs. Lorsqu'elle se ravise.

– Tu vas me trouver idiote, mais je préfère être chez Julien pour l'ouvrir.

Séquence 60

M. Nespa, connaissant le souci de ses clients d'emporter leurs valeurs sans tambour ni trompette, remise dans son bureau une provision de sacs en plastique du Bazar de l'Hôtel de Ville... C'est dans ce sobre emballage que le coffret a fait le trajet jusqu'au loft.

Le voici maintenant sur le sofa, et nous à genoux devant lui.

Dans le cocon préservé, avec en fond sonore la rumeur marchande du passage Brady et la présence de Julien presque palpable par les effluves de son eau de toilette, la boîte d'acajou prend une importance considérable.

Pour évacuer la tension, Adélie souffle vigoureusement deux fois. Ose faire sauter les fermoirs. Lève le couvercle.

Sur un capiton de velours noir, le livre.

Une reliure de veau miel, patinée, un filet d'or en liseré.

Au centre, frappées au fer, des armoiries. Un écusson, une couronne.

La couverture ouvre sur deux pages vierges piquetées de taches rousses. Leur succède un frontispice de papier fort, où s'étale le titre complet, suivi d'un aperçu explicite du contenu, ainsi qu'il était d'usage à l'époque.

LES SIX

VOYAGES

DE JEAN-BAPTISTE

TAVERNIER,

ÉCUYER BARON D'AUBONNE

QU'IL A FAIT

EN TURQUIE, EN PERSE

ET AUX INDES

Pendant l'efpace de quarante ans, & par toutes les routes
que l'on peut tenir ; accompagnez d'obfer-
vations particulières fur la qualité, la religion,
le gouvernement, les coûtumes & le commerce
de chaque païs ; avec les figures, les poids & la
valeur des monnoyes qui y ont cours.

PREMIÈRE PARTIE

Où il n'eft parlé que de la Turquie & de la Perfe

À Paris, chez Gervais Clouzier
au Palais, sur les degrez en montant pour aller
à la Ste Chapelle,
à l'Enfeigne du Voyageur
ET
CLAUDE BARBIN, fur le fecond Perron
De la sainte Chapelle
M.D.C. LXIX
AVEC PRIVILÈGE DU ROY

– La Turquie, la Perse, les Indes ! Ça ne te rappelle rien ?

– Le parcours souligné sur le planisphère, chez toi !

– Exact, mais remarque, on ne traite ici que des deux premières destinations.

– Robin n'a mentionné qu'un seul volume ?

– Il n'a pas remarqué qu'il offrait à Julien un ouvrage incomplet !

– C'est surprenant. Il avoue ne pas être spécialiste, mais quand même... Tu permets que je regarde ?

Je soulève. Ça pèse le poids d'un âne mort. Et c'est épais comme deux briques. Méticuleux, j'examine la tranche jaunie.

– Un peu plus loin que la moitié... On dirait une surépaisseur dans le papier...

La Mangouste, glisse un ongle. Les feuillets se séparent aisément.

Même frontispice, même contenu général annoncé : routes, coutumes, religion, monnaies...

À la différence qu'entre le titre et l'adresse de l'éditeur, il est indiqué :

SECONDE PARTIE
Où il eft parlé de Indes & des Ifles voisines.

L'ouvrage était donc, à l'origine, en deux volumes. Le relieur les a rassemblés.

Adélie repose l'opus, prend du recul, assise en tailleur au centre du tapis. Mains ouvertes, elle s'adresse au plafond :

– OK Julius ! Quand tu m'as laissé la clé, tu voulais que je trouve non seulement ta tanière, mais aussi ton bouquin ! Qu'est-ce que je suis censée en faire ?

Comme la réponse du tonton tarde un peu, je me permets de suggérer :

– Le lire, peut-être ?

– Bon courage !

– La femme d'action renâclerait-elle devant un peu de culture ?

– Un peu ? Au moins mille pages ! Et tu vois la qualité de l'impression ? Et puis, c'est écrit tout petit... En plus, les *s* ressemblent à des *f* ! L'orthographe, le vocabulaire et les tournures du Grand Siècle... Dans un mois, on y est encore !

– Mais ne t'excuse pas. Je n'ai jamais supposé que tu saches lire ! Ne te reste plus qu'à implorer les mânes avunculaires !

– Reste poli !

– Je le suis. Ces termes choisis désignent l'esprit de ton oncle, béotienne !

– Tu as tort de te moquer. Des fois, ça fonctionne, la prière... Jules, Julos, ne me lâche pas ! Un signe. Juste un petit signe.

Et *ça* fonctionne. Le mobile de la belle grelotte. Pas en provenance de l'au-delà, mais c'est tout comme : Hélène Deniau, la collaboratrice de l'étude d'Enghien, tout feu tout flamme.

– Ma petite Adélie, maître Desbois vous a promis des renseignements sur le livre offert à M. Abestéguy, je crois ?

– Déjà ? Ça date à peine d'hier.

– Vous savez, quand mon patron fait des promesses…, *je* suis là pour les tenir ! Or donc, j'apporte des éléments nouveaux ! Vous avez de quoi noter, parce que c'est copieux !

Séquence 61

Jean-Baptiste Tavernier naît en 1605 à Paris, où se sont établis son père, Gabriel, et son oncle Melchior, protestants venus d'Anvers. Respectivement géographe et graveur, ils font commerce de cartes que viennent acheter les voyageurs de toute l'Europe. Enfant, Jean-Baptiste entend des conversations sur des lointains prodigieux et, dès lors, ne pense plus qu'à y partir à son tour.

À vingt-deux ans, il a déjà parcouru la France, l'Angleterre, les Pays-Bas, l'Allemagne, la Suisse, la Pologne, la Hongrie et l'Italie. Il en parle aussi les langues. Il entre au service du vice-roi de Hongrie, puis du duc de Nevers, prince de Mantoue, pour apprendre les usages des nobles et de la cour.

À trente ans, il rencontre le fameux père Joseph, qui lui offre de rejoindre Ratisbonne, d'où il accompagnera deux gentilshommes chargés d'une mission diplomatique en Palestine. Tavernier accepte, mais, à Constantinople, il reçoit un appel irrésistible : il croise une caravane en partance pour Ispahan. Il se joint à elle et traverse la Turquie, l'Arménie et la Perse.

Il revient par Bagdad, Alep, Alexandrie, Malte. Chemin faisant, il achète des étoffes et des parfums rares, qu'il revend avec un joli profit à Paris.

Le voici commerçant et, dès lors, cette activité où il excelle va lui permettre de financer des voyages de plus en plus audacieux. Cette route qu'il a explorée, il va la pousser jusqu'aux confins de l'Extrême-Orient : les Indes, la Mongolie, Sumatra, le Japon, le Tonkin, la Cochinchine, le Siam… On dit que c'est lui le premier qui raconte avoir vu écrire avec « un minerai de plomb, entouré d'un manteau de bois à tailler ». Le crayon.

Il emmène son frère et le fils de celui-ci à Batavia et les aide à installer là-bas un comptoir, base de rayonnement des Tavernier.

Maintenant marchand de haut rang, il est accueilli à la cour du Grand Moghol. Il verra surgir de terre le Taj Mahal. Il visite les fabuleuses mines de pierres précieuses de Golconde et commence à s'intéresser à cette marchandise, à la fois coûteuse et facile à transporter, convoitée par tous les grands du monde occidental. C'est pour ce commerce qu'entre deux voyages, il fait la connaissance d'un joaillier, le sieur Goisse, dont il épouse la fille Marie, en 1662.

Dans ce nouvel environnement, il devient expert en gemmes, ce qui lui permet dorénavant de faire de bien meilleurs achats. À telle enseigne que, en 1668, il rapporte un stock de joyaux considérable et si exceptionnel que le roi le lui achète pour trois millions. Parmi ces pierres figure le célébrissime Diamant bleu, qui orna le ruban de la Toison d'or.

Tavernier publie plusieurs livres relatant ses expériences et donnant d'utiles indications aux futurs voyageurs. Pour tous ces services rendus au royaume, Louis XIV l'anoblit en 1669.

Sa fortune considérable permet à Jean-Baptiste d'acheter la baronnie d'Aubonne, en Suisse, près de Lausanne. Mais la gloire lui monte-t-elle à la tête ? Il va décorer complètement son château à l'orientale et se met à mener grand train. Il donne des fêtes somptueuses, reçoit à table ouverte, souvent enturbanné et vêtu d'un caftan lamé d'or, tel un prince persan.

À dépenser sans compter, il se voit forcé de revendre sa baronnie au fameux navigateur Abraham Duquesne. Puis, c'est son hôtel de Paris qu'il doit liquider. De plus, les temps sont durs pour les huguenots : certains historiens prétendent que Tavernier a séjourné à la prison de la Bastille, lors de la révocation de l'Édit de Nantes.

Ses dernières années sont obscures. Il avait, semble-t-il, gardé une poire pour la soif, de quoi espérer rebâtir sa fortune.

Son neveu, rappelé de Batavia, est mandaté pour acheter des denrées précieuses à Ispahan. Hélas, cet indélicat va détourner les derniers biens de son oncle et s'évanouir dans la nature.

Dépouillé, Tavernier doit envisager, à quatre-vingt-quatre ans, de gagner à nouveau de quoi subsister. Mais il s'est mis à dos la puissante Compagnie hollandaise des Indes orientales. Il accepte donc l'invitation du roi de Prusse, Frédéric-Guillaume, qui lui confie le projet chimérique de fonder une compagnie allemande concurrente.

Le vieil homme va devoir entreprendre un ultime périple. Un de trop. Il part ouvrir une nouvelle voie vers les Indes par la Mongolie. En route, il attrape une pneumonie et meurt à Moscou en 1689, clamant jusqu'au bout qu'il peut encore être riche...

Robin peut se féliciter de pouvoir compter sur une telle collaboratrice. En moins de vingt minutes, la dame permanentée de l'étude d'Enghien vient de nous brosser un profil du baron d'Aubonne, suffisant pour une simple curiosité, mais capable aussi de faire fourmiller des envies d'en savoir plus.

– Hélène, je n'ai que deux mots à vous dire : BRA–VO ! Vous aviez tout ça dans vos dossiers ?

– Que nenni, ma chère. Je viens de le découvrir. Et je dois faire un grand *mea culpa* : j'aurais dû effectuer cette recherche au moment de la vente. Mais, à ma courte honte, je vous confierai que maître Desbois et moi avons, à l'époque, été influencés par un sentiment peu avouable, mais très humain : l'antipathie...

– ...

– Vous savez, je crois, que ce livre provenait de l'héritage d'une vieille demoiselle ? Figurez-vous que les cousins qui se le sont disputé jusqu'à le laisser pourrir étaient – passez-moi l'expression – de vraies gueules d'empeigne ! Ils nous avaient parlé de nombreux objets anciens, mais en se gardant bien de préciser leur état. Ils ont déversé dans notre réserve une tonne de machins moisis ! Même le cher monsieur Julien n'en aurait pas voulu dans ses pires *vistemboires* ! En plus, ces pignoufs ont continué à se bouffer le nez devant nous, avec un seul refrain : l'argent, l'argent, l'argent ! Le patron a piqué une fameuse rogne, jusqu'à leur demander s'ils prenaient l'étude pour une poubelle. Ils se sont résolus à rembarquer leurs immondices, à condition que maître Desbois accepte de vendre ce qu'il jugerait sauvable. Pour se débarrasser d'eux, il a gardé les deux ou trois pièces encore en état. Comme les vendeurs eux-mêmes ne nous fournissaient aucune documentation, nous avons fait le minimum, j'en conviens...

– Et cette biographie détaillée du sieur Tavernier, si vite trouvée ? Vous l'avez tirée de votre manche ?

– En cette saison, je porte manches courtes, Adèle. Je fais plus confiance au dictionnaire... Les éditions actuelles semblent quelque peu oublier votre voyageur. Celles qui le citent le réduisent à la portion congrue de quelques lignes. Heureusement, nous disposons ici du Mammouth.

– Quésaco ?

– Un dictionnaire encyclopédique des années 1890, abandonné par un de nos clients. Il était déjà difficile de faire partir ce monument complet avec ses trente volumes, et comme il n'en restait que vingt-neuf, il encombre nos rayonnages... Cependant, il m'est bien utile pour composer des argumentaires d'apparence savante, lorsque le patron ne sait pas trop quoi dire sur certains objets... Là, Tavernier avait droit à deux pages. Si vous disposez d'un fax, je peux vous faire parvenir l'article complet ?

– Fax, non, mais vous pouvez le scanner et me l'envoyer par courriel.

– Oh là, vous parlez de ces trucs cuisinés sur l'ordinateur ?

– Bon, je ferai avec mes notes. Et sur le livre, *Les Six Voyages* ? Vous avez quelque chose ?

– Oui. Et non. En fait, j'ai consulté M. Bellion. Un bibliophile qui nous éclaire de ses lumières lorsque nous liquidons une bibliothèque... Il m'a farci la tête de dates de réédition, de types de papier et que sais-je encore... Je préfère que vous preniez contact directement. Si vous ne tardez pas trop, vous le pouvez encore ce soir... Ah, au fait : ce monsieur est aussi un marchand. Sa spécialité est de dénicher les raretés sur commande. J'ai préféré ne pas lui indiquer que vous possédiez déjà un exemplaire. Il ne vous ennuiera pas en essayant de vous le racheter à bas prix, et il sera sûrement plus enclin à la discussion s'il pense avoir affaire à une acheteuse potentielle...

Impeccable Hélène.

René Bellion est un rat de bibliothèque, c'est certain. Son timbre aigrelet évoque la ratitude, tout comme le léger sifflement entre les incisives et les reniflements rapides dont il entrecoupe ses propos... Je ne l'imagine pas autrement que nez pointu et moustache filiforme, perché au sommet d'une montagne de livres.

– Bien chur, bien chur... Mme Deniau m'a prévenu de votre... *nif, nif*... de votre appel... Non, non, vous ne me... *nif, nif*... dérangez pas. Tavernier vous intéresse, donc ? Vous avez raison. Personnage... *nif, nif*... considérable, par trop négligé de nos jours. Ce qui est curieux, c'est qu'il ait été une sommité de son temps et qu'il n'existe que peu d'études à son sujet. Que puis-je en dire ? Né à Paris, en 1605...

– Pour la biographie, je suis au point, je vous remercie. L'objet de ma recherche, ce sont ses écrits. *Les Six Voyages*, notamment...

– Là, je ne vous suis pas trop... Ce n'est pas... *nif, nif*... pas ce qu'il a pondu de meilleur. Par contre, je peux vous avoir rapidement une très belle édition de sa *Relation de l'intérieur du zérail du Grand Seigneur*. Sérail, avec un z...

– *Les Six Voyages*...

– Savez-vous que Voltaire... Une référence, Voltaire, quand même... Eh bien, Voltaire considérait cet ouvrage... *nif, nif*... avec dédain... Il disait à qui voulait l'entendre que Tavernier ne l'avait publié que pour satisfaire l'entourage du roi et qu'il avait fait du remplissage... D'aucuns affirment que le baron aurait mystifié ses lecteurs en pillant les carnets de voyages de certains confrères moins connus, et gardé par-devers lui ses plus intéressantes découvertes... Remarquez, je le comprends. A-t-on jamais vu cueilleur de champignons divulguer les coins où il opère ses prises ?

– Mais si je voulais absolument...

– Alors, je vous conseillerais une édition de 1681. C'est la plus belle, à ma connaissance... Si vous tenez aux éditions originales, je ne vous promets rien. Elles ne sont plus légion. Mais, pour moi, la toute première parution (l'édition *princeps*, dans notre jargon), celle de 1676, est décevante, pâlotte. Et chère, bien entendu. De plus, il est exceptionnel de trouver les deux volumes dans le même état.

– Et les deux tomes en un seul volume, ce n'est pas mieux ?

– Jamais vu. Ce serait un bricolage : toutes les éditions sont sorties de chez l'imprimeur en deux *in quarto* et ont été voulues ainsi par l'auteur, pour scinder l'Orient de l'Extrême-Orient ! D'ailleurs, il est probable que la première partie, sur la Turquie et la Perse, ait été composée nettement plus tôt dans sa version définitive. La seconde est moins spontanée. Elle a visiblement demandé plus de temps, mais elle est laborieuse. Trop léchée. Un reprisage dont il aurait pu s'abstenir.

Adélie remercie Bellion pour ces éclaircissements et dit qu'elle va réfléchir. La déception du ratounet est perceptible :

– Ne tardez pas trop à me faire chigne… Les opportunités sont… *nif, nif*… plutôt rares…

Aussitôt le combiné raccroché, un bip, là-bas, vers le fauteuil. Dans mon blouson.

– C'est ton portable.

– Tiens ? La seule personne susceptible de m'appeler là-dessus, c'est toi. Sûrement une erreur.

– Réponds toujours…

Le temps de crapahuter à travers le tapis, la communication est déviée vers la boîte vocale. « On » n'a pas dû parler longtemps, car le message m'est signalé dans la minute suivante.

Mon écoute dure le temps d'une phrase. Une. Mais qui me laisse salement contrarié.

La petite doit le sentir, mais seul son sourcil levé m'interroge.

– Désolé… C'est un vieux copain… Je crois bien qu'il a des embêtements.

– Vas-y. Un ami, c'est prioritaire.

Ouais… Surtout celui-là.

– Et toi, qu'est-ce que tu vas faire ?

– J'ai de quoi m'occuper, tu ne penses pas ? Je rentre place des Vosges avec le bouquin et j'essaie de comprendre.

– Ne m'attends pas pour dîner. Je peux en avoir pour un bon moment.

« Bon » est probablement très exagéré…

Séquence 62

Je ne me souviens plus quand, mais j'ai dû appeler Jihem depuis ce portable, puisqu'il en connaît le numéro. Grosse imprudence. D'où le message alarmant du Morfale.

D'après la résonance de tonneau et le vague brouhaha de circulation, il utilisait l'un de ces vestiges des temps anciens appelés « cabines téléphoniques ». Il avait donc quitté le labo. Compte tenu de son handicap, cette précaution n'augurait rien de bon.

Il ne s'annonçait pas et utilisait un filtre pour modifier sa voix. Et notre code d'urgence :

> « On a un 326. Retrouve-moi chez les hommes entre vingt-deux zéro cinq et vingt-deux zéro huit. »

Trois minutes pour établir le contact. Ce genre de créneau étroit faisait partie de nos anciens plans catastrophe, de même que le lieu de rendez-vous, que nous n'utilisions plus depuis des années.

Me voici donc dans le hall de la gare Saint-Lazare, banlieusard parmi les banlieusards, cherchant un train tardif, le nez levé vers les panneaux des départs.

J'entre sur un quai, je me ravise après quelques mètres.

Demi-tour. Personne derrière moi.

Je me trompe encore une fois deux quais plus loin.

Je vais acheter des chewing-gums au seul kiosque ouvert, puis je me dandine vers les toilettes messieurs, côté rue de Rome.

Un quidam grisâtre sort en me frôlant de l'épaule, regard en coin. Son eau de Cologne de supermarché se mélange à l'ammoniac des pissoires. Je perçois le long de mon dos son œillade gluante. Les vieux coins de drague pour paumés seraient-ils toujours en activité, et moins fliqués que ne le prétendent les ligues vertueuses ?

J'ouvre les portes de toutes les cabines. Le furtif parfumé a dû repartir frustré, l'endroit est désert. À l'époque où nous y opérions nos passations de relais, le va-et-vient était constant. Pour nous transmettre les consignes, nous nous serrions dans un coin, bouche contre oreille, ce qui n'étonnait personne. Jean-Marc tenait encore sur ses deux jambes…

Le voici sur son fauteuil, à zéro cinq pile.

Selon le protocole, le premier arrivé sécurise le périmètre. Si le moindre risque persiste, il ressort à l'arrivée du second et le contact est repoussé vers l'endroit suivant sur la liste. Je vais donc simplement me placer devant un lavabo.

L'ami Cloporte se gare à côté. Il est vert pomme, et le néon n'y est pour rien. Nous ouvrons les robinets et, couvert par le bruit de l'eau, il s'adresse à mon reflet fêlé dans le miroir.

– Une descente à mon étage ! Deux contrôleurs venus d'un autre service. Ils m'ont interdit l'accès à mes terminaux pendant toute une journée. Heureusement, j'avais effacé les traces des investigations que tu m'avais demandées.

– Tu es sûr que ça me concernait ?

– Certain. Le soir, Gauthier m'a pris entre quatre z'yeux, pour me faire préciser quelles étaient nos relations actuelles et ce que tu aurais pu me faire magouiller. Rien, j'ai dit. Simples visites de copain. Tu parles qu'il m'a cru ! Là-haut, ils admettent encore que tu aies besoin de renseignements, mais qu'au moins ils en tirent de quoi se mettre sous la dent un petit quelque chose exploitable pour eux, à entrer dans un de leurs dossiers à toutes fins utiles ! En gros, le vieux est vexé. Il se demande si tu ne serais pas en train de doubler la Boîte… Si tu ne te serais pas remis à ton compte, tout en continuant à exploiter le système sans rien donner en contrepartie.

– Écoute, de toi à moi, c'est vrai qu'on m'a confié une sorte de... de mission, disons, et que j'en ai fait une affaire personnelle, mais...

– Veux pas le savoir ! Veux rien savoir du tout ! Steph, encore une fois, je n'oublie pas que tu as été là quand c'est moi qui ai déconné et qu'on m'a passé les cannes à la moulinette. Mais cette fois, ils risquent de remonter jusqu'au calbute et je tiens à conserver ce qu'il contient ! Tu me diras, pour ce que j'en fais... Mais bref, je me suis reconstruit quelque chose qui ressemble à une vie, alors, s'il te plaît, laisse-moi au moins ça !

– Dans deux minutes, tu vas me faire chialer !

– Dans deux minutes, je serai loin. Mais crois-moi : finir ses jours sur des roulettes, ça n'a rien de plaisant, et je ne te le souhaite pas... Alors, laisse tomber et casse-toi aux antipodes !

– Ça, je ne peux pas. Mais je te promets, je termine cette affaire et je rentre dans mon trou.

Il a déjà manœuvré vers la sortie. Sans se retourner, il lance :

– Adieu. Tes gâteaux à la crème vont me manquer.

Adieu, mon gars.

En brisant deux œufs durs sur le comptoir d'une brasserie, je me rappelle le craquement des os de Jean-Marc pendant son interrogatoire.

Il a raison. Je devrais laisser tomber.

Je déguste les œufs par menues bouchées, avec beaucoup de sel, et je fais glisser par-dessus un demi pression. Combien de temps que je n'avais pas bu de bière ? Mon voisin sirote un ballon de gros rouge. Quelques gouttes à la fois, avec des bruits de bulle, pour faire durer. Je lui taxe une Gauloise sans filtre. En échange, je lui paie une tournée. Combien de temps que je n'avais pas fumé ?

Fichue tuile. Je ne me fais aucune illusion. Pour la Boîte, qui n'est plus *avec* elle est *contre* elle. C'est comme ça. Ça ne se plaide pas, ça ne se négocie pas. Voilà qui ne va pas me faciliter ma tâche auprès de la petite !

Dans les années passées, comment me serais-je protégé ? C'eût été d'une simplicité qui laisse pantois.

Raisonnement :

1) Les chefs sont furax et, tels des idoles sanguinaires, ne se calmeront qu'en voyant tomber une tête.

2) Donnons-leur ce qu'ils veulent.

3) *Qui* a initié un rendez-vous personnel et clandestin à l'extérieur, en détournant les codes et les dispositifs d'urgence de la Maison ?

Pas moi.

Jean-Marc.

Tactique : je pourrais échanger ma tranquillité contre le Morfale. D'un coup de fil à Gauthier, j'avertirais loyalement la hiérarchie que l'un des employés n'est plus fiable : il cherche à savoir si je suis sur une affaire et laquelle. Ce qui non seulement ne fait pas partie de ses attributions, mais est strictement prohibé dans les services et constitue une suspicion de trahison. Mieux vaudrait le sortir du circuit.

Exit mon ami l'Éclopé.

Dommage collatéral, mais confiance renouvelée à bibi et mains libres pour un moment.

Je sais, c'est pas joli-joli. Mais…

Je rentre à pied, pour digérer les œufs, la bière, la cigarette et la boule de nerfs au plexus. Je souhaiterais presque tomber sur une bande de racketteurs. Pas trop nombreux, je n'ai plus l'entraînement. Mais juste laisser trois ou quatre connards sur le pavé, ça me ferait un bien fou…

J'arrive place des Vosges à pas d'heure. La gamine doit dormir.

Dans l'escalier, je m'apprête à lui téléphoner pour me faire ouvrir. Mais un rai de lumière s'échappe de la porte. Entrebâillée.

Je m'attends au pire. Un retour des visiteurs du premier soir ? Jérôme Trente et la DNAT ? Il y a longtemps que je n'en ai pas eu de nouvelles, de celui-là ! Et ce n'est plus ce pauvre Jihem qui pourra m'en donner… Un Post-it jaune collé sur le battant me rassure :

Ça s'est bien passé ?
J'ai trouvé des trucs intéressants.
Le premier réveillé reveille l'autre.
Ferme derrière toi.
A.

Bon, pas de drame.

Mais laisser ouvert ? Elle est inconsciente, ou quoi ? Elle ne sait pas qu'il lui faudrait une protection vingt-quatre heures sur vingt-quatre ?

Elle n'est pas dans la chambre et son atelier est éteint. Tant mieux. Je vais pouvoir réfléchir à une histoire simple pour raconter cette soirée…

Mais, au moment de sombrer, une image s'impose : un vieillard buriné, coiffé d'un turban, entouré de coffres débordant de soieries.

Jean-Baptiste Tavernier, baron d'Aubonne.

Séquence 63

Samedi, 24 juillet, 9 h 34

Personne n'aura à réveiller l'autre, le téléphone s'en charge.

Nous arrivons dessus en même temps, Adélie nous joue *Scarface* : sa figure chiffonnée affiche un profond pli rose et rectiligne entre la tempe et le menton. Elle a dû s'assoupir sur le livre.

La coupable de notre démarrage en fanfare ? Hélène Deniau, excitée comme une puce.

– Oui, je sais, ma petite Adèle, ce n'est pas une heure chrétienne pour tirer un jeune couple du lit… Mais je ne pouvais plus attendre… J'ignore ce que vous cherchez, mais je crois qu'il y a des coïncidences qu'il ne faut pas laisser… Enfin, vous jugerez vous-même…

» Figurez-vous que je suis allée me promener sur Internet… Oui, moi… Rassurez-vous. Je ne m'y suis pas risquée seule ! Je voulais que vous puissiez lire l'article de l'encyclopédie pendant le week-end. Je ne pouvais pas vous l'expédier par fax, et comme je demeure à Herblay, c'était un peu loin pour vous le déposer. Mais comme vous aviez suggéré de vous l'envoyer par courriel, je connaissais quelqu'un qui pouvait vous le faire parvenir : mon neveu Johann. Il a quatorze ans et il passe le plus clair de son temps à des jeux virtuels, avec des gens du monde entier.

– Des jeux en réseau ?

– C'est ça. Lorsqu'il a placé sur son scanner la photocopie de mon vieux Mammouth, il a doucement rigolé. « Tes sources datent un peu, tatie, m'a-t-il dit. Je peux te trouver plus frais ! »

– Et il a enclenché un moteur de recherches.

– Plusieurs, même. Mais il s'est vu proposer sur chacun douze mille pages de réponses ! Tavernier est un nom très répandu. Il fallait faire le tri, m'a-t-il expliqué, en affinant les mots clés. Ça l'ennuyait, vous savez comment sont les enfants… Alors, il a préféré en faire un jeu : il est entré en contact avec un certain *Mandrake 1er*, de Bilbao, qui l'a envoyé vers un dénommé *Néron*, de Berlin. Puis nous finissons par atterrir chez *Caribbean*, de je ne sais plus où, San Francisco, je crois. Il se fait aussi appeler *Black Flag* ou encore *Tortuga*… Un fervent admirateur de pirates et d'explorateurs, il nous met en liaison avec un site suédois, mais fort heureusement en anglais. On y traite d'Abraham Duquesne, le corsaire du Grand Siècle.

– Celui à qui Tavernier a vendu son château d'Aubonne, en Suisse ?

– Tout juste. Cet épisode dans la vie du navigateur nous mène par un autre lien à un site canadien, abondamment documenté sur le cinéma d'aventure.

– Le cinéma ?

– Un réalisateur suisse a tourné un film sur notre personnage. On y voit un portrait du baron, dans une pose avantageuse. Mais la biographie adjointe n'offre guère plus de détails que celle de mon Mammouth. Par contre, de là, nous naviguons vers un… Comment appelez-vous ces journaux d'amateurs ?

– Des blogs ?

– Un blog, oui. Tenu par une femme passionnée de mystères non élucidés dans les siècles passés. Johann m'a avertie : on trouve tout et n'importe quoi sur ce genre d'adresses. Toutefois, un détail m'a rassurée sur le sérieux de cette « blogueuse » : l'un des interlocuteurs lui affirme que Tavernier – nous y voici – serait mort, non de maladie, mais dévoré par des loups sur son trajet vers la Sibérie ! La dame réfute cette légende et précise que le baron repose dans le cimetière protestant de Moscou. Elle n'est donc pas prête à tout gober… Ce qui éveille l'intérêt sur l'un de ses échanges ultérieurs : un autre correspondant lui passe un renseignement, elle répond qu'elle en avait déjà connaissance. Et celui-là, elle ne le contredit pas !

– Ce qui nous apprend que ?

– Vous vous rappelez la dernière folle entreprise du vieil explorateur, à quatre-vingt-quatre ans ? Fonder une nouvelle Compagnie des Indes pour le roi de Prusse ? Par quoi y avait-il été contraint ?

– Par la ruine. Causée par son neveu.

– Le fils de son frère Daniel, dont Tavernier avait assuré la situation à Batavia et qu'il a rappelé pour lui confier la gestion de sa fortune… Eh bien, le correspondant du blog rapporte un fait qui semble établi aujourd'hui, alors que mon encyclopédie l'ignorait : ce neveu ingrat a été lui-même dépouillé par un associé malhonnête !

– Juste retour des choses.

C'est là que l'Hélène nous porte l'estocade, avec un petit rire satisfait :

– Et savez-vous comment se nommait cet associé indélicat ?

– …

– BERTRAND MAGALON.

– …

– Je ne vous entends plus, ma petite Adèle ? Vous êtes toujours là ?

– Magalon… Vous voulez dire…

– Je veux dire MA-GA-LON. Comme la vieille demoiselle Dubulluy-Magalon, dont, par le hasard des enchères, une partie de l'héritage est en votre possession !

Séquence 64

Jusqu'ici, nous n'avons que trop élucubré sur des bases incomplètes, ce qui nous a fourvoyés plus d'une fois. La tentation est forte, ce matin encore, de partir dans l'imaginaire. C'est d'ailleurs déjà fait. Comment nous en empêcher ?

D'un commun accord, nous décidons de n'en rien exprimer pour l'instant : accumulons le maximum de données, vérifions-les, puis recoupons tout avant de conclure.

La parfaite Hélène a pris soin de noter les références de tous les sites qu'elle a visités. Nous choisissons de suivre le même ordre. Pourtant, nous estimons pouvoir négliger les petits copains virtuels de Johann, pour plonger vers la Suède.

Nous y sont contés les exploits d'Abraham Duquesne, originaire de Dieppe et corsaire du Roy. Le 2 janvier 1685, année de la révocation de l'édit de Nantes, son fils aîné, Henry, acheta la baronnie d'Aubonne. Refuge possible pour un huguenot. Fin de l'épisode.

Nous faisons meilleure moisson au Canada. Ces fans de ciné rendent compte du tournage, par le réalisateur lausannois Philippe Nicollet, d'un film de télévision, *Les Voyages en Orient du baron d'Aubonne*. Durée : 52 minutes.

Une brève biographie est ici illustrée d'un portrait d'époque, peint à Copenhague. Nous voici face à Jean-Baptiste en personne ! Et quelle personne ! Imposant, corpulent, multiples mentons : un « bel homme », comme l'on disait. Sa tenue, par contre, pourrait faire sourire. Le plus sérieusement du monde, il pose en costume de « Grand Mamamouchi », tel que le caricaturait Molière. Le dramaturge malicieux s'en serait-il inspiré ? Notre bonhomme avait cependant droit aux honneurs des plus grands. À preuve cet hommage, dont l'auteur n'est pas des moindres : Boileau, historiographe de la Cour !

De Paris à Delhi, du couchant à l'aurore,
Ce fameux voyageur courut plus d'une fois :
De l'Inde et de l'Hydaspe il fréquenta les rois ;
Et sur les bords du Gange on le révère encore.

– Mazette ! Aujourd'hui, il serait la cible des paparazzi ! J.B.T. en couverture des magazines *people* !

Un petit encadré avise que l'on peut consulter le texte des *Six Voyages* sur le site de la Bibliothèque nationale de France. Hélène ne l'avait pas signalé.

Malgré notre impatience à découvrir le blog où il est question de Magalon, nous nous en tenons sagement à la méthodologie. Nous opérons un crochet par la BNF. Grâce à sa bibliothèque en ligne, *Gallica*, elle propose effectivement, dans leur intégralité, les deux tomes des *Voyages*.

Les archivistes ont accompli un formidable travail. Mais pour nous, c'est une déception. Nous espérions une typographie actualisée pour l'informatique, dans une police de caractères lisible. Or nous apparaît un fac-similé du pavé que nous possédons ! Pour des néophytes de notre acabit, le lettrage et l'orthographe sont encore plus pénibles sur ces clichés.

Ce que voyant, nous nous téléportons enfin d'un clic de souris dans le blog d'Alexandra Meier.

« HISTORY, MYSTERY »

Le ton donné par l'intitulé est renforcé par l'iconographie et les animations : des silhouettes masquées et des vaisseaux aux voiles en charpie défilent dès l'ouverture, sur un écran habillé comme un parchemin tanné. L'initiatrice du site s'est donné de la peine.

Dans un éditorial proposé en allemand, puis en plusieurs langues européennes, elle se présente comme une mère de famille qui, une fois ses enfants élevés, a décidé de reprendre ses études en autodidacte. Elle se consacre à sa passion de toujours : notre passé. Modeste, elle déclare laisser la grande Histoire aux véritables spécialistes. Son ambition serait d'apporter, un jour, ne serait-ce qu'un début de solution à une affaire trop minuscule pour que les historiens officiels y usent leur science. Et pour cela, elle compte sur l'aide des fourmis dans son genre.

Cette déclaration d'intention sonne juste, car les « fourmis » sollicitées se manifestent par légion. Mme Meier a de quoi remplir ses soirées. Il ne se passe pas une journée qu'elle n'ait de communication, venant de tout le globe. Elle nous assure qu'elle lit chaque courrier, exclut les indésirables (pollueurs par insultes, inévitables dragueurs et pornographes). Elle répond aux messages sincères et les laisse à l'affichage un an. Certains sont brefs, un salut amical, une félicitation, une adresse susceptible d'intéresser les visiteurs. D'autres atteignent des longueurs considérables, grouillant de références et de documents annexés. Où est Tavernier dans cette abondance ?

Nous faisons défiler. De nombreuses langues sont représentées, la priorité reste à l'anglais.

La palme des préoccupations « historiques » est remportée par : les enfants de Jésus et Marie-Madeleine, le Saint-Graal, les francs-maçons et l'Opus Dei, pêle-mêle avec les *Illuminati* et le prieuré de Sion. Comment s'en étonner ? Méfaits du *Da Vinci Code* et du cinéma hollywoodien…

Viennent en deuxième position seulement : le Masque de Fer, Louis XVII, le *Flying Dutchman*[1] et le trésor de Rennes le Château… Où est Tavernier dans ce fatras ?

Retour à la page d'accueil.

Pardon, Alexandra. C'est nous qui sommes trop pressés, vous avez tout prévu. Une case nous permet de demander un accès direct par ordre alphabétique des noms cités.

Le choix se restreint. Un dénommé Tavernier-Thibaudeau Albin, du Québec, recherche toujours l'assassin de son arrière-arrière-grand-père, juge dans la Belle Province. Et notre Tavernier le suit. Nommé dans une question expédiée fin janvier dernier :

1. Vaisseau-fantôme.

Qui pourrait me communiquer tout document concernant le voyageur français JEAN-BAPTISTE TAVERNIER (1605-1689), et notamment ses dernières années, les circonstances de son départ vers Moscou, ainsi que celles de sa mort ? Merci à tous.

SYLVESTRE, de Bruxelles.

Battements de cœur : le chat Sylvestre.

En Belgique.

– Julien est passé par là. Et il a reçu une réponse !

Elle est rapportée dans le courriel suivant. Volumineux.

Le correspondant signe Abdul, du Caire. Il fait l'effort de s'exprimer en allemand, mais use d'une syntaxe assez folklorique. Adélie se lance dans un essai de traduction.

– Son intérêt lui vient de la lecture de la *Relation de l'intérieur du sérail du Grand Seigneur.* Mais en version anglaise, de 1889. Abdul l'a trouvée dans un souk, très abîmée. Il a ensuite essayé d'en savoir plus sur l'auteur. Il a pu se procurer une copie des *Six Voyages*, mais en français, qu'il lit mal. Il relève et déplore le faible nombre et la pauvreté des travaux concernant notre héros. Il a dû se contenter des hagiographies sans grande portée. Talonné par son engouement, il tombe sur un magazine d'avant-guerre et en arabe ! Ce numéro traitait du commerce de l'Orient avec l'Europe et citait ses pionniers. Le chroniqueur y retrace la carrière de Jean-Baptiste Tavernier qu'il termine comme suit : « en 1689, l'Électeur de Brandebourg le mandate pour fonder une nouvelle Compagnie des Indes »...

– Je croyais que c'était le roi de Prusse ?

– Ici, c'est l'Électeur de Brandebourg. Malgré son âge, Tavernier saisit ce projet, car il lui permettra de prendre une revanche qui lui tient à cœur, contre les Hollandais qui lui ont mis des bâtons dans les roues et traîné dans la boue.

– Et non pas parce qu'il est ruiné ?

– Pas complètement à ce moment. On y arrive. « Pour pouvoir se consacrer exclusivement à cette entreprise, il fait revenir son neveu, fils de son frère Daniel » (dont, entre parenthèses, je ne trouve le prénom nulle part). « Il avait assuré la formation et la prospérité de ce garçon dans son comptoir de Batavia. Il lui confie les rênes de ses affaires, et les fonds suffisant à les relancer. »

– Il dispose donc encore de ressources…

– Après le départ de Jean-Baptiste, le neveu prend connaissance, par indiscrétion, de documents privés. Grâce à quoi il acquiert la conviction que la « pauvreté » – toute relative – de Tavernier ne serait qu'une feinte, pour ne pas se trouver en première ligne lors des persécutions contre les protestants. « Mais, depuis des années, une fortune considérable aurait été dissimulée hors d'Europe. » Le neveu s'approprie les biens personnels laissés à Paris par l'absent et disparaît dans la nature.

– À la recherche du pactole ?

– Oui, mais attention à la cascade de malhonnêtetés : avant de partir, le neveu… Ça m'énerve de répéter « le neveu »…

– Appelons-le Trucmuche, ou Arthur…

– Avant de partir, Arthur s'était acoquiné avec un chevalier d'industrie, BERTRAND MAGALON !

– Bienvenue dans le jeu, Bertrand !

– Tu vas voir le coup. Magalon avait séduit Arthur par son côté requin et quelques relations louches avec des hommes de loi, bien utiles pour détourner les biens de l'oncle.

À ce que je comprends entre les lignes, sa séduction sur Arthur touchait à d'autres domaines, plus intimes…

– C'est bien leur droit et cela ne nous… regarde pas !

– Les voilà donc tous deux refaisant la route favorite de Tavernier. Ils s'arrêtent longuement à Ispahan, qui paraît un carrefour important, à partir duquel ils devaient rayonner pour retrouver les contacts et les possibles lieux où l'oncle aurait remisé des marchandises précieuses. Magalon organise, noue des accointances, essaie de retrouver les contacts du baron. Arthur, lui, est envoyé sur le terrain. Lors d'une de ces missions, il est assassiné par des brigands du désert…

– Dans une embuscade possiblement commanditée par son cher Bertrand ?

– Tiens, tu connais l'histoire ?

– Non, mais ça me semble couler de source. Entre vauriens…

– Tu pourrais écrire la suite ?

– Magalon le Félon met la main sur le fric de feu son associé, et reprend pour son seul profit la quête de la caverne d'Ali-Baba Tavernier ?

– Bien vu.

– Et il la trouve ?

– Raté ! La morale est sauve. En vaines expéditions, il dépense jusqu'au dernier liard de l'argent mal acquis. Quelque part dans un pays du Diable, il chope une maladie qui le ronge inéluctablement. Il rentre en France, amputé des deux pieds, avec quelques ballots de meubles et de vêtements qui tiennent dans une carriole. Personne pour lui tenir la main, d'abord parce qu'elle est gangrenée, et surtout parce qu'il avait trop grugé ses meilleurs amis et même ses enfants qu'il avait abandonnés ici ! Il va passer le restant de ses jours en Normandie, dans une maison délabrée, rongé par son mal qui oblige le chirurgien à le raccourcir progressivement par tous les bouts. Il agonise longtemps à l'hospice des pauvres d'Évreux, où il meurt aveugle, puisque ses derniers mots seront d'implorer qu'on lui rende la lumière.

– Hé bé ! C'est une saga en quelques lignes ! Que dit ensuite Abdul ?

– Voyons… Il tient l'article en arabe à la disposition de qui saura le lire, il fait appel à tout amateur capable de compléter sa documentation sur J.B.T. Point.

– On décroche et on met à plat toute notre collecte ?

– Oh, que oui ! Parce que, cher jeune homme, c'est manifestement après avoir lu ce que nous venons de lire que Julien – dit Sylvestre – a pu disposer de ses fonds secrets, grâce au télé-achat de Khaïdi. Et nous savons maintenant comment : en commençant à mettre sur le marché international UNE antiquité puisée dans les richesses perdues de Jean-Baptiste Tavernier !

– Présomption plausible.

– Et pour que je trouve le reste, qui doit être considérable, Tonton m'a laissé les trois indices qui lui ont permis d'en opérer la localisation : trois autres objets ayant appartenu au baron d'Aubonne en personne ! Le cabinet à fards, la carte et le livre !

– Tout doux, ma doudou ! Que ces respectables vieilleries nous soient arrivées – par l'intermédiaire du félon Magalon –

de chez le neveu Arthur, c'est à supposer et à vérifier... Mais de là...

– Je n'avance rien à la légère. Un, le cabinet à fards... Il est cochinchinois ? Du XVIIe ? La Cochinchine est l'une des contrées vers lesquelles notre explorateur a ouvert des voies dans ses premiers voyages !

– Ce meuble étrange, que Bottieri voyait comme « une commande sur mesure de quelqu'un qui se déplaçait beaucoup : un riche commerçant, ou un noble qui visitait ses territoires étendus. Et qui aurait été accompagné d'une ou plusieurs femmes »... Ce coffret à maquillage d'une utilisation connue des seules princesses de là-bas... ?

– Justement, ceci ouvre sur une autre explication : l'explorateur le rapporte de Cochinchine et y grave en latin, dans une cache, non pas une dédicace pieuse à la Vierge, « *Ad Mariam* », non plus qu'une devise philosophique, mais le mode d'emploi presque magique : « Utiliser les lumières du soleil inconnues qui s'allument sur le noir chaque matin. »

– Dans quel but ?

– Pour l'indiquer à une femme de chez nous... Une femme à laquelle il offrait cette curiosité... Une femme prénommée Marie !

– Marie Goisse, son épouse !

– Simple extrapolation romantique, je te l'accorde. Viens, nous avons plus solide !

Toujours en tenue minimale, nous nous catapultons dans le couloir. Arrêt devant la carte, revenue dans son sous-verre, contre le mur.

– Deuxième indice : le père de Jean-Baptiste, Gabriel, n'était-il pas cartographe ?

– Il aurait dessiné ce planisphère ? Faux. Vois les initiales, dans le coin : « *M.T.* » Ce ne sont pas les siennes !

– Mais bien celles de MELCHIOR Tavernier, frère du papa et graveur renommé ! À l'époque, les droits d'auteur n'existaient pas. Les artistes signaient rarement. Par contre, c'est l'artisan qui apposait sa griffe sur son œuvre. *Dixit* Attilio Bottieri.

– Alors, les routes ont été ajoutées manuellement par la suite...

– À la mine de plomb. Au crayon. Par le baron, qui rapportait d'Orient cette invention ! Elles retracent ses pérégrinations et signalent ses haltes. De bonnes adresses, en somme, que Magalon et Arthur ont tenté d'exploiter !

– Admettons… Et le numéro trois ?

– Je tiens une *preuve* de la provenance authentiquement « tavernienne » de ces souvenirs ! Je l'ai trouvée cette nuit. Tu as lu mon billet, sur la porte ?

– Les « trucs intéressants » ?

– J'ai dormi dessus, au sens propre du terme, avant de me risquer à en parler…

Le temps d'entrer dans son atelier et d'en sortir, elle brandit le livre.

– C'est là, et c'est imparable !

Séquence 65

Retour côte à côte sur le canapé bleu électrique, le livre sur la table basse.

Je frémis.

– Rassure-moi, nous n'allons pas devoir digérer ce monument ?

– Juste à petites doses. Je t'ai mâché le boulot.

De la tranche dépassent des languettes de papier jaune, qu'elle a glissées au cours de sa nuit studieuse.

– J'ai posé des jalons. Garde bien à l'esprit qu'hier soir, je n'avais pas connaissance de la fin de vie pleine de trahisons de ce malheureux Jean-Baptiste. Je ne disposais que du récit édulcoré, tiré du Mammouth d'Hélène, et des assertions de notre rat de bibliothèque. À savoir…

Sur une feuille blanche, Adélie dresse une liste :

– 2 tomes toujours édités en deux volumes,

– la première partie plus spontanée que la seconde,

– la deuxième partie très retouchée.

– Un « reprisage », selon Bellion.

– Voltaire a reproché la carence en indications signifiantes. D'autres ont même suspecté la rétention volontaire d'informations.

Elle tourne les premiers feuillets.

– Les six voyages tiennent ici en un seul volume… D'époque… Sur lequel « on » a porté des annotations, des corrections… Assez peu dans tout le début… Une phrase soulignée, l'orthographe d'un nom de ville rectifiée…

Nous progressons de signet en signet.

– Mais observe comme la séparation est nette : la reliure s'ouvre presque spontanément sur la partie consacrée à l'Extrême-Orient. Le dos porte une cassure… Et à partir de là…

Des ratures, des lignes entières masquées d'encre, des pages barrées en croix…

– Tu imagines à quoi j'ai pensé tout de suite ?

– À cent à l'heure ! Je vais même te dire mieux, tu tiens une preuve, je peux t'apporter une certitude !

– …

– Tu es passée dessus vingt fois !

– …

– Reviens à la page de tête…

LES SIX
VOYAGES
DE JEAN-BAPTISTE
TAVERNIER,
ÉCUYER BARON D'AUBONNE
QU'IL A FAIT
EN TURQUIE, EN PERSE
ET AUX INDES
Pendant l'efpace de quarante ans, & par toutes les routes
que l'on peut tenir ; accompagnez d'obfer-
vations particulières fur la qualité, la religion,
le gouvernement, les coûtumes & le commerce
de chaque païs ; avec les figures, les poids & la
valeur des monnoyes qui y ont cours.
PREMIÈRE PARTIE
Où il n'eft parlé que de la Turquie & de la Perfe

À Paris, chez Gervais Clouzier
au Palais, sur les degrez en montant pour aller
à la Ste Chapelle,
à l'Enfeigne du Voyageur
ET
CLAUDE BARBIN, fur le fecond Perron
De la sainte Chapelle
M.D.C. LXIX
AVEC PRIVILÈGE DU ROY

La Mangouste parcourt de l'ongle le frontispice. Puis éclate de rire.

– Bon sang ! Je ne devais plus avoir les yeux en face des trous ! Il faut dire que, depuis l'école, j'ai un peu perdu la pratique des chiffres romains ! Tu veux bien recompter ?

– M égale mille… D, cinq cents… 1500. Plus cent pour le C… Nous en sommes à 1650. X, dix… IX, neuf… 1669 ! Le compte est bon.

– L'année de la première parution est 1676 !

– L'édition *princeps*, selon Bellion. Celle qui est déposée à la Bibliothèque nationale ! Mais la nôtre est antérieure de… SEPT ANS !

– Nous aurions donc… nous AVONS donc un… Comment appelle-t-on cette étape entre le manuscrit et l'impression, où la disposition du texte et des illustrations est proposée à l'écrivain ?

– Dans l'édition, ils disent des épreuves, sauf erreur… Elle permet à l'auteur de relire en clair, de porter ses ultimes corrections. Ils usent d'un joli terme : les « repentirs ». Ensuite, il donne le « bon à tirer », et on peut lancer l'impression.

– Nous avons donc une maquette…

– LA maquette… Il n'y en a pas trente-six !

– L'outil de travail de Jean-Baptiste Tavernier ! Annoté et corrigé de sa main !

– Il a bossé dessus pendant sept années. D'où la nécessité de le faire relier. Sur une telle durée, c'est plus pratique qu'un dossier sanglé, pour l'emporter en déplacement et ne pas égarer des feuillets…

– Une pièce enviable pour un bibliophile, mais inestimable pour Julien. Parce qu'il y a trouvé ce après quoi ont couru toute leur vie le traître de neveu, l'infect Magalon et bien d'autres, je le parierais !

– Une accumulation de marchandises si précieuses qu'elles auraient permis au baron de relancer ses affaires à l'abri des purges anti-protestantes d'Europe…

– Ou à un baron de la métallurgie actuelle de racheter Spécimeto.

– Des marchandises assez précieuses pour inciter des gens à s'entre-tuer…

La fine menotte localise une languette jaune, aux trois quarts de l'épaisseur du pavé, et nous emmène au deuxième tome, livre second, page 321.

– Des diamants, par exemple ?

Séquence 66

Depuis le temps que j'attendais ! Elle aborde enfin le sujet. Tout comme Tavernier, qui a fait patienter ses lecteurs depuis sept cents pages...

Au tome second, livre deuxième, page 321, débute le...

CHAPITRE XV

Des Diamans, & des mines et rivieres ou ils fe trouvent ;
& premierement des privilèges accordés à l'Auteur par les marchans dans les mines de Golconda.

Sous le titre, trois paragraphes ont été biffés. Mieux, les lignes sont carrément masquées à l'encre par des traits d'une plume épaisse, tirés à la règle. Le récit reprend sur :

> **Tout autour du lieu où se trouvent les diamans la terre eft fablonneuse, & pleine de roches et de taillis, à peu près comme aux environs de Fontainebleau. Il y a dans ces roches plusieurs veines, tantost d'un demi-doigt de large, & tantost d'un doigt entier, et les mineurs ont des petits fers crochus par le bout, lefquels ils fourrent dans ces veines pour en tirer le fable ou la terre qu'ils mettent dans des vaisseaux, & c'eft enfuite parmi cette terre qu'on trouve les diamans.**

– Je t'épargne la suite. Des pages et des pages de description, par le menu, des méthodes d'extraction, de lavage du sable et aussi de la vie et du salaire misérable de ces milliers d'ouvriers qui s'entassent, avec leurs familles, dans les villages alentour, trop heureux d'avoir un emploi...

– Ce qui n'a pas été raturé n'est que platement documentaire... Ce n'est pas cela qui a dû le plus intéresser Julien.

– Chacun de mes signets indique un passage barré. Ils foisonnent, dans la suite.

– Et si nous comparions avec la version « officielle », celle de 1676 ? Il n'y a qu'à retourner sur le site de la Bibliothèque nationale ?

– Pas la peine. Pendant notre tournée Internet, j'ai tout mémorisé dans un dossier, sur le disque dur.

Voici que s'affiche à l'écran le fac-similé de l'édition *princeps*. Première surprise : à la page 321, tome second, livre deuxième, pas de chapitre 15 ! Nous sommes déjà au 18 !

– Tavernier a cisaillé dans ce qui précède, la pagination a changé.

Il nous faut revenir en arrière, et c'est en page 293 que nous lisons :

CHAPITRE XV

Des Diamans, & des mines et rivieres ou ils fe trouvent ;
& premierement du voyage de l'Auteur à
à la mine de Raolconda.

– Tiens donc ! Autre mine dans le titre, et plus de Golconda !

– Ni de marchands, ni de privilèges... Encore du tourisme ?

– On dirait bien, à lire les quelques lignes par quoi il remplace les trois paragraphes noircis :

> **Le diamant eft la plus précieuse de toutes les pierres, & c'eft le négoce auquel je me fuis le plus attaché. Pour tâcher d'en acquérir une parfaite connoissance, je voulus aller à toutes les mines, & à l'une des deux rivières où on les trouve ; & comme la peur des dangers ne m'a jamais fait reculer dans mes voyages, l'affreufe peinture que l'on me fit de ces mines comme de pays barbares, & où l'on ne pouvoit fe rendre que par des chemins très dangereux, ne**

fut pas capable de m'épouvanter ni de me détourner de mon deffein.

J'ay donc efté aux quatre mines dont je vais faire defcription, & à l'une des deux rivières d'où fe tirent les diamans, & je n'y ay point trouvé ces difficultez ni cette barbarie dont quelques gens qui sçavoient mal la carte de ces pays-là avoient cru me faire peur. Ainfi, je puis dire que j'ai fait la planche aux autres, & je fuis le premier de l'Europe qui a ouvert le chemin aux Francs à ces mines, qui sont les feuls lieux de la terre où l'on trouve le diamant.

– Je saisis ce que Voltaire et René Bellion entendaient par du « remplissage » ! Le bouche-trou dans toute sa nullité. Couronné de quelques compliments que s'adresse le Grand Découvreur, on n'est jamais si bien servi que par soi-même… Fais-moi voir un autre exemple.

Quelques languettes de papier jaune plus loin, nous nous arrêtons sur quatre planches de croquis.

Saisissant ! À la plume, l'explorateur a dessiné des pierres, dont seules certaines ressemblent à l'idée que l'on se fait d'un diamant, taillé à facettes. Nous avons ici des formes plates, trapézoïdales, en cristaux multiples, en forme de poire… Ou en forme de rien du tout : des courbes « patatoïdes », comme on disait en cours de maths… La première planche est surtitrée :

REPRÉSENTATION de quelques-uns des plus remarquables DIAMENS choisis entre tous ceux que le Sieur J.B. Tavernier a rapportés de ses six voyages par terre.

Or voici ce qui est remarquable : ce superbe travail a été barré en diagonale ! Chacune des pages est traversée d'un gros X.

Nous comparons avec l'édition officielle. Des quatre planches, il n'en subsiste qu'une. Elle ne reproduit que peu de croquis, sous la désignation :

Représentation de Vingt des plus beaus DIAMENS choisis entre tous ceux que le Sr I.B. Tavernier a Vendus au ROY, à son dernier retour des Indes, qui a esté le 6e de

Décembre 1668, ou il a fait Six Voyages par terre, Et en considération des Services que ledit Tavernier a rendus à l'Estat, Sa Majesté l'a honoré de la Qualité de Noble. Le DIAMENT cotté A est net et d'un beau Violet.

– Ce doit être le fameux « Diamant bleu de la Couronne », celui que le roi portait en sautoir !

– Cette fois, nous voyons vraiment l'escamotage ! Il a été goupillé *après* l'anoblissement de Jean-Baptiste !

– Nous sommes sur la bonne voie, c'est certain. Maintenant, aurais-tu une idée de ce que signifie… ceci ?

Dans notre exemplaire, sur chaque planche, plusieurs dessins sont entourés d'un cercle, léger, au crayon. De là, une flèche mène, dans la marge, à une annotation, toujours la même :

« *aSi* ».

– Avec l'orthographe de l'époque, pas encore très fixée, « asie », sans e ?

– Les pierres viendraient d'Asie, et pas les autres ? Non, elles sont toutes de la même origine, les Indes.

– Et si c'était du latin ?

– Pas sot du tout, mon garçon ! Je connais quelqu'un qui pourrait nous renseigner à coup sûr.

Séquence 67

Rapide consultation de l'annuaire international, et Adélie lance son appel. J'imagine les impulsions digitales courant dans les câbles ou les fibres optiques, traversant les campagnes, passant le Jura, franchissant une frontière. Les voici plongeant vers la cité de Fribourg.

Tout près des immeubles modernes, les fortifications surgies du Moyen Âge. Dans un rayon de soleil, les maisons de la vieille ville et leurs galeries de bois accrochées aux falaises à pic sur la Sarine…

Longue sonnerie.

– Je tente à tout hasard, mais c'est samedi. Le secrétariat ne doit pas…

Clic.

– Voilà ?

Ce mot inusité en décrochant, une intonation joviale, interrogative, nous sommes bien en Suisse.

– C'est le collège Sainte-Croix ?

– Je peux vous aider ?

– Oui. Je cherche M. Schuwey, Pierre Schuwey… Enseigne-t-il toujours chez vous ?

– Plus tant. Il donne encore quelques cours, mais il s'occupe beaucoup pour lui, maintenant… De musique, surtout. C'était pour quoi ?

– Un renseignement. Mais je n'ai pas trouvé son numéro personnel.

– C'est sûr. Il n'est pas dans le livre du téléphone. Je peux lui transmettre lundi, ou bien ?

– C'est assez urgent. Je suis une de ses anciennes élèves…

– J'ose vous demander votre nom ?

Les trois commandements du Romand : prudence, prudence… et prudence. Courte attente sur fond de rengaine électronique, puis :

– Vous êtes là ? Je m'excuse, mais j'ai dû r'garder sur nos listes… C'est en ordre. Je vais vous donner son domicile. Ça peut même jouer maintenant, il doit avoir fini de dîner.

Je regarde ma montre : 13 h 35. Puis il me revient que, dans ce beau pays, on « dîne » à midi et on « soupe » à 19 heures. Et que « jouer », c'est « fonctionner ».

Ça ne joue pas du tout pour la petite, qui doit s'y prendre à deux fois pour réussir à composer le numéro.

– Tu es toute bizarre. Tu as le trac ?

– C'est bête, mais oui, quand même un peu… J'ai dit que je le connaissais, mais je doute lui avoir laissé un souvenir très plaisant !

Peut-on dire d'une voix qu'elle est « érudite » ? Je le dis, parce que le terme s'impose.

Pondéré, attentif, l'homme qui répond laisse Adélie se lancer dans ses présentations empêtrées, puis conclut tel un parfait pince-sans-rire :

– En somme, vous êtes Adélie Cartwright ?

– Oui, monsieur.

– Et vous me demandez si je me souviens de vous ?

– Oui, monsieur.

– Pouvez-vous seulement supposer que, à moins d'être cacochyme, je puisse oublier votre dernier jour dans ma classe, où je trouvai sur mon pupitre, dans un plat d'argent, une langue de veau – anonyme et crue – ornementée de persil, pour célébrer l'adieu à votre apprentissage d'une « langue morte » ?

Mimique de la coupable : « *Je te l'avais bien dit !* »

– Vous saviez que c'était moi ?

– Qui d'autre eût osé ce trait d'esprit ?

– Croyez que je suis désolée, monsieur.

– Ne le soyez pas, j'ai délicieusement cuisiné aux câpres cet organe charnu. Quant au plateau, je n'ai pas eu l'occasion de vous en remercier, mais sachez qu'il fait encore honneur à ma table les jours d'agapes ! Je suis ravi de vous entendre, chère jeune fille ! Ou jeune dame, devrais-je dire, après tant d'années ?

Le ton est devenu sincèrement chaleureux. L'on échange quelques civilités, le professeur exprime ses regrets pour la disparition du père d'Adélie, qu'il admirait.

– Et la question qui me vaut l'extraction de vos oubliettes parisiennes ?

– Le mot « asi »... Que signifie-t-il en latin ?

– Rien... À première vue... Je ne l'ai jamais rencontré... Mais, comme je ne suis pas omniscient, permettez que je consulte mon dictionnaire. Il pourrait s'agir d'un autre mot, sous une forme déclinée... Je compulse... J'ai bien « *Asia* », le continent asiatique... Mais aucune déclinaison ne donnerait « *asi* »... Décidément, non : totalement inconnu au bataillon... Ce fut bref. Dommage. J'eusse aimé vous être de meilleure utilité.

– Puis-je alors vous demander encore de votre temps ?

– Usez et abusez...

Adélie glisse deux doigts dans son décolleté et en retire un billet qu'elle déplie. Le papier pelure où Attilio Bottieri, d'un frottis de son crayon de menuisier, a relevé l'empreinte de la phrase gravée dans le secret du cabinet à fards :

Ad Mariam.
In tenebris,
luces a Sole
incognitae

– J'en ai effectué la traduction. Pourriez-vous la confirmer ?

– Je vous écoute.

– Cette devise figure sur un objet. Celui-ci serait donc dédié à la Sainte Vierge, d'après les premiers mots, « À Marie » ?

– Je vous arrête tout de suite. Une offrande *à* Marie ne prendrait pas cette forme ! Elle utiliserait le datif : « *Mariae* ». C'est ce que l'on trouve sur les monuments, les pierres tombales.

Vous avez ici un accusatif, « *ad Mariam* »… *Pour* Marie, *à l'usage* de Marie, serait donc plus juste.

Avec un sourire entendu, Adélie griffonne à mon intention : « *Mode d'emploi !* »

– Et la suite, jeune fille, comment l'avez-vous interprétée ?

– *In tenebris* : dans les ténèbres ?

– Oui. Ou, par extension, ce qui est caché à la vue…

– *Luces a Sole incognitae* : les lumières du soleil inconnues ?

– Comment l'entendez-vous ?

– Ma foi… les lumières du soleil que nous ne connaissons pas ?

– Non.

– Qui ne nous sont pas connues ?

– Ah, Cartwright. Ma petite Cartwright. Vous fûtes assurément sémillante en d'autres disciplines, le sport, les arts plastiques… Mais, pour ce qui est des finesses de la déclinaison…, zéro pointé ! « Les lumières du soleil », au sens « lumières solaires », cela donnerait « *solis luces* » ! Ici, vous avez « *luces A sole incognitae* » ! les lumières inconnues PAR le soleil !

Dix millions de pensées en avalanche ! Ce n'est pas un mode d'emploi, mais l'encryptage de l'emplacement de la caverne d'Ali Tavernier !

Au bout du fil, on entend presque le professeur se gratter le crâne.

– Les lumières que le soleil ne connaît pas. Voilà qui est bien hermétique… Mais vous savez ce que l'on dit des phrases de philosophe : elles sont comme les belles caves, plus elles paraissent obscures, plus on les croit profondes. Ne comptez pas sur moi pour vous éclairer celle-là !

Il marque le temps de la réflexion, puis ajoute :

– En revanche, vous tenez la solution pour votre « asi » ! C'est un acronyme.

– Plaît-il ?

– Un sigle que l'on prononce comme un mot, mais qui est composé des lettres ou des syllabes initiales des mots qu'il résume. Ovni, sonar ou sida sont des acronymes. Le vôtre est manifestement une compression des trois derniers mots de votre maxime : a Sole incognitae, a, S, i… Et la majuscule au milieu n'est pas une fantaisie d'écriture. Elle est celle du mot *Sole*. Lequel, ainsi rehaussé, ne désigne pas le rond jaune au milieu du ciel, mais une personne. Quelqu'un dont Soleil serait le nom. Ou le surnom. Comme ce jeune homme qui, très tôt, fut ainsi appelé parce que, malgré son rang suprême, il aimait à se produire sur scène et à danser le rôle de l'astre du jour dans les ballets de Lully. Sa Majesté Louis le Quatorzième.

Séquence 68

L'après-midi avance, et j'ai besoin d'en faire autant. Il me faut du mouvement, question de nature.

Question de loyauté aussi. Quand je commence un job, je le termine. Avec Julien et maintenant la Belle, c'en était un, même si ça n'en a pas l'air.

Alors, ne soyons pas idiot. Malgré les distances dites « de sécurité » prises cette nuit avec ce malheureux Jihem, je risque de voir incessamment débarouler dans mon potage une escouade de gusses qui n'iront pas avec le dos de la cuiller.

Sans compter ce chien de meute, Jérôme Trente. Ne nous laissons pas tirer la nappe, quand on sent le dessert approcher…

– Nous courons deux lièvres en même temps. Une énigme du XVIIe siècle, l'autre d'aujourd'hui. Si nous continuons à les triturer ensemble, nous ne sommes pas sortis de l'auberge ! Serais-tu disposée à considérer le premier rébus comme démêlé ?

– Débroussaillé.

– Que te faut-il de plus ?

– Un peu d'ordre.

– Je vais te dire comment je vois les choses. Je te préviens, je vais en prendre à mon aise avec les versions politiquement correctes de la biographie du respectable Écuyer. J'en demande pardon à sa mémoire, mais, après tout, nous sommes en plein roman ! En pleine épopée de cape et d'épée ! C'est plutôt excitant !

Et, sur un invisible écran, je projette un récit épique en Technicolor, accompagné de la musique adéquate.

– Tan-tanlanlaaan ! An de grâce 1662, à Paris. Jean-Baptiste Tavernier, hardi voyageur déjà auréolé de gloire, épouse Marie Goisse, fille d'un joaillier, et apprend auprès d'elle la science des pierres. Il repart aux Indes et, nanti de ce savoir nouveau, réussit une razzia de gemmes incomparables. Il ouvre le chemin à des mines que l'on pensait inaccessibles. Légitimement fier de ses découvertes, il décide d'en consigner le récit. Depuis des dizaines d'années, il tient des carnets de voyage, qui sont restés dans ses malles. Comme il revient par voie de terre, durant son lent trajet, il tire profit de ses veillées pour mettre au propre ses notes, dans un épais manuscrit. Lorsqu'il parvient chez lui, en 1668 – *le 6e de décembre* –, il est précédé d'une rumeur qui laisse prévoir, dans ses bagages, des trésors à nuls autres pareils. Il est aussitôt happé par ses obligations. L'équivalent des interviews actuelles. La plus importante, c'est à Versailles. Le roi l'y mande en priorité, friand qu'il est de nouvelles sur les royaumes lointains, pays de Cocagne. Friand aussi de bijoux. Tavernier lui expose des joyaux étourdissants. Louis en achète pour 3 millions.

– Millions de livres en or, je présume ? Somme fantastique.

– Monsieur Louis XIV aurait pu débourser plus, mais il paie aussi avec des honneurs. Dans la foulée, il ennoblit son prestigieux marchand, pour services rendus à *l'Estat*... Voici Tavernier doté d'un blason. Il a bien conscience que l'honorabilité, la prospérité lui sont désormais assurées. Mais tu connais les hommes, ces coqs. Il leur faut aussi l'enivrant parfum de la renommée, la reconnaissance de leurs contemporains. Le chroniqueur officiel de la Cour, Boileau, lui passe la pommade : « Sur les bords du Gange, on le révère encore ! » Si sommeille en Tavernier un Bourgeois Gentilhomme, il doit boire du petit lait ! De nos jours, il prendrait un agent, conseiller en image, que j'entends d'ici : « C'est le bon moment pour un coup médiatique : publiez votre bouquin ! » L'idée n'est pas neuve. Dans le courant de 1669, le nouveau *people* file son manuscrit à un éditeur parisien.

– Gervais Clouzier « au Palais, sur les *degrez* en montant pour aller à la Sainte Chapelle »...

– Qui lui en tire une maquette, ce qui, à l'époque, demande un certain boulot de gravure et de composition. À la relecture, le baron se ravise, et il a pour cela une excellente raison. Revenons un peu en arrière. Mets-toi dans sa situation. Tu détiens un lot de pierres précieuses, dont tu sais qu'elles sont insurpassables. Le roi est intéressé, et impatient de te rencontrer. Que fais-tu ?

– Je trie mes plus beaux cailloux, et je les lui vends dare-dare !

– Et tu te grilles pour le restant de ta carrière ! Réfléchis. Louis XIV ne fait pas ses emplettes tout seul ! Il est entouré d'experts et de trésoriers, qui vont négocier au plus serré, en considérant que ton titre nobiliaire constitue une partie du paiement. Pour peu qu'ils tiennent déjà le meilleur de ton stock, le reste sera d'autant plus dévalué. Si encore ils consentent à te l'acheter un jour… Or la Couronne dispose des caisses les plus inépuisables de toute ta clientèle potentielle. Elles peuvent encore t'enrichir. Et tu es un commerçant avisé. Voici donc comment tu procèdes. Compte tenu des fantasmes de merveilles suscités par ton retour, tu ne vas pas proposer à Versailles des rogatons, les experts ne seraient pas dupes. Mais le dessus de ton panier, tu sais que nul ne trouvera jamais mieux, pas même toi. Alors, tu présentes le *presque* parfait. Et le tout, tout, premier choix, tu te le gardes sous le coude !

– Ainsi, quand les Finances royales auront quelque peu digéré dans leur comptabilité la fortune qu'elles m'ont versée, je pourrai encore étonner mon royal acheteur ?

– Au retour d'un prochain périple, par exemple, tu reparais devant son auguste personne, un coffret dans une main et ton chapeau à plumes dans l'autre, balayant le sol. Dialogue : « Sire, vous aimez votre Diamant bleu ? – Si fait, baron, répond Louis en levant le sourcil. – Eh bien, vous pouvez dorénavant vous le cloquer… à la Caisse des dépôts et consignations, le laisser au fond d'un tiroir ou l'offrir à votre dame ! » Avec le sourire de la parfaite sincérité, tu annonces : « Parce que j'ai déniché pour Votre Majesté plus éblouissant que ce colifichet bleu ! » Et c'est vrai. Fin de la reconstitution historique.

– Évidemment, ça se défend ! Oui, mais il y a un mais…

– Le manuscrit ? J'y retourne. L'éditeur a sorti un tirage d'essai. À la relecture d'icelui, Tavernier s'aperçoit que, dans sa fierté de défricheur, il a donné la *transcription directe* de ses carnets ! Laquelle inclut le descriptif de certains des « *diamans* » d'une incomparable lumière, qu'il a choisi de mettre à gauche en cas de vaches maigres ! Ceux que le souverain ne connaît pas…

– *Luces a Sole incognitae* !

– Et qu'il n'a surtout pas à connaître avant un certain temps ! La boulette ! Heureusement, c'est rattrapable. D'où les corrections qui…

– Objection, votre Honneur ! Des gens ont vu le manuscrit et ce tirage d'essai : l'éditeur, les ouvriers de l'imprimerie…

– C'est pourquoi, prudemment, notre marchand retire de la circulation les écrits indiscrets. Il récupère le manuscrit, probablement les plaques gravées. Il détruit ces originaux. Il ne garde que la maquette, plus lisible et plus facile à transporter ou à planquer. Surtout une fois qu'il l'aura fait relier en un seul volume ! Puis, avant de publier, il va laisser de l'eau couler sous le pont devant la Sainte Chapelle.

– Sept ans ! À la première parution publique, le *princeps* de 1676, seul ce vieux littéromane de Voltaire ou d'autres voyageurs connaissant l'Orient renâcleront. Ils relèveront, qui l'indigence du style, qui l'insuffisance de nouveauté géographique… Mais nul ne reniflera le tour de passe-passe !

– Entre-temps, le baron achète Aubonne, se lance à fortune perdue dans la vie de château, reçoit tout le gratin des pique-assiettes, déguisé en Shah de Perse… Persuadé que la fête pourra durer jusqu'à la fin des temps : il lui suffira de faire apparaître, à mesure de ses besoins, les plus beaux joyaux de l'univers…

– Mais voici que le vent tourne. Le protestant devient de plus en plus *persona non grata*. La révocation de l'édit de Nantes se profile sur un horizon assombri. Le renard trop argenté flaire le danger. Il profite de l'existence dispendieuse qu'il mène pour rendre crédible sa « ruine ». En réalité, il organise son insolvabilité en Europe, tout en mettant ses réserves à l'abri par-delà les frontières, quelque part sur les routes des caravanes, où il compte des amis. Cependant, nul n'étant éternel, il prévoit de transmettre ses richesses à sa femme. Dans le meuble magique de Cochinchine, dont elle seule connaît le secret, il grave la formule qui situe sa « caverne »… Mais ce n'est pas Marie qui en fera usage. Elle quitte ce monde bien avant lui.

– Il dispose toujours d'un sérieux répondant financier ?

– Incommensurable.

– Alors, que n'en profite-t-il pas sous d'autres latitudes, où sa religion ne sera plus persécutée ?

– Parce qu'il est tenaillé par un désir de revanche contre ses ennemis commerciaux jurés : les Hollandais ! À quatre-vingt-quatre ans, il en voit arriver enfin l'opportunité. Sous la protection du roi de Prusse, il va pouvoir créer la Nouvelle Compagnie des Indes. L'infatigable homme d'affaires ne fait ni une, ni deux : il rappelle Arthur de Batavia, le provisionne confortablement pour gérer ses comptoirs et part vers la Mongolie. Trahison. Le neveu fourre son nez dans les papiers personnels…

– Et tombe sur le planisphère du grand-oncle Melchior, augmenté des routes d'Orient par le crayon de Jean-Baptiste. Il trouve surtout le tirage d'essai des *Six Voyages*, conservé, on se demande pourquoi.

– Sentimentalisme pour ses exploits passés ? Fétichisme d'écrivain ? Tous les auteurs connaissent ça, qui s'encombrent de papiers jaunis… Imprudence fatale. Ce faux derche d'Arthur détecte l'existence d'une réserve de *diamans* et s'associe avec son petit copain Bertrand pour mettre la patte dessus.

– On sait leur destin tragique, et on sait qu'ils n'ont jamais pu mener leur félonie jusqu'au bout…

– Et pour quelle raison ? Parce qu'ils n'ont jamais eu accès à la phrase en latin, qui est la clé de voûte de l'énigme !

– Énigme que nous-mêmes ne sommes pas près d'éclaircir…

– Que tu crois, mon garçon. Que tu crois !

– Serait-ce à penser que…

– Oui-da ! Je viens de comprendre *dans quelles ténèbres* Tavernier a caché les lumières !

Séquence 69

– Le casse-tête du XVIIe n'a jamais été résolu par ses contemporains. Il a même causé la perte des deux gredins qui ont pillé les biens laissés en France par Tavernier. L'un est mort trucidé dans le désert et pauvre, l'autre lentement ratiboisé en homme-tronc. Et miséreux… Magalon le félon a peut-être également perdu la vue, mais dans ses dernières paroles, lorsqu'il implorait qu'on lui *donnât des lumières*, c'était bien après les inatteignables gemmes qu'il gémissait !

– Les traîtres ne disposaient pas de la phrase en latin !

– Mais toi, tu l'as sous les yeux, et elle te reste tout aussi sibylline ?

– *In tenebris*, c'est obscur.

– Tu pourrais, comme les deux malandrins, courir à perpète les routes ajoutées sur le planisphère de Melchior, que tu n'y trouverais pas trace de ce que nous appelons « la caverne » !

– Où faut-il la chercher, alors ?

– Il ne faut *plus* la chercher ! La cache originelle de Tavernier, inviolée au XVIIe siècle, a été mise au jour au XXIe ! Au début de cette année. Par Julien. C'est par là que j'ai commencé mon raisonnement.

– D'où il ressort que ?

– Mon oncle a suivi une voie *exactement inverse* de la nôtre. Et il a crypté ses indications en commençant par la fin, de telle façon que je puisse suivre la piste *à rebours*. Et tout d'abord, il a masqué la nature de sa richesse. Pour que ceux qui la convoitent ne sachent même pas ce qu'ils doivent chercher !

– Ouh là ! Je commence à patauger !

– Quand on a un petit pois en guise de cervelle…

– Tu veux que je te pince très cruellement ?

– Pas de violences. J'explique. Je dois reprendre pour cela selon la chronologie, mais…

Elle danse d'un pied sur l'autre.

– Embêtée ?

– Je ne voudrais pas me planter dans ma démo… Et je crois bien qu'il me manque une étape… Peut-être… Et peut-être pas !

Elle rapporte le coffret d'acajou retiré de la PTB.

– Dans toute cette affaire, as-tu jamais croisé un seul accessoire que Julius aurait semé « par hasard » ?

– Franchement, non. Surtout pas en prenant la précaution de l'enterrer dans un coffre de banque !

Qu'y a-t-il à voir ?

Le bois joliment patiné en brun rouge, les lettres J.A. sur la plaquette de laiton incrustée dans le couvercle, et le revêtement intérieur de velours noir. Rien ne nous interpelle.

Joker. Coup de fil à un ami :

– Gupta, lorsque vous avez aidé Julien à emménager le loft, avez-vous noté la présence d'un coffret d'acajou marqué à ses initiales ?

– Je n'en ai pas le moindre souvenir.

Deuxième essai :

– James, j'ai ici un coffret d'acajou ayant appartenu à mon oncle et…

– Ah, je suis sacrément heureux de la nouvelle, parole ! Il avait disparu depuis des mois, et vous pensez bien que, si quelqu'un ne pouvait pas se permettre de demander à Monsieur ce qu'il en avait fichu, c'est bien moi !

– Pourquoi vous, particulièrement ?

– *Because* que c'était un petit cadeau de votre serviteur ! Enfin… du sien ! Ça me gênait donc de mettre ça sur le tapis. D'autant plus que c'était trois fois rien, mais ça me faisait chaud au cœur d'imaginer qu'il y tenait un peu.

– Il y tenait beaucoup, je peux vous l'assurer. Vous le lui aviez offert quand ?

– Il y a trois ans.

– À quelle occasion ?

– Pour ma retraite, figurez-vous ! Je vous charrie pas. Il y a trois piges, j'avais atteint l'âge.

– Vous ne le portez pas !

– Je sais, je sais... C'est pour ça que j'avais aucune envie de me mettre au rancart. Et, après tout ce que Monsieur a fait pour moi, je pouvais pas le laisser tomber comme une vieille chaussette. J'ai donc écrasé, j'ai fait comme si de rien... Mais, dans ces conditions, je pouvais donc pas espérer que mes collègues se cotisent pour me payer la canne à pêche ou la montre plaquée or ! Alors, histoire de marquer le coup quand même, j'ai décidé de m'offrir un petit kèkchose. Je vous ai dit que Monsieur m'avait refilé le virus des brocantes, à force de me les faire courir derrière lui ? Il y en avait une dans mon quartier, je me baguenaude... Et voilà-t-il pas que je tombe sur cette trousse de chirurgien, estampillée aux initiales de Monsieur. Mais les rencontres du sort, ça se commande pas. Et ça se laisse pas passer. Total, c'est mon patron qui a hérité de mon cadeau de retraite !

– Une trousse de chirurgien, dites-vous ?

– Ouais, je sais. C'est une boîte, mais ça s'appelait comme ça. Ils disent aussi « un nécessaire ». C'est Premier Empire pur jus, nonobstant ! Elle a peut-être fait la campagne de Russie, allez savoir ? Parce que c'est militaire. Les toubibs, ils emportaient ça avec eux par monts et par vaux, et ils avaient tout ce qu'il faut pour charcuter les blessés sur le terrain. Si elle était complète, elle vaudrait un saladier ! Malheureusement, les outils ont été perdus, au fil du temps. Mais vous pouvez voir encore tous leurs profils, les scies, les marteaux, les bistouris, d'autres ustensiles barbares que je préfère ne pas imaginer dans de la barbaque humaine... Bien rangés pour le transport, dans les cases qui étaient découpées à la forme. Et tout ça tapissé de cuir rouge, sur deux étages... C'est impressionnant, non ?

– Si, si...

– Mademoiselle Adélie, si je peux me permettre... Je sais bien que c'est plutôt un truc de mec, mais... Ça me ferait rudement plaisir que ce soye vous qui la gardiez...

Je vois très bien à quel genre de boîte ancienne se rapporte la description de James. Celle-ci n'y ressemble que dans les grandes lignes. Et par les initiales. Quarante centimètres sur trente, vingt d'épaisseur… Il y avait bien le volume pour caser deux plateaux superposés, contenant des instruments chirurgicaux dans des emplacements aux formes spécifiques. Mais aucune trace de cet aménagement, ni du cuir rouge.

– Par contre, ce velours me paraît remarquablement frais pour du Ier Empire !

De la pulpe des doigts, la petite explore le fond plat où reposait le livre. À l'extrême bord, coincé contre le flanc droit, un court lacet dépasse. Ou plutôt une ganse, cousue en anneau plat. Noir sur noir, elle nous avait échappé. Sa petite sœur est sur l'autre côté, symétrique.

Les index s'y glissent aisément. Tirent vers le haut.

C'est au millimètre, ça frotte un peu tout le tour, mais le plateau se soulève.

Voici le fond proprement dit, revêtu du même tissu, de la même couleur. Mais plus tendre, matelassé. Le milieu du capiton présente un creux, de la taille d'un poing d'enfant. Ce dernier niveau est bien plaqué, arrimé de partout.

Adélie coince le coffret entre ses genoux, empoigne le capiton à deux mains et tire sans ménagement.

Le bruit lamentable du bois qui craque et du collage qui cède a de quoi faire tourner de l'œil tout amateur de beaux objets. La vandale extrait sa prise.

– Presque pas cassé !

Elle retourne le panneau. C'est du contreplaqué tout ce qu'il y a de récent. On y a posé de la mousse pour faire rembourrage, que l'on a recouverte du velours, bordé et agrafé sur le verso. Le tout a été fixé au plancher du coffret par un filet de colle ambrée. Pas assez solide pour résister à ma douce camarade.

– Belle transformation ! C'est du travail soigné. De professionnel.

– Et l'artisan signe toujours !

Sur la face cachée de la planchette, une étiquette format timbre-poste, verte, gaufrée de lettres dorées. Ou du moins ce qu'il en reste après l'arrachage rustique.

Adélie tente de déchiffrer à la loupe cette vignette mutilée :

KLÜGER & zoon
Etuis en verkoopstanden
Huis van vertrouwen sinds 1904
ANTWERPEN
By special appointment to Her Majesty the Queen

– En plus, c'est du flamand !

Une telle peccadille peut-elle arrêter miss Sherlock ? Elle a son réseau. Allô, Martine Claessens. Qui interrompt une partie de squash avec sa fiancée.

Trois minutes et dix-huit secondes plus tard, nous avons la version française :

KLÜGER & fils
Écrins et présentoirs
Maison de confiance, depuis 1904
ANVERS

La mention *in English* dans le texte signale que cette fabrique anversoise s'enorgueillit de servir la reine. D'Angleterre, *of course.*

Cette gommette verte a le don de réjouir ma détective préférée. Elle se campe devant moi et proclame :

– La faille est comblée. Cale-toi dans ton siège et admire !

Séquence 70

La Mangouste se lèche les babines. Au début de notre séance, je sentais approcher le dessert, elle me propose le plat de résistance. Et je me régale.

– Julius l'Astucieux n'a pas improvisé cet emboîtement d'indices au cours des quelques heures qui ont suivi votre canardage dans un cirque montagneux pyrénéen. Tout est écrit ! Prends un peu de recul et observe deux règles : un, reconstitue l'action depuis le début, sans te faire piéger par les crochets et les retours en arrière ; deux, évite de te laisser distraire par les seconds rôles pittoresques, pour ne pas perdre de vue le personnage central... Tu peux contrôler les dates. Tout concorde !

» Situation au début de l'an dernier : le groupe helvético-ibérique Ibermedics met en coupe réglée tout le secteur pharmaceutique européen et commence à dévorer aussi les activités voisines. Seule, dans le Nord, Spécimeto, une courageuse PME, résiste au prédateur. Les irréductibles Chtimis sont menés par un inventeur idéaliste et habile gestionnaire.

– Abesterix le Basque ?

– Signal d'alarme dans le Cartel : il faut avaler la petite entreprise et ses brevets. Situation au milieu de l'an dernier : plusieurs commanditaires de Spécimeto, stipendiés par le président Widmer, retournent leur veste et reprennent leurs billes. Pour assurer la paie de ses ouvriers, Abestéguy doit vendre ses biens personnels. Situation à l'automne : Ibermédics porte l'estocade. Par un dumping forcené, il détourne les clients et assèche le marché des matières premières. À la fin de l'an dernier, pris en tenailles, Julien jette l'éponge : un accord de vente est rédigé par les avocats des deux parties. MAIS au printemps de cette année, retournement de situation. Le jour où il doit signer sa capitulation, Abestéguy flanque le contrat à la face de Widmer ! Il vient de racheter à titre personnel la quasi-totalité des parts !

– On était légèrement au courant… Quoi de neuf, docteur ?

– L'ordre, grand impatient ! L'ordre EXACT dans lequel il est impératif de replacer une série de faits en apparence insignifiants ! Des anecdotes de vie privée ! Exemple : à l'automne, Julien est ruiné. Ce qui ne l'empêche pas, sentimental et princier, de brûler ses derniers billets en cadeaux de fin d'année pour les femmes de sa vie. Mia et moi. À l'étude d'Enghien, il repère le cabinet à fards et la carte ancienne. Lui aussi sera gâté, puisque Robin lui offre un beau livre relié. Je suppose que, rentré au loft, curieux, il parcourt tout de suite l'ouvrage, puis le range sur l'étagère, au milieu des autres. Le planisphère, il me le donne pour Noël.

Quant au meuble, il le transporte à Bruxelles, lui fait passer un coup de propre par Attilio, et l'offre à sa dulcinée à la nouvelle année.

– Environné d'un décor Louis XIV, et posé face à la seule fenêtre de l'appartement où sa magie pourra refléter le soleil levant.

– Malheureusement, c'est aussi par cette ouverture que pénètre, courant janvier, la bombe incendiaire. Attentat de l'ETA pour faire « cotiser » le Basque ? Intimidation de Widmer et du Néo-Gal ? Toujours est-il que la chaleur de l'engin cause des dégâts considérables au meuble cochinchinois.

– Désespoir de Julien. Attilio se pointe dès l'aube et pose un diagnostic rassurant. Il peut retaper l'objet. Pour s'en assurer, il retire l'abattant coincé. Ce faisant, il découvre le double déclic et révèle la présence de la phrase gravée.

– Tout à sa joie de savoir le secrétaire sauvé, Julien ne réagit pas à la seconde. Mais l'hermétique formule « *a Sole incognitae* », avec sa majuscule mal placée, éveille en lui un souvenir : ces trois lettres initiales, *aSi*, il les a déjà vues. Mais où donc ?

– Bon sang, mais c'est bien sûr, dans ce bouquin de voyage du XVIIe, à Paris ! Qui provient de la même vente que le cabinet cochinchinois !

– En plus, excuse-moi, mais la culture d'un Julien Abestéguy dépasse quelque peu celle des deux ignares que nous sommes. Il sait qui est Jean-Baptiste Tavernier ! La maxime latine renvoie à l'acronyme vu en marge des planches de dessins raturées…

– Et les *luces* prennent aussitôt un sens : les *diamens* ! Il sait donc ce qu'il doit chercher !

– Non. Plus besoin, cher gogol… Puisqu'il les a déjà !

Elle a eu raison de me faire asseoir avant !

– Ce n'est pas que le fin mot m'échappe, je ne suis pas si demeuré que ça !

Mais, honnêtement, je viens seulement de saisir à l'instant !

Ce qui avait frappé Julien et Attilio, alors que les traces de l'incendie étaient encore chaudes, c'est l'invraisemblable volume de goudron que les flammes avaient fait suinter de cet élégant cabinet, pire que d'un coffre de marin !

Mêlée à ce gloubiboulga, une partie des parures : des pierres de couleur, des nacres, de l'ivoire. L'artisan avait conclu : ce n'était pas de la marqueterie, les ornements n'étaient pas incrustés, mais maintenus *de l'intérieur* par ce coaltar !

– Dans des façades creuses ! Alors, ce serait…

– Laisse-moi continuer ! Tonton, qui avait horreur de l'inaction, se demandait comment faire avancer le schmilblick d'ici le passage des experts de l'assurance. L'Italien lui a donc conseillé de ramasser le goudron et de récupérer ces glinglins d'époque, pour en avoir le moins possible à remplacer lors de la restauration. Minutieux comme je le connais, Julos s'en sera chargé lui-même. Il s'est aperçu que certaines de ces pierres, plus grosses que les autres, devaient tenir dans l'épaisseur de la façade d'un tiroir, avec juste une petite surface polie qui affleurait au jour. Sur le moment, ça l'a intéressé en tant que technique, pour en discuter avec l'ébéniste…

– Mais quand la phrase fait tilt, qu'elle se télescope avec les croquis du bouquin, la réputation de Tavernier, les mines indiennes, les diamants de Louis XIV…

– Julius n'a pas besoin de s'interroger sur la nature des « *tenebris* ». Il patouille dedans depuis des heures ! Et les *lumiè-*

res restées inconnues du Roi Soleil, il vient de les extraire : elles sont là devant lui, probablement à tremper dans un saladier de pétrole, pour en dissoudre la gangue gluante !

Il me faut un moment pour que tout retombe d'aplomb dans ma calebasse. Une fois ce scénario admis, le reste file sur des roulettes :

– Ton oncle relit cette fois l'ouvrage sans en omettre une ligne.

– Il se renseigne en parallèle sur Tavernier. Notamment par Internet, sur le site *History, Mystery*…

– Grâce au courriel d'Abdul, il reconstitue la filière qui a mené à lui la carte, le meuble et le livre : Arthur, Magalon, la succession Dubulluy…

– Entre parenthèses, les deux traîtres seront morts pour ces diamants en les ayant eus sous les yeux à chaque instant !

– Nous sommes fin janvier de cette année. Dès ce moment, Julien sait donc avec certitude quel trésor fabuleux lui est échu.

– Il commence à s'en faire une vague idée, qui demande à être confirmée. Dans la plus absolue discrétion, car non seulement son entreprise est convoitée, mais on en veut à sa peau. Il va mettre à profit un élément, authentique, quoique minuscule, de sa vie sentimentale : sa « rupture » avec Mia !

– La scène dite de « la brosse à dents » ?

– Ayant outrepassé les limites de leur « non-liaison », il se fait fermer la porte au nez.

– Ce qui ne l'empêche pas, ce cœur d'artichaut, de se trouver aussitôt une greluche de remplacement ! Le témoignage du chauffeur était parlant !

– Crois-tu ? Que nous a dit James ? Que Julius lui a toujours *caché* l'identité de la « dame d'Anvers ». Qu'il se rendait *seul* chez elle. *Jamais les fins de semaine*, toujours le dimanche et le lundi. Cette personne, il la vouvoyait, mais il devait lui faire une cour pressante, puisqu'il roucoulait au téléphone en lui demandant si elle appréciait *le bijou*…

– C'est ça, presque au mot près.

– Eh bien, tu t'es laissé avoir, mon grand. Comme James, et tout éventuel observateur, tu as donné à fond dans le panneau : l'imagerie facile du don juan sur le retour, largué, qui se console par une nouvelle conquête. Mais mon Julius était authentiquement et totalement désespéré de sa brouille avec Mia ! À mille lieues de s'envoyer en l'air avec la première qui passe. Et surtout de courtiser une inconnue ! Il a plus pressant à faire. Cette dame d'Anvers, je l'affirme, est une diamantaire. Juive assurément, puisqu'elle ne le reçoit pas pendant le shabbat. Parce que leurs relations se cantonnent au plan professionnel. Pour l'instant, il en est encore à *supposer* que ces cailloux, pas très éclatants, sont les fabuleux Golcondes perdus. Il en porte un à la dame, qui l'authentifie et, à mots couverts, puisque c'est par téléphone, s'extasie devant le fabuleux « bijou » !

– Là, je regrette, mais tu fiches en l'air toute ta belle construction chronologique. Tu baignes dans les supputations les plus débridées ! Nulle part, dans aucun témoignage, tu n'as pu relever la moindre indication dans ce sens ! C'est de la fiction pure et simple !

– Tu as raison, Steph. Mille fois raison. Cette dame n'existe sûrement pas. Mais...

Adélie me lance, façon Frisbee, le fond arraché au coffret d'acajou.

– Combien veux-tu parier qu'elle compte parmi ses fournisseurs « *Klüger et fils, maison de confiance à Anvers depuis 1904* », et que, pour faire honneur à un diamant d'exception, elle y a fait transformer en écrin de voyage la trousse de chirurgien Premier Empire de son ami Abestéguy ?

Sur la planchette de contreplaqué, l'étiquette verte gaufrée de lettres d'or me nargue doucement.

– À la fin du printemps, sur le télé-achat de l'île de Rhodes. CE NE SONT PAS SES BREVETS que tonton met aux enchères ! Ils représentent l'avenir de Spécimeto ! Honte à nous d'avoir eu ce soupçon ! C'est bien la vente du Golconde qui renfloue son entreprise !

– Qu'est-ce qui te laisse penser qu'il n'a pas confié *toutes* les pierres à Khaïdi ?

– Séphir nous a juré, sur la tombe de ses parents, qu'il n'avait vendu *qu'une seule chose* au profit de mon oncle. J'ai tendance à le croire. Tonton connaît maintenant, par la dame d'Anvers, la valeur faramineuse du seul diamant qu'il ait montré. Il calcule. Ce sera suffisant pour se remettre à flot. Il emploie donc la tactique du marchand avisé, que tu m'as parfaitement décrite chez Tavernier. Pour ne pas dévaluer le stock, vendons juste ce qui est utile et planquons le reste pour parer aux futures attaques du Cartel ! Et accessoirement, pour ma nièce unique et préférée, en cas de malheur…

– Il a donc parfaitement pu faire réinsérer les autres pierres dans le cabinet à fards. Et, comme Arthur, Magalon et tous leurs successeurs, nous sommes passés devant sans nous en douter.

– Non à toutes les questions, votre Honneur ! Reprends la chronologie. Les prévisions de Julien étaient les suivantes : retrouvailles avec Mia et demande en mariage sur le *Sagittario*, décoré à grands frais comme le nid d'amoureux de Bruxelles. C'est-à-dire pur Louis XIV, y compris le symbole essentiel de leur tendresse : le meuble sacré, ressuscité de ses cendres. Or le capitaine Wim l'a signalé en nous faisant les honneurs du bord : la pièce maîtresse de cette mise en scène est sortie trop tard de l'atelier d'ébéniste bruxellois pour être à Antalya le jour du départ. Mais c'est bel et bien Mia qui devait récupérer son cadeau magique ! Julien ne l'a sûrement pas farci des diamants qu'il me destinait !

– OK princesse… Ou plutôt KO.

– Moi, je pète la forme. Je veux continuer les recherches sur ma lancée. Simple curiosité, j'aimerais savoir si je suis un peu *plus*, ou un peu *moins* riche que Bill Gates ?

Séquence 71

Nous aurions aimé prendre contact avec le fabricant d'écrins et de présentoirs pour tenter de remonter vers la supposée « dame d'Anvers », qui, après tout, est peut-être un monsieur. Mais *Klüger, maison de confiance depuis 1904*, ne possède pas de site, n'ouvre pas de documentation informatisée, ni même de tarif ou de bon de commande en ligne ! Tout juste un numéro de téléphone, qui – on ne s'en étonnera pas – ne répond pas le samedi…

Nous allons donc butiner sur le Web de-ci, de-là, nous fiant à la chance, espérant que le hasard d'une information déclenchera l'idée d'une piste…

D'encyclopédie en forum pour collectionneurs d'anecdotes, un danger se confirme, si nous l'ignorions encore : le réseau planétaire recèle bel et bien le plus gigantesque ramassis d'âneries que l'humanité ait jamais réussi à accumuler ! Séparer le bon grain nécessite une solide culture… acquise à des sources plus fiables !

Ainsi, le Diamant bleu de la Couronne draine dans son éblouissant sillage quelques éblouissantes sottises. Rien qu'à les survoler, mon opinion est faite.

– C'est une pierre maudite ! Tu vois le topo ! Crimes et trahisons à tous les étages !

– Raconte !

– Bof. Tous les grands diamants ont un parcours tragique. Nous pouvons sauter ce passage à pieds joints. Il ne nous servira à rien.

– Mais puis-je t'avouer une énorme lacune, que j'essaie de te dissimuler depuis le début et qui va s'avérer un handicap si je ne la comble pas ?

– Avoue, et il te sera pardonné !

– Je t'écoute parler de Golcondes, de fortunes et de carats... Je n'ai pas la plus petite idée du poids ni du prix que représente un carat.

– Nous aurions peut-être dû commencer par là. Heureusement, le professeur Steph a toujours quelque chose à dire ! Il me suffit d'aller piocher sur les sites de confiance. Va donc prendre une douche, laisse-moi le temps d'effectuer un rapide copier-coller, et tu sauras tout !

Quel est le fieffé crétin qui prévoyait récemment une *brève* séance de copier-coller ?

Adélie a eu le temps de procéder à ses ablutions, complétées d'un brushing et d'un vernissage d'ongles, mains et pieds... Ensuite, elle est allée au Palais du Marais, chez Mi-Chel, notre Chinois de la rue de Turenne, nous faire mijoter et emballer un repas conséquent. Elle s'est remise en liquette et short, a patienté un moment. Puis elle a commencé à servir et même à déguster, que j'en suis toujours à naviguer. Sautant de fenêtre en fenêtre, sélectionnant parmi la pléthore, triant, élaguant, réduisant. Ne conservant que les informations les plus révélatrices. Je ne peux pas décider de notre destin, mais je jurerais que je détecte les données qui vont devenir indispensables dans l'univers où nous devons nous introduire.

Je cède ma place devant l'ordi à la petite, qui s'installe en tailleur sur la chaise, baguettes de bambou dans une main, bol de nouilles au canard laqué dans l'autre.

Et là, je me paie une bouffée de satisfaction. Le montage que je lui ai concocté s'avère si captivant, que la belle y part en chute libre et n'en ressort qu'à la dernière ligne.

Le diamant est un *minéral* composé de *carbone* cristallisé dans le *système* cubique. C'est le plus dur de tous les matériaux naturels (10 sur l'échelle de *Mohs* = résistant à une force de 10 000 kg par mm^2).

Le mot est dérivé du grec *adamas* (d'*adamastos*, inflexible, inébranlable) Sa double symbolique de puissance et de pureté se retrouve dans la Bible, dans le nom du premier homme.

Le facteur temps est déterminant : les cristaux ne naissent pas à leur taille adulte, ils « poussent » au fil des millénaires, chaque treillis d'atomes s'ajoutant au précédent.
Puis, voici quelque 100 millions d'années, se produit un véritable accouchement volcanique : le diamant doit sortir des entrailles de la terre.
L'éruption de laves, à la vitesse fantastique d'au moins Mach 2, a formé une « pipe », sorte de pylône de roche en forme de cône renversé, qui contient des diamants expulsés des profondeurs. La « pipe » s'érode avec le temps et affleure pratiquement le sol.

Les pipes sont dites kimberlitiques parce qu'elles ont été découvertes près de Kimberley, en Afrique du Sud.

CARAT : cette unité de mesure du poids des gemmes tire son nom d'un arbre, le CAROUBIER. Il montre une caractéristique singulière : ses graines pèsent un poids rigoureusement constant et égal, d'une plante à l'autre, d'une région à l'autre.
Le nom grec de ces graines, « *KERATON* », a donné le « CARAT ». Abréviation : ct.
1 ct = 0,2 g.
Cette unité de mesure est divisée en 100 points ; dans le langage courant des professionnels, on parlera par exemple de 1/4 de carat ou de 25 points.

QU'EST-CE QUI FAIT LA BEAUTÉ D'UN DIAMANT ?
Les 4 critères d'évaluation du diamant sont définis en anglais comme les « 4 C » : Cut – Carat – Clarity – Color.
Ce qui se traduit en français par : Fini de la taille – Poids – Pureté – Couleur.

La pureté : Elle se jauge selon un code international qui désigne l'importance des impuretés ou « inclusions » visibles à la loupe de grossissement 10 fois.
Les abréviations adoptées proviennent de l'anglais.

La couleur : Dans l'imagerie populaire, le diamant est incolore. Les joailliers disent « blanc ».
Cette transparence est également classée selon un code, commençant à D comme diamant, pour la qualité suprême : Blanc exceptionnel +, puis E, F, etc.
Le cristal reconnu comme « diamant » grâce à ses caractéristiques mécaniques et lumineuses peut cependant affecter des colorations telles que rose, rouge, jaune, orangé, brun, vert, bleu ou noir, avec toutes leurs nuances intermédiaires.

Pendant des siècles, certains diamants colorés ont été dépréciés et négligés, considérés comme de simples « ornements décoratifs » : la technologie et les tests disponibles ne permettaient pas de faire la différence avec d'autres pierres dites précieuses.
Le blanc est le plus abondant dans la nature et, de ce fait, il n'est pas, et de loin, la teinte la plus valorisée aujourd'hui !
Les grands collectionneurs recherchent davantage les pierres de couleur, en raison justement de leur rareté. Actuellement, la nuance rouge est considérée comme la plus introuvable sur le marché.

LE DIAMANT NATUREL... ET LES AUTRES

Il existe maintenant un DIAMANT DE CULTURE indiscernable du diamant naturel, suite à de nombreuses expertises faites, selon communication de l'université de Barcelone. Ce n'est ni une synthèse ni une gemme naturelle ; sa dénomination exacte est « Diamant CPl de Culture » ; il peut être produit en toutes qualités et couleurs naturelles jusqu'à 5 800 carats.

BRÈVE HISTOIRE DU DIAMANT NATUREL

La tradition de l'Inde en matière de diamants remonte à des milliers d'années. Elle est la plus ancienne du monde. Les artisans indiens ont été les premiers à déchiffrer les secrets de la taille des diamants.
Il s'agissait aussi, la plupart du temps, de très grosses pierres, puisque les célèbres mines de Golconda, dans ce qui constitue aujourd'hui l'État d'Andhra Pradesh, étaient creusées à la main.

Le tamisage et l'extraction consistaient à retirer les diamants bruts qu'on pouvait voir à l'œil nu.
Les mines de Golconda ont commencé à rendre moins dès le XVIIe siècle et ont cessé toute production au début du XIXe, au moment de la découverte de diamants alluviaux au Brésil.

Pays producteurs actuels, classés de la meilleure qualité à la moins bonne :
Angola, Namibie, Russie, Afrique du Sud, Botswana, Chine, Sierra Leone, Canada, République Centrafricaine, Guinée, Lesotho, République démocratique du Congo, Tanzanie, Venezuela, Australie, Brésil, Ghana, Guyana, Libéria.

La seule mine indienne actuellement en opération s'appelle Panna – une erreur de nom puisqu'il veut dire « émeraude » en langue hindi – mais elle ne produit que quelques carats par année.

LES PUISSANCES EN JEU :
Pendant tout le dernier siècle, un monopole de fait était pratiqué sur la commercialisation du diamant par la DE BEERS, société sud-africaine fondée en 1888 par Cecil RHODES.
La mise sur le marché est faite par l'intermédiaire de la DTC (Diamond Trading Company), dont le siège est à Londres.
Dix fois par année, elle écoule un certain pourcentage de ses stocks par 84 correspondants privilégiés, les SIGHTHOLDERS, les « porteurs à vue ».
Les critiques sont virulentes contre ce qui a été dénoncé comme « cartellisation ». La politique du groupe avec certains États fait également l'objet de dénonciations régulières.
La suprématie de la De Beers a été mise en péril ces dernières années par des organisations de commerce récemment apparues, et les étonnants progrès, proches de la perfection, réalisés par le DIAMANT DE CULTURE.
La réponse du groupe leader a été unanimement jugée comme mal adaptée ou manquant de réactivité. L'ancestral géant semble parfois dépassé par les méthodes du commerce moderne.

Le Diamant Bleu fait sa toilette.
Voici la photographie la plus récente du HOPE, prise au Smithsonian à l'occasion d'un nettoyage. Cette gemme à la renommée universelle atteint à peine la taille de l'ongle d'un pouce !

À l'heure actuelle l'industrie consomme environ 600 millions de carats par an, la bijouterie seulement 20.
Mais ces 20 millions de carats valent 8 milliards de dollars en brut, 64 milliards en bijouterie après négoce, taille et sertissage ! **Soit de l'ordre du produit national brut de pays comme la Hongrie, la République tchèque ou le Chili.**

Le diamant reste de loin le minéral le plus cher du monde : un brillant d'un demi-carat, soit un dixième de gramme, de bonne qualité moyenne vaut facilement 1 000 ou 2 000 dollars : *c'est 1 000 fois plus que l'or* !
Mais les PIERRES CULTIVÉES, qui ne sont ni de l'imitation, ni de la synthèse, pourraient, à court terme, faire pencher la balance.
Quant aux diamants exceptionnels, ils ont dépassé le MILLION DE DOLLARS PAR CARAT !

SECRETS ET CHUCHOTEMENTS
Tout récemment, un regain d'intérêt semble saisir les professionnels et les focaliser vers la PLACE DE PARIS, qui, tout en étant honorablement connue pour son sérieux, ses traditions et la qualité du travail, restait un centre très secondaire quant au chiffre des transactions et au volume des tailles effectuées.
Tout récemment s'est constituée une entité d'un type nouveau, réunissant une sorte d'« interprofessionnelle » des métiers, le GROUPEMENT PARISIEN DU DIAMANT (GPD), disposant de moyens de finance et d'influence considérables.
Mais l'univers très fermé des initiés ne laisse évidemment filtrer aucune information vérifiable...

SUSPICION ET RUMEURS EN INDE
Les grandes mines de Golconda sont aujourd'hui désaffectées, mais le filon principal, la « pipe kimberlitique », n'avait jamais été

localisé. Or une nouvelle considérable bouleverserait le marché mondial si elle venait à être confirmée : cette « pipe » pourrait avoir été enfin découverte !
En effet, une insistante rumeur insinue depuis plusieurs mois qu'un authentique Golconde brut, aux caractéristiques impressionnantes, aurait fait l'objet, sur un circuit parallèle, de la **plus importante transaction jamais réalisée sur une seule pièce** dans le commerce des pierres précieuses. Le lieu de la vente reste un secret, tout comme les identités des vendeurs et des acheteurs.

Après le bœuf au poivre noir, le riz gluant et les litchis, je me suis octroyé deux rasades de *mei kwei lu* dans un godet de porcelaine au fond duquel m'aguichait un type doté d'organes génitaux surdimensionnés. Erreur, ou grosse malice de l'ami Mi-Chel ?

Je n'ai qu'une envie : aller m'effondrer en travers du lit. Après ces heures devant l'écran, mes yeux, écarlates, menacent de quitter leurs orbites et mon dos ne serait pas plus raide si l'on m'avait empalé sur un manche à balai. Néanmoins, j'attends les conclusions de ma partenaire. Elle clape de la langue, réclamant sa lampée d'alcool parfumé, l'air entre deux airs.

– D'abord, merci pour ton boulot… C'est plus qu'instructif. Je ne me rendais pas compte à quel point j'avais peu de notions sur ce que représente le diamant. En plus, mes petites connaissances étaient erronées.

– Moi aussi, je me trimbalais un nombre pas croyable d'idées reçues. Que t'apporte cet éclairage ?

– Une lumière noire, si j'ose dire ! Un : il n'est fait allusion nulle part à de potentiels diamants de Tavernier non encore connus.

– Ça, c'est plutôt bon pour nous, non ?

– Deux : le monde du diamant enregistre que « quelque chose » s'est passé récemment, à quoi le Golconde ne serait pas étranger. Mais sous le signe du black-out le plus absolu. Les circuits officiels sont effectivement perturbés.

– Nous sommes donc sur la bonne voie ?

– Qui s'avère une voie de garage. Julien n'a pas laissé d'autre piste, et ce pauvre Khaïdi est inatteignable, au mieux entre les griffes de ravisseurs irakiens, au pire exécuté.

– La seule manière pour nous de renouer le fil avec le trésor de ton oncle serait de nous adresser à des professionnels, qui auraient vent, un peu plus concrètement que les bruits sur le Net, de la transaction et de ses suites potentielles.

– C'est toi qui proposes ça ? L'une des constantes de la documentation, c'est d'insister sur le caractère impénétrable de cette communauté fermée, pour qui ne montre pas patte blanche…

– Je ne vois pas d'autre issue que d'essayer.

– Ce serait vraiment tenter le diable. Nous avons acquis ces derniers jours une sérieuse longueur d'avance sur Widmer et sa clique, mais nous perdrons cet avantage dès qu'ils sauront quoi chercher ! Tu nous vois, au petit bonheur la chance, tirer les sonnettes de quelques diamantaires, la gueule enfarinée, à demander : « *S'il vous plaît, z'auriez pas des infos sur les diams de Tavernier, perdus depuis trois siècles ?* » La nouvelle sera chez Ibermédics dans la demi-heure !

– J'envisage une autre méthode d'approche.

– Une méthode à la Stéphane Roy ?

– Qu'entends-tu par là ?

– Une approche en crabe.

– On peut dire ça, oui… En plus, j'ai besoin de ton aval. Il faut que je mette en jeu tout ce qui nous reste dans les enveloppes de Julien. Et sans aucune garantie de réussite.

– Banco !

Séquence 72

Dimanche, 25 juillet, 17 heures et des poussières

Des poussières, nous en traversons un nuage. Cette cage d'escalier en regorge et il faut y escalader quatre étages. En fait, ce sont des débris de fibres textiles que nous inhalons à en tousser. Nous devons constamment nous coller contre la rampe : la partie la plus large des marches de bois est le lieu d'un intense trafic. Des petits bonshommes, à peine visibles sous les paquets qu'ils charrient, se croisent sans se heurter, guidés par un sixième sens de fourmis. Des Sri Lankais, des Maghrébins ou des Africains de diverses ethnies. Ceux qui montent transportent sur l'épaule des rouleaux de tissus, longs et pesants. Ceux qui descendent se coltinent sur la tête et le dos des piles de vêtements liés par de la grosse ficelle.

Lorsque nous sommes arrivés, tranquilles promeneurs, le Sentier semblait respecter le repos dominical général de la capitale. La rue d'Aboukir elle-même, impraticable en semaine, sommeillait dans le calme d'un dimanche parisien. De rares voitures, des familles à poussette, des amoureux, quelques touristes.

Trompeuse impression. Nous avons atteint l'adresse de notre rendez vous, composé le digicode, franchi la porte cochère. Et là, le bruit nous est tombé dessus. Et dessous, et partout !

Il fallait traverser trois cours successives, pavées. Toutes les fenêtres ouvertes vomissaient ce boucan, qui rebondissait et s'amplifiait entre les façades pelées. Des dizaines, des centaines de machines à coudre ! Par les soupiraux, des jets de vapeur s'échappaient des caves. L'antre des repasseurs. Adélie hurla à mon oreille :

– Et tu appelles ça des ateliers « clandestins » ? Comment le restent-ils plus de dix minutes ?

– Graissage de pattes ! Rien de tel pour rendre sourde n'importe quelle administration !

Le matin, j'avais informé ma partenaire de ma tactique « en crabe », qui nécessiterait un vaste détour et quelque duplicité. Elle avait accueilli cette perspective comme une peccadille tout à fait dans ses cordes. Je l'ai donc investie d'une mission de confiance en trois points :

1) se procurer, un dimanche, quelques bouteilles d'une précise (et rare) vodka polonaise, pendant que je tenterais de goupiller cette rencontre *in extremis* ;

2) si je réussissais, observer et comprendre le fonctionnement du pivot de mon goupillage : Sylvain ;

3) dès que l'opportunité s'en présenterait, circonvenir le bonhomme.

Nous voici à pied d'œuvre.

Sur le palier du quatrième, une seule porte de chêne, double, agrémentée d'un judas de cuivre. Je donne quelques coups de sonnette, à la cadence convenue.

Le guichet coulisse, un regard nous jauge.

Ouverture du battant.

Nos pupilles doivent s'accommoder. Ambiance nocturne.

Un hall aux parois tendues de velours cramoisi, d'où pointent des bras de justice tenant des flambeaux. Un maître d'hôtel en veste blanche, peau cuivrée, visage émacié. Sans un mot, il referme derrière nous et nous précède dans un corridor à n'en plus finir.

Le long des murs, pendus sur des portants à roulettes, des jupes, des tailleurs, des chemisiers, protégés par des housses de plastique. J'en soulève une de-ci, de-là. Je palpe.

Nous baignons avec bonheur dans un silence feutré : devant les fenêtres aux vitrages multiples, les doubles rideaux sont tirés. On enfonce jusqu'aux genoux dans trois couches de tapis d'Iran ou du Caucase, à faire pâlir d'envie le baron d'Aubonne.

Des petits salons laissent sourdre des échos de conversations, des rires sans retenue. Des jeunes femmes trop maquillées, dans des tenues coûteuses et voyantes, s'étirent sur des bergères Louis XVI. Certaines gardent leurs lunettes de soleil malgré l'éclairage tamisé. Quand nous passons devant la porte, elles se penchent, nous jaugent. Derrière nous, leurs commentaires fusent sans gêne. Elles sont certaines que nous ne comprenons pas leur langue.

Au bout du couloir, le majordome s'évapore. Apparaît Hatice Sezer. Prononcer Hatidjè. La reine Sezer.

J'ignore son âge. Elle aussi. Lorsque je l'ai connue, elle avait déjà amplement doublé le cap de la cinquantaine. Elle ne change pas d'un iota, sublime et effrayante.

Sa robe noire, droite, sans manches, fendue jusqu'à la hanche, laisse voir des jambes de meneuse de revue et des bras de madone. Du décolleté rond jaillit le cou, encore allongé par cette manière unique et insolente de relever d'un seul côté sa chevelure rouge, ramenée en coque sur l'oreille gauche. Sa splendeur comme seule parure. Pas de bijoux, malgré ses milliards.

Durant notre promenade, j'ai brossé un portrait de Sezer. Pour être admis dans le cercle très spécial où j'impliquais ma complice, mieux vaut éviter de respirer de trop près cette fleur vénéneuse.

– La légende veut que, vingtième enfant d'un chevrier turkmène, elle ait fait la renommée, à treize ans, d'un bordel d'Istanbul. Au point que la mère maquerelle refusa de la vendre au brigand russe qui tomba fou d'amour. Et qui dut l'enlever à la mitraillette, massacrant une dizaine de gardes, la matrone et quelques filles. La fleur de lupanar livra son chevalier servant au chef de la police, qui l'épousa. Et qui, suspicieux, jugea judicieux d'enfermer sa perle rare et de la coller aux fourneaux. Ce ne fut peut-être pas sa meilleure idée, car il défunta subito, l'œsophage perforé par du verre pilé malencontreusement mêlé à son plat favori, le *börek,* succulent feuilleté au fromage.

C'est le nom de cet époux regretté que porte toujours la reine Sezer, presque aussi délétère qu'un diamant maudit. Aujourd'hui, Hatidjè est la propriétaire du caravansérail qui bourdonne alentour vingt-quatre heures sur vingt-quatre. La moitié de l'arrondissement lui appartient, l'autre lui obéit. On comprend pourquoi. Ses nervis, qu'en femme d'affaires elle nomme « son équipe comptable », ont une spécialité pour convaincre les récalcitrants : maintenir leurs doigts dans un étau et en raccourcir les phalanges à la scie à métaux. Il se murmure que la patronne prend plaisir, à l'occasion, à bricoler un peu…

– En plus de ce quartier, ma grande amie possède un hôtel particulier derrière l'Étoile. Elle n'y passe que pour dormir, quatre heures par nuit. C'est de son étage élevé de la rue d'Aboukir qu'elle donne ses ordres. Elle y reçoit ses clients du prêt-à-porter. C'est aussi là qu'elle se fait sauter par des gigolos hors de prix.

La sachant près de ses sous à un niveau presque pathologique, je lui ai demandé, un soir de raki et de vague à l'âme :

– Pourquoi payer ? Vous êtes magnifique, des hommes richissimes sont prêts à vous lécher les pieds !

– Pour y attacher un boulet ensuite ? J'ai déjà donné, merci.

– Liberté chérie… Je vous comprends. Mais, avec tous les mâles farcis de testostérone que vous dirigez au doigt et à l'œil, vous pourriez piocher dans le tas ?

– Ils s'imagineraient avoir une once de pouvoir. Je serais forcée de les remettre au pas. Je traîne déjà une image déplorable, n'y ajoutons pas une réputation de mante religieuse.

Elle avait eu un sourire nostalgique.

– Le métier de l'amour n'a rien de honteux. C'est peut-être même le plus beau du monde. Mais tout cela n'est que faux-fuyant. À dire vrai, il y a un homme, qui n'est ni riche, ni à mes ordres. Mais il est marié. Et fidèle… Et puis, ça ne vous regarde pas.

Son regard doré était devenu drôlement flou. Allez savoir pourquoi. Ce souvenir, je n'ai pas cru bon de l'évoquer à ma douce…

Dans ce lieu feutré, Hatidjè donne aussi libre cours à une autre passion, comme le marathon qu'elle a organisé pour nous et qui devrait nous emmener jusqu'au matin.

J'attaque au baisemain. Elle ronronne. Deux ou trois compliments sur sa beauté, qu'elle n'entendra de personne d'autre. Elle baigne dans le miel. Puis hommage à son talent :

– J'ai aperçu votre nouvelle collection pour l'été prochain. Vous allez encore faire un carton !

Puis je m'informe :

– Vous avez pu avoir Sylvain ?

– Voyons, mon petit Stéphane… On ne *me* refuse rien. Et vous savez que je ne peux rien *vous* refuser.

Elle effleure ma joue.

– Si seulement c'était réciproque.

Un vilain chatouillis au bout des doigts me rappelle une phrase de ce pauvre Jihem : « Quand on a de pareils amis, on n'a plus besoin d'ennemis ! »

Dame Sezer daigne s'aviser enfin de la présence de ma compagne.

– Mais, dites-moi, c'est de la princesse que vous m'amenez là ? Comment l'appelez-vous ?

– Adélie.

– C'est… très frais.

Elle lui attrape le poignet et la fait virevolter comme pour un tango.

– La perfection n'existe pas… Mais voici qui nous en rapproche. Il faudra que vous me la prêtiez pour un de mes défilés. Si elle sait marcher.

En temps normal, la Mangouste aurait déjà refilé deux beignes et un coup de genou vicieux. Mais ici, le temps n'a plus rien de normal. Dûment prévenue, la belle Adèle ne s'offusque pas d'être reléguée au rang de plante verte. Elle y va de son sourire de jeune fille du monde. Sezer ne s'y trompe pas. Sa serre s'incruste dans le bras qu'elle ne lâche pas.

– Vous lui avez fait la leçon, n'est-ce pas ? Mais les ondes qui frémissent sous cette jolie peau ont quelque chose d'assassin. Excellent, jeune fille. Ne perdez surtout jamais cela, vous me rappelez quelqu'un… Quant à vous, Stéphane, prenez garde à ne jamais la dresser contre vous…

Hatidjè nous introduit dans la pièce centrale. Ovale. Les contours, bordés de canapés, se perdent dans la pénombre. Le milieu est parsemé de tables recouvertes de cachemires. Pendue bas au-dessus de chacune, une suspension à pendeloques multicolores éclaire un cercle intime.

Un bar à peine plus grand que celui du Hilton offre la tentation de tout ce qui, sur le globe, sort d'un alambic. Y compris des trucs à base de sciure de bois et de crapaud macéré, qui n'ont pas de nom et qui vous rendent aveugle au troisième verre.

Cinq hommes sont déjà là, deux au bar, deux à une table. Un réfléchit, debout.

– Vous connaissez tout le monde, je crois ?

J'adresse un petit signe à la cantonade, pour m'éviter le serrage de paluches, qui me fait perdre mon fluide.

Le penseur solitaire, c'est Gaspard, fils de mineur du Creusot, qui a réussi ses études de pharmacien en bossant la nuit aux abattoirs. J'admire. Et puis, il est triste et taiseux. Ça me convient.

À part lui, Sezer a convié des types dont je ne raffole pas : Brandevin, le notaire qui a cautionné le détournement de succession des ciments Kléber au profit d'un leader politique. Glarus, qui organise des transferts de footballeurs. Pété de poudre, il saigne du nez sans prévenir. Toujours planqué sous son chapeau noir, Topolino, le ferrailleur hirsute qui se prétend Manouche. Un gougnafier de première. Je le soupçonne de garder son bitos quand il fait la culbute. Ce qui m'agace surtout, c'est que Trahn soit là. Pardon, MONSIEUR Trahn. Il tient à l'appellation comme à un titre de docteur, et il est le premier à se l'octroyer en parlant de lui à la troisième personne. Celui-là, je n'ai pas résisté, un jour, à lui sortir ses quatre vérités. Cet Asiate de provenance inconnue change de biographie comme de slip et coiffe plusieurs réseaux d'exploitation de travailleurs clandestins. Si vous avez une cave ou un trou à rats en trop, cédez-le-lui. Il vous le paiera sans discuter au prix fort. Il y entassera des fournées de trente ou quarante esclaves, en attendant de les avoir revendus à l'industrie. Ou à l'agriculture. Monsieur Trahn n'est pas sectaire.

Gaspard sollicite notre hôtesse :

– Vous aviez dit 17 heures, je crois ?

– Nous ne sommes pas au complet.

Topolino envoie une claque sur l'omoplate du pharmacien.

– Mais on dirait que tu connais pas la vedette ! Y va nous jouer l'Arlésienne, pour être sûr de pas louper son entrée ! Et pis quoi ? T'es pas à dix minutes pour te faire mettre à poil : profite donc de l'attente, c'est le meilleur moment ! Tous les clients des putes te le diront ! Sauf votre respect, madame Hatice !

– Mon pauvre Topo ! Si vous en êtes encore à penser cela, c'est que vous êtes de ces idiots qui n'ont jamais connu de femme turque. Sauf votre respect, Stéphane.

Ses yeux lancent des poignards d'or vers l'ombre où se niche Adélie. Un ange passe.

– Mais après tout, vous avez raison, Gaspard. Commençons sans notre retardataire, ça le fera venir !

Et comme personne, pas même le hasard, ne saurait refuser quoi que ce soit à la Dame d'acier, une tornade se catapulte, venant du corridor.

Sylvain Zerbib.

Séquence 73

Dans mon briefing du matin, j'avais inclus la fiche signalétique de Sylvain. Au cas où Adélie le croiserait avant que je n'aie pu faire les présentations : la trentaine, très brun, barbe bleue, tendance aux bourrelets. Le tif dressé au gel façon « sortie de piscine », résistant au casque de moto, parce que le gus fait ronfler à travers Paname ses bécanes surgonflées. Qu'il chevauche en mocassins italiens et complet à douze milliards. Col de chemise ouvert sur une toison empruntée à Demis Roussos. Présentoir viril pour une chaîne d'or gros calibre où brinquebalent une Torah, une étoile de David, une main de Fatima et un fer à cheval. On n'est jamais trop protégé.

– Tu pourras le brancher sur ta spécialité : Il se targue de collectionner l'art moderne. Tiens, un exemple, peux-tu imaginer quelque chose de hideux ? Tableau ou sculpture, ou un mélange des deux.

– Ça y est.

– Vraiment hideux ?

– Atroce.

– Ne cherche pas, c'est chez Sylvain !

– Qu'est-ce qu'il fait comme boulot, pour s'offrir tout ça ?

– Fils unique. Deux fois par semaine, il gare sa pétoire à l'autre bout du quartier, devant le magasin de son père, Marcel Zerbib, le fameux importateur et grossiste en épices. Le lundi, c'est pour prendre son chèque, le jeudi pour « emprunter un peu de liquide » dans la caisse. Il dort tard, ensuite séance de fitness et sauna dans sa salle privée, trempage dans son jacuzzi.

Le soir, il drague en boîte. La nuit, il perd au poker. Enfin, perpétuel sujet d'étonnement pour moi : ce garçon est né à Paris, il y a toujours vécu, sauf l'été à Deauville. Je voudrais donc bien que l'on m'explique pourquoi il s'exprime avec cette volubilité et cet accent que l'on ne peut entendre qu'à Tunis, et très précisément dans le délicieux petit port de La Goulette !

Lorsqu'il a terminé de virevolter autour de la maîtresse des lieux, il pivote tel un périscope et, dès que j'entre dans son champ de vision, il tend les bras comme à la vue du Buisson ardent en personne.

– Aïe, yalllââââ ! STEPHMONAMI !

Le voilà contre moi, qui m'emprisonne d'une accolade, puis d'une embrassade ponctuée de tapes dans le dos. Il plaque ses mains contre mes joues, me dévisse le cou pour m'examiner sous tous les angles.

– Dis-moi, mon fils, ti as pas maigri, toi ? Si, si, ti as maigris, ne me mens pas ! Ti es pas malade, au moins, dis-moi ? Laisse-moi voir… Non, ti es pas malade, Dieu bénisse ! Ti es SUUUPERBE ! Sur ma tête, superbe comme ça je t'ai jamais vu ! Ti es amoureux, toi, dis-moi la vérité, ti es amoureux !

– Je te présente Adélie.

La Tornade me laisse choir comme un préservatif usagé.

– Ayallâââ ! Je le crois pas, ça ! Je lui demande s'il est amoureux et lui, même pas il m'avait dit que la perle rare elle est là, juste à côté ? Mais qu'est-ce que je dis, moi ? La perle ? Mais c'est la lune ! C'est le soleil ! C'est les deux en même temps ! ADELAÏÏÏÏDE ! Tu sais que ti es trop belle pour ce *haflouch*, toi ? Pourquoi ti as pas attendu de me rencontrer ? Non, je rigoooole : ce garçon, là, Stephmonami, meilleur que lui tu peux pas trouver, la vérité !

Le déluge est interrompu par Hatidjè :

– Bien, maintenant que nous sommes tous là… Stéphane, vous pourriez demander à votre petit fauve d'aller rejoindre la volaille dans les salons ?

– Je préfère qu'Adélie reste près de moi. C'est la première fois, pour elle. Et puis, elle me porte bonheur.

– La prochaine fois, venez avec une patte de lapin, je serai moins jalouse.

Le majordome apporte un coffret d'argent contenant des jetons de nacre et des jeux de cartes scellés.

– Nous sommes huit. Répartissons-nous en deux tables. Nous ferons des échanges en cours de soirée, pour varier la compagnie et faire tourner la chance.

D'un simple signe du menton, Sezer attribue à chacun une place qu'il ne songerait pas à contester. Au départ, elle mélange les joueurs d'envergure différente pour « dérouiller » l'atmosphère. Habilement, elle ne m'installe pas d'emblée face à Sylvain : il se trouve avec monsieur Trahn, Brandevin, et Topolino.

À la table de Madame, je suis en compagnie de Gaspard et Glarus.

Jusqu'à 22 heures, on amuse le tapis. Le pot ne s'envole jamais au-delà du raisonnable. Mais nous le savons : ce n'est que la mise en train. Des rires et des conversations de bon aloi émaillent les tours de table. Je gagne un peu, tout en laissant traîner une oreille du côté de Sylvain. Il réussit quelques coups, en rate beaucoup, mais il fanfaronne encore.

La première collation nous est servie. Retour aux tables, nous changeons la répartition : Gaspard et Glarus avec Trahn et Topo. Le notaire et mon amateur d'art moderne nous rejoignent.

Assez vite, le ton change. La combinaison n'est pas encore la plus redoutable, mais déjà le petit Zerbib n'a aucune chance. Je commence à faire appel à quelques menus talents de manipulation, appris dans les cantonnements, au cours de nos veillées d'armes. Nous ratissions la solde de ceux qui partaient se faire trouer en première ligne. Je n'en avais pas trop mauvaise conscience : il ne leur restait plus que leur fric à perdre, et franchement, quelle importance ?

Chaque fois que la donne m'échoit, je distribue à Sylvain une main juste suffisante pour le tenter de risquer un bluff d'enfer. Et pour se rétamer à la sortie. Évidemment, je m'arrange pour qu'il ne perde pas contre moi. Sezer et Brandevin le grignotent gentiment. Presque jusqu'à la culotte, lui laissant de quoi continuer. Les plaisanteries se font plus rares.

Elles disparaissent après l'en-cas de caviar et de pâtisseries au miel, bienvenu à 2 heures.

Monsieur Tranh s'est absenté vers les salons, le temps d'une délicatesse avec une ou deux mousmés – pardon, des *escort girls*. Il sera le seul à déguster ces friandises exotiques.

Glarus commence à se décaver. À tous les sens du terme. Sa cave a fondu, elle vaut moins qu'une saison de gardien de but en seconde division, et ses pupilles ne sont plus que des têtes d'épingles. Il est allé trois fois de trop aux toilettes, pour sniffer hors de vue de la reine, qui ne supporte pas la came. Topo gratte des poux sous son Borsalino en peaufinant des tactiques pourries. Gaspard s'explique avec les bouteilles. Il expérimente d'improbables cocktails. Le notaire, qui s'est vu interdire le Viagra par son cardiologue, se console en ricanant derrière une montagne de jetons et s'enfourne de pleines louches de Beluga. Sylvain triture ses amulettes.

La patronne, qui ne peut pas se permettre, chez elle, de participer à une mise à mort, se range avec la deuxième classe et me laisse l'Asiate, Brandevin et le condamné. Comme toujours, c'est lui le seul à ne pas sentir arriver la Faucheuse. Il se met à surenchérir à des niveaux insensés, dans l'espoir de se refaire. Et, bien sûr, il s'enfonce. À sa cinquantième tasse de café, j'en arrive même à lui glisser que ça suffit pour cette fois, qu'il devrait s'arrêter. Il s'entête. Je laisse ma place à Topolino.

Ce sagouin rugit d'aise, se précipite dans la faille de cette déveine et en profite honteusement. Il sait qu'un loser est incapable de freiner sur la descente. Il savonne même la planche : depuis le bar, je vois que le ferrailleur se permet les mêmes tours de passe-passe que moi.

Tout ça est écœurant. Mais devrait pouvoir s'arranger, en toute justice.

Pour le plus grand profit des amis de Jean-Baptiste Tavernier.

Séquence 74

Lundi, 26 juillet, 5 heures et des bulles

Sezer donne le signal de la fin. Selon sa tradition, elle fait péter un magnum. Pour elle, la semaine de travail va commencer.

Le moment de la douloureuse est venu. Sylvain doit à tout le monde. Même le pharmacien s'est remplumé à ses dépens. D'ordinaire, son « style » impose à mon frimeur de payer cash. Mais il vient de prendre une déculottée d'anthologie. Un bouillon monstrueux. Ses rouleaux de biftons sont insuffisants. De très loin. Il signe des reconnaissances à tour de poignet. Elles sont acceptées sans chichis : Papa Marcel assure les arrières du fiston.

Superbe, le bravache trouve le cran de féliciter chacun avec une pirouette, de faire promettre à la Reine qu'elle l'appellera pour la prochaine partie. Perdant, c'est vraiment un métier. À ce point-là, c'est une vocation…

Son teint d'olive pressée témoigne de la rudesse du choc. Il s'en va, oubliant sa veste sur le dossier de la chaise. Pour Adélie, c'est l'instant d'intervenir. Elle récupère le veston et raccompagne ce qui reste du gars Sylvain, l'épaulant discrètement, en sœurette consolatrice.

Je reste un moment pour apurer mes propres comptes. La Reine mise à part, ça ricane sans vergogne derrière le dos du pigeon, dans le tintement des flûtes de dom pérignon. Je ne comprendrai jamais ces charognards qui prennent leur grand pied à dépouiller un type à terre. Pas pour le butin. Ils ne savent déjà plus quoi faire de leur pèze. Pas pour le sport.

Quand ils sont en infériorité, ils trichent. La jouissance du massacre ? Aussi me fais-je une joie de rabattre leur sale caquet :

– Je m'en voudrais de gâcher votre joie, mais à votre place, je me ferais du mouron…

– …

– Les plus gros gagnants de cette nuit risquent fort d'être les plus gros perdants !

Contraint et forcé par leur insistance, je leur distille quelques renseignements censés reposer encore dans les tiroirs du procureur de la République :

– Que tout cela reste entre nous, je vous en prie, mais… Je crains que Zerbib père soit dans l'impossibilité de couvrir vos créances… À l'ouverture, dans moins de trois heures, il va trouver devant son fonds de commerce une brigade complète de contrôleurs de la Financière, avec une pile de mandats si épaisse qu'il leur faudra une palette et un Fenwick…

– …

– Ils viennent de boucler le dossier des fausses factures entre les grossistes du Sentier, et ils vont frapper tout le réseau en même temps, pour éviter les destructions de documents… Ne me demandez pas comment je le sais, mais je le sais…

Monsieur Tranh toussote, Sezer contemple ses ongles. Ces deux-là ne sont pas tout à fait dans l'ignorance du trafic. Peut-être s'en sont-ils retirés avant le clash ? Ils doivent quand même être sciés que ça se déclenche aujourd'hui. Topolino arrache son chapeau et le jette par terre.

– Putain ! On s'est fait niquer par ce petit con !

Je ne suis pas mécontent de constater que : un, le faux gitan est chauve sous son galure ; deux, vu mes anciennes activités, personne ne met en doute mes infos. L'excité a déjà sorti son couteau.

– Laissez-moi le rattraper, que je le saigne !

– Calmos, la Ferraille ! Ça ne te rendrait pas ton fric, et je te signale que Sylvain n'est pas au parfum, sans quoi il n'aurait pas pris le risque de plonger sans caution. Vous n'êtes pas réputés pour votre tendresse !

Glarus se pince le tarin pour endiguer d'urgence une hémorragie. Gaspard hasarde :

– S'il s'agit d'une malversation de commerçants, Sylvain est en dehors du coup ? Il peut vendre des biens personnels ?

– Personnels ? Te voilà bien optimiste ! Je te joue en deux cartes découvertes que tout est au nom du père Zerbib ou d'une de ses sociétés : l'appartement, les tableaux, les montres et les costards compris ! Ça va être saisi avec le reste ! Désolé pour vous, les mecs…

Monsieur Tranh se fend d'un sourire fétide.

– Ce garçon connaît l'importance d'une dette de jeu. Demandons-lui poliment, il paiera.

Il fait craquer ses jointures :

– Bas de broblème !

Topo tâte du pouce le tranchant de sa lame.

– Ouais, faudra bien qu'il se démerde. Pas vrai, notaire ?

– Nous le lui ferons comprendre. Ne serait-ce que pour Mme Sezer. La dette a été contractée sous son toit, son honneur est en cause. Et elle serait pécuniairement lésée, elle aussi.

Les yeux dorés de la Reine deviennent opaques. Dès que l'on touche à l'argent, la scie à métaux risque de reprendre du service. C'est mal barré pour Sylvain. Heureusement, le Chevalier blanc est là.

– Écoutez… Vous n'ignorez pas que le jeune Zerbib est mon copain. Plus ou moins. Il a commis une imprudence, mais de bonne foi. Je me sens responsable. Vous avez remarqué que j'ai essayé de le raisonner ? J'aurais dû lui parler de ce qui arrive à son paternel, mais je ne voulais pas lui saper le moral pendant la partie… Alors, je vous propose un deal, qui devrait arranger tout le monde.

Je soulève mon T-shirt et je sors l'une des enveloppes de Julien, calée dans mon dos, sous la ceinture du jean.

Je conclus mon petit bizness. Lorsque je fais mes salutations à Sezer, elle tourne la tête pour que ma bise arrive sur le coin de ses lèvres. Elle me garde ainsi le temps de murmurer :

– Vous êtes un très beau monstre, Steph !

Pendant que je me retourne, elle me met galamment une main aux fesses. Ce sont là de ces petites attentions qui font toujours plaisir.

La poussière flotte, les machines cliquètent. Le jour s'annonce chaud. Le paysage de la rue d'Aboukir s'est transformé. Il est 5 heures, je n'ai pas sommeil, et ce Paris-là est déjà bien éveillé : des camionnettes en file stationnent à cheval sur les trottoirs. L'asphalte est encore humide après le passage des arroseuses municipales. Les livreurs y font rouler des portants ployant sous les rangées de vêtements.

Adélie et Sylvain conversent, assis de profil sur les selles d'une énorme motocyclette. L'engin de folie : moteur bicylindre en V tout chromé, roues protégées d'une carrosserie blanc cassé en forme de coquillage descendant au ras du sol, guidon de l'envergure d'une automobile, phare unique de 30 centimètres. Je siffle d'admiration.

– Tu fais des infidélités à Harley ? Remarque, pour une Indian, je te pardonne !

– Yes. Toute refaite avec des pièces d'origine. Ça me fait mal aux burnes de la revendre à cause de cette bande de chacals, là-haut ! T'as vu la dérouillée qu'ils m'ont mise ? Une série négative pareille, jamais j'avais eue ! À un moment, pourtant, j'ai cru que ça recommençait à sourire... Tu as senti ? Presque j'y étais... Et toi, tu t'en sors plutôt pas mal, non ?

– Je viens de faire la balance. Je suis kif... Un peu dans le bleu, mais rien de glorieux...

– En tout cas, je te remercie, Steph.

– De quoi donc, grands dieux ?

– De ne pas avoir participé à la curée.

– On est potes, oui ou non ?

– Au poker, les potes, on sait ce que ça vaut... Non, toi, t'es mieux que ça.

– Bon, on ne va pas sortir les mouchoirs ? Tu fais quoi, maintenant ?

– Je vais aller me raser et me changer, avant de foncer chez le père. Je ne sais pas comment je vais lui annoncer cette Bérézina. J'ai fait le calcul, il va devoir m'avancer l'équivalent de quatre mois.

– Tant que ça ?

– Disons six. Je suis con ! Mais con ! Plus con que moi, tu meurs, la vérité ! Comment je vais faire avaler ça à mon papa ? L'apoplexie, il va me faire !

Je le regarde dans la lumière. Le visage a repris couleur humaine, mais les cernes sont creusés. Adélie entre dans la brèche :

– Justement. Faudrait qu'on te dise un mot. Mais pas ici. Tu ne prendrais pas un verre ? Chez moi ?

– Si c'est Adélaïde qui invite… Ma gazelle, tu as déjà traversé Paris au soleil levant sur une Indian ? Tu permets, Steph ?

– Tu me prends pour son père ? En plus, elle est majeure.

Un coup de kick, deux tours de poignée, et je les regarde zigzaguer entre les livreurs. Je suis bon pour essayer de choper un taxi.

Place des Vosges, je n'aperçois pas l'Indian sous les arcades. L'appartement est fermé. Inquiétude. Mes deux oiseaux auraient dû être rendus bien avant moi. J'appelle le portable d'Adélie. Muet. Sylvain était encore sous le choc. Pourvu que…

Je fais les cent pas le long du square, balayant les grilles avec une baguette trouvée par terre. Ce tintement saccadé me ramène à des angoisses que je croyais bien enfouies depuis les barreaux de l'orphelinat.

Après une bonne demi-heure, le grondement du V-Twin fait le tour de la place. Le mastodonte vient sagement accoster en roue libre. Que peut-on rêver de plus gracieux ? Adélie sautant du marchepied, retirant son casque, secouant la cascade de sa chevelure… Elle pose un bec sur la barbe bleue de son pilote.

– Qu'est-ce que c'était bien ! Mais trop court !

– Tu trouves ? Je me faisais un sang d'encre. Où étiez-vous passés ?

– La rue de Rivoli, la Concorde, le pont Alexandre III, le dôme des Invalides sous les rayons roses, la tour Eiffel, retour par les quais, la Conciergerie, la Sainte-Chapelle… Et tout droit ici !

Elle charrie ! Et sa mission ? Moi, avant d'enclencher la phase deux, je n'aurais pas laissé à Sylvain le loisir de récupérer… Pourtant, en passant, mon petit soldat joint le pouce et l'index, en cercle, au niveau du nombril : « Nickel ! Tout est sous contrôle ! » Faisons confiance. À ce stade, c'est elle qui mène le jeu. Elle ouvre en grand la porte cochère.

– Les garçons, parquez le buffle dans la cour, sinon les enjoliveurs vont être chourés !

J'aide le motard à pousser les trois cent quarante kilos de métal. Les voisins dorment. Derrière nous, la nasse se referme.

Leur virée dans le petit jour a permis à la belle et au futur clochard de fraterniser. L'invité « impromptu » est admis en toute simplicité à la cuisine, pendant que sa gazelle farfouille dans le congélateur, en extrait des verres givrés et une bouteille de la rarissime vodka polonaise dans un cocon de glace.

– Tu m'excuses. Je n'ai que ça à t'offrir.

– Adélaïde ! Je le crois pas ! MA vodka !

– Ah bon ? C'est marrant, je ne supporte que celle-là. Les grands ivrognes se rencontrent ? Passons au salon.

Et le tout avec un naturel... Rassuré, je lâche complètement les rênes et je laisse mon agente opérer.

Du bloc de glace ne subsiste plus qu'une flaque au fond du plateau. Je ne sais plus sur quels sujets Adélie a réussi à engager Sylvain, mais il est intarissable. La belle boit ses paroles, et lui vodka sur vodka, pour s'humecter la glotte. Au point d'en oublier qu'il est ici pour une conversation censément confidentielle. Le fond de la bouteille est en vue.

– Adélaïde, tu aurais sa petite sœur ? Parce que celle-là on lui aura vu encore plus vite le cul qu'aux filles de Sezer... Au fait, à propos de la vieille, tu n'avais pas un truc à me dire ?

– Je crois que Steph a une surprise pour toi.

Je sors une pincée de petits papiers. Il les reconnaît sans peine.

– Mes I.O.U[1] ! Tu as pas fait ça ?

– Si, Ducon, puisqu'ils sont là ! Au complet, y compris ceux de la Reine.

Il trébuche vers moi et m'embrasse.

– STEPHMONAMI ! Ti es comme le bon pain, toi !

Tiens, il retrouve son accent ? L'émotion ?

– Mais comment tu as pu ? Y en a pour un saladier ! T'as presque rien gagné cette nuit ! Tu t'es pas lancé dans une connerie, j'espère ? Il y a assez de moi !

Adélie prend les devants :

– Disons que j'ai fait un petit héritage...

---

1. Reconnaissances de dettes. Abréviation de l'américain *I owe you* (litt. : « je vous dois »).

Ce qui est la stricte vérité. Me voilà avec une réputation d'homme entretenu.

– Et pour le remboursement, ne te bile pas : avec nous comme créanciers, tu ne risques ni un doigt en moins, ni un genou pété, ni une lame sous la gorge. C'est quand tu pourras…

– Mes enfants, mes enfants… Je n'ai plus de mots ! Je vous rembourserai rugby sur l'ongle, au dernier centime et avec les intérêts !

– Alors, c'est nous qui faisons la bonne affaire sur ton râble.

– …

– Pour tout t'avouer, j'ai racheté le tas à moitié prix.

Sa langue va tomber sur ses mocassins.

– Steph, je le crois pas, ça ! Tu aurais réussi à empapaouter cette bande d'enfoirés de mes deux ? Je le crois pas ! Ces énormes requins ?

Je pouffe.

– Je leur ai monté un bateau pas possible. Comme quoi papa Marcel aurait la Financière aux miches, because qu'il serait dans la filière des fausses factures du Sentier !

– Merde ! Par qui t'es au courant ?

À moi de rester coi. Une seconde.

– Je ne sais rien de rien. J'avais entendu des ragots, j'ai brodé. Pour leur mettre le feu, je leur ai même sorti que tu allais te retrouver sans un, vu que la cavalerie déboulerait pas plus tard que ce matin pour bloquer les comptes !

– Et ils ont gobé ?

– Sezer et Tranh avaient vent d'un micmac de ce genre dans le quartier, je crois. Et tu sais qu'ils ne se sentent plus, dès qu'ils voient du cash. Mieux vaut tenir une moitié que cavaler après du vent !

– Tu portes bien ton nom. T'es vraiment *Ze King* ! Mais, dis donc… Quand ils vont s'apercevoir qu'il n'y a pas de descente chez papa ? Ils vont en déduire qu'on était de mèche pour les enfler ?

– Tu es Sylvain Zerbib, LE Sylvain Zerbib, oui ou zut ? Fais marcher la tchatche ! Ce n'est quand même pas moi qui vais t'apprendre ? Adopte un air mystérieux et confie-leur que l'opération a été stoppée par une intervention du ministre de l'Emploi pour ne pas aggraver le taux de chômage… Ou que ton vieux importe des épices labellisées Max Havelaar et que le Quai d'Orsay ne veut pas d'incident avec les producteurs du Tiers Monde ! Allez, on arrose ça !

Je vais quérir la jumelle de la bouteille que nous venons d'écluser. Sylvain tend son verre, mais d'avoir senti le vent du boulet frôler sa mise en plis, il est pris d'une telle tremblette qu'Adélie doit lui tenir la main. C'est là que l'on reconnaît les génies : elle garde en otage la paluche manucurée.

– Ouaouh ! Je n'avais pas remarqué !

– Quoi donc ?

– À ton petit doigt. Ta chevalière. C'est d'une *élégance* !

– Hé… Platine et diamant.

– Un vrai ?

– Tu plaisantes, ou quoi ? Tu me vois pas trimbaler du toc, quand même ?

– Excuse-moi, mais il est tellement grôôôs !

À son intonation de nunuche pâmée, on pourrait croire qu'elle le complimente sur autre chose… D'ailleurs, lui réagit comme si elle faisait l'éloge d'une partie de sa personne que la décence m'interdit de nommer :

– Elle te plaît, ma gazelle ?

Il gratifie la pierre d'un souffle embué d'alcool, la fait reluire sur son revers et l'expose à la lumière.

– Dis, Sylvain, tu permets que je l'essaye ?

– Ah, les filles… C'est bien parce que c'est toi, Adélaïde. J'y tiens comme à la brunette de mes yeux !

La belle en fait des tonnes. Elle parvient à rougir en enfilant la bague.

– Ben dis donc… Je parlais de ton « petit » doigt. À moi, elle me va au majeur !

C'est lourdingue, mais connaissez-vous un macho imbibé qui résisterait au chant d'une telle sirène ? Celui-là s'approche doucement du nirvanâ…

À mon tour, je m'empare de l'ineffable colifichet. D'homme à homme, l'heureux propriétaire me bombarde une question plus matérialiste :

– Dis un prix, pour voir ?

J'affiche mon ignorance. Il annonce une valeur monumentale avec plein de zéros derrière.

– Ça, c'est le tarif boutique, bien sûr ! Maintenant, je te mets au défi de deviner à combien je l'ai eue ?

– Je serais incapable d'articuler un chiffre. Je me planterais forcément, vu que tu connais toutes les bonnes combines !

Avec un fin sourire, il balance la somme ridicule qu'il a déboursée et commente :

– Forcément, côté combine, là, j'ai la meilleure de toutes. Serge, mon cousin… Tu vois mon cousin Serge ?

– …

– Serge Abitboul, l'ophtalmologue. Le fils de mon oncle Edmond, celui qui a les magasins d'optique… Edmond, le frère de ma mère. Mais si, tu vois qui c'est ! Serge, quoi ! Sa femme…, c'est une fille Morgenstern !

– Oui, bon, et alors ?

– Et alors ? Il me demande « et alors ? »… Morgenstern ! Morgenstern, les lapidaires !

Et de m'expliquer que les lapidaires sont les spécialistes de la taille des pierres précieuses.

– Pierres précieuses, diamants. Diamants plus platine égalent chevalière !

Là, enfin, j'imprime. Et je m'esclaffe. Ça c'est extraordinaire, parce que le hasard fait que Adélie, ici présente, prépare un travail artistique sur la représentation des bijoux dans la peinture, de la Renaissance à nos jours ! L'artiste confirme et se liquéfie devant pareille coïncidence.

– Le hic, c'est que je nage la brasse coulée, question termes techniques ! C'est tout un monde ! Tu me rendrais un service ?

Dans les circonstances qui nous réunissent, la question est de pure forme : lorsqu'il décide de prendre congé, en laissant un deuxième cadavre polonais sur la table basse, Sylvain nous promet que demain – c'est-à-dire cet après-midi – nous aurons toutes les entrées possibles côté Morgenstern : sa belle-sœur, Bella, la femme de son cousin Serge, le fils de son oncle Edmond, le frère de sa mère… Bella, il l'a dans la poche !

Il s'appuie au chambranle.

– Où j'ai fourré ma clé de contact ?

Adélie décroche le téléphone, adorable de prévenance.

– Je t'appelle un tacot. Tu es dans un état proche de l'Oregon et du coma, mon grand ! Je ne veux pas te laisser rentrer sur ta bécane ! Elle est bien à l'abri dans la cour. Viens la reprendre en fin de journée. Tu nous donneras des nouvelles de Bella !

Contrairement à ce que pensent mes adversaires de cette nuit, la partie de poker n'est pas terminée.

Séquence 75

La sonnette, insistante, me tire d'un sommeil pâteux. Étalé tout habillé sur le canapé bleu électrique. Puant de sueur, de tabac et de gnôle. 16 heures.

J'ai présumé de ma résistance. Après le départ de Sylvain, mon programme était tout tracé : un petit coup de fil à passer, et après, coucouche panier. Mais je me sentais sur les nerfs et j'ai cru pouvoir encore relire le montage concernant l'univers du diamant, pioché sur le Net. Je voulais m'y immerger. Je sentais qu'il y nichait au moins un indice majeur pour notre quête, que je l'avais à portée de nez et qu'il m'échappait. Je me suis écroulé sans m'en rendre compte et, à nouveau, me voici avec cette désagréable impression d'avoir loupé une évidence.

Adélie, en yukata, une serviette en turban, trottine hors de la salle de bains, laissant la piste humide de ses petons. Mon cœur fond.

Sur le palier, un livreur déjà reparti a déposé un bouquet excessif. Un arrangement pour star hollywoodienne, composé place de la Madeleine par « l'artiste en fleurs » le plus renommé.

– Diantre, marquise ! Tu as un admirateur qui ne se moque pas de toi !

La diva se contorsionne pour arriver à passer le seuil avec son buisson sous papier cristal. Une carte y est jointe :

SYLVAIN ZERBIB
12 rue de la Pompe 75016 Paris
à la plus accueillante amatrice de vodka polonaise,
à la plus jolie passagère qu'une Indian ait jamais promenée.

Sincèrement touchée, la motarde.

– Pour quelqu'un qui se complaît à afficher une conduite de plouc… C'est du savoir-vivre, ou je ne m'y connais pas !

– Il ne faut pas t'y tromper. Cet hurluberlu est passé par les meilleurs collèges, tout comme toi. Si l'on comparait vos montagnes de diplômes, je ne suis pas certain que tu sortirais gagnante !

– Mais alors, pourquoi cette allure, ce langage plein d'énormités ?

– Après la mort de sa mère, il a subi un passage à vide et il est entré dans ce personnage de caricature… Peut-être pour ne jamais risquer de dépasser l'image de son père. Ou pour vivre en enfant assisté le plus longtemps possible. Je ne suis pas psy.

Si le bouquet est déjà là, c'est que son galant expéditeur ne s'est pas couché. Il n'avait qu'une hâte : avaler trois Guronzan et courir chez Marcel tâter le terrain, pour déterminer à quel volume le marchand d'épices en gros accepterait de gonfler le chèque du lundi. Bien du plaisir, mon petit gars !

Ce qui nous importe surtout, c'est que soit tenue l'autre promesse faite avant de partir.

Je m'étais servi de mon portable à l'aube, j'ai oublié de l'éteindre. Ma boîte vocale me signale trois appels en absence de XXXX : le correspondant a masqué son numéro. Sale pressentiment. Si c'est Jihem, après le coup vachard que je lui ai fait, c'est que quelque chose se détraque au labo.

En principe, l'as du clavier devrait être en train de passer au gril. Et moi, on devrait me fiche la paix.

Les deux premières tentatives n'ont donné lieu à aucun message. La troisième, si. Et c'est plus alarmant que je ne l'imaginais :

« Gauthier. Reprenez contact. »

Un. Comment a-t-il mon numéro ?

Par Jean-Marc.

Donc, le Morfale lui a fait des confidences après l'autre soir. Normal. Gauthier sait se montrer irrésistible.

Deux. Je pensais qu'en faisant sauter comme fusible mon copain à roulettes, ça les occuperait un moment. Je me suis gouré, le fusible ne me protège plus, et me voilà branché en direct.

« Reprenez contact. » Il en a de bonnes, Gauthier !

Je sais, ils n'ont qu'une envie là-haut : me refiler une équipe. Faire revenir dans leur giron un élément certes indiscipliné, indépendant, mais efficace. Pas question. Je reste en solo. Ils ne peuvent pas l'ignorer. Je l'ai signifié nettement à chacune de leurs sollicitations. Alors, pourquoi me relancent-ils ?

Pris d'un doute, je réécoute. Sur trois mots, il est difficile de juger, mais la voix me paraît un peu blanche. Pas son genre, les émotions, à ce pisse-froid. Essaierait-on de le faire grimper dans la charrette, à la suite de Jihem ? Aurais-je déclenché une réaction en chaîne, en essayant seulement de me protéger ?

Qu'est-ce que j'y peux ? Basta ! C'est leur cuisine, après tout ! Je n'ai rien de neuf à leur communiquer.

Le neuf que j'attends, le voici potentiellement, au début de la soirée. Sylvain. Neuf comme un sou tout frais de la Banque de France : complet crème sans un pli, les traits reposés d'un curiste sortant de thalasso. Je le hais !

– Salut, mon canard ! Entre donc.

– Quoi que c'est-y qui me vaut ce doux nom de palmipède ?

– Les tribulations que nous avons partagées me laissent une gueule de déterré, mais glissent sur tes plumes sans dommages apparents. C'est trop injuste.

– Le privilège de la jeunesse, l'ancêtre ! Et aussi d'une carte VIP dans un club de relaxation gay, à trois rues d'ici. D'accortes esthéticiens t'y appliquent un lifting minute japonais, à base d'algues récoltées en pleine mer et de quintuple intrait de couilles de singe blanc. Dis un mot, et je te parraine !

– Juste pour les algues, alors... Hors cela, quelles nouvelles du vaste monde ?

– Je suis passé voir mon pater... Ça chauffait !

– Tu m'étonnes. Tu lui annonces un plantage équivalent au déficit de la Sécu...

– Même pas eu le temps ! Il naviguait en plein chambard ! Il avait fait dresser un tonneau au milieu de la cour, cinq litres d'essence au fond, et il y jetait des brassées de fafiots ! La moitié de ses archives des cinq dernières années. Dans un coin, j'ai vu un type qui pilait au marteau les disques durs des ordis !

– Quelle mouche a piqué papa Marcel ?

– Ce que tu m'as annoncé, finalement, ce n'était pas loin de la réalité : il s'attendait à un contrôle financier imminent ! Quelqu'un l'a prévenu. Le sauveur ne s'est pas nommé, mais il n'avait pas l'air de plaisanter.

Ouaip. Je ne plaisantais pas. Cela s'appelle un coup de téléphone anonyme. Quand c'est pour la bonne cause…

– Résultat des courses : j'ai pu rafler de justesse mon chèque habituel, mais pas plus. C'est peu, mais c'est pour vous, mes enfants.

– Tu ne vas pas te dégarnir ? Rien ne presse.

Sur ces entrefaites nous arrive une Adélie ébouriffée, crayon sur l'oreille et lunettes au bout du museau, un gros bouquin d'art sous le bras.

– Ah, Sylvain… Merci pour ton merveilleux bouquet. Je ne vais pas te dire « il ne fallait pas », je suis aux anges. Mais je ne vais pas pouvoir bavarder, je croule sous le retard. Tu sais, mon travail sur la peinture… Je suis paumée. Ah, au fait, tu n'as pas eu le temps, j'imagine, de contacter ta cousine ?

– ADÉLAÏDE ! Après l'épine que tu m'as sortie du pied, juste parce que je suis le copain de ton mec ? La priorité, tu avais ! Bien sûr que je l'ai vue, Bella !

– Formidable ! Et alors ?

– Je te retiens, toi et tes bijoux ! Je suis passé pour un *zbabs* de première classe ! Et encore, je reste poli…

– Ce que je demande n'est pas si extraordinaire ?

– Que tu crois, gazelle ! Que tu crois ! Figure-toi que ma cousine, je ne l'ai pas croisée par hasard. Je la rencontre à tout casser trois fois dans l'année, à l'occasion des fêtes, d'un mariage ou d'une bar-mitsva ! Donc, exprès pour toi, je suis allé me faire offrir le thé chez elle, au pied levé. J'étais passé chez Ladurée pour acheter une tonne de macarons. Trois cents raides, ça m'a coûté !

Ça, c'est bien mon ostrogoth. Il se fend d'une gerbe à un milliard pour Adélie, et il étale une ridicule dépense !

– Je considère ça comme une note de frais. Je te les déduirai sur ton compte !

– Mais non, Steph, c'est juste pour te situer la fille ! Elle bouffe tout ce qu'elle a envie, maintenant qu'elle est mariée. Plus de raison de surveiller sa ligne... Mais peut-être que j'ai eu tort de flatter sa gourmandise. Elle s'est demandé si, débarquant sans prévenir, je n'avais pas une idée derrière la tête. Comme lui taper du fric, par exemple. Tu vois le bon début ? Alors, bon, on sirote, on grignote, on papote : « Les enfants, ça va ? Oui, ça va. Et ton père, ça va ? Oui, ça va. Et ta mère, comment elle va ? Mal, comme d'habitude. Et toi, ta moto ? Super... » Et puis, quand vient le moment de parler vraiment, je lui pose ta question. C'est là qu'elle lâche sa tasse comme si elle lui brûlait les doigts : « Oh, Sylvain... Tu me prends pour une *schickse*, ou quoi ? »

– Une ?

– Une *schickse*, une femme non juive. L'équivalent féminin d'un *goy*. En beaucoup plus vexatoire. Pour te dire si elle était outrée, Bella ! La gaffe de l'année, je venais de commettre !

– Juste avec une question ?

– Avec *cette* question-là, oui ! Je prouvais que je ne m'intéressais vraiment pas à la vie de la famille. Et ça, c'est grave. Pourquoi ? vous allez me demander. Bella, elle est l'épouse de mon cousin Serge, l'ophtalmo. Elle est donc ma cousine par alliance. Mais de son côté, dans le clan Morgenstern, ils disent que je suis son cousin « par accident ». Vous allez comprendre.

Et pour que nous comprenions, il y met la dose ! Si Zerbib m'était conté !

Les Morgenstern sont des ashkénazes, des juifs originaires d'Europe centrale. De Pologne, en l'occurrence. Sylvain Zerbib et Serge Abitboul sont des séfarades, venus du Bassin méditerranéen.

– Ce sont deux univers différents. Les Morgenstern sont les tenants d'une religion basée sur une observance rigoureuse. Chez nous, beaucoup moins. Ce qui n'empêche pas une foi sincère. Mais nous avons apporté certains aménagements, une souplesse en harmonie avec la vie moderne. Les ashkénazes parlent souvent le yiddish entre eux, nous adoptons la langue de la contrée. Le domaine des activités économiques aussi connaît une sorte de répartition de fait. Le seul secteur vraiment commun, c'est le *schmatès*, le vêtement. Hors cela, il y a des lignées bien spécifiques… L'optique, par exemple, c'est plutôt séfarade, je trouve. Tu vois la pub, à la télé : « Des lunettes pour toute la famille au prix d'une seule paire ? Abitboul, il est maboul ! » C'est mon oncle Edmond, le frère de ma mère. Il a commencé avec un magasin à Toulon, maintenant il a cette chaîne de lunetteries discount. Serge, le fils toubib, il a son cabinet d'ophtalmo à la Muette, sa sœur est dans la même branche, elle dirige un service aux Quinze-Vingt. Côté Zerbib, c'est l'alimentaire : les épices pour papa Marcel, des restaurants de couscous pour ses frères.

Adélie piaffe un peu.

– Merci pour toutes tes précisions sociologiques, mon grand. Mais quel rapport entre tout cela et le menu service que je t'ai demandé ?

– J'y viens, gazelle, j'y viens.

Pour l'ensemble des raisons évoquées, tant religieuses, ethniques que financières, les Morgenstern, évitent les mariages intercommunautaires. Celui de Bella et du cousin Serge, c'est « l'accident » : il a fait scandale, il transgressait la règle. Le grand-père, Itzhak, en a été terriblement irrité.

– Mortifié serait plus exact. Il en a souffert. C'est un homme pieux, au sens le plus pur. Un *tsadik*, un sage. Il a vu tous les siens se faire exterminer dans les camps de la mort. Lui-même y a survécu à l'état de squelette. Sorti de l'enfer, il a mené des études talmudiques. Bien des gens viennent le consulter pour des problèmes de conscience ou de religion. Ils l'appellent *rebbé*, rabbi… Pour tous, c'est le patriarche. Lorsque l'une de ses petites-filles, Bella, lui a annoncé son union prochaine avec un Abitboul, il s'est enfermé, n'a pas assisté aux festivités. Durant cinq années, il a refusé de recevoir le jeune couple. Heureusement, le temps et le cœur aidant, les choses se sont quelque peu arrangées.

– Donc, je ne vois pas pourquoi ta cousine a pris la mouche. Elle peut dire un mot à son grand-père. Ce n'est pas le bon Dieu ?

– C'est tout comme ! Déjà, le Patriarche n'était pas d'une approche facile pour des étrangers : la famille qu'il continue à diriger représente depuis des siècles l'élite des travailleurs de la pierre précieuse. Le savoir-faire et le secret. Mais maintenant, il est carrément INATTEIGNABLE !

– Pourquoi maintenant ?

– Parce que, au printemps dernier, il a réussi à créer une organisation que personne n'aurait crue réalisable, que personne n'a vue venir : elle fédère toutes les professions du diamant, toutes concurrences mises en sourdine ! Cette cohésion, jointe à la réputation séculaire d'honnêteté et de qualité des Morgenstern, lui permet un pouvoir d'achat tel que le Patriarche est en passe de propulser Paris au premier rang mondial !

Quelque part sous mon crâne, le chatouillis qui me tarabustait depuis un moment se transforme en grattouillis éminemment électrique.

– Comment s'appelle-t-elle, cette fédération ?

– Ils n'ont pas cherché l'originalité. Ils sont groupés, ils sont à Paris et ils font dans le diamant : le Groupement parisien du diamant. Le G.P.D.

Sylvain siffle une vodka polonaise, l'air plutôt figue que raisin.

– Moralité, je me suis un peu avancé, la nuit dernière... Parce que le vieil Itzhak n'est peut-être pas Dieu le Père, mais au moins Zeus, aujourd'hui ! De tous les bords, on essaie de le solliciter, de faire pression. À son âge, il faut le protéger. Il est enfermé dans sa tour d'ivoire. N'y pénètrent que son staff et des visiteurs de l'international, au plus haut niveau de sa profession. Pas de touristes ou d'emmerdeurs. Et cela, selon Bella, j'aurais dû au moins le savoir. Mon ignorance lui prouvait que je ne m'intéressais pas à la famille, que je ne resterais vraiment à tout jamais qu'une pièce rapportée !

– Si je comprends bien, tu as fait chou blanc ?

– Jeter, je me suis fait ! Mais si tu veux, Adélaïde, je peux essayer de te faire rencontrer un des ouvriers du grand-père. Pour les renseignements techniques, tu en apprendrais suffisamment...

– Tu plaisantes, mon grand ? Pour ma thèse, il me faut le nec plus ultra ! Alors, plus que jamais après ce que tu viens de nous rapporter, JE VEUX une interview d'Itzhak Morgenstern !

– Navré, mais je me couche ! J'ai bien conscience qu'en me défaussant, je ne me fais pas de toi une amie, mais…

Reste l'énorme moyen de pression que nous avons mis en place : les reconnaissances de dette. J'ai cependant l'intime sensation que la menace ne serait pas appropriée. Je ne me trompe pas. Sylvain est piteux.

– Inutile de me rappeler mon passif envers toi, Adélaïde, mais j'ai atteint ma limite d'incompétence !

Sommes-nous, oui ou non, en plein poker ? Suis-je, oui ou non, Steph *ze King* ? Les petits papiers de la nuit apparaissent entre mes doigts de fée.

– Tu nous prends pour des rats, Sylvain mon ami ? On sait bien que si tu es bredouille, ce n'est pas faute de bonne volonté. On reste copains, et je te le prouve !

Posément, je déchire les I.O.U en deux. Puis en quatre. Puis en huit. Je laisse les confettis neiger sur le plancher.

– Voilà, si tu veux nous oublier, tu nous oublies.

Cela s'appelle « blinder » : miser avant de connaître le jeu de l'adversaire. Je viens de jouer le tapis. Les yeux de Sylvain s'humectent.

– Putain, mec ! C'est plus une dette d'honneur ! Tu me largues avec un devoir de conscience, maintenant !

Il nous quitte, la tête dans les épaules. J'entends l'Indian vrombir dans la cour.

Mektoub !

Séquence 76

Mardi, 26 juillet, 15 h 45

Devant le Café de la Paix, la motocyclette chromée, accotée sur sa béquille, occupe la moitié du trottoir. La surveillant du coin de l'œil, savourant les remarques admiratives des connaisseurs, Sylvain attend déjà à la terrasse.

À mon réveil, Adélie était sortie. Un billet jaune sur la console japonaise de l'entrée, près de la dague de geisha, me transmettait ce rendez-vous. La petite nous y rejoindrait directement. La voici, d'ailleurs, qui traverse la place de l'Opéra.

Nous nous asseyons autour du guéridon de marbre.

– Salut, les amoureux ! Vous prenez la même chose ? Ça désaltère bien.

Devant la Tornade, un long verre de liquide opalin.

– Une anisette ? Merci, c'est un peu tôt.

– C'est du sirop d'orgeat. Ça te donne l'air de boire de l'anisette, au cas où passerait une connaissance…

Va pour l'orgeat, ça calme l'impatience. Il faut laisser parler le joueur qui a les cartes en main.

– J'ai fait *fissa*, hein ? Mes enfants, je crois que vous allez être contents de votre ami Sylvain. Je ne t'ai pas laissé de détails dans mon message, Adélaïde. Je préférais t'expliquer de vive voix. À quatre heures, vous allez assister à du jamais vu : un Morgenstern et un Zerbib à la même table de bistrot !

– Non ? Ne me dis pas…

– Non, je te dis pas ! Je n'ai pas tapé au sommet. J'ai dit

« un » Morgenstern. Vous allez rencontrer Éphraïm. Un type très bien. Il s'acquitte de toutes les *mitzvot*[1] et passe ses nuits à la *yeshiva*[2]. C'est pourquoi il est très proche du Patriarche. Mais faites gaffe. Le Talmud voue la paresse aux gémonies et interdit les jeux de hasard. Avec mon poil dans la main et ma réputation de flambeur, il n'y a pas mieux comme repoussoir auprès d'un pilier de synagogue ! Vous n'imaginez pas les bassesses auxquelles j'ai dû me livrer pour qu'il accepte de venir ! Donc, un conseil, n'ayez pas l'air trop intimes avec moi. À la limite, comportez-vous comme si vous me supportiez de justesse. Je vous mets en relation, et après, à vous de vous arranger ! Le maximum j'aurai tenté !

Tiens, quand on parle du loup, il se pointe.

Il arrive à vélo, renvoyant mes a priori au royaume du ridicule. Le prénom de grand prêtre, la piété farouche et la proximité avec le mythique Itzhak Morgenstern me laissaient présager un homme mûr. Or ce garçon me paraît étonnamment jeune, bien qu'il soit difficile de lui donner un âge précis.

Son visage est envahi d'une barbe blonde frisottée. Je me demande comment, en roulant, il arrive à conserver ce feutre plus vaste que celui d'Al Capone... Sous les bords se déroulent les *pailhès*, ces bouclettes qui lui masquent les oreilles. Chemise blanche au col fermé, sans cravate, costume bleu sombre. De la veste dépassent les franges de son *talith katane* (l'écharpe rituelle). Son habit est chiffonné, élimé jusqu'à la trame et maculé de traces blanches à l'entrée des poches et à l'extrémité des manches. S'il demandait l'aumône, il l'obtiendrait sans peine. Seul détail incongru : ses chaussures, des Weston maintes fois ressemelées, sont impeccablement cirées.

Au ras de la terrasse, il saute de sa bicyclette, la cale sous son postérieur et semble ignorer la main tendue par Sylvain. Au contraire, il croise les bras et attend. Ce n'est pas encore cet après-midi que le monde s'arrêtera de tourner, ni que le ciel se fendra pour nous révéler le visage de Dieu. Nous ne verrons pas un Morgenstern et un Zerbib à la même table de troquet !

1. Devoir religieux (pluriel de *mitzvah*).
2. Centre d'études talmudiques.

Sylvain nous présente comme « les personnes dont Bella a dû parler ». Pour nous, il précise qu'Éphraïm est le frère de la cousine, l'un des nombreux petits-enfants d'Itzhak. Tout ce que nous obtenons, c'est une inclinaison de tête accompagné d'un distant :

– Mademoiselle… Monsieur…

Je tente :

– Adélie et Steph, je vous en prie… Vous prendrez quelque chose ? Un jus de fruit ? Un café ?

Refus poli. Sylvain continue à jouer les tampons :

– Le cousin Éphraïm applique les règles strictes de la *kashrout*. Or, dans ces lieux fréquentés par tous, les tasses sont lavées avec le reste de la vaisselle, qui a certainement contenu du porc. Les pratiquants préfèrent s'abstenir. C'est pour ça que l'on nous colle parfois une réputation d'avarice et que l'on nous accuse de ne pas vouloir « faire travailler les autres commerces »…

– Tu ne parles pas pour toi, j'imagine…, « cousin » ?

Les mots ont claqué sec. Pan sur le bec. Éphraïm ne sourit même pas pour faire passer la pilule.

– Et quand tu auras fini de raconter ma vie, tu pourras peut-être m'apprendre ce que je suis venu faire ici ? Bella m'a laissé entendre qu'il était de la dernière importance pour tes amis de me rencontrer. Ou du moins pour mademoiselle. C'est vous, la doctorante ?

Adélie lui décoche son sourire numéro 23 : « Je suis une grosse tête, mais modeste. »

– Une thésarde, tout au plus. Mais je me penche sur un sujet passionnant.

Elle lui déroule, long comme un train de marchandises, des précisions d'une incroyable complexité sur les joyaux dans la peinture de la Renaissance. Elle a bachoté, mine de rien. Ça paraît solide comme le roc. Le barbichu est bluffé.

– Sur le plan historique, je serais à mille coudées derrière vous. Pour l'aspect purement actuel, je peux assurément vous éclairer.

Ce qui est clair, c'est que Sylvain a quelque peu faussé la donne pour faire venir le cycliste jusqu'à nous. Notre vraie demande a été éludée. Le gros du boulot reste à faire. Adélie s'en charge, avec toute la diplomatie requise.

Qui aurait supposé que cet austère jeune homme sache rire ? Et même éclater de rire ? C'est pourtant ce qui se passe lorsqu'il apprend que nous souhaitons rencontrer son grand-père en personne.

– C'est une plaisanterie, Sylvain ? Je te savais barge, mais pas à ce point-là… On dirait que tu ne connais pas grand-père Itzhak !

Sylvain proteste, s'emmêle dans les explications, jure que nous sommes « blanc-bleu », argument de poids face à un diamantaire, puisqu'il désigne la qualité des pierres les plus pures. Mais Éphraïm n'écoute même plus.

– Ravi de vous avoir rencontrés, messieurs-dames.

Déjà, il est remonté en selle et s'éloigne de trois tours de pédales.

Le réflexe d'Adélie confine au sublime. Elle met les mains en porte-voix et claironne au milieu des passants :

– GOLCONDE !

On croirait que la roue avant du biclou a heurté un mur invisible. Peu s'en faut qu'Éphraïm ne passe cul par-dessus tête. Il rajuste son chapeau.

– Vous avez dit quelque chose, mademoiselle ?

– Approchez-vous. Ou bien vous préférez que je mette tout Paris dans la confidence ?

À cheval sur le cadre, il fait marche arrière comme sur une draisienne. Il a mordu, maintenant elle ferre.

– Vous n'ignorez pas que, voici quelques mois, un Golconde a été vendu sur le marché parallèle ?

– Si vous le dites…

– Je *vous* le dis.

– Et en quoi cela nous concerne-t-il ?

– À votre avis, est-ce que le terrible Itzhak Morgenstern serait heureux d'apprendre que vous, son petit-fils, avez croisé le vendeur et que vous ne le lui avez pas amené séance tenante ?

Heureusement que le col de sa chemise est boutonné, sans quoi Éphraïm avalerait sa pomme d'Adam. Quand elle finit son va-et-vient, il me désigne du pouce.

– Le… vendeur ? Vous n'allez pas me dire que c'est… lui ?

Fin sourire d'Adélie devant la réaction machiste.

– Non. C'est moi. Je sais que c'est facile à prétendre, et que vous allez me demander des preuves. Ne vous fatiguez pas. J'en ai trois tonnes, mais je ne les donnerai qu'à votre grand-père. Alors, vous tentez le coup ou vous me laissez filer ? Je vous jure que je ne vous le demanderai pas deux fois.

Éphraïm considère la mine ferme et effrontée de la Mangouste. Puis il descend de son vélo, saisit le guidon et nous fait signe de le suivre.

– Et moi, je vous jure que si c'est une blague, je saurai bien vous retrouver pour vous botter les fesses, mademoiselle.

Séquence 77

Devant la tournure des événements, Sylvain n'est que trop heureux de s'éclipser. Non sans me demander si ça ne me gêne pas de régler l'addition, vu qu'entre sa déconfiture et les macarons de Bella, il ne lui reste plus que vingt euros pour mettre de l'essence dans sa bécane.

– Et toi, Adélaïde ma gazelle, la vérité : je te rappelle pour te rembourser au fur et à mesure !

À mesure de quoi, il ne le précise pas, mais gageons qu'il va vendre une ou deux horreurs d'art moderne, et qu'il va se fier aux brêmes et à la baraka…

Nous partons à la suite d'Éphraïm. Il marche d'un bon pas, conservant trois mètres d'avance, ce qui lui évite d'entretenir la conversation. Je remarque qu'il porte son galure par-dessus la kipa, dont on aperçoit le satin noir à l'arrière du crâne. Ça doit turbiner ferme, là-dessous : « *Est-ce que je vais me faire savonner par Grand-Papa ?* »

Le jeune barbu nous fait longer Garnier, passer le carrefour de la Chaussée d'Antin, puis enfiler la rue Lafayette. Après quelques pâtés de maison, nous croisons des hommes de tous âges qui, par leur couvre-chef, leur pilosité et leur costume lustré, semblent des clones d'Éphraïm. Nous arrivons dans le quartier des lapidaires.

Nous remontons assez loin, jusqu'à un immeuble grisâtre qui n'a pas connu de ravalement depuis des lustres. Une entrée étroite. Une plaque de marbre, aussi avenante qu'une pierre tombale, indique :

MORGENSTERN

Sans désignation d'activité. Ceux qui viennent ici savent pourquoi.

Au-dessus, un élégant panneau de plexiglas :

G.P.D.
Groupement Parisien du Diamant
secrétariat
Bureaux de réception : 112 av. Henri-Martin

Les salons dans les beaux quartiers, la tête ici.

Pas d'ascenseur. Trois portes par palier. D'anciens appartements, sis dans des immeubles mitoyens qui ont été joints les uns aux autres, avec des escaliers biscornus qui comblent les différences de niveau.

Au deuxième étage, éclairé de rampes de néon, je remarque la présence de plusieurs caméras de surveillance. L'une est implantée juste au-dessus de la porte au fond du couloir. Notre guide se poste face à l'objectif et nous place à ses côtés.

Deux bonnes minutes d'attente et on nous laisse pénétrer dans un sas.

Un cube gris clair. L'un des murs est un miroir sans tain. Je sens que l'on nous examine et je serais prêt à jurer que les vigiles nous passent aux rayons X.

La porte du fond cliquette et nous donne accès à une salle d'attente.

Éphraïm décroche un téléphone mural. Nous sommes rejoints par un grand gaillard dans la quarantaine, brun, à la barbe si drue qu'elle rejoint les sourcils. Éphraïm nous le présente comme son frère Max.

– Je vous laisse en sa compagnie. Vous pouvez boire un thé, ou jeter un œil aux ateliers.

Max me prend par le coude.

– Par ici, je vous prie.

Derrière nous, Éphraïm compose un numéro à deux chiffres. À la fois excité et peu assuré, il se lance dans un discours circonstancié en yiddish. Il me semble identifier le mot « Golconde ». Au bout du combiné tonne une voix rocailleuse. Notre avenir se joue.

La visite des ateliers a reçu notre préférence, bien entendu.

De longues tables sont installées un peu partout, derrière lesquelles sont penchés des ouvriers attentifs, seulement des hommes.

Ici et là, nous surprenons des regards curieux. Notre allure tranche avec celle des personnes ordinairement admises dans la forteresse. Des jeunes gens vont et viennent d'une pièce à l'autre, sans hâte. Ils se lancent des plaisanteries, toujours en yiddish. Ils partagent une gaieté spontanée, calme et sereine. Nombre d'entre eux, d'ailleurs, chantent en vaquant à leurs occupations.

Sur des étagères, de grands bocaux emplis de pierres de toutes couleurs. On se croirait presque dans une confiserie. Nous nous en étonnons. Alors que la surveillance vers l'extérieur est maximale, ici, aucune caméra, aucun contrôle. Max sourit dans sa barbe.

– Vous savez, dans notre milieu, ou bien on n'entre pas du tout, ou bien tout se passe dans la confiance absolue, sur la simple foi de la parole.

Il ramasse négligemment sur une table un rectangle de papier, replié pour former une enveloppe rudimentaire. Il en défait l'un des côtés et invite Adélie à ouvrir la main. Dans sa paume, il déverse une trentaine de petits diamants.

– Nous appelons ceci un « pli ». Celui-ci contient des pierres d'un demi-carat environ, de qualité moyenne. À vue de nez, il n'y en a pas pour plus de cent mille euros… Mais un pli peut contenir beaucoup plus. Eh bien, tous les jours, des centaines de ces petits sachets circulent, à pied, en voiture, en avion, au fond de la poche de nos agents. Ils les déposent chez les clients potentiels, les laissent le temps qu'ils soient examinés, les reprennent à leur passage suivant. Moins ceux que le client a choisis. Je n'ai, pour ma part, jamais constaté d'erreur dans les comptes. Mon grand-père m'a confié qu'en plus de soixante ans de métier, il n'a connu que trois anicroches. Et encore, deux d'entre elles étaient dues à une confusion involontaire.

La parole. C'est un vecteur de commerce tellement pratique ! Et qui évite tant de paperasserie et de formalités, surtout quand on franchit sans cesse des frontières... Si quelqu'un s'avisait de transgresser ce principe, je ne dirais pas qu'il signerait son arrêt de mort... Ce serait pire encore. Il n'existerait plus. Il n'aurait jamais existé. Plus jamais, nulle part, celui-là n'aurait la possibilité de conclure une affaire avec qui que ce soit !

À la pertinence de certaines de nos questions, Max déduit que nous sommes avertis de la nature, de l'extraction et du classement des diamants.

– C'est donc le traitement qu'il vous reste à découvrir. Permettez-moi de vous en donner les grandes lignes. Comme vous le savez, dans les entrailles de la terre, le diamant cristallise dans le système cubique. Mais la forme que vous trouvez sur un bijou n'est pas celle du cristal. De chacune de ces œuvres de la nature, nous extrayons un ou plusieurs morceaux qui vont devenir ce que nous appelons un « brillant », une pierre présentant 58 facettes régulières, qui se renvoient au mieux la lumière. Pour y parvenir, le cristal d'origine va subir les transformations auxquelles vous allez assister.

Il nous conduit devant des établis généralement bordés d'un tablier de cuir.

– Pour recueillir les poussières et les éclats ?

– Exact. Chaque milligramme sera utilisé dans la bijouterie ou l'industrie. Je vous montre les cinq étapes : le clivage, le sciage, le débrutage, la taille en croix, le brillantage.

Un ouvrier examine une gemme maintenue sur un socle par une sorte de ciment.

– Il détermine les plans de clivage.

Adélie s'approche du cliveur, qui pratique une petite cannelure avec une pointe de diamant fichée sur un manche. Dans cette fente, il introduit une fine lame d'acier horizontale, y applique un coup sec avec un maillet en forme de massue... et la pierre se divise en deux.

– Le principe est le même qu'avec le bois : dans le sens du fil, vous fendrez sans peine une bûche. Dans le sens perpendiculaire, il faudra scier si vous voulez une coupe nette.

Max, très fier, nous présente des bancs de sciage ultramodernes accolés à des écrans d'ordinateur.

– Nous travaillons aujourd'hui sur ces dispositifs guidés par laser. Mais vous ne verrez pas s'accomplir cette étape : elle est lente. Nous avons débité récemment une pierre de 300 carats, il nous a fallu plus de deux mois !

Nous voici devant une autre machine.

– J'ai déjà vu ça… C'est un tour de mécanicien de précision ?

– Du même genre. C'est la machine à débruter. Un terme qui ne figure pas au dictionnaire. Il désigne l'acte d'arrondir la « ceinture » de l'ébauche. Sertie sur un bâton, avec le ciment. On va l'approcher délicatement, à main levée, du burin qui tourne sur la machine. Toujours un diamant, de peu de valeur mais très dur, le *sherp*. Contre lui, on va user les arêtes, et la pierre se rapproche de sa forme finale en double cône, le brillant.

– Il faut lui donner ses 58 facettes, maintenant ?

– C'est la taille en croix. La pierre ébauchée va passer entre les mains de plusieurs personnes.

Je souffle à l'oreille de Max :

– Je vais faire une remarque saugrenue, mais tous ces messieurs me semblent nettement plus âgés… C'est un hasard ?

– Pas du tout. La taille en croix nécessite beaucoup d'expérience. Avez-vous des…

Sous le pan de sa veste, un portable émet une mélodie jouée par un orchestre kletzmer : « Ah, si j'étais riche », extrait du *Violon sur un toit*. Humour familial sans doute. Avant de décrocher, Max annonce :

– Ça, c'est Grand-Père.

Il écoute, prononce simplement :

– *Yo ?… Wus sugts di ? Azoy… Git*[1] *!*

À présent, il nous considère d'un œil neuf, essayant de décrypter au-delà de nos apparences.

– Excusez-moi, je vous prenais pour des amis de mon frère ! Franchement, je ne sais pas qui vous êtes, ni ce que vous lui apportez, mais… Aussi singulier que cela paraisse, Itzhak Morgenstern va vous recevoir immédiatement.

1. Transposition phonétique du yiddish : « Oui ? Que dis-tu ? Ah bon ! »

Séquence 78

Le saint des saints est à l'étage du dessous. Une secrétaire hors d'âge nous fait franchir une porte capitonnée de moleskine marron cloutée de laiton.

– M. Morgenstern vous rejoint dans un instant.

Un génie malin a arrêté le temps, dans toute sa patine, en l'année 1948. Décor style préfecture pour film de cinémathèque.

Une moquette rouge pisseux, ou ce qu'il en reste, après des milliers de passages. Contre la tapisserie à rayures bistres et beiges, des photos en noir et blanc d'installations minières en Afrique du Sud, qui doivent être désaffectées depuis belle lurette. Meubles de chêne ciré. Classeur mural à volet roulant, sièges droits à dossier de cuir vert fendillé par l'usure. Sur le bureau mastoc, un sous-main en papier buvard marqué d'écritures. Tout cela est d'un lugubre…

La porte s'ouvre à nouveau.

– Morgenstern. Asseyez-vous.

La rocaille entendue au téléphone, c'est bien sa voix. Elle emplit l'espace, vous noue les boyaux. Il est immense, au moins octogénaire. Il s'appuie sur une canne. Le Patriarche.

C'est lui qui a dû servir de modèle à Éphraïm et à tous ses clones, sauf que son costume est beaucoup plus vieux que le leur. Mais tout autre détail est oublié dès que l'on voit ses traits. Je sais maintenant où puisaient leur inspiration les Viennois qui sculptaient les pipes en écume. Ou Michel-Ange lorsqu'il donnait vie au marbre de son Moïse. La noblesse, la puissance, la sévérité sous laquelle transparaissent la générosité et la souffrance de ceux qui portent le poids du monde. D'un coup, la pièce moche et triste disparaît. Seule compte cette présence.

Le marbre ambulant va prendre place dans son fauteuil. Il pose sa canne contre le rebord du bureau. Sur le pommeau, une boule d'or rose, affleure un diamant d'au moins vingt carats.

– Bien. Vous savez qui je suis. Vous êtes, mademoiselle, Adélie Cartwright. Vous demeurez Place de Vosges au 1 bis. Vous êtes la fille unique du peintre Adrian Cartwright. Vous exercez la profession de… Comment appelle-t-on cela ? « Dénicheuse de talents » ? Vous n'avez jamais subi de condamnation, ni été inculpée pour un délit.

Certains de mes ex-collègues devraient en prendre de la graine. Son service de renseignements fonctionne vite. Sa pensée aussi.

– Oui. Pendant que vous faisiez un peu de tourisme avec Max… Ne vous en offusquez pas. Nous ne travaillons en principe qu'avec des personnes connues de nous, ou directement recommandées. Or votre apparition soudaine et votre manière de glisser le pied dans la porte… Sans omettre que sur vous, monsieur Stéphane Roy, nous n'avons encore rien de précis. Ce qui est inhabituel et devrait, en principe, geler toute relation entre nous.

– Je suis retraité de l'armée. Et mon casier judiciaire est vierge…

– Considérons cela comme une référence… Mademoiselle Cartwright ?

– Stéphane travaille avec moi. Je m'en porte garante.

– J'en prends acte. Si vous le voulez bien, nous pouvons considérer que les présentations sont faites. Je vais aller au vif du sujet. Votre manière de forcer ma porte est pour le moins singulière. Elle a perturbé mon petit-fils, mais au bon sens du terme. Votre sincérité lui a paru suffisante pour vous amener jusqu'ici. Et je vous avouerai que ma curiosité n'a d'égale que mon étonnement. C'est vous qui avez vendu le Golconde ?

– J'ai menti. Pour pouvoir vous approcher. Je tiens à en partager la faute avec vous : vous vous forgez une telle réputation d'ours des cavernes ! Le véritable vendeur est mon oncle, Julien Abestéguy. Était… Il est décédé. Je suis sa légataire universelle.

– Je comprends l'impression favorable d'Éphraïm. Vous êtes droite, directe. Vous avez affirmé pouvoir me fournir « une tonne de preuves ». Avez-vous, là aussi, distordu la réalité ?

– Tavernier, île de Rhodes, Séphir Khaïdi. Ça suffira ?

– Dans un premier temps. Cela ne constitue pas des preuves à proprement parler. Ce sera cependant suffisant pour poursuivre cet entretien. Je vais d'abord vous exprimer mes regrets pour la perte de votre parent. Vous deviez être proches, puisqu'il vous laisse sa succession ?

– Presque aussi proche qu'avec mon père.

– J'eusse aimé le rencontrer. Pour parler de la pierre. Cependant, je ne m'explique pas bien votre démarche. Le circuit hors normes choisi pour vendre, d'une part ; le décès de votre oncle, d'autre part… Votre anonymat se trouvait doublement protégé, pourquoi vous en départir aussi soudainement ? Et pourquoi m'avoir choisi ?

Les yeux verts d'Adélie, droit dans le regard d'agate sombre. Affrontement ? Non. Confrontation. Pas de vaincu, pas de vainqueur.

Si, un vainqueur : la vérité.

– Monsieur Morgenstern, maintenant que je vous ai en face de moi, je me dis que si je ne vous accorde pas ma confiance, *à vous*…, à qui d'autre le pourrais-je ?

Simple inclinaison de la tête chenue.

– L'héritage de mon oncle fait l'objet d'une violente convoitise. Julien le prévoyait. Pour me protéger, il a pris certaines… précautions. Au point que j'ignore la valeur réelle de l'enjeu. Vous êtes le mieux placé pour m'éclairer.

Sur sa balance intérieure, Itzhak Morgenstern pèse la portée de la déclaration avec la même précision qu'il doit mettre dans son métier.

– La particularité des mines de diamant, mademoiselle Cartwright, est que, plus on creuse, moins on trouve…

– Je ne vous demandais pas une métaphore, monsieur, mais une réponse.

– Votre interrogation portait sur la *valeur* de l'enjeu, si je ne m'abuse ? J'y répondais donc. Non par une image, mais par un fait. Calmez votre pétulance, je vous prie, et écoutez ! Lorsque les gemmes sont expulsées vers la surface de la croûte terrestre dans le flux des pipes kimberlitiques, il se trouve que les plus gros et les plus purs cristaux remontent en premier, à fleur de sol. Quand un nouveau filon est découvert, on ramasse littéralement les pierres brutes par terre. Ce fut le cas du Cullinan, en Afrique du Sud. Le Koh-I-Noor, la montagne de lumière… L'Orlov, le Bleu de la Couronne, le Régent, le Grand Condé, le Sancy, le Spirit of de Grisogogno… Je pourrais vous citer tous les plus gros. Ils ont été récoltés dans les premiers mètres sous les pieds des mineurs. Ce stade passé, l'exploitation doit entrer en profondeur : les cristaux deviennent de plus en plus petits. Puis le gisement s'épuise. Il en a été ainsi pour les mines indiennes, dont Golconde.

– Ce qui signifie que l'on ne trouvera plus jamais l'équivalent en poids et en pureté de ce qui sortait de terre au temps de Tavernier ?

– Jamais. Vous commencez à saisir ? Il vous manque trois autres points techniques. Un : pendant plus de la moitié du siècle dernier, le marché a été réglementé par la De Beers.

» Deux : cette toute-puissance n'a pas été mise en réel danger par l'apparition du *diamant de synthèse*, dont la différence avec le naturel sautait aux yeux.

» Trois : en revanche, dans ces dernières années, a été mis au point le *diamant de culture*. Et là, c'est une tout autre paire de manches : avec les progrès réalisés dans cette technique, les analyses cristallographiques sont dans l'INCAPACITÉ de déterminer si une pierre blanche, par exemple de qualité VVS1, est sortie du sol ou d'un laboratoire ! Et ce jusqu'à près de 6 000 carats !

– La communication de l'université de Barcelone.

– Vous y êtes. Les experts sont forcés de convenir qu'ils baissent les bras.

– Alors que pour les Golcondes…

– L'expertise est garantie. La cristallisation des gemmes issues de ces mines anciennes est identifiable sans aucun doute possible. Surtout pour une pierre comme celle que votre oncle a vendue.

– Pourquoi « surtout » ?

– À cause de sa couleur, voyons !

L'hésitation d'Adélie est perceptible. Le recul de Morgenstern aussi.

– Vous êtes donc si peu au fait, mademoiselle Cartwright ?

– Si peu, en effet.

– Pour une légataire universelle...

– Les choses sont plus compliquées que je ne vous l'ai dit... Je n'ai appris l'existence du Golconde qu'*après* sa vente. Et après la mort de mon oncle.

– Je vois... Il est rouge.

– ...

– La pierre vendue au printemps dernier est un diamant rouge !

– La nuance la plus rare ?

– Oui, et qui prend encore plus de valeur du fait que le diamant de culture n'est que blanc. Pour le moment. Il pourra peut-être un jour approcher certaines couleurs, mais jamais il ne reproduira dans sa structure intime ce rouge des mines indiennes.

– Qui sont définitivement taries !

– Pour prendre une équivalence dans votre métier, imaginez un marché où les photocopies de tableaux atteindraient soudain la perfection d'un original. On produit des Van Gogh et des Monet authentiques à volonté. Et voici que vous mettez soudain en vente le plafond de la chapelle Sixtine ! C'est pourquoi les acheteurs du Golconde rouge ont investi cette somme faramineuse...

Léger dandinement dans son fauteuil.

– Et je pense pouvoir vous affirmer qu'ils seront prêts à en faire autant pour les autres pierres.

– Vous connaissez leur identité ? Je la croyais verrouillée par le système de Khaïdi.

– Mademoiselle Cartwright, Jean Cocteau, qui m'honorait de son amitié, affirmait : « Il n'est point d'amour, il n'est que des preuves d'amour. » De même pour la confiance. La vôtre à mon égard est maintenant avérée. En ne vous la rendant pas, je vous entraînerais dans un marché de dupes... Je *suis* l'acheteur du Golconde rouge.

Séquence 79

La dernière barrière a sauté entre Itzhak Morgenstern et Adélie. C'est un déferlement de vraies questions et de vraies réponses.

Oui, le Patriarche a joué au chat et à la souris : tant que la question ne lui était pas posée explicitement, rien ne le forçait à dévoiler sa position exacte. Mais la spontanéité de cette jeune femme a eu raison de sa prudence.

Oui, c'est bien lui qui a été l'initiateur du Groupement parisien du diamant, au printemps dernier. Le monde du diamant, alerté par les émissaires de Khaïdi, a été en ébullition à l'annonce de l'événement. Il fallait la caution d'une formidable réserve financière pour être admis à enchérir.

– La place de Paris va prendre la première position : cette gemme brute, introuvable, inimitable, va devenir l'étalon en matière de prix ct dc qualité ! Les producteurs de pierres de culture peuvent inonder le marché de diamants blancs d'une absolue pureté, toutes les suprématies seront remises en cause ! Les géants d'hier ne reposeront plus que sur des pieds d'argile. Sauf nous. À une condition, cependant… Elle dépend de vous, Adélie Cartwright.

– …

– Pour l'instant, le Golconde rouge est le seul représentant de son espèce. Nous devons – par « nous », j'entends le GPD –, nous *devons* acquérir les autres.

– Mais je n'ai jamais dit qu'il y avait d'autres pierres !

– Oh, que si ! Ce fut même la première de vos révélations. Sans elle, je vous aurais probablement fait promptement reconduire ! Le plus beau, c'est que vous n'avez pas eu conscience de livrer un élément clé.

– …

– Vous avez prononcé le nom de Tavernier.

– Je ne vois pas ce qu'il vous révèle.

– Votre naïveté m'enchante. Et m'effraie un peu. Vous êtes le cœur d'un typhon, et vous l'ignorez. Suivez-moi bien. Le négoce du diamant s'exerce sur la confiance, mais pas à l'aveuglette. Même les dépositaires privilégiés de la De Beers, les 84 *sightholders* répartis dans le monde, reçoivent les bruts, les examinent et décident de ceux qu'ils vont accepter de commercialiser.

» Votre oncle a joué le chien dans ce jeu de quilles que l'on croyait incontournable. Non seulement il était totalement étranger à notre univers clos, mais il a choisi un vecteur de commercialisation virtuel. Pour qu'une transaction d'une telle importance puisse être réalisée sans pouvoir juger sur pièce, il fallait que Séphir Khaïdi nous produise un dossier d'une absolue fiabilité. Des experts internationaux se sont réunis dans le plus grand secret à Anvers, autour d'une autorité inattaquable.

– Une dame ?

– Oui, pourquoi ?

– Rien. Juste un pari que j'avais fait avec Stéphane… La dame d'Anvers, donc ?

– Elsa Feurstein. Une sommité. Sa parole fait foi. Confortée par l'avis de ses confrères, elle avait authentifié le brut rouge, d'après sa cristallisation et sa teinte, comme un Golconde. Or les dernières pierres issues de cette mine et avoisinant ce calibre formidable sont répertoriées. Elles ont été trouvées entre 1883 et la fermeture. Mais toutes sont plus petites que ce nouveau venu. Donc, d'après la dimension de celui-ci, Elsa Feurstein en datait l'extraction sans l'ombre d'un doute au milieu du XVIIe siècle. Mais rien de plus.

– Elle n'avait pas d'éléments pour en identifier le découvreur. Et c'est moi qui vous ai…

– J'avais des intuitions… Ou plutôt des rêves de jeune homme, de ceux que l'on ne devrait jamais désespérer de réaliser… Nous, professionnels, entendons très tôt parler de Jean-Baptiste Tavernier. Il a une réalité historique, mais elle n'empêche pas les légendes. L'une d'entre elles porte sur ses diamants cachés. Tout passionné des pierres précieuses a nécessairement fantasmé le scénario d'un Tavernier gardant par-devers lui ses plus fabuleuses découvertes ! Vous savez, le genre coffre au trésor. Surtout pour tous ceux qui ont lu *Les Six Voyages*... On a tellement la sensation que des pans entiers de son expérience réelle ont été édulcorés, amputés...

– Cette théorie ne repose sur aucun document ?

– Il y en a. Les livres de comptes du baron. Des cahiers reliés où il portait scrupuleusement chaque acquisition et chacune de ses dépenses, ses ventes, ses bénéfices... Selon la coutume du temps, il devait même noter en marge les circonstances et les anecdotes ponctuant chaque opération... Il suffirait de faire la différence entre les pierres qu'il a achetées au fil des années et celles qu'il a cédées à différents acheteurs, Louis XIV et bien d'autres...

– Et l'on aurait ainsi le décompte exact de celles qu'il n'a jamais montrées à personne !

Les lumières inconnues, cachées dans les ténèbres.

Je mène le même cheminement qu'Adélie. Dans l'édition des *Six Voyages* qui a été publiée ne figurent que « 20 des plus beaux *diamens* » vendus au Roy... La version que nous possédons, non expurgée, révèle l'existence d'autres gemmes, mais de manière assez informelle. C'est trop imprécis. Alors que la rigueur des livres comptables nous dirait enfin ce que nous cherchons exactement !

– Vous avez employé le conditionnel : « il suffirait de » ? Il *faut* analyser ces comptes !

– Hélas, ils ont disparu.

Évidemment ! Cela aurait été trop simple. Si j'ose dire... Morgenstern affirme :

– Ils ont bel et bien existé. Tavernier, en bon commerçant, consignait ses opérations au sou près. Mais, après sa mort, on n'a retrouvé dans ses effets, à Moscou, que des documents récents, relatifs à l'entreprise qu'il lançait.

– La Nouvelle Compagnie des Indes orientales ?

– Sous l'égide de la Prusse. Tout ce qui concernait ses affaires passées, il n'avait pas l'utilité de s'en encombrer. C'était resté en France, aux mains de celui qui gérait en son nom.

– Son neveu ? De mauvaises mains, semble-t-il.

– Les anciens comptes ont été dissimulés pour couvrir des négligences, ou des indélicatesses.

– Détruits ?

– Assurément pas. Le neveu y cherchait aussi la trace des pierres inconnues. Il a pu en estimer la quantité et la valeur, en déterminer la cache. Les annotations marginales pouvaient la lui dévoiler. Il devait préserver l'intégralité des livres...

– Il les a donc emportés dans ses ultimes tribulations, vers Samarkand ?

– C'est ce que je présume. Puisque nous mettons cartes sur table, sachez que l'un de mes amis tente en ce moment de confirmer cette hypothèse. J'ai financé des recherches et une véritable expédition de documentalistes...

Alors qu'elle a joué franc jeu jusqu'ici, Adélie semble vouloir garder un atout dans sa manche : connaissant la filière par laquelle lui sont parvenus le cabinet à fards, la carte et le livre, elle doit bien supposer que Magalon a aussi pu s'approprier les documents comptables. Or elle n'en souffle mot. Elle reste totalement silencieuse, forçant Morgenstern à enchaîner :

– Pour en revenir à mon propos, vous m'apportez donc la certitude que ce Golconde vient bien de Tavernier et, partant, qu'il a des petits frères... Ou des grands. Tous plus beaux et plus précieux que le Bleu de la Couronne, puisque, selon la stratégie classique, le baron n'aurait pas sorti ses meilleures pièces en premier...

– Pure supposition, toujours.

– Prenez-le ainsi, mademoiselle Cartwright. C'est de bonne guerre, et vous employez la même tactique que Jean-Baptiste. Je ferais pareil... Je ne m'attends pas à ce que vous exposiez vos réserves. Vous allez laisser les imaginations s'enflammer, les demandeurs tirer la langue, puis, à votre gré, vous créerez à nouveau l'événement. Vous menez la danse. Cependant... je ne dirai pas « loin de moi l'idée de vous influencer ». Au contraire, permettez-moi d'essayer.

Il s'extrait de son siège, s'appuie au bureau, puis au classeur, et fait pivoter l'un des vieux cadres de photo sur le mur. Une vitre permet la vue sur l'atelier.

– Voyez-vous cet établi, au fond ? C'était le mien. Pas un mois ne se passe sans que l'envie me prenne de m'y remettre… Mais, depuis une dizaine d'années, ma vue n'a plus l'acuité requise, ni mon geste la précision… Je suis un très vieil homme, mademoiselle, et vous me plongez dans un dilemme que je n'aurai probablement pas la force de trancher. Je suis issu d'une longue lignée de lapidaires. Notre métier, c'est la taille. Le seul membre de mon équipe digne de poser son burin sur le Golconde rouge – et qui n'est, hélas, pas l'un de mes petits-fils – est déjà parti effectuer un tour du monde, pour se rapprocher de la perfection, en Inde, au Brésil, en Israël, à Anvers… C'est le rêve de dix générations que de pouvoir, à nouveau, tailler un Golconde… Si ce n'est pas par un Morgenstern, qu'au moins ce soit sous mon toit, devant mes yeux. Les membres du GPD sont unanimes pour me pousser à cette décision. Ce serait, pour notre association, une opération d'un rapport financier dont, je pense, vous n'avez pas idée…

Il clopine vers le classeur, relève le rideau à lamelles et extrait une page de journal. Assez récente, à ce qu'il semble.

LA PURETÉ SE PAIE EN MILLIONS DE DOLLARS

Belgique : Le « Promesse du Lesotho », 15e plus gros diamant du monde, a été vendu aux enchères pour 12,36 millions de dollars à la société sud-africaine Safdico. De la taille d'une balle de golf, cette pierre de 603 carats appartenait au gouvernement du Lesotho et à la société minière Gem Diamonds. La transaction a eu lieu à Anvers et s'est étalée sur cinq jours.
Safdico escompte que le diamant principal qui sortira de la taille pèsera 60 carats. Sa revente devrait dépasser les 20 millions.

– Bénéfice de l'opération : 8 millions de dollars, au bas mot ! Et encore s'agit-il des chiffres livrés au grand public. Et d'un diamant « courant » : blanc d'Afrique du Sud ! Vous voyez la perspective avec LE Golconde rouge ? Ajoutez trois zéros.

– Eh bien, taillez, monsieur Morgenstern, taillez ! C'est votre intérêt bien compris.

– Si l'argent seul comptait…, je n'aurais pas de dilemme ! Mais toucher cette pierre à l'état brut, personne n'a pu avoir cette sensation depuis le XVIIe siècle ! C'est comme tenir un fossile vivant ! C'est comparable à l'émotion que pourrait ressentir un anthropologue qui serrerait la main à l'homme de Neandertal… Donc, cette pierre devrait rester brute…

» Voilà ce qui agite mes nuits, et je mourrai probablement avec ce conflit dans mon cœur. Sauf…

– Sauf si je vous vendais une ou plusieurs autres pierres de la même origine ?

– Faites jouer la concurrence, elle va atteindre des sommets. Soyez assurée que nous avons tout le répondant pour l'emporter. C'est dit. J'arrête là.

Il a repris sa canne. Quelque chose comme de la malice fleurit dans le fleuve de sa barbe.

– Vous ne m'avez pas encore posé LA question ?

Pétillement dans les yeux verts. La Mangouste répond sur le même ton :

– Je pensais que vous réserviez l'apothéose pour sceller notre première rencontre.

– Je ne pourrai pas vous le montrer. Il n'est plus ici.

Décidément…

– Le laboratoire de cristallographie du Muséum d'histoire naturelle me l'a emprunté, pour effectuer une analyse spectrographique complète. La totalité de la structure interne va être mémorisée en informatique, à la fois pour garder la trace de la gemme brute au cas où elle serait débitée, et pour déterminer les lignes de forces dans le cristal, qui orienteront la taille éventuelle.

– Bon. Je ne suis pas à une déception près.

– Attendez.

Un ordre en yiddish dans son téléphone de bakélite.

Max nous rejoint, pose un ordinateur portable sur le bureau, appelle une série de photos.

– Sans fausse modestie, je crois qu'elles sont réussies. Il est grandiose, non ?

Pas pour nous. Les clichés représentent quelque chose qui ressemble à une masse de verre rose fondu sortant d'un four, aux formes arrondies et sans éclat particulier. D'après la réglette qui figure dans l'image, ce caillou doit avoir la taille d'une grosse prune. Non, davantage. Une clémentine. Si je le trouvais par terre, je le garderais peut-être bien comme souvenir de la promenade, mais je n'imaginerais jamais être devenu milliardaire !

Sur les babines de la Mangouste, une moue dubitative. Morgenstern se méprend.

– Je vous vois déçue… Évidemment, comparé aux merveilles que vous avez dans vos coffres…

Il se donne la peine de nous reconduire jusqu'au sas. Il garde longuement la main de sa visiteuse.

– Adélie, j'ose vous demander les… les circonstances du décès de votre oncle ?

– Un accident.

– Hmm… Après tout ce que j'ai vécu, je mesure la stupidité des superstitions, mais…

– La « malédiction des Golcondes » ? Je n'y crois pas une seconde.

– Puis-je néanmoins vous recommander de veiller sur vous ? Vous avez l'âge de mes petites-filles. Je suis sûr que vous ne réalisez pas vraiment. Vous êtes potentiellement détentrice de l'une des premières fortunes du globe ! Du vieux continent, en tout cas… Pour l'instant, c'est un secret et vous savez que je ne le divulguerai pas. D'ailleurs, c'est mon intérêt que de garder votre identité pour moi. Cela retardera d'autant mes concurrents. Mais pas pour longtemps. Bientôt, vous leur serez connue. Peut-être même par votre venue dans ces locaux. Nous sommes « scannés », comme dit votre génération ! D'après sa carrure et son ancien métier, je pressentais en M. Roy votre garde du corps. C'est une précaution sage, mais – permettez-moi de le dire sans mettre en doute son efficience – très insuffisante ! Vous allez être l'objet de demandes, de pressions, de menaces… Sachez que, si vous ressentez la moindre crainte, si vous avez besoin du moindre refuge…, ma maison est la vôtre.

Sur le trottoir, nous restons les bras ballants, sans l'énergie pour échanger trois mots. La rue Lafayette, large et encombrée de milliers de voitures, me donne pourtant la sensation d'un nouveau cul-de-sac. Le dernier. Bordé de béton armé.

Le vieux lapidaire, par sa conviction qu'Adélie est détentrice des réponses à toutes les énigmes de Tavernier, nous a fermé nos dernières pistes.

La petite gonfle les joues dans un gros soupir de découragement. Elle me lance les clés de l'appartement.

– Rentre sans moi. J'ai besoin d'aller méditer un peu au dojo. Je dormirai probablement au loft. Excuse-moi, j'ai le moral dans les talons.

Et moi, donc !

Je la bise et je m'éloigne. À quelques mètres, je me retourne. Elle parle dans son portable, coincé entre l'oreille et l'épaule.

Elle note quelque chose dans sa paume.

Séquence 80

Mercredi, 27 juillet, 10 h 55

C'est une heure raisonnable pour réveiller une dormeuse stressée.

Le loft ne répond pas. Sur le portable, la Mangouste est environnée de parasites.

– Je ne peux pas te parler longtemps. Je suis sur la route.

– De Memphis ?

– De la Normandie.

– Avec qui ?

– Mes soucis. J'ai loué une voiture. Même loueur que Julien, près de la gare du Nord.

– Tu vas où ?

– … pays paumé ! Robin… des héritiers Dubulluy.

– Je t'entends mal. Répète ?

– CHHHT'entends plus…

- Tu rentres quand ?

– Fin de journée. CHHHClé chez Lycinia… Pas d'autre. Tu m'as comprise ?

– OK. Je laisse ta clé à Lycinia ! Rappelle-moi quand tu feras une halte ! Je t'…

– SCROUICTCHHH…

Voilà donc ce qu'elle inscrivait hier soir. L'adresse des rapias vendeurs du cabinet, du livre et de la carte. Elle a pris cette initiative sans trop y croire, j'imagine. Moi non plus, je n'attends pas grand-chose de sa démarche. Mais effectivement, Hélène nous a raconté un jour que, dans la succession Dubulluy, l'étude d'Enghien n'avait accepté de mettre aux enchères que les objets encore présentables.

Les cousins ennemis avaient dû remporter une charretée d'« immondices » puant la moisissure.

Se peut-il que, parmi les vistemboires, se soient trouvés les livres de comptes du baron d'Aubonne, rapportés d'Ispahan par le félon Magalon ? Dans quel état, pour que Robin les ait refusés ?

Des documents pourris sur vélin du XVIIe siècle seront-ils lisibles ?

Si, par un coup de bol insensé, le jury répondait « oui » à toutes ces questions, qu'espérer ? Nous pourrions, après de laborieux calculs, poser une approximation des joyaux gardés sous le coude par Tavernier. Point, à la ligne. Parce que, contrairement au vieil Itzhak, nous savons que décrypter les circuits commerciaux du voyageur, les annotations sur ses contacts le long de la Route de la soie, ne serait d'aucune utilité. Les inestimables diams ne furent pas dissimulés dans quelque comptoir exotique, mais « dans les ténèbres » du goudron. D'où le chanceux Julien les a extraits, puis replanqués dans un endroit qui nous fait la nique !

De la nuit, je n'ai cessé de tourner et de retourner les moindres éléments qu'il a pu semer, je butte sur l'obstacle.

Célibataire pour toute une journée, j'ai perdu l'habitude. Continuer à brasser de l'air serait néfaste. Il faut que je m'occupe.

« Ce qui est fait n'est plus à faire », statuait doctement mémère Estelle, ma nourrice. Je vais à Marly, je n'y échapperai pas indéfiniment.

Première sensation désagréable dès le hall d'entrée du Labo. J'ai beau glisser mon badge dans la fente, le portique refuse de s'ouvrir. Dans mon dos, une cavalcade de chaussures à clous.

– Monsieur, s'il vous plaît !

Le vigile m'alpague par le gras du bras et me guide vers le comptoir.

– Veuillez déposer votre sacoche. Vous avez rendez-vous ?

– Gérard ! Ça ne tourne pas rond ? C'est moi !

Il chuchote :

– Je t'ai reconnu. Mais si ton badge est déclassé, je dois te traiter comme un pékin !

– Pas déclassé. La puce doit être nase. Vérifie.

Ce qu'il fait en deux touches sur l'ordi. Et je n'aime pas du tout la façon dont il m'azimute par-dessus l'écran.

– Ben quoi ? Je ressemble à Elephant Man ? Je viens voir Gauthier. Tu me laisses entrer ?

– Je dois t'accompagner.

Escorté dans les étages du Labo ! J'aurai tout vu. Il va m'entendre, le père Peau de vache !

Il n'entendra rien, parce que, dans *sa* cagna sans air au bout du couloir, derrière *son* bureau, dans *son* fauteuil, ce truc flasque qui dégouline entre les accoudoirs, c'est Finster. Armin Finster.

Et ça, c'est bien pire qu'une vacherie.

Je revis une fois de plus ma période d'épouvante. Et ce qui s'est passé après.

J'errais dans un labyrinthe. Ma maison. Qui aurait dû être pleine d'amour et de rires. Je n'y reconnaissais plus rien. Je me cognais à tous les angles. Pourquoi, moi, étais-je encore vivant ?

La solution, c'était de les rejoindre. Léa et Virginie. Ça, je le savais. C'était tout ce que je savais encore. Le moment approchait.

Et Manuel Lobos, mon frère d'armes, m'a sorti du trou en me proposant de reprendre du service.

Ma formation dans les Unités spéciales, ce n'est pas ce qui arrange les scénaristes, ni ce dont les téléspectateurs se repaissent à longueur de documentaires soi-disant « révélateurs ».

Il est vrai que l'on m'a appris à tuer. Je connais des dizaines de manières de tuer. Violemment, en faisant mal, de manière spectaculaire, pour impressionner les adversaires. Ou rapidement, discrètement, d'une simple pression du bras. Mais je ne l'ai fait que lorsque j'étais personnellement menacé. Et je l'ai toujours regretté.

Ma spécialité, c'était l'infiltration, l'approche en douceur, l'obtention du renseignement par la relation. Fondamentalement, j'aimais les gens, ils m'intéressaient et ça se voyait. C'était là ma force. C'est pour ça que mes chefs m'appréciaient. Lobos aussi. Quand nous bossions ensemble, sa partie à lui, c'était le gros œuvre. La mienne, les finitions.

Manuel m'avait averti : « La maison ne te fera pas crédit. » C'était un homme de parole. Il m'a balancé sur des coups vraiment sales. Son job. Ainsi, il aurait pu me rattraper par la peau du cou, au cas où j'aurais rechuté. Je lui en savais gré, mais j'ai dû participer au genre de grabuge que je tiens en horreur.

J'étais prévenu à la dernière minute. On me débarquait dans un point quelconque du globe, le temps d'une intervention rapide. En général pour dégager des types en difficulté. Je recevais précisément les coordonnées et le minutage de ma mission, mais je n'avais pas à en connaître les tenants ni les aboutissants. Je travaillais au gré des commandes : une fois pour des gouvernementaux, la fois suivante pour les rebelles qu'ils combattaient.

Ma solde m'était versée, assortie de bulletins de paie en bonne et due forme, avec retenues sociales, déplacements, logement et repas à l'extérieur pris en charge. Le libellé était généralement : « Contrat à durée déterminée. Technicien en protection. » Mes employeurs : des agences d'intérim éphémères, baptisées de sigles sans signification particulière, aussitôt oubliés. Mais je savais que ce n'était qu'une étape. « On » me testait. Je ne buvais plus. J'ai retrouvé mes muscles, mes réflexes, mon esprit clair.

Quand « on » a eu la certitude que j'étais redevenu fiable, j'ai été convoqué à Zürich.

Dans le hall de la *Hauptbanhof*, nos crânes tondus n'ont suscité aucune attention particulière : des dizaines de jeunes gens circulaient ainsi. Les uns en treillis de l'armée, paquetage sur l'épaule. Les autres en jean tombant sous les fesses, bretelles pendantes, maillot déchiré pour exhiber tatouages et piercings. À peine le pied posé sur le quai, on nous a proposé trois fois de la dope, malgré les patrouilles de la police militaire.

Nous avons marché. J'aime le bruit des tramways. Dans une ruelle se profilait une enseigne :

« ZUM SCHILD ».

– À l'Écu. C'est là.

Cela fleurait bon la fumée et le fumet. Des poutres, laquées en vert foncé, se croisaient en carré autour de peintures représentant des scènes champêtres et des fêtes au village. Les murs étaient couverts de tableaux romantiques ou pompiers, cadre contre cadre. Tout était bruni par des générations de fumeurs de cigare. Les serveuses portaient robe rouge, chemisier blanc et tablier noir, les garçons, culotte de peau et gilet vert à ganse fleurie.

Notre table avait dû être avancée de soixante centimètres pour permettre à M. Finster de s'installer sur la banquette.

Armin Finster.

Je n'avais jamais rencontré un homme aussi gros et mou. Ni aussi myope. Des bouchons de carafe cerclés d'écaille chevauchaient son nez luisant. Ils glissaient sans cesse. Il devait les replacer d'un coup d'index.

– *Guten Tag*, Lobos. *Herr* Roy ! *Sie sprechen Deutsch, nicht wahr* ?[1]

– Pas assez bien pour une conversation importante.

– Cela me fera le plus grand bien que de cultiver mon français. Je vous prie, en tout premier lieu, de m'excuser pour la période probatoire à laquelle nous vous avons soumis, monsieur Roy. Elle fut, sans nul doute, éprouvante pour vous, qui n'aimez pas la violence. Elle était cependant, hélas, indispensable. Mais je vous assure que ce temps est révolu. Le domaine de l'action pure reste celui de notre cher Manuel. Que je vais maintenant laisser retourner à ses tâches urgentes. *Auf wiedersehen*, Lobos...

Nous sommes restés en tête à tête. M. Finster a néanmoins commandé une choucroute pour trois.

– Le cadre vous sied-il ?

– Très chaleureux.

– J'ai préféré, pour cette première entrevue, un lieu moins formel que nos locaux. Et dans cette bonne ville. Parce que, confiant en nos projets, je me suis permis d'anticiper légèrement votre accord. Je vous ai fait préparer l'ouverture d'un compte numéroté à notre banque. Elle est à deux pas. Si nous

1. Bonjour, Lobos. Monsieur Roy ! Vous parlez allemand, n'est-ce pas ?

nous entendons – ce dont je ne doute pas –, votre présence permettra de concrétiser dans la foulée.

Les plats arrivaient, envahissant toute la nappe. Chopes de bière en proportion.

– Vous m'accorderez, monsieur Roy, qu'il serait indécent de traiter d'affaires en dégustant un tel mets ?

Il a englouti assiette sur assiette. Aux fromages, il s'est autorisé à parler :

– Vous avez, jusqu'à présent, participé à des opérations sous le couvert de microsociétés constituées à chaque fois pour la seule durée de votre mission. Elles émanaient d'un pool aux multiples activités, dont la direction m'a été confiée : WUD, *Wache und Dienst*[1]. Nous effectuons du gardiennage, nous escortons des personnalités, des fonds ou des œuvres d'art. Sur un plan plus... international, les nombreux conflits qui secouent la planète ont suscité une forte demande en matériel de protection et d'intervention. Nous louons ces équipements, ainsi que le savoir-faire qui les entoure.

Beaucoup de périphrases pour désigner l'une de ces officines à mercenaires qui se sont engouffrées dans le créneau du sale boulot dont les gouvernements veulent se laver les mains...

– Mais ce n'est pas dans ce cadre que nous souhaitons nous attacher vos services. Sachez que WUD est né d'une idée dont, modestement, je peux me féliciter. J'étais directeur, au sein d'un groupe multinational, du département de la Sécurité. Ce secteur prenait une telle importance que j'ai suggéré d'en faire une structure autonome. Depuis, habilités à proposer nos prestations à une vaste clientèle, nous générons un profit considérable. Tout naturellement, au premier rang des clients de WUD continue de figurer le groupe industriel d'origine. Il doit en permanence se protéger contre ce que les médias désignent sous le terme un peu « jamesbondien » d'espionnage industriel.

Il m'offrait un emploi stable. Je serais à l'écart des boucheries que j'exècre, pour retrouver ma vocation première, le contact humain et le renseignement. J'ai coupé court :

– Monsieur Finster, je crois que nous nous sommes dérangés pour rien. Il y a maldonne. La protection du secret industriel,

1. Surveillance et service.

la sécurité, ce n'est pas ma branche ! Soit vous avez sur moi un dossier incomplet, soit vous l'avez mal lu !

Il a ôté ses grosses lunettes, a envoyé de la buée sur les verres, déplié un vaste mouchoir et pris le temps d'essuyer un improbable grain de poussière.

– J'apprécie votre honnêteté, monsieur Roy. Elle figure au tout premier rang de vos remarquables qualités, dans votre dossier. Lequel est tout à fait exhaustif et, permettez-moi de vous en assurer, a mobilisé toute mon attention… Votre savoir-faire est exactement celui requis par notre structure. La sécurité industrielle telle que nous la concevons, voyez-vous, intègre de nombreux aspects : nous devons, certes, éviter la pénétration d'agents extérieurs. Nous devons aussi faire face à des fuites émanant de notre propre personnel. L'attrait de l'argent, cher monsieur… Nous avons donc besoin de quelqu'un qui sache, disons… *aider les coupables à soulager leur conscience*. Une fois que nous aurons confirmation de leur indélicatesse, nous adopterons les… *mesures adéquates*, pour qu'ils ne puissent plus succomber à la tentation.

Ça commençait à prendre tournure. Finster compléta le profil du poste :

– En sus de la protection de nos nombreux sites de fabrication, ma fonction couvre ce que nous appelons « *la défense active* ». Dans un langage qui vous sera plus familier : collecter par tous moyens nécessaires les renseignements que nos concurrents ne sont pas disposés à nous communiquer… de leur plein gré.

Là, j'étais sur mon terrain. Nous n'avions plus qu'à régler quelques modalités. J'aime travailler sur des bases saines, Finster aussi.

En choisissant les sorbets, il stipula que je devais garantir mon exclusivité absolue, que je serais directement et uniquement sous ses ordres et que c'est lui qui me paierait. Si je choisissais de me baser à Paris, son truchement serait un certain Gauthier.

Au café, il m'assura que mes prestations seraient hautement et judicieusement rémunérées. *Judicieusement* laissait entendre : « à l'abri de toute imposition ».

Au schnaps, je commençais ma collaboration avec le département de Sécurité industrielle de WUD. Comme il ne mène que des opérations « propres », nous le surnommons « le Labo ».

Le Crapaud me désigne l'unique chaise disponible. Dans ce local clos, j'ai l'impression qu'il pompe tout l'oxygène.

– *Herr* Roy… Vous nous causez une grosse déception, vous devez bien le supposer… Nous avons appris que, depuis un certain temps, vous… Quelle est déjà cette succulente expression culinaire ? Vous « pédalez dans la semoule », *nicht wahr* ?

– Qui vous a raconté ces sottises ? Jean-Marc ? Gauthier ?

– J'ignore absolument qui sont ces gens que vous nommez. À ma connaissance, ils n'ont jamais fait partie de notre personnel…

Et ton postérieur ? Il est carré dans le fauteuil de qui, grosse loche ? Tu as « pris les mesures adéquates », n'est-ce pas ?

R.I.P. Jihem et le père Gauthier…

– Quoi qu'il en soit, il est patent que vous avez disposé des moyens d'investigation que cette maison met à votre disposition, mais que les actions qui en ont résulté ne nous ont aucunement été rapportées… Pas par vos soins, en tout cas.

– Ce qui signifie que vous me faites surveiller ?

Le raid sur le rocher creux de l'île de Rhodes… L'agression contre Attilio Bottieri… Juste après mon passage.

– Monsieur Roy, nous aimons savoir à quoi sert notre argent. Compte tenu de votre valeur et des services toujours impeccables que vous nous avez rendus, nous avons toléré quelques fantaisies et vos procédés de franc-tireur. Il s'avère que cela ne vous sert qu'à mener une… *idylle*, avec une certaine jeune femme. À ce jour, nous ne savons même pas encore ce que vous cherchez.

Ils n'ont pas pu pénétrer les défenses de Khaïdi, et le malheureux Attilio ne connaissait rien de notre quête.

– Nous attendons un retour sur nos investissements, ou une clôture immédiate… je dis bien, IMMÉDIATE de votre activité en solitaire.

– Je vous demande un délai de…

– Cela n'est pas négociable. Pour votre bien, nous voulons vous éloigner de France et vous confier une nouvelle…

Je me lève.

– Écoutez, Finster. J'étais venu dans un esprit de conciliation. Mais je m'aperçois qu'il est impossible de dialoguer. Alors…

– Tant pis. Vous ne me facilitez pas la vie, monsieur Roy…

Il me tend sa grosse pogne molle par-dessus le bureau. Et dès que la mienne est prise dans cette masse, je plonge en avant en braillant :

– Mais vous êtes DINGUE ! Vous m'avez cassé quelque chose !

– Oui. La première phalange et le métacarpien de l'auriculaire. Dois-je abîmer un autre doigt, ou pouvons-nous causer ? De toute manière, vous ne quitterez ce bâtiment qu'après m'avoir assuré de votre entière collaboration. Ah, oui. Appelez-moi *monsieur* Finster, voulez-vous ?

Je retourne sur ma chaise. Je ne suis pas douillet, mais…

– Je sais. C'est relativement douloureux. Vous passerez chez notre médecin lorsque nous en aurons terminé. Je crains qu'il puisse seulement vous conseiller d'appliquer une poche de glace. Et d'éviter la moto jusqu'à cicatrisation complète… Maintenant, voici exactement ce que je veux que vous fassiez.

Ses ordres sont brefs, sans ambages.

Après les avoir entendus, je suis étranglé d'un désarroi que je n'avais pas connu depuis la mort de mes chéries.

Séquence 81

Soirée de canicule, cafard monstre. Comme le premier soir, je tourne en carré sous les arcades de la place des Vosges. Jean-Pierre, en chemisette, fait crier sa guitare sur *My mind is rambling*[1], avec les rifs de Howlin' Wolf.

Il faut que je trouve. Je vais trouver.

Je n'ai pas eu Adélie au téléphone, et c'est tant mieux. Elle m'a laissé un message pendant que j'étais coincé à Marly. Que je ne l'attende pas avant tard cette nuit, peut-être demain matin.

J'ai voulu récupérer la clé. La loge de la gardienne était fermée.

J'en ai soupé, depuis le début de cette histoire, des problèmes de clés, de codes !

Je vais griller une cigarette sur un banc du square Louis XIII.

Il faut que je trouve. Je vais trouver.

Près du bac à sable, je croise Victor le plombier, le mari de Lycinia. Il emmène, à la fraîche, ses enfants jouer sous les arbres. Les gosses me sautent dans les bras. Trois semaines à peine que je suis dans le quartier et on est déjà copains. Moi, je ne les supporte pas plus de cinq minutes. Surtout que l'aînée va avoir l'âge de Virginie. Enfin, l'âge qu'elle avait quand…

– T'es triste, Steph.

Ce n'est pas une question. Je n'ai pas à y répondre.

– Je suis enfermé dehors.

1. Mon esprit divague.

– De toute façon, j'allais rentrer. Viens prendre un verre, ça te redonnera des couleurs.

Au coin de la porte vitrée de l'escalier, un interphone a été installé.

– Le syndic s'est enfin décidé. Il aura fallu la tentative de cambriolage, le soir de ton arrivée. Dorénavant, vous serez tranquilles.

Mon pauvre gars ! Si seulement la tranquillité tenait à quelques mètres de câble ! Et « dorénavant » est un mot qui n'a plus de sens pour nous… dorénavant.

– Pour l'instant, ce n'est pas en service, les techniciens reviennent demain brancher les appartements. Et attends, viens voir le plus beau !

Dans la plaque d'aluminium brossé, un trou comme une tête d'épingle.

– C'est une caméra. Vous aurez le récepteur là-haut.

– Mince, alors ! Quand je raconterai ça dans ma province ! Vous autres, gens de la capitale, quand même…

– Ne te moque pas. Je sais bien que ça paraît banal. Mais ça comporte une vraie nouveauté. Plus jamais tu n'auras ton problème de ce soir ! Tu pourras relier le système à ton ordinateur. Tu enregistres le visage et la voix des personnes autorisées à entrer. Et un programme de reconnaissance domestique ouvrira aux visiteurs agréés, même en ton absence ! Dont toi, si tu paumes ta clé. C'est pas génial ?

SI. Pour un peu, je l'embrasserais sur son large front. Sois béni entre tous les plombiers, Victor, tu viens de m'inspirer le moyen de couillonner une bande d'enflures gros module !

J'ose pour la première fois entrer seul dans l'atelier d'Adélie. Je m'installe face à l'ordinateur. Je me connecte au serveur qui veille dans le sous-sol du Cluzeau. J'active le micro et la webcam. Et, le regard bien en face, je commence l'enregistrement :

> Ce message est destiné au capitaine Jérôme Trente, de la DNAT. Trente, comme le chiffre.
>
> Cette captation est effectuée le mercredi 27 juillet, mais je programme son envoi pour le samedi 30, même heure.

Elle ne vous sera expédiée que si, dans les trois jours, je ne suis pas rentré sain et sauf dans ma maison, Le Cluzeau, à Amberzac.
Donc, si vous écoutez ce message, c'est que d'autres vous auront devancé et que je suis mort.

Il est possible – non, probable – que l'on va, dans les heures qui viennent, attenter à ma vie.
Au cas où cette tentative réussirait, je tiens à porter à votre connaissance des faits qui vous permettront d'appréhender mes meurtriers. Non à cause de mon assassinat, qui est le cadet de vos soucis, mais pour des crimes bien plus graves.
Vous enquêtez déjà sur ces crimes, vous y épuisez vos équipes et gaspillez l'argent du contribuable, en vain. Vous avez parfois coffré des exécutants, des hommes de main aussitôt remplacés. Le menu fretin avec lequel on vous amuse les dents et qui vous permet, devant la presse et l'opinion publique, d'avoir l'air de n'être pas tout à fait inutile. Mais les responsables vous échappent. Vous vous heurtez à leur cynisme, à leur puissance, à leur habileté et à leur bardée d'avocats. Dans vos milliers de pages de dossiers, vous n'avez pas l'ombre d'un commencement de motif pour inculper l'un de ces voyous de haut vol, même au dixième échelon. C'est dire si vous n'êtes pas prêt d'approcher le sommet.
Le sommet, il dîne avec d'autres intouchables aux salaires scandaleux, des chefs d'État et, au pire, des ministres.

Ouaip. Tout ça fait un peu grandiloquent, mais ce n'est pas tous les jours que l'on compose son testament… Et si l'on espère faire réagir des fonctionnaires, il ne faut pas hésiter à leur sortir le grand jeu.

Or ce sommet, vous allez être en mesure de le faire tomber. Et je ne parle pas de subalternes de haut niveau. Vous allez pouvoir frapper à la tête.
HEINRICH WIDMER préside le groupe hispano-helvétique IBERMEDICS. Ce qui en soi n'est pas un délit. Mais cet homme est également le dirigeant suprême de l'organisation para-

> militaire, séditieuse et interdite tant en France qu'en Espagne, le Néo-Gal.
> Heinrich Widmer est l'instigateur d'enlèvements, de tortures, d'assassinats et de disparitions. Il les ordonne et en supervise personnellement le déroulement. Ce que vous entendez n'est pas une accusation par vengeance, proférée par un individu que vous pourriez considérer comme une crapule ou un danger public.
> Je mets aujourd'hui à votre disposition LES PREUVES de l'implication de cet individu dans les crimes que j'ai cités.

Le ton est ferme. La promesse nette. L'attention captée. Je peux développer :

> Je vous indiquerai dans un instant l'endroit précis où j'ai caché ces preuves. Auparavant, laissez-moi vous exposer dans quelles conditions et pour quelles raisons j'ai été amené à les recueillir.
> Mon nom est Roy, Stéphane, Lucien. J'ai fait partie des Unités spéciales, où ma fonction était le *renseignement sur le terrain*, c'est-à-dire, au cours des actions militaires, l'obtention de tout élément concernant l'adversaire, susceptible de mener à la réalisation des objectifs, ou d'éviter les pertes. Cela par l'interrogatoire des prisonniers ou des populations résidant sur le champ d'action.
> J'ai quitté à ma demande, et avec l'accord de mes supérieurs, à la suite d'une tragédie qui a frappé ma famille.
> Vous êtes informé de tout cela, je pense. Vous avez mon dossier et mes états de service.
> Vous savez, mon capitaine, ce qu'est la parole d'un soldat. C'est avec elle que je m'adresse à vous ce soir.
> Après mon deuil, par l'intermédiaire de l'un de mes anciens camarades, aujourd'hui décédé…

Inutile de citer le nom de Manuel. Il a laissé femme et enfants.

> J'ai été recruté par une agence de sécurité, WUD, dont le directeur est ARMIN FINSTER. Il m'a chargé de protéger le secret industriel ainsi que d'effectuer la « *défense active* » de son principal client, le groupe dont WUD est l'émanation : IBERMEDICS.

Séquence 82

> Jouer les oies blanches serait stupide, et entacherait de doute l'ensemble de ma confession.
> J'étais au fait des bruits qui couraient au sujet du président Widmer et du Néo-Gal. Mais tous les personnages puissants sont l'objet de rumeurs, et cet homme était honorablement considéré par ses employés, ses pairs et les pouvoirs publics. D'autre part, je n'ai jamais eu à mener quelque opération que ce soit en rapport avec les activités politiques ou violentes de cette ligue.
> Je reconnais cependant que la demande en a été émise. J'ai refusé sans aucune compromission.

Et c'est vrai. Je ne vais pas noyer le poisson avec mes anecdotes de boulot. Cependant, j'ai en mémoire les circonstances qui m'ont confirmé l'implication de Widmer. Et appris celle de Finster. Ce qui m'a beaucoup déçu de sa part. Je ne cherche pas à tirer de gloriole de ma probité, mais je peux dire que j'ai risqué gros pour me tenir à l'écart de ces saloperies.

Armin Finster m'avait fait interrompre un travail à Belgrade et venir à Barcelone dans une villa qui lui appartenait, pour m'occuper d'un autre dossier, prioritaire. C'est seulement à mon arrivée sur place qu'il m'a communiqué le détail : l'équipe de Lobos avait intercepté un messager spécial de l'ETA, qui détenait des informations exploitables seulement par une action immédiate : les lieux de résidence momentanés de plusieurs responsables. Ces gens ne dorment au même endroit que quelques jours, puis disparaissent dans la nature. Le Néo-Gal ne disposait que d'un créneau limité pour leur tomber dessus.

Lobos avait commencé à interroger le coursier, mais Manuel ne possédait pas mes techniques, et le dossier était coriace. Il espérait résister assez longtemps pour que les adresses soient périmées.

– Il faut nous le traiter en urgence, monsieur Roy !

Je suis carrément monté au plafond ! Pour qui me prenait-on ? Je ne touchais pas à ça. Je servais une entreprise *industrielle*. Point, barre !

Finster a fait sortir tout le monde, il a essuyé ses gros carreaux et m'a fixé de ses yeux globuleux.

– Vous vous méprenez, mon cher Stéphane. Votre contrat vous oblige envers *moi* et non envers Ibermédics. Rappelez-vous l'accord sur lequel vous m'avez donné votre parole à Zürich : c'est *moi* qui vous paie, ce sont *mes* ordres que vous exécutez. Vous allez donc immédiatement vous mettre au travail et nous considérerons que cet incident n'a jamais eu lieu.

J'étais remonté à bloc. J'ai pointé mon index au centre de sa cravate et j'ai appuyé. Méchamment. Je connais un point particulièrement sensible. Quand j'ai senti qu'à travers la graisse, je l'atteignais, j'ai articulé lentement :

– Mon cher Armin, vos subtilités contractuelles, vous pouvez vous les coller au fond de votre caleçon à petits Mickey ! Oui, je travaille avec vous. Mais nous savons tous les deux qu'à Zürich, vous n'avez parlé que de votre position à l'intérieur du Cartel et des services que vous attendiez de moi à ce seul titre. Il se trouve que, hors de l'entreprise, le délassement de votre président n'est pas le golf, qu'il préfère entretenir ses brigades noires, cultiver sa nostalgie du franquisme et faire joujou à casser de l'indépendantiste… Je constate que, comme de nombreux cadres supérieurs, vous avez choisi de partager le hobby de votre patron. Lécher son cul, ça fait peut-être partie de vos fonctions. Mais n'essayez pas de détourner le travail d'un de vos employés au profit de vos distractions privées. Me suis-je bien fait comprendre ?

J'ai relâché la pression sur son plexus juste avant le stade critique, celui où le type, en général, ne contrôle plus ses sphincters. Avant de refermer calmement la porte, j'ai ajouté :

– Ah oui… *votre* argent… Si vous estimez que je n'en suis plus digne, faites-le-moi savoir assez rapidement. Il y a de la demande à l'international, et je suis le meilleur dans ma spécialité.

> Je n'ai dérogé qu'une seule fois à ma déontologie. Et uniquement parce que j'ai été abusé et contraint. Ce fut néanmoins un bien pour un mal. J'ai pu retourner ce piège contre ceux qui me l'avaient tendu. C'est à cette occasion que j'ai récolté les preuves qui vont les abattre. Il s'agit de la bavure du cirque de Calataïud, qui m'a placé dans votre collimateur, honneur dont je me serais volontiers passé.

Dommage que nous ne soyons pas dans un film. J'adore le moment où le méchant, sa bouche cruelle soulignée par une barbiche de Grand Vizir, marche de long en large et fait le récit des dessous de l'affaire. Les raconter à Trente n'ajouterait rien à mon propos. Je garde donc pour moi seul l'évocation de la période qui a suivi, et qui fut l'une des meilleures que j'aie connues.

Après ma mise au point, Lobos et consorts m'ont laissé tranquille. Finster tenait trop à moi pour me montrer rancune. Il n'aurait trouvé personne d'aussi compétent. J'ai continué à travailler avec lui, dans le cadre du Groupe. Il me souriait gentiment. Il évitait juste de s'approcher à moins d'un mètre de mon index.

Je reconnais qu'il faisait tout pour que je m'épanouisse dans cette boîte. C'est ainsi qu'il s'est aperçu du caractère prédominant, dans mon emploi du temps, des opérations d'infiltration. Bien sûr, elles me donnaient l'occasion de rencontrer des gens différents, mais le schéma était souvent identique, répétitif.

Finster savait que ma formation m'avait rendu tout aussi performant dans d'autres tâches, et si ces capacités restaient trop longtemps inemployées, le manque de pratique leur serait néfaste : je m'ennuierais, je perdrais la main et de la valeur pour l'entreprise. C'était un bon gestionnaire du « capital humain ». Il m'a donc confié des tâches plus variées, et plus délicates : la collecte directe des renseignements auprès des personnes. Il a suggéré que je pourrais fort bien travailler chez moi, si je m'y sentais plus au calme, plus détendu. Il me faisait confiance. Les dossiers n'en seraient que mieux traités.

C'était bien vu. Je retrouvais mon métier de base et ma maison, dont je me languissais.

Le Cluzeau est idéalement situé, le sous-sol donnant sur la falaise offre une isolation phonique parfaite. Je me suis laissé dire que ce lieu a d'ailleurs, dans des périodes troublées, été utilisé en toute quiétude pour des activités proches des miennes, nécessitant tranquillité et sécurité.

Ce fut un temps très agréable. Entre deux séances de travail, je pouvais bricoler et reprendre l'agencement de la grange, que je comptais transformer en pièce d'agrément et en salle de musique. Je sortais peu de chez moi, la nuit surtout pour aller chercher ou rapporter mes dossiers sans attirer l'attention. Je m'approvisionnais à Amberzac, au marché du mercredi. Je prenais un verre avec les villageois avant de rentrer. À leurs yeux, j'étais toujours le marginal devenu bizarre après son deuil et retiré en sauvage. Ils ne se posaient pas de questions sur mes sources de revenus. Je conservais un train de vie d'ermite, parfaitement compatible avec la modeste pension qui m'était servie grâce à la bienveillance de mes anciens chefs.

Ce que je gagnais au WUD était économisé sur des comptes à l'étranger. Je voyais arriver le moment où je pourrais tirer ma révérence et passer le reste de mes jours à sculpter, jouer du blues avec des copains ou rêvasser. J'en ai loyalement averti ma direction, pour qu'elle ait le temps de prévoir ma relève, en précisant que j'étais même disposé à former un remplaçant.

C'est là qu'est arrivé le mail : « *Intervention particulière. Briefing personnel indispensable. Barcelone.* »

> Ce courriel était expédié par Armin Finster. Vous en trouverez la copie et le traçage authentifiant son origine avec les documents que je vous destine.
>
> « Intervention particulière à *Barcelone.* » Cette ville restait reliée à mon seul désaccord avec mon employeur. Souvenir éminemment déplaisant.
>
> « Briefing personnel »... Cette nouvelle demande, à la veille de mon retrait, se teintait d'une tonalité toute spéciale, qui a éveillé ma méfiance. Je me suis donc, à toutes fins utiles, muni d'un

enregistreur numérique que l'entreprise m'avait fourni. Grand bien m'en a pris...

Jihem m'avait refilé l'adresse d'un bricoleur, en Tchéquie. Un maniaque de la miniaturisation. De passage dans le pays, j'avais visité son atelier et admiré ses bidouillages. N'importe quel objet de la vie courante pouvait devenir, au choix, une bombe à fragmentation ou un studio de télévision.

J'avais opté pour un Zippo contenant une caméra munie d'une optique grand angle qui autorisait la prise de vue en pied d'un interlocuteur sans avoir à cadrer. Un capteur haute définition donnant autant de pixels qu'un excellent camescope, une heure d'enregistrement sur carte mémoire. Il tenait dans la poche à briquet de mon jean. Un trou minuscule dans la toile dégageait l'objectif et le micro. Pas besoin d'y toucher. Il se déclenchait à la voix.

À l'entrée des immeubles du Groupe, il fallait passer les portails de détection, mais je savais la villa de Barcelone dépourvue de ce dispositif. Collaborateur respecté du directeur de la sécurité, je n'étais jamais fouillé à corps. Si cela se produisait par exception, et que l'on remarque l'enregistreur, je pourrais arguer qu'il s'agissait d'un instrument de travail prévu dans l'éventualité d'une prestation sur place.
Dès que je suis arrivé, j'ai senti que j'avais raison de prendre des précautions.

Il n'y a pas eu de fouille. La villa bourdonnait comme une ruche. Des gars entraient et sortaient sans cesse.

Dans le salon du bas m'attendaient Finster, Armendariz, Kübler, Pernetty, Desmond, tout le staff de direction. Vous disposerez de leur image, de leurs paroles et d'une fiche informatique complète sur chacun.

Lobos était avec eux. L'opération qui se préparait était placée sous son commandement. Mais j'ai effacé sa notice. À voir la tronche gênée de Manuel, je lui ai conseillé de me déballer le topo sans tortiller : ça nous éviterait de nous fâcher. Je n'ai pas eu à le prier beaucoup. Il était assez fier de ce qu'il avait mis en place et il voulait vraiment ma collaboration.

> Des indépendantistes bretons plutôt bidon avaient réussi, malgré leur côté amateur, à s'emparer d'armes et d'explosifs dans l'arsenal d'une gendarmerie. Toute la presse en avait fait des gorges chaudes. Le ministre de l'Intérieur venait de se vanter, à la télé, de sa poigne de fer. Dans un communiqué rageur, son cabinet clamait qu'on ne laisserait pas courir les auteurs d'une telle menace à l'ordre républicain.
> Résultat, les gros malins bretons ne savaient plus trop que faire d'une marchandise brûlante. Ils allaient se voir forcés de la détruire ou de l'abandonner honteusement dans une carrière.

Lobos a réagi en bon tacticien. Il avait noyauté une section de l'ETA. Il s'est arrangé pour la mettre en contact avec les Bretons et elle leur a proposé le rachat du boum-boum.

Aux Bretons, il a fait souffler par un autre canal qu'ils pouvaient finalement transformer leur coup foireux en une bonne aubaine : pour faire monter les prix, il suffisait de laisser entendre qu'une offre fraternelle et confortable venait d'être émise par… des Corses ! Si les Basques voulaient l'affaire, elle était à saisir sous quarante-huit heures.

> Le raisonnement était le suivant : plus les fonds seraient importants et court le délai pour les réunir, plus l'ETA serait amenée à battre le rappel et faire sortir du bois un ou plusieurs de ses « banquiers » occultes. Gibier de choix pour le Néo-Gal.
> C'est là qu'entre en scène un homme auquel vous vous intéressez de près, capitaine : Julien Abestéguy.
> Lorsqu'il s'est avéré que les Basques sollicitaient sa contribution, l'affaire est devenue prioritaire : l'homme était déjà un adversaire de Widmer, qui voulait sa peau. Un contentieux sensible existait entre eux depuis l'OPA manquée sur Spéciméto. Et le Président est très mauvais perdant.

Finster restait en retrait, laissant stratégiquement à Lobos le soin de m'informer. Il devait user ses verres de loupe à force de les polir dans son mouchoir. Il s'est enfin décidé à se mouiller :

– Notre président n'ignore rien des propos… assez cavaliers que vous avez tenus en qualifiant de « distractions » la mission civique qu'il s'est fixée dans son combat contre le terrorisme. Sachez qu'il vous tient cependant en haute estime pour votre travail qualifié et sérieux. C'est lui qui a demandé expressément que vous soyez intégré à ce projet.

J'ai déplié mon index. Le crapaud myope s'est levé en renversant sa chaise.

– J'espère, Finster, que votre tailleur prévoit deux pantalons à vos costumes. Parce que, si vous insistez, je crains que vous n'ayez cette fois à éponger quelques dégâts…

– Mais, le Président…

– Foutaises ! C'est *vous* qui voulez m'avoir sur ce coup !

– Je vous assure qu'il…

– Je le croirai quand il me le dira lui-même. Salut.

C'était à pile ou face.

Je sortais déjà. J'ai entendu Finster se dégonfler comme un pneu percé.

– Venez avec moi.

Pile !

En gardant une distance de sécurité, la baudruche sur pattes m'a contourné et fait signe de l'accompagner dans le grand escalier, puis dans le couloir du premier étage, jusqu'à la porte de son bureau. Il a frappé un coup, puis deux.

Et il m'a laissé entrer seul.

Le président Widmer contemplait le jardin, les bougainvillées en délire sous le ciel d'Espagne. Il a refermé la baie avant de me faire face. J'ai compris pourquoi tant de gens le redoutaient : chauve, lisse, un granit poli sur lequel on n'a aucune prise. Il s'est installé sur une chaise, en toute simplicité, et m'a désigné un fauteuil voisin.

– Mieux vaut que nous soyons… assez proches. Il est parfois… malaisé d'entendre ma voix…

Un chuchotement, un accent d'outre-Sarine arrondi par l'usage et ponctué d'hésitations inattendues. Comme si, par déférence envers son interlocuteur, il cherchait le mot le mieux approprié. Son vocabulaire était pourtant taillé au rasoir.

– Roy, je respecterai votre détermination à ne pas intervenir dans nos activités… d'*assainissement politique.* J'ai pu suivre d'ici votre entretien avec cet excellent Armin, dont la… diplomatie, j'en conviens, montre quelques lacunes. Puisque vous avez l'obligeance d'accorder plus de crédit à mes paroles qu'aux siennes, permettez-moi d'essayer à mon tour de vous convaincre. À la fin du printemps, cet… individu, Abestéguy, a disposé de manière soudaine et occulte d'importants capitaux dont nous n'avons pas pu déterminer la provenance. Il s'en est servi pour porter atteinte à… l'expansion de notre groupe. Et cela par une manœuvre déloyale de dernière minute. C'est absolument contraire à l'éthique commerciale. Nous dirons que, si cette même… manne sert aujourd'hui à approvisionner ses amis activistes, la confusion des genres doit lui être imputée, et non à nous.

– Monsieur, je n'ai pas l'intention…

– Ttt, ttt, ttt… Jamais de phrase négative dans une conversation amicale, Roy ! Cela peut indisposer votre interlocuteur. Et je suis persuadé que votre… éducation vous dicte de *ne pas* m'indisposer, n'est-ce pas ? J'ai fait de la mise hors circuit d'Abestéguy une affaire personnelle. Vous allez donc prendre en charge ce « dossier ». Je désire connaître la source exacte de sa… prospérité subite. Pour ménager votre éthique, nous considérerons qu'il vous sera livré dans le cadre de nos… recherches de renseignements financiers. Ce qui entre dans vos fonctions habituelles. La façon plus… engagée dont le reste de notre staff se sera préalablement… procuré ledit dossier ne vous concerne pas. Et je veux que vous me l'ameniez lorsqu'il sera prêt. Je compte assister à son… traitement. Nous sommes d'accord ? Parfait. C'est une joie réelle pour moi de vous savoir dans l'équipe.

Mon « éducation » me conseillait en effet impérativement de ne pas contrarier cet homme terriblement bien élevé, si je voulais ressortir de la villa.

– Encore ceci, Roy. Votre désir de vous retirer dans un proche avenir m'a été rapporté. Je n'ai nulle envie de perdre un élément de votre valeur. Cependant, je vous comprends. Et je vous envie, moi qui suis, malgré mon âge, encore… incapable d'une telle sagesse. Après cette opération, je vous appuierai personnellement dans votre démarche de… mise au vert. Et sachez que, pour vous la rendre confortable, ni l'entreprise ni moi n'oublierons votre dévouement.

Que répondre à tant de sollicitude, sinon : « Je vous remercie, monsieur » ?

> Un « dossier »... C'est ainsi qu'il était convenu de désigner les personnes à interroger. Sur la carte mémoire, vous trouverez l'enregistrement intégral des ordres donnés par Widmer.
> Je vais maintenant vous exposer comment j'ai... comment est mort Julien Abestéguy.

Séquence 83

Ensuite, tout est allé très vite. Et de travers.

C'est la première fois que j'en fais le récit exact. Dans la version originale pour la Mangouste, je me suis tenu aussi près que possible de la vérité. Je ne pouvais quand même pas tout lui raconter.

> Voici ce qui était prévu : Julien Abestéguy viendrait de Belgique ou de Paris pour apporter l'argent en liquide. L'embuscade avait pour but de s'emparer de lui. Bénéfice secondaire : liquider tous les activistes présents.
>
> Les futurs enquêteurs, eux, ne verraient que le carnage entre factions armées. L'enlèvement d'un industriel belge qui n'était pas censé se trouver là passerait inaperçu.
>
> Quant à moi, je ne devais pas être mêlé à l'engagement. J'attendrais à l'arrière. Le dossier devait m'être remis en parfait état.
>
> Il ne fallait pas le manquer. Ses amis de l'ETA lui avaient assuré que cette participation serait la dernière qu'ils lui demanderaient. Ensuite, on lui ficherait la paix. Curieuse similitude entre sa situation et la mienne.

Les Basques noyautés par les agents de Lobos avaient fixé rendez-vous aux Bretons en fin de journée, dans le cirque de Calataïud. Bien avant leur arrivée, Manuel avait déjà posté ses hommes du Néo-Gal dans les hauteurs, sur le versant sud, d'où ils auraient la meilleure vue.

Le dessus du panier des commandos : ils étaient enterrés à cinquante centimètres dans le gravier de la montagne, avec un tube pour respirer à la surface, et un pour aspirer l'eau de leur gourde. Même si des éclaireurs ETA ou bretons étaient envoyés pour sécuriser le site, ils pourraient s'asseoir sur le ventre d'un embusqué sans soupçonner sa présence.

L'idée était d'attendre la jonction des deux groupes indépendantistes. Plus précisément, le moment de la transaction, car, malgré la fraternelle confiance entre combattants du peuple, les Bretons tiendraient la cargaison cachée jusqu'au dernier moment et les Basques prendraient la même précaution avec l'argent.

Le protocole, réduit au plus simple, prévoyait que l'échange se déroulerait sur un endroit dégagé. Les militants des deux bords laisseraient leurs moyens de transport à la périphérie du cirque. Ils approcheraient à pied, se réuniraient au centre pour la poignée de main rituelle.

Sur un signal, un certain Loïc, dit « Le Barde », arriverait seul au volant de la camionnette contenant la marchandise, en roue libre, à petite vitesse, portières arrières ouvertes. Synchrone, la voiture du « caissier », couvercle du coffre levé, viendrait se ranger au nez à nez.

Les deux parties auraient amené des experts pour contrôler d'un côté les explosifs, de l'autre l'argent. Les conducteurs devaient rester à bord, en laissant tourner le moteur.

Si tout s'avérait conforme aux attentes, ils recevraient l'ordre de quitter leur siège pour échanger leurs véhicules.

Ils n'en auraient pas le temps : à cet instant, Lobos et ses commandos surgiraient de sous la terre.

Ils avaient pour consigne de déclencher un feu nourri, immédiatement meurtrier, sur les hommes des deux parties, sans distinction, afin de les abattre ou de les disperser. Un tireur d'élite logerait des projectiles blindés dans les pneus et les blocs-moteurs des deux véhicules pour les clouer sur place. Un second arroserait à un mètre autour d'eux, en continu, pour les isoler. Le terrain nettoyé, une unité rapide de huit hommes

investirait l'esplanade. Deux pour abattre le chauffeur de la fourgonnette, les autres pour s'emparer d'Abestéguy. Sur son siège, on assoirait le cadavre de l'un des membres de l'escorte. Un dispositif de mise à feu retardée serait posé sur les explosifs. La déflagration détruirait tout sur un rayon de vingt-cinq mètres au moins.
La totalité de l'engagement ne devait pas excéder sept minutes. Dans le métal fondu, on retrouverait les débris de deux corps. Deux morts, deux véhicules. L'enlèvement du « banquier de l'ETA » pourrait rester ignoré des autorités pendant un délai appréciable.

Largement le temps pour moi de mener à bien ma tâche.

J'attendrais aux limites du cirque. Dès qu'ils se seraient assurés du « dossier », les hommes du commando viendraient le déposer, immobilisé et bâillonné, au fond de ma camionnette. Je lui administrerais l'indispensable injection de barbituriques.
Comme à l'habitude, je le rangerais dans le casier dissimulé sous une pile de cageots d'oignons.

En cas de contrôle, les oignons masquent l'odeur de la peur et des déjections.

Le cirque de Calataïud était trop loin d'Amberzac pour que je rentre travailler chez moi. Il n'était pas question non plus de prendre le risque d'un passage de frontière pour retourner chez Finster, à Barcelone.

Ibermédics avait mis à ma disposition une villa à Ascain, près de Saint-Jean-de-Luz. J'y étais déjà passé. Elle avait appartenu au directeur d'une unité de production d'antidépresseurs et d'antispasmodiques du groupe, implantée dans les environs. Ce col-blanc avait détourné à son profit une partie de la caisse noire de l'usine. En l'absence de preuves formelles, il persistait à nier. Jusqu'à ma visite.
Maintenant, la maison était inhabitée. Elle était confortable et pourvue d'une cave. Mais, pour traiter un cas aussi sensible, cet endroit ne valait pas Le Cluzeau. D'une part, je ne disposais pas de mon outillage complet. Je n'étais muni que de ma

trousse de voyage, qui contient seulement les instruments de base... Il est vrai que je les utilise rarement : leur seule vue suffit, en général, à rendre le dialogue possible.
Mais surtout, après m'avoir rencontré, le Président avait confirmé qu'il trouverait grand intérêt, « si cela ne me dérangeait pas », à assister à ma prestation. J'étais donc légèrement tendu. Tous ceux qui ont eu l'occasion de travailler devant leur grand patron me comprendront.
Tout semblait cependant parfaitement programmé.

J'étais décidé à ne pas transgresser mes principes. Je ferais mon travail, et rien de plus : je prends livraison des dossiers, je fais le strict nécessaire pour qu'ils sortent ce qu'ils ont à nous apprendre, et je les restitue à ceux qui me les ont confiés. Je les rends vivants, toujours.

Adélie, si je pouvais te dire tout ça ! Je ne suis pas un tueur, petite belle. Tu dois me croire !

De toute façon, pour Julien, rien ne s'est déroulé selon mes plans.

Les premiers coups de feu ont éclaté bien plus tôt que prévu. Les Basques et les Bretons, arrivés à pied sur l'esplanade, en étaient encore à la poignée de main qu'ils ont écopé une salve. Et qui ne venait pas des commandos du Néo-Gal !
Des intervenants non prévus aux réjouissances ont commencé à les mitrailler !

Nous n'avions aucune idée de ce qui se passait. Les détonations provenaient du versant nord, alors que Manuel et ses hommes étaient embusqués au sud !

La panique : chacun a cru qu'il n'avait pas entendu l'ordre de feu et que le bal débutait sans lui. Les commandos ont jailli de leurs trous et ont commencé à tirer aussi.
L'autre surprise a été que, malgré les conventions de leur protocole, les groupes indépendantistes, « venus en amis », avaient tous deux planqué des armes sous les treillis ! Ils ont eu quelques secondes de flottement. Ils se demandaient s'ils devaient se canarder mutuellement à bout portant. Et puis ils

ont vu que des hommes des deux camps tombaient. Ils se sont alliés, dos à dos, et ils ont commencé à riposter ensemble, à 360 degrés, vers les hauteurs.

Le pot aux roses, nous ne l'avons découvert qu'après. Pendant que le Néo-Gal noyautait les Basques, la DNAT en faisait autant au sein du groupe breton. Sa taupe, basée à Guingamp, n'avait eu connaissance du lieu de rendez-vous que dans l'après-midi. Réaction immédiate du ministère de l'Intérieur : coincez-les tous en flagrant délit !

Une intervention avait été improvisée sans reconnaissance préalable et la brigade débarquait façon cow-boy, mais avec une bonne soixantaine d'hommes et un armement capable de hacher menu un Ben Laden dans son trou de souris.

Si Lobos avait su qu'il tombait sur une intervention de la DNAT, il aurait donné l'ordre de repli. Mais, sur l'instant, il a cru à un coup fourré entre factions activistes rivales.

Comme les hostilités avaient commencé avant le moment de la transaction, la fourgonnette des explosifs et la voiture avec l'argent et le banquier n'étaient pas parvenues sur l'esplanade. Elles demeuraient encore en retrait, derrière des taillis.

Manuel a donc dévalé la pente, courbé en deux, suivi par trois de ses gars, pour repérer leur véritable objectif : Abestéguy.

On nous avait montré à tous son portrait, mais entre une photo souriante et un type aplati le nez dans le sable ou recroquevillé derrière les sièges d'une bagnole, au milieu de cette poussière, il pouvait y avoir une légère différence. D'ailleurs, dans ce foutoir, il était peut-être déjà farci au plomb…

Bon sang… Ce n'est pas facile de permettre à ces images de revenir !

Même dans ma position reculée, j'entendais le bourdonnement des frelons faiseurs de veuves, leur miaulement agacé au rebond sur la caillasse et les *ploc-ploc* de leurs impacts dans les troncs.

Et puis j'ai vu distinctement deux projectiles arriver sur Lobos. Il portait pourtant un gilet blindé, mais un dégueulasse, quelque part en face, avait chargé sa sarbacane avec des balles chemisées. Des munitions de combat rapproché normales, en alliage semi-tendre, auraient envoyé l'Espagnol planer dans le décor trois mètres en arrière. Largement suffisant pour le stopper et le mettre hors d'état. Là, c'était de la bastos pourrave, destinée à tout ravager en traversant et garder assez d'énergie pour faire encore des dégâts derrière. Des ogives perforantes peuvent se frayer un passage dans une Range Rover, depuis la calandre jusqu'au panneau arrière, y compris le moteur et les passagers.

Deux trous sont apparus dans le treillis du manchot. Un du côté du foie, l'autre dans le bras, accompagnés d'un bref jaillissement de matière, vêtements et chairs mêlés.

Il a compris. Il est resté debout une seconde, une seconde et demie. J'ai eu l'impression qu'il tournait la tête dans ma direction. Illusion, sûrement. J'étais trop loin de lui.

Il s'est couché en avant, on aurait dit qu'il fondait sur place : les chevilles ont plié, puis les genoux, les hanches. Ses trois hommes sont retournés vers lui. Allongé sur le ventre, il leur a crié quelques mots. Ils se sont arrêtés à mi-chemin et ils sont repartis. Soit il leur avait ordonné de s'abriter derrière des rochers, soit de continuer à chercher le banquier.

Il est resté à faire le ver de terre. Ramper, quand on n'a plus que ses jambes et en pissant le rouge par deux trous, ce n'est pas évident. De la pente, un tireur s'acharnait sur lui, probablement avec un M16 et une lunette. Les impacts dans le gravier se sont rapprochés. Il y en a eu un dans la cuisse. Lobos a tressauté. Une grenouille de laboratoire sous électrodes.

Je pouvais presque entendre l'autre salaud, là-haut, jubiler « *Yessss !* » en crispant le poing, genre candidat gagnant dans un jeu télé.

J'y suis allé.

Abandon de poste. J'étais censé attendre, préservé du risque, pour pouvoir repartir à coup sûr avec le dossier. Tant pis. Je ne pouvais pas laisser Manuel se faire crever comme une boîte de conserve par un petit con planqué à deux cents mètres.

J'étais plus éloigné de l'esplanade que je ne l'aurais cru. Pour rester à couvert, je comptais sur une étendue de taillis. En fait, je n'en avais vu que le sommet. Les arbustes poussaient dans un ravin. J'ai dû m'y enfoncer. C'était des épineux enchevêtrés. Il aurait fallu une machette pour progresser là-dedans.
J'ai été étonné. D'un coup, la broussaille s'est éclaircie et je me suis trouvé dans une sorte de tunnel, sous la végétation.
Trois voitures étaient dissimulées là. Plus loin, une fourgonnette. Son pare-brise était étoilé et le corps du conducteur, crâne éclaté, sortait à demi par la portière. Les carrosseries étaient percées. Les étincelles d'un court-circuit crépitaient sous un capot.
J'ai tout de suite pensé aux Bretons. Et aux explosifs.
J'ai commencé à m'éloigner aussi vite que le permettaient les fourrés. Derrière moi, l'un des véhicules s'est enflammé. J'avais le choix entre un feu d'artifice dans ce creux et le casse-pipes sur l'esplanade. J'ai préféré grimper.
La pente était friable, je montais de trois mètres, je redescendais de deux. Le souffle m'a soulevé juste au moment où j'atteignais le replat. J'ai été redressé, couché, roulé.
Je n'ai entendu le bruit qu'après. Je roulais toujours.
L'explosion avait envoyé en l'air le fond et les parois du ravin, les arbres. Et tout retombait.

J'étais étendu sur le dos. J'ai vu descendre une masse, qui m'a recouvert. Ni un tronc, ni un rocher : un homme.

Il n'avait pas été projeté : il s'était lancé sur moi. « *Bouge pas !* ».

Mes oreilles étaient sonnées. J'ai perçu, plutôt qu'entendu, le grognement dans la poitrine du type. Il venait de morfler, mais il continuait à me couvrir. Il a tenu la position jusqu'à ce que les derniers matériaux soient retombés.
Il a basculé sur le côté, il grimaçait. Malgré la déformation de son visage et ses cheveux hirsutes, je l'ai reconnu instantanément.
Abestéguy.

Il venait de risquer sa vie pour me protéger, sans même savoir qui j'étais.

Nous étions couchés sur une route de terre battue, pour l'instant relativement peu touchée par les tirs, qui pénétrait dans le cirque par une passe encaissée. J'ai choisi mes mots :

– Je te remercie, ami. C'est fou ce qui se passe. C'est trop. Ça ressemble à un traquenard. À mon avis, ils en ont après quelqu'un de précis.

Ma suggestion a fait rapidement son chemin :

– J'ai été trop effrayé pour penser clairement. Mais maintenant que tu le dis, c'est fort possible. Il faut que je parte. Ma voiture est à deux cents mètres, si je ne me trompe pas.

Il montrait la route, dans la direction opposée au combat.

– Tu viens avec moi ?

– Je crois que je ne peux pas faire autrement. Tu as vu ta guibole ?

> Son pantalon était mâchuré et ce que l'on apercevait dessous ne valait guère mieux.
>
> Je me suis penché pour évaluer la blessure : une chute de débris ou une rafale avait projeté une gerbe de silex. Il en gardait des éclats, plantés sur près de trente centimètres. C'était peu profond, mais handicapant.
>
> J'ai aidé mon bonhomme à se lever. Il a passé un bras autour de mes épaules, je l'ai tenu par la taille et, clopin-clopant, courbés en deux et rasant la paroi de la passe, nous avons cherché sa voiture.

– La voilà !

Elle était vaguement masquée par des buissons, en retrait de la route.

– Je n'aurais pas dû m'en éloigner. Mais j'ai voulu savoir ce qui se passait. Après, je suis resté, au cas où je pourrais aider quelqu'un.

– Moi, je trouve que t'as bien fait, tu vois !

Il s'est glissé à la place du passager et m'a passé les clés. J'ai attendu que nous soyons bien éloignés pour allumer les phares et pour souffler. Et lui a attendu que j'aie fini de souffler pour demander :

– Au fait, t'es qui ?

On sauve d'abord, on fait les présentations après. Sacré gaillard.

J'aurais aussi bien pu être un flic. J'ai cité d'abord, comme référence, un nom que j'avais entendu au briefing :

– J'accompagnais Loïc, le Barde. Je suis Stéphane. Steph.

– Va pour Steph. Moi, c'est Julien. C'est vraiment mon prénom.

> Ce fut ainsi tout au long de notre relation. Il questionnait peu, se contentait de ce que je lui disais. Si c'était vrai, tant mieux. Sinon, il admettait que ce soit la meilleure réponse que je puisse lui donner.
> J'ai tout de suite aimé ce type.
> J'ai décidé que je ne l'amènerais pas au Président.

Séquence 84

Adélie, Mangoustine, je te jure que c'est vrai ! Si tu pouvais entendre ça ! Comme tout deviendrait simple.

> Un hasard insensé m'avait fait trouver mon « dossier ». J'aurais dû le conduire vers la villa préparée à son intention. Je savais ce qui l'attendait. Même si je refusais à Widmer de faire plus que le strict nécessaire à obtenir les renseignements, il attendrait que j'aie terminé et me demanderait poliment de me retirer. Ensuite...

Non. Je ne laisserais pas faire ça. Je sentais à côté de moi une personne, une vraie personne, quelqu'un qui ne méritait pas de finir humilié par le Président, dans la banlieue d'Ascain, au fond de la cave d'une villa déserte ayant appartenu à un cadre malhonnête.

> Une chance. Julien voyait en moi quelqu'un de son bord. Dès nos premiers échanges, nous avons trouvé un point commun : nous n'étions pas des activistes, nous étions tombés dans ce piège en rendant service à des amis.
> Je sais obtenir la confiance des gens. C'est mon métier. Si nous restions assez longtemps ensemble, je parviendrais peut-être à obtenir les éléments de base. Ensuite, je le convaincrais de me livrer le reste en échange de sa liberté.

Je sais, petite belle. C'était une idée irréaliste. Et aussi un défi au Cartel. Mais pour Julien, j'étais prêt à ce risque.

Je dirais à Finster et à sa clique : « Vous vouliez ces renseignements ? Vous les avez. Je ne vous dois rien de plus. La vie de Julien Abestéguy, ce sera ma prime de départ. Et désolé de priver le Président de son jouet. »

Sur une minuscule carte mémoire, j'avais de quoi dissuader ces messieurs de songer aux moindres représailles.

Oui, c'est ce que je leur dirais ! Si toutefois Julien voulait bien me *donner* les informations.

Notre route, notre nuit se sont déroulées comme je te l'ai raconté, Adélie. Les axes secondaires en direction du nord. Les kilomètres, l'inquiétude, les supputations sur le traquenard. Le courant qui passe bien entre nous.

Un début de confidences, qui entretient mon espoir de réussir à procéder en douceur. Julien, grillé partout, dispose pourtant, quelque part, « de quoi devenir un autre, un autre qui ne manquera de rien ». C'est cela que veut Widmer.

Qu'il parle, au nom du Ciel ! Qu'il en dise plus !

La souffrance de mon compagnon, son courage. Ses premiers halètements, qu'il calme à la Ventoline. Il s'excuse. Ce n'est rien, ça le prend quand il est stressé. L'état de sa jambe qui s'aggrave.

Quand il se sent vraiment mal, ses appels téléphoniques répétés à quelqu'un qui ne répond pas.

Le message qu'il se résout à dicter au répondeur de cette Mangouste, à qui il veut laisser quelque chose d'important.

Il faut que je sache ! Parle-moi, Julien, bon sang !

Mais un Julien Abestéguy ne se livre pas à cause d'une jambe qui lui fait souffrir le martyre. Je lui propose de l'emmener chez moi. Qu'il se repose, qu'il se soigne. Nous arrivons au Cluzeau vers quatre heures du matin.

> J'allonge Julien, je lui fais absorber un calmant que j'utilise souvent. Un mélange qui rend le corps tout mou, mais qui laisse l'esprit clair.
>
> Il ne pourra pas bouger inconsidérément, mais je sais qu'il m'entend et qu'il peut me répondre. Le verbe sera un peu pâteux, mais mon oreille est habituée à déchiffrer.
>
> Alors, en nettoyant doucement sa jambe, je lui explique tout. Pourquoi il est là, ce que le Cartel veut savoir. Je lui fais part de

mon idée : qu'il me donne les renseignements, et je me charge de Widmer.

– Je te jure, Julien. C'est pas un piège ! T'as bousillé ta jambe pour moi ! Je te dois au moins ça en retour !

Il va bien sentir que je suis sincère !

Il ouvre la bouche, j'écoute. J'entends :

– J'espère que tu plaisantes, Steph… Ou alors, t'es très con. Tu crois que Widmer…

– Widmer, je le tiens par les burnes ! Tu sais ce que c'est, ça ?

Je lui montre la carte mémoire et je lui dis ce qui est enregistré dessus. Je crois bien qu'il essaie de sourire, du coin des lèvres.

– C'est ce que je craignais : t'es con.

Il détourne la tête.

Je le prends dans mes bras et je le porte au sous-sol. Je le pose assis au pied de la voûte, mon blouson derrière la nuque, pendant que je vais chercher le fauteuil de métal, la table roulante et les instruments en inox.

– Je blague pas, Julien. C'est ça, mon boulot ! Voilà mes outils ! J'ai même une glace pour que les gens puissent se voir pendant que… Merde ! C'est ça que Widmer et les autres attendent que je fasse avec toi ! Tu n'es qu'un « dossier » pour eux ! Épargne-moi ça, Julien ! Je t'en supplie !

Il me regarde drôlement et il se met à aspirer comme un poisson à la surface du bocal. Il aspire, il aspire, ses mâchoires s'écartent à se déboîter, mais on dirait que l'air ne parvient pas jusqu'à ses poumons.

Je me précipite à genoux près de lui, je le secoue, je lui donne des claques, je desserre son col.

– Déconne pas, Julien ! Je me servirai pas de tout ce fourbi ! C'était pour que tu comprennes ! On va s'arranger ! On va trouver une solution !

Ses yeux commencent à gonfler, sa langue à bleuir. Je le redresse contre le mur et je remonte en courant vers le garage en gueulant tous les jurons que je peux connaître.

Sa Ventoline ! Dans son vieux cartable de cuir, seulement deux enveloppes. Je vide la boîte à gants, je fouille les vide-poches des portières, pas de flacon ! Je finis par le trouver sous un siège. Je secoue : vide. Il en reste peut-être une goulée. Je redescends.

Julien est mort.

Ça vient d'arriver. Il a glissé au sol. Il est encore tendu comme un arc. Visage presque noir. Des vaisseaux éclatés sur les globes oculaires.

> Julien Abestéguy est bien décédé chez moi, des suites d'une insuffisance respiratoire et de l'affaiblissement causé par sa blessure à la jambe.

J'ai remis dans le cellier le fauteuil, la table et mes instruments. Effondré.

Julien avait raison : je suis un con.

Je suis monté prendre une douche rapide, manger un peu, boire du café. Un plan qui n'en était pas un, une vague idée d'action, commençait à prendre forme.

> J'ai placé le corps du défunt dans sa voiture et j'ai simulé un accident. J'ai envoyé un SMS à Finster : « Trouvé dossier en trop mauvais état. Nombreux bugs. S'est effacé avant traitement. Essaie de récupérer les données par autre programme. »
> Cela signifiait reprendre l'enquête par une voie différente, infiltrer l'entourage, l'entreprise s'il le fallait. Le Président réclamerait ma peau et mettrait d'autres agents sur l'affaire, mais si j'obtenais les renseignements avant eux, j'avais encore une chance de m'en tirer.

Je regardais les deux enveloppes sur la table de la cuisine. Tout ce dont je disposais, c'était cet argent et le dernier numéro appelé. Une certaine Mangouste. À Paris.

> J'avais joué juste. M. Finster a apprécié mon opiniâtreté à finir le travail commencé. Force lui était de constater que la stratégie adoptée par le Cartel avait été tenue en échec.
> Abestéguy s'était montré si habile dans le verrouillage de l'accès à ses fonds secrets, que la piste pouvait disparaître avec lui.

Me permettre de jouer les francs-tireurs et d'utiliser mes méthodes valait la peine d'être tenté.

Finster m'a couvert. Il a demandé au Président de mettre son ressentiment dans sa poche et de me laisser la bride sur le cou. Pour un temps.

J'ai pris contact avec mon responsable au Labo – la succursale de WUD de Marly-le-Roy –, Jean Gauthier.
Pendant que je sautais dans le train pour Paris, nos services établissaient le maximum de données autour du numéro de téléphone parisien.

L'épisode de mon passage dans l'hôtel des routards ? Il n'a jamais eu lieu, Adélie…
Le « kilomètre Zéro »… Pas mal trouvé, non ? Le gérant Gérard, son collier de barbe et ses dents de lapin, le décor piteux, les basketteurs hollandais et le Minitel pour trouver ton adresse… Ils sont nés de mon imagination.
Mais je ne suis pas un menteur, juste un tricheur. Et tricher en disant la vérité, c'est coton ! J'ai été forcé d'improviser quand je t'ai révélé que j'avais simulé l'accident. Ton intelligence pointue se tenait aux aguets de la moindre faille. Il me fallait justifier le trou de quatre heures entre la mise en scène au Creux d'Enfer et mon arrivée à la gare…

Le Labo mettait aussi en place un dispositif, classique mais toujours efficace, pour me faciliter un rapprochement rapide avec la nièce d'Abestéguy.

Le soir même, à notre arrivée dans l'appartement, les deux « cambrioleurs » étaient à leur poste et la scène du coup de couteau s'est déroulée comme à l'entraînement. J'entrais dans la place.
Je n'avais pas prévu qu'il pouvait exister une fille comme Adélie la Mangouste.

Voilà, mon capitaine, ce qu'il était utile que vous sachiez.

La suite ne concerne que mes relations avec Mlle Cartwright, et une enquête portant sur ses intérêts privés, que j'ai menée avec elle.

Que me reste-t-il à vous dire ?

La carte mémoire contenant les preuves de la culpabilité des cadres d'Ibermédics et de leur président, ainsi que tous documents annexes, a été immergée, la nuit du décès d'Abestéguy, dans un container étanche bien lesté, que j'ai laissé couler au fond du bassin sous la voûte du Cluzeau.

Prenez-en soin. Ce sont des originaux.

Je vais maintenant exécuter les derniers ordres du président Widmer, transmis cet après-midi même, de vive voix, par Armin Finster.

Il m'a affirmé que vous êtes sur le point d'établir ma participation aux événements décrits ci-avant. Ce ne serait qu'une question de jours, voire d'heures. Afin de me soustraire à vos limiers, ma direction souhaite me voir franchir au plus vite quelques frontières.

La mission qui m'a été confiée se solde par un échec et n'a plus motif d'être poursuivie. J'ai donc reçu pour consigne de la clôturer sans délai.

Je crains que ce ne soit qu'un leurre : pour rendre impossible tout lien entre moi et le Cartel, il pourrait avoir déjà été décidé de m'éliminer dès que j'en aurai fini, tout comme l'ont été mes correspondants, Jean-Marc Nodier, dit Jihem, et Jean Gauthier. D'où le présent message « à retardement ».

Je vais néanmoins accorder à mes employeurs le bénéfice de la bonne foi et tenter ma chance de sauver ma peau en leur donnant ce qu'ils veulent.

La mise hors circuit de la seule personne susceptible de témoigner contre nous, et qui pourrait aussi faire obstacle à la prise de contrôle par Widmer de Spécimeto.

Mlle Adélie Cartwright.

Ah ! Encore un truc ! Jérôme, fais-moi plaisir. Quand tu te présentes, tâche de perdre cette sale habitude, que tu avais déjà à ton entrée dans les Services et qui a le don de me crisper. Trente n'est pas un *chiffre*, mais un nombre !

Salut, mon capitaine.

Séquence 85

Je vais m'étendre sur le canapé de cuir bleu électrique et je voyage dans les moulures du plafond. J'essaie de ne pas penser à ce qui approche.

Raté.

Le soleil a léché les façades de briques, puis s'est couché derrière les toits d'ardoise. Le plafond a viré du rose au gris.

Tout à l'heure, j'inviterai la petite à venir près de moi. Elle posera sa nuque contre mon épaule. Les médecins tibétains appellent cet endroit du corps « la porte des anges ».

Tu vas devoir la franchir ce soir, gamine chérie. Ce sera doux, et rapide. Je n'aurai qu'à replier le bras. Une fraction de seconde.

Je ne suis pas sûr du tout.

Pourquoi laisser Widmer gagner ?

Adélie est riche, j'ai mis de côté « de quoi devenir un autre », moi aussi. J'ai des comptes partout et même ailleurs...

Je lui révèle tout, puis nous partons.

Non. Nous partons, puis je lui révèle tout.

Elle ne comprendra jamais.

Si. Je l'aime tant.

Ensuite, une vie à changer de nom, de visage...

Nulle part on n'est à l'abri du Cartel.

Une vie à surveiller le regard des portiers d'hôtel, à sursauter quand le room service frappe...

Et sans elle ? Quelle existence ? Avoir perdu pour la seconde fois ce qu'un homme peut rêver de plus précieux ?

Ou bien, pendant que je somnolerais dans ma baignoire, le rond froid d'un canon de 38 sur ma tempe ? La voix sans haine d'un collègue : « *Désolé, Steph.* »

Jeudi, 28 juillet, 2 h 15

Un moment, déjà que l'église Saint-Paul a sonné. J'ai gardé la même position, au millimètre près. J'ai été entraîné à attendre des heures sans bouger, sans presque respirer.

Une tache jaune se projette au mur. La lanterne sous le porche vient de s'allumer. La porte cochère cogne contre son chambranle.

Je n'entendrai pas Adélie dans l'escalier, plus légère qu'une bête de la forêt sur les feuilles sèches.

Je n'ai pas fermé la porte.

Cliquetis divers dans le vestibule.

Adélie Cartwright enlève ses chaussures.

Ses gestes les plus quotidiens prennent une telle importance, cette nuit.

Séquence finale de notre film.

« *Moteur !* » L'eau dans la salle de bains.

Travelling : retour cuisine. La porte du frigo. « *Adélie Cartwright se sert à boire, dernière prise !* » martèle le clapman. Depuis la cuisine, ma star, ma petite étoile filante s'enquiert :

– Tu as soif ?

– Merci, non.

Pas un bruit. Mais sa présence, toute proche soudain.

J'ouvre les yeux. Elle est derrière moi, bras croisés, un verre en main. Elle m'apparaît en contre-plongée, à l'envers. Je la regarde me regarder à travers l'obscurité, puis demander, songeuse :

– Arrivé depuis longtemps ?

– Assez longtemps.

– Ça ne va pas comme tu veux.

– Exact.

– Des choses à me dire ?

– Oui. Mais je ne suis pas tout à fait prêt. Et toi ? Du nouveau ?

– On est arrivés au bout, Steph.

Un brin de flou dans sa voix. Une fêlure. Au bout ? Comment sait-elle ?

– Ça signifie quoi « au bout » ?

– On a fini. Je te raconte. Après, ce sera ton tour.

Elle s'assied à ma tête, sur l'accoudoir du canapé.

– Morgenstern m'a appelée, dans la journée. Je devais passer d'urgence. J'en reviens. Khaïdi était là-bas.

– Il a été libéré par ses ravisseurs ?

– Il n'a pas été enlevé. Il a simulé, après le raid des nervis de Widmer à Rhodes. Pour qu'on lui lâche les baskets.

– Qu'est-ce qu'il venait faire chez Morgenstern ?

– Il voulait me rencontrer discrètement.

– C'est-à-dire sans moi ?

– C'est ça.

– J'ai bien senti qu'il ne pouvait pas me blairer.

– Il avait « quelque chose » à me remettre. Il n'a pas pu le faire à Rhodes parce que j'ai refusé de lui parler seule à seul. Et j'aurais risqué le pire en transportant ce « quelque chose ». Khaïdi a pensé que le blockhaus des Morgenstern serait le lieu idéal.

– Tu n'es pas en train de me dire…

– Si.

Je m'enfonce dans le cuir bleu. Je pèse dix tonnes.

Un type accomplit ce voyage pour *donner* une fortune ? À une gamine qui aurait pu ignorer pour toujours qu'il détenait le pactole ? Le gros Khaïdi, ce trafiquant, ce mercanti ?

Je pèse vingt tonnes.

Adélie rit, sans joie.

– C'est ça, un ami, mon grand… Presque de la science-fiction. Il existe un univers parallèle, où la parole et la fidélité ont encore une valeur. Et parfois, une porte s'ouvre entre cette dimension et la nôtre. Je trouve ça assez beau, non ? Pour Julien, la maison d'un ami était l'endroit le plus sûr au monde. Il ne s'est pas trompé.

– Et maintenant, ces Golcondes…

– *Ce* Golconde, Steph.

– Pardon ?

– Khaïdi m'a remis *une* pierre. Plus belle encore que celle qu'il a vendue, selon Morgenstern. Julien n'a trouvé que deux cailloux, dans le meuble.

– Et les autres ?

– Il n'y en a jamais eu d'autres. Le message que Julien m'a laissé sur le répondeur, la clé du 108 chez Robin, ce n'était pas pour que je découvre le deuxième diamant : il était chez Khaïdi, qui devait, de toute façon, me le remettre. Je n'avais pas à le chercher. Le *secret* que Julien cachait passage Brady, *pour moi et moi seulement*, c'était son pauvre mensonge sur la mort de Raphaël ! C'est toi, Steph, qui as voulu à toute force, depuis le début, qu'il y ait un trésor à découvrir. Toi qui nous as aiguillés vers cette histoire de fortune cachée. Et nous sommes tombés sur la piste des Golcondes *par hasard* !

Assise dans la pénombre, Adélie résume :

– Julien a trouvé deux pierres dans le goudron du meuble. Il a lu les récits de Tavernier, il a suivi le même raisonnement que nous : pouvait-il y avoir d'autres cailloux, ailleurs ? Pour le déterminer, il fallait les livres de comptes du baron. C'est Khaïdi qui menait les recherches. Ses émissaires ont suivi les traces de Bertrand Magalon. Elles les ont conduits jusqu'en Mauritanie. Dans le désert, là-bas, deux villes, Chingetti et Ouaddane, sont en concurrence depuis le XIe siècle : laquelle possédera la plus belle bibliothèque ?

– Dans le désert ?

– Au fin fond. La tradition veut que les voyageurs accueillis dans une famille laissent un des livres qu'ils transportent, ou restent assez longtemps pour que l'on puisse en faire une copie. Magalon est passé par Chingetti. Donner, ce n'était pas la tasse de thé de Bertrand le félon : il a *vendu* les seuls écrits du baron dont il disposait.

– Les livres de comptes !

– De grands cahiers reliés contenant les anecdotes authentiques sur ses voyages. Les documentalistes de Khaïdi les ont retrouvés, récemment. Et, pendant qu'on le croyait dans une fosse à Bagdad, Séphir est allé les racheter.

Adélie les a vus. Et le décompte établit clairement le nombre de pierres que Tavernier n'a pas montrées au roi.

Il existait peu de gemmes plus belles que le Bleu : les « lumières du Soleil inconnues » n'étaient effectivement que deux.

Dans le noir, Adélie prend un petit ton guilleret :

– Khaïdi m'a livré la dernière. Elle sera baptisée « *le Sang d'Abestéguy* ». Belle idée du vieil Itzhak… Tu aimerais la voir ?

Je suis tellement assommé que je ne réagis pas immédiatement. Trop occupé à rigoler doucement. Je pense à la tronche que vont tirer le Président et ses sbires, qui se croient sur la piste du trésor de la reine de Saba ! Adélie répète, gentille :

– Tu aimerais la voir ?

– Tu comptes m'emmener chez Morgenstern ?

– Pas besoin. Elle est ici. Derrière le mur de la salle de bains. Je l'ai apportée pour toi. Juste pour savoir. À toi, Steph.

Folle Mangouste. Ma petite folle bestiole chérie.

Rien ne presse. J'ai la vie devant moi.

Le premier matin, en lui avouant que l'accident de Julien n'en était pas un, je me souviens avoir dit : « Je viens de me mettre entre vos mains… » Ce n'était pas tout à fait vrai.

Cette nuit, c'est la belle qui abaisse toute défense. Et elle le fait pour de bon. Elle aurait pu laisser ce foutu diamant à l'abri de la forteresse Morgenstern, se protéger totalement. Au lieu de cela, elle prend tous les risques, délibérément.

Pour savoir.

Le blindage que je me suis constitué commence à fondre. Le pire, c'est que je crois que j'aime ça.

– À toi, Steph.

Je me pousse un peu au fond du canapé bleu pour lui faire une place et je déplie le bras. Elle vient s'allonger contre moi, droite comme un gisant, et pose sa nuque au creux de mon coude. Sa nuque douce, si fine.

– Si je te demandais de partir avec moi ? Tout lâcher, là, tout de suite ?

Silence.

– On part ?

À peine un petit mouvement de sa tête, de gauche à droite.

– Non, Steph. J'aurais pu tout admettre. Mais pas ce que tu as fait à Julien.

Quand a-t-elle compris ? Je ne peux plus rien empêcher. Dommage.

Dis bonjour à mes anges, mon amour.

Je n'ai qu'à replier le bras.

Séquence 86

Tiens, mon bras, c'est marrant, pourquoi ne bouge-t-il pas ? Je n'ai pas l'impression qu'il soit engourdi, mais c'est comme s'il n'était plus là.

Preste, la Mangouste a roulé hors du canapé. Hors d'atteinte.

La table basse entre nous. Elle pense vite et elle pense à tout.

Sa silhouette menue, à contre-lune, c'est la grâce même.

Quelque chose s'est détraqué. Moi qui suis capable de capturer une mouche au vol, je n'ai pas pu la retenir.

Quelque chose de détraqué.

Elle revient, me lance un verre.

– Attrape.

Le verre roule au tapis.

Si je pouvais fermer la main.

Ma main, très loin au bout de mon bras.

Chez une de mes nourrices, j'étais tombé sur un album de bandes dessinées belge des années cinquante, crayonné par les fournées successives de gamins de l'Assistance publique. *Les Aventures de Jo, Zette et leur singe Joko : le Manitoba ne répond plus.* Le Manitoba, c'était un paquebot. Là, c'est mon corps qui ne répond plus, dirait-on.

La douleur surgit seulement maintenant, comme un coup de poing *venu de l'intérieur* et qui se prolonge.

Et la brûlure au premier plan.

Ton visage au-dessus du mien. Tes cheveux qui se défont brusquement et qui ruissellent vers moi.

Ta figure penchée, attentive, auréolée de ce déferlement. J'y distingue même trois gouttes de transpiration, perlant entre le nez et la lèvre.

J'aimerais comprendre. *Qu'est-ce qui m'arrive, Adélie* ?

– Rien d'important. Tu es mort.

Elle tâtonne du pied sur le plancher, trouve le variateur de l'halogène, fait monter la lumière.

Toutes mes forces mobilisées pour redresser la tête. Ah, oui, ça y est : je vois ce que c'est.

Entre la gorge et le sternum. Une plaquette d'ivoire gravée. Le manche du stylet de geisha.

Mon cadeau.

Ça, ce n'est pas chic, Mangouste ! Remarque, quand je te l'ai donné, je t'ai dit d'en faire ce que tu croyais juste.

Alors, c'est vrai ? L'histoire du forgeron japonais et de ses lames discrètes ? Je considérais ça comme un baratin d'antiquaire, mais je faisais semblant d'y croire. Ça ajoutait du mystère à cette dague.

Le maître Mifuné Ishimori et son amour maudit…

Je n'ai pas senti le coup.

Depuis combien de temps tu m'as planté ça ?

Pourquoi tu ne réponds pas ? On peut causer, quand même ?

Non. Moi, je ne peux plus.

Elle lance à la cantonade :

– Il est à vous !

Ils sont entrés.

Sur leurs semelles de gomme.

Ils visitent rapidement toutes les pièces avant de se rassembler ici.

Viennent d'abord deux types en salopette bleue marquée *Intercom*. Je reconnais l'un d'eux, ses dreadlocks retenus sous un bonnet tricoté : le chauffeur de taxi rasta qui m'avait conduit du passage Brady au Labo de Marly. Les poseurs d'interphones ? Non, de micros.

Ensuite, Jean-Pierre, sans sa guitare. Surveillant permanent devant la maison. La nuit, il passait le relais au voisin promeneur de petits chiens blancs : voici ce monsieur en blouson de service, flingue au côté.

Un autre, en combinaison de papier, a apporté une grosse valise. Il passe des gants de latex. Le nettoyeur.

Tu avais raison, Julien. Je suis con.

Ils me tenaient comme un goujon au bout de la ligne, et j'ai frétillé tant qu'ils m'ont laissé m'agiter.

Et puis, lent, Jérôme Trente, dans son costard anthracite. Hugo Boss ? Belle coupe, mon capitaine.

– Ça va, mademoiselle ? Vous avez pris un sacré risque. Vous auriez pu nous laisser intervenir plus tôt.

– Je voulais le faire moi-même. Pour Julien.

– J'avoue que votre histoire de dague japonaise me laissait sceptique…

– Mon *sensé* en connaissait la frappe. J'ai eu cinq entraînements auprès de lui. Et une bonne partie de la journée d'hier.

La petite vache ! C'était ça, la « route de Normandie » ?

– Vous apprenez vite !

– Le *sensé* pense que je n'ai pas eu à « apprendre ». Selon lui, je *serais* le maître Ishimori, revenu pour accomplir un devoir qu'il n'avait pas pu mener à bien dans sa vie précédente. J'aurais simplement *retrouvé* une de mes lames… Vous ajoutez foi à ce genre de… ?

Il me désigne d'un coup de menton.

– Vu le résultat, j'aurais tendance…

Mais c'est quoi, cette conversation de salon ? Et moi, là-dedans ?

Oh ! JE SUIS LÀ ! J'AI MAL, MERDE !

La petite tend son portable à Trente. Le mien aussi. Les téléphones jumeaux qu'elle nous a offerts.

– Vous pouvez les reprendre. Je n'en aurai plus besoin.

– En principe, non. Tant que Widmer ne sera pas neutralisé et condamné, nous allons vous insérer dans un programme de protection des témoins. Néanmoins, pour ma tranquillité, je préfère que vous gardiez le vôtre.

Géolocalisation. Ils m'ont tracé en permanence. Depuis quand ? Depuis que la Mangouste sait qui je suis. Si je ne m'étais pas laissé aveugler par mes illusions, j'aurais fait le rapprochement. Depuis la séquence où elle avait pleuré dans son bain et refusé mon bijou d'or. Depuis qu'elle s'arrange pour ne plus dormir avec moi.

Je n'avais jamais dégoûté quelqu'un. Il a fallu que ce soit toi…

Non, bien avant de savoir, elle l'avait *senti* : son malaise, dès l'entrée du Cluzeau. Six pas dans la maison et elle avait détecté la « charge » des lieux.

SEULS LES MAÎTRES EN SONT CAPABLES.

Elle a suivi la Voie du Sabre et bougé selon la Voie du Vent.

Et je le savais.

Même pas envie de me foutre de moi. Je dérouille salement ! N'y vois pas un reproche, petite belle, mais j'ai un mal de chien.

Satka. Ma bestiole tendre. La côte pointue qui perforait son poumon. Le cantonnier soûlographe et son tombereau.

J'avais adopté cet animal pour rassurer Léa quand je partais travailler.

Virginie a été malade de chagrin lorsque Satka est morte. Je lui ai raconté qu'elle était au paradis des chiens.

Vilain mensonge. Il n'y a pas de paradis pour les chiens.

Ni pour les petites filles et leurs mamans.

Rien. Il n'y a rien.

C'est pour ça que je t'en veux un peu, Adélie. Ici, il me reste tant à faire.

Toucher un Golconde brut. C'est comme serrer la main d'un homme du Neandertal.

Et *notre* diamant, je ne l'ai même pas vu en vrai ! *Le sang d'Abestéguy* ! Je n'ai pas fait saigner Julien, je te jure !

Tant à faire, encore.

Conduire le métro de la ligne 14.

Et puis sourire à la fille du boul'Mich. Sur son sac de toile fuchsia, en grosses lettres noires : « Je hais ma vie. » Terrible. Moi, j'aime ma vie depuis que tu m'en as redonné la saveur.

Et puis retourner à la cinémathèque, revoir ce bon vieux William Holden mourir une fois de plus au fond de sa piscine. *Sunset.*

Trop tôt pour le grand flash-back !

Mais puisqu'il arrive maintenant, trouvons-lui au moins un aspect positif : je ne verrai pas un autre mois d'août ! Mais si, je t'ai expliqué. Moi, tout gosse, abandonné sous le soleil ! À bord du *Sagittario*, je t'ai expliqué… Non, pardon, c'était au dîner dans l'île Saint Louis et

Le technicien et le chauffeur de taxi ont passé une blouse blanche.

– Mademoiselle, nous avons encore besoin de vous pour la sortie. Vous êtes censée avoir eu un malaise.

Ils dressent une civière.

– Vous vous allongerez sur le dessus. Lui, on le met dans le bas, caché par le drap.

Le nettoyeur déplie une housse de plastique noir, zippée sur la longueur.

– Emballage ! Il va se faire dessus pendant tout le trajet.

Jean-Pierre me prend par les pieds, le voisin aux chiens par les épaules. On me fourre dans le sachet.

– Il peut pas s'étouffer en dégobillant ?

– Je l'intube.

Les gants de latex desserrent mes mâchoires, introduisent un tuyau, loin.

Trente :

– Il en a pour combien de temps, à votre avis ?

Cartwright :

– Plusieurs heures. Peut-être assez pour que vous arriviez à Amberzac.

– De nuit, avec l'ambulance, ça devrait rouler. Vous autres, essayez de me le garder frais jusque chez lui. Que le légiste local diagnostique une heure de décès vraisemblable.

On me trimbale.

Un dossier.

Jusque-là, je souffrais, mais c'était supportable. Ça devient l'enfer. Le stylet implacable de maître Ishimori vient d'ouvrir vers chaque fibre de ma chair la *Porte des 10 000 innommables douleurs*.

– Faites un trou dans la housse, pour le tube. Et fermez-moi ça.

Clap de fin

Quelque part dans le monde. 05 h 17

Ce matin, le soleil va se lever deux minutes plus tôt qu'hier.

Mia Frédéricks l'attend. En longue robe blanche. Elle s'assied sur la chaise de paille. Avec la petite clé pendue à sa chaîne de cou, elle ouvre l'abattant du cabinet à fards.

Adélie avait développé toute une argumentation :

– Les Golcondes étaient encore « *dans les ténèbres* » au moment où le meuble vous a été offert. Ils faisaient partie du cadeau, même si Julien l'ignorait. La deuxième pierre devrait vous revenir.

– Un cadeau ? Je ne l'aurais jamais accepté, vous savez bien. J'en avais seulement l'usage. Il est à vous, tout comme ce qui y était caché. N'oubliez pas, chère petite, que je suis très, mais vraiment… très abominablement riche. Il me reste beaucoup moins de temps qu'à vous pour en profiter… D'ailleurs, à Bruxelles, je vous avais demandé si je pouvais conserver ce cabinet, c'était une très mauvaise idée, sous le coup du chagrin. Même en l'absence de Julien, c'eût été quand même un cadeau de lui…

– D'accord. Il ne sera pas à vous. J'aimerais juste que vous l'utilisiez.

– Laissez-moi le temps d'y penser.

Mia avait finalement trouvé un compromis satisfaisant. Dans chacune de ses habitations, l'une des pièces serait considérée comme le domaine de Julien. Le cabinet cochinchinois voyagerait de maison en maison, puisqu'il était fait pour cela.

Adélie s'était montrée particulièrement avisée en n'essayant pas de jouer au chef d'entreprise avec l'héritage de son oncle. Elle était une artiste, si elle voulait bien oser le reconnaître. Elle avait donc réalisé une judicieuse opération en cédant ses parts à une coopérative réunissant tous les employés, menée par Martine Claessens.

Avec les promesses des brevets sauvés par son patron, l'entreprise tenait sa place sur le marché. D'autant mieux qu'elle n'avait plus à subir les tentatives hostiles d'Ibermédics. Le Cartel se débattait comme une hydre décapitée depuis l'arrestation du Président et de ses principaux cadres.

Ce garçon si bien élevé qu'Adélie avait présenté à Mia, Jérôme Trente (Trente comme le nombre, ajoutait-il toujours), s'était révélé un parfait professionnel, la nuit de la place des Vosges. En moins d'une heure, l'appartement avait été remis en ordre, nettoyé, au point que les spécialistes de l'Identité judiciaire et leurs microscopes n'auraient rien pu y relever de compromettant.

Une ambulance réfrigérée emportait déjà vers Amberzac le corps de l'autre petite ordure. Mia imaginait ce parcours anonyme et glacé avec une certaine délectation, elle en convenait.

Deux jours plus tard, le ministre de l'Intérieur, dans une déclaration télévisée d'une grande fermeté, se félicitait qu'une affaire mettant en cause l'autorité de l'État ait trouvé un dénouement aussi rapide. Les citoyens avaient le droit de connaître la vérité :

> On se souvient de la fusillade, dans le cirque pyrénéen de Cataïud, déclenchée par des activistes contre les forces de l'ordre, venues empêcher un trafic d'armes.
> L'identité des individus abattus avait jusqu'ici été tenue secrète pour ne pas gêner le travail des enquêteurs.
> Cela leur a permis, après de longues et minutieuses recherches, de remonter jusqu'à une maison isolée, près d'un hameau du Sud-Ouest.
> Sous l'habitation, au fond d'un lac, les inspecteurs de la DNAT ont retrouvé un document audiovisuel déterminant. Il prouve que des personnalités du monde de l'industrie et de la finance étaient à la tête d'un réseau spécialisé dans le meurtre et

l'extorsion. Une organisation fasciste interdite basée en Espagne, le Néo-Gal.
Un mandat d'arrêt international a été lancé pour activités liées au terrorisme et reconstitution de ligue dissoute.
Sont visés, M. Heinrich Widmer, président, son directeur de la sécurité, Armin Finster, et plusieurs de leurs collaborateurs.
Dans ce même sous-sol, on a découvert le cadavre du propriétaire, autrefois membre des corps d'élite de l'armée, devenu milicien à leur solde, un certain Stéphane Roy.
L'enquête établit qu'il a été abattu chez lui, à l'arme blanche. Cette arme n'a pas été retrouvée. Les auteurs du meurtre sont vraisemblablement ses propres complices, qui cherchaient en vain à récupérer l'enregistrement.

La vérité officielle se satisfaisait parfaitement de cette explication : Trente (comme le nombre) s'était, certes, quelque peu substitué à la justice, mais il avait voulu renvoyer l'ascenseur à Adélie, sans qui les preuves n'auraient pu être trouvées. Il avait apprécié le courage de la Mangouste et admis sa légitime défense.

Une autre donnée entrait peut-être en ligne de compte : Jérôme n'avait que dix ans de plus qu'Adélie et il était célibataire… Mais ce n'était que pure spéculation de la part de Mia Frédéricks.

Par la suite, comme bien d'autres, Mia n'avait jamais totalement cru à la version des « suicides » simultanés de Widmer et de Finster dans leurs cellules de prison respectives. Quoi qu'il en soit, leur disparition opportune avait permis aux nouveaux dirigeants du groupe d'afficher table rase du passé. Et c'était bien ainsi. L'emploi de milliers de gens innocents étaient en jeu.

Mia caresse le bois sombre du coffret. Elle se souvient de chaque étape du périple en compagnie d'Adélie, qui leur a permis d'oublier un peu le deuil et la peur.

Gupta Armitraj et sa famille les ont guidées dans tout un continent, auprès de vieilles femmes et de cueilleurs de plantes qui connaissent encore le secret des poudres et des onguents. À chaque rencontre, une couleur de plus retrouvait sa place dans l'un des innombrables casiers du cabinet, lui redonnant sa splendeur du temps des princesses cochinchinoises. Ces princesses qu'a dû croiser Jean-Baptiste Tavernier.

Adélie n'a pas voulu rentrer en Europe. Elle voyage encore. Jérôme lui a offert des tubes de peinture et un chevalet. Elle peint. Ailleurs dans le monde.

Mia Frédéricks a senti sur son épaule la caresse du premier rayon entré par la fenêtre de l'est. Elle s'écarte un peu, pour lui laisser la place.

Sur la face du meuble, un tiroir s'allume.

Bonjour, Julien.

DE PIERRE BELLEMARE

Aux Éditions Albin Michel

Instinct mortel
70 histoires vraies

Les Génies de l'arnaque
80 chefs-d'œuvre de l'escroquerie

Instant crucial
Les stupéfiants rendez-vous du hasard

Tragédies à la une
La Belle Époque des assassins, par Alain Monestier

Possession
L'étrange destin des choses

Issue fatale
75 histoires inexorables

Le Carrefour des angoisses
Les Aventuriers du XXe siècle, t. 1
60 récits où la vie ne tient qu'à un fil

Ils ont vu l'au-delà
Les Aventuriers du XXe siècle, t. 2
60 histoires vraies et pourtant incroyables

Journées d'enfer
Les Aventuriers du XXe siècle, t. 3
60 récits des tréfonds de l'horreur au sommet du sacrifice

L'Enfant criminel

Les Amants diaboliques

L'Empreinte de la bête
50 histoires où l'animal a le premier rôle

Je me vengerai
40 rancunes mortelles

Survivront-ils ?
45 suspenses où la vie se joue à pile ou face

Sans laisser d'adresse
Enquêtes sur des disparitions et des réapparitions extraordinaires

Destins sur ordonnance
40 histoires où la médecine va du meilleur au pire

Crimes dans la soie
30 histoires de milliardaires assassins

Ils ont osé
40 exploits incroyables

Complots
Quand ils s'entendent pour tuer

Composition Nord Compo
Impression Bussière, janvier 2007
Éditions Albin Michel
22, rue Huyghens, 75014 Paris
www.albin-michel.fr
ISBN 978-2-226-17674-5
N° d'édition : 24879 – N° d'impression : 070266/4
Dépôt légal : février 2007
Imprimé en France.